DAVID SCHALKO

SCHWERE KNOCHEN

DAVID SCHALKO

SCHWERE KNOCHEN

Roman

Kiepenheuer
& Witsch

Im hinteren Teil des Buches finden Sie ein Glossar
zur Erläuterung von Begriffen.

1. Auflage 2018

© 2018, Verlag Kiepenheuer & Witsch, Köln
Alle Rechte vorbehalten. Kein Teil des Werkes darf in irgend-
einer Form (durch Fotografie, Mikrofilm oder ein anderes
Verfahren) ohne schriftliche Genehmigung des Verlages
reproduziert oder unter Verwendung elektronischer Systeme
verarbeitet, vervielfältigt oder verbreitet werden.
Umschlaggestaltung: Barbara Thoben, Köln
Umschlagmotiv: © Rüdiger Trebels
Autorenfoto: © Ingo Pertramer
Gesetzt aus der Kepler MM
Satz: Wilhelm Vornehm, München
Druck und Bindung: CPI books GmbH, Leck
ISBN 978-3-462-05096-7

Für Evi, Elsa und Frida.
Und meine Großeltern.

Es gibt die Geschichte des Tages
und die der Nacht.
Die eine steht in den Büchern.
Die andere erzählt man sich
hinter vorgehaltener Hand.
Diese Geschichte ist
bestimmt nicht wahr.
Aber so wird sie erzählt.

DIE ERDBERGER SPEDITION

FERDINAND KRUTZLER WAR DAMALS der wichtigste Notwehrspezialist Wiens. Elfmal wurde er wegen tödlicher Notwehr freigesprochen. Nur am Schluss hatte er es übertrieben. Da saß er inmitten des gefürchteten Bregovic-Clans. Bloß waren die sonst so lauten Jugoslawen ganz still. Das Einzige, was man hörte, war ihr Blut, das auf den Boden tropfte. *Es war Notwehr,* hatte der Krutzler geflüstert. Dann hatte er die Pistole vor sich auf den Tisch gelegt und seelenruhig auf seine Verhaftung gewartet.

Wobei es viele gab, die ihm gar keine Seele attestierten. Aber eine Persönlichkeit sei er gewesen. Und eine solche erkannte man aus der Ferne. Mit seinen zwei Metern, seinem steifen Oberkörper, seinem riesigen Kopf und seiner schwarzen Hornbrille sah er aus wie ein zu groß geratenes Insekt. Schönheit war er keine. Sogar seine Mutter, die vermutlich nur deshalb so alt wurde, weil sie sich nie bei jemandem entschuldigt hatte, sagte über ihren Sohn, dass er schon bei der Geburt wie ein Hirschkäfer ausgesehen habe. Richtig erschreckt habe sie sich, als sie den unfreiwilligen Nachzügler in Händen gehalten habe. Ein sechs Kilo schweres Ungetüm habe sie mit dem Hintern voran in die Welt pressen müssen. Und das im Alter von vierundvierzig Jahren. Wer rechne da noch mit einer Schwangerschaft. Da müsse eine Seele schon richtig desperat auf die Welt kommen wollen. Und das könne selten etwas Gutes bedeuten. Denn desperat war nur der Teufel. Gott hielt sich höflich fern von der Welt.

Auf jeden Fall sei ihr dieses Ungetüm von Anfang an fremd gewesen. Keinen einzigen Moment seien sie sich nahe gekommen. Selbst bei der Geburt sei er nichts als Lärm und Schmerz gewesen. Wenn sie geahnt hätte, dass ihr Sohn einmal der gefährlichste Mann Wiens werden würde, hätte sie ihn vielleicht doch weggemacht. Wobei vermutlich nicht einmal die Hitlermutter ihren Welpen abgetrieben hätte, wenn sie gewusst hätte, was für ein Monster sie auf die Welt setzen würde.

Damals ahnte man ja noch nichts von den späteren Qualitäten des Ferdinand Krutzler. Erst vierzig Jahre später flüsterte man sich hinter vorgehaltener Hand die rankenden Legenden zu. Zum Beispiel, dass keiner seinen beigen Kamelhaarmantel berühren durfte. Dass er in seinem ganzen Leben keine Frau geküsst hatte. Dass er angeblich bei Nacht genauso gut sehen konnte wie bei Tag. Und dass er jeder Lüge auf die Spur kam.

Vieles war übertrieben. Genauso wie der Respekt, den man ihm entgegenbrachte. Man bewunderte seinen Geschmack. Seinen Stil. Und seine Großzügigkeit. Besonders den Frauen gegenüber. Manche sagten, die Geschenke ersetzten ihm den nicht vorhandenen Charme. Der Krutzler war kein Mann der großen Worte. Eher der Taten. Wenn der Krutzler einen aufforderte, als Erster zuzuschlagen, dann wusste derjenige, was zu tun war: die Stadt verlassen und sein Gesicht nie wieder zeigen.

Wobei der Krutzler kein Feigling war. Er hatte seine Prinzipien. Und seine Methode. Der Krutzler'sche Halsstich hatte damals nicht nur in Wien Furore gemacht. Sein Ruf reichte bis nach Hamburg. Und viele sagten, dass es mit dem Krutzler zu Ende ging, als er vom Messer auf die Maschinenpistole umgestiegen war. Da sei eine richtige Ära zu Ende gegangen. Eine Ära mit Persönlichkeiten, für die es später keine Ersatzteile mehr gegeben habe.

Natürlich kam so einer wie der Krutzler nicht als Persönlichkeit auf die Welt. Eine solche musste man sich erst verdienen. Und da war der Krutzler durch die härteste Schule gegangen, die man sich vorstellen konnte. Viele sagten, er habe gar keine andere Chance gehabt, als Notwehrspezialist zu werden. Und die Mutter sei sein erster Feind gewesen. Denn geliebt habe sie nur den schönen Gottfried – den zehn Jahre älteren Bruder, der ab dem 42er-Jahr als Schwarz-Weiß-Porträt im Schlafzimmer hing.

Über Helsinki sei er vom Himmel gefallen. Drei Jahre lang habe sie seine Ansichtskarten vom zerbombten Kairo, vom brennenden Paris oder vom zerstörten Athen erhalten. Wenigstens habe er dank dem Führer etwas von der Welt gesehen.

Nachdem er im wahrsten Sinne des Wortes gefallen war und es naturgemäß keine Leiche gab, hing der verglühte Gottfried als zeitlose Schönheit an der Schlafzimmerwand. Jeden Tag vor dem Schlafengehen redete die alte Krutzler mit ihrem uniformierten Prinzen. Und da er im Gegensatz zu allen anderen nicht zurückredete, steigerte sich die Mutterliebe post mortem enorm.

So viel Schönheit habe von Anfang an nichts Gutes verheißen, sagte man. Um so einen wie den Gottfried hätten sich eben nicht nur die Weibsbilder gerissen. Auch der Herrgott hole einen solchen so früh wie möglich zu sich. Dem Ferdinand hingegen habe schon als Kind keiner über den Weg getraut. Ganz dem Vater habe er nachgegraben, von dem es immer nur geheißen hatte, er sei ein lebensfroher Mensch gewesen.

Die Mutter hatte ihn einen Wilderer genannt. Da es in Gramatneusiedl nicht nur kaum Menschen, sondern auch kaum Rehe gab, wusste man, was sie damit meinte. Der alte Praschak, der es wissen musste – schließlich war er Fleischer –, hatte einmal gesagt, dass er einen Krutzler aus weiter Ferne erkennen würde, denn alle Krutzlers hätten die gleichen schweren Knochen. In Gramatneusiedl hatten viele schwere Knochen. Auch die Frauen. Was noch nichts hieß. In so einem Ort hatten schnell alle die gleiche Physiognomie.

Trotzdem hatte der Nachzügler Ferdinand über seinen Vater zu Lebzeiten kaum mehr in Erfahrung gebracht, als dass er ein lebensfroher Mensch gewesen sei. Aber die Blicke auf den zu groß geratenen Sohn erzählten ohnehin Bände über den Gemüsehändler, der kaum ein Obst je ungepflückt ließ. Da wurde viel gemunkelt und viele sagten, dass man Gramatneusiedl eigentlich nach ihm hätte benennen sollen. Wenn der alte Krutzler mit seinem Obstwagen länger vor einem Haus stand, dann wusste man, was es geschlagen hatte. Da wurde vermutlich wieder eine Frucht gepflückt. Oder am Watschenbaum gerüttelt. Oder auf fremden Äckern gesät. Der kleine Ferdinand verstand nicht, was die Großen damit meinten, wenn sie das Unaussprechliche mit ihrem Geschwätz bekleideten. Alle wussten Bescheid, während das Krutzlerkind im Obstwagen nichts ahnend auf seinen Vater wartete. Selbst als es der Ferdinand einmal wagte, nach dem Alten zu sehen, weil er die Hitze in dem Gefährt nicht länger aushielt, und ihn in flagranti beim Pflücken erwischte, erntete er keine Erklärung, sondern nur angedrohte Prügel. Er solle sich wieder zurück in den Wagen schleichen und dort warten, bis man mit den Geschäften fertig sei. Man sagte, schon als Kind habe der Krutzler das Geschlechtliche mit dem Geschäftlichen verwechselt. Das habe er von seinem Alten gelernt, der eben ein lebensfroher Mensch gewesen sei.

Wenn man den Krutzler später nach seiner Kindheit fragte, dann sagte er, er könne sich an keine erinnern. Man munkelte, dass man seine Kleidung deshalb nicht berühren durfte, weil er als Nachzügler die vom schönen Gottfried hatte anziehen müssen. Dass er stets Erster sein wollte, weil er von Geburt an Zweiter war. Dass er sich ein Leben lang an seinem Bruder rächte und alle anderen nur Stellvertreter waren. Dieser hatte ihn angeblich als Kind öfter am Marterpfahl vergessen und ihn auch sonst gelehrt, dass die Lüge zwar kurze, aber die Wahrheit überhaupt keine Beine hatte. Und vom Vater hatte er sowieso nur gelernt, dass sich mit Fäusten jede Frage beantworten ließ. Sogar die nach der Existenz Gottes. Aber das waren alles nur Gerüchte, weil sich der Krutzler, wie gesagt, an seine Kindheit nicht erinnern konnte.

Über den Tod des Vaters wurde damals genauso viel gemunkelt wie über sein Leben. Viele sagten, der Unfall sei die erste Notwehr vom jungen Krutzler gewesen. Es ist nach so langer Zeit schwierig, die Teile zusammenzufügen. Es war noch vor dem Krieg.

Auf jeden Fall hatte sich der Krutzlervater einen lebensfrohen Abend gegönnt. Nach der letzten Fuhr hatte der Gemüsehändler zunächst sein Tageseinkommen beim Wirt verspielt. Dann hatte er sich die Wut weggetrunken. Übrig blieb eine sentimentale Liebesbedürftigkeit, der sich niemand annehmen wollte. Der alte Krutzler war nahe am Wasser gebaut. Körperlicher Trost blieb ihm aber verwehrt. Und so kehrte der Wilderer ohne Beute und dementsprechend jähzornig gegen drei Uhr heim, wo er als torkelnder Riese im Zwergenhaus mit den Fäusten wedelte. Der schöne Gottfried ließ sich von der Mutter beschützen, der ungeliebte Ferdinand wiederum stellte sich vor die beiden, die es ihm ohnehin nicht dankten. In solchen Situationen ist es dann im Nachhinein schwer zu sagen, was war Unfall, was war Absicht, was war Schicksal. Es ist sowieso immer alles eine Mischung aus allem. Und der Ferdinand war noch ein Kind. Nicht, dass man ein Kind von jeglicher Schuld freisprechen sollte. Aber damals wäre es noch möglich gewesen, dass aus dem Krutzler einmal nicht der Notwehr-Krutzler werden würde.

Auf jeden Fall munkelte man, es sei der Ferdinand gewesen, der dem lebensfrohen Vater das Leben genommen habe. Weggestoßen habe er ihn. Um die Mutter zu schützen. Und da sei er halt blöd gefallen. In so einem Zwergenhaus liege schnell etwas Spitzes im Weg. Die Krutzlermutter verlor über diesen Vorfall weder bei der Polizei noch bei irgendwem jemals ein Wort. So wie es überhaupt ihre Art war, die Dinge mit Schweigen zu ersticken. Insofern war ihre spätere Todesursache nicht weiter verwunderlich. So wie die meisten Todesursachen immer zum Leben der jeweiligen Person passten. Selbst die des Notwehr-Krutzlers, die genau genommen auch nichts anderes als Notwehr war.

Seit dem Unfall wurde in Gramatneusiedl mehr gemunkelt, als in so einem kleinen Krutzler-Haus passieren konnte. Kein Wunder also, dass die Verbliebenen die Flucht ergriffen und zur Schwester der Krutzlermutter ins berüchtigte Wiener Erdberg zogen. Besagte Tante Elvira stand ihrer Verwandtschaft bezüglich Herzlosigkeit um nichts nach. Man sagte, sie habe zweiundvierzig Infarkte überlebt, ohne auch nur einen bemerkt zu haben. Gestorben ist sie aber an ihrer Eitelkeit. Weil sie stets den Männern gefallen wollte. Nach dem Krieg war sie verschrien, was sie alles für ein Paar Nylonstrümpfe anstellen würde. Und da sie wusste, dass den Amerikanern besonders gesunde *Girls* gefielen, hatte sie viel Aufmerksamkeit für ihren Teint über. An ihrem Todestag war sie beim Sonnenbräunen eingeschlafen. Richtig durchgegrillt habe sie ausgesehen. Da habe man kein Arzt sein müssen, um Hitzeschlag zu diagnostizieren.

Aber das war alles viel später. Vor dem Krieg war die Krutzlerschwester noch eine blasse Person gewesen. Und trotz ihrer Herzlosigkeit wurde die Verwandtschaft aufgenommen. Man sagte, sie habe sich von den Kindern eine finanzielle Erleichterung erhofft. Schließlich befanden sie sich im arbeitsfähigen Alter. Der schöne Gottfried zählte fünfundzwanzig Jahre und die Erdberger Rosen lagen ihm zu Füßen. Aber vom Heiraten wollte der genauso wenig wissen wie von Arbeit. Er träumte schon damals vom Fliegen. Der bodenständige Gemüsehandel konnte ihm gestohlen bleiben. Stattdessen fütterte ihn Tante Elvira durch, weil sie ihm angeblich genauso verfallen war wie der Rest des Bezirkes. Was da wieder gemunkelt wurde, kann man sich vorstellen. Aber die Frauen stellten sich stets schützend vor den schönen Gottfried. Und den zu großen Ferdinand goutierten sie mit Verachtung. Deshalb sah die Verteilung so aus, dass dem Gottfried die Zuneigung und dem Ferdinand die Arbeit blieb. Darunter litt auch einer wie der Notwehr-Krutzler. Kein Wunder also, dass er später der Zuneigung nicht traute. Da brauchte man kein Psychologe zu sein.

Sicher, der Ferdinand hätte sich als Kind auch mit den anderen, an die sich heute keiner mehr erinnert, anfreunden können. Vermutlich hatte es mit seiner Körpergröße zu tun. Vom ersten Tag an war er in Erdberg eine Erscheinung gewesen. Und als solche musste er seiner Körperlichkeit gerecht werden. Das nannte man Entwicklung. Wir sprechen von einem Erdberg, wo der Straßenname stets mehr zählte als der Familienname. Und in die Schule, in die man den Ferdinand steckte, trauten sich die Lehrer schon damals kaum hinein. Denn mit Schlägen brauchte man solchen Kindern nicht zu kommen. Davon kassierten sie zu Hause genug. Dementsprechend genossen die ratlosen Lehrer weder den Respekt der Schüler noch den der Eltern. Beide hielten sie für Versager.

Der erste Auftritt vom damals zwölfjährigen Ferdinand Krutzler blieb sowohl Schülern als auch Lehrern in nachhaltiger Erinnerung. Da erschien ein Bursche, der alle anderen um einen Kopf überragte. Er setzte sich in die Mitte der Klasse, ohne mit irgendjemandem ein Wort zu wechseln. Die Plätze der Schüler waren streng hierarchisch aufgeteilt. Und ein Neuer wie der Krutzler hatte sich zunächst mal vorne zu platzieren. Der Riese Ferdinand saß aber wie dreißig Jahre später bei seiner Verhaftung in der Mitte des Raumes und wartete seelenruhig auf das Eintrudeln der Schüler. Die Erdberger Kinder blieben wie eingefroren stehen, als sie den Koloss erblickten, und warteten auf das Eintreffen ihres Anführers. Selbst der Lehrer suchte das Weite und harrte aus, wie sich die Situation entwickeln würde. Als der bleiche Wessely mit seiner Entourage, dem vierschrötigen Praschak und dem schlaksigen Sikora, naturgemäß zehn Minuten nach dem Läuten in Erscheinung trat, präsentierte ihnen der Krutzler einen monumentalen Rücken, an dem die gesamte Klasse hätte runterrutschen können.

Der Wessely war ebenfalls keiner der großen Worte. Was daran lag, dass er stotterte und vorzugsweise seine Fäuste sprechen ließ. Einer wie der Krutzler flößte ihm aber Respekt ein. Ein solcher ließ sich weder mit Worten noch mit Fäusten verschieben. Trotzdem konnte er den Affront des Neuen nicht im Raum stehen lassen. Alle warteten, was der wendige Wessely tun würde. Schließlich hatte er eine Position zu verlieren, die man jeden Herbst neu untermauern musste. Die Untergebenen Praschak und Sikora merkten die Unsicherheit ihres Anführers und wollten schon losbrüllen, als der Wessely etwas ganz Erstaunliches vollbrachte. Er nahm zwei Stühle und trug sie auf den Gang. Dann kam er zurück, nahm die nächsten beiden und so weiter. Die Klasse schloss sich an. So lang, bis der Krutzler alleine in einem leeren Raum saß und der Lehrer hinter ihm die Türe schloss. Kurzerhand verlegte man auf das stumme Geheiß vom Wessely den Unterricht auf den Gang.

Ob es der allein gelassene Krutzler als Triumph oder Demütigung empfand, sei dahingestellt. Auf jeden Fall musste er sich bewegen. Er konnte schließlich nicht bis in die Nacht in diesem Klassenzimmer hocken bleiben. Es dauerte mehrere Stunden, bis er hinaustrat. Er sah die aufgestellten Reihen, und außer dem Wessely saß dort niemand. Dieser bedeutete ihm ohne Worte, neben ihm Platz zu nehmen. Der Krutzler ließ sich seufzend nieder. Sie sahen sich lange an. Dann mussten beide so schallend lachen, dass man im Lehrerzimmer in Deckung ging. In diesem Moment schworen sich die beiden eine Freundschaft, die noch vielen zum Verhängnis werden sollte.

Der Wessely wies den Krutzler in die Erdberger Verhältnisse ein. Die kannte er von Geburt an. Der stotternde Wessely war ein Waisenkind, das keiner adoptieren wollte. Der Vater war nach einem *Arbeitsunfall* verblutet. Die Mutter war gestorben, während ihn die Nonnen aus ihrem Leib geprügelt hatten. Schon bei der Geburt war er unnatürlich bleich gewesen. Die Nonnen sagten, ein so blutarmes Kind schaue nur nach Scherereien aus. Ein solches sei weder zum Arbeiten noch zum Herzeigen geeignet. Einer wie der Bleiche würde nur Kosten bedeuten, weil ihm schon jetzt die Krankheit ins Gesicht geschrieben stehe. Sie sagten, wenn ihn keiner wolle, würde er ganz alleine Gott gehören.

Das hatte ihm die Sprache verschlagen. Der Wessely hatte schon aufgehört, in ganzen Sätzen zu sprechen, bevor er solche bilden konnte. Was wiederum an den Schlägen lag, mit denen man jede seiner Lügen unterbrach. Jedenfalls hatte der Wessely sehr schnell begriffen, dass mit Worten nicht viel auszurichten war, und irgendwann hatte er begonnen, auch die Nonnen für ihre Übergriffigkeiten zu verdreschen. Was wiederum mit Schlägen im Namen Gottes vergolten wurde.

Ab dann war eine Adoption eigentlich aussichtslos gewesen. Hätte sich nicht der alte Schrack gefunden, dessen Hund gerade gestorben war und der sich dachte, mit einem Menschenkind würde sich nicht viel ändern, außer dass es ihm von größerem Nutzen wäre. Man kann einem Hund viel beibringen, aber dass ein solcher am Werkzeug spurt, das wäre selbst dem Schrack nicht geglückt. Insofern geriet ihm dieses Menschenkind zum Meisterstück. Der bleiche Wessely wurde täglich vom Bett in die Küche geprügelt, wo er dem Schrack ein Frühstück auf Hotelniveau zubereiten musste. Dann wurde er in den Haushalt eingepflegt. Waschen, bügeln, putzen. Zu Mittag kam der Schrack nach Hause, um eine warme Mahlzeit einzunehmen. So gut konnte kein Chef der Welt kochen, dass der Schrack nicht einen Grund für seine Rage fand. Schon gar nicht dieses Straßenkind, das ein stabiles Leben zwischen vier Wänden offenbar nicht zu schätzen wusste. Ob er ihn wieder davonjagen solle? Ob ihm sein neues Gehege nicht gefalle? Ob er nicht fähig sei, wenigstens im Zubereiten der Speisen Dankbarkeit zu zeigen? Wenn er es mit seinem Gestammel schon nicht fertigbringe!

Der Wessely begriff schnell, dass mit Beruhigung nicht viel auszurichten war. Deshalb schlug er die entgegengesetzte Richtung ein. Er versalzte die Suppen, zerkochte das Rindfleisch, mischte verdorbenes Gemüse bei und servierte faulen Fisch. Nach einem Gulasch, dessen Schärfe selbst zwanzig Schracks zerrissen hätte, lief der Kopf desselben so rot an, dass Stiere auf ihn losgegangen wären. Doch zum

Wutanfall reichte es nicht mehr. Das Herz war der Aufregung zuvorgekommen und hatte sich schmerzhaft zu Wort gemeldet, was dem Schrack röchelnd das Leben kostete. Die Wut, dass der bleiche Wessely tatenlos dabei zusah, war ihm unmissverständlich ins hochrote Gesicht geschrieben, aber das konnte später kein Amtsarzt mehr lesen. Herzinfarkt, sagte man und bemitleidete das kränkliche Kind für sein Schicksal. Mehr Zuneigung als die betretenen Blicke der Nachbarn, als er wieder ins Heim abgeführt wurde, konnte einer wie der Wessely nicht ernten. Danach rührte er nie wieder einen Kochlöffel an. Nicht einmal einen Kaffee bereitete sich der Wessely zeit seines Lebens zu.

Nach dem Tod des Schrack fand sich niemand mehr, der ihn adoptieren wollte. Und die Erdberger Freunde avancierten zur Familie. Dass sowohl der Krutzler als auch der Wessely ihren Ödipus frühzeitig gelöst hatten, verband die beiden umso mehr. Jeden Abend ging der Wessely ins Heim schlafen. Aber untertags träumten die Freunde von der Weltherrschaft über Erdberg. Frühzeitig erlernten sie ihr Handwerk, das damals noch hochgehalten wurde. Die alten Herren von der großen Galerie wiesen die Jungen in die Kunst der Schränker ein. Bereits mit sechzehn konnten die Burschen jeden Tresor zum Aufmachen überreden. Kein Taschenspielertrick, der ihnen unbekannt war. Und keine Waffe, die sie nicht schneller zogen als jeder dilettantische Schauspieler in den Stummfilmwestern. Wobei das Schießen damals noch verpönt war. Das kam erst später in Mode.

Der Krutzler, der Wessely, der Praschak und der Sikora zogen durch Erdberg und probierten sich aus. An Fantasie und Handschrift mangelte es ihnen nicht. Besonders stolz waren sie auf den Hundertertrick. Man sagte, dieser sei so raffiniert gewesen, dass selbst der betrogene Wirt im Nachhinein nicht verstanden habe, was eigentlich passiert sei.

Dabei bestach er durch seine Einfachheit. Der Wessely, der schon damals ein Meister der Karten war, betrat ein Lokal, um dort unaufgefordert ein paar Kunststücke zum Besten zu geben. Schnell hatte sich eine Traube von Schaulustigen um ihn gebildet. Der Riese Krutzler mischte sich auffällig in die Menge und stachelte die Stimmung an. Der vierschrötige Praschak wartete draußen und stand Schmiere. Der Sikora schlich schlaksig durch das Lokal und bestellte sich ein Getränk. Irgendwann forderte der Krutzler den bleichen Kartenspieler auf, mit dem Geplänkel aufzuhören und endlich zur Sache zu kommen. Was er damit meine, gab sich der Wessely ganz unbedarft. Diese billigen Tricks kenne doch jeder, provozierte der Krutzler die ausgezehrte Erscheinung. Der Wessely ließ das nicht auf sich sitzen. Er habe ein ganz besonderes Kunststück für die Herrschaften vorbereitet. Aber dafür müsse man zahlen. Nicht viel. Jeden Gast koste es fünf Schilling. Das sei kein Vermögen für eine Verblüffung dieser Art. Die bereits angestachelte Menge zahlte bereitwillig.

Der Wessely forderte daraufhin den Wirt auf, aus seiner Kasse einen Hundertschillingschein herauszunehmen. Er solle sich die Seriennummer aufschreiben, damit er ihn wiedererkenne. Der Wirt befolgte die Anweisung mit einem gewissen Misstrauen. Der Erdberger an sich war zwar neugierig, aber gleichzeitig skeptisch. Meistens überwog die Neugier. Und so übergab er dem Bleichen den Hunderter, der damit allerhand anstellte, ihn schließlich verschwinden ließ, um mit anderen Kunststücken fortzufahren.

Irgendwann überwog dann doch das Misstrauen und der Wirt fragte nach seinem Geldschein. Ach, sagte der Wessely triumphierend, den habe er längst wieder in seine Kasse zurückgezaubert. Der Wirt sah ihn an, wie man jemanden ansah, der einem die eigene Mutter als Hure kredenzte. Ob er jetzt völlig deppert sei, fuhr er den halbstarken Spieler an. Er solle sich selbst überzeugen, grinste der Wessely zurück. Der Krutzler und der Sikora waren mit dem Praschak längst über alle Berge. Langsam öffnete der Wirt seine Kasse. Er ließ den Wessely nicht aus den Augen. Sagte den Gästen, sie sollten den Gauner festhalten, bevor er die Flucht ergreife. Dann fiel sein Blick in die Kasse. Und tatsächlich. Der Hunderter lag obenauf. Nach mehrmaliger Prüfung der Seriennummer musste der Wirt konstatieren, dass es sich um seinen Geldschein handelte. Auch wenn er ahnte, dass es zu einem bösen Erwachen führen würde, gab er sich geschlagen, fragte den Wessely noch, wie er das angestellt habe. Dieser zuckte nur mit den Achseln, ließ sich vom Wirt auf ein Getränk einladen und ging erhobenen Hauptes aus dem Lokal.

Zur Sperrstunde stellte der Wirt fest, dass ihm achtundneunzig Schilling in der Kasse fehlten. Aber zu diesem Zeitpunkt hatten die vier ihren Tagesverdienst längst ausgegeben. Selbst die Polizei nahm die Angelegenheit ratlos zur Kenntnis. Meistens waren die Wirte auch ihre besten Kunden. Daher schob man es auf den Alkohol. Wobei sich die Vorfälle häuften. Und stets war von einem bleichen, ausgezehrten Jugendlichen die Rede. Und einem unbekannten Riesen. Nur den schlaksigen Sikora hatte nie einer bemerkt. Der spätere Zauberer konnte schon damals in sich selbst verschwinden.

Meistens gaben die vier ihr Geld in irgendwelchen Bordellen aus. Man war im geschlechtsreifen Alter und im Vergleich zu anderen Gleichaltrigen hatte man schon mit mehr Frauen geschlafen, als die meisten in ihrem ganzen Leben verbuchen konnten. Wenn die Beute nicht für vier Damen reichte, mussten die Karten entscheiden. Meistens blieb der Praschak übrig. Was einerseits gerecht war, andererseits vom Wessely beeinflusst wurde. Schließlich hatte der Praschak am wenigsten zur Beute beigetragen.

Der bullige Fleischersohn hatte überhaupt kein Talent für das Milieu. Er empfand auch keine Lust dabei, anderen das Geld aus der Tasche zu ziehen. Er konnte über einen gelungenen Coup nicht lachen. Und stand im Ruf, feig und antriebslos zu sein. Er wurde eben dazu erzogen, das Geschäft des Vaters zu übernehmen. Für das Schlachten von Kühen und Schweinen brauchte es andere Fertigkeiten. Da die Freunde aber unzertrennlich waren, ließ man ihn Schmiere stehen. Selbst dann, wenn es eigentlich nicht notwendig war. Da könne sogar der Praschak nicht viel verhauen, hatte der Wessely gesagt, wobei dieser zumindest einmal eindrucksvoll das Gegenteil bewies.

Denn eigentlich hätte er eins und eins zusammenzählen müssen. Keine Ahnung, von was dieser Muskelzwerg geträumt habe, fluchte der Wessely. Vielleicht von irgendwelchen prächtigen Kühen und Säuen. Er kenne doch den Geldscheißer-Franz. Der habe die halbe Wiener Falschspielerbrigade ausgebildet. Dreißig Jahre lang habe der ausschließlich vom Glücksspiel gelebt. Als dieser am Praschak vorbeimarschiert war, um das Lokal zu betreten, wo der Wessely gerade den letzten Kartentrick vorführte, bevor er den Wirt dazu auffordern würde, ihm den Hunderter aus der Kasse zu reichen, da habe der Herr Fleischersohn wieder einmal nicht mitgedacht, so der Bleiche. Da sei ihm offenbar nicht der Gedanke gekommen, dass der alte Hase den Trick durchschauen und auch nicht untätig bleiben würde.

Denn der Geldscheißer-Franz hatte nicht nur ein ausgeprägtes Handwerk, sondern auch einen nicht zu unterschätzenden Geltungsdrang. Außerdem warfen die Alten stets ein argwöhnisches Auge auf den Nachwuchs und ließen diesen gern ihre Überlegenheit spüren.

Auf jeden Fall hatte der Praschak dem Geldscheißer-Franz noch grüßend zugenickt, als dieser das Lokal betrat. Solange keine Polizei im Anmarsch war, bestand in seinen Augen kein Handlungsbedarf. Der Krutzler hatte gerade gesagt, der Kartentrickser solle mit dem Gepländel aufhören. Der Geldscheißer-Franz stellte sich unbemerkt in eine Ecke und beobachtete nicht nur den Wirt dabei, wie er dem Wessely den Hunderter übergab, sondern auch, wie dieser den Schein unauffällig dem Sikora zusteckte, während alle auf seine wedelnden Zauberhände starrten. Der Schlaksige schlurfte gemütlich zur Bar. Er nahm den Hunderter und bezahlte bei der Kellnerin sein Getränk. Er bekam achtundneunzig Schilling retour. Der Wirt beaufsichtigte derweil den Wessely, weil er sich Sorgen um seinen Geldschein machte. Der Sikora verschwand genauso unauffällig wie der Krutzler.

Das Szenario amüsierte den Geldscheißer-Franz. Die Burschen hatten Talent. Gleichzeitig brauchten sie eine Lektion. Sie erschienen ihm recht übermütig. Erinnerten ihn an seine eigene Jugend. Auch den Geldscheißer-Franz hatte der Hochmut verdorben. Also ging er zur Kasse, rief die Kellnerin zu sich und fragte sie, ob sie ihm zwei Fünfziger zu einem Hunderter wechseln könne. Sie nickte grantig und übergab ihm den oben aufliegenden Geldschein, mit dem der Sikora eben bezahlt hatte und dessen Seriennummer auf dem Block des Wirtes stand. Als dieser nach seinem Hunderter fragte und der Wessely hochmütig verkündete, dass er ihn längst in die Kasse zurückgezaubert habe, lächelte der Geldscheißer-Franz still in sich hinein. Der Krutzler, der Sikora und der Praschak waren längst über alle Berge. Und als der Wirt seinen Hunderter nicht vorfand, drohte er nicht nur damit, den Geldschein aus dem jetzt kreidebleichen Wessely herauszuprügeln, er setzte Angedrohtes auch mit tatkräftiger Unterstützung seiner angetrunkenen Kundschaft um.

So viel Farbe wie in den nächsten Wochen habe der Wessely sein Lebtag nicht im Gesicht gehabt, spottete der Alte vom Praschak, dem die halbseidenen Aktivitäten seines Sohnes längst ein Dorn im Auge waren. Er verpasste ihm eine Kopfnuss, ohne zu wissen wofür. Der Mutter sagte er, dass sie nicht so schauen solle. Der Bastard wisse ganz genau, wofür er die Schläge kassiere. Er verbot seinem Sohn nicht nur den Umgang mit dieser Bagage, sondern verdammte ihn auch zu wochenlangen Diensten im Kühlhaus der Fleischerei.

Ein paar Tage nach dem Reinfall flatterte ein Brief ins Krankenbett vom Wessely. Die Nonnen gaben sich erstaunt, denn der Junge hatte noch nie Post erhalten. Trotzdem öffneten sie das Kuvert nicht. Vermutlich um Probleme zu vermeiden. Im Falle des Bleichen musste man immer auf Unannehmlichkeiten gefasst sein.

Der Wessely wartete, bis sich die Nonnen verflüchtigt hatten. Die freudige Überraschung ließ ihn für einen Moment die Schmerzen in seinem Gesicht vergessen. Der Geldscheißer-Franz hatte seinem Namen alle Ehre gemacht. Der Wessely zog die zwei Fünfziger heraus. Auf dem beigelegten Zettel stand nur ein Wort: *Respekt*. Die Initialen des Absenders G. F. kannte in Erdberg damals jeder, der sie kennen wollte. Da der Wessely für die nächste Bordellrunde ausfiel, teilte er die Beute zwischen dem Krutzler und dem Sikora auf. Die Respektsbekundung vom Geldscheißer-Franz hob er sich auf. Sie war ihm wertvoller als die zwei Fünfziger.

Die beiden Geldscheine hatten allerdings auf den Sikora und den Krutzler nicht die Wirkung, die er sich erhofft hatte. Gleichmütig übernahmen sie die Beute. Ob irgendwer gestorben sei?, fragte der Wessely. Ob sie etwas verbockt hätten? Ob sie sich gestritten hätten? Ob sie sich in dieselbe Frau verschaut hätten?

Letzteres traf schon eher zu, wobei es sich wesentlich prekärer verhielt. Die beiden schwiegen sich aus. Man löse das untereinander. Der Wessely vertrug es schlecht, wenn man ihn nicht einweihte. Außerdem war er der Ansicht, dass man die Finger von gewissen Frauen zu lassen hatte. Man könnte viele Freunde, aber nur eine Liebe haben. Und wenn sich auch noch zwei Mannsbilder auf das gleiche Weibsbild würfen, dann sei das, als ob man sich um ein Kellerloch streite. Die Welt sei groß genug. Also entweder die beiden würden sich diese Frau wie Freunde eine Packung Zigaretten teilen oder beide vergäßen sie auf der Stelle wieder. Der Krutzler und der Sikora seufzten und sagten, dass er die Sache völlig falsch verstehe. Nein, auch die Karten seien der Sache nicht zuträglich. Dann gingen sie und der Wessely wäre in seinem Lebtag nicht draufgekommen, dass es sich um die Mutter vom Sikora handelte.

Der Sikora war der Sohn einer Hure, die halb Erdberg in die körperliche Liebe eingeführt hatte. Man sagte, sie habe sich sogar von ihrem eigenen Sohn dafür bezahlen lassen. Wobei, man munkelte viel und dass der schlaksige Sikora ausgerechnet mit der gestauchten Sikora schlief, das glaubte eigentlich niemand. Aber es gab eine starke Verbindung zwischen Mutter und Sohn, weil der Sikora seinen Vater nie kennengelernt hatte. Nicht, dass die alte Hure den Namen nicht gekannt hätte. Sie verriet ihn ihrem Sohn bloß nicht. Warum? Weil es ihn nichts angehe. Ob er eine wichtige Persönlichkeit sei? Nein. Ob er verheiratet sei? Nein. Ob er besonders groß sei? Na, größer als sie sei bald wer. Ob er ein Zuhälter sei? Nein. Ob er ihn kenne? Vielleicht. Die Lieblosigkeit seiner Mutter war bestimmt ein Grund, warum das Herz vom Sikora später so frequentiert wie ein Laufhaus war. Der Sikora schaffte es, sich in jede letztklassige Hure zu verlieben. Und letztendlich waren es der Wessely und der Krutzler, die ihn oft vor dem Schlimmsten bewahrten.

In diesem Fall verhielt sich die Sache allerdings anders. Die Sikoramutter hatte es nämlich schon länger auf den jungen Krutzler abgesehen. Ihr war es völlig egal, ob er ein Freund ihres nichtsnutzigen Sohnes war. Eine wie die Sikora wusste: Am Ende bedeutete Freundschaft nichts. Auch die Liebe nicht. Für diese Erkenntnis hätte es all die Enttäuschungen gar nicht gebraucht. Jede Freundschaft wurde für fünf Minuten Geschlechtsverkehr verraten. Und die Liebe landete sowieso stets bei denen, die sie nicht verdienten. Als ob sie ein Produkt des Teufels wäre. Wie gesagt, die Sikora kannte ja den Vater vom Sikora. Mit erhobenem Haupte sei sie Hure geworden. Sie stehe jetzt auf der anderen Seite der Theke. Denn in Wahrheit gebe es nur zwei Arten von Menschen. Kunden und Anbieter. Und der Kunde sei nie König. Jemand, der glaube, er sei der König, sei in Wahrheit immer der Knecht, hatte die Sikora ihrem schlaksigen Nichtsnutz mit auf den Weg gegeben. Aber der interessierte sich nicht für die Lebensweisheiten seiner Hurenmutter. *Verlass dich auf keinen Menschen. Nicht einmal auf dich selbst. Die Hure und der Dieb sind die einzigen freien Menschen. Ihnen kann keiner etwas anhaben.*

Wobei die Sikora eine ehrgeizige Hure war. Für sie zählte nur, ob sie einen so weit brachte oder nicht. Das war eine messbare Größe. Und wenn nicht, dann nahm sie das persönlich. Da ihre Persönlichkeit wie ihr Körper von zwergenhaftem Ausmaß war, ließ sie so lange nicht locker, bis sie eines Mannes Herr geworden war.

Zwei Jahre lang widerstand ihr der Krutzler, obwohl sie ihn dafür bezahlt hätte. Der Gedanke, mit der Mutter eines Freundes geschlechtlich zu werden, stieß ihn ähnlich ab, wie mit seiner eigenen Mutter zu schlafen. Aber genau in der Woche, als der Wessely ausfiel und man deshalb von allen Einnahmen abgeschnitten war, gab er ihr nach. Aufgrund der monetären Durststrecke war es dem Krutzler verwehrt gewesen, die käuflichen Damen in Anspruch zu nehmen. Er hatte sich aber recht schnell an den häufigen Geschlechtsverkehr gewöhnt. Der Krutzler musste sich sowohl cholerisch als auch sexuell regelmäßig entladen, sonst drohte er aus der Haut zu fahren. Nach sieben Tagen Entzug hatte die alte Sikora ein leichtes Spiel. Der Riese soll die Zwergin förmlich in die Ohnmacht befördert haben. Man sagte, sie habe nicht genau gewusst, ob es mehr das Temperament oder die Libido gewesen sei, die sich Erleichterung verschafft habe.

Auf jeden Fall hatte der Sikora die beiden dabei erwischt. Wie ein kleiner Junge war er plötzlich im Zimmer gestanden. Ähnlich wie der Krutzler als Kind seinen Alten gestellt hatte. Ähnlich war auch dessen Reaktion. Er drohte dem schlaksigen Freund Prügel an, die ihn auf die Größe seiner Mutter korrigieren würden, wenn er nicht augenblicklich das Zimmer verlasse. Er war ganz sein eigener Vater geworden. Als er das merkte, schob er die Hure zur Seite und übergab sich so ausgiebig, bis er das Gefühl hatte, dass kein Partikel seines Alten mehr in ihm vorhanden war. Dann hatte er wortlos die Tür hinter sich zugeschlagen und den Sikora bis zum Besuch beim Wessely gemieden.

Als sie das Heim verließen, trotteten sie schweigend nebeneinanderher. Der Sikora schlurfte schlaksig und der Krutzler schleppte seine schweren Knochen. Beide gesenkten Hauptes. Stur wichen sie keinen Millimeter voneinander. Ohne ein Wort. Ohne Ziel. Ohne Verständigung. Sie schwiegen die Sache gemeinsam aus. Am Ende blieben sie stehen, sahen sich lange an und der Krutzler erdrückte den Sikora mit einer Umarmung, die diesen beinahe das Leben gekostet hätte.

Damit war die Sache gegessen. Ein paar Jahre später starb die alte Sikora an Syphilis, was halb Erdberg in Panik versetzte. Das war während des Krieges. Daher war ihr Sohn verhindert, am Begräbnis teilzunehmen. Vermutlich wäre er auch in Friedenszeiten nicht gekommen. Die Umstände hatten es nicht mehr erlaubt, dass sie ihm den Vater offenbarte. Das war auch nicht nötig. Der Sikora fand es später auch ohne sie heraus.

Als der Wessely nach vier Wochen zum ersten Mal das Heim verließ, machte man genau dort weiter, wo man aufgehört hatte. Man schwor sich, dass eine Frauengeschichte niemals ihre Freundschaft stechen dürfe. Das verhielt sich wie beim Kartenspiel, das die vier immer dann strapazierten, wenn Konflikte nicht zu lösen waren. Der Wessely hatte schon damals stets seinen gefürchteten Stoß dabei. Angeblich hatte er die Karten sein Leben lang nicht ausgetauscht. Sie brachten ihm Glück. Und Glück war das Gegenteil von *Kischew*. Wenn einer Unglück brachte, musste man sich ihm entledigen. Denn das Schicksal war wie ein zu warmer Mantel, den man ausziehen konnte.

    Mit zunehmendem Alter gab es immer weniger Entscheidungen, die der Wessely nicht von den Karten treffen ließ. Man sagte, das sei ihm am Ende zum Verhängnis geworden. Jemand, der sich beim Kartenspiel aufs Glück verließ, verstand nichts vom Mischen. Das war ähnlich wie mit dem Schicksal. Wer keinen Plan hatte, musste an den Zufall glauben.

    In den jungen Jahren gab es aber kaum Umstände, bei denen man die Karten sprechen ließ. Da ging es meistens um Frauen und dabei kam man sich so gut wie nie in die Quere. Der schlaksige Sikora verliebte sich schneller, als der Wind drehen konnte. Der grobschlächtige Praschak bevorzugte solche, bei denen es genügend zum Abschneiden gab. Der blutarme Wessely hatte überhaupt kein Interesse an ihnen. Er nahm daher jede, die er kriegen konnte. Und dem Krutzler ging es von Beginn an um das Geschäftliche. Er fühlte sich nur bei den käuflichen Damen daheim. Zusammengezählt hatten sie in weiblicher Hinsicht schon damals die Herrschaft über Erdberg inne.

Nur an einer bissen sie sich die Zähne aus. Sie hieß Muschkowitz, kurz Musch, war siebzehn Jahre alt und eine Männerfresserin, weil ihr der Feuervogel – so nannte man den rothaarigen Hausmeister, von dem nicht wenige glaubten, dass er der Teufel sei – bereits mit dreizehn einen Balg in den Unterleib bugsiert hatte. Bevor sie ihn aber zur Rechenschaft ziehen konnte, hatte sich dieser mittels eines Schlaganfalls auf die Baumgartner Höhe absentiert. Sabbernd saß er im Heim und ahnte nichts von seinem Kind, von dem er vermutlich ohnehin nichts wissen wollte.

Die Musch, die zwar klein, aber dafür umso unberechenbarer war, ließ keinen Mann näher als auf Schlagnähe an sich heran. Natürlich weckte das nicht nur den Sportsgeist vom Krutzler. Auch die anderen sahen es als eine Art Mutprobe an. Denn mit einer ernsthaften Eroberung rechnete niemand. Eher trachtete man danach, mit dem Leben davonzukommen.

Im Falle der Musch mussten die Karten entscheiden. Der Wessely mischte, jeder zog und die höchste Karte gewann. Das Erdberger Stoßspiel war noch primitiver als das gängige, das nur unter strenger Regulation der großen Galerie stattfinden durfte. Und wo es um ungeheuer viel Geld ging. Von einer echten Stoßpartie waren die vier damals noch so weit entfernt wie Erdberg von Madagaskar. Die höchste Karte zog der Krutzler und damit begann eine Geschichte, die ihn sein Leben lang begleiten sollte. Man konnte es nicht Liebe nennen. Eher eine Art Nahkampfdisziplin, bei der es darum ging, wer am Ende stehen blieb. Wobei der junge Ferdinand nicht unraffiniert zur Sache ging. Vorgegebenes Ziel war es, die Unterhose der Musch als Pfand einzuheimsen. Originell in Sachen Amour waren die vier schon in frühen Jahren nicht. Stellte sich nur die Frage, wie man einem Polyphem sein Heiligstes abnimmt.

Der Krutzler entschied sich für eine Art Trojanisches Pferd. Und spielte es über den damals vierjährigen Herwig, der nicht nur die roten Haare seines Vaters geerbt hatte, sondern auch die Gemütsschwankungen seiner Mutter. Er galt als unnahbar und außer mit seiner Mutter sprach er mit niemandem. Lange wurde er deshalb für stumm gehalten. Es sei eben nicht jedes Kind mit Sommersprossen niedlich. Dieser Herwig sei eine richtig hinterfotzige Sau, sagten viele. Da man aber die Mutterliebe der Musch mehr fürchtete als jede Naturkatastrophe, machte man einen Bogen um das Kind. Vielleicht wäre die Geschichte mit dem Herwig später anders ausgegangen, wenn man ihm wenigstens einen Freund zugestanden hätte.

Den Krutzler schreckte das naturgemäß nicht ab. Er konnte immer mit den Schwierigen besser als mit den Einfachen. Einer, der allen gleich sympathisch sei, stelle sich später mit Sicherheit als mordsdrum Unsympathler heraus. Umgekehrt sei niemand nur ein Arschloch, so gesehen seien ihm die sogenannten Arschlöcher auf Anhieb weniger suspekt gewesen, weil sie meistens ihre guten Seiten vor den anderen nur verborgen hielten. Schließlich gehe es im Leben nicht darum, was einem offenbart, sondern was einem vorenthalten werde. Von der Schatzsuche verstand der Krutzler schon damals mehr als die anderen. Das nannte man Menschenkenntnis.

Zum Herwig fand er sofort einen Zugang, weil der Krutzler dessen Achillesferse kannte. Denn bereits im zarten Alter von vier hatte der Rotschopf eine Vorliebe für animalische Raritäten. Ein Laster, das wiederum dem Herwig später zum Verhängnis wurde und woran der Krutzler nicht ganz unschuldig war.

In den Dreißigerjahren war es in Erdberg kein Leichtes, jemanden mit einer exotischen Spezies zu versorgen. Allerdings war es dem Krutzler gelungen, ein prachtvolles Exemplar einer Vogelspinne zu ergattern, das er dem Herwig in einer Schuhschachtel zum Spielen überließ. Das Vergnügen währte nicht lang. Denn als die Musch von etwas zurückkam, über das sie nie redete, über das man aber in ganz Erdberg munkelte, saß das fette Untier auf Herwigs Schulter, was zu einer Reaktion führte, die selbst der Krutzler nicht für möglich gehalten hätte.

Die Musch kannte keine Angst. Selbst eine Armee Erdberger Halbstarker vermochte ihr keinen Respekt einzuflößen. Aber beim Anblick dieser Spinne boxten ihre Fäuste gegen unsichtbare Windmühlen. Sie schrie wie am Spieß. Nicht einmal bei der Geburt ihres Balgs hatte sie so geschrien. Die Nachbarschaft ging in Deckung und rechnete mit Mord. Doch der Krutzler fasste sie an der Gurgel und unterbreitete ihr ein Angebot, das kurzfristig Frieden, langfristig aber Krieg bedeutete. Denn selbst als die Herzen der beiden aufeinander einschlugen, wurde dieses damals begonnene Spiel nie beendet. Am Ende ihres Lebens waren sie sich nichts schuldig geblieben. Widerwillig händigte ihm die Musch ihre Unterhose aus. Im Gegenzug befreite der Krutzler ihren Sohn von dem Ungetüm. Er solle sich damit sein Schwanzgift wegwischen, wenn er von ihr träume, fauchte sie. Stattdessen legte er die Unterhose säuberlich in seine Schatzkiste, wo er sonst nur Geld und Waffen aufbewahrte.

Der ausgezehrte Wessely, der riesige Krutzler, der schlaksige Sikora und der vierschrötige Praschak. Später dann der Bleiche, der Notwehrspezialist, der Zauberer – nur der Praschak blieb der Praschak, weil man über seine eigentliche Qualität schon immer kein Wort verlieren durfte. Als Sohn des Fleischers hätte er eigentlich ausgesorgt gehabt, weil Fleisch wurde in Erdberg immer gegessen, selbst als es keines gab. Aber im zarten Alter von siebzehn stand man verständlicherweise lieber Schmiere, als dass man irgendwelche Schweinshaxen zerlegte.

Schnell gab man sich nicht mehr mit kleinkarierten Gaunereien zufrieden. Man machte sich selbstständig, auch wenn der Erdberger Markt ein regulierter war. Die Herren der großen Galerie sahen es nicht gern, wenn man sich über ihre Herrschaft hinwegsetzte, aber gleichzeitig goutierte man die Zielstrebigkeit der neuen Generation. Solange es mit Stil passierte, drückte man ein Auge zu. Und Stil konnte man den vieren nie absprechen. Sie begriffen schnell die Bedeutung einer persönlichen Handschrift.

Die Erdberger Spedition, wie die vier ihre Unternehmung nannten, hatte sich weniger auf das Bringen als auf das Abtransportieren von Dingen spezialisiert. Wobei die Aufgabenstellung klar verteilt war. Der Sikora konnte schon damals durch Wände gehen. Kein Schloss, das sich nicht auf seine Bitte öffnete. Der Wessely spähte die infrage kommende Kundschaft aus und der Krutzler, der mit seinem Salär noch immer den schönen Gottfried und den Rest der Familie durchfütterte, konnte eine Wohnung in weniger als zehn Minuten *evakuieren*. Diese Handschrift rang selbst den alten Galeristen Respekt ab. Da waren junge Persönlichkeiten am Werk. Das goutierte man. Und deshalb ließ man ihnen ihre Entwicklung.

Natürlich musste man vorsichtig agieren. Die Evakuierung einer Liegenschaft war kein Hundertertrick. Man hatte aus der Geschichte mit dem Geldscheißer-Franz gelernt. Übermut war der Feind des Erfolges. Man einigte sich darauf, nie mehr als eine Wohnung im Monat auszuräumen. Eine umso größere Bedeutung kam dadurch dem Wessely zu. Wochenlang spähte er Häuser aus, um das geeignete Objekt zu finden. Er gab sich als Handwerker, Postmann, Makler oder Vertreter aus, um Einblick in diverse Immobilien zu erhalten. Er sagte, man könne sich gar nicht vorstellen, wie manche Leute hausen. Wenn man bedenke, dass Gott Einblick in alle Existenzen habe, verstehe man dessen Abwesenheit.

Der Wessely trug seine Beute stets bei sich. Im Futter seiner Lederjacke, die er nie auszog, hatte sich mehr Geld angesammelt als in gängigen Schweizer Schließfächern. Der Wessely war davon überzeugt, dass er selbst uneinnehmbarer als jeder Tresor war. Der Sikora versteckte sein Hab und Gut bei unterschiedlichen Frauen. Da man ohnehin keiner trauen könne, achtete er darauf, dass sich die Damen nicht kannten. Der Praschak hob sich gar nichts auf. Er investierte alles in die Fleischerei. Vermutlich aus schlechtem Gewissen gegenüber dem Vater, der in diesem Fall nicht lang fragte, woher das Geld stammte.

Und der Krutzler hatte sich für die Frau im Turban entschieden, die er unter dem Parkettboden der Tante Elvira versteckt hielt.

Ihr Blick betörte ihn. Ihre schwarz geschminkten Augen verhießen Unerreichbarkeit. Die Brosche mit den ägyptischen Ornamenten gab keine Geheimnisse preis. Der schwarze Hintergrund verriet keinen Ort. Die leichte Verächtlichkeit in ihrem Blick. Er fragte sich, welche Farbe ihre orientalischen Kleider hatten. Er schätzte Gold und Rot und Türkis. Aber er konnte es sich nicht vorstellen. Egal, wie lange er das schwarz-weiße Bild anstarrte. Woher kam sie? War sie Engländerin, Deutsche, Französin? Vielleicht sogar Lettin? Alles schien möglich. Er wusste nichts. Aber ihr Blick fing ihn jedes Mal, wenn er frische Beute in die Schatulle legte, deren Deckel die Fotografie dieser Frau zierte.

Der Krutzler hatte seine Schatzkiste einem besonderen Coup zu verdanken. Obwohl der Wessely natürlich nicht geahnt hatte, welchen Glücksfall er da ausgesucht hatte. Es war die Bleibe eines jungen Mannes, der angeblich mit Wohnungen reich geworden war. Da er Banken offenbar nicht vertraute, hob er sein gesamtes Vermögen in ebendieser Schatulle auf, die der Krutzler später im Parkettboden der Tante Elvira versteckte. Und dieses Vermögen war beträchtlich. Zumindest für die vier Erdberger, die gerade ihr achtzehntes Lebensjahr vollendet hatten.

Aufgrund der Menge des gefundenen Geldes hatte sich natürlich die Frage gestellt, ob man die Wohnung überhaupt evakuieren sollte. So eine Räumungsaktion stellte ein Risiko dar. Während der Praschak unten Schmiere stand und noch nichts ahnte von dem Fund, wurde oben gestritten. Der Riese, der in wenigen Minuten ganze Wohnungen zerlegen konnte, fühlte sich nicht nur um den halben Spaß betrogen, sondern war auch der Ansicht, dass man gerade in solchen Fällen nicht auf die Handschrift verzichten durfte. Er empfinde es als Übermut, großspurig auf die Einnahmen des Interieurs zu verzichten. Übermütig wäre es viel eher, jetzt gierig zu werden, so der Wessely. Man müsse wissen, wann es genug sei. Er, der Krutzler, könne als Erinnerung gerne die Schatulle behalten. Aber der Rest bleibe hier. Der Sikora begann nervös auf seinen langen Beinen herumzuzappeln. Wenn man noch lang diskutiere, dann könne man sich gleich selbst die Handschellen anlegen.

Wie meistens gewann die Sturheit vom Krutzler. Trotzig hielt er seine Arme verschränkt und drohte unverrückbar stehen zu bleiben, wenn man sich nicht an die Statuten der Erdberger Spedition halte. Ob er jetzt völlig deppert sei, fluchte der Wessely. Man sei ja nicht bei einem beschissenen Verein. Widerwillig begann er die Wohnung auszuräumen. Der Nachbar fragte die Spediteure, wohin der sympathische junge Mann denn ziehen würde. Nach Timbuktu, gab der missgelaunte Wessely zurück. Beinahe wäre ihm der falsche Schnurrbart von der Oberlippe gerutscht. Ob sie Brüder seien? Der Herr solle nicht so neugierig sein, fauchte der Bleiche. Der Sikora musste dazwischengehen. *Ja, Brüder.* Der alte Mann musterte die drei. Außer den Schnurrbärten würden sie gar keine Ähnlichkeit aufweisen, stellte er misstrauisch fest. Worauf der Krutzler nur meinte: Unterschiedliche Mütter. Mütter? Nicht Väter? Nein, Mütter. Das sei selten, so der alte Mann, der genau das zu Protokoll gab, als ihn die Polizei später vernahm. Mehr falle ihm nicht ein. Auch daran war die Polizei gewohnt. Man kannte inzwischen die Handschrift der Erdberger Spedition. Trotzdem gelang es nicht, sie zu überführen.

Die vier verstanden ihr Metier als Kunst. Aber anders als der Kunstmaler, der Jahre zuvor noch wenige Hundert Meter Luftlinie entfernt gewohnt hatte. Der wähnte sich auch in der Politik als Künstler, wäre aber besser Maler geblieben. Trotzdem schien das Schicksal der Erdberger Buben und des Führers auf unsägliche Weise miteinander verstrickt zu sein. Denn es war jener Großverbrecher, der aus den Kleinganoven der Vorkriegszeit die Großverbrecher der Nachkriegszeit machen sollte.

Der Tag, der alles veränderte, war der Tag des Anschlusses. Am 15. März 1938 stand halb Wien bei Kaiserwetter am Heldenplatz. Die Straßen waren leer gefegt. Außer Weihnachten hätte es keinen idealeren Tag für *Evakuierungen* gegeben. Und so täuschten die damals gerade volljährigen Burschen vor, sich für den Führer schön anzuziehen, um eine Arbeitsschicht einzulegen. Der Nazi-Huber sagte später, die Tatsache, dass sie den Führer als Alibi missbraucht hätten, käme einer Blasphemie gleich und verschärfe die Angelegenheit enorm.

Der Nazi-Huber hatte zuvor schon viele Götter angebetet. Zuerst den Kaiser, dann den Dollfuß, jetzt den Führer. Die alte Krutzler nannte ihn einen *Springer*. Und ganz Erdberg lachte hinter seinem Rücken, auch wenn es da wenig zu lachen gab, denn während der Nazizeit baute sich der Huber seine eigene Spedition auf, die sich um die liegen gelassenen Wohnungen der Juden kümmerte. Der Nazi-Huber war kein Ideologe, sondern eine richtige Sau, von der man eine ähnliche Meinung hatte wie von Kinderschändern im Gefängnis. Und so schob er von Anfang an Hitler vor, obwohl es natürlich nur um ihn selbst ging, denn die Burschen hatten nicht ganz zufällig die Wohnung vom Nazi-Huber evakuiert. Einerseits, weil sie von ihm sicher waren, dass er am Heldenplatz stand. Andererseits, weil man dem aufgeblasenen Nazi einen Denkzettel verpassen wollte. Insofern konnte man das Ganze auch als politischen Widerstand deuten, was natürlich dem Nazi-Huber zusätzlich in die Hände spielte. Weil mit Kritik konnte der Gröfaz schon damals nicht umgehen.

Auf jeden Fall war der Nazi-Huber nach der Hitlerrede beseelt heimgekommen. Er hatte eine ganze Entourage an Lakaien und leichten Mädchen dabei. In aufgekratzter Vorfreude auf die stattzufindende Orgie sperrte er seine Palaiswohnung auf. Diese hatte er sehr günstig einem jüdischen Kaufmann abgeluchst, der die politische Großwetterlage rechtzeitig erkannt und seine Beine in die Hand genommen hatte, solange es noch ging.

Der Nazi-Huber wollte gerade zu einem triumphalen Monolog vor der Entourage ansetzen. Der spätere Sturmbannführer kam aus kleinen Verhältnissen. Dementsprechend wichtig war ihm alles, was groß war. Man hatte den Eindruck, sein eingefrorenes Gesicht falle vom vierten Stock runter auf die Straße und zerschelle dort vor den Augen der feiernden Nazibrut, als er die ausgeräumte Wohnung sah. Nicht einen Sessel hatten sie stehen gelassen. Schlüsselfertig. Gerade, dass sie nicht auch noch den Boden aufgewischt hatten. Einer der Schergen scherzte, ob der Herr Sturmbannführer erst einziehe.

Mehr hatte der arme Kerl nicht gebraucht. Mit Humor taten sich die Nazis noch schwerer als mit Bolschewiken.

Dem armen Scherzer wurde aufgetragen, die Übeltäter zu finden. Sollte ihm das bis zum Abend nicht gelingen, würde man an ihm ein Exempel statuieren, was passiere, wenn man sich über den Führer lustig mache. Dass sich der Scherz auf den Nazi-Huber und nicht auf den Führer bezog, das verbiss sich der Scherzer. Auch wenn es ihm schwerfiel. Da ihm sein Leben, das jetzt plötzlich voller Hoffnung auf Karriere und Reichtum war, gerade sehr wertvoll erschien, strengte er sich an, die Schuldigen zu finden. Mit SA- und SS-Uniformierten zog er durch Erdberg, drohte, versprach, erpresste so lange, bis die in Wien gut geölte Denunziationsmaschine angeworfen war und gegen späten Nachmittag die ersten Hinweise eintrafen.

Noch vor dem Abendessen hatten sie den Krutzler, den Wessely und den Sikora verhaftet. Nur der Praschak war davongekommen. Sein Vater, ein alter Sozialist ohne Nationalstolz, hatte seinen einzigen Sohn gedeckt. Gleichzeitig hatte er dessen Not dazu benutzt, ihm das Versprechen abzuringen, die Fleischerei zu übernehmen. Ansonsten würde er den Dreckspatz, so nannte er seinen Sohn in zärtlichen Momenten, an die Nazibrut ausliefern. Weiß der Teufel, was denen dann einfalle. Wie die Viecher seien die Herrenmenschen. Der Fleischer hasste die Nazis noch mehr als die Katholiken.

Und tatsächlich konnte der junge Praschak froh sein, auf so große Vaterliebe gestoßen zu sein. Denn schon kurze Zeit später brachte man den Wessely, den Krutzler und den Sikora zum Westbahnhof und setzte sie in einen Zug nach Dachau. In Summe waren sie siebenundfünfzig Jahre alt. Und danach war nichts mehr, wie es zuvor gewesen war.

DIE GROSSE
REISE

ALS DIE KRUTZLERMUTTER von der Deportation ihres Sohnes erfuhr, sagte sie nur, dass sie von Anfang an kein gutes Gefühl bei dem Bastard gehabt habe. Schon bei der Geburt habe sie gespürt, dass alles nur vergebene Mühe gewesen sein würde. Was mache es für einen Sinn, einem Kind das Laufen, das Sprechen und das Essen beizubringen, wenn es am Ende ohnehin vor einem sterbe.

Ihre Schwester Elvira fragte sich, wer in Zukunft für den Unterhalt aufkommen würde. Schließlich wohne die ganze Bagage in ihrem Haus und liege ihr auf der Tasche. Sie habe sich über die letzten Jahre einen gewissen Standard erarbeitet und sehe jetzt nicht ein, von diesem abzuweichen. Sie lachte sich schließlich einen Arier mit tschechischem Namen an, der die Aufgaben des jungen Krutzler schnell übernahm. Schließlich waren die Verbrecher an der Macht und verunmöglichten es naturgemäß den anderen Verbrechern, ihrer Tätigkeit nachzukommen.

Die Elvira brauchte aufgrund der neuen Situation ganz plötzlich *Lebensraum* und stellte die verbliebenen Krutzlers vor die Tür. Da ging der Alten vermutlich für einen kurzen Moment ihr Jüngster ab, weil auf den schönen Gottfried in finanziellen Dingen kein Verlass war. Ihr blieb nichts anderes übrig, als sich bei einem alten Juden namens Goldberg einzuschmeicheln, der offenbar ein schiefes Auge auf den schönen Gottfried geworfen hatte, was die alte Krutzler zwar nicht goutierte, aber für sich nutzte. Als Ergebnis ihrer freundschaftlichen Zuwendung vermachte ihr Goldberg ein Haus im Strombad Kritzendorf. So erzählte es zumindest die alte Krutzler jedem, der nach fünfundvierzig gefragt hatte. Faktum war, dass es den alten Goldberg aufgrund der widrigen Umstände von der Donau nach Übersee zog und er die beiden Vertrauenspersonen bat, das Haus im Hochwassergebiet für ihn *unter die Fittiche* zu nehmen.

Unter die Fittiche hieß konkret, dass er der Krutzler das Haus überschrieb, damit es nicht in germanische Hände fiel. Selbstverständlich in der Annahme, dass die Krutzler, nachdem das Intermezzo der Herrenmenschen überwunden sein würde, rückerstattete, was nicht ihr gehörte. So verbrachte die Krutzler die Kriegsjahre im Stelzenhaus an der Donau und wartete auf ein Hochwasser, das nie kam. Der schöne Gottfried durfte ab achtunddreißig endlich seiner Fliegerleidenschaft nachgehen und schickte ihr die Ansichtskarten, die den Krieg wie eine organisierte Rundreise erscheinen ließen. Mit der Elvira sprach sie bis zu ihrem Tod kein Wort mehr. Erst als diese braun gebrannt unter der Erde lag, ging sie ihre Schwester täglich besuchen. Wahrscheinlich, weil sie nicht mehr zurückreden konnte.

Der Krutzler, der Wessely und der Sikora gingen also niemandem ab. Das spürten die drei sofort. Nicht einmal der Praschak war am Bahnhof erschienen. Der musste bereits in der Fleischerei seine Dienste versehen. Nur die Musch winkte von Weitem. Sie hatte keine Angst vor den Nazis. Aber sie staunte nicht schlecht, als sie dort die halbe Wiener Prominenz aufgefädelt stehen sah. Den kenne sie, den kenne sie. *Woher?* Aus der Zeitung, sagte sie dem Krutzler. Also wenn da so viel Prominenz mitreise, würde es bestimmt nicht schlimm werden. Vielleicht werde der Krutzler von dem einen oder anderen sogar ein Autogramm ergattern. Man komme ja selten mit so viel *Persönlichkeiten* zusammen. Der Krutzler fragte, ob sie jetzt völlig deppert sei. Daraufhin steckte sie ihm eine Unterhose zu. Wenn ihm die Nazis auf die Nerven gehen würden, dann solle er daran riechen. Sie habe ein besonderes Odeur für ihn zusammengebraut. Alles handgemacht, sagte sie. Und zwinkerte ihm zu. Er solle ja nicht vergessen, dem Herwig ein Geschenk mitzubringen. Der sei ganz enttäuscht, dass sie ihm die Vogelspinne weggenommen habe. Dann wurden die drei unsanft in den Zug bugsiert. Und selbst die Musch hatte kein gutes Gefühl.

Die drei stiegen schon als Persönlichkeiten in den Zug. Aber als sie zurückkamen, waren sie geschliffene Diamanten. Weniger was den Glanz als was die Härte betraf. Im Zug war der Krutzler fast ein wenig stolz, dass er mit so vielen Berühmtheiten inhaftiert wurde. Das war gut für den Stand. So viele Brillenträger hatte er sein Lebtag noch nicht gesehen. Gegenüber von ihm saß der Wessely, der sich schon nach Ausreißmöglichkeiten umsah. Das erkannte der Krutzler sofort. Vergeblich allerdings. Auch das erkannte er sofort.

Der Sikora, der ein paar Reihen weiter saß, starrte auf sein Gegenüber, der seine Blicke nicht bemerkte, weil er wie besessen Worte zwischen Noten kritzelte. Offenbar war der Librettist stark kurzsichtig. Er hatte für seine Arbeit die runde randlose Brille abgelegt, was ihn vollends von der Welt zu trennen schien. Der Sikora starrte ihn unverhohlen an. Aus diesem Geschöpf war sie entstanden. Er hatte sie gezeugt. War es schnell gegangen? War er laut gewesen? War es dunkel oder hell gewesen? Tag oder Nacht? Liebe oder Hass? Würde der Sikora seinen Vater erkennen, wenn er ihm gegenübersäße? Er prägte sich die Ähnlichkeiten ein wie Puzzlesteine, damit er sie jederzeit zu ihrem Gesicht zusammensetzen konnte.

Er hatte sie nur kurz am Bahnhof gesehen. Wie sie ihrem Vater die Notenblätter zusteckte, als hätte er sie für einen Arbeitstermin vergessen. Als hätte das Werk einen Abgabetermin, der unbedingt eingehalten werden müsste. Als könne die Unterbrechung der täglichen Routine den sofortigen Tod bedeuten.

Ihre spitze Nase. Ihre grünen Augen. Ihr hochgestecktes braunes Haar. Ihre langen dünnen Finger. Ihre geschwungenen Backenknochen. Ihre souveränen Lippen. Er hatte die Librettistentochter angesehen, wie man jemanden ansah, von dem man wusste, dass man ihm wiederbegegnen würde. Er hatte ihr einen Blick zugeworfen. Einer, der sie kurz aus ihrem Schlafwandel gerissen hatte. Er hatte sie sofort geliebt. Vermutlich weil er keine Noten lesen konnte. Man sagte, viele danach hätten der jungen Frau ähnlich gesehen. Aber keine hätte das Puzzle vollendet.

Der Sikora sah den Vater an. Sollte er ihn ansprechen? Würde er ihm von seiner Tochter erzählen? Würde nicht jedes Wissen die Insel verkleinern? Jetzt war sie ein Kontinent, in dem alle Klimazonen vorkamen. Das durfte er nicht gefährden. Lieber starrte er auf den Mann wie auf ein

Stück Landschaft, das einem gefällt, das einem aber nichts zu erzählen hat. Verschlossene Menschen weckten stets den Einbrecher im Sikora. Erst jetzt sah er den handschriftlichen Titel, der über den stummen Noten geschrieben stand. *Zu viele Hunde sind des Hasen Tod.*

Keiner der drei sprach später mit irgendjemandem über das, was in diesen Jahren passiert war. Wenn einer fragte, dann waren sie in Klausur gewesen. Mehr war aus keinem rauszukriegen. Die Klausur sollte aber alles ändern. Nur eines blieb gleich. Nämlich die ewige Freundschaft, die sie sich partout ein paar Tage vor der Verhaftung geschworen hatten. Ein Ehrenkodex, der gebot, stets für den anderen sein Leben aufs Spiel zu setzen, nichts zu verraten und das Eigentum der Freunde auch als das eigene anzusehen. Das bezog sich sowohl auf Gegenstände als auf Frauen. Da machten die drei keinen Unterschied.

Untermauert wurde dieser Schwur durch ein Ritual, das gleichzeitig eine Absicherung darstellte. Weil Schwur war gut. Aber deshalb traute man einem anderen Erdberger noch lange nicht über den Weg. Mit Blut unterzeichnete man einen Vertrag, der festhielt, dass jedem der drei bei den anderen ein Wunsch freistand, den derjenige unter gar keinen Umständen ablehnen durfte. Selbst wenn man nach seinem Leben trachtete. Genau genommen war ein Todeswunsch mit einem Gegenwunsch zu neutralisieren. Man sollte also behutsam mit seinen Begehrlichkeiten umgehen. Sollte man dem Wunsch nicht nachkommen, würde das gesamte Vermögen auf die beiden anderen übergehen.

Ob das juristisch hielt oder nicht, war im Wesentlichen egal. Ein Schwur zählte mehr als jedes Gesetz und stand sogar über dem Willen Gottes, von dem in Erdberg gar nicht so wenige fürchteten, dass es ihn gab.

In Dachau wurde den Prominenten ein großer Empfang bereitet. Sie sorgten schon beim Appell für eine mordsdrum Gaudi. Man stellte die Juden nackt in einer Reihe auf und stellte mit ihnen Späße an, die noch über Jahrzehnte im deutschen Humor nachhallten. Mehrere SS-Kommandanten musterten die Prominenten, ob sie für körperliche Arbeit taugten. Die meisten *Intelligenzler* konnten die Blicke nicht halten, weil man ihnen die Brillen abgenommen hatte und vor ihren Gesichtern nur verschwommene Gestalten auftauchten, die auf sie zeigten oder nicht. Ohne Brille überlebte keiner lange im KZ. Auch der Librettist musste hervortreten. Offenbar hatte man für seine Texte keine Verwendung. Es brauchte nur drei Schläge, bis er tot zusammensackte. Sein unvollendetes Werk verschwand in der Effektenkammer, wo man die Habseligkeiten der Insassen in Kuverts archivierte.

Ein paar Wochen später wurde auch seine Tochter unvollendeter Dinge aus dem Leben gerissen. Und auch hier bewies das Schicksal seine unbändige Lust an der Ironie. Denn der Wunsch vom Sikora, sie zumindest ein zweites Mal zu sehen, wurde zwar erfüllt, möblierte aber sein Herz mit einer Leere, die sich ein Leben lang nicht mehr evakuieren ließ.

Obwohl Dachau ein reines Männerlager war, wurden Frauen dort für ein paar Tage zwischengeparkt, um sie in eines der Außenlager zu bringen. Die Trennung zwischen Männern und Frauen war noch rigoroser als in jedem Kloster. Die Nazis taten alles, um zu verhindern, dass ein

Mensch ein Mensch bleiben durfte. Aber selbst an einem gottlosen Ort wie diesem war es schwer, an einen Zufall zu glauben, wenn sich zwei verloren geglaubte Liebende am Stacheldraht wiedersahen.

Sie hatten sich zwischen all den Zebras sofort erkannt. In jeder Gestalt hätten sie den anderen ausgemacht. Der Sikora im Männergehege. Die Librettistentochter im Frauengehege. Dazwischen der Zaun. Keiner der beiden stand drinnen oder draußen. Als ob die ganze Welt ein Zoo gewesen wäre, wo es keine Besucherzonen gab. Sie sahen sich an, wie sich zwei ansahen, die in den Körper des anderen schlüpfen wollten. Nichts als diesen Blick hätte es gebraucht. Keinen Gott. Keinen Führer. Keine Menschheit. Und deshalb musste er auch umgehend unterbrochen, durchtrennt, versengt und vernichtet werden. Eine KZ-Wärterin, deren Gesicht der Sikora ebenfalls nie vergessen würde, stellte sich in den Blick. Löschte die Glut mit einem Schritt aus. Zermalmte jede Hoffnung. Und zerrte die Librettistentochter aus seinem Leben. Ein Liebesinfarkt, der eine unlesbare Narbe auf seinem Herz hinterließ.

Der Wessely sagte später, dass der Umstand, dass der Sikora von der jungen Frau nichts wusste, er mit ihr kein einziges Wort gewechselt hatte, ja nicht einmal den Klang ihrer Stimme kannte, dessen Herzensausrichtung für immer verändert habe. Für den Sikora sei die Liebe immer nur Sehnsucht geblieben. Immer nur der Schrei nach dem Unerreichbaren. Die Differenz aus dem, was da ist, und dem, was fehlt. Im Gegensatz zum Krutzler verstand der Wessely etwas von Mathematik. Der Krutzler hingegen sagte, das Herz vom Sikora sei ein Laufhaus ohne Zuhälter, in dem jeder Freier randaliere, und sein Leben eine Hure, die den Höhepunkt so lange hinauszögere, bis die Stunde abgelaufen sei. Der Praschak sagte gar nichts. Er verstand weder etwas von Mathematik noch von Poesie. Für ihn war jeder Liebeskummer ein Stück Fleisch, das man aus der Seele schnitt und das nicht mehr nachwachsen konnte. Der Sikora sollte nie erfahren, was aus der jungen Frau geworden war. Und auch das Libretto blieb bis heute ungespielt.

Um vor den Blicken der Nazis zu flüchten, musste man völlig in sich verschwinden. Man musste die Kunst beherrschen, vor jemandem zu stehen, ohne wirklich da zu sein. Jemanden anzusehen, ohne dass es dieser merkte. Durch Wände zu gehen, ohne dass der Körper verschwand. Das KZ hatte den Sikora getötet und den Zauberer geweckt. Der Sikora war ab diesem Moment nicht mehr vorhanden. Und es war insofern nicht verwunderlich, dass er eines Tages tatsächlich wie durch Zauberhand verschwand. Man sagte, der Sikora sei nicht in, sondern durch den Draht gegangen.

Der Sikora sagte später, dass es ihm völlig egal gewesen sei, ob er überlebe oder nicht. Bloß nicht auffallen, das dachten sich viele. Aber gar nicht da zu sein, das schaffte nur der Sikora. Der Krutzler hingegen wurde aufgrund seiner Statur aus der Menge gefischt. Er überragte die gesamte Reihe um einen Kopf und starrte nicht auf den Boden. Der SS-Kommandant deutete auf ihn, wie man auf einen Berg in weiter Entfernung zeigte, und stellte den Krutzler als seinen Leibwächter ab. Einen solchen brauchte man, wenn alle darauf warteten, dass einem ein Unglück passierte.

Während man den Juden gelbe, den Schwulen rosa, den Bibelforschern lila, den Emigranten blaue, den Asozialen schwarze und den Politischen rote Winkel auf das Zebragewand nähte, begriffen der Krutzler, der Sikora und der Wessely schnell, dass es von Vorteil war, dass man ihnen, den Kriminellen, ein grünes Abzeichen verpasste. Damit landete man in der Hierarchie ganz oben, was mit diversen Vergünstigungen verbunden war. Freunde unter den Mithäftlingen machte man sich damit keine. Aber niemand war gekommen, um Freundschaften zu schließen. Von Anfang an ging es ums nackte Überleben.

Die Verbrecher wussten, dass sie sich auf die anderen Verbrecher am ehesten verlassen konnten, denn die Legende, die Konzentrationslager glänzten durch straffe Organisation, stimmte von jeher nicht. Während sich die Deutschen oft hinter ihren Schreibtischen verschanzten, hielten die Kapos den Betrieb am Laufen. Die Häftlinge hatten vor den eigenen Leuten mehr Angst als vor den Nazis. Gleichzeitig war man dankbar, dass jemand hart durchgriff, sonst wäre kein Brotstück auf seinem Platz geblieben und jedes Badewasser wäre zu einer Blutlache verkommen. Auf dem Planeten Dachau war alles verboten. Man musste rasiert sein, durfte aber kein Scherzeug besitzen. Andererseits kam man nur alle vierzehn Tage zum Barbier. Am Zebragewand durfte kein Knopf fehlen, was bei derartiger Arbeit aussichtslos war. Gleichzeitig gab es keine Möglichkeit, ihn zu ersetzen. Jedes Vergehen wurde willkürlich bestraft. Die Laune der Wärter war der einzige Maßstab, den man zu lesen lernte. Die Zebras befanden sich in einem Zoo, in dem jede Zuverlässigkeit der Wildnis aufgehoben war. In dem es kein richtiges und kein falsches

Verhalten gab. Kein Instinkt, auf den man sich verlassen durfte. Eine völlig verschwendete Zeit. Weil es da draußen überhaupt keine vergleichbare Situation gab. Man lernte nichts. Außer, dass man bereit war, alles zu tun, um den *Grünen* zu überreden, vom Boden des Suppentopfes ein Stück Knochen für einen herauszuschöpfen.

Ohne die Drecksarbeit der Kriminellen wäre so ein Konzentrationslager ein richtiger Sauhaufen gewesen. Da hätte man gleich alle umbringen müssen, so der Krutzler Jahre später. Was einigen bestimmt recht gewesen wäre. Aber schließlich schwebte dem größten Künstler aller Zeiten ein Gesamtkunstwerk vor. Und dafür musste geschuftet werden. In so einem Konzentrationslager, so der Krutzler später, sei es wie bei den Wölfen zugegangen. Diese würden sich auch gegenseitig auffressen. Wölfe im Zebragewand. Keiner habe zum anderen gehalten. Jeder gegen jeden. Was man nachher die totale Entmenschlichung genannt habe, sei in Wahrheit eine totale Vermenschlichung gewesen, denn seit damals wisse er, was es mit der menschlichen Natur tatsächlich auf sich habe, ja, dass die ganze Menschlichkeit ein schönes Gewand sei, das man am Sonntag zum Kirchgang anziehe, aber darunter schaue es ganz anders aus, da komme sogar einem wie dem Krutzler das Grausen.

Aber die Österreicher hatten den Preußen von Anfang gezeigt, wer im KZ die Hosen anhatte. Selbstverständlich ohne dass es die Deutschen merkten. Als es achtunddreißig zu einer regelrechten Invasion der Österreicher in Dachau kam, wurde die Autorität der Herrenmenschen perfide unterwandert. Und zwar ganz nach K.-u.-k.-Manier. *Bittschön, Herr Kapo, ein leichtes Tragerl. Und ein Fleischerl, wenn's so freundlich wären. Formidables Kapperl hat der Herr Kommandant. Ein Supperl? Mit Handbusserl, Herr General. Gschamster Diener.*

Nicht nur die Verkleinerungsform trieb die Übermenschen in den Wahnsinn. Auch vor dem undeutschen Arbeitstempo mussten sie kapitulieren. Man sah ein, dass sich der Österreicher ausschließlich für Führungspositionen eignete. Auch im musischen Bereich kamen viele zum Einsatz. Die Häftlingskapelle, die oft bei Exekutionen spielte, ließ zwar jeden Wagner wie einen betrunkenen Walzer klingen, aber von Musik verstanden die Preußen ohnedies nichts. Ihnen ging es in erster Linie darum, der Banalität einer Hinrichtung einen feierlichen Rahmen zu verleihen.

Die ungarischen Juden hassten die Spanier. Die Rotspanier die katholischen Polen. Die Polen die schwulen Deutschen. Die Deutschen die Russen. Die Russen die Franzosen. Die Franzosen die Belgier. Es blieb dem Österreicher gar nichts anderes übrig, als sich dazwischen zu formieren. Weil nur auf den Herrenmenschen aufzuschauen, stand einem Kaiserland nicht zu Gesicht. Genau genommen war das spätere Österreich damals im KZ entstanden.

Der Krutzler hatte sich in Dachau schnell für Höheres empfohlen. Die Art, wie er eine Häftlingsparade abnahm und ausschließlich den *Muselmanen* – so nannte man die ausgehungerten Juden, an denen keiner anstreifen wollte, weil sie keinem etwas nutzten – die Tritte angedeihen ließ, sicherte ihm gleichermaßen den Respekt der Häftlinge als auch der Herrenmenschen. Und so beförderte man den Krutzler nach Mauthausen, weil man dort einen wie ihn gebrauchen konnte. Der Wessely und der Sikora blieben in

Dachau. Man trennte sich ohne Abschied. Wo die drei herkamen, bedeutete es, dass man sich wiedersah.

Im Zug nach Mauthausen waren erstaunlich wenig Juden. Das stellte der Krutzler gleich fest. Wie ein zu großer Findling ragte er aus den erschöpften Zebras, die aufgrund der Enge keinen Schlaf fanden. Dementsprechend gereizt war die Stimmung. Und dass man in Mauthausen keine besseren Bedingungen vorfinden würde, das wurde ihnen auch schnell gewahr. An den Krutzler lehnten sie sich von allen Seiten. Irgendwann hatte er es aufgegeben, die Umkippenden abzuschütteln. Und so beneideten viele die Handvoll Schläfer, die es sich am Koloss Krutzler gemütlich gemacht hatten.

Nur einer zappelte nervös und wollte keine Ruhe finden. Mit ihm kam der Krutzler ins Gespräch. Er stellte sich als Podgorsky vor. *Sie sind Jude,* sagte der Krutzler, worauf der Podgorsky verneinte. Der Krutzler sagte, dass er einen Juden auf hundert Meter erkennen würde, worauf der Podgorsky wieder verneinte. Aber Podgorsky sei ein jüdischer Name, worauf der Podgorsky erneut verneinte. Es wollte kein Gespräch in Gang kommen.

Um nicht am Schweigen einzuschlafen, sagte der Podgorsky, dass er als Asozialer laufe, was er nicht akzeptiere, schließlich sei er weder arbeitsscheu noch verdreckt, worauf der Krutzler sagte, dass die sogenannten *Bibelforscher,* die im Lager als besonders arbeitsam gälten, in seinen Augen überhaupt die faulsten Schweine seien. Doch darauf ging der aufgebrachte Podgorsky gar nicht ein. Er wolle eigentlich darauf hinaus, dass den Nazischweinen bei der Klassifizierung offenbar ein Fehler unterlaufen sei, auf den er mehrmals hingewiesen habe, den aber niemand zur Kenntnis genommen habe, was man nur als völlige Ignoranz oder Dummheit verbuchen könne, denn richtigerweise sei er, Podgorsky, als politischer Häftling zu führen, was nicht nur einen hierarchischen Unterschied ausmache, sondern auch einen persönlichen, denn immerhin stecke dahinter eine Haltung und nicht die Willkür einer Herkunft, ergo habe er im Gegensatz zu den anderen sein Schicksal selbst in der Hand. Er hätte sich damals auch tätowieren lassen können, was er als überzeugter Kommunist selbstverständlich verweigert habe, er lasse sich doch nicht zu einem Nazi stigmatisieren, auch wenn es sich nur um seine Blutgruppe handle, aber was gehe einen Nazi erstens seine Blutgruppe an und zweitens sei er schon vor den Nazis Polizist gewesen und habe auch vor, nach dieser vorübergehenden Zeiterscheinung wieder ein solcher zu sein. Und dann werde er jeden Uniformierten einzeln auf die Nazitätowierung am Oberarm überprüfen, da würden sie sich noch wundern, die Herrenmenschen. Dass er Stalin für keinen Verbrecher halte, Hitler hingegen schon – wer solle besser imstande sein, so etwas zu beurteilen, als ein erfahrener Polizist? –, daraus habe er ebenfalls keinen Hehl gemacht. Und dass die Gleichheit für alle gut sei, nicht nur für den Herrenmenschen, und dass er jetzt schon gespannt sei, wie sich ein ganzes Volk aus so einem Tatbestand herausreden werde, denn so viele Zellen, wie man da brauche, würde es auf der ganzen Welt nicht geben, habe er den Herren von der SS ebenfalls an den Kopf geworfen. Und deshalb sei er hier. Aber selbst wenn er geschwiegen hätte, wäre er im KZ gelandet, sagte der Podgorsky. Denn dass er ein Kommunist sei, das wüssten sie von Wien bis nach

Wladiwostok. Aber vermutlich demütige man ihn, weil der Nationalsozialist die Wahrheit nicht vertrage, weil der Nationalsozialist, der ja kein Sozialist sei, naturgemäß keine Argumente habe, weil das Nationale nie Argumente habe, weil das Nationale letztendlich reine Fiktion sei. Ein Märchen brauche genauso wenig Argumente wie der Nationalsozialismus, und wenn der schwadronierende Märchenonkel einmal abgedankt habe, dann werde man schon erkennen, dass der Internationalismus und die kulturübergreifenden Milieus die einzigen Wahrheiten seien und der Nationalismus für immer neben den Gebrüdern Grimm landen werde. Aber weil der Nationalsozialist dieser Wahrheit nicht ins Gesicht schauen könne, deshalb stemple man ihn, den Podgorsky, jetzt als Asozialen ab, weil das Demütigen die einzige Antwort sei, die einem stumpfen Nationalsozialisten einfalle, wenn er auf Argumente stoße. Woran eindeutig erkennbar sei, dass der Nationalsozialist zu politischem Denken gar nicht in der Lage sei, dass er einem schmutzigen Verbrecher ähnlicher sei als einem Politischen, worauf der Krutzler anmerkte, dass er selbst als Krimineller laufe, obwohl er seinen Einbruch als politischen Widerstand verstanden wissen wolle, dass er natürlich darüber nachdenke, dass es jetzt gescheiter sei, als Krimineller zu gelten, also rein hierarchisch, aber später, falls der Deutsche den Krieg nicht gewinnen solle, man als Politischer bestimmt besser dastehe, was für den Podgorsky vermutlich obsolet sei, da man als Asozialer bei allen als asozial gelte, worauf der Podgorsky entgegnete, dass es bezeichnend sei, dass die Kriminellen in den Lagern hierarchisch über den Politischen stünden, dass man schon aufgrund dieser Tatsache von einem verbrecherischen System sprechen müsse. Worauf sich eine Diskussion entspann, die erst 1961 beendet wurde.

Dementsprechend erschöpft waren die beiden, als der Zug in Mauthausen hielt und sie die *Große Reise* antraten. So nannte man den unsanften Fußmarsch vom Bahnhof bis zum Lager. Es wurde traktiert, uniformiert, desinfiziert, rasiert und nummeriert. Dazwischen exekutiert. Auch der Krutzler erhielt umgehend eine Nummer. Wobei er sich wunderte. Denn für die 100 war er viel zu spät dran. Er hatte die Nummer eines Blockältesten erhalten. Und war damit unverhofft ganz oben gelandet. Wie in jeder Bürokratie wurde auch im KZ die Länge der Anwesenheit belohnt. Der Lagerälteste stand über den Blockältesten, die wiederum über den Stubenältesten standen. Wer als Erster kam, ging zuletzt. Die ältesten Häftlinge mit den niedrigsten Nummern waren die Alphawölfe im Zoo. Auch der Podgorsky konnte seinen ersten Erfolg verbuchen. Er wurde neu klassifiziert und endlich als politischer Häftling anerkannt. Später kam er zu den Russen und wurde dort zum Blockältesten erklärt. Mehr konnte man in dieser Zeit als Genosse nicht erreichen.

Arbeitseinsatzleiter Dostal war ein Buchhalter, dessen gepresste Lippen sich hinter einem Schnauzer verschanzten und der Krutzler gleich darauf hinwies, dass er bisher jede Vorgabe aus Berlin erfüllt habe und dezidiert darauf achte, dass es so bleibe. Wenn er vorhabe, ihn dahingehend zu enttäuschen, dann widerfahre ihm exakt das Gleiche wie der 100 davor. Krutzler verstand und setzte in den folgenden Jahren jede Dostal'sche Zahlenkolonne in die Realität um. Die Achse Dostal, Krutzler und Podgorsky funktionierte gründlich. Die Produktivität des Arbeitsbereichs in Mauthausen wurde selbst beim Großkünstler lobend erwähnt. Innerhalb des Lagers sorgte es natürlich für Argwohn. Man brauchte nicht zu glauben, dass zwischen den Bereichen nicht ordentlich intrigiert wurde. Besonders zwei Flügel des Reichsadlers wollten da nicht synchron schlagen. Jener, der in erster Linie alle Juden vernichten wollte, und jener, der die Arbeitskräfte bündelte, um die Kriegsmaschinerie am Laufen zu halten. Dostal hatte für beide Seiten Verständnis und versuchte sie zumindest statistisch gleichermaßen zufriedenzustellen. Man nannte es *Vernichtung durch Arbeit*.

Das Herumschieben von Zahlen war dem Krutzler von jeher verhasst. Man musste einem Menschen, den man umbrachte, ins Gesicht sehen. Da ging es nicht um eine Erledigungsliste, die man abhakte. Man musste genau diesen Menschen umbringen wollen. So viel Respekt hatte sich jeder verdient. Auch wenn der Krutzler die Gesichter zehn Minuten später schon wieder vergessen hatte. Dostal sagte oft zu seinem neuen Hunderter, dass er ihn um seine unbekümmerte Arbeit beneide. Er könne sich gar nicht vorstellen, was für einen Rattenschwanz an Administration jede Tötung nach sich ziehe. So benötigte man für einen unnatürlichen Todesfall dreiunddreißig Unterschriften, bis man den Leichnam entsorgen durfte. Die Abwicklung eines natürlichen Todes hingegen erforderte nur einundzwanzig. Um einen unnatürlichen Todesfall zu verbrämen, wurde daher kreative Buchhaltung betrieben. Besonders verbreitet waren Lungenentzündung und Herz- und Kreislaufversagen. Zu viel Fantasie konnte man den SSlern nicht vorwerfen. Seitenlang wurde an den gleichen Ursachen gestorben. Der Anschein von Gründlichkeit war trotzdem oberstes Gebot. Besonders der Todeszeitpunkt war eine heikle Angelegenheit. Laut Dostal sei es realistisch, dass maximal alle zwei Minuten jemand im Lager sterbe. Zur Zeit der Vergasungen kam man da ganz schön in die Bredouille. Bei den Kriegsgefangenen konnte man ein wenig legerer sein, da wurde oft ohne Protokoll exekutiert. Aber sonst mussten diese Dinge ihre Ordnung haben.

Eines aber entging selbst den Argusaugen des Dostal. Die kreativen Buchhalter markierten die Unnatürlichen unter den Natürlichen mit kleinen *ü* statt großen *Ü*. Und wenn man die Todesursachen genau studierte, konnte man zwischen den Zeilen die Wahrheit herauslesen. Bei Erstickung beispielsweise hatte es der Häftling meistens mit der Lunge. Bei Erschießung wurde ein Schlaganfall eingetragen. Die kreativen Buchhalter waren die stummen Zeugen, die alles belegten. Der Krutzler hatte das irgendwann durchschaut. Er genoss unter anderem so großen Respekt, weil er es nie meldete. Der Krutzler wusste, wie man mit Geheimnissen umging. Er verwaltete sie regelrecht. Legte sie neben die Waffen und setzte sie nur ein, wenn es zwingend notwendig war.

In den Jahren in Mauthausen entwickelte der Krutzler seine spätere Handschrift. Der Krutzler'sche Halsstich erfüllte alle Anforderungen, die man mit einer solchen Maßnahme erreichen wollte. Im Wesentlichen ging man auf den zu Exekutierenden zu, stach mit einem Hieb in die Mitte des Halses und ging wieder hinaus, während das Opfer röchelnd damit beschäftigt war, zu realisieren, was gerade passiert war. Die Halsstichmethode ermöglichte einen eindrucksvollen Auftritt, kam völlig aus dem Nichts und sorgte für die dementsprechende Überraschung. Es war beinahe unmöglich, einen solchen zu überleben. Der Todeskampf war eindrucksvoll. Man hinterließ keine Spuren. Und aufgrund des einsetzenden Tumultes entkam man meistens unerkannt. Im KZ spielte natürlich der Überraschungseffekt die größere Rolle. Trotzdem erforderte es Präzision und Geschwindigkeit, damit das Gegenüber keine Möglichkeit hatte zu reagieren. Der Krutzler'sche Halsstich wurde später im gesamten deutschen Sprachraum nachgeahmt. Aber niemand hatte so viel Zeit zu üben wie der Erfinder selbst.

Man nannte den Krutzler nicht umsonst den *Kardinal von Mauthausen*. Nicht nur wegen der *Bußzeit*, die er schon für kleinere Vergehen auferlegte. Wenn einer der Häftlinge eine solche ausfasste, dann war es jedem in Mauthausen über Wochen verboten, auch nur ein Wort mit demjenigen zu wechseln. Die *Bußzeit* führte der Krutzler später auch für widerspenstige Zuhälter ein. Das Schweigen seines gesamten Umfelds trieb angeblich selbst Kaliber wie den Kugelfang dazu, aus dem Fenster zu springen. Auch wenn manche sagten, er sei gesprungen worden. Der Kugelfang hatte, wie sein Name verriet, so gut wie alles überlebt. Nur das Schweigen der anderen zwang ihn in die Knie.

In Mauthausen redete keiner schlecht über den Krutzler. Er galt als verhältnismäßig gerecht. Und hielt trotz seiner Privilegien engen Kontakt zu den Häftlingen. In seiner Freizeit organisierte er Fußballturniere, bei denen die zahlreichen Nationen gegeneinander antraten. Neben den Deutschen, Österreichern, Franzosen, Italienern, Belgiern und Juden gab es auch das Team der Raritäten, wo man den Kanadier, den Bolivier, den Uru oder den Honduraner zusammentat. Die Turniere fanden auf dem SS-Sportplatz statt. Man spielte vor ausverkauftem Haus. Die aufgehäuften Leichenberge waren die stummen Zuseher, die niemanden mehr anfeuerten.

Viel wichtiger als die Popularität war dem Krutzler aber die Information. Und da kam neben dem Podgorsky, mit dem sich über die Jahre eine enge Freundschaft entwickelte, dem Dostal, wo man zumindest von einer Symbiose sprechen konnte, ein Mann namens Grünbaum hinzu. Der kleine Jude mit den Glupschaugen und dem schütteren Haar war das, was man einen *Speckjäger* nannte. Das waren jene, die auf vielen Lebensmitteln saßen, aber mit niemandem teilten. Der zweite Grund für seine Unbeliebtheit, aber wiederum der einzige für seinen Wohlstand, lag in seinem Gewerbe. Dank dem Grünbaum wusste der Krutzler über jeden Seufzer Bescheid, den ein Häftling absonderte. Auf den Grünbaum war Verlass. Auch wenn die Häftlinge versuchten, gewisse Dinge vor ihm zu verbergen. Der Grünbaum erfuhr alles. Und gab es an seinen Lieblingskapo weiter. Der Krutzler hingegen erwies sich als großzügig und ließ seinen Informanten an den stetig wachsenden Privilegien teilhaben. Er versorgte ihn mit Lebensmitteln, Cognac oder Zigaretten. Später auch mit Freizeit.

Vom Grünbaum wussten der Podgorsky und Dostal nichts. Beide redeten schlecht über den Juden. Sie ahnten nicht, dass er ihnen beiden das Leben gerettet hatte. Der Grünbaum hatte den Krutzler nicht nur bezüglich des Putschversuchs im Russenblock gewarnt, den der Podgorsky vermutlich nicht überlebt hätte, sondern auch vor dem Rollstein, der wie zufällig auf dem Kopf des Einsatzleiters landen sollte. Ein Arbeitsunfall, den der Krutzler persönlich verhindert und bestraft hatte, was ihm beim Dostal weitere Privilegien einbrachte.

Trotzdem gab es für seinen Aufstieg eine natürliche Grenze und diese hieß Josef Mandalcef. Der Zehner wurde der Mond vom Dostal genannt, weil er sich in dessen direkter Umlaufbahn befand. Der Zehner war der lagerälteste Kapo und hatte zum Krutzler gesagt, dass er sich bemühen könne, wie er wolle, er würde immer der Hunderter bleiben und auch als Hunderter sterben. Und dann würde der nächste Hunderter kommen und ebenfalls als Hunderter sterben. Der Mandalcef sprach über seine Nummer wie über ein Fußballtrikot. Auch wenn die Nummern per se noch nichts über die Hierarchie aussagten, empfand er die 10 wie ein Stammleiberl.

Der Podgorsky sagte, der Krutzler habe sich damals mit Schreibtinte die 100 auf den Unterarm tätowiert. Er habe ihm anvertraut, dass er die erste Null nach der Beseitigung vom Mandalcef durchstreichen würde und die zweite nach seiner Übernahme von Wien. Dieser Ehrgeiz habe den Krutzler am Leben gehalten. Die 100 sei nicht nur sein zweiter Name geworden, sondern zur Landkarte seines Lebens. Von nichts sei er so besessen gewesen wie davon, die Position des Zehners einzunehmen.

Denn der Mond vom Dostal hatte ein Vorrecht, für das hätte der Krutzler auf seinen eigenen Schlafplatz, auf die kanadische Seife, auf den Cognac, die Zigarren, ja sogar auf sein Recht, Zivilkleidung zu tragen, das viele als endgültige Abkapselung von den anderen Häftlingen empfanden, oder auf das Urlaubsrecht, ja sogar auf seinen Diener – ein rumänischer Asozialer, den er Passepartout nannte –, verzichtet: wenn er wie der Zehner einmal die Woche das Lagerbordell in Anspruch hätte nehmen dürfen. Der Zehner hielt quasi ein Abo auf die begehrten Sprungkarten. Während der Hunderter im Gegensatz zu den anderen Häftlingen wohlgenährt war und es ihm auch sonst an nichts fehlte, spazierte der Zehner mit provokantem Grinsen durch das Lager. Der Zehner wurde von den Gefangenen nicht mehr als einer der Ihren betrachtet. Der Zehner war schon Teil der SS. Aber das hätte der Krutzler nach all den Jahren der Entbehrungen in Kauf genommen. Denn die Unterhose der Musch, die er noch immer unter seinem Bett versteckt hielt, hatte längst aufgehört zu riechen.

Der Zehner wusste allerdings, was er zu tun hatte, um sein dauerhaftes Bordellprivileg nicht zu verlieren. Es gab keinen im Lager, der sich eifriger in der Erniedrigung von Häftlingen und in der Unterwürfigkeit gegenüber den Nazis hervortat. Der Mandalcef veranstaltete Boxkämpfe, für die er sich die schwächsten Insassen aussuchte, um sie unter tosendem Applaus zu Tode zu prügeln. Besonders gefürchtet war seine Blutwäsche, die über den gängigen Haarschnitt bei Weitem hinausging. Die Bestraften sahen nach einem solchen derart lädiert aus, dass jeder anstehende Barbierbesuch mit dementsprechender Nervosität erwartet wurde. Den Mandalcef mochte niemand. Aber er gab sich keine Blößen. Selbst der Dostal wusste, auf ihn war mehr Verlass als auf jeden seiner Übermenschen. Er hätte einen hervorragenden Lagerleiter abgegeben. Seine unglückliche Vorgeschichte als zweifacher Frauenmörder hatte aber eine nationalsozialistische Karriere vereitelt. Richtlinien waren Richtlinien. Darüber konnte sich selbst der Dostal nicht hinwegsetzen.

Dass mit dem Mandalcef nicht gut Kirschen essen war, wusste auch der Podgorsky. Denn die Kommunisten hasste jener noch mehr als die Juden. Beinahe wöchentlich beschwerte sich der Podgorsky beim Krutzler über die überzogenen Strafaktionen des Mandalcef im roten Block. Der Krutzler musste dem brutalen Treiben machtlos zusehen. Und sein Freund Podgorsky, der seinen Block zwar mit Umsicht führte, aber zunehmend in Probleme mit der russischen Mentalität geriet – denn eigentlich war niemand für den Kommunismus weniger geeignet als die Russen –, stand kurz vor der Ablöse. Nicht nur, weil er unter Kommunismus etwas Diszipliniertes und Humanistisches verstand, das sich im Gegensatz zur russischen Auffassung möglichst weit weg vom Herrenmenschen bewegte, sondern auch, weil es der Sowjetmensch als enorme Demütigung empfand, als Kriegsgefangener exekutiert zu werden, ohne dabei Eingang ins offizielle Protokoll zu finden. Viele der Russen wurden aufgrund der bereits erwähnten Unterschriftenproblematik einfach unter der Hand umgebracht. Das ging, weil niemand nach ihnen fragte. Und sollte jemand später fragen, war es von Vorteil, wenn niemand so genau wusste, was de facto passiert war.

Auf jeden Fall kochte es damals im Russenblock. Wenn jemand unerwähnt starb, war das, als hätte er gar nicht existiert. Man verhinderte einen Eintrag in das sowjetische Heldenbuch. Und der *Österreicher* Podgorsky wurde dafür verantwortlich gemacht. Auch wenn es der Mandalcef war, der im Russenblock fleißig wildern ging, besonders mittwochs, weil da bereits vier Tage seit seinem wöchentlichen Bordellaufenthalt vergangen und noch drei zu absolvieren waren.

Der Krutzler hingegen musste sich mit einem wöchentlichen Cognacabend beim Dostal zufriedengeben. Die Bordellabende kannte er nur aus blumigen Erzählungen. Beim Cognac entspann sich zwischen dem Dostal und dem Krutzler etwas Ähnliches wie Nähe. Sein Diener Passepartout, dem allerdings jeglicher Sinn für Eleganz und Zuvorkommenheit fehlte, bediente die beiden, wobei er oft schon daran scheiterte, den Cognac in sauberen Gläsern zu servieren. Sein ungepflegtes Äußeres und seine unverständliche Sprache vermittelten eher den Eindruck eines abgerichteten Tieres als den eines Butlers, aber vieles war im KZ nur als Nachahmung möglich. So verhielt es sich letztlich auch mit dem Bordell, wo selbstverständlich keine professionellen Huren zugange waren, sondern halb dressierte Gefangene, deren angstvolle Augen einem Menschgebliebenen nur mit viel Alkohol Erregung ermöglichte. Dem Mandalcef dürfte genau das gefallen haben. Man sagte, viele hätten sich lieber einen Genickschuss gewünscht, als mit ihm auch nur zehn Minuten alleine zu verbringen.

Außerdem bekam der Mandalcef seinen fetten Hals nicht voll. Letztlich wurde ihm das neben seiner Redseligkeit zum Verhängnis. Er hatte sich für seine Angeberei den Falschen ausgesucht. Der Grünbaum, der sich selbst unbemerkt nur Wasser nachschenkte, saß endlose Monologe des betrunkenen Kapos aus, bis ihm etwas entgegenflog, das dem Juden die letzten beiden Jahre im KZ nicht nur außerordentlich versüßen sollte, sondern auch das Todesurteil für den Mandalcef bedeutete. Der betrunkene Fettwanst hatte zwar gleich kein gutes Gefühl gehabt, als ihm das Geständnis wie ein fauler Zahn aus dem Mund gefallen war. Bereits Minuten später dachte er wie besessen daran, wie er den elenden *Speckjäger* aus dem Weg räumen könnte, und der Grünbaum suchte hektisch nach einem Ausgang aus diesem Gespräch, das ihn bei der leichtesten Ernüchterung seines Gegenübers das Leben kosten würde.

Er schaffte es, dem Kapo eine totale Betrunkenheit vorzuspielen, die ihn ständig mit der Bewusstlosigkeit konfrontierte, die ihn nicht nur ins Bett zwang, sondern die es ihm auch völlig verunmöglichte, den Ausführungen des Mandalcef weiter zu folgen. Bereits die ganze letzte halbe Stunde habe er überhaupt keine Ahnung mehr, was er eigentlich sage, er wolle nicht unhöflich erscheinen, aber die Laute, die aus seinem Mund strömten, sie kämen völlig verzerrt in seinen eigenen Ohren an, wo sie keinerlei Ähnlichkeiten mit ihm geläufigen Worten bildeten, wobei ihm jetzt, wenn man ihn frage, kein einziges ihm geläufiges Wort einfallen wolle. Ob er sich wohl seine Sprache weggesoffen habe? Worauf ihn der Mandalcef misstrauisch fragte, wie er denn so lange Sätze bilden könne, wenn ihm die Sprache abhandengekommen sei. Der Grünbaum sah ihn an wie ein Reh, das nicht verstand. Er neigte seinen Kopf nach links und nach rechts. Dann stand er auf, sah sich um, als würde er nicht begreifen, wo er sei, nahm Gegenstände zur Hand, die er ebenfalls mit geneigtem Kopf ratlos anstarrte, und ging hinaus, ohne dabei den irritierten Mandalcef durch zu schnelle Bewegungen aufzuscheuchen.

Kaum war der Grünbaum bei der Tür draußen, nahm er die Beine in die Hand. Er stellte sich eine ganze Hundestaffel an seine Fersen geheftet vor. Er rüttelte den am Rücken liegenden Krutzler auf und erzählte ihm die Ungeheuerlichkeiten, die ihm zu Ohren gekommen waren. Der Krutzler erkannte sofort, dass dies bald eine durchgestrichene Null auf seinem Unterarm bedeuten würde, ging zum Podgorsky und steckte ihm vorsichtshalber ebenfalls die Information, damit es für den Mandalcef kein Auskommen gab.

Noch bevor der Mandalcef aus seinem Suff erwacht war, hatte der Dostal bereits sein Todesurteil gesprochen. Man hatte den Eindruck, dass der betrunkene Fettwanst seine eigene Exekution gar nicht richtig realisierte, was viele Häftlinge als Wermutstropfen empfanden. Wenigstens ließ man seine Leiche zwei Tage liegen, sodass sich jeder angemessen von ihm verabschieden konnte.

Der Krutzler strich die erste Null auf seinem Unterarm durch und feierte das mit einem ausgiebigen Bordellbesuch. Bevor er aber vom Dostal vorgelassen wurde, sprach dieser eine eindringliche Warnung aus. Wenn er den Krutzler jemals bei etwas Ähnlichem erwische, werde er ihn bei aller Sympathie ohne mit der Wimper zu zucken *aus dem Stand nehmen*. Er wisse sogar schon seine Todesursache. Während man beim Mandalcef ein fantasieloses, aber passendes *Herzversagen* vermerkte, würde er beim Krutzler persönlich mit einem Lächeln *Magendurchriss* eintragen, und er könne sich darauf verlassen, dass sich die unnatürliche Ursache von der natürlichen nicht unterscheiden würde. Dann stießen die beiden an und Dostal stellte ihn den Damen vor.

Wobei man dem Mandalcef keineswegs Fantasielosigkeit unterstellen konnte. Im Gegenteil. Krutzler verspürte fast ein wenig Neid auf die Kreativität seines Konkurrenten. Der Mandalcef hatte sich schon in Sachsenhausen einen Namen gemacht. Angeblich war er erster Klasse nach

Mauthausen gebracht worden, weil ihm sein schlechter Ruf vorausgeeilt war. Man sagte auch, dass ihm die Versetzung nicht recht gewesen sei. Worauf man naturgemäß keinen Pfifferling gab. Ein hochrangiger Kapo hatte zwar viele Rechte, aber freien Willen hatte er keinen.

In Sachsenhausen hatten vor allem die Künstler einen hohen Stand. Im Auftrag der Nazis fälschten sie in großem Stil Pfundnoten, mit denen sich der Führer selbst einen kostenlosen Kredit gewährte. Das hatte er sich bei Napoleon abgeschaut. Der Mandalcef hatte natürlich sofort seine Chance gespürt und sich in kurzer Zeit einen stattlichen Betrag abgezweigt, den er laut Grünbaum in seinem Kopfpolster versteckte. Der Fettwanst nannte es sein *Reisebudget*. Denn er wusste, falls es jemals ein Leben nach Mauthausen geben sollte, dann würde dieses in Übersee stattfinden. Der Mandalcef verbuchte es als Pensionsvorsorge. Der Dostal hingegen, als hätte er es dem Führer direkt aus dem Portemonnaie gezogen.

Als der von den Machenschaften seines Zehners in Sachsenhausen erfuhr, leitete er sofortige Ermittlungen ein. Sie dauerten genau eine Minute. Dann war der Kapo ein toter Mann. Der Dostal war zwar den Zahlen hörig, aber wenn er bei jemandem kein gutes Gefühl hatte, dann gab er diesem nach. Man nannte das Vorsicht. Das Reisebudget war nie aufgetaucht. Weder in Sachsenhausen noch in Mauthausen. Es wurde auch nie nachgefragt, ob irgendwelche Blüten fehlten. Die betrunkene Aufschneiderei des Mandalcef hatte genügt. In so einem KZ musste man eben höllisch aufpassen, was man sagte. Und mit wem man wann eine Unterhaltung führte. Und wen man wann ansah. Und wen man wann nicht ansah. Und was man wann nicht sagte. Und mit wem man wann keine Unterhaltung führte. In so einem KZ musste man einfach höllisch aufpassen.

Das Mitteilungsbedürfnis vom Mandalcef unterschied diesen dann doch vom Format eines Krutzler, der selbst unter schwerster Folter keinen Laut von sich gegeben hätte. Niemand konnte so schweigen wie der Krutzler. Letztendlich schätzten das alle an ihm. Und den größten Stein im Brett hatte er seit der Exekution bei den Russen. Diese verehrten ihn regelrecht für die Beseitigung des verhassten Zehners. Der Krutzler setzte auch durch, dass die Sowjets einen fixen Platz im Todesprotokoll von Mauthausen bekamen. Dazwischen bewahrte er zunehmend mehr Bolschewiken vor dem Tod. Denn Gerüchte sagten, dass der Ostfeldzug des Führers nicht so reibungslos verlief, wie es in den Wochenschauen behauptet wurde.

Nach der Geschichte mit dem Mandalcef bestimmte eine fast freundschaftliche Note den Umgangston. Nicht nur, dass sich der Dostal dem Krutzler nach zwei Gläsern neuerdings unverblümt anvertraute, ließ er auch von körperlicher Gewaltausübung ab. Über die Jahre hatte der Dostal dem Krutzler beinahe täglich in den Solarplexus geschlagen. Während sein Lachen jovial anmutete, wurde der Schlag mit aller Härte ausgeführt. Ein jedes Mal schaltete sich beim Krutzler der spätere Notwehr-Reflex ein. Ein jedes Mal musste er sich zurückhalten. Das Wegfallen dieser meist überraschenden Solarplexus-Attacken machte eine neue Nähe zwischen den Männern möglich. Sie saßen jetzt beinahe täglich beim Cognac und nicht wie sonst nur mittwochs.

Diese neue Kameradschaft, wie sie der Podgorsky abfällig nannte, wurde naturgemäß argwöhnisch betrachtet. Besonders die *Massenvernichter,* die ab zweiundvierzig das Sagen hatten, sahen solche Achsen ungern. Man wusste, dass man so einen wie den Krutzler für die Aufrechterhaltung des Betriebes brauchte, aber wenn man die Endlösung erreicht haben würde, dann sollte die letzte Vergasung all jene Untermenschen ausmerzen, aus denen man über die Jahre abgerichtete Kampfhunde gemacht hatte. Es wäre unverantwortlich, diese unbändigen Tiere auf eine gesunde Gesellschaft loszulassen. Wenn ein Hund biss, schläferte man ihn ein. Jede Vermenschlichung solcher *Elemente* musste unterbunden werden. Abgesehen davon waren sie wichtige Geheimnisträger geworden.

Wenn der Krutzler und der Dostal gegen acht bei ihrem Cognac saßen, dann ließen sie wehmütig ihren Blick über die Baracken Mauthausens schweifen. Der Krutzler war traurig, weil ihm das Bordell weniger Sättigung brachte als erhofft. Und der Dostal, weil er es nicht schaffte, dass man seine Liebe erwiderte.

Dabei hatte er alle Register gezogen. Er überschüttete die Angebetete mit allem, was so ein Konzentrationslager zu bieten hatte. Vergünstigungen. Nahrung. Kleidung. Freizeit. Alkohol. Er mischte ihr Pervitin und Heroin in die Mahlzeiten. Er befreite sie von dem Zwang, mit anderen als ihm zu schlafen. Nichts half. Er spürte sie einfach nicht. Die geforderte Liebe. Auch wenn diese Person alles ihr erdenklich Mögliche tat, um dem Obersturmbannführer eine solche vorzuspielen.

Wissen Sie Krutzler, sie ist der einzige Mitmensch, die Einzige, die ich unter diesen Tieren als Menschen empfinde.

Traurig wiederholte der Dostal ihren Namen. *Irena.* Er hatte ihre Nummer längst auswendig gelernt und flüsterte sie vor sich hin, wenn er durch das Lager schlenderte. Wenn er Exekutionen beaufsichtigte. Wenn er über seinen Zahlenkolonnen saß. Irena. Irena. Irena. 3027. 3027. 3027. Er habe sie gerettet, indem er sie ins Bordell *verpflanzt* habe. Wenn er über Menschen in Form von Pflanzen sprach, war das höchste Zärtlichkeitsstufe. Aus Ravensbrück sei sie gekommen, wie die meisten im Bordell. Aber sie sei keine Hure. Sondern eine stolze slowenische Partisanin, die ihren Kampf mit anderen Mitteln weiterführe. *Liebe macht frei,* hatte man ihr versprochen. Ihren Mann und ihren Balg hatte der Dostal nach Ebensee verfrachten lassen. Was ihnen dort widerfuhr, das erzählte er nicht einmal dem Krutzler am Ende einer Cognacflasche. Vermutlich wollte er seine Liebe nicht ins grelle Licht der Grausamkeit rücken.

Tatsächlich hegte der Krutzler so etwas wie Mitgefühl für den traurigen Dostal. Wahrscheinlich hatte er deshalb den Teddybären ihres Sohnes für ein paar Zigaretten aus der Effektenkammer ausgelöst. Der Krutzler wusste, dass man eine Frau am Ende nur mit dem richtigen Geschenk eroberte. Er behielt ihn bei sich. Als Überraschung. Für den richtigen Augenblick.

Der Krutzler wiederum hatte sich im letzten Jahr mehr auf das Essen verlagert. Zwar begleitete er den Dostal bei seinen häufigen Bordellbesuchen. Er selbst aber machte von dieser Vergünstigung keinen Gebrauch mehr. Stattdessen saß er im Abseits, sah dem Dostal bei seinen Liebeskämpfen zu und stopfte eine Portion nach der anderen in sich hinein. Am Tag der Befreiung soll er es auf über hundert Kilo gebracht haben. Der Podgorsky nannte ihn einen fetten Ochsen. Von keinem anderen hätte er sich das gefallen lassen. Abgesehen davon war Neid die höchste Anerkennung, die einer wie der Krutzler kriegen konnte. Naturgemäß hatte er dem Podgorsky verschwiegen, dass er von seinem Privileg keinen Gebrauch mehr machte.

Man sagte, der Krutzler habe es als demütigend empfunden, mit einer Frau zu schlafen, die ihn offenkundig verachtete. Der Stolz eines Zuhälters bedingte, dass eine Hure zu ihm aufsah, ihn als ihren Beschützer respektierte. Dazu sei diese Opferbrut gar nicht in der Lage gewesen. Letztendlich, so der Krutzler später, habe er keine von denen nehmen können, weil ihnen die Angst im Weg gestanden sei. Von allem zu viel. Zu laut. Zu bemüht. Handwerklich gesehen seien da ausschließlich Dilettantinnen am Werk gewesen. Andere sagten, dass es an den kursierenden Geschlechtskrankheiten gelegen habe. Nachdem sich der Krutzler einen Tripper eingefangen hatte und nicht ausgerechnet im KZ an Syphilis krepieren wollte – das Zutrauen in die Ärzteschaft war eher beschränkt vorhanden –, sei er zur Vernunft gekommen und habe das ohnehin überschaubare Vergnügen ausgelassen.

Stattdessen schaute er schaufelnd dem poussierenden Dostal zu. Dieser hatte seit Wochen kaum gegessen. Krutzler führte dies auf seinen Herzenshunger zurück. Er sollte erst später eines Besseren belehrt werden.

Einer, der es fertigbrachte, sich in eine so Hoffnungslose wie die 3027 zu verlieben, dem war nicht mehr zu helfen. Da konnte man nur kauend danebensitzen. Die 3027 verdaute das Herz des Dostal vor aller Augen. Man konnte ihr keinen Vorwurf machen. Das Grausame war, dass sie ihm so ungeschickt die geforderte Liebe vorspielte. Vielleicht half ihr diese offenkundige Übertriebenheit dabei, ihre Würde zu behalten. Sie wusste um die Hoffnungslosigkeit ihrer Lage. *Liebe macht frei*. Und immer wieder versprach sie ihm, dass, wenn er ihren Mann und ihren Sohn gehen lasse, sie ihm alle seine Wünsche erfüllen würde. Aber da wich der Dostal stets gekonnt aus, redete sich auf den nicht vorhandenen Spielraum raus, meinte, da seien selbst ihm die Hände gebunden. Er wollte sie freien Herzens. Und dachte bis zum Ende, dass sie trotz der widrigen Umstände zusammengehörten. Ein Schicksal. Ein Herz. Und eine Seele.

Den Vater und den Sohn hatte der Dostal in Ebensee längst ins Gas gehen lassen. So viel Spielraum hatte er. Umgekehrt hätte es mehr Aufwand bedeutet. Aber es wäre nicht unmöglich gewesen. Viele sagten, dass es sich um eine präventive Vergeltung gehandelt habe. Doch dahinter verbarg sich ein banaler Grund, den er nur dem Krutzler anvertraute.

An diesem Abend waren sie besonders lange zusammengesessen. Sogar im Russenblock war es schon ganz still geworden. Der Dostal hatte gesagt, dass bald eine Zeit kommen würde, da im Standesamt von Mauthausen wieder mehr geheiratet als gestorben werden würde. Er sah ihn an und der Krutzler nickte ausdruckslos. Der Dostal fragte ihn, ob er dann vielleicht sein Trauzeuge sein wolle. Der Krutzler nickte erneut. Er fragte, ob sie schon eingewilligt habe, worauf der Dostal sagte, dass er ihr gar keine Wahl lassen würde, weil schon morgen alles vorbei sein könne, und das dürfe er wirklich niemandem erzählen, auch dem Podgorsky nicht und schon gar nicht dem Grünbaum. Der Krutzler war viel zu betrunken, um zu verstehen. Stattdessen übergab er ihm wortlos den Teddybären, was den Dostal zu Tränen rührte.

Am nächsten Tag fiel dem Krutzler eine besondere Geschäftigkeit im Todestrakt auf. Die Gaskammern wurden abmontiert. Man hatte den Eindruck, dass die meisten Akten verstaut worden waren. Der Dostal bat den Krutzler, dabei zu sein, wenn er sie fragte. Er hatte sich richtig in Schale geworfen. Die Uniform war frisch geputzt. Er hatte sich einen neuen Haarschnitt verpasst. Und den Schnauzer abrasiert. Der Krutzler hatte ihn kaum erkannt, was der Dostal zufrieden goutierte. Die 3027 wurde geholt und Dostal zwang sie, vor ihm hinzuknien. *Irena,* sagte er, *schau mich an. Siehst du, was ich in Händen halte.* Er winkte mit einer Karteikarte, auf der ihr Name stand. Irena sah ihn mit leeren Augen an. Ihr Körper war eine Ruine, in der es spukte. Die Bewohner waren längst ausgezogen. *Wir können dich vergessen. Auf der Stelle. Wenn diese Kartei verschwindet, dann hat es dich hier nie gegeben. Dann wirst du noch heute Abend als Irena Dostal mit mir hinter diesen Stacheldraht treten. Nicke, wenn du das willst.* Sie sah ihn mit gespenstischen Augen an. Als ob ihre Seele schon längst hinter den Zaun getreten wäre. *Du kannst überleben, Irena.* Er begriff nicht, dass sie längst tot war. *Wir gehören zusammen. Wir können das alles hinter uns lassen. Du und ich, wir haben die Kraft, neu zu beginnen.* Wie ein Tier, das auf sein Leckerli wartet, sah sie ihn an. Seit Wochen war sie unterernährt. Nicht, weil man ihr zu wenig zu essen gab. Sondern weil sie die Nahrung verweigerte. Der Krutzler dachte an eine schmelzende Kerze. Als hätte sie vorgehabt, vor aller Augen zu verschwinden.

Wortlos übergab ihr Dostal den Teddybären ihres Kindes. Sie erkannte ihn sofort. Und wie Wachs tropften ihr die Tränen aus den leblosen Augen. *Ich liebe dich, Irena.*

Aber die Flamme versiegte. Nur eine kaum sichtbare Glut verriet, dass sie lebte. Dostal zog sie zu sich. Er öffnete seine Hose und streckte ihr sein Glied ins Gesicht. *Ich will jetzt echte Liebe spüren. Ich habe es verdient. Alles habe ich für dich getan.* Die 3027 nahm das Glied des SS-Mannes in den Mund. Dabei drückte sie den Teddybären fest an sich. *Liebe, Irena.* Sie hielt das Kuscheltier gegen ihren Busen. Je inniger sie ihn an sich drückte, desto zärtlicher küsste sie den Penis vom Dostal. Er seufzte glückselig. Und begriff nicht, dass es die Liebe für ihren Sohn war, die er witterte. *Spürst du es auch, Irena?* Sie weinte. Und liebkoste den Schwanz, als hätte sie ihn gerade geboren. *Du wirst sie vergessen. Das verspreche ich dir.* Dann zog sie in einer blitzschnellen Bewegung die Pistole aus Dostals Halfter und schoss sich in den Kopf.

Dostal nahm sie persönlich aus dem Stand. Er saß auf seinem Balkon mit Blick auf die Todesstiege und verbrannte Irenas Kartei. Dann schloss er die Augen und löschte für immer ihre Nummer aus seinem Kopf. Der Krutzler bot ihm einen Cognac an, doch Dostal lehnte ab. Es war mitten in der Nacht. Und die Grillen zirpten so laut, als hätten sie etwas zu verkünden. Der SS-Mann atmete durch. Dostal öffnete die Knöpfe seiner schwarzen Uniform. Zuerst legte er die Jacke ab. Dann das Hemd. Beinahe wehmütig strich er über seine Abzeichen. Als er mit nacktem Oberkörper vor dem Krutzler stand, forderte er ihn auf, seine Zivilkleidung auszuziehen. Der Krutzler starrte auf die Blutgruppentätowierung von Dostal. Und dann auf seine eigene 100 am Unterarm mit der durchgestrichenen Null. Der Sturmbannführer begriff und sagte, sie seien sich ähnlicher, als dem Krutzler lieb sein würde. Dann öffnete er seine Hose. Sorgfältig legte er die Uniform über den Stuhl. Trocken forderte er den Krutzler auf, sie anzulegen. *Wir haben zwar nicht die gleiche Größe. Aber das kann man auf den Hunger schieben. Also in meinem Fall.* Jetzt verstand er Dostals Diät. Die SS-Uniform war dem Krutzler ein paar Nummern zu klein. Dostal lächelte ihn warmherzig aus. *Sie sehen auch nicht besser aus.* Der Dostal betrachtete sich selbst im Spiegel. Die Krutzler'schen Fetzen hingen an ihm herunter wie an einer Vogelscheuche. Dostal nickte zufrieden. Man würde ihn für einen Häftling halten. Der neue Haarschnitt. Die ausgefranste Zivilkleidung. Das ausgemergelte Gesicht. Er würde sich einen Vollbart wachsen lassen. *Argentinien.* Er übergab dem Krutzler seinen Revolver. Dieser wog ihn in seiner Hand wie einen Zepter. *Eine Bitte.* Er hielt ihm den Arm mit der Blutgruppentätowierung entgegen. *Schießen Sie. Genau dahin, wo der Rhesusfaktor steht. Ich bringe es nicht übers Herz.*

Der Schuss scheuchte das Lager auf. Die Gefangenen lugten aus ihren Fenstern, weil sie mit einem gescheiterten Fluchtversuch rechneten. Aber niemand konnte eine Leiche am Stacheldrahtzaun orten. Die Wachposten sahen sich verwirrt um. Keiner hatte den Schuss abgegeben. Die Häftlinge, die in einer Nachtschicht die Leichenberge ins Krematorium schleppten, stellten ihre Arbeit ein. Selbst die Grillen hielten inne, als der Krutzler in der SS-Uniform erschien. Er stellte sich in die Mitte des Platzes. Niemand wusste, wie man sich zu verhalten hatte. Weder die Nazis noch die Häftlinge. Seelenruhig wie bei seiner Verhaftung zog er sich die Uniform aus. Bis er am Ende nackt dastand. Die Häftlinge applaudierten.

Die Nazis wagten es nicht, auf den Krutzler zu schießen, weil er unter dem Schutz von Dostal stand. Dieser wurde Tage später von den Amerikanern aufgegriffen. Um sein Leben soll er gebettelt haben. *Hunger. Hunger. Hunger.*

Der Krutzler ging wortlos in sein Quartier zurück. Die Uniform vom Dostal blieb tagelang liegen. Wie die Leiche des Mandalcef. Mit dem Unterschied, dass sie keiner anrührte. Auf dem Weg zurück fiel der Blick vom Krutzler auf den Leichenberg vor dem Krematorium. Am Ende würden nicht einmal die Knochen übrig bleiben. Die Ascheflocken würden wie Pollen durch das Lager tänzeln. *Frühling.* Er dachte an seinen Vater. Er fragte sich, was wohl aus dem Wessely, dem Sikora und dem Praschak geworden war. Er musste noch ein Tier für den Herwig besorgen. Der sollte inzwischen elf Jahre alt sein. Ob die Musch schon einen umgebracht hatte? Er musste lachen. Und die Grillen zirpten weiter.

DIE FRAU
IM TURBAN

DER SÜSSLICHE GERUCH, von dem man wusste, dass er von Leichen stammte, selbst wenn man ihn noch nie zuvor gerochen hatte, verzog sich auch in den Wochen nach der Befreiung nicht. Der Sensenmann sah offenbar nicht ein, warum er seine Tätigkeit einstellen sollte, jetzt da er gerade im Training stand. Während man unten auf dem Sportplatz die Hoffnungslosen den Epidemien überließ, verreckten oben im Lager die Ausgehungerten an der guten Ernährung. So ein Häftlingsmagen war genau genommen an Brot aus Sägespänen und Suppen aus verfaulten Kartoffelschalen gewöhnt. Nicht wenige hatten ihren Hunger mit Brennnesseln und faulem Fisch gestillt. Und wenn es ein Fleisch gegeben hatte, dann stammte es meistens aus dem Oberschenkel eines hingerichteten Mitgefangenen. Obwohl das ganze Lager mit feuchtem Durchfallschleim überzogen war, rissen die Gefangenen gierig die amerikanische Schokolade an sich. Nicht wenige mussten von den Befreiern ans Bett gefesselt werden. Darüber nur das gespenstische Summen von Millionen von Fliegen, welche die toten Gesichter schwarz maskierten. Und der stumme Triumph der Läuse, die den tödlichen Fleckentyphus gleichgültig verteilten.

Nachdem die Amerikaner mit ihrem verbindlichen Befreierlächeln das Lager Mauthausen betreten hatten, war ihnen selbiges schnell wieder vergangen. Selbst dem Krutzler fiel das Ausmaß erst auf, als man die ortsansässigen Nazis dazu zwang, die Knochenberge, die man produziert hatte, auch wieder wegzuräumen. Die Leichen waren so leicht, dass zwei Alte sie auf den Karren schmeißen konnten. Und als der Priester von Massengrab zu Massengrab schritt, um den Leichen eine würdige Beerdigung zu ermöglichen, da glaubte selbst der nicht mehr an Gott.

Drei Monate lang sollten die Zebras noch im Zoo ausharren. Einerseits weil der Großteil nicht transportfähig war. Andererseits, weil da draußen noch Krieg herrschte. Während im Lager alle zunahmen, verlor der Krutzler an Gewicht. Das Sagen hatten jetzt alle außer den Deutschen, wobei sich die meisten untereinander nicht verstanden. Die Dolmetscher nahmen am schnellsten zu. In diesen Monaten verwandelte sich das Lager in ein regelrechtes Irrenhaus. Die Amerikaner mussten die Wachtürme der Nazis besetzen, weil man sich sonst gegenseitig umgebracht hätte. Aufgrund des Benzinmangels waren die meisten SSler nicht weit gekommen. Man brachte sie zurück, steckte sie in Wintermontur, ließ sie Rucksäcke tragen und wie Enten watscheln. Dazwischen wurden sie mit Knüppeln bei Laune gehalten oder mit Spaten geköpft. Den Lagerkommandanten Ziereis hatte man als Ganzes in den Stacheldrahtzaun gehängt. Die Amerikaner griffen da nicht groß ein. Schon um des Lagerfriedens willen. Aus Gusen hörte man, dass es nicht nur zu Lynchmorden an den Kapos gekommen war, sondern an allen deutschsprachigen Häftlingen. In Mauthausen hatten die Amerikaner den Kapos allerdings eine unbeabsichtigte Hintertür offengelassen, indem sie den Strom im Stacheldrahtzaun ausschalteten. Die meisten hatten dieses Angebot zur Flucht genutzt.

Der Krutzler hingegen blieb. Er war keiner, der weglief. Eher einer, der Vorsorge traf. Das war schon immer sein Talent gewesen. Die Dinge zu antizipieren und selbst in die Hand zu nehmen. In den Monaten vor der Befreiung hatte er auffällig dabei geholfen, die Akten zu sichern. Die Nazis hatten zwar darauf bestanden, dass jeder Hingerichtete akribisch aufgelistet wurde, taten aber in den letzten Tagen alles, um diese Dokumente zu vernichten. Was nichts daran änderte, dass sie trotzdem akribisch aufgelistet werden mussten. Außerdem hatte der Krutzler einer Handvoll Russen mittels der Karteikarten von Verstorbenen das Leben gerettet. Er tat dies auf Anraten vom Podgorsky, der noch immer seine schützende Hand über den Krutzler hielt. Aus dem Kommunisten Podgorsky war in der Zwischenzeit ein Sozialist geworden, der dank seines Russisch zwischen den Blocks vermittelte. Und aus dem wendigen Grünbaum ein noch wendigerer Greenham, der bereits emsig an seinen Verbindungen zu den amerikanischen Machthabern werkte. Nur der Krutzler wusste nicht so recht, wohin mit sich selbst. Antriebslos half er beim Verscharren der Leichen. Lustlos drapierte er die Köpfe der Nazis. Apathisch wies er die KZ-Kinder zurecht, weil sie ein zivilisiertes Leben außerhalb des Lagers nicht kannten. Er verhielt sich ruhig. Einerseits aus dem wohlweislichen Instinkt heraus, die Arroganz des Überlebenden nicht überzustrapazieren. Andererseits fehlte ihm eine Aufgabe, die seine erschöpfte Seele wieder hungrig werden ließ.

Nur Greenham erkannte das Potenzial des schlafenden

Riesen und begann es für seine Zwecke zu nutzen. Einer, der so viel Talent besaß, alles für seinen Vorteil zu nutzen, brauchte einen, der ihm den Rücken freihielt. Selbst der umsichtige Greenham hatte hinten keine Augen. Und von Angesicht zu Angesicht wurde hier selten jemand zur Strecke gebracht. Der Krutzler hingegen war schon damals ein Insekt und für seinen 360-Grad-Blick gefürchtet. Man braucht nicht zu glauben, dass man den Juden Greenham für sein wundersames Überleben ausschließlich respektierte. Trotzdem wagte es keines der Zebras, auch nur einen antisemitischen Laut von sich zu geben. Es war der Podgorsky, der hinter vorgehaltener Hand meinte, dass es wohl typisch für den Juden sei, dass er sich gleich die mächtigste Position, nämlich die Koordination der begehrten Güter, unter den Nagel gerissen habe. Er fühle sich als Politischer dazu ermächtigt, solche unangenehmen Dinge anzusprechen. Ihm als Sozialisten könne wohl keiner antisemitische Tendenzen vorwerfen. Vielmehr sei es doch so, dass gerade jetzt ein starker Staat gefordert sei, bevor die lebensnotwendigen Dinge in private Hände fallen würden. Gleichzeitig frage er sich, aus wem sich so ein starker Staat zusammensetzen solle. Wenn jetzt die Zeit der Anständigen anbreche, dann sei das insofern verwunderlich, weil es sich um dieselben handle, die bis vor Kurzem noch die Unanständigen gewesen seien. Das könne schon statistisch gar nicht anders sein. Und da man nicht annehmen könne, dass selbst die Amerikaner auf einen Staat verzichten wollen, müsse man damit rechnen, dass die gleichen Unanständigen jetzt die Anständigen mimen, und vor diesem Gedanken graue ihm mindestens genauso wie vor jenem, als Sozialist auf einen Staat zu verzichten. Was sei denn so ein

Sozialismus ohne Staat, da könne man überhaupt nicht von einem solchen sprechen, also müsse man wohl oder übel einen falschen Sozialismus in Kauf nehmen, einen, der ausschließlich aus Nationalsozialisten bestehen werde. Ein solcher könne aber nie ein Sozialismus sein, selbst wenn man das hundertmal behaupte, ein solcher sei aber gleichzeitig besser als ein Sozialismus ohne Staat, der überhaupt keinen Sinn mache. Ein solcher überließe das Feld den Geschäftemachern und die habe man alle vergast, also müsse man in einem solchen Fall von einem falschen Kapitalismus sprechen, weil plötzlich ausschließlich jene die Geschäfte betreiben würden, die eigentlich am wenigsten dazu geeignet seien. Insofern sei es nur stimmig und immanent, dass solche wie der Grünbaum, Verzeihung, Greenham aus ihrem mittelmäßigen Talent, das sich erst im Lager habe entfalten dürfen, ein ganz außerordentliches Talent generieren würden und man in allen Belangen von einer kommenden Epoche der Mittelmäßigen sprechen müsse, und da wolle er nichts gegen seinen Freund Grünbaum sagen, für ihn bleibe er der Grünbaum, da könne er sich amerikanisieren, wie er wolle, aber man müsse diesen Tatsachen ins Auge sehen, weil man ja mit solchen einen Staat machen müsse. Er könne da noch Wochen referieren.

Aber es wollte niemand mit dem Podgorsky über Politik diskutieren. Nicht einmal der Krutzler. Solange der wendige Neo-Amerikaner auf allem saß, was jeder wollte, zeigte keiner mit denunzierenden Fingern auf ihn. Stattdessen senkte man demonstrativ den Blick und lachte verstohlen in sich hinein, wenn sich der Zwerg Greenham über die mangelhaften Englischkenntnisse des Riesen Krutzler lustig machte.

Dieser würde später sagen, er habe sich in dieser Zeit weniger politische als existenzielle Gedanken gemacht. Ihm sei damals bewusst geworden, dass sich der Mensch vom Tier nicht nur durch das Gewand unterscheide. Ein Hirsch bleibe immer ein Hirsch. Da würde auch ein Krieg nichts daran ändern. Der Mensch hingegen habe keine Natur und müsse sich nach einer solchen Vernichtung erst wieder neu erfinden. Und natürlich habe er sich gefragt, was so ein Krutzler nach so einem Krieg überhaupt sein könne. Es sei ihm aufgefallen, dass plötzlich keiner mehr *Ich*, sondern jeder nur *Man* sagte. Man habe doch nur Veränderung gewollt. Man sei verführt worden. Man sei genauso Opfer. Man habe nichts gewusst. Man müsse jetzt schauen, wo man bleibe. Man sei eben auch nur ein Mensch. Man verdamme den Führer. Man sei gar nicht man selbst gewesen.

Als habe man es mit Geistern zu tun gehabt, würde der Krutzler später zur Musch sagen, die bestimmt nie von sich selbst als *Man* gesprochen hatte. Die Musch war ein klares *Ich*. Und dieses brüllende, schlagende, männerfressende *Ich* begann ihm immer mehr zu fehlen. So als hätte man ihm die Hand amputiert. Der Gedanke, die Musch könnte einer beiläufigen Bombe oder einem vagen Steinschlag zum Opfer gefallen sein, machte ihn rasend. Eine solche wie sie hatte sich zwar keinen natürlichen Tod verdient, aber zumindest einen durch seine Hand. In dieser Zeit habe er beschlossen, nie wieder die Kontrolle abzugeben. Denn was heiße Freiheit anderes, als selbst zu bestimmen, wer wann durch die eigene Hand zu Fall komme. Am quälendsten sei der Gedanke gewesen, nicht mehr zu wissen, ob all die Leute, die er noch habe umbringen wollen, überhaupt noch lebten. Dass die Musch durch eine andere Hand als die seine umgekommen sein könnte, daran wollte er gar nicht denken. Da ihn dieser Gedanke aber beherrschte, musste er sich von ihm trennen. Um sich auf das zu konzentrieren, was immer da war. Und das Einzige, worauf in seinen Augen Verlass war, das war nun mal das rätselhafte, stumme, unabwendbare, hartnäckige Dasein der Dinge. Wenn man sich selbst ebenfalls als Ding empfände, dann wäre man auch immer da. Weil man sich auf diese Weise selbst nicht verlieren könnte. Weil neben dem Tier nur die Dinge eine Natur hätten. Der Schwarze Baron sagte später, dass der Krutzler den Existenzialismus von Grund auf falsch verstanden habe. Wobei der Krutzler damals überhaupt nichts ahnte von den Dingen, die in Frankreich zeitgleich passierten. Er wusste nur, dass er sich als Krutzler neu erfinden musste. Nicht als Mensch. Sondern als Krutzler. Der Krutzler hatte eine eigene Natur. Und von der sagte man, sie sei dem Wolf näher gewesen als dem Menschen.

Natürlich konnte sich so ein Krutzler nicht ganz von allein erfinden. Da brauchte es Umstände. Und solche traten wenige Wochen nach der Befreiung ein. Längst hatte man ein schiefes Auge auf den Krutzler geworfen. Zu deutlich konnte man sich noch an seine Bluttaten erinnern. Seine Verdienste hingegen begannen angesichts seiner Wiedergeburt als Greenhams Kapo zu verblassen. Der Podgorsky hatte es ihm angekündigt wie das Wetter. Die Russen würden dem Krutzler'schen Schauspiel nicht lange zusehen. Deren Schweigen heiße nichts anderes, als dass sie darüber nachdenken, auf welche Art sie ihn umbringen würden. Der Krutzler sei eben nicht dazu gemacht, in der Menge zu verschwinden. Jeder in diesem Lager habe sich sein Gesicht ins Hirn tätowiert. Kurzum: Es sei höchste Zeit zu verschwinden.

Und dann kam schon wieder jemand, der ihn umziehen wollte. Eigentlich war es der Podgorsky, der den Krutzler neu erfand. Am Ende der Prozedur erkannte er sich selbst kaum. Greenham überreichte ihm noch einen Zettel mit einer Adresse in Wien. Falls das Haus noch stehe, solle er sich dorthin wenden. Dann reichte er ihm amerikanisch lachend die Hand. Der Podgorsky wagte keine Umarmung. Seelenruhig kletterte der Krutzler durch den Stacheldrahtzaun. Mit seinem frisch geputzten Mantel, der schwarzen Hornbrille und dem schlichten Bestatteranzug sah er aus, als hätte er eben die Buchhaltung des Lagers geprüft.

Er ging zu Fuß die Donau hinauf. Drei Wochen lang ernährte er sich nur von dem, was er an der Wegstrecke fand. Wenn man den Krutzler kannte, wusste man, dass er keine Pflanzen aß. Mit einem bloßen Messer riss er Feldhasen. Selbst Vögel erlegte er mit einem geschickten Wurf. Als er am Waldrand ein ausgebüxtes Pferd erblickte, soll er auf das staunende Tier losgelaufen sein und es mit vierzig Messerstichen erlegt haben. Dann, so sagte man, habe er sich nach Praschakmanier ein Stück Fleisch aus dem Oberschenkel gerissen, es roh verzehrt und den Rest des Tieres liegen gelassen.

Die Nächte verbrachte er in den Wäldern. Im Ausheben von Gräbern hatte er schon Übung. Und wenn man genügend Laub über sich verteilte, verschwand man nicht nur im Waldboden, sondern blieb auch warm. Jeden Morgen bei Sonnenaufgang erhob sich der Krutzler in voller Montur aus dem Erdinneren. Einmal hatte er dabei eine Frau, die Beeren sammelte, unangenehm überrascht. Wenn so ein Lackel plötzlich aus dem Boden schoss, war ein Schrecken vermutlich das Geringste, mit dem man davonkam. Die Frau hatte Kreuzzeichen schlagend die Flucht ergriffen, was den Krutzler zum ersten Mal seit Jahren herzhaft zum Lachen brachte. Sie war weggelaufen, ohne zurückzusehen, was ihr vermutlich das Leben gerettet hatte.

Mit einem Seufzer ließ sich der Krutzler nieder und betrachtete die Bäume, die um ihn herumstanden. Sie hatten nichts Drohendes, nichts Erhabenes, nichts Beruhigendes und auch nichts Trauerndes, sondern ausschließlich etwas Ratloses. Aber sie schwiegen. Die Bäume waren wie seine *Buckeln,* so nannte man die Beschützer im Milieu. Sie sahen nichts, sie hörten nichts, sie sagten nichts. Vielleicht würde er deshalb seine späteren Klienten oft im Wald entsorgen.

Die Musch fiel ihm wieder ein. Nach sieben Jahren brauchte er nicht ohne Geschenk anzutanzen. Das wusste er. Am ehesten hätte sich ein Tier für den Herwig angeboten. Aber der Krutzler fand keines, das selten genug war und nicht von ihm gegessen werden wollte. Also konzentrierte er sich auf den bevorstehenden Weg. Hundertneunzig Kilometer ging er stromabwärts. Bei Melk und Krems wich er in die Wälder aus. Er wollte sich die misstrauischen Blicke der Trümmerfrauen ersparen. Einer, der sich am Aufbau nicht beteiligte und in sauberer Montur durch die zerbombten Straßen streifte, warf zu viele Fragezeichen auf.

Man braucht aber nicht zu glauben, der Krieg hätte im Wald keine Spuren hinterlassen. Dort räumte bloß keiner auf. Es dauerte trotzdem keinen Herbst, bis das Laub die Krater diskret verdeckte, und keine drei Generationen, bis man die Mulden als naturgegebene Charakteristik verbuchte. Hin und wieder hörte man von Spaziergängern, die in Minen traten. Oder von Sprengkörpern, die entschärft werden mussten. Einmal konnte man von einem Raubvogel lesen, der sich im Anflug an einer scharfen Handgranate vergriffen hatte. Zumindest war das die plausibelste Erklärung für einen explodierenden Adler gewesen.

Kurz vor Wien nahm der Krutzler seine schwarze Hornbrille ab. Ein Güterschiff fuhr an ihm vorbei, das tonnenweise Schutt flussaufwärts transportierte. Der Krutzler fragte sich, während er den Arbeitern halbherzig zurückwinkte, wer damit etwas anfangen sollte, ob das Haus seiner Tante noch stand, ob unter einem dieser Brocken die Musch verschüttet worden war oder es sich womöglich um die Reste der Fleischerei Praschak handelte.

Der Krutzler wusste nicht, dass seine Mutter wenige Minuten zuvor das gleiche Güterschiff vorbeifahren sah und sich ähnliche Fragen stellte. Im Gegensatz zu ihm hoffte sie aber inständig, dass es sich bei den Trümmern um die Reste des Hauses ihrer Schwester Elvira handelte, ja dass sie und ihr widerlicher Nazi-Tscheche darunter verschüttet worden waren. Sie ahnte nicht, dass sich die Elvira in den letzten Kriegstagen von ihrem Gönner getrennt hatte, um sich auf die Ankunft der russischen Besatzer vorzubereiten. Man hatte ja Schreckliches und Frohlockendes zugleich gehört. Großzügig und kultiviert sollten sie sein, die Sowjetmenschen, aber vor allem sagte man, dass sie vergewaltigend und plündernd durch die Lande zögen. Da dachte sich die Elvira vermutlich, es sei besser, man würde sich einen schnappen, mit dem man ohnehin freiwillig würde, der einen deshalb vor jenen, mit denen man nicht wolle, beschütze und als Belohnung für die monogame Zuwendung auch hin und wieder etwas von den Plünderungen mitbringe. Die Elvira hatte aber Pech, wurde öfter vergewaltigt, als sie sich einen Russen schönreden konnte. Vermutlich lag es an ihrer Taktik, die rachsüchtigen Sowjets mit dem Schnaps, den sie seit Kriegsbeginn im Keller gehortet hatte, so lange abzufüllen, bis sie das Wort *Njet* aus ihrem Sprachgebrauch gelöscht hatten. Stattdessen hoffte sie auf die Amerikaner, die auf dem Weg nach Wien waren und wesentlich mehr Anstand gegenüber den heimischen Girls zeigten.

Die alte Krutzler hatte da mehr Glück gehabt. Ihr Russe, Igor, der seit Wochen bei ihr hauste, war viel zu fett und zu faul für eine Vergewaltigung gewesen. Sein Heißhunger war wesentlich deutlicher ausgeprägt als sein Sexualtrieb oder seine Zerstörungswut. Auch an den Plünderungen beteiligte er sich nicht. Vielmehr ließ er sich von der Krutzler förmlich einkochen. Denn die alte Krutzler hatte ihm die Welt der österreichischen Panier eröffnet. Für den deftigen Russen quasi paradiesische Zustände. Es gab kaum etwas, das sich durch eine Panier nicht veredeln ließ. Und so überbackte die alte Krutzler alles, von Früchten, Pilzen bis Kartoffeln, selten auch Huhn, und löste damit endlose Begeisterung bei Igor aus, der sonst meistens schlief oder mit anderen Russen um die Häuser zog. Igor, der ein wenig Deutsch lernte, um seinen Essenswünschen Ausdruck zu verleihen, meinte, dass die Panier all diesen Lebensmitteln Würde verleihe. Die alte Krutzler würde deren nacktem Dasein ein Ende bereiten und sie angezogen in die Welt stellen. Die Panier sei ein Akt von höchster *Kultura*. Sie schaffe klassenlose Lebensmittel. Die Panier sei eine Metapher für den gelungenen Kommunismus und müsse von der gesamten internationalen Bewegung übernommen werden. Man würde noch Loblieder von Moskau bis nach Warschau auf die alte Krutzler singen, worauf sich seltsame Bilder in ihrem Kopf kräuselten, in denen ihr Tausende russische Soldaten in Panieruniformen am Kreml salutierten. Igor brachte sie zum Lachen und seit ihrem gefallenen Gottfried, dessen Bild sie noch immer täglich abstaubte, war ihr kein Mensch mehr für irgendetwas dankbar gewesen. Allein diese Tatsache ließ manchmal ihren linken Mundwinkel für einen Augenblick nach oben zucken. Sonst hatte die alte Krutzler eher die Lippenpartie eines Boxerhundes. Aber wenn dieser russische Fettsack neben ihr saß und von Tag zu Tag dicker wurde, so war das wie eine Verkörperung einer Zuneigung, die ihr nie aufdringlich wurde oder andere Dienste verlangte, gegen die sie sich ohnehin nur vordergründig gewehrt hätte.

Auf jeden Fall saß auch an diesem Nachmittag Igor kauend neben ihr, dachte an seine Heimat Minsk und was sich dort alles panieren lassen würde, als plötzlich dieser Riese an ihrer Terrasse vorbeiging, dessen aufrecht steifer Gang und dessen großer Kopf ihr sofort einen wohlbekannten Schreck einjagten. Nur das Gesicht wollte glücklicherweise nicht passen, weshalb sie sich schon wieder dem Russen zuwandte. Wäre dieses schwarzbebrillte Rieseninsekt nicht stehen geblieben und hätte seinen Augen nicht getraut, es wäre ein kurzer Gedankenblitz geblieben.

Als der Ferdinand ein lautes *Nein* ausstieß, blieb auch ihr nichts übrig, als eine Reaktion zu zeigen. Also erwiderte sie sein *Nein*, blieb aber im Affekt sitzen. Auch der Krutzler war so perplex, dass er vor dem Zaun innehielt, die Brille abnahm und auf den unscharfen Russen starrte, der vor sich hin kaute und ebenfalls *Njet* flüsterte, obwohl er nicht wusste, warum.

Der Krutzler war aber weniger perplex aufgrund des Zufalles der Begegnung, vielmehr deshalb, weil in ihm sofort eine Gedankenkette loszischte, die sich um die im Boden von Tante Elviras Haus versteckte Schatzkiste drehte. Die Frau im Turban sah ihn an, wie man jemanden ansah, den man um Hilfe anflehte. Gleichzeitig warf sie ihm vor, dass er im KZ kein einziges Mal an sie gedacht hatte. Ob die Frau auf dem Foto den Krieg überlebt hatte? Er würde es wohl nie erfahren. Aber was war mit der Schatulle passiert? Wenn die Mutter außerhalb von Wien auf einer Terrasse an der Donau saß, dann hieß das unter Umständen, dass das Haus von der Elvira zerbombt worden war. Und wenn dort kein Haus mehr stand, dann befand sich dort auch keine Schatzkiste mehr. Dann freute sich irgendeine Trümmerfrau über das Geld, das dem Krutzler weniger wert war als die Blutverträge, mit denen er noch etwas vorhatte, soweit die anderen Herren noch am Leben waren. Vielleicht war das Schicksal in derart ironischer Laune, dass ausgerechnet das vorher beobachtete Güterschiff seine Schatzkiste an ihm vorbeischwimmen ließ.

Da fiel ihm auf, dass der fette Russe ein Russe und keinesfalls der schöne Gottfried war. Ob sich der faule Bruder seines Schatzes bemächtigt hatte und jetzt ein Leben in Saus und Braus in Südamerika oder sonst wo führte? Wobei der inflationszerfressene Schilling von 1937 nicht einmal in der östlichsten Pampa noch irgendetwas gewesen wäre. Das wusste auch die Frau im Turban, die wie eine ausgesehen hatte, deren Ansprüchen man erst gerecht werden musste. Außerdem hätte der schöne Gottfried die Mutter nie alleine mit einem Russen auf der Terrasse sitzen lassen. Ergo war dem Krutzler wohl genau in diesem Moment bewusst geworden, dass der fliegende Bruder die letzte Postkarte nicht mehr abgeschickt hatte, was sein Herz weder rührte noch zu anderen inneren Erregungen führte, während dieser fette, starrende Russe ihn sofort reizte. Die beiden sahen sich verschwollen an. Während Igor kaute, zündete sich Krutzler eine Zigarette an. Igor wusste nicht, dass es sich um den Sohn der Alten handelte. Im Schlafzimmer hing nur der schöne Gottfried. Und den zweiten Sohn hatte die Krutzler nie erwähnt. Der Ferdinand hingegen fragte sich, welche Rolle der Russe spielte. Hielt er die Mutter gefangen? War er der Besitzer des Stelzenhauses? Gab es Handlungsbedarf in Form von körperlicher Gewalt?

Die Mutter durchbrach die Stille mit einem Vorwurf. Ruhig anmelden hätte er sich können, wenn er nach sieben Jahren einmal vorbeischauen würde. Worauf der Krutzler nur fragte, was zum Teufel sie auf dieser Terrasse verloren habe. Die Alte wedelte verneinend mit dem Zeigefinger. *Nananana*, schließlich sei das nicht irgendeine Terrasse, sondern ihre Terrasse. Und verloren habe sie auch nichts. Noch nicht. Was sich aber schnell ändern könne. Man höre da beunruhigende Signale aus der Gemeinde. Ein Wort hätten sie dafür erfunden. Ein Wort, das ihr jetzt nicht einfallen wolle. Der Russe sah den Krutzler noch immer kauend an. Undankbarkeit, murmelte die Alte, sei der Untergang der Menschheit. Jahrelang habe sie auf dieser Terrasse gesessen und auf die Donau gestarrt. So wie man es ihr aufgetragen habe. Seit dem 38er-Jahr prüfe sie täglich den Wasserstand und habe damit das Schlimmste verhindert. Am Ende hätte niemand etwas davon gehabt, wenn so ein Hochwasser alles weggeschwemmt hätte. Da nütze dem alten Goldberg eine *Restitution,* so heiße nämlich das Wort, gar nichts, wenn auf dem Grund, der ohnehin dem Kloster gehöre, überhaupt kein Haus mehr stehe. Schließlich habe er ihr dieses Haus freiwillig überlassen. Sie habe bestimmt nichts dafür können, dass man den Juden über Nacht den Zutritt in ihr Strombad verweigerte. Sie habe ihm nur Arbeit erspart. Denn eigentlich hätte der Goldberg das Haus innerhalb von 24 Stunden abtragen müssen. Das sei Gesetz gewesen. Wie hätte er das denn anstellen sollen? So habe er es naturgemäß lieber seiner alten Bekannten überlassen. Sei das ein Verbrechen? Nein. Aber die Menschen seien am Ende alle gleich. Dankbarkeit könne man von keinem erwarten. Schon gar nicht von einem Juden. Ob der Ferdinand sich denn vorstellen könne, was da los sei, wenn der Kritzendorfer Bürgermeister mit seiner *Restitution* Ernst machen würde. Das Strombad sei ja eine regelrechte Judenhochburg gewesen. Schön gerichtet hätten es sich die meisten. Da brauche man sich in der Siedlung nur umzuschauen. Denn eigentlich seien laut Widmung nur kleine Badehütten erlaubt gewesen. Aber die Herren Architekten hätten sich richtige Einfamilienhäuser ins Hochwassergebiet gestellt. Ihr Haus, das übrigens von einem Loos-Schüler stamme, sei da im Vergleich nur eine Schuhschachtel. Die meisten der Herrschaften hätten sich hier mit ihren Mätressen zum Schäferstündchen getroffen. Ein jüdisches Sodom und Gomorrha sei das gewesen. Kein Wunder also, dass sich einer nach dem anderen umgebracht habe. 1938 sei das Strombad nur noch ein moralischer Scherbenhaufen gewesen. In sieben Jahren habe das tausendjährige Reich alles umgekrempelt. Nichts sei wie vorher geblieben. Und wenn nichts wie vorher sei, dann könne man dieses Nichts auch nicht rückerstatten. Es sei nun mal so, auch wenn das die Kriegsgewinnler nicht hören wollten, dass die heimische Bevölkerung ebenfalls unter dem Krieg gelitten habe. Wenn man den Unsrigen jetzt alles wegnehme, dann brauche man sich nicht wundern, wenn sich das alles in ein paar Jahren wiederholen würde, so die Krutzler. Da müsse man auch einmal ins Volk reinhören und dessen Wut ernst nehmen. Immerhin sei man genauso Opfer des Führers gewesen wie der Rest der Welt. Aber Gerechtigkeit dürfe man von keinem erwarten. Jetzt habe der Mohr seine Schuldigkeit getan. Nachdem man jahrelang für die Herrschaften aufs Wasser geschaut habe, werde einem genommen, was man sich moralisch längst ersessen habe. Mit ihr brauche man da nicht zu rechnen. Sie bleibe auf ihrer Terrasse sitzen, bis man sie wegtrage. Oder bis die Donau sie wegschwemme.

Der Ferdinand, der noch immer auf dem Treppenweg stand und von dem kauenden Russen angestarrt wurde, versuchte sie zu beruhigen. Er sagte, er glaube nicht, dass da viele kämen. Die wenigen, die noch lebten, hätten längst keine Freude mehr an einem Badehaus in Kritzendorf. Die Mutter könne sich also ruhig wieder zurücklehnen und mit ihrem Lebensgefährten aufs Wasser schauen. Jetzt fiel der Blick der alten Krutzler auf den kauenden Igor, der bemerkte, dass sich das Gespräch plötzlich um ihn drehte. Wie er denn darauf komme, dass dieser Russe ihr Lebensgefährte sei. Ein Besatzer sei er. Besetzen würde er sie. Von früh bis spät würde er sie bewachen. Ob er denn nichts zu tun habe?, fragte der Krutzler. So ein Besatzer müsse doch patrouillieren, damit die Besetzten wüssten, dass sie besetzt seien. Angeblich heile er eine Kriegsverletzung aus, sagte die Krutzler. Viel bemerkt habe sie davon nicht. Der Appetit leide keinesfalls darunter. Stattdessen habe sie vor Angst seit Wochen nicht geschlafen. So ein Russe im Haus sei schlimmer als jeder Bombenhagel. Sie seien schon anders als die Unsrigen. Von wegen *Kultura*. Ob er die Mutter angerührt habe?, fragte der Krutzler. Aber die Alte wandte sich beleidigt ab und ging ins Haus, wohin er ihr zögerlich folgte.

Als sie vor dem Bild des schönen Gottfried standen, fragte die Krutzler, ob der Ferdinand jetzt bleibe. Der tote Bruder schaute in seiner Fliegeruniform mit herablassendem Stolz auf ihn hinunter. Dem Krutzler fiel die Schatzkiste wieder ein. Er fragte nach dem Haus der Tante Elvira. Worauf die Unterlippe der alten Krutzler zu zittern begann. Ihre sogenannte Schwester trage die eigentliche Schuld am Russen. Ausführlich schilderte sie ihm alle Gemeinheiten der Schwester. Vom schiefen Auge, das sie auf den Gottfried geworfen hatte, bis zum Rausschmiss nach Ferdinands Verhaftung. Der Krutzler hörte ungeduldig zu, ob sich irgendeine Information bezüglich des Hauses ableiten ließe. Doch nachdem die Alte fertig schwadroniert hatte und ihrer Schwester noch mal ausgiebig den Teufel an den Leib gewünscht hatte, war unverkennbar, dass ihm ein Fußweg nach Wien nicht erspart bleiben würde. Er wandte sich ab, polterte an dem kauenden Igor vorbei, seufzte und lenkte seinen Schritt in Richtung Zentrum Kritzendorf.

Der Krieg hatte dort keine Spuren hinterlassen. Ein einziges Haus war zerbombt worden. Und selbst das baute man schon wieder auf. All das stimmte den Krutzler optimistisch. Flotten Schrittes ging er auf Wien zu. Als er in der Dämmerung dort ankam, musste er sich allerdings eingestehen, dass Kritzendorf offenbar nicht im strategischen Mittelpunkt der Alliierten gestanden hatte. Der Anblick Wiens war verheerend.

Als der Krutzler durch die zerbombte Stadt eilte und die Lücken wie im Gebiss eines Obdachlosen klafften, begann er sich zu ärgern. Selbst das Geld in der Schatzkiste würde niemals reichen, um jetzt ins Immobiliengeschäft einzusteigen. Wenn die Trümmerfrauen den Schutt weggeschafft haben würden, würde es zu spät gewesen sein. Vor einem Plakat blieb er stehen. *Wir arbeiten. Wir wollen Wien rein und gesund machen. Schauen wir Wiener nicht tatenlos in den Himmel.* Der Eifer des sonst eher lethargischen Österreichers war gespenstisch. Man hatte es eilig, den Dreck vom Volksfest wegzuräumen. *Schnell die Spuren verwischen,* dachte sich der Krutzler, der mit sich selbst die Wette abgeschlossen hatte, dass, wenn er auf dem Weg bis zur Kopalgasse mehr unbeschädigte Häuser als ausgebombte zählte, Elviras Haus auch noch stand. Die Urania, das Palais Schwarzenberg, die Oper, die Franzensbrücke. Nur das technische Museum war wie durch ein Wunder unversehrt geblieben. Die Kirchen hingegen hatte es fast alle erwischt.

Krutzler achtete vor allem auf die schaufelnden Frauen. Die Musch hatte bestimmt schon zehn Lackeln im Einsatz, die dem Herwig sein Spielzeug ausgruben. Er taxierte die Damen nach potenzieller Eignung. Die Russen und die

Amerikaner waren fern der Heimat und dementsprechend würden sie eine niveauvolle Begleitung schätzen. Auch die Damen konnten bestimmt emotionale und finanzielle Zuwendung vertragen. Er würde eine Identitätskarte brauchen. *Ferdinand Krutzler.* Für ihn war es gegen jede Ehre, einen falschen Namen anzunehmen. Er griff sich auf den Unterarm mit der durchgestrichenen Null. Deutlich mehr Häuser, die unbeschädigt waren. Wette gewonnen.

Das Haus der Tante Elvira stand. Wobei, es schien niemand zu Hause zu sein. Das Haus stand. Aber die Fensterfront war mit dunklem Holz vernagelt. Das Haus stand. Aber es sah wie ein Mausoleum aus. Der Krutzler hielt inne und stieß einen langen, grunzenden Seufzer aus.

Er war weit gegangen heute. Er stand da wie ein Rhinozeros, das sich in der Abendsonne trocknete. Man wusste nicht, ob er das Haus anstarrte oder im Stehen gestorben war. Niemand beachtete ihn. Starrende Männer, die im Stehen starben, waren zu dieser Zeit keine Seltenheit. Aber man erkannte ein Haus, in dem niemand mehr wohnte. Es glich einem Körper, dem die Seele ausgerissen war. Dieses Haus war kein seelenloses Haus. Eher eines, das eine solche gefangen hielt. Also ging der Krutzler auf das Haus zu und klopfte, wie nur jemand klopfte, der jemanden abholen kam. Auch ein solches Klopfen war zu dieser Zeit keine Seltenheit gewesen.

Keine fünf Sekunden hatte es gedauert, bis man die Tür aufriss. Man hatte sich ein rotes Abendkleid angezogen, das Haar toupiert und eine silberne Brosche angelegt, in der sich das erstaunte Gesicht des Ferdinand Krutzler spiegelte. Man war die Tante Elvira und hatte offensichtlich jemand anderen erwartet. Ihr saftiges Gesicht, das schon etwas angetrunken auf den ersten Kuss gewartet hatte, sah gesünder aus als vor dem Krieg. Der Krutzler geduldete sich nicht, bis er hereingebeten wurde. Bevor die Elvira noch einen Laut ausstoßen konnte, schob sie der Ferdinand zur Seite und stand im Inneren des abgedunkelten Hauses. Es dauerte allerdings nicht lange, bis die Tante wieder zu ihrem gewohnten Aggregatzustand zurückfand. Was er sich einbilde, hier einfach aufzukreuzen, wenn er die Bagage suche, die sei zur einen Hälfte im Judendorf an der Donau und zur anderen unter der Erde.

Der Krutzler sah sich um und begriff. Die Biedermeiermöbel, der Gobelin, der Luster, die englischen Tapeten. Nichts von alldem war vor dem Krieg in diesem Haus gewesen. Die Tante Elvira hatte es nicht verbarrikadiert, um jemanden zu arrestieren, sondern um ihr angehäuftes Eigentum vor den neidischen Blicken der Nachbarn zu schützen. Wahrscheinlich hatte dem einen oder anderen das eine oder andere Stück einmal gehört. Blödsinn, sagte die Tante. Das sei zum Schutz vor Bombensplittern. Außerdem würden hier bedeutende Persönlichkeiten ein und aus gehen. Die wollten nicht gesehen werden. Sie gebe sich schon lange nicht mehr mit der Bagage ab, die um sie herum hause. Wie die Viecher seien die Leute. Neidisch und missgünstig. Wenn ihr der Krieg nicht dazwischengekommen wäre, sie wäre längst von Erdberg nach Hietzing gezogen.

Wortlos ging der Krutzler in den zweiten Stock. Er müsse jetzt wirklich gehen, trottete sie hinterher. Mit dem Herrn, der in Kürze hier antanze, sei alles andere als zu spaßen. Der habe die Macht, dass sich der Ferdinand gleich gar nicht an die Freiheit zu gewöhnen brauche. Nach was er eigentlich suche? *Schraubenzieher*, sagte der Krutzler. In der Hoffnung, dass dies der einzige Grund für seine Visite war und sie ihn damit wieder loswerden würde, reichte sie ihm das Werkzeug. Der Krutzler setzte am Parkett an und stemmte eine Fischgräte nach der anderen aus dem Boden. Als Erstes sah er die schwarz geschminkten Augen. Schnell kam die ganze Schatulle zum Vorschein. Die Frau im Turban war naturgemäß nicht gealtert. Sie sah ihn mit dem gleichen Blick an, der ihn jetzt fragte, wo er all die Jahre abgeblieben war. Irgendwie schien sie sich über das Wiedersehen zu freuen. Er öffnete die Schatzkiste. Als die Elvira den Inhalt sah, stieg sofort die Wut in ihr hoch. Ohne es zu ahnen, hatte sie all die Jahre auf einem kleinen Vermögen gesessen. Was sie sich alles hätte ersparen können. Vielleicht sogar den Nazi-Tschechen. Noch bevor sie Besitzansprüche stellen konnte, verließ der Krutzler wortlos das Haus und nahm den Zettel mit der Adresse von Greenham zur Hand.

Felberstraße 10/5. Das war am anderen Ende der Stadt. In einem ähnlich trostlosen Viertel. Der Krutzler seufzte. Er spürte eine massive Müdigkeit in sich aufsteigen. Er war nie ein begeisterter Wanderer gewesen. Konnte beim Gehen schlecht denken, weil es ihm naturgemäß zu langsam erschien. Wenn man das ganze Leben nur ging, kam man nirgendwohin. In seinem Metier waren Schnelligkeit und Antizipation vorrangig. Schließlich musste man das Milieu nicht neu erfinden, sondern nur begreifen. Aber der Krutzler war pragmatisch. Selbst wenn er jemanden gefunden hätte, der ihn gefahren hätte, er hätte nicht gewusst, mit was er ihn entlohnen sollte. Der österreichische Schilling der Vorkriegszeit zählte für den österreichischen

Schilling der Nachkriegszeit nicht mehr. Trotzdem presste der Krutzler die prall gefüllte Schatzkiste an sich und ging los.

Die Hundertschillingmünzen klimperten über eine Stunde lang in seiner Brust. Die Frau im Turban sah ihn verständnislos an. Der Rhythmus schläferte ihn ein. Er sah sich nicht um, sondern beschritt stumpf seinen Weg. Beinahe wäre er vorbeigelaufen. Hätte ihn der Anblick des Hauses nicht zum Stehen gebracht. Wie ein einzelner fauler Zahn stand die dunkelgelbe Baracke zwischen zwei ausgebombten Lücken. Ungläubig überprüfte er die Adresse. Dann öffnete er vorsichtig die angelehnte Tür.

Die Nummer fünf befand sich im Mezzanin des winzigen Hauses. Der Riese Krutzler ging über den schmalen Flur. Ein gesunkenes Schiff. Es war still. Trotzdem spürte er, dass hinter jeder Kabinentür einer wie er saß und lauschte. Am Ende des Ganges stand eine abgewetzte *Fünf*. Unter dem Guckloch hing ein zerknülltes Kuvert, auf dem sein Name stand. Er riss es auf und zog einen massiven Eisenschlüssel hervor. Knarrend öffnete sich die Tür. Als er sich umblickte, verschwanden hinter den anderen Gucklöchern ängstliche Pupillen. Er betrat die Zelle. Eine verstaubte Glühbirne an der Decke. Eine Pritsche ohne Matratze. Ein Schrank ohne Tür. Ein zerfetztes Bild des Kaisers. Der Krutzler legte sich in voller Montur hin und träumte nichts.

DER WEG
INS
PARADIES

DER KRUTZLER HATTE SECHZEHN Stunden geschlafen und war erst aufgewacht, als ihm eine Hand an die Schulter fasste. Er spürte sofort die Hoffnung desjenigen, dass er tot war, und wenn man herkam, wo der Krutzler gerade herkam, spielte man nicht lange den Verschlafenen, sondern wachte blitzartig auf und bewies sofortige Kampfbereitschaft. Ergo drehte der Krutzler die fremde Hand in einem Ruck um hundertachtzig Grad. Der krachende Knochen deckte sich ohne Verzögerung mit dem klirrenden Schrei. Er drückte den Kopf des Mannes gegen die Wand und hielt ihm das Messer gegen die Kehle. Man sah in den Augen, dass ein Hund mehr Macht besaß als diese Kreatur. Also warf der Krutzler ihn mit einem kräftigen Tritt zurück in den Gang, wo hinter den Gucklöchern wieder die Pupillen verschwanden.

Das Tageslicht hatte keine Chance gegen die verdreckten Scheiben. Als der Krutzler den Schalter bediente, merkte er, dass es keinen Strom gab. Gleichzeitig begann sein Magen zu knurren. Unter seinem Mantel brodelten Gerüche, die er seit dem Lager nicht mehr inhaliert hatte. Er warf die schmutzige Dusche an, die selbst nach fünf Minuten rostigem Wasser eiskalt blieb. Der Kaiser und die Turbanfrau verzogen keine Miene. Alles fühlte sich mangelhaft an. Am schwerwiegendsten drohte sich der Hunger auf seine Gemütslage zu legen. Bevor er Gefahr lief, aus purer Gereiztheit im Gefängnis zu landen, beschloss er die Fleischerei vom Praschak aufzusuchen.

Der Krutzler wankte gesenkten Blickes durch die Straßen. Einerseits, weil sich seit gestern nichts geändert hatte. Andererseits, weil er nicht Augenzeuge von irgendwelchen Plünderungen werden wollte. Mehr als die Russen nahmen sich die Einheimischen, was sie brauchten. Und da der Krutzler, wie gesagt, in gereizter Stimmung war, versuchte er jedem Konflikt aus dem Weg zu gehen. Man sagte, dass die Weisheit vom Krutzler immer dann zum Tragen kam, wenn sich für andere die Vernunft längst wie ein Zölibat anfühlte. In der Hand trug er die Schatzkiste, weil er den Kreaturen nicht über den Weg traute. Noch ein Grund, sich unauffällig zu verhalten.

Wenn sich allerdings einer wie der Krutzler unauffällig zu geben versuchte, dann kam es wie das Amen im Gebet, dass man erst recht auf ihn aufmerksam wurde. Während er noch sinnierte, wie man all die Obdachlosen für seine Zwecke einspannen könnte, stellte sich jemand vor ihm auf und verlangte *Papiere*. Der ältere Mann in der zerschlissenen Kleidung trug eine rot-weiß-rote Armbinde, auf der in lateinischer und kyrillischer Schrift *Polizeilicher Hilfsdienst* stand. Der Krutzler hätte ihm am liebsten die Nummer auf seinem Unterarm ins Gesicht gehalten. Als Beweis für seinen KZ-Aufenthalt, der ihn jetzt adelte. Doch dann schoss ihm, dass die 100 mit der durchgestrichenen 0 womöglich Misstrauen wecken würde. Mit der Entnazifizierung nahmen es die Russen ziemlich genau. Wobei der Krutzler die Nazis hasste wie kein Zweiter. Der Nazi-Huber fiel ihm da vermutlich wieder ein.

Aber es war kein Zeitpunkt für Rachegelüste. Alles, was Lärm verursachte, war im Augenblick falsch. Der Hilfspolizist, der einen Kopf kleiner war als der Krutzler, streckte sein Rückgrat durch und wiederholte seine Forderung nach den *Papieren*. Außerdem wies er auf das Rucksackverbot hin, das den florierenden Schleichhandel eindämmen sollte. Eine Schatzkiste dieser Größe falle seiner Meinung nach ebenfalls unter dieses Verbot. Was er denn da mitführe? *Papiere,* gab der Krutzler zurück. Allerdings nicht als Frage, sondern als Aufforderung. Der Polizist sah ihn an, wie einer den anderen ansah, wenn die eigene Autorität nur eine dünnhäutige Behauptung war. *Wie meinen?,* entgegnete der kleine Mann, trat aber schon einen Schritt zurück, weil der Krutzler mit einem Schritt nach vorne entgegnete. Er stammelte, dass er wie die meisten Polizisten unbewaffnet und ehrenamtlich unterwegs sei, dass er im Gegensatz zu vielen Kollegen nicht *derzeit Kommunist* sei. Worauf der Krutzler ihn aufforderte, ihm den Oberarm zu zeigen. Er tippe auf Blutgruppe 0. Worauf der Polizist ungehalten wurde. Er sei doch keine Nazisau. Die Polizeiarbeit dieser Tage sei Schweinsarbeit genug. Da sei weder Geld noch Dank zu holen. Die meisten Kriminellen würden sich in den eigenen Reihen befinden. Ob dem Krutzler eigentlich bewusst sei, dass die Russen allein in den letzten Wochen über 45 000 Telefonapparate abmontiert und dann einfach im Regen liegen gelassen hätten, dass in ganz Wien nur 40 Lastwägen für die Aufräumarbeiten zur Verfügung stünden, dass man jetzt Zusammenhalt beweisen müsse und nicht das System unterwandern dürfe. Worauf der Krutzler noch einen dezidierten Schritt nach vorne trat und der Polizist auf sein klappriges Fahrrad stieg, um das Weite zu suchen. Die Frau im Turban lobte ihn. Der Krutzler seufzte. Lange würde er nicht ohne Identitätskarte durchkommen.

Als er vor der Fleischerei Praschak stand, stieß er wütend Luft aus. Nicht weil er das Haus nicht vorfand. Sondern weil das Geschäft geschlossen war. Der Hunger flüsterte: *Abfackeln, abfackeln!* Aber auch dieses Haus war nicht seelenlos. An der Fassade hing eine rot-weiß-rote Fahne. Man hatte einfach das Hakenkreuz herausgetrennt. Und schon war Österreich fertig. Neben der Tür stand gepinselt *Provereno*. Was nicht nur bedeutete, dass man den Praschak bezüglich Nazivergangenheit überprüft hatte, sondern auch, dass dort jemand wohnte.

Der Krutzler klopfte so brutal, dass selbst Tote hochgeschreckt wären. Trotzdem hörte man erst nach zwei Minuten ratloses Gerumpel. Als sich die Tür öffnete, zuckten beide zusammen. Der Praschak wegen der schwarzen Hornbrille. Der Krutzler wegen des schwarzen Quadrats. Wie er es denn geschafft habe, mit diesem Hitlerbart als *Provereno* zu gelten. Er lasse sich doch von diesen Kommunisten nicht sein Chaplinbärtchen verbieten, fauchte der Fleischer zurück. Wenn man damit anfange, diesem Großverbrecher alles zu überlassen, was er mit seiner Nazibrut vergiftet habe, dann müsse man sich eine neue Sprache erfinden. Da gebe es kaum ein Wort, das sie nicht durch den Fleischwolf gedreht hätten. Apropos Fleischwolf. Der Krutzler sehe nicht so aus, als habe er groß Hunger gelitten.

Schwere Knochen, gab dieser zurück. Ob er ihn nicht reinbitten wolle. Ein Fleischer werde ja wohl etwas Essbares im Haus haben.

Der Praschak deutete auf die leere Vitrine. Er habe sich kurz überlegt, andere Lebensmittel zu verkaufen. Sei aber mit Leib und Seele Fleischer geblieben. Daher bringe er es nicht übers Herz, Gemüse ins Fach zu legen. Der Krutzler seufzte, während sein Magen durch den abgedunkelten Raum knurrte. Neuerliches Gerumpel. Eine weibliche Stimme, die den Praschak verfluchte, weil er schon wieder alles hatte herumstehen lassen. Wann er eigentlich vorhabe auszumalen? Oder müsse sie sich darauf einstellen, dass man das Geschäft nie wieder aufsperren werde? Sie werde bestimmt nicht das Geld heimbringen, sei schließlich nicht der Mann im Hause, zum Genieren sei das alles. Während da draußen geschuftet und wiederaufgebaut werde, sitze ihr Gebieter auf der faulen Haut.

Gusti, sagte der Praschak. *Aha,* antwortete der Krutzler, der sich fragte, warum man sich unter all den verwitweten Schönheiten ausgerechnet diese abgezwickte Person aussuchte. So kleine Menschen mussten immer lauter sein als die anderen. Deshalb arbeitete der Krutzler nie mit jemandem unter eins achtzig zusammen. *Und der Alte?,* fragte der Krutzler. *Im Krieg gestorben,* sagte der Praschak. *An einem Herzinfarkt.* Dann mussten beide lachen und der Krutzler reichte ihm eine Zigarette, die der Praschak mit Blick auf die Gusti ablehnte.

Statt einer Mahlzeit gab es Bier. Die Gusti fixierte abwechselnd den Krutzler und die Schatzkiste mit dem Foto der orientalischen Frau. Sie war eifersüchtig auf deren Schönheit, obwohl sie vermutlich längst gestorben war.

Wenn der Krutzler etwas nicht ausstehen konnte, dann waren es prüfende Blicke. Vermutlich hatte es etwas mit seiner Kindheit zu tun. Aber an die konnte er sich, wie gesagt, kaum erinnern. Als der Praschak das Taxieren seiner Gattin bemerkte, machte er etwas, das er in fünf Jahren Ehe nicht zustande gebracht hatte. Er schickte sie aus dem Zimmer. Fassungslos sah die Gusti ihn an. *Kurz. Wir haben etwas zu besprechen,* sagte er streng. Als sie merkte, dass er es ernst meinte, ging sie betreten hinaus. Der Praschak wusste, dass er dafür wochenlang büßen würde. Aber er durfte sich nicht vor seinem Freund blamieren. Das war schlecht für den Stand. Später sagte die Gusti, der Krutzler sei für das Scheitern ihrer Ehe verantwortlich gewesen. Niemandem habe er je etwas Gutes gebracht. Überall habe er eine Blutspur hinterlassen. Dabei war es nicht der Krutzler gewesen, dem man am Ende *Kischew* attestierte, sondern ausgerechnet dem Praschak.

Als der Krutzler eine Stunde später an den wütenden Augen der Gusti vorbei hinausmarschierte, wusste er nicht nur, wo sich der Sikora, der Wessely und die Musch aufhielten, sondern der Praschak hatte auch, ohne um Erlaubnis zu fragen, die Fleischerei für etwaige Treffen der Erdberger Spedition zur Verfügung gestellt. Trotz ihrer eindringlichen Blicke war der Gusti entgangen, dass der Krutzler die Schatzkiste nicht mehr bei sich trug. Diese hatte er im Vertrauen dem Praschak überlassen, der versprochen hatte, die Frau im Turban in Gewahrsam zu nehmen, ohne dass es seine Gattin bemerkte. Auch wenn das Geld nichts mehr wert war und die Gültigkeit der Verträge mehr Willens- als Papiersache war, stellte es für beide einen symbolischen

Akt ihrer Freundschaft dar. Denn eines war dem Krutzler während des Gehens klar geworden. Man musste dort ansetzen, wo man vor sieben Jahren aufgehört hatte. Vom Schilling wieder auf einen Schilling kommen. Und die Währung dazwischen einfach vergessen. Es als gestohlene Zeit verbuchen, die man sich mit dementsprechendem Lebenswandel wieder zurückholen würde.

Der Sikora hatte damit schon begonnen. Er verbrachte seine Tage im Gelben Papagei bei Schnaps und Witwen. Er mied das Tageslicht genauso wie Gespräche über die Klausur. Man sagte, der Krutzler habe einen völlig ausgeleerten Menschen vorgefunden. Einen, der sprichwörtlich sein Herz ausgeschüttet hätte. Der Sikora habe sich im Papagei von einer Traurigkeit in die nächste getrunken.

Auch als der Krutzler vor ihm stand, lächelte er nicht, sondern senkte nur seufzend den Kopf. Als bedrückte es ihn, dass außer ihm noch jemand anderer überlebt hatte. Eine Vernichtung aller bekannten Gesichter hätte seine Traurigkeit wenigstens eine ausweglose, endgültige sein lassen. Aber die Teilabholzung des Bestandes ließ die einzeln herumstehenden Bäume noch trostloser erscheinen. Jeder Überlebende provozierte die Sehnsucht nach zehn Toten.

Der Krutzler hatte nichts anderes erwartet. Die abgetakelten Frauen im Eck, die darauf lauerten, wieder als Huren zu arbeiten. An der Bar die Hausherrin. Anders konnte man die Bregovic nicht nennen. Sie war bekannt dafür, den Damen Geld zu leihen, falls sie den Zuhältern nicht genug heimbrachten. Ein feministischer Akt, der sie vor den Prügeln der Männer bewahrte. Allerdings kein karitativer. Denn die Bregovic nahm dafür ordentlich Zinsen. Das nannte man balkanesische Nächstenliebe. Die meiste Zeit war die Bregovic schwanger. Nicht wenige riefen sie die Maria Theresia vom Stuwerviertel. Doch der Vergleich hinkte. Denn die Bregovic brütete in ihrem Bauch eine loyale Privatarmee aus, die später alles übernehmen sollte. Der Krutzler konnte seinem Untergang sozusagen beim Aufwachsen zusehen.

Über ihr auf der Stange saß Ahab, nach dem der Gelbe Papagei benannt war. Der Vogel hatte sein Vokabular um ein paar unschöne Wörter erweitert. Aber die Bregovic hatte bereits mit der Entnazifizierung begonnen und schlug ihm jedes Mal auf den Kopf, wenn er *Vergasung* oder *Sieg Heil* krächzte. Der Ahab war schon vor dem Krieg legendär gewesen. Angeblich hatte er diverse große Namen verpfiffen. Bei der Polizei sagte man, der Papagei sei der effektivste Zunder von Wien. So nannte man damals Informanten jeder Art. Die Polizei war auf Geständnisse angewiesen. Denn außer Fingerabdrücken stand ihr nur Überredungskunst und Drohungen zu Verfügung. Wobei das mit dem Beichtgeheimnis schon immer ein Missverständnis war. Der Wiener war auch als Unterweltler fleißig beim Denunzieren.

Beim Anblick des Papageis dachte der Krutzler an die Musch. Aber dieser wäre das falsche Mitbringsel für den Herwig gewesen. Warum er zuerst bei ihm und nicht bei der Vielgeliebten vorbeischaue, fragte ihn der Sikora. Worauf der Krutzler unwirsch entgegnete, dass diese Person nicht seine Geliebte und schon gar nicht Vielgeliebte sei. Und da es ihm wurscht sei, wen von den Kreaturen er als Erstes aufsuche, habe er es nach Entfernung angelegt. Er sei schon genügend gegangen die letzten Tage. Und der Sikora sei der Erste am Weg gewesen. Ergo sitze er jetzt hier. Was den Sikora nur mäßig zu interessieren schien. Seinen Rauch stieß er einer begehrlichen Witwe ins Gesicht. Sein Blick schweifte nach Alternativen suchend durch das Lokal.

Alle hier waren einander fremd geworden. Zu viel musste jeder am anderen vergessen machen. Und trotzdem brauchte man sich gegenseitig. Denn nicht nur der Mensch, auch der Wiener war am Ende ein Hordentier. Und diese Horde hatte beschlossen, sich in die Gemeinsamkeit hineinzutrinken. Entweder man schlief miteinander oder man hörte dem anderen zu. Es kümmerte sich ja niemand um die zahlreichen Beschwerden. Schon gar kein Gott. Hatte man sie aber einmal ausgesprochen, die Beschwerden, verloren sie an Gewicht. Auch das hatte der Krutzler schnell begriffen. Dass die Zuhörenden immer mächtiger als die Schwätzer waren.

Ob er darüber reden wolle?

Der Sikora sah den Krutzler an wie jemand, der den anderen nicht ansehen wollte.

Ob er jetzt völlig deppert sei?

Der Krutzler musste lächeln.

Was er überhaupt wolle?

Der Krutzler hatte nicht vor, ein Plädoyer zu halten. Er musste niemanden überzeugen, an der Weltherrschaft teilzunehmen. Er sagte, er setze für kommenden Dienstag eine Klausur an. *Wer da ist, ist dabei. Wer nicht, auf ewig nicht.* Der Sikora entgegnete, dass er schon vor Jahren aufgehört habe, die Wochentage zu zählen. Und wegen dem Krutzler bestimmt nicht wieder anfangen werde. *Dienstag bin ich immer zu Hause,* lallte die begehrliche Witwe dazwischen. Ob das als Aufforderung oder Entschuldigung gemeint sei, knurrte der Krutzler. Der Sikora strich ihr über die Schläfen und sah sie an. In seinem Blick erkannte man nie, ob er eine gleich küssen oder ihr den Hals umdrehen würde. Er bestellte drei Schnäpse. Mit was er eigentlich zahle?, fragte der Krutzler. Mit meiner Persönlichkeit, sagte der Sikora. Er hob das Glas und stieß in zehn Meter Luftlinie mit der Bregovic an. Sie sei eine gute Seele. Solange man seine Zinsen bezahle. Eigentlich sollte man bei der Klausur eine Bank gründen, dachte der Krutzler.

Dann saßen sie schweigend nebeneinander und tranken ein Glas nach dem anderen. Solange man ohne Worte auskam, war die Freundschaft intakt. Als es draußen dunkel wurde, sagte der Sikora zur Witwe: *Gemma*. Der Krutzler blieb noch ein wenig, um seine Kreditwürdigkeit auszuloten. Aber die Bregovic servierte ihm keinen einzigen Schnaps aufs Haus. Und so sollte es bis zum Ende bleiben. Einen Zettel legte sie ihm hin. Bevor er ihr den Papagei von der Stange starren würde, solle er sich an diese Person wenden. Offenbar brauche er ein Tier. Und mit Tieren kenne sich der Doktor Harlacher aus. Nickend nahm es der Krutzler zur Kenntnis und torkelte aus dem Lokal. Im Rausgehen hörte er den Papagei noch *Arschloch* krächzen. Ahab landete damit als Erster auf der Todesliste vom Krutzler.

Doktor Harlacher hatte mit keinem Besuch mehr gerechnet. Er saß in seinem Arbeitszimmer und war im Tiefschlaf versunken. Außer einem Schimpansen, der ein rot-weißes Dirndl und eine blaue Wollhaube trug, hatte keiner den Krutzler bemerkt. Der Affe tätschelte zärtlich die Wange seines Herrn, der räuspernd zu sich kam. Harlacher musste um die sechzig sein. Er trug einen beigen Bademantel mit dem Emblem eines singalesischen Hotels. Der verschwommene Körper des Ferdinand Krutzler stand wie ein schwarzer Monolith vor ihm. Er hatte schon zu viele gefährliche Tiere in seinem Leben gesehen, als dass er sich vor so einem noch geschreckt hätte. Die schmal gepressten Lippen, der kneifende Blick und der Brillenbügel im Mund sollten wohl ausdrücken, dass der Doktor den Krutzler als besonders interessantes Exemplar befand. Dann fragte er den Affen, ob er dem Gast etwas angeboten habe.

Der Krutzler schüttelte den Kopf. Harlacher beugte sich nach vorn und winkte den Riesen zu sich. Im Flüsterton, sodass es der Affe nicht hören konnte, gestand er, dass er sich nicht sicher sei, ob Honzo ihn nicht doch verstehe. Er rechne in jedem Augenblick damit, dass er auf eine ihm gestellte Frage antworten würde. Honzo sei nämlich blitzgescheit. Aber eben auch verschlagen. Es sei dem Affen zuzutrauen, dass er den Affen nur mime, wenn der Krutzler verstehe, was er meine.

Angesprochener Honzo neigte den Kopf und zog sich die Haube zurecht. Er kaute an seinem Finger, als würde er nachdenken, wie er mit der Entlarvung umgehen sollte. Als ihn der Blick des Krutzler traf, kniff der Affe die Augen zusammen und presste forschend die Lippen. Nur der Brillenbügel fehlte.

Dann kletterte er auf einen der zahlreichen Buchstapel und beobachtete das Geschehen von oben.

Harlacher zog den Krutzler noch näher zu sich. Dieser vertrug es, wie gesagt, gar nicht, wenn man seine Kleidung berührte. Mit einer festen Umklammerung führte er die kleinen Hände des Doktors zurück in dessen Schoß. Der Affe sei bestimmt klug, schließlich habe er ihm die Tür geöffnet, sagte der Krutzler, worauf den Harlacher ein Schrecken durchfuhr, als habe ihm der Unbekannte den endgültigen Beweis geliefert. Der Affe schien zu verstehen und wandte sich beschämt ab. Harlacher murmelte irgendetwas von im Schlaf erschlagen. Das alles verheiße nichts Gutes. Für den Krutzler bedeutete ein Affe im Dirndl per se schon nichts Gutes. Unabhängig von seinen Fähigkeiten.

Obwohl er es ganz gewiss nicht hören wollte, musste er die ganze Honzogeschichte über sich ergehen lassen. Sie hatte vor zehn Jahren in einem indonesischen Tierbordell begonnen. Damals hieß Honzo noch Kemang. So wie der Baum und die Prinzessin, prahlte der Harlacher mit seinem aufgelesenen Wissen, wie alle vermeintlichen Kosmopoliten mit ihrem aufgelesenen Wissen prahlten. Kahl geschoren und grell geschminkt sei Kemang gewesen. Und ein blaues Rüschenkleid habe sie getragen. Die Augen des Doktors begannen zu glänzen und dem Krutzler, dem sonst alles gleichgültig war, wurde in der Magengrube leicht schwindlig. Wobei, naturbelassen sei sie ihm lieber, so der Doktor. Diese Vermenschlichung von Tieren sei wie bei Vegetariern, wenn sie mit Pflanzen Fleisch nachahmen. Widerlich. Der Krutzler verstand den Vergleich nicht ganz. Schade sei, dass er seine Weggefährtin schon lange nicht mehr Kemang nennen dürfe, setzte Harlacher unbeirrt fort. Honzo sei ja ein männlicher Name, wie ihm bestimmt aufgefallen sei. Es gebe da noch Verwirrungen ob der geschlechtlichen Priorität, aber das würde man noch ausdiskutieren. Da reichte es dem Krutzler und er unterbrach Harlachers Monolog mit einem Seufzer, der eher einem Erdbeben als einer Sehnsucht glich. Trotzdem wurde dieser vom Doktor als Zweites interpretiert. Er kenne asiatische Bordelle, wo man Hühner, Schafe, Ziegen oder Kälber während des Aktes schlachte. Das steigere die Erregung in ekstatische Ausmaße. Er zog den Krutzler am Hemdkragen zu sich. Von den Aalen, deren Panik in den hoffnungslosen Vaginen zu rauschartigen Wonnen führe, wolle er gar nicht sprechen. Ob er je von den Krokodiljägern gehört habe, die vor der Tötung mit den Weibchen rituell verkehrten?

Er stieß ihn nicht stark, aber der Harlacher war so leicht wie eine Leiche im KZ. Er kippte nach hinten. Honzo stellte sich vor dem Krutzler auf wie Winnetou vor Old Shatterhand. Ein Anteil von Kemang machte ihm aber gleichzeitig schöne Augen. Der Krutzler schleuderte den Affen gegen einen Bücherstapel, der wie ein Hochhaus in sich zusammenbrach. Dann sagte er seelenruhig, dass er nicht deshalb hier sei. Und dass ihn diese Schweinereien nicht interessierten.

Harlacher richtete sich auf. Er war es offenbar gewohnt, umgeschmissen zu werden. Zumindest machte er keine großen Anstalten der Empörung.

Kommen Sie von Himmler?

Krutzler erwiderte wütend, wie er auf diesen Humbug komme.

Erleichtert ließ sich Harlacher in die Lehne seines Ohrensessels fallen und zündete sich eine Pfeife an. Darüber dürfe er nicht sprechen. Der Krutzler wollte es auch gar nicht wissen, was Harlacher beleidigt zur Kenntnis nahm. Stattdessen erklärte er ihm sein Anliegen in Sachen Herwig. Honzo stellte sich neben den Stuhl und begann den Krutzler zu entlausen. Es war nicht ganz klar, ob dies aus Anbiederung oder Attraktion geschah. Auf jeden Fall unternahm der Doktor nichts, um den Affen zurechtzuweisen. Sie landeten beide auf der Todesliste vom Krutzler.

Sie sind an der richtigen Adresse. Nur zum falschen Zeitpunkt, mein Freund, säuselte Harlacher, während er an seiner Pfeife saugte. Niemand nannte den Krutzler salopp *Mein Freund.* Schon gar nicht dieser Doktor. Allerdings konnte er sich dessen Missmut nicht leisten. Also fragte er ihn patzig, was für eine Art von Doktor er eigentlich sei.

Na, was glauben Sie, Freund der Berge?

Im Krutzler zuckte der Notwehr-Reflex. Aber er dachte an die strahlenden Augen vom Herwig und das anerkennende Seufzen der Musch.

Sie glauben wohl, die Veterinärmedizin ist eine primitive Unterform der Medizin? Aber da irren Sie sich gewaltig. Der Veterinärmediziner muss sich mit Tausenden, was heißt, Millionen von Gattungen auskennen.

Honzo hatte sich in das hintere Eck des abgedunkelten Zimmers zurückgezogen und begann zu masturbieren. Dem Krutzler, dem außer prüfenden Blicken so gut wie nichts unangenehm war, wurde ganz unbehaglich zumute bei dem Gedanken, der Affe würde dabei womöglich an ihn denken. Der Harlacher versuchte mit einem Monolog vom Geschehen abzulenken.

Wie Sie vielleicht wissen, ist der Wiener Zoo außerordentlich zu Schaden gekommen. Mir ist bis heute nicht nachvollziehbar, was es bringen soll, Tiere zu bombardieren. Zivilisten sehe ich ein. Solche haben zumindest indirekt mit dem Krieg zu tun. Aber ich glaube nicht, dass irgendwelche Giraffen oder Pinguine am Heldenplatz gestanden sind. Die einzige Erklärung, die ich habe, ist, dass man die Raubtiere und Ähnliches freisprengen wollte, damit sie die Arbeit der Rus-

sen erledigen. Egal. Es ist auf jeden Fall über ein Drittel der dreitausend Tiere ums Leben gekommen. Das sind in Relation mehr Tiere als Menschen, also bezogen auf den Bestand – und um nichts anderes geht es einem Zoologen. Besonders um den Nashornbullen-Toni ist es schade. Der war ein richtiger Publikumsliebling. Können Sie sich an den erinnern? Gut, so einer wie Sie wird als Kind nicht viel im Zoo gewesen sein. Aber der Toni hat die Pfleger bis zu seinem Tod auf seinem Rücken reiten lassen. So einen werden Sie in hundert Jahren nicht mehr finden. Auf was will ich hinaus?

Der Krutzler zuckte die Achseln, während Honzo die beiden mit einem lauten orgasmischen Aufschrei unterbrach. Der Doktor ließ sich davon nicht beeindrucken und zog an seiner Pfeife.

Na, dass ich an der Quelle sitze. Denn wer ist der Beauftragte, um den Zoo wieder auf Stand zu bringen? Richtig. Der gute alte Dr. Harlacher. Schließlich habe ich schon für Himmler ... Aber darüber darf ich nicht sprechen. Tausende Tiere werde ich in den nächsten Jahren aus aller Welt zusammensammeln. Niemand hat hier die Kontaktlage wie ich. Tiere, die man so gut wie nie zu Gesicht bekommt. Die man für längst ausgestorben hielt.

Er beugte sich konspirativ nach vorne, während Honzo hinten im Eck eingeschlafen war. Die Haube hing ihr schief über das Gesicht und das Dirndl war verrutscht wie nach einem Kirtag.

Ich bin an einem Kakapo dran. Wenn Sie Ihren Herwig beeindrucken wollen, dann darf er ihn streicheln kommen. Der Kakapo ist ein seltenes Tier, weil er zu fett und zu faul zum Fortpflanzen ist.

Der Krutzler musste an den kauenden Igor denken.

Er kennt keine Angst vor seinen Feinden. Dieser Vogel wird in wenigen Jahren weg vom evolutionären Fenster sein. Da braucht es keine Konzentrationslager. Die Natur siebt ihn von ganz alleine aus.

Der Doktor lachte, wie jemand lachte, wenn er bei jemand anderem eine unerwartete Erkenntnis auslöste. Der Krutzler merkte, dass Müdigkeit und Hunger an seiner Geduld nagten. Bevor er etwas tat, was er zwar nicht bereuen, aber zu gewaltigen Problemen führen würde, musste er zu einem Ergebnis gelangen. Gleichzeitig spürte er, dass die Zeit des Zuhörens und Kopfschüttelns vorbei war. Er musste sich zusammenreißen, damit die körperlichen Mangelerscheinungen zu keinen Defiziten in der Biografie führten. Harlacher, der die Körpersprache von Tieren sekundenschnell deuten konnte, erkannte, in welche Bredouille er geraten war. Noch bevor der Krutzler handgreiflich wurde, hob er beide Arme. Wie der Zufall so wolle, sei ihm eine sehr seltene Giftschlange über den Weg gekrochen. Diesem armen Tier könne man die momentanen Bedingungen im Zoo keinesfalls zumuten. Deshalb habe er beschlossen, die Schlange in seine Obhut zu nehmen. Es sei ein äußerst wertvolles Exemplar. Dieser Herwig würde es gewiss zu schätzen wissen. Und der Krutzler müsse auch nichts bezahlen dafür. Er, Doktor Harlacher, erkenne eine Symbiose, wenn sie vor ihm stehe. Er lehnte sich konspirativ nach vorne.

Denken Sie daran, dass ich Mediziner bin. Und in Ihrem Beruf, den ich natürlich nicht kenne, könnte es vorkommen, dass ein Spitalsaufenthalt, sagen wir, ungünstige Auswirkungen hätte. Ich hingegen könnte bei meinen Geschäften ebenfalls ein wenig Unterstützung brauchen.

Dann nahm er einen Zug von der Pfeife, als ob er die Gedanken in Form kleiner Rauchringe durch den Raum schweben ließ. So ein Kakapo beispielsweise fliege ja nicht von allein über die Grenze. Da brauche es Leute, die ihm ein geeignetes Nest bauen. Wenn er verstehe, was er meine.

Der Krutzler war zum Glück kein Trottel und verstand die Sprache des Unaussprechlichen von jeher besser als jede andere.

Soll ich Ihnen das Tierchen jetzt zeigen?

Der Krutzler nickte. Gleichzeitig knurrte sein Magen so laut, dass sogar der Affe kurz aufwachte.

Na, da muss wohl auch noch ein anderes Tierchen gefüttert werden.

Der Doktor lächelte, wie nur jemand lächelte, der gerade seine Großmutter verkauft hatte, und geleitete den gereizten Krutzler in die Küche.

Die MacMahon-Viper sei extrem selten. Sie komme nur in bestimmten Gegenden Afghanistans, Pakistans und des Iran vor. Das Verheerende sei, dass es kein Gegengift gebe, weil weltweit nur ein einziger Biss registriert worden sei. Und dieser habe bereits 1925 stattgefunden. Der Doktor öffnete triumphierend einen Karton, auf dem *Keep calm and carry on* stand. Die Viper schoss aggressiv hoch. Der Harlacher klemmte ihren Kopf gleichmütig zwischen die Finger.

Schauen Sie, die kleinen Hörnchen am Kopf des Tierchens werden Ihrem Herwig gefallen. Das, lieber Freund, ist ein Juwel unter den Schlangen.

Harlacher lächelte, als würde er gerade einen Zaubertrick vorführen. Jetzt frage sich der Krutzler bestimmt, wie man das Tierchen wieder zurück in sein Häuschen bringe. Das sei wie mit Alligatoren. Jeder könne ihnen mit einem

Finger die Schnauze zuhalten, aber für alles andere brauche man eine fachgerechte Ausbildung. Er, der Harlacher, könne ihm auch jederzeit ein Krokodil besorgen, falls es von Interesse für den Herwig sei, was der Krutzler dankend ablehnte.

Dieser Doktor war ein gefährlicher Mann. Das spürte er schon damals. Ein Irrer, der sich andere Irre suchte, um sie noch irrer zu machen. Harlacher warf eine lebendige Maus in den Karton und ließ die Schlange in einem Schwung los. Diese stürzte sich auf das Tier. In einer fachgerechten Bewegung schloss er den Karton. *Wie gesagt, wir können alles besorgen.* Sogar der Affe schien zu lächeln.

Der Krutzler hielt den Karton mit beiden Händen fest. Das Tier blieb ruhig. Nur sein Herz pochte. Nicht weil er Angst vor der Viper hatte, sondern weil er sich auf die beeindruckten Gesichter freute. Er ging durch die Stadt. Immer wieder tauchten lang gezogene Schatten hinter den Ruinen auf. Aber sie hielten Abstand. Als ob sie geahnt hätten, dass er den Tod in dieser Schachtel trug.

Als er in der Felberstraße wieder den Gang mit den Kabinen betrat, hörte er ein Wetzen und Schaben. Er konnte nicht sagen, ob es die Menschen oder die Kakerlaken waren. Auf jeden Fall war da Leben. Sogar die Schlange wagte eine kurze Bewegung. Die Tür zu seinem Zimmer stand angelehnt offen. Als ob man ihn warnte, dass jemand auf seinem Bett saß und wartete. Ein bewegungsloser Geist, der dem grauen Mann, den er morgens aus dem Zimmer geworfen hatte, ähnelte. Er machte aber keine Anstalten, sich zu erkennen zu geben. Stattdessen überreichte er ihm Papiere, Lebensmittelkarten, Geld und ein Kuvert, das er erst öffnen solle, wenn er das Zimmer verlassen habe. Dann verschwand der Mann in der stromlosen Dunkelheit.

Der Krutzler platzierte das schwere Kaiserbild auf dem Karton mit der Schlange. Dann legte er sich in voller Montur auf die Pritsche. Draußen leuchtete der Mond die zerbombten Trümmer wie ein Denkmal aus. Der Krutzler öffnete das Kuvert. Er erkannte die Handschrift sofort als die von Grünbaum.

Lieber Freund,
es tut mir leid, dass ich Sie nicht persönlich in Ihrem neuen Domizil begrüßen kann. Ich bin noch dort, wo Sie mich wähnen. Aber ich hoffe, Sie haben alles, was Sie brauchen. Die Amerikaner befinden sich kurz vor Wien. Dann wird alles besser. Vor allem für uns. Glauben Sie mir. Aber natürlich haben wir mit Widersachern zu kämpfen. Daher darf ich Sie um einen Freundschaftsdienst bitten. Der Mann heißt Seibold. Ich kann Ihnen versichern, der Herr ist ein einfacher Fall. Vermutlich werden Sie lachen, wenn Sie ihn sehen. Da er uns auf mehreren Ebenen lästig ist, muss ich Sie leider damit behelligen. Glauben Sie mir, ich würde die Sache liebend gerne selbst erledigen. Aber leider bin ich unpässlich. Man lässt uns noch immer nicht aus dem Lager. Dieser Seibold könnte auf jeden Fall ein wenig Einschüchterung vertragen. Mehr ist nicht nötig! Und mehr müssen Sie auch nicht wissen. Ich will Sie mit nichts belasten. Seine Adresse habe ich beigelegt.
Wir vermissen Sie hier. Ich soll Ihnen Grüße von Podgorsky übermitteln. Er sagt, Sie sollen Russisch lernen. Ich kann Ihnen da nur abraten. Verbessern Sie Ihr Englisch, dann steht Ihrem Aufstieg nichts im Wege.
Sincerely yours
G.

Das KZ fehlte ihm. Er schloss die Augen und ging noch einmal durch den Stacheldrahtzaun. Allerdings in die umgekehrte Richtung. Aufrecht schritt er an den Wachen vorbei. Es war nicht eindeutig, ob es sich um Deutsche oder Amerikaner handelte. Aus den Blöcken griffen Hunderte Hände nach ihm. Keine Gesichter. Nur Tentakeln, die an seiner Hose zerrten. Er befreite sich. Ging in das Bordell, wo ebenfalls Hände nach den Prostituierten fassten. Aus den Wänden, aus dem Boden, selbst aus den toten Körpern wuchsen identitätslose Hände, die mit ihren blinden Fingern nach etwas Greifbarem suchten. Angeekelt lief der Krutzler davon. Er lief und lief. Es gab keinen Ort ohne Hände. Selbst im Wald verwandelten sich die Äste in greifende Finger. Atemlos blieb er stehen. Sein Blick fiel auf die eigenen Hände, aus denen andere Hände wuchsen, aus denen wiederum andere Hände – er schreckte auf. An seiner Schulter eine fremde Hand. Und eine flüsternde Stimme, die sich verwundert zeigte, dass so jemand wie der Krutzler Albträume hatte. Es müsse ihm aber nicht unangenehm sein. Der Krutzler nahm seine gesichtsfüllende Pranke, holte aus, doch bevor er sein Gegenüber damit ersticken konnte, hatte dieses eine Pistole gezogen und lachte. Warum er so deppert lache, wollte der Krutzler wissen. Die blasse Erscheinung, die ihn an den grauen Mann vom Morgen erinnerte, aber mit Sicherheit nicht derjenige war, der ihm abends Kuvert und Papiere überreicht hatte, räusperte sich und sagte, es entbehre nicht jeder Ironie, dass er sich mit der Pistole, die er ihm übergeben solle, jetzt gegen ihn verteidigen müsse. Der Krutzler hatte aber keinen Sinn für Ironie und forderte die knochenlose Gestalt auf, den Lauf zu senken. Was diese tat.

Schließlich hatte man schon einiges über den Krutzler gehört.

Der graue Mann, der sich weder als jener vom Morgen noch als jener vom Abend erwies, überreichte ihm den Revolver. Der Krutzler schüttelte den Kopf. Er sagte, er brauche so etwas nicht. Er habe ein Messer. Eine Pistole sei gegen seine Prinzipien und keinesfalls standesgemäß. Eine Persönlichkeit greife nicht zur Schussfeuerwaffe. Das habe er nicht nötig. Damals hatte der Krutzler noch keinen Stand. Ging aber offenbar davon aus, dass ihm ein solcher angeboren war. Zumindest attestierte man ihm damals noch Stil und Handschrift. Viele sagten, dass dem nachher nicht mehr so war. Dass jeder seine Persönlichkeit verliere, wenn einem der Sinn für Grenzen abhandenkomme, schließlich sei eine Persönlichkeit ebenfalls eine Art von Grenzziehung, darüber ließe sich stundenlang philosophieren, Tatsache war, dass der Krutzler damals die Pistole abgelehnt und bis zur Geschichte mit dem Jerabek auch keine mehr angerührt hatte.

Bei Morgengrauen verließ er sein Domizil. Die Adresse lag eine Stunde Fußmarsch entfernt. Später war er berühmt dafür, keine zwei Meter ohne Auto und Chauffeur zurückzulegen. Das war, als er seine Beine nur noch zum Treten bewegte.

Er ging auf das Haus zu, klopfte an die Tür, trat unaufgefordert ein, drückte diesen Seibold gegen die Wand, fragte ihn rhetorisch, ob er wisse, warum er hier sei. Seibold, ein korpulenter, aber schlaggehemmter Mittvierziger, schüttelte den Kopf und stammelte, dass es sich wohl um ein Missverständnis handle, worauf der Krutzler ohne Nachhaken das Messer zog und gegen seine Kehle drückte. Das zittrige Pochen der Halsschlagader erinnerte ihn daran, dass er vergessen hatte, nach der Schlange zu sehen. Seibold starb auf der Stelle. Leichenblass glitt sein Körper aus der würgenden Hand des Krutzler. Wie ein schleimiger Fisch, den man nicht festhalten konnte. Seibold lag regungslos vor ihm. Der Krutzler schaute auf seine Hand, aus der zwar keine anderen Hände wuchsen, die sich aber auch nicht entschuldigte. Ein Gefühl des Scheiterns machte sich in ihm breit. Und etwas anderes, das sich älter anfühlte und sich schon länger nicht mehr bemerkbar gemacht hatte: Scham.

Der Krutzler sah sich um. Er suchte nach Erklärungen gegenüber Greenham. Woher hätte er wissen sollen, dass der Klient ein schwaches Herz hatte? Und warum hatte man so ein Kaliber wie ihn geschickt, wenn eine Fliege gereicht hätte, um diesen Seibold zu erschrecken? *Sie werden lachen, wenn Sie ihn sehen.* So zart sah er gar nicht aus, dieser Seibold. Er drehte sich weg, weil ihn der Anblick wütend machte. Er musste nachdenken. Eigenverantwortung übernehmen. Sollte er die Leiche liegen lassen oder im Wienerwald vergraben? Würde irgendeine Spur zu ihm führen? Er hatte keine Lust, Wien gleich wieder zu verlassen. Auch wenn sich die Stadt nicht wie eine Heimat anfühlte. Aber wo sollte er hin? Nach Kritzendorf, um neben dem Hausrussen der Alten Paniertes zu kauen?

Plötzlich spürte er eine fremde Hand, die seine Schulter fasste. Ohne einen Gedanken zu fassen, drehte er sich um und zertrümmerte das Gesicht von Seibold mit einem Schlag. Er stach mit dem Messer zehnmal in seinen Hals. Und schloss die Sache mit acht Herzstichen ab.

Es war Notwehr. An jeden Lügendetektor könnten sie ihn hängen. Keine Regung würden sie spüren. Und warum? Weil es die Wahrheit war.

Ohne den toten Seibold anzusehen, verließ er den Raum. Aufrecht trat er auf die Straße. Das Schlimmste am Krieg war der Staub, den man jahrelang nicht loswurde. Der Staub war das Ende jeglicher Zivilisation. Ein offener Leichenwagen fuhr an ihm vorbei. Acht hagere Männer wurden zum Gräberausheben rekrutiert. Er sah sich um. Die Sonnenstrahlen zogen regenbogenartige Streifen durch den aufgewirbelten Staub. Er stand da, als wollte er es hinausbrüllen. *Seht her, wer ich geworden bin! Der Notwehr-Krutzler!* Aber er schwieg. So wie er immer schwieg, wenn es ums Geschäft ging.

Er hatte den ganzen Tag geschlafen. Dutzende hatte er im Traum erschlagen. Als er aufwachte, stellte er sich unter die eiskalte Dusche und ließ das rostige Wasser abperlen. Er stellte sich vor, die Metallpartikel würden seine Poren abdichten und ihn unverwundbar machen. Er nickte dem zerfetzten Kaiser auf dem Schlangenkarton zu. Dann zog er sich an und schüttelte die Schachtel. Als er ein Fauchen hörte, lächelte er zufrieden und betrat den Flur. Von den Pupillen fehlte jede Spur. Entweder das Haus war in seiner Abwesenheit evakuiert worden oder sie hatten Angst vor ihm. Beides sollte ihm recht sein. Er fragte sich, ob sich die Sache mit diesem Seibold schon herumgesprochen hatte, beschloss aber, nicht mehr darüber nachzudenken. Diese Nacht sollte der Musch gehören.

Laut dem Praschak würde er sie in einem Etablissement finden, das in der Breitenfurterstraßengegend als Ray bekannt sei. Das heiße auf Russisch Paradies. Naturgemäß seien solche Orte nie beschildert. Er werde das Ray aber daran erkennen, dass vor einer grünen Tür ein großer buckliger Mann stehe, den man das Kamel nenne. Dieser werde nach einer Parole fragen, die allerdings nur Eingeweihten bekannt sei. Sonst wisse er nichts, denn wie sich der Krutzler denken könne, würde ihm die Gusti keinen Schritt in die Breitenfurterstraßengegend erlauben. Er zweifle allerdings nicht daran, dass sich der Krutzler überallhin Zutritt verschaffen würde, selbst ins Paradies.

Nach einem ganz außerordentlichen Fußmarsch lief der Krutzler schon lang durch die Breitenfurter Straße. Der Wind blies durch den lichtlosen Boulevard. Systematisch war er die Nebenstraßen abgegangen. Als ob man durch das dunkle Gedärm eines schlafenden Tieres irrte. Er war sich viel zu schade, um jemanden nach dem Paradies zu fragen. Diverse Kreaturen musterten den Riesen, der so selbstbewusst durch ihr Viertel schlurfte. Der Mann war entweder nicht bei Sinnen oder er wähnte sich beschützt. Vor Verrückten hatte man Respekt. Das andere musste man persönlich besprechen. Der Krutzler spürte natürlich die Buschtrommeln und dass es nur eine Frage der Zeit war, bis man auf ihn zukommen würde. Umso besser. Schließlich musste er aus jemandem die Parole rauspressen.

Als er in einer besonders dunklen Sackgasse umkehren wollte, standen die zu erwartenden Silhouetten bereits gestaffelt hinter ihm und versperrten den Weg. Er blieb gelassen und wartete, bis sich die Gestalten bewegten. Aus der Ferne rief einer, dass sich der Herr Buchhalter wohl verlaufen habe. Ob er in dem Karton seinen Zwerghamster spazieren führe? Der Krutzler blieb wie ein atmender Fels stehen und sagte nichts. Irgendwann würden sie sich auf ihn zubewegen müssen. Dann würde er schon erkennen, aus wem sich die Parole rauspressen lasse. Ob es dem Herrn Buchhalter die Sprache verschlagen habe? Oder ob er vielleicht schüchtern sei? Der Krutzler blieb weiter regungslos stehen. Gegen eine Maut würde man ihm die Straße zu einem unvergesslichen Abend öffnen. So schutzlos laufe man hier nicht herum. Gegen eine Schutzgebühr sei er aber in guten Händen. Der Krutzler seufzte und sagte, dass er die Herrschaften leider schlecht verstehe, weil sie so weit weg seien.

Er beobachtete die Entourage, wie sie zögerlich auf ihn zukam. Er zählte sieben. Alle einen Kopf kleiner als er. Einen Nachzügler konnte er ausmachen, der den anderen hinterherschlenderte. Als würde es ihn amüsieren. Er trug einen Hut und blieb im Dunkeln zurück. Die anderen hielten dem Krutzler ihre jetzt schon vergessenen Fressen ins Gesicht. Ob er schlecht höre? Vermutlich sei er vom Land. Da sei er die Sitten der Großstadt nicht gewohnt. Dann rempelte ihn einer der Zwerge an. Was den Krutzler keinen Millimeter verrückte. Da flimmerten schon die ersten Zweifel über die Gesichter der Horde. Sie glaubten allerdings noch an die Wirkung ihrer Überzahl und kesselten ihn ein. Was er denn da Hübsches in seinem Karton mitführe? Sie könnten ja nachsehen, sagte der Krutzler so ruhig, dass einem anders wurde. *Aufmachen,* befahl einer. Dazu würde er nicht raten, so der Krutzler. Also falls ihm sein Leben lieb sei, wofür es eigentlich keinen Grund gebe. Diese Provokation verfehlte seine Wirkung nicht. Der Angesprochene ging auf den Riesen zu. Sein Finger näherte sich dem Karton. Der Krutzler flüsterte, es sei ein Geschenk.

Für eine Dame. Und wenn er nicht augenblicklich seine Drecksgriffel in der Hosentasche verschwinden lasse, dann werde er selbige dem kleinen Tierchen in der Schachtel zum Fraß vorwerfen.

Der Krutzler bereitete sich auf eine gröbere Operation vor. Die sieben machten ihm weniger Sorgen als der Nachzügler, der sich im Abseits hielt. Er war der Maßgebliche. Das spürte der Krutzler. Von ihm würde er die Parole erfahren. *Noch immer die gleichen schweren Knochen,* ertönte es aus der Dunkelheit. Der Krutzler erkannte ihn nicht an der Stimme. Sie war tiefer als vor sieben Jahren. Aber an den Pausen, die er zwischen den Worten ließ, weil das Stottern noch immer in ihm drinnen saß. Wiewohl es ohnehin dem ganzen Kontinent die Sprache verschlagen hatte.

Die Entourage bildete ein Spalier und der Wessely spazierte mit einem Lächeln durch. Warum der Krutzler dastehe wie ein Buchhalter, der seinen Zwerghamster ausführe. Der Wessely kriegte sich gar nicht mehr ein vor Lachen. Als die Entourage in selbiges einsetzte, würgte er es mit einer Handbewegung ab. Niemand außer ihm lachte über seinen Freund. *Schleicht euch!,* fauchte der Bleiche. Was diese ansatzlos taten. Dem Krutzler deutete er mitzukommen. Oder ob er sich im Lager das Trinken abgewöhnt habe? Der Krutzler verneinte und fand sich fünf Minuten später beim vierten Schnaps mit dem Wessely. *Sie sagen, es ist Wodka, dabei ist es Kartoffelschnaps aus dem Waldviertel. Was im Zweifelsfall völlig wurscht ist.*

Man schenkte automatisch nach. Im Lokal waren nur Männer über eins achtzig. Ganz so wie es dem Krutzler gefiel. Der Wessely hatte Relevanz. Das fiel ihm gleich auf. Keiner widersprach ihm. Jeder prostete ihm zu. Man reagierte auf seine Blicke. Und man bediente ihn ohne Worte. Gehörte dem Wessely die Breitenfurter Straße? Wie war das möglich? Es musste etwas mit Dachau zu tun haben. Aber der Krutzler war keiner, der Fragen stellte. Nach dem achten Schnaps, wenn das Stottern von einem Lallen abgelöst wurde, würde der Wessely ohnehin von allein zu reden beginnen.

Als nach der siebten Runde drei Kreaturen unter eins achtzig aus dem Hinterzimmer rauswankten und ziemlich betreten dreinschauten, deutete der Krutzler in deren Richtung.

Meine Tante, deine Tante?

So nannte man damals im Milieu die Stoßpartien. Der Wessely grinste. Hier würden schon seit ein paar Wochen die Tanten wieder fleißig ihre Onkel wechseln. Die Aufbauarbeiten seien beinahe abgeschlossen. Von den Einsätzen her natürlich noch nicht vergleichbar mit den Vorkriegszeiten. Aber man würde Wien in Stoßbezirke eingeteilt haben, noch bevor sich die Alliierten auf ihre Zonen geeinigt haben würden. Dank der russischen *Kultura* seien neben dem Burgtheater und diversen Kinos auch die Hurenhäuser wieder in Betrieb.

Der Krutzler wollte ihn bezüglich der Parole unterbrechen. Durch das Stottern und Lallen musste man bei jedem Gespräch dreißig Prozent draufschlagen. Aber der Wessely stand erst am Anfang seiner Machtdemonstration. À la longue müsse man sich auf ein russisches Österreich einstellen. Während es für die Amerikaner Österreich ohne den Kaiser gar nicht gebe, könne man bei den Russen wenigstens sichergehen, dass man kein Deutscher werden müsse. Für den Russen sei man das erste Opfer und nicht der letzte heimgeholte Deutsche. Wenn die Amerikaner wüssten, wie sehr die Österreicher die Deutschen hassten, hätten sie keine Angst vor einer germanischen Unterwanderung. Trotzdem müsse man sich jetzt mit allen gutstellen, denn aus dem engen Kreis um General Kurassow, woher der Wessely alle seine Informationen beziehe, vernehme man, dass das Gezerre um Österreich eher eine längere Angelegenheit werden würde. Durch die etwaigen Grenzziehungen innerhalb der Stadt würde aber das Schmuggelgeschäft florieren. Ein Schmuggel ohne Grenzen mache ja keinen Sinn. Insofern verstehe er die Tagträumer nicht, die ständig von einem grenzenlosen Österreich sinnieren würden. Das sei berufsgefährdend, weil der Schmuggel naturgemäß Grenzen brauche, um sie zu überwinden. Nur dann würde es genügend Arbeit für alle geben.

Nicht, dass man ihn falsch verstehe. Er sei nicht gegen dieses Österreich. Er wisse nur nicht, was es sein solle. Letztendlich verbinde sie nur der Hass auf die Deutschen. Deshalb sei er für eine sofortige Abschiebung aller Deutschen, weil nur der Deutschenhass eine gesunde österreichische Nation gewährleisten könne. Am besten mit möglichst vielen Zonen. Er sei dafür, die Deutschen bei kleinsten Vergehen auszuweisen. Man höre, die Amerikaner würden noch weiter gehen und den Deutschen einfach eine Frist setzen wollen, um das Land zu verlassen. Ganz ohne Begründung. Die Amerikaner würden eben verstehen, wie man eine Nation aufbaue.

Trotzdem würden am Ende die Russen das Rennen machen. Nicht nur aufgrund der geografischen Lage. Auch weil Stalin den alten Renner aus dem Hut gezaubert habe. Wochenlang habe er den ehemaligen Kanzler an der ukrainischen Front suchen lassen. Nicht weil ihm Österreich so wichtig erschienen sei, Österreich sei nicht einmal nebensächlich, sondern weil ihm die Streitigkeiten der pseudokommunistischen Emigranten auf die Nerven gegangen seien. Auch in Amerika und England habe man von denen die Nase voll. Nicht nur, weil sie mit dem ersten Tag begonnen hätten, über das neue Nachkriegsösterreich zu diskutieren, während sechs Millionen noch in den Konzentrationslagern vegetierten, sondern weil sie sich untereinander die ganze Zeit über stritten, was dazu führte, dass sich keiner mehr mit der Österreichfrage auseinandersetzen wollte. Selbst in Dachau habe der Wessely solchen Streitereien unter den Politischen beiwohnen müssen. Das sei die größte Gefahr nach den deutschen Flüchtlingen. Die eigenen Wichtigtuer, die sieben Jahre lang im Ausland oder im KZ gesessen seien und sich jetzt einbildeten, die Zampanos spielen zu können. Am schlimmsten seien die sogenannten Widerständler, lallte der Wessely. Da wisse ohnehin die Linke nicht, was die Rechte tue. In Salzburg habe man nicht einmal den Namen O5, ein Synonym für Österreich, begriffen. Man habe geglaubt, es handle sich um eine fortführende Nummerierung. Deshalb hätten sich die Salzburger Widerständler dann O6 genannt. Wolle man einen Staat in solche Hände legen? Nein, da könne man froh sein, dass es einen wie Stalin gebe, der die Dinge ordne und die Deutschen genauso hasse wie diese Wichtigtuer.

Jetzt holte der Wessely das erste Mal Luft. Und Krutzler spürte seine Chance, nach der Parole für das Ray zu fragen. Das Geschehen wurde aber von einem Auftritt unterbrochen, der das gesamte Lokal beflissen verstummen ließ.

Statt dem antideutschen Gestammel vom Wessely hörte man jetzt den stechenden Schritt eines Mannes, der einen roten Ledermantel trug und dessen kantiges Gesicht jeden gleichzeitig zu mustern schien. Er nickte dem Wessely zu, stellte sich neben den Krutzler an die Bar und bestellte mit rheinländischem Akzent ein Bier. Dann drehte er dem Krutzler den Rücken zu und fragte den Wessely, ob er ihm seinen Freund nicht vorstellen wolle. Der Wessely war aus dem Lallen wieder ins Stottern gerempelt worden.

Ferdinand Krutzler. Mein Chef.

Der Mann im roten Ledermantel hielt ihm die linke Hand hin. Erst jetzt fiel dem Krutzler die braune Prothese auf.

Man nennt mich den Deutschen. Kriegsverletzung.

Er deutete auf seinen Arm.

Den hat irgendein Russe an der Ostfront gegessen.

Er lachte, nahm sein Bier und stieß mit Krutzler an.

Und Sie? Sind Sie für Finanzen zuständig? Wir könnten in diesem Sauhaufen eine ordnende Kraft gebrauchen.

Der Krutzler sagte, er sei auf der Suche nach einer Frau. Ob ihm das Ray etwas sage? Worauf der Deutsche noch einmal lachte. Nicht nur, dass es ihm etwas sage, es gehöre ihm auch ganz zufällig. Wenn er dem Kamel die richtige Parole nennen würde, könne er sich bei der Wahl der Dame gerne auf ihn berufen. Das gehe aufs Haus. Egal welche. Der Krutzler musste lächeln bei der Vorstellung, die Musch damit zu konfrontieren.

Stellte sich nur die Frage nach der Parole. Der Deutsche sagte süffisant, er könne ihm da einen Tipp geben. Wenn das Kamel acht sage, dann müsse er mit vier antworten. Sage das Kamel sieben, laute die Antwort sechs. Bei fünf, vier. Und bei elf, drei. Er zwinkerte dem Krutzler zu. Nichts war diesem fremder, als von jemandem angezwinkert zu werden. Dann griff ihm der Deutsche an die Schulter, was der Krutzler mit einem Menschenfresserblick goutierte. Die Parole sei für Finanzexperten wie ihn vermutlich nur ein Treppenwitz, sagte der Deutsche. Für Leute aus der Gegend sei es aber schon schwierig, selbst wenn sie die Lösung kennen würden. Mit Mathematik habe es der Österreicher nicht so. Ihm sei es aber wichtig, ein gewisses Niveau in seinen Häusern zu halten.

Wessely, kommen Sie!

Dieser folgte sofort. Der Krutzler flüsterte ihm noch *Dienstag beim Praschak* zu. Der Bleiche nickte und trottete dem Deutschen hinterher.

Es war schon spät. Vereinzelt traten russische Freier in die Dunkelheit des Boulevards. Sie wankten erleichtert davon. Erleichtert in allen Belangen. Als das Kamel den Krutzler ausmachte, lugte er misstrauisch hinter seinem Buckel hervor. Der aufrechte Riese mit der Hornbrille und dem sauberen Mantel sah nicht so aus, als würde er sich auf mathematische Spiele einlassen. Der Türsteher griff in die Manteltasche, um seine Hand am Metall des Revolvers zu kühlen. Der Krutzler nickte ihm grüßend zu. Das Kamel schaute auf den Karton. *Keep calm and carry on.* Er fragte sich, ob es als Provokation gemeint war.

Das Kamel: *Wir sind voll.*

Der Krutzler: *Um diese Zeit?*

Das Kamel: *Um jede Zeit.*

So viel zum Small Talk.

Der Krutzler sagte: *Wenn Sie acht sagen, dann sage ich*

vier. Sagen Sie sieben, sage ich sechs. Sagen Sie fünf, sage ich vier. Sagen Sie elf, sage ich drei.

Das Kamel nickte, nahm die Hand aus der Manteltasche und öffnete die grüne Tür. *Dobro pozhalovat'.* Aus dem Keller drang die heisere Stimme einer lettischen Sängerin. Der Krutzler stieg gebückt die enge Treppe ins Ray hinunter.

Das Paradies war erwartungsgemäß leer. Zwei Schlafende hinten im Eck. Drei dickere Damen bildeten das Überbleibsel auf der anderen Seite. Sie warteten auf einen potenten Freier, der sie alle drei mit aufs Zimmer nehmen würde. In Krutzler erkannten sie so einen. An der Bar stand der schmale Fritz. Auf der Bühne die lettische Sängerin, die mit der Musch so viel Ähnlichkeit hatte wie ein Lemure mit einem Pferd. Der Krutzler pflanzte sich an die Bar. Der schmale Fritz stellte ihm einen Pastis vor die Nase. Worauf der Krutzler fragte, ob er wie jemand aussehe, der eine Zahnspülung brauche. Der schmale Fritz lächelte schmallippig. *Philosophie des Hauses.* Schließlich sei er Barkeeper und kein Oberkellner. Er sehe, was zu einem Gast passe. Abgesehen davon sei das Angebot sehr beschränkt.

Der Krutzler wollte verbal ausholen, als die drei fetten Engel neben ihm Platz nahmen. Hände von allen Seiten. Sechs an der Zahl. Ob er Mathematiker sei, fragte die Erste, was er denn da für ein Schatzkistchen mit sich trage, betörte die Zweite, vermutlich habe er genug Geld für eine Nacht zu viert da drin, konstatierte die Dritte. Der Krutzler seufzte. Ihm seien da zu viele Hände im Spiel. Ein Stalingrad der Zärtlichkeiten, witzelte der schmale Fritz, der aussah, als könnte er selbst ein wenig weibliche Zuwendung vertragen. Sie mögen ihm die Aussicht nicht länger verstellen, knurrte der Krutzler und nahm einen Schluck von dem französischen Mundwasser.

Er war kein Mathematiker. Niemand wusste das besser als er. Aber er hatte ein gutes Gedächtnis. Daher hatte er am Eingang exakt den Text des Deutschen wiederholt. Die drei Damen, die mehr auf die Waage brachten als die Schnapsvorräte in diesem Etablissement, machten keine Anstalten zu gehen. Warum auch? Eine Hure, die sich um drei Uhr früh von einem widerspenstigen Freier abschrecken ließ, die musste erst gefunden werden. Dafür hatte der Krutzler naturgemäß Verständnis. Aber hier war schlechtes Handwerk im Spiel. Anstatt dass sie ihn mit Verheißungen und Alkohol umgarnten, wurden sie nur zudringlich. Ruhig, aber bestimmt sagte er, dass sie wiederkommen sollten, wenn sie ihre Ausbildung abgeschlossen hätten. Was die drei aber nicht davon abhielt, noch näher zu rücken.

Eine Hure, die sich beleidigen ließ, hatte in seinen Augen nicht nur keinen Stolz, sondern war auch schädlich für das Geschäft. Und für den eigenen Ruf. Eine Persönlichkeit umgab sich prinzipiell nur mit anderen Persönlichkeiten. Das Personal war wie ein Körperteil. Alles, was man dem Personal zufügte, tat man sich selbst an. Manchmal allerdings waren Amputationen unvermeidlich.

Plötzlich flog ein großer Sowjetmensch durch das Lokal. Er blieb vor den drei dicken Damen liegen und fluchte auf Russisch. Aus dem Separee stürzte ein halb bekleidetes Mädchen, das ihm noch allerhand an den Kopf schmiss, was er nicht verstand. *Perverse Sau. Was glaubst du eigentlich, du Untermensch. Schleich dich.* Dann verschwand sie im Eck und versuchte sich anzuziehen. Bevor der Sowjetmensch noch richtig wusste, wie ihm geschah, erschien die

Musch aus dem Hinterzimmer, packte ihn am Kragen und zerrte den Mann, der mindestens einen Kopf größer war als sie, bis zum Ausgang. Als er wankend Widerstand leisten wollte, krallte sie sich einen Sessel, der mit einem Schlag auf seinem Rücken zerschellte. Der schmale Fritz sagte trocken: *Deutsche Qualitätsware*. Dann schob die Musch den Freier die Treppen hinauf. Man hörte betrunkenes Fluchen und wehrlose Schreie. Der schmale Fritz stellte ihm noch einen Pastis vor die Nase. Die hätte ich gern, sagte der Krutzler. Worauf ihn der Barkeeper ansah, wie man jemanden ansah, der in der Kirche zu laut gesprochen hatte.

Die drei dicken Engel kicherten, als sie das hörten. Der schmale Fritz meinte, die Chefin sei für niemanden zu haben. Und was passieren würde, wenn man die Frau Muschkowitz mit so einem Ansinnen konfrontieren würde, könne er sich ja ausmalen. Der Krutzler schob den Karton über den Tresen und sagte, er solle ihr das hier geben. Das werde sie überzeugen. Die drei Huren fraßen sich mit ihren Blicken in die Schachtel. Sie wähnten darin Juwelen und andere Verheißungen. Gleichzeitig massierten sie sechshändig seinen Rücken, in der Hoffnung, doch noch an den Schatz zu gelangen. Der Krutzler stand auf und die Hände zuckten zurück wie Katzen, die von einem Schäferhund abgeschüttelt wurden. Er werde derweil im Separee warten. Es solle eine Überraschung sein.

Als die Musch zurückkam, winkte sie den schmalen Fritz zu sich und befahl ihm, ihr ein Bier zu zapfen. Der war ohnehin schon dabei und stellte es ihr im gleichen Atemzug hin. Dann schob er ihr zögerlich den Karton über die Theke. Was das sei, fragte sie misstrauisch. Ein Geschenk, entgegnete er. Von wem? Er zuckte die Achseln. Von einem unbekannten Verehrer. Er habe nur den Auftrag, das Präsent zu übergeben. Ihr Blick fiel in die Runde. Die sechshändige Hydra lächelte konspirativ. Ich hasse Überraschungen, sagte die Musch. Worauf der schmale Fritz nur wissend nickte. Wie die Schwestern von Aschenputtel standen die drei dicken Huren vor dem Karton und feuerten die Musch an, das Geschenk endlich aufzumachen. Zögerlich gab sie nach. Was sich dann abspielte, darüber wagte keiner der Anwesenden je zu sprechen, weil sie Angst haben mussten, für jedes Wort in einem blutigen Schuh durch Wien gejagt zu werden.

Die Viper, die seit gestern darauf gewartet hatte, jemandem an die Kehle zu fahren, zischte aus dem Karton. Während die drei dicken Schwestern zu Eis erstarrten, warf sich die Musch zu Boden. Sie schrie wie am Spieß. Lief hysterisch durch das Lokal. *Fritz! Fritz! Fritz! Bringen Sie dieses Viech um! Sofort!* Sie stellte sich auf den Tisch. Die lettische Sängerin stellte ihren Gesang ein. Sie starrten sich auf Augenhöhe an. Die Musch auf dem Tisch. Die Sängerin auf der Bühne. Die Schlange kroch in Rage aus der Schachtel. Eine Wodkaflasche zerklirrte über ihrem wütenden Antlitz. Eine zweite Flasche. Eine dritte. Mit zertrümmertem Kopf lag die Schlange auf dem Tresen. Die dicken Frauen starrten zuerst auf das trockene Gesicht des schmalen Fritz, der noch eine vierte Flasche in Händen hielt. Dann auf das bleiche Gesicht ihrer hysterischen Chefin.

Stille.

Heiser wie ein Flieger ohne Treibstoff fiel der Musch die Erkenntnis aus dem Mund.

Ferdinand.

DRESDEN

DIE MUSCH SASS MIT dem Ferdinand noch einige Schnäpse lang vor dem zertrümmerten Kopf der Schlange. Was er sich dabei gedacht habe? Sie sei halt keine, der man eine Bonbonniere mitbringe. Was sie denn für eine sei? Ein Wildviech, so viel sei gewiss. Kaum erkannt habe sie ihn. Wie er aussehe! Ob er ihr nicht gefalle? Er habe ihr noch nie gefallen. Ob er ihr jetzt gefalle? Wenn er ihr eine Bonbonniere schenke, dann vielleicht. In ein paar Jahren. Wenn er sich benehme. Den Hals könne er ihr umdrehen. Na, das solle er erst mal versuchen.

So ging das bis Sonnenaufgang. Die Augen vom schmalen Fritz wurden noch schmaler als er selbst. Und die drei dicken Engel schliefen aneinandergelehnt hinten im Eck und wurden auch nicht geweckt, als die Musch den Ferdinand mit nach Hause nahm. Er solle sich aber nichts darauf einbilden. Das sei nur wegen dem Herwig. Der werde eine mordsdrum Freude haben, auch wenn der Kopf von dem Viech ziemlich mitgenommen aussehe. Aber der Kleine sei Geschenke nicht mehr gewohnt. Wahrscheinlich habe er das letzte vor dem Krieg bekommen. Ob er denn keine Mutter habe, scherzte der Ferdinand. Im Gegenteil, sagte die Musch, er habe zu viele Mütter. Aber keinen Vater. Nicht, dass er jetzt glaube, dass er damit gemeint sein könnte. Aus dem Kleinen solle ja etwas werden. Aber während des Krieges seien nur jene dageblieben, die nicht nur in militärischen Belangen untauglich waren. Also habe sie die Vaterrolle zwangsweise übernommen. Es sei ihr halt niemand Besserer dafür eingefallen. Diese ganzen Weibsbilder würden so einen wie den Herwig auf Dauer nur verweichlichen oder zum Frauenmörder werden lassen. Erst als sie im Hotel Dresden in der Zirkusgasse standen, begriff der Ferdinand, was die Musch mit zu vielen Müttern gemeint hatte.

Es war nur eine kurze Fahrt gewesen, aber der sommerliche Fahrtwind hatte ihnen für ein paar Minuten Leichtigkeit ins Gesicht geblasen. Auch wenn sich das Motorrad vom Kamel ordentlich abrackern musste. Der Ferdinand im Seitenwagen, der Türsteher auf der Maschine und die Musch an seinem Rücken klebend, wobei sie aufgrund des Buckels ständig in Rücklage geriet. Das Kamel erklärte ihnen, dass die russische M72 ein exakter Nachbau der BMW R71 sei. Trotzdem sei ihm das *Motozikl* um einiges lieber. Er habe sie von einem russischen Offizier, für den er ein paar Wege erledigt habe. Der Ferdinand rief ihm durch den Sommerwind zu, dass er sich darauf einstellen solle, in ein paar Monaten nur noch für ihn, den Krutzler, solche Wege zu erledigen. Auch wenn er einen so weichen Buckel wie ihn eigentlich gar nicht brauchen könne. Das Kamel starrte ihn mit seiner Fliegerbrille an. Gut, so der Krutzler, vielleicht sei er nicht weich, sondern einfach nur deppert. Was weniger ins Gewicht falle, weil für das Denken ohnehin er zuständig sei. Das Kamel hatte in dem Moment begriffen. Na, wenn er so ein großer Denker sei, dann wisse er bestimmt die Lösung des Türenrätsels. Worauf sich die beiden Schwarzbrillen so lange ansahen, bis die Musch dazwischenbrüllte, dass der Buckelige gefälligst auf die Straße schauen solle.

Im Hotel Dresden brannten kaum noch Lichter. Als die Musch den Ferdinand in ihr Zimmer schob, fiel ihnen zwar noch ein betrunkener Heimkehrer entgegen. Sonst verirrte sich um die Uhrzeit aber keiner mehr zu den Müttern. Wo denn der Herwig sei?, fragte der Ferdinand beim Anblick des leeren Bettes. Verloren in Dresden, lallte die Musch. Kaum vorstellbar, dass man auf so engem Raum mit einem Kind hauste. Keine Angst, versuchte die Musch zu flüstern, was ihr aber nicht gelang, weil flüstern konnte sie genauso wenig wie kochen. Der Herwig wechsle die Mütter so oft wie andere die Kleider. Allmählich verstand der Krutzler. Irgendeine von den Huren habe immer frei, so die Musch. Das Geschäft laufe naturgemäß schlecht. Und weil die meisten kinderlos seien, freuten sie sich, wenn sie den Herwig für eine Nacht bespielten. Und noch mehr, wenn sie ihn wieder los seien. Ob er jetzt nicht langsam aus seiner Wäsche rauswolle. Sie fiel aufs Bett. *Duschen!*, flüsterte sie lautstark, bevor sie noch lauter einschlief.

Seit dem Tod des Vaters hatte der Krutzler nicht mehr so tief geschlafen. Als er aufwachte, war es bereits wieder dunkel geworden. Durch die Tür drang das geschäftige Treiben des Hotels. Die Mütter hatten ihre Arbeit aufgenommen und stritten sich auf dem Flur um die spärliche Kundschaft. Der Krutzler richtete sich ruckartig auf. Die Schweißperlen glitten von seinem nackten Oberkörper wie Laub. Nur dass niemand da war, der erschrocken davonlaufen konnte. Statt der Musch lag ihre Unterhose drapiert neben ihm. Und ein Zettel, auf dem *Guten Morgen* stand. Auf dem Boden neben dem Karton die zertrümmerte Schlange. Offenbar hatte ihm der Herwig beim Schlafen zugesehen.

Der Krutzler seufzte so lange, bis er mit Gewissheit behaupten konnte, am Leben zu sein. Plötzlich ein lauter Knall. Eine Explosion. Die Wände zitterten. Der Krutzler schreckte hoch und stürzte auf den Flur. Die Damen verhielten sich allesamt ruhig. Nur ein paar Kriegsheimkehrer liefen in Unterhosen herum. *Ganz ruhig,* rief die Hausherrin. Sie wedelte mit ihrem Gehstock die Treppen hoch und gab Entwarnung. Es handle sich nur um die Sprengung einer Bombenruine. Die Hühner sollten wieder in ihre Ställe zurück.

Die Hühner waren aber allesamt auf den überdimensionalen Hahn aufmerksam geworden, der mit nacktem Oberkörper vor ihnen posierte. Ungläubig sahen sie ihn an. Erstens, weil er vor dem Stall der Musch stand. Und zweitens, weil sie so ein Mannsbild schon lange nicht mehr zu Gesicht bekommen hatten. Ob er nicht auf ein Jauserl in den zweiten Stock kommen wolle. Geh, so ein Brocken brauche doch mindestens zwei Damen, die sich um ihn kümmerten. Ob er sich nicht die Hose ausziehen möge. Jede Mutter stellte sich einzeln bei ihm vor. Am Ende wedelte noch die Hausherrin mit ihrem Stock. Karcynski heiße sie. Den Namen solle er sich gleich merken.

Nur die Gisela wurde nicht vorstellig. Erstens, weil sie einen Kunden hatte, der sich auch von einer Explosion nicht abbringen ließ. Und zweitens, weil sie sich jede Bewegung gut überlegen musste.

Die Gisela war trotz ihrer Behinderung die Königin von Dresden. *Wegen ihrer Behinderung,* schnalzten neidisch die Zungen der anderen Mütter. *Sollen wir uns vielleicht auch beide Haxen abschneiden, nur damit mehr Geld ins Haus kommt? Was ist los mit den Männern?*

Kriegstrauma, wedelte die Karcynski. *Das gibt sich nach ein paar Jahren.*

Aber bis dahin hat sich die Gisela ein Vermögen erpudert und wir schauen durch die Finger! Jünger wird hier auch keine!

Na, dann strengt euch halt an! Da draußen gibt's genügend Trümmerfrauen, die nur darauf warten, ein Zimmer im Dresden zu beziehen.

Die Gisela hatte im Krieg beide Beine verloren. *Na, da hat sich das Bombardieren für jemanden ausgezahlt!*

Kusch jetzt, schrie die Karcynski und der Krutzler fragte sich, wo die Musch eigentlich abgeblieben war.

Na, wo wird sie sein? Arbeiten wahrscheinlich. Die Frau Muschkowitz glaubt ja, sie kann in zwei Häusern gleichzeitig patrouillieren. Sie ist mir aber trotzdem lieber als jedes Mannsbild. Vor der haben sie wenigstens Angst. Egal, ob sie da ist oder nicht. Dann verschwand die Karcynski wie eine Muräne hinter der Rezeption und die Gisela wurde von ihrem Freier, einem älteren Herrn mit aristokratischer Aura, kaiserlich über den Flur gerollt. Kaiserlich, weil man ihr einen Holzwagen gebaut hatte, auf dem sie thronte. Ihre beiden Stummeln ragten nackt unter einer roten Samtdecke hervor. Auch sie warb mit ihren Reizen. Man sagte, die Tatsache, dass ihr Körper bei ihrem Geschlecht aufhöre, führe zu ganz erstaunlichen Ergebnissen im männlichen Lustverhalten. Ansonsten sei sie nämlich äußerst akrobatisch und verrenke ihren Torso zu den unmöglichsten Stellungen. Als habe man es mit einem zweiköpfigen Wesen zu tun. Wobei sich beide Körperöffnungen am jeweiligen Ende der Gisela wie Zwillinge verhielten. Die Bilderwelten der Freier entglitten ins Barocke und trafen auf den prosaischen Neid der anderen Mütter. Trotzdem wollte keine mit ihr tauschen.

Wiederschauen, Herr Graf. Lassen's mich ruhig da stehen, es kommt gleich der Nächste. Heut ist ordentlich was los. Wochenende. Wissen's eh. Bis Mittwoch. Ja. Und wer ist er?, wandte sie sich dem Krutzler zu. Der stand mit nacktem Oberkörper vor dem Thron. Gisela fixierte ihn und ließ ihre Hand in der seinen ruhen. Der Krutzler sah ihr ins Gesicht. Dass sie einer so angstfrei anschaute, war die Gisela nicht gewohnt. Er merkte, wie sich Schweiß auf ihren Händen bildete. Sie merkte, dass er merkte, und zog die Hand zurück. In dem Moment wussten vermutlich beide, dass sie noch sehr wertvoll füreinander sein würden. Der Krutzler sagte später, wenn die Gisela ein hübsches Gesicht gehabt hätte, wäre sie bestimmt nicht so erfolgreich gewesen. Aber damals arbeitete selbst sie nicht für Geld, sondern tat, was man Essenanschlafen nannte. Schließlich konnten die Mütter ihre Ware schlecht im Resslpark, wo ganz Wien Lebensmittel gegen Schmuck eintauschte, zur Schau stellen. Stolz präsentierte sie dem Krutzler einen Speck, den ihr der Aristokrat dagelassen hatte. Und als sie ihm die Hälfte davon abgab, war das bereits wie ein Vertrag zwischen den beiden.

In den kommenden Tagen fiel im Dresden der Name Ferdinand öfter als jener der Musch oder der Karcynski. Die

Mütter waren froh, dass ein echter Mann im Haus war. *Frag den Ferdinand. Das soll der Ferdinand machen. Wenn er deppert ist, ruf den Ferdinand. Der Ferdinand kann das besorgen. Der Ferdinand kennt den sicher. Wir werden sehen, wie lange es der Ferdinand mit der Wilden aushält.*

Das angesprochene Wildviech war natürlich nicht zu zähmen. Oder gar zu domestizieren. Es fing damit an, dass sie die nächsten Tage überhaupt nicht auftauchte. Sie hinterließ weder eine Nachricht noch irgendwelche Anweisungen bezüglich ihres Bastards. Sie rechnete damit, dass der Ferdinand einfach blieb, weil er sich erst zufriedengab, wenn etwas ihm gehörte. Es entsprach der Natur des Krutzler, so lange auszuharren, bis er die Beute erlegt hatte. Das hatte die Musch begriffen. Und deshalb achtete sie von Anfang an darauf, dass sie ihm oft genug fehlte. Das Zweite, worauf er reagierte, war weibliche Bestrafung. Selbst wenn er nicht wusste, wofür. Aber so hatte er es von seiner Mutter gelernt. Man musste kein Psychologe sein, um zu wissen, dass so einer wie der Krutzler keine komplizierte Psyche hatte, weil er gar kein Interesse hatte, eine solche zu entwickeln.

Die Abende verbrachte der Ferdinand mit dem Herwig. Dieser hatte ihn gleich geduzt, obwohl er ihm keinen Anlass dafür gegeben hatte. Schließlich war er nicht sein Vater. Das konnte man deutlich erkennen. Der kleine Bastard sah genauso aus, wie er ihn sich vorgestellt hatte. Der verschlaganfallte Feuervogel hatte ihn mit seinen roten Haaren und Sommersprossen markiert. Was mit elf Jahren noch immer nicht niedlich aussah, würde im Alter zu einer bizarren Kindlichkeit führen. Man konnte nur hoffen, dass ihm das Gemüt seines Leiblichen erspart bleiben würde.

Wobei das der Musch ebenfalls nicht zu seiner Physiognomie passte. Kein Gemüt schien in diesem entrückten Antlitz Platz zu haben. Der Junge hatte etwas Entferntes. Als wäre er damit beschäftigt, die Angriffe seines Erbmaterials abzuwehren. Er wich dem Krutzler nicht mehr von der Seite. Als wäre das Engelsgesicht froh, mit den Müttern nicht mehr über ihre Freier oder überzogenen Träumereien reden zu müssen. Wie gackernde Hühner seien sie. Nur seien Hühner eben keine Seltenheit.

Der Krutzler hingegen war ein Tier, wie es der Herwig noch nie gesehen hatte. Es schlief sehr laut. Es redete nicht viel. Und wenn, dann in Form von Befehlen. Es saß mit nacktem Oberkörper auf dem Bett und rauchte eine Zigarette nach der anderen. Es schien ihm alles prinzipiell auf die Nerven zu gehen. Trotzdem blieb es. Es sprach die ganze Zeit davon, was im Haus erledigt werden müsse. Machte aber keine Anstalten, auch nur einen Finger zu rühren. Wobei, das stimmte nicht. Das Krutzlertier verstand sich zwar nicht als Versorger, aber zumindest als Besorger. In der Nacht durfte ihn der Herwig in den Stadtpark begleiten, wo die Wiener neben den improvisierten Gräbern Kartoffeln anbauten. Auf seinen Vorschlag, warum man nicht selbst etwas im Hinterhof des Hotels anbaue, reagierte der Krutzler mit einem abweisenden Knurren. Er philosophierte lieber darüber, dass man so schnell wie möglich einen Laster brauche, weil die Wiener angeblich bis zu 200 Schilling Fuhrlohn zahlten, um auf dem Land Lebensmittel zu hamstern. Für den Feuervogelsohn wäre damals noch nicht alles zu spät gewesen. Er hätte von diesem wundersamen Krutzlertier das Fliegen lernen können. Oder zumindest, wie man im Leben steht. Auch wenn er spürte, dass dieser Ferdinand kein wirkliches Interesse an ihm hatte.

Der Krutzler empfand den Herwig als Geisel. Das rothaarige Bürschchen war sein Zugang zur Musch. Vor allem, wenn sie nicht da war. Dann fühlte er sich gebraucht und baute Gedankentürme der Unentbehrlichkeit auf. Dem Herwig gegenüber vermittelte er den Eindruck, er könnte jederzeit alles besorgen. Von Tieren bis zu Lebensmitteln, von Waffen bis zu Kleidung, von Spielzeug bis zu Medikamenten. Glück war für ihn nur eine Frage der Organisation.

Umso überraschender war es, dass nach drei Tagen ohne Musch von der Karcynski ein Mann vermeldet wurde, der auf den Krutzler in der Lobby wartete. Als er sie fragte, wie er aussehe, sagte sie, er sei klein, habe Glupschaugen und zerfleddertes, schütteres Haar. Der Krutzler stieß einen Seufzer aus, wie ihn der Herwig noch nie gehört hatte. Wie ein Löwe, der widerwillig aufwachte, weil er hungrig war.

Der Grünbaum saß im Halbdunkel der Lobby und starrte die Karcynski an. Sie hörte hinter ihrem Rücken ein Wetzen und schweres Atmen. Sie erwiderte seinen Blick nicht, weil sie ihn nicht bestärken wollte. Für kleine, zerfledderte Männer hatte sie nichts übrig. Auch nicht für solche Prügel wie den Krutzler, der mit halb offenem Hemd in der Lobby auftauchte. Sie hatte für überhaupt keine Männer etwas übrig. Das desperate Wetzen dieses Zwerges bestätigte nur ihr Urteil über das stärkere Geschlecht. Auch für Frauen hatte sie nichts übrig. Deren Gackern, wenn sie ein Mannsbild bezirzten, und deren Statussymbolfixierung widerten sie an. Die Karcynski war das dritte Geschlecht.

Niemand, weder Mann noch Frau, wären je auf die Idee gekommen, um ihre Fleischeslust zu werben. Außer diesem kleinen, wetzenden Juden, dessen Atem zunehmend desperater wurde. Sie hätte gelogen, hätte sie behauptet, dieser Umstand lasse sie kalt.

Als der Krutzler vor dem Grünbaum zu stehen kam, setzte dieser das Wetzen aus. Mit einem verbindlichen Lächeln deutete er ihm, neben ihm Platz zu nehmen. Im Gegensatz zum Grünbaum interessierte sich Greenham nicht für die Karcynski. Denn dieser war ein Mann von Welt. Zumindest trug er einen Anzug von Welt. Und ein Rasierwasser, das den neuen Wohlstand genauso aufdringlich zur Schau stellte wie seine gönnerhafte Körpersprache. *Krutzler,* rollte er süffisant beide Rs. *Es freut mich wirklich, Sie am Leben zu sehen.* Naturgemäß fasste es dieser als Drohung auf. Anteilnahme ohne Hintergedanken war ein Talent, das man bei beiden vergessen hatte. *Hat Ihnen unser Quartier nicht zugesagt?* Der Krutzler fragte sich, warum man nach all den Jahren noch immer per Sie war. Obwohl es sich jetzt, da die Würfel neu gefallen waren, wie der natürliche Aggregatzustand anfühlte. Er hatte nie eine Nähe zum Menschen Grünbaum verspürt. Das fiel ihm jetzt auf. Hatte ihn insgeheim stets verachtet. So wie er einen Maulwurf verachtete. Aber eine Ratte schätzte.

Er habe seine Gründe, entgegnete der Krutzler. Greenham nickte. Sein Blick fiel über das Gesäß der sich nach einem Schlüssel bückenden Karcynski. Jetzt, da der kleine Wetzer sein Interesse verloren hatte, versuchte sie mit allen Mitteln seine Aufmerksamkeit zu erregen. Sie war allerdings nicht sonderlich geübt in solchen Dingen und täuschte mit übertriebenem Seufzen plötzliche Wallungen vor, die sie dazu veranlassten, die Bluse aufzuknöpfen. Die beiden Herren waren aber hoch konzentriert und schenkten dem üppigen Vorbau der Karcynski keine Beachtung. *Ich nehme an, hier befindet man sich in besserer Gesellschaft.* Man spürte, dass Greenham mit dem Grünbaum eines gemeinsam hatte. Beiden fiel es schwer, dem Krutzler zu drohen. Der Krutzler seufzte. Denn auch ihm fiel es schwer, seinem Gegenüber zu drohen. Allerdings aus anderen Gründen. Denn im Gegensatz zu seinem zerfledderten Sitznachbarn wäre es ihm körperlich möglich gewesen. Aber er dachte an die Zeit im Lager und dass er neben dem Podgorsky nur den Speckjäger zum Freund hatte. Daher wich er aus und sagte, er habe Greenhams Gastfreundschaft nicht überstrapazieren wollen. Jeder andere hätte es dabei belassen. Nur der wetzende Jude bettelte um körperliche Zuwendung.

Er habe sein Leben gerettet. Er schulde ihm etwas. Er habe ihm alles zu verdanken. Keinen Vorwurf ließ er aus. Die Karcynski hatte inzwischen aufgegeben und schritt schnaubend an ihnen vorbei. Wobei sie sich bemühte, besonders grazil zu gehen. Auch darin war sie ungeübt. Der Krutzler wies ihn darauf hin, dass er ihm erst gestern einen Gefallen getan habe. *Gefallen?*, krächzte Greenham. Es sei ja wohl nicht vorgesehen gewesen, dass er den armen Kerl umbringe. Ob der Krutzler nicht lesen könne? Ob daran irgendetwas missverständlich gewesen sei? Die Entsorgung werde er ihm in Rechnung stellen! Er werde sich wundern! Dem Krutzler fiel ein, dass morgen Dienstag war. Das sei äußerst ungeschickt gewesen, wurde Greenham wieder milde. Schließlich wusste er, dass man dem Riesen nicht mit Aggression zu kommen brauchte.

Ich brauche so einen wie Sie. Und Sie brauchen einen wie mich.

Der Tonfall gefiel dem Krutzler schon besser. Die Karcynski kam zurück. Ihr Schritt war jetzt schneller. Und ihr Blick vorgeblich geistesabwesend. Sie streifte wie zufällig an dem heißen Tee, der vor dem Wetzer stand. Als er aufschrie, stellte sie sich vor, dass er so beim Orgasmus klang.

Am Dienstag war die Musch die fünfte Nacht ausgeblieben. Wie gesagt, die beiden blieben sich ihr Leben lang nichts schuldig. Der Krutzler gab an der Rezeption Bescheid, dass sich die nächsten Tage jemand anderer um den Herwig kümmern müsse. Die Karcynski schüttelte schon lange nicht mehr den Kopf und nickte. Dann machte sich der Krutzler auf, um den Grundstein für die Herrschaft über Wien zu legen.

Die Gusti öffnete ihm genauso misstrauisch die Tür, wie sie diese vor einer Woche hinter ihm geschlossen hatte. Der Praschak hatte ihr nichts über den Grund des Treffens gesagt. Erstens, weil er ihr diesbezüglich nicht vertrauen konnte, und zweitens, weil er ihn selbst nicht kannte. Die Gusti hatte das Hinterzimmer gastlich hergerichtet. Eine weiß-grün karierte Tischdecke, ein paar Blumen, die man nicht essen konnte, und zwei Karaffen Wasser. Das hätte sie auch gemacht, wenn Hitler zu Gast gewesen wäre. Es entsprach ihrem Charakter. Und niemand konnte aus dem Charakter so schwierig raussteigen wie sie.

Es waren alle gekommen außer der Musch. Die hatte aber auch keiner eingeladen. Der Praschak schenkte das Wasser aus, als handelte es sich um Wein. Der Krutzler musterte den Wessely und den Sikora, die sich gegenübersaßen, als ob jeder den anderen durch einen Spionspiegel begutachtete. Es musste etwas vorgefallen sein. Vermutlich in Dachau. Man sagte, dass sich der Sikora durch den Stacheldraht gezaubert hatte, ohne den Wessely mitzunehmen. Das waren aber nur Gerüchte. Weil gesehen hatte den Sikora keiner. Einige munkelten, er habe sich bei einer der vielen Kriegswitwen versteckt gehabt. Andere wiederum vermuteten, er sei auf einem Bauernhof in Salzburg gewesen. Vereinzelt hörte man sogar, der Sikora habe für die Engländer spioniert. Oder für die Franzosen. Zumindest fragte man sich, weshalb er plötzlich fließend Französisch sprach. Ob es tatsächlich wegen seiner diskreten Ausbruchsaktion war oder ob sich die beiden anderweitig in die Haare gekriegt hatten – der Wessely stand in der Lagerhierarchie angeblich über dem Sikora –, erfuhr man nie, weil sie mit niemandem über diese Zeit redeten. Auch mit dem Krutzler nicht, der selbst schwieg wie ein Grab.

Stattdessen wurden die alten Zeiten strapaziert. Der Praschak gab sich da besonders gesellig. Kein Wunder. Für ihn war die Vorkriegszeit die Zeit seines Lebens. Ihm fehlten die Lagerjahre. Obwohl es mit der Gusti auch nicht einfach war. Die Anekdoten wurden ausgespielt wie Karten. Die Erscheinung vom Krutzler in der Schule. Die Wette um die Musch. Der Hundertertrick. Was war eigentlich aus dem Geldscheißer-Franz geworden? Im KZ gestorben, sagte der Praschak. Und der Nazi-Huber? Der sei Anfang der 40er nach Hietzing gezogen, weil dort einige Villen vakant geworden seien. Den hole man sich schon, sagte der Krutzler. Worauf alle nickten und der Krutzler und der Sikora auf dessen Hurenmutter anstießen. Die aufgewärmten Geschichten schienen die erkaltete Freundschaft wieder anzuheizen. Man lachte lauthals und vermutete, dass die Gusti ihnen Weihwasser ausgeschenkt habe, was selbige, die hinter der Tür lauschte, gar nicht goutierte.

Als der Krutzler Wien aufzeichnete, hielten alle inne. In wenigen Strichen teilte er die Stadt in vier Bezirke ein. Alle sahen ihn an, weil sie nicht verstanden, aber ahnten, dass es um etwas Wichtiges ging. Deshalb wurde automatisch geflüstert, was die Gusti draußen noch weniger goutierte. Über zwei Stunden harrte sie aus, ohne dass ein Wort durchdrang. Was wurde da drinnen ausgeheckt? Dinge, die der Praschak vor ihr verheimlichte.

Die Gusti versuchte in den kommenden Wochen ihren Mann mit allen Mitteln zu ihrem Verbündeten zu machen. Sie ließ ihm unverhofft Zärtlichkeiten angedeihen. Sie verschonte ihn vor Demütigungen. Sie erzählte ihm Geheimnisse der Nachbarn, um als Gegenleistung die seinen zu erfahren. Nichts. Der Praschak schwieg, als wäre sie sein Gegner. Als könnte man ihr, der Gusti, in solchen Dingen nicht vertrauen. Als wäre sie ein Kind und würde noch immer an den Osterhasen glauben. Sie schrie ihn an, dass, wenn er nicht augenblicklich ausspucke, was sich da im Hinterzimmer zugetragen habe, sie sich von ihm scheiden lasse. Als das auch nichts half, drohte sie ihn umzubringen, als das auch nichts half, damit, sich selbst umzubringen, und als das auch nichts half, versuchte sie es bei den anderen. Aber sowohl der Krutzler als auch der Wessely glichen Tresoren, die nicht zu knacken waren. Schon gar nicht von einer wie der Gusti.

Nur der Sikora bildete eine Ausnahme. Einer, der so auf sie reagierte, war ihr schon lange nicht untergekommen. Ja, nicht einmal der Praschak hatte sie je so angesehen. Der hatte sie von jeher nur in Hinblick auf das Geschäft gemustert. Aber der Sikora zog sich die Schuhe aus, bevor er ins Herz der Gusti stieg. Er lächelte weich und drehte das Licht aus. Bei so einem würde sie umfallen. Ganz ohne Reue. Als die Russen Wien mit Erbsendosen beschenkten, brachte er ihr seine Ration. Er konnte ja nichts von den Würmern ahnen. Und als die Gusti die Grauslichkeiten zwischen den Erbsen kriechen sah, sagte sie sanft, dass es den Sikora wohl eine der begehrten Fleischlebensmittelkarten gekostet habe. Der nickte schief und wollte sie schon küssen, als der Gusti ihr wahres Begehren einfiel, worauf der Sikora ganz plötzlich vegetarisch wurde und sich vom Fleisch zurückzog, weil keine Frau einen Schwur zwischen Freunden stechen konnte. Wenn sie gewusst hätte, was da im Hinterzimmer besprochen wurde, hätte sogar die Gusti ihre Neugier in Zaum gehalten und wäre lieber unwissend geblieben. Denn, wie gesagt, es ging um nichts weniger als die Herrschaft über Wien. Und eine solche war in diesen Zeiten nicht ohne Blutvergießen zu erreichen.

Das, was der Krutzler aufgezeichnet hatte, war die Zukunft. Und diese war viergeteilt zwischen Russen, Amerikanern, Engländern und Franzosen. Greenham hatte dem Krutzler nicht gesagt, woher er die Zonenaufteilung kannte. Aber er wusste, dass sie nach diesem Sommer Realität sein würde. Die anderen sahen die Zeichnung Krutzlers unglaubwürdig an. Man rechnete eigentlich damit, dass Wien in sowjetischer Hand bleiben würde. Vor allem der Deutsche gehe fix davon aus, sagte der Wessely, der erleichtert feststellte, dass sich sein Teil der Breitenfurter Straße in der russischen Zone befand. Auch der Deutsche, so der Krutzler, würde sich an die neuen Grenzen gewöhnen müssen. Was er genau mit Grenzen meine?, fragte der Praschak. Na, dass man sich dann Postkarten schreiben könne, weil das Verlassen der Zonen nur mit Sondergenehmigungen möglich sein werde. Dann lachte der Krutzler. Sie sollten nicht so deppert schauen. Würden sie denn nicht begreifen, dass das gute Neuigkeiten seien? Schließlich sei das einzige Geschäft im Augenblick mit Schmuggel zu machen, um den Wessely zu zitieren. Wenn man den Markt zonenübergreifend kontrolliere, dann könne die Erdberger Spedition ganz Wien übernehmen.

Worauf der Wessely ohne Stottern fragte, ob der Krutzler jetzt völlig wahnsinnig geworden sei. Der Deutsche bringe jeden von ihnen um! Ob er, der Krutzler, nicht wisse, dass dieser von den Russen gedeckt werde. Nicht nur gedeckt. Dass er quasi deren Niederlassung sei. Dass der Deutsche regelmäßig für die Russen ehemalige Nazis entführe, die dann spurlos in Sibirien verschwinden würden oder wissenschaftliche Dienste für die Sowjets verrichten müssten. Er, der Wessely, habe genug von Arbeitslagern und da ihm keine Wissenschaft so vertraut sei wie das Kartenspiel und es davon bekanntlich von hier bis Wladiwostok genügend Experten gebe, habe er keine Lust, seine gesicherte Stellung beim Deutschen zu riskieren. Er rate auch den anderen davon ab, wenn sie nicht wieder in einem Lager landen wollten. Abgesehen davon habe er dem Deutschen viel zu verdanken. Es gebe schließlich so etwas wie einen Ehrenkodex. Loyalität sei die Währung dieser Zeit. Man müsse Farbe bekennen. Und die Zeichnung vom Krutzler erinnere im besten Falle an einen Roulettetisch. Das sei aber nicht sein Metier, sondern etwas für Großkopferte, die im Augenblick sowieso nichts zu melden hätten.

Wien gehöre den Russen. Und damit dem Deutschen, mit dem in keinerlei Hinsicht zu spaßen sei.

Der Krutzler hörte sich den Sermon ruhigen Blutes an. Man könne ja die Karten befragen. Dann legte er einen Stoß auf den Tisch und forderte den Wessely auf, als Erster zu ziehen. *Die höhere Karte gewinnt.* Der Wessely willigte ein. Er zog einen Pik-König. Der Krutzler lächelte, noch bevor er seine Karte ansah. Herz-Ass.

Man sagte, der Wessely habe ab diesem Zeitpunkt nur noch seinen eigenen Karten vertraut. Obwohl es keinen Grund für Skepsis gab. Alles war so gekommen, wie es der Krutzler vorhergesagt hatte. Wobei der Wessely insgeheim daran zweifelte, ob sich die ganze Angelegenheit nicht umgekehrt verhielt. Dass nämlich die Karten das Schicksal bestimmten und dass, wenn er eine höhere gezogen hätte, die Geschichte anders verlaufen wäre.

Auf jeden Fall hatte der Wessely ab diesem Moment das Heft in die Hand genommen. Erstens, um mit dem Krutzler auf Augenhöhe zu bleiben. Zweitens, weil er davon überzeugt war, ein größeres Talent für den Durchblick zu haben. Der war alles andere als leicht zu behalten. Denn die Angelegenheit, die für mehrere tödlich enden würde, sollte sehr schnell sehr kompliziert werden und allen Beteiligten über den Kopf wachsen. Denn Rothschilds waren sie keine. Auch wenn der Ansatz nicht unähnlich war.

Am 3. September wurde Wien in vier Besatzungszonen aufgeteilt. Der Krutzler bespielte unter dem Greenham die amerikanische Zone. Der Wessely unter dem Deutschen die russische. Da der Sikora der Einzige war, der Französisch konnte, suchte dieser Anschluss beim Damenprogramm der Pariser Offiziersfrauen. Nur der Praschak blieb daheim. Die Gusti hatte ihm jeglichen Umgang mit Besatzern verwehrt. Das sei schlecht fürs Gemüt, auch wenn sich im englischen Erdberg weniger Leute das Leben nahmen als in der russischen Zone. Das lag nicht nur an den sowjetischen Filmen, von denen viele sagten, dass sogar das Ziegelschupfen bei den Aufräumarbeiten unterhaltsamer sei, sondern auch an den Russen selbst. Sie waren völlig unbegabt in der Bildung von Freundschaft. Man musste entweder Angst haben, vergewaltigt oder verschleppt zu werden. Dann wurde von Entnazifizierung geredet. Oder dass einem das letzte Eigentum weggenommen wurde. Dann durfte man nie von russischen Soldaten sprechen, sondern von *Unbekannten in russischer Uniform*. Selbst die *Volksstimme* wollte man nicht lesen. Die weißen Seiten, die auf Zensur schließen ließen, seien das einzig Wahre in dem Drecksblatt, hieß es von vielen.

Nur in den Gelben Papagei trauten sie sich nicht hinein. Vor der Bregovic, die bereits ihr siebtes Kind wie eine Waffe in Händen hielt, hatten sogar die Russen Angst. Und wenn sich einer trotzdem in die gefürchtete Bauchstichhütte verirrte, wurde er erstens vom Ahab als Bolschewikensau bezeichnet und zweitens nicht bedient. Der Krutzler bekam zwar seinen Schnaps, musste ihn aber im Gegensatz zum Wessely, zum Sikora und zum Praschak bezahlen. Während die Balgen der Bregovic lautstark durch das Lokal liefen, hielt ihm die Alte schadenfroh ihr neuestes Machwerk vors Gesicht und sagte in einem Tonfall, als hätte sie dieses Kind auserwählt, den Krutzler einmal umzubringen: *Das ist der Radan.*

Man traf sich aber selten im Gelben Papagei. Einerseits,

weil man nicht zusammen gesehen werden wollte. Andererseits hielt sich der Krutzler ungern in der russischen Zone auf. Nicht, dass man bei den Amerikanern das Schlaraffenland ausgerufen hätte. Auch dort stellten sich die Silverhake-Fischkonserven als Hundefutter heraus. Und ihr groß angelegtes Naziverhaftungsprogramm mussten die Cowboys von 600 000 auf 10 000 hinunterkorrigieren. Was den Krutzler ziemlich wurmte. Jedem feigen Mitläufer hätte er den sibirischen Gulag gegönnt. Ob er da nicht sehr gnädig mit der eigenen Rolle umgehe, murmelte der Sikora. Worauf ihn der Krutzler erst recht mit den Vorzügen der Amerikaner stichelte.

Der Sikora hatte allen Grund, empfindlich zu reagieren. Schließlich waren die Franzosen als *parfümierte Russen* verschrien. Sie waren sich sogar für groß angelegte Schuhplünderungen nicht zu schade. Und wenn ein französischer Offizier über den Gehsteig schritt, mussten alle Österreicher auf die Straße ausweichen. *Verständlich,* meinte der Praschak. *Die Russen und die Franzosen haben die größte Rechnung mit den Nazis offen.* Worauf der Sikora wütend sein Schnapsglas auf den Boden warf. Was der Praschak denn von Franzosen verstehe? Er kenne ja keinen. Er hingegen wisse, wie man *le cœur* öffne. Wie ein flattriges Fenster im Wind würden die französischen Herzen schlackern. Er könne sich der Attacken der Offiziersfrauen gar nicht erwehren. Was nicht stimmte. Denn bis jetzt fand der Sturm auf die Bastille nur im Schnapsglas statt.

Der Krutzler hatte es mit Greenham und den Amerikanern eindeutig am besten erwischt. Auch wenn es dazu führte, dass ihn die Musch kaum noch zu Gesicht bekam. Aber das sei ihr egal. Schließlich habe sie genügend Weiber, die ihr auf den Herwig aufpassen. Und außer saufen, rauchen und fluchen falle dem Krutzler ohnehin nichts ein. Wenn er wenigstens eine Hilfe gewesen wäre. Wobei er dem Hotel Dresden diverse Vergütungen ohne Gegenleistungen zukommen ließ. Die Karcynski war seine stockwedelnde Zeugin. Was die Musch natürlich nicht hören wollte. Schließlich sorgte sie für die Damen, die ihren Ferdinand zunehmend vermissten. Wo er sich überhaupt rumtreibe? Was der Krutzler lakonisch mit *Geschäfte* beantwortete.

Und diese liefen glänzend. Greenham genoss absolute Narrenfreiheit unter den Amerikanern. Unter der Schirmherrschaft der Zonenhäuptlinge schmuggelte man Waren aller Art. Der Krutzler hatte sich dafür eine patente Mannschaft zusammengestellt. Das Kamel, den Simsalabim und einen wortkargen Herrn, später bekannt als der Kugelfang. Von Zigaretten bis Whiskey, von Zigarren bis Cognac. Auf die Versorgungskette Greenhams war Verlass. Natürlich besserten einige Offiziere damit ihren Ausgehbeutel auf. Das war auch notwendig. Denn zwischen Embassy Club und Zebra Club wurde nicht nur gejazzt, sondern auch ordentlich getrunken. Und die österreichischen Rosen, die man auf der sündigen Meile zwischen Währinger Gürtel und Hotel Regina pflückte, ließen die GIs ordentlich blechen, bis sie ihnen einen schönen Abend glaubten.

Mit der Aufhebung des Fraternisierungsverbotes hatte man die Wiener Trostlosigkeit endgültig in den russischen Teil verbannt, wo ein Soldat noch immer vergewaltigen musste, um einer Österreicherin Herr zu werden. Die amerikanischen Ehefrauen hatten zwar aus der Ferne einen mordsdrum Wirbel veranstaltet und versucht, den Erlass zu verhindern. Aber die Generäle wussten, wie sie ihre Besatzungssoldaten bei Laune hielten. Auch wenn das Ganze zu reichlich Kindern mit englischen Vornamen führte.

Besonders in Verruf stand das Café Bauernfeld. Denn dort feierten die schwarzen GIs. Aufgrund der strikten Rassentrennung okkupierten sie ihren eigenen Klub. Weiße Frauen wurden aber trotzdem in Scharen gesichtet. Die Zazous tanzten die Wiener Mädchen wild durch die Nacht und produzierten das spätere Gemunkel auf den Kinderspielplätzen der Stadt. Die Milchkaffeebuben standen den Bleichgesichtern bezüglich Wiener Jargon allerdings um nichts nach. Ein Albtraum für die selbst ernannten Arier, die noch immer fluchend durch die Stadt liefen. *Wie verkleidete Affen sehen sie in ihren Uniformen aus! In der Niggerbar werden die wildesten Cocktails gemixt. Da mischen sie Negerblut mit Slawenblut. Wahrscheinlich sogar Indianer!*

Der Krutzler und seine Partie bevorzugten das Bauernfeld. Erstens weil ihnen das rassistische Gehabe der weißen Offiziere auf die Nerven ging. Nicht selten waren dort auch Nazihader zu hören. Sondern auch wegen des Schwarzen Barons, der dort die besten Cocktails der Stadt fabrizierte. Sein strahlendes Lächeln sei wie eine Nuklearbombe, sagte der Krutzler. Wie man so weiße Zähne haben könne. Seit dem Zug nach Dachau habe er keinen mit so einer Brille gesehen. Ein Neger mit Brille war für ihn bis dahin eine unmögliche Vorstellung gewesen.

Vom Schwarzen Baron erfuhr man nicht nur, dass für Nigger Huren das Doppelte kosteten, sondern auch, dass die menschliche Existenz sinnlos sei, dies aber keineswegs Grund für Traurigkeit biete. Im Gegenteil berge die gottlose Welt alle Freiheiten, die sich solche wie sie nur wünschen könnten. Das nenne man Existenzialismus. Der letzte Schrei aus Frankreich. Und dass die Österreicher *The Niggers Of Europe* seien. Wenn die zwei Jahre Besatzung vorbei sein würden und der Schwarze Baron wieder zu Hause in Brooklyn auf der anderen Seite der Theke säße, dann würden die Österreicher allesamt in ihrer Niggerhaftigkeit absaufen. Konkreter wurde er nicht.

Aber er sollte sich in allen Belangen irren. Erstens sollte die Besatzung nicht nur zwei Jahre dauern. Zweitens sollte er sein Zuhause nie wieder sehen. Und drittens sollte er zeit seines Lebens nicht mehr auf die andere Seite der Theke wechseln.

Der Krutzler und seine Vertrauten genossen den Esprit des jungen Schwarzen. Nicht selten erfanden sie irgendwelche Probleme, nur um seinen Monologen zu lauschen. Auch für die Musch habe er das richtige Getränk parat, so der Baron. Oft seien es nur die hysterischen weiblichen Hormone, die verrücktspielten. Dem Kugelfang mischte er einen Zaubertrank, der ihn gesprächig machte. Und dem Simsalabim empfahl er einfach nur Wasser. Das sei das Heilsamte gegen dessen berufsbedingte Hämorrhoiden. Der Simsalabim konnte nämlich die erstaunlichsten Dinge in seinem Hintern verschwinden lassen. Und war damit der effektivste Tresor, den einer wie der Krutzler hatte finden können. Einmal hatte er vierzehn Uhren in seinem Gesäß untergebracht. Aus seinem Arsch tickte es, als halte er dort eine Zeitbombe versteckt. Der Schwarze Baron knackte auch das Kamel. Der Buckelige erklärte sich nach einem besonderen Serum bereit, die Lösung des Türenrätsels zu verraten. Wenn du vier sagst, sage ich vier. Wenn du drei sagst, sage ich vier. Wenn du fünf sagst, sage ich vier. Dafür hätte es kein Serum gebraucht, das kennt doch jedes Kind, prahlte der Baron und gab noch eine Runde aus, während der Krutzler ratlos aus der Wäsche schaute.

So lustig hatte es der Wessely unter dem Deutschen nicht. Dieser war weder humorbegabt noch zeigte er irgendwelchen Respekt. Während der Jude Greenham seine Leute wie Könige hofierte, behandelte der Deutsche seine Untergebenen wie den letzten Dreck. Dazwischen philosophierte er vom Sowjetmenschen, der dem deutschen Übermenschen am ebenbürtigsten sei. Und dass der amerikanische Infantilismus mit der russischen Kultura nicht mithalten könne. Fanatisch saß er über den Zahlenkolonnen der geschmuggelten Zigaretten aus Ungarn und verdächtigte seine Lakaien des Betrugs. Die Wiener Buckeln warteten regelrecht auf eine Gelegenheit, um den Deutschen zu entsorgen.

Doch sie mussten sich gedulden. Man durfte nichts übereilen. Die Gier sei der Feind des Erfolges, zitierte der Sikora unversehens Schiller. Die Ungeduld, korrigierte ihn der Wessely, der sich damit rühmte, im KZ ausschließlich gelesen zu haben. Das sei doch egal, warf der Sikora das nächste Glas auf den Boden. Die Bregovic drohte ihm mit Lokalverbot, worauf der betrunkene Herzensbrecher brüllte, er würde ihr die Hütte samt Papagei anzünden. Aber die Bregovic hatte den Sikora gern. Also lud sie ihn und die Bagage auf eine Runde Schnaps ein. Nur den Krutzler ließ sie wieder aus.

Was die Alte eigentlich gegen ihn habe?, fragte der Wessely. Der Krutzler zuckte nur die Achseln und sagte, er habe

Wichtigeres zu tun, als sich um die Befindlichkeiten dieser Gebärmaschine zu kümmern. Seinen Genossen aus der Klausur, den Podgorsky, habe er getroffen. Der sei jetzt wieder bei der Polizei. Der wisse ganz genau Bescheid. Aber solange er Bescheid wisse, sei ihm das lieber als irgendwelche Fremden, mit denen er nicht reden könne. *Eine Hand wäscht die andere. Eh schon wissen.* Und jetzt habe er den Krutzler um einen Gefallen gebeten, den ihm aber nur der Wessely tun könne. Eine depperte Geschichte. Aber menschlich. Man kenne ja die Situation der Polizei. Sie habe keine Handhabe gegen die Besatzer. *Befreier,* scherzte der Wessely. Der Notruf der Interalliierten werde öfter gewählt als der der eigenen Leute. Man müsse jetzt auch der Polizei auf die Beine helfen, denn irgendwann werde sich das ändern und dann sei es von Vorteil, wenn man dort Freunde habe. Abgesehen von der patriotischen Pflicht. Der Wessely ermahnte den Krutzler, endlich zum Punkt zu kommen.

Es war tatsächlich eine blöde Geschichte. Die Frau eines Polizisten war im ersten Bezirk, den sich bekanntlich alle vier Besatzungsmächte teilten, von einem russischen Soldaten belästigt worden. Alkohol war im Spiel gewesen. Auf beiden, nein, auf allen Seiten. Auf jeden Fall hatte sich die Frau zu wehren versucht. Der Russe, der den Whiskey noch schlechter wegsteckte als den Wodka, deutete ihr wienerisches *Na* als ein russisches *Da.* Irgendwann ging der eifersüchtige Polizist dazwischen. Es kam zu einem Gerangel. Und dann war der Russe halt blöd gefallen. Und hatte zu atmen aufgehört. Hatte ja keiner ahnen können, dass er so empfindlich war. Jetzt verlangten die Russen die Auslieferung des Polizisten, was insofern heikel war, weil es sich um den Cousin vom Podgorsky handelte. Die Gretchenfrage lautete, ob der Wessely, ergo der Deutsche, bei den Sowjets etwas bewegen könnte, damit der arme Mann nicht am Strick oder noch schlimmer in einem Gulag in Sibirien enden würde.

Der Wessely dachte zuerst darüber nach, ob es sich tatsächlich um eine Gretchenfrage handelte. Wollte der Krutzler seinen Glauben an die gemeinsame Sache infrage stellen? Oder wusste er einfach nicht, was eine Gretchenfrage war? Wobei, so genau wusste es der Wessely auch nicht. Also dachte er über den konkreten Sachverhalt nach. Er schüttelte den Kopf und meinte, bevor der Deutsche irgendetwas für ihn tun würde, würde er sich eher das Gesicht mit Hundekot einreiben. Die Sache sei wahnsinnig heikel. Um nicht zu sagen, völlig aussichtslos.

Der Krutzler entgegnete, er sei sich da nicht so sicher. Die Kommunisten würden die Wahlen in drei Wochen desaströs verlieren. Wie er auf den Schwachsinn komme?, fragte der Wessely. Der Podgorsky habe ihm das geflüstert. Die Amerikaner hätten da etwas Neues, es heiße Meinungsumfrage. Als ob der Österreicher irgendjemandem jemals die Meinung ins Gesicht gesagt habe, spottete der Wessely. Und eine gute Theorie habe der Podgorsky auch. Aha, und welche?, schüttelte der Wessely den Kopf. Seit der Türkenbelagerung habe niemand österreichisches Territorium von Osten aus betreten. Wenn der Österreicher Osten höre, dann bekomme er schon alle Zustände. Wenn man jetzt noch die Verschleppungen und Vergewaltigungen addiere, dann kämen die Russen auf maximal fünf Prozent. Ob der Wessely die Karten sprechen lassen wolle? Aber dieser verneinte. Außerdem, so der Krutzler, plane man die Abschiebung aller Deutschen aus Österreich. Er sah dabei den Bleichen an. Das würden auch die Russen gutheißen. Wegen der Entnazifizierung. Doch die Karten?, fragte der Krutzler.

Aber im Wessely rotierten die Gedanken so hastig, dass er mit dem Auffangen überfordert war. Den Deutschen würden sie bestimmt nicht abschieben, sagte er. Niemand würde das wagen. Selbst Gott nicht. Selbst Stalin nicht. Niemand. Er seufzte, wie nur jemand seufzte, dem man gerade ein mühselig aufgebautes Kartenhaus umgeschmissen hatte. Es sei ohne Zweifel der richtige Zeitpunkt, sagte der Krutzler und bestellte einen Schnaps, den er gleich bezahlen musste.

Es sei zu früh, sagte der Sikora. Der Praschak nickte zustimmend. Nur der Wessely blieb starr. Ob er verstehe, fuchtelte der Krutzler mit seinen Pranken vor dessen Gesicht. Natürlich verstehe er. Und ja, er habe recht, es sei der richtige Zeitpunkt. Und er wisse auch, wie sie es anstellen würden. Nein. Wie es der Krutzler anstellen würde. Dieser verstand nicht, fuchtelte aber trotzdem weiter. Der Deutsche brauche ein Angebot. Einen Köder, bei dem er anbeißen würde. Und das gehe nur, wenn der Fisch hungrig sei. Der Wessely sah bedeutungsschwanger in die Runde und bestellte eine Runde für alle. Die Gier sei die Achillesferse vom Deutschen. Und auch die Ungeduld, deutete er auf den Sikora.

Die Bregovic brachte nur drei Schnäpse, was der Krutzler nicht bemerkte. Er nahm den vom Praschak und trank ihn in einem Zug aus. Um wirklich die Herrschaft über Wien zu erlangen, müsse man den Greenham gegen den Deutschen ausspielen. Und die blöde Geschichte vom Podgorsky sei der perfekte Schuhlöffel dafür.

MILADY

ES REGNETE. ES REGNETE, so wie es immer geregnet hatte. Egal, ob die Menschen gerade Juden umbrachten, sich begatteten oder ratlos in den Nachthimmel starrten. Der Krutzler stand bewegungslos im Niederschlag und fixierte das Automobil. Durch seine Augenschlitze erkannte er das Gesicht vom Wessely. Ein weißer Lampion. Ein verloren gegangener Mond. Er kannte niemanden, der so bleich war. Als ob kein Blut in seinen Adern flösse. Der Krutzler starrte, weil er sich nicht sicher war, ob der Wessely weinte oder ob es nur der Regen war, der sich an der Scheibe über sein bewegungsloses Gesicht rekelte. Normalerweise merkte es der Bleiche, wenn ihn einer im toten Winkel fixierte. Aber er wähnte sich allein im Auto. Allein auf der Welt. Was ihn wiederum mit dem Krutzler verband. Dieser stierte, als hätte er das erste Mal einen Menschen gesehen. Als hätte er im Wessely das erste Mal etwas Menschliches gesehen. Was ihn dementsprechend beunruhigte.

Der Regen hinterließ einen modrigen Geruch. Einen Vorgeschmack auf Verwesung. Der durchnässte Krutzler nahm auf dem Beifahrersitz Platz. So musste es in einem Sarg riechen, wenn er unter der Erde lag. Der Wessely sah wie seine eigene Statue aus. Wobei ihm bestimmt keiner ein Denkmal gebaut hätte. Der flimmernde Schauer tänzelte über sein Gesicht. Wenn, dann hatte er nur auf einer Seite geweint. Was der Krutzler nicht ausschließen konnte. Er versuchte mit einem Scherz das Gesicht vom Wessely zu sich zu drehen. Ob man fürchten müsse, dass es im Stadtpark die Leichen hochschwemme. Er lachte. Aber der Wessely blieb bewegungslos im falschen Profil sitzen. Daran hätte auch ein englisches Auto nichts geändert und der Krutzler rätselte, wo er hätte stehen müssen, um den Wessely zu überführen.

Schweigend saßen sie da. Es trommelte so laut auf die Karosserie, dass man keinen Schuss gehört hätte. Ein Mörderwetter. Eine Nacht ohne Zeugen. Mit keinem konnte der Krutzler je so schweigen wie mit dem Wessely. Wie oft sie in ihrem Leben in einem Auto saßen, um darauf zu warten, zusammen etwas anzustellen. Das seien immer die schönsten Momente gewesen, so der Krutzler später. Diese stille Eintracht, bevor etwas passierte.

Es war eine Nacht, die in keinen Geschichtsbüchern steht, obwohl sie in Wien alles änderte. Insofern passte es, dass der Wessely wortlos seinen Kartenstoß aus der Tasche zog und dem Krutzler den Pik-König überreichte. Dieser nickte. Er wusste, was damit gemeint war. Und nahm es schweigend zur Kenntnis. Ein Versprechen. Er hätte ihm den König auch bestimmt ins Grab nachgeworfen, wenn es die Möglichkeit dazu gegeben hätte. Aber die Chronologie der späteren Ereignisse ließ das nicht mehr zu. Trotzdem trug der Krutzler das Pik bis zum Ende bei sich. Schließlich wusste man nie, wann und wo man das Grab eines Freundes ausheben musste.

Das Automobil schepperte durch das schlammige Wien wie ein Insekt ohne Flügel. Vor dem russischen Grenzposten blieb es stehen. Der Motor drohte ob des Regens abzusterben. Selbst der vermummte Soldat warf nur einen beiläufigen Blick auf den Passierschein. Er kannte den Wessely. Schließlich wechselte er die Zonen wie ein Vogel die Bäume. Man wusste auch, dass er unter dem Schutz des Deutschen stand. Und dieser wiederum unter dem Schutz von Petrow. Und dieser wiederum unter dem Schutz von Stalin. Und dieser wiederum unter dem Schutz des Teufels. Oder umgekehrt. Da war sich in Russland keiner so sicher.

In der russischen Zone regnete es genauso wie in der amerikanischen. Nur wurde man das Gefühl nicht los, dass selbst das Wetter von Moskau aus gesteuert wurde. Die Nächte waren hier aufgrund der mangelnden Stromversorgung dunkler als im Westen. Nur über dem Palais Epstein leuchtete der rote Sowjetstern. Der Regen weichte die Wahlplakate der Kommunisten auf. Sie lösten sich von den Wänden. In zwei Wochen würde man es wissen. Wobei, was würde man wissen? Niemand glaubte daran, dass die Wahl irgendetwas ändern würde. Aber der Regen, der die Parolen zersetzte, unterstrich die Ohnmacht der Besetzten. Die SPÖ forderte opportun, statt den Kriegsgefangenen die ehemaligen Nazis nach Sibirien zu deportieren. Ein Ansinnen, mit dem auch Stalin leben konnte. Das Hetzplakat der ÖVP, auf dem *Ur-Wiener statt Wiener ohne Uhr* stand, hing man hier erst gar nicht auf. Der Russe hatte von jeher ein Faible für teure *Uhras*. Aber was verstand die alteingesessene Bourgeoisie schon vom progressiven Sowjetmenschen. Für das Bürgertum waren die Arbeiter nur Rohmaterial ihrer Gewinne. In der russischen Zone war man hingegen stolz auf den proletarischen Werkschutz, der besser bewaffnet war als die Polizei. Man ehrte seine Helden. Die Taborstraße wurde nach Marschall Tolbuchin umbenannt, die Floridsdorfer Brücke nach Marschall Malinowski, der Schwarzenbergplatz nach Stalin. Dieser, so erzählte der Wessely, habe seinen eigenen Sohn im Konzentrationslager Sachsenhausen krepieren lassen. Er habe sich geweigert, für den einfachen Soldaten einen deutschen General auszutauschen. Was er davon halte? Aber der Krutzler wusste nicht, was er davon halten sollte. Er dachte an seinen Vater, der ihn vermutlich für eine Flasche Slibowitz verkauft hätte.

In Baden bei Wien hatte es aufgehört zu regnen. Und zwar im Moment, als der Wagen vor einer Bauhausvilla stehen blieb. Der Wessely stieß einen Seufzer durch die Nase aus und versuchte einen Blick durch die gestutzten Bäume auf das erleuchtete Fenster zu ergattern. Der Krutzler öffnete die Tür, um auszusteigen. Doch der Wessely hielt ihn zurück. *Hier noch nicht.* Er stieg aufs Gas und sie fuhren weiter. Der Krutzler stellte wie gesagt nie Fragen. Aber die Adresse merkte er sich. Für alle Fälle. Wenn er etwas wusste, dann, dass solche Fälle immer eintraten.

Ein paar Seufzer später hielten sie vor einer gelben Mauer. Die Festung war nur durch ein gusseisernes Gittertor betretbar. Davor standen zwei Buckeln, deren Gesichter man besser gleich wieder vergaß. Das Grundstück war großflächig. Und dem Krutzler fiel gleich auf, dass sich kein einziger Baum auf dem Gelände befand. Stattdessen hatte man einen prächtigen Blick auf die Gründerzeitvilla, die allerdings näher wirkte, als sie war. Der Krutzler vermutete dahinter die Absicht des Deutschen, seine Gäste ermattet in Empfang zu nehmen. Der Chef bevorzuge einen freien Blick, so der Wessely. Deshalb verbiete er seiner Frau alle Pflanzen, hinter denen sich jemand verschanzen könnte.

Der Krutzler vermeinte die Gestalt des Deutschen am Fenster auszumachen. Und fragte sich, warum er einen aus der Greenhamtruppe bei sich zu Hause empfing. Er beantwortete sich diese Frage wie die meisten Fragen aber selbst. Der Deutsche wolle nicht mit einem von der anderen Seite gesehen werden, sagte der Wessely. Nur falls er sich gefragt habe, warum das Treffen ausgerechnet hier stattfinde.

Ab dem Eingang des Hauses wechselte das Personal den Charakter. Als hätte der Deutsche nach Kriegsende die Angestellten des Vorgängers übernommen. Man nahm dem Krutzler den Mantel ab, was dieser als Angriff deutete. Da ihn aber keiner nach Waffen durchsuchte, ließ er die Höflichkeit über sich ergehen. Allerdings weigerte er sich, die Schuhe auszuziehen. Der Wessely hingegen stand in löchrigen Socken vor ihm und deutete nach oben. Der Krutzler folgte ihm.

Der schwere Klang seiner Schuhe hämmerte als Respektlosigkeit durch die Halle. Die Angestellten geisterten völlig geräuschlos durch das Haus. Der Krutzler fragte sich, ob sie ihr Schuhwerk gedämpft hatten oder ob es Teil ihres Handwerks war. Im Salon wurden ihnen Plätze zugewiesen. Die Charakteristik des Raumes war schwer zu erfassen. Denn alle Sitzgelegenheiten waren mit provisorischen Decken überworfen. Die Gemälde waren verhängt. Und die Teppiche lagen eingerollt im Eck. Der Deutsche habe einen großen Respekt vor Eigentum, flüsterte der Wessely. Jede Beschädigung sei wertmindernd. Dann stand er auf, denn die Hausherrin betrat den Salon. Auch ihr Gesicht war eines, das man besser schnell wieder vergaß. Der Wessely huschte zu ihr und küsste ihr die Hand. Die Gattin, eine Albanerin mit leichtem Akzent, warf einen stirnrunzelnden Blick auf die Schuhe vom Krutzler. Ganz vorne spürte er die Arroganz ihres Standes. In Albanien sei sie jemand gewesen, hatte der Wessely gesagt. Dahinter ein genervtes Seufzen ob seiner pubertären Weigerung, in Socken dazustehen. Aber noch weiter hinten, da ahnte der Krutzler nicht nur leise Bewunderung und Neugier, sondern auch eine zart vibrierende Erregung, die seine Chuzpe goutierte. Sie hatte keinen Respekt vor Männern, die sich vor dem Deutschen die Schuhe auszogen.

Insofern war es auch nicht weiter verwunderlich, dass der Hausherr selbst schweres Schuhwerk trug, als er das Zimmer betrat. Schwer im Sinne von schwer zu begreifen. Denn auch seine Kleidung vermittelte den Eindruck, als hätte er sie vom Vorgänger übernommen. Während er auf dem trostlosen Boulevard in rotem Ledermantel allen unter eins achtzig das Fürchten lehrte, nahm er hier kleinlaut im Schottenmuster Platz. Sein Sakko sah aus wie das Reversmuster von Wesselys Karten. Seine Prothese war in ein liebliches Tuch eingebunden. Die Schuhe ähnelten solchen, wie man sie bei einem Reitausflug trug. Überhaupt wurde versucht, englischen Landadel nachzustellen. Der Krutzler vermutete dahinter eine Sehnsucht nach Bürgerlichkeit. Nach Überwindung des Milieus. Diese Begehrlichkeit kannte er nicht. Sie war auch beim Wessely spürbar, als er die Hand der Albanerin küsste. Vielleicht gestaltete sich die Angelegenheit auch banaler und der Deutsche gehorchte nur den Ansprüchen seiner Frau, die vermutlich aus irgendeinem verarmten Landadel stammte. Und damit sie ihn regelmäßig ranließ, spielte er den englischen Lord von Baden bei Wien.

Der Deutsche sprach so leise, dass man sich konzentrieren musste, um jedes Wort zu verstehen. Auch dahinter vermutete der Krutzler Absicht. Und während er mit den Bildern angab, die er trotzdem nicht entschleierte, fragte sich der Krutzler, was wohl die Geschichte dieses Mannes war. Der Wessely hatte über den Deutschen gesagt, dass er keine habe. Dass seine ganze Legende erfunden sei. Er habe da einmal in Düsseldorf nachgefragt. Und dort kannte man ihn nicht. Genauso wenig habe es die Bandenkriege gegeben, von denen er so oft erzähle. Auch in den Berliner Ringklubs hatte er keinen Stand, weil unbekannt. Der Deutsche war kurz vor Kriegsende plötzlich aufgetaucht und hatte den Laden übernommen. Woher seine Verbindungen zu den Russen, vor allem zu Petrow, stammten, wusste man nicht. Daher gab es auch keine Gerüchte. Zum Deutschen fiel niemandem etwas ein. Manchmal, so der Wessely, zweifle er sogar daran, dass der Deutsche ein Deutscher sei. Und diese albanische Frau, deren Kaffee im Übrigen nach schlammigem Wasser schmeckte, sei wahrscheinlich ebenfalls ein Potemkin.

Der Krutzler fragte sich, ob es besser sei, solchen oder gar keinen Kaffee zu trinken. Er starrte die albanische Frau an. Sie hätte eine prächtige Hure abgegeben. Das wallende Haar, die dunkle Hautfarbe, die schwarzen Augen und die schiefen Lippen. Solche waren selten geworden. Das Überbleibsel des reinrassigen Herrenmenschen war erotisch gesehen pure Trostlosigkeit.

Als der Deutsche die kundigen Blicke des Krutzler bemerkte, wandte er sich ihm zu. Manchmal sei es besser, sich die Dinge nur vorzustellen, sagte er und sah den Krutzler eindringlich an. *Ich spreche von den Bildern.* Der Krutzler nickte. Ob er je vom Galeristen gehört habe? Der Krutzler hielt es für eine Falle und reagierte steinern. *Petrow,* sagte der Wessely. Was offenbar das gelernte Stichwort für die Albanerin war. Sie stand auf, fragte, ob die Herren noch etwas wünschen, und verließ grußlos den Raum. Beim Hinausgehen spürte sie im Rücken den Blick vom Krutzler. Er zog sie mit den Augen aus. Er riss ihr das Kleid in zwei Teile und fraß sie bei lebendigem Leibe auf. Ohne dabei die Schuhe auszuziehen. Wie gesagt, das Gesicht der Albanerin war eines, das man besser schnell wieder vergaß. Man handelte sich sonst nur Ärger ein.

Dem Deutschen gefiel es, dass sich der Krutzler hinter keinem Busch verschanzte. Alles war sichtbar. Seine Chuzpe. Seine Gier. Seine Erregung. Um ihm zu zeigen, dass es auch keinen Sinn machen würde, sich zu verstecken, sagte er, dass er wisse, warum er hier sei. Krutzlers fragender Blick zu Wessely. Alles sichtbar. Der Deutsche amüsierte sich, als wären die beiden ein lukullisches Mahl. *Nein. Nicht vom Wessely.* Er habe seine Ohren an allen Türen. Egal ob im Osten oder im Westen. Er halte die Angelegenheit allerdings für hoffnungslos. *Die Russen verlangen den Mörder. Und dann werden sie ihn nach Sibirien verschleppen. Und dort wird er sich wünschen, nicht mehr am Leben zu sein.* Dann lächelte der Deutsche so, dass man seine goldenen Backenzähne sehen konnte. Der Krutzler zählte drei Juden, die er da im Mund trug. Ob ihm klar sei, dass er mit dieser Geschichte ganz Wien übernehmen könne?, fragte der Krutzler. Das Gesicht des Deutschen wurde ernst. Das Gold verschwand. Die Gier war tatsächlich seine Achillesferse. Offenbar sei eines nicht zu ihm durchgedrungen. Nämlich, dass es sich bei dem Polizisten um den Cousin vom Podgorsky handle. Und es sei nur eine Frage der Zeit, bis es den ganz nach oben spüle. Spätestens nach der Wahl würde sich sein Wandel vom Kommunisten zum Sozialisten ausgezahlt haben. Jetzt wiege daher so ein Gefallen besonders schwer, wenn er verstehe. Der Deutsche winkte ab. Er sah den Wessely an, als hätte er sich vom Krutzler mehr erwartet. Er rate prinzipiell davon ab, mit Konvertierten Geschäfte zu machen. Das gelte im Übrigen für alle Konfessionen. Schließlich sei er, der Krutzler, auch ein Konvertierter. Oder besser ein Doppelagent. Mit solchen sei noch weniger zu spaßen. Er sei doch nicht hier, um zwischen dem Obergendarmen und den Russen zu vermitteln. Dafür brauche es schließlich nicht ihn, den Deutschen, der erst dann ins Spiel komme, wenn dem armen Kerl ohnehin nicht mehr zu helfen sei. Der Krutzler hatte den Instinkt des Deutschen für Gebüsche unterschätzt.

Die Russen waren gefürchtet dafür, dass sie nicht lange fackelten. Wenn ihnen das Auslieferungsverfahren zu lange dauerte, dann würden sie den Cousin einfach entführen. Das wusste auch der Podgorsky, der nicht umsonst einen wie den Krutzler bemühte, weil ihm letztendlich die Mittel fehlten, einen Kriegszustand auszurufen, sollte seinem Verwandten etwas zustoßen. Nach dem Krutzler könnte er noch Greenham strapazieren, um es den Russen heimzuzahlen. Andere Mittel standen ihm nicht zur Verfügung, da die Wiener Polizei nur gegen ihre eigenen Leute vorgehen durfte.

Ein aufgescheuchter Greenham hieße aber, dass aus einem kalten Schmugglerkrieg ein heißer werden würde.

Und das liege wohl kaum im Interesse des Deutschen, der seinen Geschäften sicher genauso ungestört nachgehen wolle wie die Gegenseite, so der Krutzler. Der Wessely war kurz davor, im Boden zu versinken. Der Deutsche nickte und sagte, dass er diesen Greenham zwar nicht kenne, aber dessen Territorium respektiere. Er gehe davon aus, dass es umgekehrt genauso sei. Wenn er einen von dieser Bagage je in seiner Zone erwischen würde, dann spiele es Granada. *Totaler Krieg*. Das sei jemandem wie Greenham mehr als bewusst. Es sei ja auch bisher zu keinerlei Zwischenfällen gekommen. Er, der Deutsche, habe seine Versorgungskette mit Ungarn. Und Greenham vermutlich über die deutschen Häfen. Die Sowjets hätten diese Dinge besser im Griff. Letztendlich laufe hier gar nichts ohne Kommandant Petrow.

Warum man diesen eigentlich Galerist nenne?, fragte der Krutzler, worauf der Deutsche nur spitz lächelte und auf die verhangenen Bilder an der Wand deutete. Der Russe habe eben Kultura. In allen Belangen. Also müsse der Deutsche den Krutzler mit Petrow zusammenbringen, stotterte der Wessely. Er müsse gar nichts, säbelte der Deutsche dazwischen. Da brauche es schon mehr als eine unausgesprochene Drohung eines österreichischen Polizisten aus der zweiten Reihe. Diesen Krieg führe er gerne. Worauf der Krutzler seinen Blick hob und sagte, dass er sich wohl geirrt habe. Er habe den Deutschen für weitsichtiger gehalten. Wie viele Bäume müsse man ihm noch hinstellen, damit er verstehe, dass es um den ganzen Wald gehe.

Der Wessely wurde noch bleicher. Der Deutsche zuckte mit dem linken Auge. Das tat er immer, wenn zwei nicht miteinander vereinbare Emotionen aufeinandertrafen. Dann blitzte es in seinem Kopf. Und es dauerte ein paar

Sekunden, bis der Donner folgte. In diesem Fall krachte die Beleidigung seiner Intelligenz auf die Frage, wovon zum Teufel dieser Krutzler eigentlich sprach. Es zischte und sprühte Funken. Was meinte dieser Lackel mit dem ganzen Wald? Es war offensichtlich, dass es sich um eine Falle handelte. Trotzdem pumpte seine Gier von unten. Ohne zu wissen, um was es ging.

Der Krutzler wartete seelenruhig drei Augenzucker des Deutschen ab. Er, der Deutsche, solle sich nicht so sicher sein, ob das auf der anderen Seite auch so gesehen werde. Der Krutzler wisse aus verlässlicher Quelle, dass der Jude sehr wohl auf die billigen Ungarnzigaretten stiere. Aha, donnerte der Deutsche. Und wer diese verlässliche Quelle sei? *Ich selbst,* sagte der Krutzler und erhöhte damit den Einsatz um sein Leben.

Der Deutsche beruhigte sich wieder. Wenn einer so weit ging, dann musste etwas dran sein. Wenn einer allerdings mit einem so weitreichenden Plan daherkam, dann scheute er vor gar nichts zurück. Dann versteckte er noch andere Karten unter dem Tisch. Er verstehe schon, er sei ja nicht umsonst da, wo er sei! Er, der Krutzler, wolle offenbar den Juden stürzen, brauche dafür aber mächtige Partner und das seien in diesem Falle die Russen, der Deutsche und sein Gendarmenfreund. Den Gendarmen kaufe er sich über das Leben des Cousins. Und dem Deutschen verspreche er vermutlich Anteile. Ein Treppenwitz, weil ohne Petrow sowieso nichts laufe. Und den Schlüssel zu dessen Galerie habe nur er.

Nein, sagte der Krutzler. Er, der Deutsche, bekomme keine Anteile, sondern alles. Den ganzen Wald. Das Zepter von Wien. Der Krutzler habe gar kein Interesse, ins große

Geschäft einzusteigen. Er würde zwar seinen Strohmann im Westen geben, wenn er das wolle. Aber das Sagen habe der Deutsche. Ihm gehe es ausschließlich um Greenham. Das sei eine private Geschichte. Sie seien gemeinsam im Lager gewesen. Der Deutsche hob seine Prothese. Er wolle darüber nichts wissen. Er müsse nachdenken. Er würde Rauchzeichen geben.

Diese ließen auf sich warten. Das Riesenrad ragte wie ein unversehrtes Lenkrad aus dem Totalschaden Wien. Der Schnee bedeckte die liegen gelassenen Trümmerhaufen. Die Kommunisten hatten bei den Wahlen nur fünf Prozent erzielt, was in deren Augen ausschließlich mit der mangelhaften Entnazifizierung zu tun hatte und nur ein weiteres Argument lieferte, warum die Russen keinesfalls abziehen durften.

Die alte Krutzler hatte kurz vor Weihnachten einen neuen Hausrussen bekommen. Er hieß zwar nicht Igor, aber sonst unterschied er sich kaum von seinem Vorgänger. In Kritzendorf wurde ein Stelzenhaus nach dem anderen restituiert. Aber die Alte hielt ihren Blick stur auf die Donau. Sie ahnte nicht, dass der Krutzler die Angelegenheit längst geregelt hatte. Bereits im November hatte er den achtzigjährigen Goldberg in der Nähe von Haifa ausfindig gemacht und sich über den Postweg darauf verständigt, dass er ihm das Haus bei erster Gelegenheit abfinden würde. Goldberg zeigte keine Ambitionen, nach Österreich zurückzukehren, obwohl es ihm in Israel keineswegs zusagte. Er saß in seinem klimatisierten Altersheim und terrorisierte die jungen Pfleger mit offensiven Annäherungsversuchen. Den Sand und die Araber blendete er mit heruntergelassenen Jalousien aus. Seiner Mutter verschwieg der Krutzler die Sache. Er genoss ihre Ungewissheit und ließ sie zappeln.

Da die Russen ungeduldig wurden ob der Auslieferung, wurde der Cousin vom Podgorsky in der Zwischenzeit von Krutzlers Leuten beschützt. Sie ließen den beurlaubten Polizisten keine Minute aus den Augen. Seine Frau, obwohl der eigentliche Anlass für die Misere, hatte das nicht lange ausgehalten und war zurück in Tirol bei ihren Eltern, wo sie sich in Sicherheit wähnte. Der Cousin versuchte sich zwischenzeitlich die Angst und das Gewissen wegzutrinken und wurde selbst vom Podgorsky nur noch als Last empfunden. Aber Blut sei eben dicker als Wasser, selbst für einen Sozialisten wie ihn, also bleibe ihm nichts übrig, als den Totschläger vor den Russen beschützen zu lassen. Dem Krutzler dankte er es mit einer Wohnung im ersten Bezirk ums Eck vom ausgebrannten Stephansdom. Das wiederum sei der Vorteil am Sozialismus. Man brauche keinen Besitz, um selbigen verteilen zu können. Er ließ seine Verbindungen zum Wohnungsamt spielen. Vermutlich sei Greenham zu beschäftigt, um sich um die alten Kameraden zu kümmern, murrte der Podgorsky. Der werde sich noch wundern! Der Krutzler tat naturgemäß nichts, um Greenham auf seinen Fauxpas hinzuweisen. Er würde die Sache auf seine Weise regeln.

In der Zwischenzeit schlug er nur die Zeit tot und wartete, ob der Deutsche anbeißen würde. Lag es am Schnee, der alles in stumpfe Stille tauchte? Oder machte sich Erschöpfung breit? Der Wessely patrouillierte auf der Breitenfurter Straße, las in den Nächten oder saß bei der alten Bregovic, die angeblich schon wieder schwanger war. Der Krutzler kam selten in die Gegend. Obwohl der Gelbe Papagei und das Hotel Dresden quasi in Sichtweite über dem Donaukanal lagen. Manchmal, wenn er nach einem ausgiebigen Besuch im Casanova noch durch die Innenstadt torkelte, blieb er am Ufer stehen und schaute hinüber zur Musch. Er hatte ihr Spiel längst durchschaut und bestand darauf, dass sich das Wildviech über das Ufer in seine Zone bewegte.

Da könne er lange warten, pfiffen es die Spatzen von den Dächern. Der Hauptspatz war naturgemäß die Karcynski, die den Krutzler in Sachen falsche Papiere um Hilfe gebeten hatte. Eigentlich wollte sie nur Kontakt zu dem zerfledderten Juden aufnehmen, damit er ihr eine neue Identität besorge. Das Ansinnen kam schon einem Heiratsantrag gleich. Die Karcynski stand nämlich kurz vor der Abschiebung ins heimatliche Polen. Wenn sie aber einen westlichen Namen tragen würde, dann würden sich die Dinge selbstredend anders gestalten. Gut, sie habe ein paar randalierende Russen zu hart angefasst. Jetzt wollten die sich rächen. Für so einen *Big Player* wie den Herrn Greenham sei die Sache bestimmt ein Klacks. Und tatsächlich hatte ihr der Krutzler ein Tête-à-tête mit dem Wetzer ermöglicht. Dieser bezahlte aber in bar und nicht in Liebesschwüren. Und hatte schon gar keine Heiratsabsichten. Aber immerhin hatte er die Erledigung ihrer kleinen Unannehmlichkeit versprochen.

Während der Schnee das trostlose Wien einzuschläfern drohte, herrschte in den Herzen durchaus Sturm. Während der Krutzler und die Musch ihre Liebe so lange warten ließen, bis sie drohte, beleidigt abzuziehen, und sich die Karcynski an dem vergoldeten Herzen Greenhams die Zähne ausbiss, waren auch der Sikora und der Wessely Unwettern ausgesetzt. Nur der Praschak stand im stagnierenden Niederschlag der Gusti, die noch immer nicht wusste, was es mit den wöchentlichen Treffen im Hinterzimmer der Fleischerei auf sich hatte. Obwohl sie betonte, dass sie dann bloß nichts würde gesehen haben wollen, stand sie kurz davor, ihren Gatten zu denunzieren. Sie wusste allerdings nicht, wohin mit ihrem Nichtwissen. Abgesehen davon fanden die geheimen Treffen im Wissen vom Podgorsky statt. Nicht weil der Krutzler ihm etwas steckte, sondern weil er seine Pappenheimer natürlich beschatten ließ. Der Polizist Podgorsky blieb all die Jahre als Einziger von Herzensangelegenheiten verschont. Als ob er regelmäßig Streife fahre und alle Gefühle verhafte, hatte der Sikora einmal gesagt. Der Krutzler vermutete eher, dass er unbestechlich bleiben wollte. Einer, der Frau und Kinder hatte, war leicht an die Kandare zu nehmen. Zumindest so einer wie der Podgorsky, der sich trotz Konzentrationslager noch immer schwertat, über Leichen zu gehen.

Der Sikora hingegen hätte gerne eine Spur blutender Herzen im französischen Teil der Stadt hinterlassen. Aber die wenigen vorhandenen Cœrs wollten von dem schlaksigen Wiener nichts wissen. Sie hatten nichts übrig für einen, der unbemerkt in ihr Herz hineinkriechen wollte. Sie verlangten, mit einem gezielten Stoß erlegt zu werden. Daher verschlug es den Sikora immer öfter zum Krutzler in den ersten Bezirk, wo das Leben eine Spur bunter und mondäner schien. Das lag nicht nur an der Kulisse rund um den Dom, sondern auch daran, dass für die Innenstadt alle vier Besatzungsmächte zuständig waren. Im Augenblick hatten die passiven Briten auf dem Vordersitz des Jeeps Platz genommen. Insofern war die Stimmung entspannt. Der Sikora leistete dem Krutzler, dem Kugelfang, dem Simsalabim und dem Kamel trinkfeste Gesellschaft. Meistens im Casanova. Und wenn die vier sich zu später Stunde ins Café Bauernfeld zauberten, um sich vom Schwarzen Baron noch ein paar Cocktails und Weisheiten schütteln zu lassen, blieb der Sikora im Inneren Wiens. Er wankte dann gern ums Eck in die neu eröffnete Tagesbar Bonbonniere, wo man die Nächte in besonders intimer Gesellschaft verbrachte. Das plüschige Lokal platzte schon mit zwei Dutzend Gästen aus allen Nähten. Umso mehr achtete die Besitzerin darauf, wem sie Nachtasyl gewährte. Für den schlaksigen Sikora hatte Frau Gaby immer einen Kranawettenschnaps parat. Den stellte sie selbstbewusst ins Regal. Die Ausländer wussten ja nicht, dass sich dahinter heimischer Gin verbarg. Auf den Pianisten wurde trotz der Enge wert gelegt. Sein Wandklavier kostete locker zwei Tische. Aber das war ihr egal. Die richtige Musik und Gesellschaft gehörten zum Bonbonniere wie das Plüsch und Frau Gaby selbst. Der Sikora sagte, so stelle er sich das Innere seines Herzens vor. Nur ohne Sperrstunde. Er hatte damals innerhalb kürzester Zeit einen Stammplatz im Bonbonniere belegt. Während jener im Gelben Papagei unbesetzt blieb. Darauf wiederum legte die Bregovic Wert, falls der Herr Sikora doch noch vorbeischaue.

Man sagte, sie habe persönlich den Platz ihres Lieblingsgastes freigehalten. Vermutlich liebte ihn die Jugoslawin, die ihren Nachwuchs nur von den besten Mannsbildern zeugen ließ. Danach gewährte sie ihnen keinen Zugang mehr. Es waren ihre Kinder. Ihre persönliche Privatarmee. Man sagte, sie ließe die Spender wie kastriert zurück. Nicht einmal Unterhalt durften sie leisten. Und wer einen Soldaten gezeugt hatte, erhielt ein Leben lang Lokalverbot. Manche nannten die Bregovic deshalb Gottesanbeterin. Von den Huren, die sich regelmäßig Geld von ihr borgten, wurde sie dafür bewundert. Der Sikora hatte vermutlich gespürt, dass er als Nächstes an der Reihe war, und sich ins Bonbonniere geflüchtet, wo sich zwar weniger Witwen anboten, aber dafür umso mehr Offiziersfrauen, an denen der Sikora sein Herz scheitern ließ. Denn das war sein natürlicher Aggregatzustand. Betrunken an der Bar sitzen und darüber sinnieren, wie sich das Puzzle zusammensetzen ließ.

In jeder Frau fand er einen Teil der namenlosen Librettistentochter, die er am Stacheldrahtzaun aus den Augen verloren hatte. Dort die spitze Nase, dort die grünen Augen, dort die langen Finger, dort die geschwungenen Backenknochen, dort die souveränen Lippen. Er spürte die Musik, aber es fehlte das Libretto. Er konnte die Noten seiner unerfüllten Sehnsucht nicht lesen. Der Sikora wolle nicht die eine Frau, er wolle alle Frauen. Damit hatte Frau Gaby bestimmt recht. Zumindest bis zu dem Tag, an dem er der Milady begegnete. Es war nicht ihr wirklicher Name. Aber der Wessely, der gerade die drei Musketiere gelesen hatte, nannte sie so. Das gefiel dem Sikora. Dass sie einen Namen trug, den nur er kannte. Den er nie laut aussprach. Aber der für ihn galt. Auch wenn er nicht verstand, warum sich der Wessely zunehmend absentierte, indem er vorgab, lesen zu müssen. Was wollte er damit bezwecken? Im Milieu kannte er keinen, der sich bemüßigt fühlte, irgendwelche Bildungsromane zu lesen. Flaubert, Hugo, Balzac. Besonders die Franzosen hatten es ihm angetan. Es musste etwas anderes dahinterstecken. Aber der Sikora hatte keinen Nerv, sich mit den Neurosen vom Wessely auseinanderzusetzen. Auch wenn er nicht genau wusste, was eine Neurose war. Aber die Milady hatte welche. So viel war gewiss.

Er war ihr auf dem Gehsteig begegnet. Bei grellem Tageslicht, wo sich die fehlenden Puzzlesteine der Stadt besonders verdeutlichten. Der Sikora schlurfte schlaksig vor sich hin, als plötzlich dieses arrogante Gesicht vor ihm stehen blieb. Sie war nicht schön. Aber unheimlich gepflegt. Was damals noch mehr zählte. Ihr Blick war lückenlos und grell. Ihr wächsernes Puppengesicht lief Gefahr, in der Sonne abzutropfen. Ihre aggressiv roten Lippen und ihre messerscharfen Wimpern deuteten dem geneigten Schlurfgesicht, immédiatement vom Trottoir zu weichen. Der Sikora war das von den Franzosen gewohnt. Sie behandelten die Österreicher wie Juden. Wenn ein Franzose über den Gehsteig stolzierte, mussten die einstigen Täter auf die Straße wechseln. Das war ungeschriebenes Gesetz. Auf geschriebene Gesetze gab damals ohnehin keiner etwas.

Der Sikora wich aber nicht von der Stelle. Einerseits weil er keine Nazisau war, sondern selbst ein armes Schwein, andererseits weil er in ihr gleich mehrere Puzzlesteine der KZ-Wärterin ausmachte, die ihn von seiner namenlosen Liebe abgetrennt hatte.

Die Französin spürte seinen aufgewühlten Blick, klapperte noch einmal mit den Wimpern, schob ihn wütend beiseite und versuchte, sein Gesicht gleich wieder zu vergessen.

Was ihr allerdings nicht gelang. Denn als sie den betrunkenen Zauberer eine Woche später an der Bar im Bonbonniere sitzen sah, erkannte sie den schlaksigen Kerl auf Anhieb. Sie blieb so lange, bis selbst der Pianist sein Klavier zuklappte. So als ob sie ihn zwingen wollte, wenigstens vom Pflaster ihres Stammlokals zu weichen. Doch der Sikora blieb stur. Er beachtete sie nicht, was ihr gefiel. Sie mochte Männer, die keine Anstalten machten. Solche war sie nicht gewöhnt. Auf gewisse Weise war sie selbst eine Einbrecherin. Verschlossene Männer reizten sie.

Sie setzte sich neben ihn und sagte so etwas wie: *Helfen Sie mir, Ihr Gesicht zu vergessen.* Der Sikora konterte auf Französisch, dass es sich mehr um eine Visage als um ein Gesicht handle. Ob sie vorhabe, einen Steckbrief aufzusetzen? Ohne mit der Wimper zu zucken, entgegnete sie, dass man für ihn vermutlich nicht viel zahlen würde. Dann stellte man ihnen zwei Gläser Champagner hin. *Ça reste entre nous,* sagte Frau Gaby und verschwand spurlos hinter einer braunen Tür. Beide vermuteten, dass sich dahinter ein wesentlich größerer Raum befand. Aber dorthin hatten selbst die Besatzungsmächte keinen Zutritt.

Ab dieser Nacht blieben die beiden öfter über die Sperrstunde hinaus im Bonbonniere. Ob wegen des in Aussicht gestellten Champagners, der selbst für jemanden wie die Milady eine Rarität darstellte, oder um dem jeweils anderen unbemerkt das Herz zu stehlen, sei dahingestellt. Auf jeden Fall spielten beide ihre Geschichte wie Trümpfe aus. Aber selbst als der Sikora vermeintlich alles wusste, hatte er nicht das Gefühl, den Tresor der Milady geknackt zu haben. Vielmehr beschlich ihn das Gefühl, dass sie ihm eine Legende aufgetischt hatte, auch wenn sie sich in keine Widersprüche hineinreiten ließ. Das merkte er.

Er fasste zusammen. Sie sei in die Resistance gegangen, nachdem die Gestapo ihre große Liebe, einen verheirateten Juden, verschleppt habe. Dieser sei vergast worden, bevor er seiner Frau deren Affäre, nein, Amour fou gestehen konnte. Im KZ sei mit Sicherheit der falsche Zeitpunkt für solche Geständnisse gewesen. Das habe sie den Deutschen nie verziehen. Deshalb sei sie hier. Um jeden einzelnen Nazi vom Trottoir zu vertreiben. Über ihre Tätigkeit für die französische Besatzung dürfe sie nicht sprechen. Sie habe aber ein Bureau im Hotel Kummer, wo sich das französische Hauptquartier befinde. Der Name des Hotels habe ihr gleich gefallen. Da habe sie gewusst, dass sie richtig sei. Sie betreibe Kontakte zu allen Mächten dieser Stadt. Es gebe vermutlich niemanden, der besser informiert sei als sie.

Wie diese Kontakte vonstattengingen, konnte sich der Sikora allein im Bett ausmalen. Offenbar war er ihr nicht mächtig genug, denn sie benutzte ihn ausschließlich dazu, um die überflüssigen Worte in ihrem Kopf abzusondern, damit sie nicht weiter ins Gewicht fielen. Sonst durfte er manchmal zum Abschied mit den Lippen ihren Handrücken berühren, was ihn dementsprechend aufgewühlt zurückließ. Von ihr wusste er, dass die Russen planten, alles *deutsche* Eigentum zu konfiszieren, dass Petrow sexuelle Vorlieben hatte, die ihn kaum von einem KZ-Wärter unterschieden, dass den Amerikanern Greenham ein Dorn im Auge war, weil sie seiner großspurigen Art misstrauten, und dass man sehr bald die Zonen lockern würde, um der hiesigen Staatspolizei mehr Macht zu geben.

All das interessierte den Sikora aber weniger als seine Mutmaßung, mit der er irgendwann nicht mehr hinterm Berg halten konnte, nämlich, dass sie ganz eindeutig eine Spionin sei, worauf die sonst um Contenance bemühte Französin schallend auflachte und sagte, wenn sie eine wäre, dann wäre er vermutlich der Letzte, dem sie das gestehen würde. Abgesehen davon, wer sei in diesen Zeiten kein Spion im Auftrag seiner selbst? Sie wolle gar nicht wissen, was er mit ihren Informationen alles anstellen würde. Er konterte, er sehe sich lieber als Geheimagent unter ihrem Kommando. Worauf sie ihn das erste Mal zärtlich an der Hand berührte und flüsterte, dass er sich diesen Gedanken zum eigenen Schutz verwehren solle. Er wäre nicht der Erste, der sich wegen ihr von einer Brücke werfen würde, wobei die Notbrücken vermutlich zu niedrig seien.

Der Sikora ließ sich von ihrer Kaltblütigkeit nicht abbringen. Im Gegenteil, sie befeuerte seinen Ehrgeiz, in ihr Innerstes vorzudringen. Und das war bestimmt nicht ihr Herz. Er sagte der Milady, dass er an ihren Ködern der Begehrlichkeit kein Interesse habe, was sie ihm naturgemäß nicht glaubte. Jemand wie sie durfte zu Recht davon ausgehen, dass ihr alle Männer zu Füßen lagen. Und genau diese Unterwürfigkeit widerte sie an. Wenn sich einer einmal zum Opfer gemacht hatte, konnte sie ihn nicht mehr respektieren. Insofern sei es besser gewesen, dass ihre Amour fou das Lager nicht überlebt habe. Er wäre als völlig anderer Mann zurückgekehrt. Der Sikora sagte, dass er selbst im Lager gewesen sei, dass man dort auch sein Herz gebrochen habe, dass er sich aber mit eigener Kraft aus der Hölle gezaubert habe. Das Lager habe ihn nicht zum Opfer, sondern zum Täter gemacht. Ob sie seine Komplizin werden wolle? Die Milady sah ihn an, wie man jemanden ansah, der einem gerade einen völlig aussichtslosen Heiratsantrag gemacht hatte, und sagte: *Jamais*. Was den Sikora zur Weißglut brachte. Wenn sie weder körperlich noch seelisch noch beruflich etwas mit ihm anstellen wolle, frage er sich, warum sie dann unter einer Decke stecken sollten. Dafür seien ihm die Nächte zu schade. Sie entgegnete, dass sie sich für seine Geschäfte nicht die Hände schmutzig machen werde. Er habe ihr offenbar nur nachgestellt, um sich ihre Kontakte einzuverleiben. Worauf der Sikora wütend wurde. Wenn, dann habe sie ihm nachgestellt. Richtiggehend aufgelauert habe sie ihm. Um ihn zu demütigen. Um ihm den Kopf mit ihren überflüssigen Worten vollzustopfen. Er zweifle inzwischen daran, dass sie überhaupt so etwas wie ein Inneres besitze. Dann warf er das leere Glas zu Boden, das auf dem plüschigen Boden nicht zerbrechen wollte. Sie schlug ihre Wimpern bis zur Beruhigung auf und ab. Dann sagte sie, dass er ihr Innerstes ganz bestimmt nie betreten werde. Er fauchte, sie solle sich da nicht irren. Man nenne ihn nicht umsonst den Zauberer.

Sie konnte Tage später nur mutmaßen, wie es der Sikora geschafft hatte, in ihren Tresor einzubrechen. Das Hotel Kummer durfte von Österreichern nicht betreten werden. Ein Ziviler wie der Sikora wäre dort sofort aufgefallen. Man hätte ihn umgehend des Gebäudes verwiesen. Vielleicht hatte er sich eine Armée-Uniform besorgt. Sein Französisch war beinahe akzentfrei. Aber selbst dann stellte sich die Frage, wie er unbemerkt in ihr Zimmer eindringen konnte. Über die Fassade? Das Zimmer lag im dritten Stock und straßenseitig. Unmöglich, nicht bemerkt zu werden. Der Gang wurde bewacht. Es war geschäftig im Hotel Kummer. Selbst für einen Unsichtbaren. Selbst wenn man durch Wände gehen könnte. Und wie hatte er den Tresor geöffnet, in dem sich zahlreiche klandestine Unterlagen befanden? Und woher hatte er dieses Dokument, das er wie eine Bombe hinterlegt hatte? Die Milady blieb ratlos zurück. Und ein Zauberer verriet niemals seine Tricks.

Wie gerne hätte der Sikora ihr Gesicht gesehen, als der französische Jungspund ihr die Nachricht aufs Zimmer brachte. Er hatte sich länger darin aufgehalten als nötig. Er hatte es ausgekostet. Hatte sich in ihr Bett gelegt. An ihren Kleidern gerochen. Er war keiner von den Primitiven, die ins Zimmer kacken mussten, um ihren Einbruch zu markieren. Der Zauberer verstand sich als Künstler. Hinterließ außer seiner Handschrift keine Spuren. Und zugegeben, er war ein wenig stolz darauf. Nach all den Jahren hatte er sein Handwerk nicht verlernt.

Im Gegensatz zum Krutzler und zum Wessely unterhielt der Sikora noch Beziehungen zur alten Galerie. Die Zwischenkriegsveteranen, die Stil und Handschrift goutierten, waren dem Zauberer wohlgesinnt. Die meisten waren schon längst nicht mehr aktiv und blickten geringschätzig auf die neue Generation, die lieber mit dem Messer als mit den Händen agierte. Da sei der Griff zur Pistole auch nicht mehr weit. Das verlangte den Alten keinen Respekt ab. Sie verstanden den Einbruch als Kunst. Mit Huren und Schmuggel hatten sie beruflich nichts am Hut. Das fiel unter Privatvergnügen.

Während sie den Krutzler und den Wessely regelrecht verachteten, hielten sie den Sikora für einen irregeleiteten Künstler. Ein Zerrissener, ein Zauderer, ein Haderer, ein Verführter, ein Übersehener, einer, den man fördern musste. Insofern packte man für ihn gerne das alte Werkzeug wieder aus. Alleine, um den befähigten Augen zu zeigen, dass man noch könnte, wenn man wollte.

Die Fälschung sah echter aus als das Original. Das Dokument war von bestechender Perfektion und Raffinesse. Ein makelloses Kunstwerk ohne Handschrift und damit von ganz außerordentlicher Handschrift. Man sagte, die Alten hätten wegen dem Sikora wieder Blut geleckt und ein Jahr später die legendären falschen Hunderter in Umlauf gebracht. Aber das waren nur Gerüchte. Die Alten befanden sich offiziell im Ruhestand. Selbst der Podgorsky, der ihnen höchsten Respekt zollte, hatte nie herausgefunden, woher die Blüten stammten. Es war nur augenfällig, dass sie von höchster Qualität waren. Und außer der alten Galerie und den Künstlern aus dem Lager hätte man es niemandem zugetraut. Beiden wollte der Podgorsky keinesfalls zu nahe treten. Es war immer seine Stärke gewesen, dass er sich als Hirte einer Herde empfand. Das machte in seinen Augen einen guten Polizisten aus. Schließlich ging es darum, die Pappenheimer im Griff zu haben.

So wie die Milady nur mutmaßen konnte, wie sich der Sikora in ihren Tresor gezaubert hatte, so konnte dieser wiederum nur mutmaßen, wie ihr wächsernes Gesicht panisch zu tropfen begann, als sie das gefälschte Heiratsdokument in Händen hielt. Dass ausgerechnet sie, die Widerstandskämpferin und französische Spionin, mit einem hochrangigen Nazi verheiratet gewesen sein sollte, würde ihr den Kopf kosten. Bei so etwas verstanden die Generäle keinen Spaß. Natürlich würde sie es abstreiten, würde von Falsification und Sabotage sprechen, aber wer wusste in diesen Zeiten schon, was von wem wann vernichtet wurde. Da musste man sich auf Indizien verlassen. Und so eine Heiratsurkunde, die noch dazu in ihrem Tresor schlummerte, war schon mehr als ein loser Hinweis eines gekränkten Denunzianten. Da half ihr der Zettel, den ihr der Jungspund überreicht hatte, auch nicht weiter. Was sollte das auch beweisen? *Ich war in deinem Innersten, Chérie.* Da sprach doch einer von Liebe und nicht von Tresoren. Wenn das jemand verstand, dann ein Franzose. Selbst, wenn er Richter war.

Die Milady hingegen hatte keinen weiteren Hinweis gebraucht. Als sie die Botschaft las, öffnete sie sofort den Safe, fand die gefälschte Heiratsurkunde und machte ein Gesicht, von dem der Sikora, wie gesagt, nur mutmaßen konnte. Selbiger lag zur gleichen Zeit aufgekratzt in seinem Souterrainzimmer. Sein Faible für Untergeschosswohnungen verlieh ihm das Gefühl von Sicherheit. Der Sikora wähnte sich ein Leben lang auf der Flucht. Und letztlich war sein späterer Tod auch nichts anderes als der letzte geglückte Ausbruch.

Die vier Soldaten der interalliierten Truppe schoben ihn unsanft zur Seite. Der Franzose gab sich aggressiv, der Brite gleichgültig, der Russe versuchte, den Franzosen in schlechter Laune zu übertrumpfen, und der Amerikaner bewarf ihn mit deplatzierten Freundlichkeiten. Ein verworrener Zustand. Vermutlich war es am klügsten, sich an den Briten zu halten. Wobei der am wenigsten mit der ganzen Angelegenheit zu tun haben wollte. Was man ihm vorwerfe? Wohin man ihn bringe? Das sei aber nicht das Hauptquartier der Alliierten! Er poche auf seine Rechte! Jeder Gefangene müsse vierundzwanzig Stunden in Gewahrsam bleiben, damit der Gerichtsstand geklärt werden könne. Das sei Gesetz! Schließlich mache es einen Unterschied, ob man den Briten oder den Russen in die Hände falle. Dann fing der Sikora zu toben an. Und beruhigte sich erst, als man ihn mit verbundenen Augen in ein ruhiges Zimmer warf. Er drehte sich im Kreis. Er beschimpfte die Luft in allen vier Sprachen. Er versuchte mit Grimassen die

Augenbinde loszuwerden. Die Fesseln sperrten ihm das Blut ab. Er nahm Anlauf. Sein Kopf prallte gegen die Wand. Ein lautes *Non!* Er kannte diese Stimme. Was hatte sie vor? *Mettre!* Er blieb stehen und lauschte den Schritten, die ihn umkreisten. Er spürte ihr amüsiertes Lächeln und die Blicke, die seinen Nacken entlangfuhren. Er hörte ihre Erregung. Als sie flüsterte, dass sie ihm die nächsten Stunden weder Fesseln noch Augenbinde abnehmen würde, spielte es schon Granada.

Ob es ihre Angst war oder ob der Sikora wirklich das Innerste der Milady betreten hatte, war dem Krutzler egal. Für ihn zählte nur, dass man durch die Mademoiselle Zugriff auf die Franzosen hatte. Einer, die sich so plötzlich unterwarf, konnte man ohnehin nicht trauen. Einer solchen durfte man als Sikora weder den Rücken noch das Herz zudrehen. Da der Wessely in einem ähnlichen Zustand war, nahm der Krutzler den Praschak in die Pflicht, ein Auge auf den schlaksigen Kollegen zu werfen. Der wiederum stand unter der Fuchtel der Gusti, die kein gutes Wort über die Milady kommen ließ. Einerseits weil sie Französin war, man wisse ja, wie es sich mit denen verhalte, da werde Emanzipation mit Hurentum verwechselt. Andererseits war sie beleidigt, dass ihr der Sikora keine Avancen mehr machte. Dementsprechend schlampig war der Blick, den der Praschak auf seinen Freund warf, und dementsprechend nicht weiter verwunderlich, dass sich die Vorzeichen drehten und die Milady eher Zugang zum Innersten vom Sikora gewann als umgekehrt. Man sagte, sie habe seine Fantasie blockiert, indem sie seine gesamte Aufmerksamkeit für ihre Begehrlichkeiten okkupiert habe, nur damit er ihr nicht gefährlich werden konnte. Dass sie hingegen noch immer in allen alliierten Zonen daheim war, daran zweifelte niemand. Auch der Sikora nicht, der da reichlich unterschätzt wurde. Schließlich war es ihm und seinem Einfluss auf die Milady zu verdanken, dass die Erdberger später ganz Wien übernahmen.

Der Krutzler hingegen machte sich Sorgen um den Wessely. Und um seinen Köder. Schließlich hatte er mit hohem Einsatz gespielt. Einen Verrat würde ihm Greenham nicht verzeihen. Abgesehen davon fiel ihm der Cousin vom Podgorsky auf die Nerven. Dem war nicht entgangen, dass da ein mordsdrum Eiertanz um ihn herum veranstaltet wurde. Dementsprechend vorlaut und respektlos sprang er mit den Krutzlerleuten um. Es weigerten sich schon die Ersten, die Schicht zu übernehmen. Den Simsalabim musste er letztens abziehen, weil er damit gedroht hatte, den Cousin ganz ohne Auslieferung verschwinden zu lassen. Der muss aufpassen, hatte auch der Kugelfang gesagt. Der Herr Gendarm schaue die Bäume schneller von unten an, als ihm lieb sei. Mehr Sorgen bereiteten dem Krutzler allerdings die Absenzen vom Wessely. Nicht, dass er glaubte, dass hinter seiner Leserei irgendwelche Zweifel an der gemeinsamen Sache standen. Aber es machte ihn nervös, wenn ihm Dinge vorenthalten wurden. Dass es etwas mit der Bauhausvilla in Baden zu tun haben könnte, vor der sie in jener Regennacht angehalten hatten, daran hatte er damals bestimmt nicht gedacht. Auch wenn er sich die Adresse bis dato gemerkt hatte.

Richtig stutzig wurde er, als er allein im Kino saß. Der Wessely hatte große Neuigkeiten angekündigt. Um nicht zusammen gesehen zu werden, hatte man sich zu einer

Vorstellung von Iwan dem Schrecklichen verabredet. Ein wenig Kultura würde dem Riesen nicht schaden. Die bildungsbürgerlichen Anwandlungen vom Bleichen begannen den Krutzler zu nerven. Solchen hatte man in der Schule gemeinsam die Freude am Lesen rausgeprügelt. Als ihn der Wessely versetzte, rissen dem Krutzler endgültig die Kabel. Mit Iwan dem Schrecklichen im Gepäck machte er sich zum Stadtrand auf und durchforstete die Breitenfurter Straße nach dem Wessely. Doch selbst dort hatte ihn seit Tagen keiner gesehen.

Gegen elf Uhr abends verwandelte sich die Wut in Sorge. Der Krutzler klopfte erst gar nicht, sondern riss die Tür mit seinem ganzen Gewicht ein. Der Bleiche war so bleich, dass man auf seinem Gesicht hätte malen können. Er lag regungslos zwischen zwei Stapeln Bücher. Neben dem Bett *Bel Ami*. Ein Stuhl, an dem sein Gewand hing. Sonst nur Staub. Der Wessely hauste wie ein Tier in einem verwahrlosten Gehege. Der Krutzler hatte den Pik-König schon in der Hand, um ihn auf den Bleichen zu legen. Eine eingetrocknete Blutspur zog sich von dessen Unterarm in einen Suppenteller. Der Oberarm war abgebunden. Neben dem reglosen Körper lag ein Messer. Er hätte dem Wessely gar nicht so viel Blut zugetraut. Eine Mund-zu-Mund-Beatmung kam für den Krutzler nicht infrage. Er watschte ihn zurück ins Leben. Und als der Wessely kurz zu Bewusstsein kam, stotterte er: *Dedededeer Petrow wiwiwill dddddich sehen.* Dann schlief er wieder ein.

Der Krutzler wachte zwei Stunden lang, aber da er kein Arzt war, wusste er nicht, vor wem er den Wessely beschützen sollte. Also ließ er Harlacher rufen, der mit Honzo an der Leine erschien. Die Äffin trug ein Pelzkleid und warf dem Krutzler kokette Blicke zu. Harlacher brauchte den Wessely nicht lange zu untersuchen, um Phlebotomie festzustellen. Der Krutzler reagierte, wie er immer auf Bildungsbürger reagierte. Allerdings nur innerlich. Der Tierarzt erklärte, dass sich der Wessely offenbar nicht umbringen, sondern heilen wollte. *Aderlass,* sagte er trocken, während Honzo das Blut aus dem Suppenteller leckte. *Vermutlich wollte sich Ihr Freund entgiften.* Aber für die Lassnig gab es kein Gegengift. Das musste der Krutzler in den kommenden Jahren begreifen.

Es begann ihm zu dämmern, warum der Wessely immer so bleich war. Ob er völlig deppert sei, schüttelte er ihn erneut. Daran glaube er halt, stotterte der Wessely zurück. Dass man das Schlechte aus seinem Körper leiten könne. Das habe ihm ein Leben lang geholfen. Da gehe es doch um seinen Alten, knurrte der Krutzler. Ob er wie sein Vater verbluten wolle? Ob er jetzt ein Trottel von Psychologe sei, fauchte der Bleiche. *Und jetzt schleich dich.* Die Adresse in Baden möge er auch wieder vergessen. Das sei seine Sache. Der Krutzler solle sich lieber um sein eigenes Gift kümmern. Die Musch. Harlacher nickte ihm zu und sagte, er bleibe die Nacht. Honzo schien zu verstehen und warf einen hinterfotzigen Blick auf den siechenden Bleichen. Der Krutzler seufzte. Draußen schneite es, als müsste der da oben ebenfalls ein paar schlechte Gedanken ausleiten. Als der Krutzler den Donaukanal entlangging, sah er durch das Schneetreiben zwei Gestalten. Die eine saß eingewickelt auf einem Thron und winkte ihm. Die andere drehte sich wütend weg, als sie ihn sah. Sie verschwand stapfend im Schneetreiben. Deppertes Wildviech, flüsterte der Krutzler und winkte der Gisela übers Ufer zurück.

LENIN

NATÜRLICH TRUG DIE LASSNIG die Schuld an der Leserei vom Wessely. Einer wie der Wessely kam für eine Lassnig nicht infrage. Also für gewisse Dinge schon. Aber für die anderen eben nicht. Das seien ja zwei völlig unterschiedliche Angelegenheiten. Sie dachte, das sei dem Wessely bewusst. Wie er überhaupt auf die Idee komme, dass sich eine wie sie einen wie ihn nehmen würde. Also nehmen schon. Aber eben nicht so. Er solle jetzt nicht so deppert sein und sich lieber ausziehen, um das zu tun, wofür er hier sei. Schließlich habe sie nicht vor, mit ihm über französische Romane zu plaudern.

Damit war sein Minderwertigkeitskomplex vom Zaun gebrochen. Er begann die Franzosen zu fressen. Nicht, dass er alles verstehen wollte. Bei Balzac und Zola überging er manche Passagen so elegant wie andere ihre Gefängnisaufenthalte. Und auch wenn die Lassnig es nicht zeigte, weil sie kein Interesse daran hegte, was aus ihm werden könnte, sondern nur an dem, was er war, hatte er es geschafft, sie zumindest dahingehend zu beeindrucken, dass er sich etwas angetan hatte. Und das war für Frauen ihres Standes wie eine Untermauerung desselben. Ein Mann, der sich selbst etwas antat, begann sich ein Herz zu verdienen. Einem, der solche Opfer brachte, stand eine Villa in Baden zu. In ihren Kreisen ging es stets um Selbstdressur. Und davon verstand so ein Viech wie der Wessely naturgemäß nichts. Aber dafür habe sie ihn auch nicht engagiert. Dass er ihr jetzt Flaubert und Rimbaud ins Ohr flüstere, sei zwar entzückend, aber er solle ihr lieber ein bisschen Angst machen. Niemand würde sie so herrlich erschaudern lassen wie der Bleiche, wenn er ungefragt in sie eindringe. Richtig süchtig sei sie nach ihm. Und eine Sucht sei doch besser als so etwas Vergängliches wie Liebe. Oder etwas Zweckdienliches wie Heirat.

Mit dem Aderlass hatte der Wessely die falschen Hoffnungen aus seinem Inneren leiten wollen. Er habe es ja an sich gern, wenn so eine Großindustriellengattin unter ihm wimmere. Was brauche es mehr, als wenn die Leidenschaft einem Mord ähnle. Wenn man Frauen in Tiere verzaubere. Auf einer anderen Ebene dürfe man sich nicht mit so einer abgeben. Das sehe er jetzt ein. Das eine Menschsein habe mit dem anderen Menschsein nichts zu tun. Außer kacken, schlafen und fressen gebe es da überhaupt keine Gemeinsamkeiten.

Der Krutzler nickte und sagte, dass es ihm ja egal sei, mit welchen Spinnereien sich der Wessely das Leben erleichtere. Wichtig sei, dass man so einer wie der Lassnig nicht zu nahe komme. Solange sich nichts anderes als die Geschlechtsteile ineinander verfangen, sei noch kein Malheur passiert. Wenn er aber glaube, er könne es mit ihrem Gatten aufnehmen, dann habe er sich geirrt. Der Lassnig sei nicht nur ein Großindustrieller, sondern auch ein Großverbrecher. Der Herr Bauherr habe mit den Nazis den ganz großen Reibach gemacht. Schließlich sei seit dem alten Rom nicht mehr so viel gebaut worden wie unter dem Führer. Unter herrlichen Bedingungen, weil man ja wie damals für seine Arbeitskräfte nichts habe bezahlen müssen. An den Lassnig komme keiner ran. Der beherrsche die Macht aus der Distanz. Solche würden ihre Verbrechen so lange delegieren, bis es keine mehr seien. So einer wie der Lassnig mache sich nie persönlich die Hände schmutzig. Und das sei letztlich das größte Verbrechen. Diese Art der Unaufrichtigkeit mache ihn zu einer ganz anderen Art von Verbrecher, als sie es seien. Bei ihnen seien Tat und Person deckungsgleich. Da gebe es nichts Verlogenes. Kein falsches Spiel. Diese Echtheit habe etwas Moralisches, wenn der Wessely verstehe. Der Lassnig kenne nichts dergleichen, weil er die Schuld nur delegiere, aber selbst am meisten verdiene. Das sei hochgradig unmoralisch. Der Untätige überlasse die Tat den anderen, um mit den Alliierten nahtlos dort weiterzumachen, wo er mit den Nazis aufgehört habe. Solchen wie dem Lassnig und dem Nazi-Huber passiere nie etwas, weil sie ihre Hände sauber halten würden, und im Zweifelsfall gehe es eben nur darum, wer handgreiflich wurde. Die Hände seien eben noch immer das wichtigste Werkzeug des Menschen. Und nicht der Kopf, selbst, wenn der vom Lassnig handgreiflicher sei als jede Nazihand in Wien. Insofern solle sich der Wessely daran freuen, dass er unbemerkt in die Frau vom Lassnig eindringe und ihr ein paar Schauder durch den Körper jage. Das sei Vergeltung genug. Weil das habe der Lassnig weder mit Hand, Kopf oder sonst etwas je zustande gebracht. Dieser würde stattdessen in seiner Bauhausvilla in Baden bei Wien vergammeln.

Auf jeden Fall versprach er dem Wessely, dass er ihn in der Sache nicht hängen lassen werde. Der Krutzler versprach in dieser Zeit überhaupt sehr viel. Dem Podgorsky, dass er seinen Cousin vor der Auslieferung bewahre. Seinen Erdberger Kollegen, dass sie die Herrschaft über Wien errängen. Dem Greenham, dass die Lieferungen einwandfrei funktionierten. Der Karcynski, dass sie ihre falschen Papiere bekomme. Den Damen im Hotel Dresden, dass sie beschützt würden. Seiner Mutter, dass ihr weder die Juden noch die Russen das Stelzenhaus an der Donau wegnähmen.

Im Augenblick musste diese sich mehr vor ihrem Hausrussen fürchten als vor Goldberg. Der Befehl Nummer 17, den man ins zweite Kontrollabkommen hineingeschmuggelt hatte, gestand den Russen zu, alles an *deutschem* Eigentum für sich zu beanspruchen. Das betraf nicht nur Unternehmen, Häuser oder Juwelen, sondern auch Schuhe, Mäntel und Kochtöpfe. Die Russen würden das Land richtiggehend ausbeindeln, sagte der Praschak. In der Fleischersprache heiße das: die Knochen vom Fleisch lösen. Vermutlich eine Racheaktion für die verlorenen Wahlen.

Dass die Russen das Land ideologisch aufgegeben hatten, spürte man an allen Ecken und Kanten. Im Kino lief nicht mehr *Kultura,* sondern Schnulzen wie *Wolga Wolga* oder *Fröhliche Jugend*. Außerdem wurde die nationalsozialistische Gesinnung unter Duldung der Westalliierten immer mehr zum Kavaliersdelikt. Mit der Entnazifizierung nahm es plötzlich keiner mehr so genau. Vermutlich weil die Amerikaner in den Kommunisten größere Feinde erkannten als in den ehemaligen Nationalsozialisten. Zumindest fand man nirgends zuverlässigere Antibolschewiken als unter den braunen Brüdern, die für das große Denken der Amerikaner größte Sympathien hegten. Besonders Leute wie der Lassnig begannen sich emsig in den Wiederaufbau einzumengen. Und so war es nicht weiter verwunderlich, dass die alten Eliten auch schnell wieder die neuen Eliten waren. Schließlich brauchte man Eliten. Niemand verstand das besser als die Amerikaner.

Dem Krutzler ging das zwar gegen den Strich. Aber auch ihm waren die Amerikaner lieber als die Russen. Diesen fehlte das Talent zu leben. Zumindest fand man dort keinen wie den Schwarzen Baron. Eher solche wie die Musch, der man gar keine Versprechen zu machen brauchte, weil sie diesen ohnehin keinen Glauben schenken würde. So einen Gönner brauche sie nicht, hatte sie ihm an den Kopf geworfen, als er im Dresden die Maut einsammelte. Außerdem gehörten fünfzig Prozent von dem Geld ihr, schließlich seien das ihre Damen. Der Krutzler gab ihr dreißig und sagte, sie solle jetzt besser ihr Organ zusammenhalten, sonst sporne er die Dresdnerinnen an zu meutern. Ohne ihn gäbe es hier nämlich längst Rambazamba, flüsterte er, während er zart in ihr Ohrläppchen biss, was sie mit einem festen Tritt ins Schienbein retournierte. Dieses Mistviech, schrie er laut, während er einer stadtbekannten Nazigröße den Zugang zum Hotel verweigerte. Darauf hatte man sich mit den Damen geeignet. Die Herrenmenschen wurden nicht bedient. Schon gar nicht von der Gisela.

Niemand litt unter der Naziamnestie so wie der Podgorsky. Dass die Schweine ungeschoren davonkamen und er ohnmächtig zusehen musste, machte ihn nicht nur rasend, sondern auch offen für neue Wege. Davon sollte der

Krutzler später noch profitieren. Im Augenblick war der Podgorsky aber mit einer anderen heiklen Sache beschäftigt. Der Krutzler traf ihn jetzt wieder öfter, um ihm beim Denken und Trinken zu helfen. Man munkelte, dass bald Verhandlungen für einen Staatsvertrag anstehen würden, da müsse man sich frühzeitig um den kommenden Polizeiapparat kümmern, bevor es jemand anderer tat.

Es war ein gewisser Günther Opak, der dem Podgorsky Kopfzerbrechen bereitete. Die Wiener Polizei litt nicht nur darunter, die Edelkomparserie zu geben, sondern auch, dass eine ganze Menge zwielichtiger Gestalten angeheuert hatten. Man wollte gar nicht glauben, wie viele es davon noch gab, wenn man die Nazis wegrechnete. Da brauchte es jemanden, der in dem korrupten Sauhaufen aufräumte. Und dafür wiederum jemanden mit Erfahrung. Es war also nicht weiter verwunderlich, dass Opak, der als Spezialist in Sachen Aufräumarbeiten galt, eine tiefe Narbe am Oberarm hatte. Obwohl er sich den Schnitt hätte sparen können. Wer Günther Opak war, das wusste man von Wien bis nach Berlin.

Unter den Nazis war er gefürchtet gewesen. Obwohl er selbst ein mordsdrum Nazi war. Aber es gab solche und solche. Nicht, dass es das richtige Leben im falschen gab, aber man hatte konstatieren müssen, dass die Nazibrut ein ganz ausgewachsener Korruptionshaufen war. Da wurde eingestrichen, was ging. Selten für das Reich. Meistens in die eigene Tasche. Letztlich waren die Herrenmenschen nichts als ein Haufen gieriger Schweine, die ihren Hals nicht vollkriegen konnten. Und das ewige Reich nur ein Laden, an dem man sich ewig bedienen durfte.

Den Ideologen und Bonzen war das naturgemäß nicht

recht. Die einen fürchteten um die arischen Tugenden, die anderen um die Staatskassen. Opak gehörte zu den Ersten und war gefürchtet für sein scharfes Auge. Kein gestohlenes Goldkörnchen, das ihm entging, keine gefälschte Bilanz, die er nicht entzifferte. Er räumte mehr Nazis auf die Seite als jeder Alliierte. Man sagte, er habe sogar eine Klage gegen die SS angestrengt, weil er die Vergasung der Juden für illegal hielte. Nicht, dass er mit der Ermordung der Juden ein Problem gehabt hätte. Aber er behauptete, dass genau diese Massenvernichtung die SS demoralisierte und verweichlichte. Das sei ein einziger Exzess gewesen und man habe kein großer Mathematiker sein müssen, um auszurechnen, dass die Anzahl der Ermordeten mit der abgegebenen Summe Gold nicht übereinstimmte. Da wurde wesentlich mehr gemordet, als in den Listen der Exekutionen und natürlichen Todesfälle aufgeschienen war. Man hätte Himmler persönlich dafür belangen müssen. Jener Himmler, der gesagt hatte, dass man das Recht habe, die Juden zu ermorden, aber keines, sich an ihnen zu bereichern. Keine Mark, keine Uhr, ja nicht einmal eine Zigarette dürfe man entwenden.

Jener Himmler wollte Opak mehrmals ins KZ stecken lassen. Aber so wie der Holocaust rechtlich abgesichert war, so war es auch die Stellung von Opak. Dieser behauptete von sich selbst, dass wenn es mehr von seinesgleichen gegeben hätte, dann wäre es nie zum moralischen Verfall des Deutschen Reiches gekommen.

Dem Podgorsky wurde schlecht, wenn er diesem Opak zuhörte. Andererseits brauche es so einen. Einer, der ausschließlich das Recht durchsetze, von dem Luxus einer Gerechtigkeit könne man ohnehin nur träumen. Da brauche man nur all die Nazischweine anschauen, die sich grinsend wieder in die alten Positionen setzen würden. Und vielleicht sei ja Opak der falsche Mann im richtigen System, was besser sei als der richtige im falschen. Er wisse auch nicht weiter, sagte der Podgorsky zum Krutzler. Er fühle sich völlig ausgeliefert. Zwischen dem Opak und dem Krutzler bleibe einem nur der Slibowitz. Was seien das für Perspektiven? Sehe so das neue Österreich aus?

Der Krutzler knurrte beleidigt und sagte, er werde ihm schon zeigen, was einen Krutzler von einem Opak unterscheide. Im Gegensatz zu dieser selbstgefälligen Nazisau werde er die Dinge in die Hand nehmen. Und nebenbei auch noch für Gerechtigkeit sorgen. Nichts sei ihm mehr zuwider als diese Saubermänner, die mit ihrer Schmutzwäsche am meisten Dreck verursachen würden. In ihrem Waschzwang würden sie nicht verstehen, dass der Dreck unter den Fingernägeln genauso zum Menschen gehöre wie der Dreck auf der Seele. Perfektion und Korrektheit seien das Unmenschlichste überhaupt. Und für die österreichische Mentalität ohnehin volksfeindlich. Insofern hoffe der Krutzler, dass die Verhältnisse noch möglichst lange so schlampig blieben wie sie seien. Das Unübersichtliche entspreche am ehesten der Natur des Balkanesen. Da brauche es Improvisation, Intuition und Flexibilität. Und der Wiener sei nun mal mehr Balkanese als Deutscher. Der Podgorsky war aber längst ausgestiegen. Er hörte nur Balkanese und bestellte noch einen Schnaps.

Am nächsten Tag saß der Krutzler mit pochendem Schädel im Vorzimmer von Kommandant Petrow. Der Wessely hatte recht behalten. Die Gier war die Achillesferse des

Deutschen. Man hatte den Krutzler eilig geholt, um ihm mitzuteilen, dass es noch dauern würde. Die blonde Weißrussin schloss hinter ihm die Tür. Gleichzeitig erhob sich geräuschlos ein Ungetüm und posierte vor dem Krutzler. Das Viech fixierte ihn, während es sich hinsetzte. Das braune Fell glänzte und spannte sich über einen straff muskulösen Körper. Durchgestreckt stand es da, den Schwerpunkt unter seinen Hoden, und ließ den Krutzler nicht aus den Augen. Sein Atem war geräuschlos und sein Blick konzentriert, als warte es darauf, dass ihm jemand das Kommando gab, das Rieseninsekt zu töten.

Der Krutzler hatte keine Angst vor Hunden. Man sagte, er hätte mehrere mit bloßer Hand zur Strecke gebracht. Diese Rasse kannte er allerdings nicht. Der Köter sah auch nicht so aus, als würde man ihn leicht erwürgen können. Er nahm seine Brille ab. Es war ihm wohler, wenn er dieses Ungetüm nur unscharf sah. Sein Schädel pochte verkatert. Der Hund spitzte die Ohren. Er verwechselte die verkaterten Wallungen mit Nervosität. Das Ticken der Uhr. Es wäre kein guter Einstand, den Hund von Petrow kaltzustellen. Trotzdem griff er nach dem Messer in seinem Mantel.

Als sich die Tür öffnete, blieb das Viech bewegungslos stehen. Kommandant Petrow war um zwei Köpfe kleiner als der Krutzler. Sein gedrungener Körper stellte sich breitbeinig hinter den sprungbereiten Hund. Seine kurzen Knödelfinger fassten den Köter am Hals. *Das sind ganz erstaunliche Tiere. Tosa. Eine japanische Rasse. Sie wurde ausschließlich für den Hundekampf gezüchtet. Und ist darauf abgerichtet, völlig geräuschlos zu töten. Kein Bellen, kein Knurren. Das sind die Regeln. Die Japaner sind auch beim Töten Ästheten. Ganz im Gegensatz zu uns Russen.*

Der Krutzler fragte, wie der Hund heiße. Petrow antwortete: *Hund.*

Enttäuscht, dass er den Krutzler nicht umbringen durfte, legte sich der Tosa wieder ins Eck. Petrow bat ihn in sein Büro und musterte den Krutzler genau. Offenbar war er sehr beeindruckt von dessen Größe und Statur. Sein Blick auf Menschen war der gleiche wie auf Hunde. So eine Rasse wie den Krutzler hatte er aber noch nie zu Gesicht bekommen. Der würde durch Wände gehen, wenn es sein müsste. Allerdings nicht auf Kommando. Er hatte nichts Hündisches an sich, wie es Petrow sonst von den untertänigen Wienern gewohnt war. Zumindest dürfte er ein Gespür für die Spielregeln haben. Denn sein Blick fiel sofort auf das Bild, das hinter Petrow hing.

Lenin?, fragte der Krutzler. Petrow nickte. Die Farben waren grell und der Strich expressiv. Eine so aufgeregte Kunst machte den Krutzler nervös. Er sah sich selbst in eher matten Farben. Als Silhouette, die dem Betrachter den Rücken zukehrte. *Gefällt Ihnen das Bild?*, fragte Petrow, den man nicht umsonst den Galeristen nannte. Der Krutzler hatte sich gefragt, warum der Deutsche die Bilder verhing. Wenn sie so aussahen wie dieses, hatte er größtes Verständnis dafür. Vermutlich wurden sie nur enthüllt, wenn Petrow zu Gast war. *Wissen Sie, woran man ein gutes Porträt erkennt?* Der Krutzler blieb ausdruckslos, wie einer, der nicht gemalt werden wollte.

Petrow setzte zu einem Monolog an. Ein Porträt müsse zeigen, wer im Kopf des Abgebildeten das Kommando übernommen habe. Irgendjemand sitze immer am Steuer. In den meisten Fällen sei man es nicht selbst. Petrow sah den Krutzler an, als würde er ihn porträtieren. Als würde er auf einen Blick erkennen, was diesen antrieb. Jeder sei abhängig. Jeder sei gewissermaßen süchtig. Der Krutzler dachte an Wessely und sah Petrow mit leeren Augen an. Er meine damit nicht zwangsweise Drogen, Alkohol, Glücksspiel oder Sex. Alles würde sich zur Sucht eignen. Hunde, Demütigung, Macht, Geld, Kleidung, Armut, Essen, Familie, Harmonie, Wohlstand, Freunde oder eben Gemälde. Petrow lächelte. Das würde für alle gelten. Außer für Lenin. *Und Stalin,* fügte Krutzler hinzu. Petrow nickte. *Und Stalin, selbstverständlich.* Der Inbegriff der Suchtkrankheit seien die Amerikaner, setzte Petrow fort. So ein westlicher Mensch bestehe ausschließlich aus Süchten. Der Kapitalismus würde diese nicht heilen, sondern nähren. Millionen von Abhängigen, die man über ihre Bedürfnisse steuern könne. Das sei die wahre Diktatur. Demokratie sei nichts anderes als die Herrschaft der stumpfen Masse. Das würde man im Westen noch erkennen. Allerdings würde es dann schon zu spät sein. Der Sowjetmensch hingegen würde sich von diesen Süchten lösen. Dieser erfreue sich an den Dingen, er brauche sie aber nicht. Wenn er verstehe, was er meine. Petrow verschränkte seine kurzen Arme und musterte sein Gegenüber. *Was kann ich Ihnen antun, Mister Krutzler?*

Es war schwierig, nach diesem Monolog zur Sache zu kommen. Der Krutzler vermutete dahinter Absicht. Schließlich verlangten Geschäfte solcher Art nicht nur Geschicklichkeit, sondern auch ein gewisses Format. Die Eröffnung war ein Täuschungsmanöver. Und doch spielte das Bild eine zentrale Rolle. Das hatte der Krutzler sofort begriffen. Er wusste, dass sein nächster Zug überraschend sein musste. Also kam sein Ansinnen bezüglich der Auslieferung des Cousins nicht infrage. Davon wusste Petrow ohnehin. Und darum ging es auch nicht. Gleichzeitig durfte man nicht primitiv mit der Tür ins Haus fallen. Im Gegensatz zu den Österreichern betrachteten die Russen Korruption als Kunstform. Andererseits blieb dem Krutzler kaum Zeit. Er musste den Einsatz erhöhen. Wenn er etwas wusste, dann, wie man Karten ausspielte, die man nicht in Händen hielt. Er nahm die schwarze Brille ab, als würde er damit die Wanzen im Raum entfernen. Als wären damit nur noch er und Petrow auf der Welt.

Er sagte, wenn man die Süchte der Amerikaner so gut kenne, dann frage er sich, warum man sie nicht nütze. Petrow begann die Ohren zu spitzen. Er, der Krutzler, verstehe nicht, warum man den Westen nicht mit den eigenen Waffen schlage. Schließlich habe Russland keine Atombombe. Bald, korrigierte Petrow. Man werde eine noch viel größere Bombe bauen. Die brauche man nicht, sagte Krutzler. Wenn man den Westen mit sowjetischen Produkten überschwemme, habe das eine wesentlich zerstörerische Wirkung. Petrow schüttelte den Kopf. Das würde Krieg bedeuten. Das Wesen des Kalten Krieges sei es aber, dass er eben nur in den Köpfen stattfinde. Nicht in der Realität. Das Atomprogramm sei ein Garant für Frieden. Das sei ein Irrtum, konterte der Krutzler. Wenn beide Seiten Atombomben hätten, müsse man sich neue Kriegsschauplätze suchen. Eine Welt ohne Krieg würde es nie geben. Das neue Schlachtfeld seien die Märkte.

Was er damit sagen wolle, fragte Petrow. Der Krutzler beugte sich nach vorn, um zu unterstreichen, dass jetzt das Wesentliche komme. Nur ein Gedanke. Petrow nickte. Wenn es einen gäbe, der so viel Macht besäße, den ungarischen Ost-Zigaretten ein amerikanisches Antlitz zu geben, um damit die Lungen der Kapitalisten zu schädigen, dann könne man die westliche Zone damit infiltrieren, um es militärisch auszudrücken. Wenn derjenige auch noch die Macht besäße, den amerikanischen Bourbon in ein russisches Gewand zu stecken, um damit den Sowjetmenschen zu erfreuen, dann würde ein solcher Hunderte Leninbilder verkaufen, wenn er verstehe, was er meine.

Petrow sah ihn erstaunt an. Dieser Wiener Bastard hatte es faustdick hinter den Ohren. Ein Trojanisches Pferd, sagte er mit Blick auf das Bild. Ein Trojanischer Pferdestall, sagte der Krutzler und setzte die Brille wieder auf. Gleichzeitig fragte er sich, ob er zu weit gegangen war. Er hätte sich als ersten Schritt mit der Expansion der ungarischen Zigaretten in die amerikanische Zone begnügen sollen. Hätte nicht gleich alles auf eine Karte setzen dürfen.

Petrow seufzte und löste die Arme aus der Verschränkung. Wenn ihm dieses Bild so gefalle, dann sei er schon bereit, es zu verkaufen. Wie viel es ihm wert sei? Der Krutzler verstand, warum man ihn Galerist nannte und inwiefern er Korruption als Kunst verstand. Er betrachtete das Leningemälde. Selbst ein Banause wie der Krutzler begriff, dass es völlig wertlos war. Er würde es für einen Freund kaufen, einen gewissen Podgorsky. Dieser sei sehr traurig, weil sein Cousin vor der Auslieferung stehe. So ein großartiges Bild würde ihn bestimmt trösten. Achttausend Dollar, sagte Petrow. Der Krutzler schluckte, dachte aber keine Sekunde darüber nach, ob er das Geld würde beschaffen können. Einverstanden, sagte er. Petrow nickte beeindruckt.

Krutzler sah ihn eindringlich an. Es stelle sich natürlich die Frage, ob es mehr von diesen Bildern gebe. Er habe da einen anderen Freund, sein Name sei Greenham. Als der

Krutzler den Namen aussprach, blinzelte Petrow kurz. Besagter Greenham sei ein großer Kunstsammler und habe bereits Interesse für die Galerie von Petrow angemeldet. Er würde aber nur im großen Stil kaufen, wenn er verstehe, was er meine. Er könne es sich selbstverständlich überlegen. Er erwarte keine sofortige Antwort. Bei einem Geschäft solcher Größe. Nicht nötig, unterbrach ihn Petrow, der Führungsqualität mit rascher Entschlossenheit verwechselte. Das Kontingent sei endlos. Dann stand er auf. Und nahm das Bild von der Wand. Er reichte es dem Krutzler und sagte: *Ich glaube, wir haben uns verstanden. Es gibt unterschiedliche Sammler. Und um keinen Neid zu streuen, ist es wichtig, dass sie nichts voneinander wissen. Daher würde ich Ihnen raten, die Bilder zu verhängen.* Er lächelte zweideutig. *Der Rest ist Ihre Sache. Ich bin kein Maler. Ich vermittle nur. Und sammle.*

Dem Krutzler fiel es schwer, gelassen zu bleiben. Geschäftlich reichte er dem Russen die Hand. Diesem Technokraten quoll die Gier aus allen Poren. Sein Innerstes fand längst nicht mehr genügend Platz in diesem Körper, der aus allen Nähten platzte. Gleichzeitig würde er kein Risiko eingehen, solange man nur über Bilder sprach. Mit *Kultura* würde er den Schwarzmarkt zonenübergreifend orchestrieren. Ohne dass man ihm etwas nachweisen könne. *Ach ja*, sagte der Krutzler. Er würde heute Abend jemanden vorbeischicken, um das Geld zu übergeben. *Jemanden?*, wurde Petrow misstrauisch. *Jemanden in Ihrem Sinne*, antwortete der Krutzler. Er hatte, dank eines Hinweises vom Sikora, die Sucht von Petrow auf Anhieb erkannt.

Gegen acht Uhr abends stand die Gisela vor seiner Tür. Der Krutzler hatte sie persönlich dorthin geschoben. Sie saß auf ihrem Thron. Ihre Stummeln waren in eine Sowjetfahne gewickelt. Sie trug eine Uschanka und salutierte fröhlich. Er ließ sie drei Tage lang nicht gehen.

Der Krutzler hatte bei Kommandant Petrow einen ganzen Haufen Karten ausgespielt, die er nicht in Händen hielt. Es begann bei den achttausend Dollar. Greenham war natürlich misstrauisch geworden, als ihn der Krutzler um das Geld gebeten hatte. Wofür er es denn brauche? Da stecke doch bestimmt dieses Wildviech dahinter? Ob er ihm die auch einmal besorgen könne?, fragte der Wetzer. Für die würde er sogar das Doppelte zahlen.

Der Krutzler musste kurzerhand seinen Notwehr-Reflex unterdrücken und sagte nur, dass die Musch prinzipiell mit keinen Männern unter eins sechzig schlafe. Er brauche das Geld für eine Investition, die dem Greenham einen völlig neuen Markt eröffnen würde. Er könne aber noch nicht darüber reden. Er würde das Geld auf jeden Fall hundertfach zurückbekommen.

Jetzt wurde der alte Speckjäger noch misstrauischer. Er hielt es schlecht aus, wenn hinter seinem Rücken etwas gespielt wurde. Aber die Gier war stärker. Also gab er dem Krutzler zwei Wochen Zeit, die Sache zu regeln. Dann wolle er darüber Bescheid wissen. Auch wenn die Sache ins Wasser falle. Eigentlich brauche er neuntausend Dollar, korrigierte sich der Krutzler. Er habe etwas vergessen. Ob er damit endlich einen Englischkurs belegen würde? Widerwillig gab ihm Greenham das Geld. Eher Russisch, sagte der Krutzler und ging damit ins Hotel Dresden, um die Sache der Gisela schmackhaft zu machen. Zuerst probierte er es mit fünfhundert Dollar. Aber sie roch sofort, dass da mehr zu holen war. Die andere Hälfte sei Schweigegeld, sagte der Krutzler. Niemand dürfe je davon erfahren.

Naturgemäß stellten die anderen Damen Fragen. Die Gisela verließ sonst nie das Hotel. Wie eine verkrüppelte Bienenkönigin saß sie in ihrem Stock und ließ die Drohnen für sich fliegen. Aber heute wurde sie auf dem Präsentierteller hinausgeschoben. Als würde sie der Krutzler in eine bessere Welt entführen. Da schwirrten die Arbeitsbienen eifersüchtig durch das Hotel. Ob irgendjemand etwas wisse? Aber selbst die Musch konnte es nicht aus dem Krutzler rausprügeln.

Die drei Tage beim Petrow waren aber alles andere als das Paradies gewesen. Dieser Russe sei sogar ihr zu pervers, fauchte die Gisela nach ihrer Rückkehr. So viel habe sie seit Jahren nicht für ihr Geld gearbeitet. Nicht nur, dass ihr alles wehtue, habe sie auch Abschürfungen an den Seiten. Sogar der Phantomschmerz in den Beinen sei zurückgekehrt. Von den seelischen Wunden wolle sie gar nicht sprechen. Das Russische kenne tausend Worte für Demütigung. Außerdem sei dieser Hund ständig im Raum gewesen. Er habe sie die ganze Zeit angestarrt. Als hätte er es auf den Rest ihrer Gliedmaßen abgesehen. Wenn der zubeiße! Ohne Hände könne sie ihren Beruf endgültig an den Nagel hängen. Diesem Petrow sei alles zuzutrauen. Auch dass er den Hund involviere. Richtig vernarrt sei er in dieses Viech. Er behandle ihn wie einen Freund. Als sie ihm gebeichtet habe, Angst vor dem Ungetüm zu haben, habe der Russe nur gelacht. Genau das gefalle ihm, habe er gebrüllt. Dann habe er den Champagner sabriert, als handle es sich um ihren Kopf. Sie habe sich gar nicht zu schlafen getraut. Wobei, es hätte sich ohnehin keine Möglichkeit geboten.

Dieser Petrow scheine ja keinen Schlaf zu brauchen. Genauso wenig wie der Hund. Es sei die Hölle gewesen. Eine einmalige Hölle wohlgemerkt.

Der Krutzler verstand und erhöhte den Einsatz. Man durfte die Sache jetzt keinesfalls gefährden. Denn die Dinge waren ins Rollen geraten.

Während der Deutsche ohne das Wissen von Greenham die ungarischen Zigaretten in eine makellose Lucky-Strike-Verkleidung steckte, um den amerikanischen Sektor damit zu überfluten, servierte der Krutzler Greenham einen Bourbon namens Eremitage, mit dem man den russischen Sektor erobern würde. Er fand den Namen passend ob der Bilder von Petrow. Der Ostmarkt öffne ihnen die Grenzen, sagte der Krutzler verheißungsvoll und bedeutete mit der Hand ein *Simsalabim*. Weder Greenham noch der Deutsche ahnten, dass sich für die Erdberger alle Grenzen geöffnet hatten. Nur Petrow wusste alles. Aber der verkaufte schließlich nur Bilder.

Greenham sah ihn an, wie ihn der Grünbaum angesehen hätte. Es war ein Cocktail aus Habgier, Neugier, Misstrauen und Bewunderung, wie ihn der Schwarze Baron nicht besser hätte mixen können. Der Jude strich mit seinen langen Fingernägeln über das rote Eremitage-Etikett, das von Sikoras Künstlern gestaltet worden war, und sagte, wenn er den Krutzler je dabei erwischen würde, in die eigene Tasche zu arbeiten, dann werde er dafür sorgen, dass es keinen Winkel in Europa gebe, in dem er sich verkriechen könne. Er spare sich aber die Drohgebärden, schließlich seien sie Freunde und er vertraue seinem langjährigen Partner, auch wenn er diesem ansehe, dass es ihm Probleme beschere, wie sich die Hierarchien zwischen ihnen verschoben hätten. Worauf der Krutzler verneinte und Greenham versicherte, dass er, solange sich diese Stadt in den Händen der Amerikaner befinde, keinerlei Ambitionen habe. Er sei ein Mann, der die Gegebenheiten akzeptiere und stets das Beste aus ihnen mache, deshalb sei er auf die Idee des falschen russischen Bourbons gekommen. Er habe Greenham damit überraschen wollen, weil dieser ihn bestimmt davon abgehalten hätte, worauf selbiger lächelte und sagte, da habe er wohl recht. Er solle sich im Übrigen keinen Illusionen hingeben. Solange der Kalte Krieg anhalte, würden auch die Zonen bleiben. Nach Hiroshima würde es ohnehin nie wieder Krieg geben. Ergo könne er sich schon mal auf die Ewigkeit einstellen. Auf die ewige Freundschaft, stieß er mit dem Krutzler an.

Und dann fragte er, wo eigentlich das verdammte Bild abgeblieben sei, für das er achttausend Dollar ausgegeben habe. Der Krutzler sah ihn an, wie man jemanden ansah, der gerade das falsche Geschenk aufgemacht hatte. Das sei eine Investition gewesen, versuchte er sich trockener als der Bourbon zu geben.

Eigentlich hatte er das Bild feierlich dem Podgorsky überreichen wollen als Beweisführung seines Verhandlungserfolgs. Dieser hatte aber die Herkunft erahnt, der Kunsthandel des Galeristen Petrow war ihm schon zu Ohren gekommen, und er wollte nichts damit zu tun haben. Jedes Schrifterl sei ein Gifterl, hatte er gesagt. Wenn er sich das zu Hause aufhängen würde, verhalte es sich ähnlich. Trotzdem sei er dem Krutzler dankbar, obwohl er natürlich wisse, dass jedes Geschenk auch gleichzeitig ein Trojanisches Pferd sei. In jedem Päckchen verstecke sich ein Gegenpäckchen. Er wolle darüber gar nichts wissen, habe schon davon gehört, dass es jetzt Lucky Strikes unterschiedlicher Geschmacksrichtungen gebe. Egal, er sehe nichts, er höre nichts und sage nichts, solange alles im Rahmen und der Krutzler sein Ansprechpartner bleibe. Denn eines müsse diesem klar sein. Ein Geschenk beinhalte nicht nur ein Gegengeschenk, sondern auch ein Gegengegengeschenk. Wenn man mit dem Schenken einmal begonnen habe, dann höre es gar nicht mehr auf. Und jetzt solle er das Bild wieder mitnehmen und damit seine Vielgeliebte beglücken. Die könne ein wenig Zuwendung vertragen, was man so höre.

Was der Krutzler auch getan hatte, um gleich eine Watschen von der Musch zu kassieren. Ob sie ihn für völlig deppert halte. Einer wie der Krutzler tanze doch nur mit einem Geschenk an, wenn er ein schlechtes Gewissen habe. Und was sie mit so einem Bolschewiken an der Wand anfangen solle. Ob sie ihm nicht etwas Glänzendes wert sei? Worauf er wütend entgegnete, dass ihn der Spaß achttausend Dollar gekostet habe, und sie wiederum skeptisch das Bild betrachtete und sagte, dass sie zwar nichts von Kunst verstehe, aber wenn man damit so viel Geld verdiene, frage sie sich schon, ob sie im richtigen Metier gelandet sei. Ob er wisse, wie viele Russen ihre Mädchen dafür drüberlassen müssten? Worauf sie lächelte und sagte, für die achttausend dürfe er die ganze Nacht bleiben. Was der Krutzler auch tat. Weshalb ihm jetzt, während er dem Greenham gegenübersaß, jeder einzelne Knochen schmerzte.

Der alte Speckjäger war zwar gierig, respektierte aber die trockene Antwort vom Krutzler und sagte nur, dass er ab jetzt alle Bilder selbst kaufen wolle. Der Krutzler nickte. Dass ihm der Geizhals keinen Anteil in Aussicht gestellt hatte, enttäuschte ihn zwar, bestärkte ihn aber in seinem Vorhaben, diese Konstellation von vorübergehender Natur sein zu lassen.

Beim Deutschen verhielt es sich ähnlich. Der Wessely bekam immerhin eine Gesamtausgabe von Dostojewski geschenkt, was er mokiert zur Kenntnis nahm. Das sei alles viel zu verwirrend. Zu viele Namen, die man sich merken müsse. Eine völlig unübersichtliche Handlung, der man nicht folgen könne. Es sei beinahe unmöglich, den Überblick zu bewahren.

Während der Krutzler mit seinen Vertrauten Simsalabim, Kugelfang und dem Kamel in russischen Uniformen die als amerikanisch verkleideten ungarischen Zigaretten im einstigen Ödenburg, jetzt Šopron, von Wesselys Leuten übernahm, um sie in die Westzone Wiens zu transportieren, übernahm der Wessely wiederum mit Raskolnikow, Iwanowitsch, Myschkin und Karamasow den falschen Eremitage-Bourbon von Krutzlers Leuten, um ihn in der Ostzone wiederum anderen Russen zu übergeben, deren Namen er sich ebenso nicht merken konnte. Der Deutsche schickte ihm bei jeder Lieferung andere Gestalten, deshalb benannte er sie nach Figuren aus Dostojewski-Romanen.

So wie der Wessely und die Russen kein Wort Englisch sprachen, verhielt es sich für die Gegenseite mit Russisch. Dadurch, dass die Krutzlerleute aber durch halb Niederösterreich bis nach Ungarn und wieder zurück durch die Sowjetzone mussten, gestaltete sich deren Situation wesentlich prekärer. Besonders das Kamel sah in der russischen Uniform wie eine Verhöhnung aus. Aber der Krutzler kannte niemanden, der sich russischer ausnahm als die

Engvertrauten. Der Schwarze Baron hätte sich noch weniger geeignet.

Der Krutzler hielt sie an, einfach die Schnauze zu halten und möglichst russisch dreinzuschauen, was bei allen zu einer übertrieben grimmigen Grimasse führte. Der Krutzler hatte sich widerwillig ein paar Worte angeeignet, sonst murmelte er bei den Kontrollen ein unverständliches Kunstrussisch daher, das von den Patrouillierenden meist als betrunken interpretiert wurde. Die finsteren Gesichter vom Simsalabim, dem Kugelfang und dem Kamel verstärkten diesen Eindruck. Und für einen Russen war es nichts Außergewöhnliches, dass sich jemand sein Sprachgefüge weggesoffen hatte.

Abgesehen davon standen sie unter Petrows Schutz. Wenn jemand unter Kommandant Petrows Schutz stand, dann hatte das einen Grund, der im Sinn von General Kurassow und damit auch im Sinn von Generalsekretär Stalin war. Wenn sich die obersten Sowjets dabei etwas gedacht hatten, dann musste das von den untersten Sowjets nicht noch einmal gedacht werden. Das war die Effizienz des Sowjetmenschen, die der westliche Individualist, der alles für sich selbst denken musste und glaubte, dass kein Gedanke je von einem anderen gedacht wurde, obwohl jeder die gleichen Gedanken im Kreis drehte, so lange, bis der gleiche Gedanke von allen gleichzeitig gedacht wurde, ohne dass es die anderen merkten, nicht begreifen wollte. Die Sowjetunion war eben eine Union. Freie Gedanken hingegen wie eine Herde ohne Hirten. Sie liefen in alle Richtungen und mussten mühsam wieder eingefangen werden.

Insofern verliefen die nächtlichen Zigarettenfuhren nicht nur wortkarg, sondern auch ohne gröbere Probleme.

Obwohl der Deutsche dem Krutzler zunehmend vorwarf, er könne jetzt langsam diese schöne Sprache lernen. Es sei nicht nur respektlos, sondern würde die Dinge auch wesentlich vereinfachen. Aber der Krutzler weigerte sich naturgemäß und konfrontierte die russischen Soldaten weiter mit seinem unverständlichen Kauderwelsch. Eine Uniform war schließlich eine Uniform und eine solche trug man nicht, ohne im Auftrag der Obrigkeit unterwegs zu sein. Im Zweifelsfall war dieser eben geheim.

Während Greenham in seiner Wohnung bereits zwei Dutzend Leninbilder angehäuft hatte, wunderten sich immer mehr Amerikaner über die nachlassende Qualität ihrer Lucky-Strike-Zigaretten, und selbst die Russen, die sonst nie nachfragten, woher ihr Alkohol stammte, wurden stutzig ob des Eremitage-Bourbons. Vereinzelte Flaschen davon waren in der Zwischenzeit bis nach Moskau verschenkt worden. Und so wie jedes Geschenk ein Trojanisches Pferd war, indem es eine Aufforderung für ein Gegengeschenk war, barg es auch den Charakter einer tickenden Bombe, vor allem dann, wenn man nicht wusste, von wem man dieses Geschenk erhalten hatte. Und so kam es, dass man in Moskau das Etikett des Eremitage-Bourbons ansah wie eine Ehefrau das Geschenk einer geheimen Geliebten, das versehentlich bei ihr gelandet war.

Selbst Greenham, der zum Missfallen der Amerikaner sehr offenherzig mit seiner Kunstsammlung angab und die überteuerten Leninbilder jedem zeigte, der sie nicht sehen wollte, fiel langsam auf, dass es offenbar einen Trojaner in seinen Gefilden gab. Er rauchte zwar nicht, merkte aber trotzdem, dass man ihn verdächtigte, russische Zigaretten in den amerikanischen Sektor zu schmuggeln. Seine Leninbilder wurden Stadtgespräch und niemand wies ihn darauf hin, die Gemälde abzuhängen. Greenham vertraute dem Krutzler, also suchte er nach anderen Verdächtigen. Und da er, wie gesagt, nichts schlechter vertrug, als dass hinter seinem Rücken etwas gespielt wurde, agierte er zunehmend paranoid, was nicht nur zur willkürlichen Aussortierung seiner Leute führte, sondern auch zu einem gesteigerten Bilderkauf, mit dem er seine Ungewissheit kompensierte. Die Sache hatte den richtigen Drall aufgenommen, auch wenn keiner mehr das Gefühl hatte, die Dinge im Griff zu haben.

Der Krutzler sagte, dass der Fisch jetzt groß genug sei, um ihn aus dem Becken zu holen. Der Wessely wurde dementsprechend bleich. Denn er wusste nicht, ob sie selbst noch mit dem Netz am Rand saßen oder längst im Becken unter den Fischen weilten. Wie er sich das vorstelle? Man könne ja schlecht eine Annonce aufgeben. Abgesehen davon sei Petrow die Sache offenbar auch schon zu heiß geworden. Letztens habe er dem Deutschen kein Essen angeboten, sondern ein Glas Wasser. Wenn er etwas gelernt habe, dann, im Sowjet zu lesen, wenn die Scheiße am Dampfen sei. Und wenn der Deutsche bei Petrow nur noch ein Glas Wasser bekomme, dann sei ordentlich was los beim Russen. Das rieche danach, als habe Stalin persönlich schon die Exekutionsbefehle unterschrieben. Umso wichtiger, dass man schnell handle, so der Krutzler. Was er sich unter Handeln vorstelle, so der Wessely, der jetzt schon ahnte, dass die Sache nicht mit einem Aderlass getan sein würde. Alles, so der Krutzler, hänge jetzt vom Sikora ab. Worauf der Wessely so richtig bleich wurde.

Man sagte, es sei der Krutzler gewesen, der den Sikora angehalten habe, der Milady unter dem Mantel der Verschwiegenheit anzuvertrauen, dass Greenham mit den Russen und der Deutsche wiederum mit den Amerikanern unter einer Decke stecke. Jeder Mann, der Frauen kannte, wusste, dass eine solche jedes Geheimnis mit mindestens fünf Personen teilte. Meistens mit anderen Frauen. Im Falle der Milady verhielt es sich anders, weil sie naturgemäß keine Freundinnen hatte. Keine Frau der Welt hätte eine wie die Milady auch nur in die Nähe ihres Mannes gelassen. Aber das Netzwerk der schönen Französin umspann alles, was in Alliiertenkreisen Rang und Namen hatte. Man munkelte, dass sie mehr Macht besäße als jeder General. Und während sie vom Sikora, ohne dass sie es wusste, Milady genannt wurde, hieß sie bei den Wiener Politikern die *Interalliierte*. Wenn man wollte, dass es zuverlässig bei den internationalen Statthaltern landete, brauchte man es nur ihr einzuflüstern. Information war ihr Geschäft. Wichtig sei, so hatte der Krutzler gesagt, dass der Sikora nichts von den Erdbergern erwähne. Sonst sehe man sich auf dem Transport nach Sibirien wieder.

Während die Milady die Kunde, dass Greenham mit den Russen und der Deutsche mit den Amerikanern paktierte, durch alle wichtigen Betten trug, hoffte der Krutzler, dass ihm der Spielleiter Petrow gewogen blieb. Der Galerist war einsam geworden, weil sein Tosa plötzlich gestorben war. Noch dazu während des Geschlechtsaktes mit der Gisela. Er sei einfach umgefallen, sagte sie. Sie glaube, es sei die Eifersucht gewesen. Angeblich habe er den Hund obduzieren lassen, weil er eine Vergiftung vermute. Man habe aber nichts gefunden. Er hatte ihn am Zentralfriedhof, der ebenfalls in vier Zonen unterteilt war, beerdigen lassen. Im Beisein der Gisela, die Angst hatte, dass er ihr einen Heiratsantrag machen würde. Einer wie Petrow akzeptiere kein Nein. Das habe der gar nicht im Wortschatz.

Einsame Männer waren schlecht für das Geschäft. Das wusste der Krutzler. Also bemühte er den Harlacher, ihm einen neuen Tosa zu besorgen. Denn es war sonst nur eine Frage der Zeit, bis die Gisela bei dem Russen einziehen müsste. Das würde sie für kein Geld der Welt mitmachen. Und für den Krutzler war es Ehrensache, seine Mädchen zu beschützen. Der Herr Doktor ließ allerdings nichts von sich hören. Er habe unangenehmen Besuch bekommen, wegen der Sache in Tibet. Er dürfe nicht darüber sprechen. Aber er müsse da jetzt ein wenig leiser treten. Und die Verbindungen zu seinen Japanern gestalteten sich ohnehin schwierig. Seine Kontaktleute seien nämlich alle hingerichtet worden. Manchmal war sich der Krutzler nicht sicher, wie viel von dem, was der Harlacher nicht erzählte, eigentlich stimmte.

Auch der Podgorsky machte ihm Sorgen. Der saubere Opak nahm die Aufräumarbeiten ein wenig zu ernst. Er hatte begonnen, den Erdbergern ins Handwerk zu pfuschen. Letzte Woche hatte er zwei Fuhren auffliegen lassen. Außerdem hatte er Greenham einen Besuch abgestattet, um seine angeblich beeindruckende Kunstsammlung zu begutachten. Er habe dieser Nazisau stolz gezeigt, was sich der Jude in so kurzer Zeit aufgebaut habe. Am Ende habe er sich aber wie nach einer Lagerpatrouille gefühlt, so der Grünbaum. Dass der Podgorsky als ehemaliges Zebra so einen beschäftige, sei ein Skandal. Zucht und Ordnung wie beim Führer!

Der Podgorsky weigerte sich inzwischen, den Krutzler zu treffen, weil er Angst hatte, in die Schusslinie von Opak zu geraten. Die Sache mit dem Cousin habe dieser auch schon im Visier. Wenn die Russen so einen laufen ließen, müsse etwas anderes gelaufen sein, habe Opak gesagt. Und dann dieser Blick. Einen richtigen Röntgenblick habe er, so der Podgorsky. Nichts entgehe dem kantigen Nazi. Was für ein Polizeiapparat das sei, der einem keine Geheimnisse mehr lasse. Er hätte auf den Krutzler hören sollen.

Dieser hatte ihn gewarnt. Als Korrupter einen wie den Opak zu engagieren sei Harakiri, so der Krutzler. Er sei nicht korrupt, so der Podgorsky. Er handle im Interesse des Staates. Wie man allerdings einen wie den Opak wieder an die Leine binde, das wisse er auch nicht. Man könne ihn ja schlecht umbringen. Warum nicht, sagte der Krutzler. Weil das paradox wäre. Schließlich habe man ihn für Recht und Ordnung engagiert. Man brauche so einen Dobermann. Nur höre dieser auf kein Herrchen. Zumindest nicht auf einen Sozialisten wie ihn. *Er mag mich nicht. Er hält mich für einen stinkenden Kommunisten,* so der Podgorsky. Dobermann, dachte der Krutzler, vielleicht ein Dobermann für Petrow. Er versprach, sich der Sache anzunehmen.

Wenn einer wie der Krutzler etwas versprach, dann hielt er es, selbst wenn man nicht wollte, dass er es hielt. Den Cousin vom Podgorsky hatte er schnell überzeugt. Dessen Frau ebenso. Und gegen ein wenig Zuwendung in Form von Eremitage-Bourbon und ungarischen Lucky-Strike-Zigaretten hatte man ebenso schnell eine Handvoll Zeugen parat. Selbst wenn es nicht die zuverlässigsten waren, denn die

Aussagen unterschieden sich teilweise vehement voneinander. Aber keiner hatte vor, besonders genau nachzufragen. Fakt war, an jenem Abend, an dem der Streit mit dem Russen passierte, bekanntlich mit tödlichem Ausgang, befand sich neben der Frau und dem Cousin noch ein weiterer Mann im Lokal, der angeblich den maßgebenden Schlag setzte. Und dieser wurde ganz eindeutig als Opak identifiziert. Da half es auch nicht, dass dieser ein astreines Alibi vorweisen konnte. Ein solches wackelte schnell. Vor allem, wenn der Verdächtige angab, jenen Abend bei einer Prostituierten verbracht zu haben, die auf intensivere Nachfrage vom Krutzler ganz plötzlich nichts mehr von ihrem Kunden wissen wollte. Wie gesagt, die Zeugen waren zu dieser Zeit mehr als unzuverlässig. Petrow, der dafür gesorgt hatte, dass die Auslieferungsgesuche der Russen bezüglich Podgorskys Cousin eingestellt worden waren, zeigte sich ebenfalls erfreut ob des überraschenden Ermittlungserfolges. Schließlich konnte er, nachdem sich gegen ihn zunehmend Verdachtsmomente der systemgefährdenden Korruption verdichteten, einen beeindruckenden Erfolg in Moskau verbuchen. Dort nahm man zwar einen gewissen Grad der Bestechlichkeit als menschliche Notwendigkeit hin. Aber ein Ausmaß wie bei Petrow ließ sich auch da nicht mehr rechtfertigen. Die Sowjetbonzen, die selbst Vermögen amerikanischen Ausmaßes angehäuft hatten, zogen die Schlinge enger und drohten damit, diesen in seine Heimatstadt Tomsk zu versetzen, wo es gar nichts zu holen gab, nicht einmal einen vernünftigen Hund.

Der unter Beschuss geratene Petrow entkräftete mit der erfolgreichen Überführung Opaks nicht nur die Vorwürfe aus Moskau, sondern lieferte damit auch noch einen wesentlichen Erfolg in Bezug auf die Entnazifizierung der österreichischen Polizei, die dort mindestens genauso verschrien war wie Vermögen amerikanischen Ausmaßes.

Die Verhaftung Opaks nahm der Krutzler mit seinen Leuten persönlich vor. Das sei illegal, dazu seien sie nicht befugt, das sei Verschleppung, das sei Unrecht, schrie der kantige Opak, während dieser von dem Simsalabim, dem Kugelfang und dem Krutzler in den Wagen geschoben wurde, in dem noch zwei andere Männer über eins achtzig als Verstärkung saßen. Der Krutzler sagte nur: *Bereit für die große Reise?* Worauf dem Opak anders wurde. Er begriff, dass er gegen dieses Unrecht nichts unternehmen konnte. Dass die Angelegenheit größer war als er. Auch wenn er nicht genau wusste, was die Angelegenheit eigentlich war. Als der Wagen beim Übergang zur russischen Zone stehen blieb, da schwante ihm, was der Krutzler mit der Großen Reise gemeint hatte. Da wurde es im Opak totenstill. Außer seinem schnaufenden Atem war nichts mehr zu hören.

Die Krutzlerleute übergaben den Russen den vermeintlichen Mörder, der unsanft in einen fensterlosen Lieferwagen verladen wurde. Die Russen wiederum händigten ihnen ein Bild für Greenham aus. Auf den fragenden Blick vom Krutzler sagte der Soldat, es sei ein Geschenk von Petrow. Da hätten bei den Herren eigentlich schon die Alarmglocken läuten müssen. Als der Kugelfang einen Blick auf das Bild warf und sagte, dass Lenin anders aussehe als sonst, irgendwie leblos, als hätte man die Totenmaske abgemalt, da hatte ihm auch niemand zugehört.

Zwanzig Minuten später, kurz nachdem Greenham mit einem übermütigen Lächeln das Bild mit den Worten »*Ah, Nummer achtundzwanzig*« entgegengenommen hatte, lagen sie alle am Boden wie ein Stillleben. Das Blut bahnte sich seinen Weg. Unter den zerschossenen Köpfen, unter den verkrampften Fingern, unter den verrenkten Beinen bildeten sich rote Verästelungen, die dem Wolgadelta ähnlich sahen. Tatsächlich waren es aber keine Russen, die dort mit Maschinengewehren standen, sondern Amerikaner. Die Anzüge deuteten auf Geheimdienst hin.

Der Krutzler sah sich um. Der Simsalabim, der Kugelfang, der Greenham, die zwei Neuen, deren Namen er vergessen hatte – alle lagen bewegungslos in ihrem eigenen Saft. Nur der Krutzler stand. Er überprüfte seine Kleidung. Weder Mantel noch Hemd noch Hose waren durchlöchert. Er streifte mit der Hand über die Ärmel. Der Maschinengewehrhagel hatte ihn verschont. Sein Blick fiel auf die amerikanischen Gesichter, die er im selben Moment schon wieder vergessen hatte. Diese genossen nicht lange den Anblick ihres Werkes, sondern stiegen umgehend in ihre Autos und fuhren davon.

Der Krutzler konnte die Sirene der interalliierten Patrouille hören. Der tote Lenin lag durchlöchert neben dem blutüberströmten Greenham. Der Krutzler schloss die Augen. Er hörte nur die Sirenen und einen unregelmäßigen Atem, der nicht zu ihm gehörte. Sein Blick schwenkte auf den Simsalabim. Auf Greenham. Auf die zwei Neuen. Nichts. Aber der Kugelfang, der seit damals Kugelfang hieß, atmete.

Acht Kugeln hatten ihn zu Boden gestreckt, aber sie konnten dieses Viech nicht umbringen. Eine innere Stimme, die heiser und verkatert klang, sagte dem Krutzler, dass er den Kugelfang keinesfalls den Amerikanern ausliefern durfte. Wenn diese seinen Tod wollten, dann würde sich auch im Krankenhaus nichts daran ändern. Die Sirenen kamen näher. Der Krutzler konnte die Stimme der Milady förmlich hören. Wie sie das Gerücht von Ohr zu Ohr geflüstert hatte. Die Amerikaner waren die Ersten gewesen. Vielleicht hatte man sich mit den Russen abgestimmt. Man hörte, dass auch der Deutsche spurlos verschwunden war. Manche sagten, ausgewiesen. Andere sprachen von Verschleppung. Genaueres erfuhr man nie.

Plötzlich blieb ein Wagen stehen. Die Sirenen heulten aber noch zwei Blocks entfernt. Das Kamel hielt mit quietschenden Reifen an. Zu zweit schafften sie den Kugelfang in den Wagen. Als Harlacher den durchlöcherten Leib sah, sagte er nur: *Honzo, geh in dein Zimmer.* Die Äffin gehorchte, auch wenn sie sich den Anblick des blutenden Menschen genau eingeprägt hatte.

OLD
SHATTERHAND

NATÜRLICH HATTE SICH der Krutzler gefragt, warum sie ihn am Leben gelassen hatten. Er beantwortete sich diese Frage selbst, so wie er sich alle Fragen selbst beantwortete. Die Amerikaner brauchten Eliten. Und wen hätten sie sonst stehen lassen sollen? Wie gesagt, der Krutzler ging davon aus, dass ihm ein Stand angeboren war.

Er ging aber auch davon aus, dass die Amerikaner nicht so schnell den Kugelfang vergessen würden. Daher musste der Krutzler seinen Freund beschützen. Und nicht umgekehrt. Das war die Schattenseite. Dass man als Elitärer stets für die anderen zuständig war. Nur für die, die an der Spitze stehen, war keiner mehr zuständig. Man nannte das die Einsamkeit der Macht.

Nach den Zwischenfällen hatte man schnell mit den Aufräumarbeiten begonnen. Noch bevor der Kugelfang sich wieder bewegen konnte, hatte man in einem legendären Blutrausch die Herrschaft der Erdberger Expedition untermauert. Die wenigen Widerspenstigen wurden in mehreren tödlichen Notwehraktionen und ebenso vielen Halsstichen zur Seite geräumt. Selbst der Podgorsky, der zur gleichen Zeit bei seiner Tante in Oberösterreich weilte –

nicht ganz unbeabsichtigt, wie man munkelte –, war froh, dass er die Herde wieder im Griff hatte. Der Krutzler gab ihm das Versprechen, dass ab jetzt Friede herrsche und er sein Ansprechpartner bleibe. Das genügte dem Podgorsky, denn seine exzellenten Kontakte zur Unterwelt ermöglichten ihm, kurze Zeit später zum Major ernannt zu werden. Eine Hand wusch die andere. Vor allem dann, wenn sich beide schmutzig gemacht hatten.

Von Wien gab es ab nun die Karte der Alliierten, die der Stadtregierung und die der Erdberger Spedition. Ohne großes Aufsehen hatten der Krutzler, der Wessely, der Sikora und der Praschak die Stadt in Stoßbezirke aufgeteilt, um sich bei ihren Geschäften nicht in die Quere zu kommen. Diese Karte entsprach weder den 4 Zonen noch den 23 Bezirken, sondern ausschließlich dem Spielgebaren rund um *meine Tante, deine Tante*. Die Geschäfte florierten, obwohl man in Wien auf durchschnittlich 700 Kalorien kam. Überall wurde unter Aufsicht der Erdberger Spedition den Hasardeuren das Geld aus der Tasche gezogen. Nicht selten wurden ganze Häuser verspielt. Und wenn einem drohte, das Geld auszugehen, dann gab es vor Ort das sogenannte Saugerl, das dem Geschädigten gegen horrende Zinsen sein eigenes Geld zum Weiterspielen borgte.

Man kaufte weiterhin Bilder bei Petrow, die man dann im Keller versteckte, um in der Ostzone den Schmuggel zu kontrollieren. Der Wessely hatte dafür eigene LKWs bauen lassen, um im doppelten Boden größere Zigarettenmengen aus Ungarn in den Westen zu transportieren. Den ganzen Zauber hätte man sich eigentlich sparen können, weil man ohnehin unter der Schirmherrschaft der Russen stand.

Aber Schmugglerehre war Schmugglerehre, da ließ der Wessely nicht mit sich reden.

Während sich der Krutzler um das Glücksspiel kümmerte, vertraute man dem Sikora das Geschäft mit den Damen an. Der Zauberer war beliebt bei den Gunstgewerblerinnen. Damals wendete er noch keine Gewalt an. Das Einzige, was sie zu befürchten hatten, war, dass er sich in sie verliebte. *Jeder nach seiner Façon,* wie die Milady sagte, die sich 1948 eine offene Schlägerei mit der Gusti lieferte, weil sie die Frau vom Praschak von ihrem eigenen Gehsteig vertreiben wollte. Die Gusti verstand kein Französisch und die Milady kein *Non*. Eine ganze Menschentraube feuerte die Gusti an, während sich der Praschak im Hinterzimmer verschanzte, um sich der Buchhaltung zu widmen. Schließlich musste sich jemand um die Zahlen kümmern, auch wenn nicht versteuert wurde. Die Fleischerei war noch immer zugesperrt. Erstens, weil es ohnehin kaum Fleisch gab. Zweitens hätte der Praschak gar keine Zeit mehr dafür gehabt.

Der Sikora hatte begonnen, im Stuwerviertel kleinere Bordelle zu betreiben. Viel war da noch nicht zu holen, aber man musste sich auf bessere Zeiten einstellen, denn ewig würde man vom Schmuggel nicht leben können. Die Zonen waren nach der Wahl gelockert worden. Nur die Russen nahmen es noch genau. Und der Marschallplan würde bald zu besseren Verhältnissen führen. Dafür musste man gewappnet sein.

Der Krutzler wurde nach dem Blutrausch in allen Fällen wegen tödlicher Notwehr freigesprochen. Auch wenn man seine Halsstiche durchgehend als Überreaktion bewertete. Aber wie gesagt, die Zeugen waren unzuverlässig in dieser

Zeit. Und die interalliierten Richter froh, wenn nach dem kurzen Aufbegehren wieder Ruhe herrschte. Um der Expansion Herr zu werden, musste natürlich Personal aufgestockt werden. Aber Personal war leicht zu rekrutieren. Erstens, weil es kaum Alternativen gab. Und zweitens, weil sich die Oberwelt oft nicht wesentlich von der Unterwelt unterschied. Die wenigsten konnten es sich leisten, diese Dinge allzu genau zu trennen. Man brauchte einander.

Selbst der Schwarze Baron arbeitete zu dieser Zeit im Senat, wo der Sikora die Damen in römischen Togas antanzen ließ. Mangelnde Fantasie konnte man dem Zauberer nicht vorwerfen. Und nachdem die Milady von der Gusti ordentlich zugerichtet worden war, verließ sie endgültig Wien, um ihr Puppengesicht einem längeren Heilungsprozess zu unterziehen. Was nichts daran änderte, dass der Sikora der Gusti noch immer keine Avancen machte. Der konnte jetzt ohnehin aus dem Vollen schöpfen und stattdessen konzentrierte sie sich darauf, den Praschak zu terrorisieren.

In Wien begannen die Staatsvertragsverhandlungen und man konnte trotz des anhaltenden Hungers einen Hauch von Optimismus spüren. Es gab eine Währungsreform und viele pilgerten trotz des Appells *Kauft nicht bei Russen* in die billigen USIA-Geschäfte. Die Wienfilm produzierte den gleichen Heile-Welt-Dreck wie die Nazis davor. Die Sowjets führten einen Kampf der Kultura gegen die antihumanistischen Gangsterfilme der Amerikaner. Was die meisten aber nur ein Lächeln kostete. Stattdessen begann man zunehmend Kommunisten aus den öffentlichen Ämtern zu entfernen. Sehr zum Ärgernis des Podgorsky setzten die Amerikaner eine Amnestie für minderbelastete Nazis durch. Die vierte Partei, ein Auffangbecken für großdeutsche Kleingeister, stand kurz davor, sogar von den Russen erlaubt zu werden. Und der kommunistische Leiter der Staatspolizei wurde durch einen Sozialisten ersetzt. Der Ärger des Podgorsky hielt allerdings nicht lange an, weil er ohnehin Sozialist war und dadurch endlich die Position zugesprochen bekam, die er in der Realität längst einnahm.

Anlässlich der Beförderung zum Major schmiss der Krutzler ein Fest für seinen alten Freund. Dieses fand erstaunlicherweise im Gelben Papagei statt, wo es dann zu einem denkwürdigen Zwischenfall kam. Der Krutzler hatte zwar inzwischen ganz Wien unter sich, aber die Bregovic hatte er noch immer nicht gebrochen. Auf kein einziges Glas habe sie ihn in allen Jahren eingeladen. Aber die werde er sich kaufen, so der Krutzler zur Musch. Er werde sie mit Geld förmlich ersticken. Da würden die alte Jugoslawin und ihre sieben Gschrappen noch dankbar sein.

Und tatsächlich, das überfüllte Lokal rang der missmutigen Bregovic ein hinterfotziges Lächeln ab. Nicht nur wegen des Geldes, sondern auch wegen der fruchtbaren Aussichten, die sich an der Bar präsentierten. Kaum einer der anwesenden Herren, der unter eins achtzig war. Großzügig schenkte sie den Schnaps aus, um die Herzen und Hosentüren zu öffnen. Da hätte der Krutzler sich eigentlich einen aufs Haus verdient. Aber den würde sie ihm erst am Ende der Geschichte hinstellen. An diesem Abend ließ sie ihn weiter brennen.

Keiner wusste, warum sie dieses Ungetüm so hasste. Manche sagten, weil er sie an ihren ersten Mann erinnerte, der ihr keines, drei anderen Weibern dafür sechs Kinder in den Bauch bugsiert hatte. Manche sagten, dass es rein geschäftlich war. Der Krutzler würde ihr einfach im Weg stehen. Manche munkelten auch, es sei enttäuschte Liebe gewesen. Und andere wiederum, dass ihr sonst die Lebensaufgabe gefehlt hätte. Den Krutzler umbringen zu wollen ähnelte der Wahl eines Fußballvereins. Irgendwann suchte man sich einen aus, ohne genau zu wissen warum, und dann lebte man dafür. Sowohl der Krutzler als auch die Bregovic hatten keine Psychologie. Insofern war Letzteres am wahrscheinlichsten.

In der Menge der eins achtzig großen Unterweltler konnte man die kleineren Oberweltler kaum sehen. Wenn sich der Podgorsky nicht auf den Stuhl gestellt hätte, um eine Dankesrede zu halten, hätte ihn der Krutzler den ganzen Abend nicht gefunden. Der Papagei kommentierte jedes Wort und schwirrte nervös durch das Lokal. Honzo, die in einem eleganten Abendkleid gekommen war, verscheuchte das Mistviech nur noch mit Blicken. Die Äffin hatte es längst aufgegeben, dem Vogel nachzustellen. Stattdessen leckte sie die Schnapsreste aus den Gläsern und verfiel in eine stumpfe Apathie. Harlacher sagte, dass Honzo betrunken einem Menschen noch mehr ähnle. Die Lassnig meinte, dass es sich eher umgekehrt verhalte. Dass betrunkene Männer zu Affen werden. Sie sagte das mit Blick auf den Wessely, der ihr schon den ganzen Abend eine Szene machte. Denn während ihr Gatte, der Bauherr, die Lücken der Stadt mit hässlichen Häusern plombierte, füllte sie die Leere mit dem Bleichen. Er sei aber keine Lücke und schon gar keine Plombe, lallte er. Wennschon, eher ein fauler Zahn, entgegnete sie. Er sei das ganze Gebiss, brüllte er und hielt ihr seine fletschenden Zähne ins Gesicht. Ein falsches Gebiss sei er!

Die Lassnig war dem Wessely auf einen Seitensprung draufgekommen, worauf sie völlig in Rage geraten war. Was der Wessely nicht verstand. Schließlich sei er ebenfalls ihr Seitensprung und keinesfalls ihr Ehemann. Solange dem so sei, brauche sie überhaupt keine Ansprüche stellen. Was er jetzt glaube, fauchte sie. Dass sie so einen Kretin heirate, damit er wisse, wie man sich gegenüber einer Dame benehme? Bei *Dame* spuckte der Wessely seinen Schnaps aus. Wenn man wo schlechtes Benehmen lerne, dann in der sogenannten besseren Gesellschaft. Hier, in seiner Welt, gehe es gerade und ehrlich zu. Da könne sie noch etwas lernen. Der Krutzler stand daneben und lauschte amüsiert. Endlich zeigte der Wessely der Großverbrecherfrau, wer die Hosen anhatte. Wobei die Musch nur trocken bemerkte, dass sich das Ganze jetzt schon wie eine bürgerliche Ehe anhöre. Sie könne die beiden förmlich sehen in der Villa in Baden.

Der Krutzler hatte damals den Beschluss gefasst, das depperte Wildviech endlich zu ehelichen. Gleichzeitig wusste er, dass er, wenn er ihr hier und jetzt einen öffentlichen Antrag machen würde, in Teufels Küche kam. Er malte sich lächelnd aus, was für ein Rambazamba sie veranstalten würde, wenn er sich jetzt auf den Stuhl stellen und das Glas erheben würde. *Liebe Muschkowitz! Ich weiß, ein Ring um den Finger heißt für dich ...* Spätestens dann würde sie ihm eine Flasche an den Schädel werfen.

Rambazamba sollte es an diesem Abend noch reichlich geben. Während sich der Praschak in aller Stille in eine noch größere Stille hineintrank, begann die Gusti am Sikora zu kleben wie der Schweiß am Kugelfang, weil ihm die Wundheilung noch immer Wallungen bereitete. Das Kamel stand gebückt an der Bar und redete besoffen auf die Äffin ein, während sich der Schwarze Baron mit Harlacher in die Haare kriegte. Himmler habe den Zenbuddhismus mindestens genauso falsch verstanden wie der Krutzler den Existenzialismus, gab sich der Baron provokant nüchtern und putzte seine Brille. Harlacher hob den Zeigefinger, wie jemand den Zeigefinger hob, wenn er sein Gegenüber für einen Neger hielt. Himmler sei kein Buddhist gewesen. Er habe seine eigene Religion gegründet. Nein, gefunden. Denn eine Religion erfinde man nicht. Was so ein Bloßfüßiger wie er schon über den Zenbuddhismus wisse. Er, Harlacher, habe ihn gesehen, in Japan, so wie er auch andere Dinge gesehen habe, von denen die Welt nichts ahne. Es gebe ein Wissen unter unserem Wissen. Für ihn, den Schwarzen, der keiner Wurzelrasse angehöre, seien das naturgemäß schlechte Nachrichten. Ob er jemals von dem unterirdischen Königreich am Fuße des Himalayas gehört habe. Dort lebten Zwerge, die in einem weltumfassenden Netzwerk agierten. Sie trügen das geheime Wissen. Welteislehre. Theosophie. Erberinnerung. Hyperborea. Ach, seufzte Harlacher, was ahne ein Halbmensch von den Resten der tertiären Mondmenschen. Das seien die letzten Zeugen der Atlantiskultur. Die habe er, der Harlacher, persönlich in Tibet gesehen. Er sei überall gewesen. Denn man habe Totalerforschung betrieben und alles hinterfragt, ohne Tabus. Der Schwarze Baron war viel zu souverän, um sich auf die Provokationen einzulassen. Nüchtern konstatierte er, dass Himmler vermutlich an einer Psychose gelitten habe. Harlacher hob erneut den Zeigefinger. Himmler sei kein schlechter Mensch gewesen. Er habe frisch gepresste Säfte aus biodynamisch gezogenem Obst getrunken! Aber natürlich. Die Avantgarde mache immer Fehler. Schließlich leiste man unpopuläre Pionierarbeit. Aber Tibet habe ihn trotzdem enttäuscht.

Jetzt gesellte sich die Bregovic dazu. Der Buddhismus habe den arischen Menschen getötet, sagte Harlacher. Habe aus edlen Kriegern verweichlichte Untermenschen gemacht. Sie verstand nicht, aber Harlacher sah potent aus. Es gebe eben Rassen und Rassen. Wobei er abwechselnd auf den Schwarzen Baron und die Wirtin zeigte. Das gefiel ihr, weil sie sich schon für eine Rasse hielt. Als wir den Yeti suchten, fixierte Harlacher ihre glasigen Augen, da habe der Bergführer auch behauptet, dass es Bärenspuren seien. Und? Habe man den Homo odiosus gefunden?, fragte der Schwarze Baron. Harlacher ignorierte sein bildungsbürgerliches Atout. Nein, murmelte er und wendete sich der Bregovic zu. *Kennen Sie das Spiel Trockene Tasse?* Die Jugoslawin schüttelte begeistert den Kopf. *Das habe ich aus China mitgebracht. Man füllt eine Tasse mit Alkohol und trinkt sie in einem Zug aus.* Er sah den Schwarzen Baron herablassend an. *Aber Sie waren vermutlich noch nie in China.* Noch bevor der Baron zuschlagen konnte, stellte sich der Krutzler dazu, was die Bregovic veranlasste, ihren betrunkenen Körper noch enger an den von Harlacher zu pressen. Im Himalaya sei man bei dreiundsechzig Grad minus barfuß gegangen. Es sei eine welthistorische Expedition gewesen. *Das wird Sie interessieren, Krutzler. Haben Sie jemals auf einer Leiche meditiert?* Der Krutzler runzelte die Stirn und hielt den Baron an der Schulter, um ihn zu beruhigen. Der Doktor wandte sich wieder der Bregovic zu. *Wissen Sie, was eine tibetische Himmelsbestattung ist?* Die betrunkene Jugoslawin starrte ihn stumpf an. *Man zerstückelt die Leichen und lässt sie von Aasgeiern fressen. Sie nennen sie fliegende Särge. Und die Nüchternheit der Ragyapas beim Zerstückeln der Toten jagt mir bis heute Schauder über den Rücken. Ich habe dank meines japanischen Zen-Meisters die ganze Welt gesehen. Niemand besaß solche Fähigkeiten. Er konnte mit einem Blick die Macht in einem übernehmen.* Er sah die Bregovic hypnotisch an. *Haben Sie schon einmal über eine Aufnordung Ihres Namens nachgedacht?* Sie schüttelte betrunken den Kopf.

Der Krutzler zog den Schwarzen Baron zur Seite und sagte, dass er dringend seinen Rat brauche. Der Schwarze Baron begann sich allmählich wieder wie eine Rasse zu fühlen. Heute, so der Krutzler, sei etwas Seltsames passiert. Er könne mit niemandem darüber reden, aber er wisse nicht, wie er mit der Situation umgehen solle. Ob er sich noch an den Deutschen erinnere? Der Baron nickte und fragte, was eigentlich aus dessen Frau geworden sei. Eben, sagte der Krutzler. Die Albanerin sei heute völlig unangekündigt bei ihm aufgetaucht. Er habe gedacht, sie sei ebenfalls verschleppt worden. Oder nach Albanien geflohen. Auf jeden Fall sei sie plötzlich bei ihm in der Tür gestanden. Besser als der Deutsche, sagte der Baron, worauf der Krutzler meinte, dass er sich da nicht so sicher sei. Was die für ein Kleid getragen habe! Diese schwarzen Augen! Und die lodernden Haare. Der Baron konstatierte, dass lodernde Haare eher ein Fall fürs Krankenhaus wären. Und dann habe sie völlig stumm dagestanden, ihn angesehen und ohne Worte die Schuhe ausgezogen. Und?, fragte der Baron. Das sei eine sehr ernste Sache, so der Krutzler. Das sei wie ein Heiratsantrag gewesen. Der Baron runzelte die Stirn und setzte seine Brille auf. Er habe ja Verständnis, dass die Cocktails hier wie Gift seien, aber offenbar habe der Krutzler zu viel davon erwischt. Abgesehen davon verlange ja keiner von ihm, die Schuhe ebenfalls auszuziehen. Der Krutzler sah ihn ernst an. Er habe sich noch nie für irgendeine die Schuhe ausgezogen. Nur um das klarzustellen! Aber natürlich habe er ihr das Kleid vom Leib gerissen und die Haare mit den Händen zu löschen versucht. Ob er sich verliebt habe? Ob er jetzt völlig deppert sei! Er habe sich nur gefragt, ob er sie umbringen müsse. So einer sei ja zuzutrauen, dass sie ein mordsdrum Rambazamba veranstalte.

In diesem Moment fiel der Schuss, der das wirkliche Rambazamba einleitete. Totenstill war es im Lokal. Nur die Federn des Papageis wirbelten durch die Luft. Als die Bregovic das Blut an der Wand erblickte, begann sie hysterisch zu schreien. Während die betrunkene Honzo an der Bar stand und ratlos mit der Pistole herumfuchtelte, stieß die aufgebrachte Jugoslawin den Harlacher weg. Keiner rührte sich. Die Äffin schwenkte die Pistole nach links und nach rechts. Auf jede Bewegung reagierte die Wiener Unterwelt mit einem Ducken, das Honzo offenbar gefiel. Das Tier begann die Menge mit der Waffe zu dirigieren. Und der Krutzler fragte sich, ob das Scheißviech kapierte, was es da in Händen hielt. Eine Walther PP war ein Statussymbol. Und konnte von jedem Affen bedient werden. Wie brachte man das Viech dazu, die Waffe zu senken? Hatte er den Papagei mit Absicht erschossen? Der Krutzler griff das Messer in seinem Mantel, während die Bregovic die Reste des Vogels zusammenklaubte. Das missfiel Honzo offenbar. Denn sie richtete die Waffe auf den gebeugten Rücken der

Jugoslawin. Der Podgorsky deutete einem Kellner, die Polizei zu rufen. Der Krutzler umfasste das Messer. Für diese Notwehr würde er garantiert freigesprochen.

Er setzte an, als plötzlich der Herwig erschien. Eigentlich war er vom Dresden herübergelaufen, um die Musch zu holen. Dort randalierte ein russischer Besatzungssoldat, weil die Gisela nur noch dem Petrow gehörte. Wie ein geschlechtsloser Engel stand das rothaarige Bürschchen im Raum. Die besoffenen Blicke der Unterweltler waren stumm auf ihn gerichtet. Sie sahen ihn an, wie man eine Warnung Gottes ansah.

Die Äffin, deren Abendkleid schon ordentlich ramponiert war, schwenkte ihren Blick ebenfalls zum Herwig. Manche sagten, es sei magisch gewesen. Auf jeden Fall übernahm der Herwig ohne ein Wort die Macht in der Äffin. Langsam ging er auf Honzo zu. Harlacher stand mit offenem Mund da. Einerseits, weil er eifersüchtig war. Andererseits, weil er den Blick des Herwig wiedererkannte. Honzos glasige Augen hatten sich in denen dieses geschlechtslosen Jünglings verfangen. Selbst der grimmigste Unterweltler erkannte die Liebe, wenn er sie sah. Honzo, bisexuell und aus ihrer Warte Sodomistin, senkte ohne Widerstand die Waffe, als der Herwig danach langte. Der Harlacher flüsterte, dass dieser Jüngling die Reinkarnation seines Zen-Meisters sei. Er wollte ihn vom Stand weg engagieren. Die Äffin nahm die Hand vom Herwig. Und eine andere Hand nahm die Hand der Äffin und legte sie in Handschellen.

Beim Anblick von so vielen Polizisten wurde das halbe Lokal nervös. Nein, sagte der Podgorsky, es handle sich um keine Razzia. *Verhaften!*, schrie die Bregovic. *Nein! Auch nicht den Affen!* Was die Beamten erleichtert zur Kenntnis nahmen, denn wie man das protokollierte, wusste keiner aus dem Stand. Stattdessen befahl der Podgorsky den Polizisten, am Fest teilzunehmen. Schnaps wurde gereicht. Es sei gut, sich einmal auf dieser Ebene kennenzulernen. Die Bregovic forderte noch immer Konsequenzen. Aber niemand hörte ihr zu. Man feierte bis in die Morgenstunden. Woher das Viech die Waffe hatte und wohin sie danach verschwunden war, fragte an diesem Abend keiner mehr.

Man beherrschte Wien, obwohl es nicht viel zu beherrschen gab. Man fand in den Zeitungen inzwischen zwar häufiger Anzeigen für Rasierer und Autos als für Vertilgungsmittel für Ungeziefer. Trotzdem waren die Transparente, auf denen *Wir haben Hunger* stand, unübersehbar. Der Krutzler sagte, man solle froh sein. Wenn es den Leuten zu gut gehe, sei das schlecht für das Geschäft. Er meinte damit den Schmuggel. Deshalb begann man, wie gesagt, zunehmend in Glücksspiel und Prostitution zu investieren.

Mit Drogen wollte man nichts zu tun haben. Obwohl damit ein ordentliches Geschäft zu machen gewesen wäre. Opium und Morphium fanden reißenden Absatz. Der Sikora hatte von einer neuen Droge berichtet, mit der man angeblich Dinge sehe, die gar nicht da seien. Der Krutzler hatte ihn verdutzt angesehen. Also Schmerz, Rausch, Exzess, das verstehe er alles, aber warum solle sich das jemand antun? Die Realität sei schon fürchterlich genug. Der Schwarze Baron hatte eingewandt, dass man nicht automatisch schlechten Dingen begegne. Worauf der Krutzler einen kräftigen Schluck Schnaps genommen und geantwortet hatte, dass solche wie er, Männer ohne Fantasie, entweder gar nichts oder ganz schreckliche Dinge sähen.

Und das Nichts sei noch schrecklicher als das Schreckliche. Das Nichts warte ohnehin nach dem Tod. Warum sollte man dafür Geld bezahlen?

Der Sikora hatte ganz verträumte Augen bekommen. Er würde einen leuchtenden Boulevard sehen, wo ein Puff neben dem anderen stünde. In den Auslagen die herrlichsten Huren. *Beleuchtungskörper!* Nicht wie die magere Breitenfurter Straße. Die sei ein bloßes Gerippe. Das Neonlicht sei das Festgewand einer Stadt. Das könne er gleich wieder vergessen, hatte der Podgorsky gesagt. Er würde das keinesfalls zulassen, dass aus dem schönen Wien ein einziges Freudenhaus würde. Es sei schon schlimm genug, dass für jeden ausgesonderten Kommunisten ein Nazi nachziehe. Der Wessely hingegen träumte davon, dass er den Badener Bauherrn beim Stoß bediente. Den würde er bis auf die Unterhose ausziehen. Das ganze Imperium und das Haus in Baden. Alles würde er ihm abnehmen. Mindesteinsatz seine Frau. *Und?*, fragte der Krutzler. Wolle er sein Leben gegen das spießige vom Lassnig tauschen? Wenn, dann müsse er dieses unnötige Weib auf seine Seite ziehen. Vielleicht mit dieser Droge, scherzte der Sikora. Talent dazu hätte sie, sagte die Musch und meinte das keineswegs als Kompliment.

Diesen Ratschlag würden beide noch bitter bereuen. Denn der Wessely begann schon die Karten zu mischen. Damals war alles ein Spiel. Vermutlich, weil es wenig zu gewinnen gab. In beinahe jedem Kaffeehaus wurden unter dem Tisch die Karten versteckt. Offiziell zockte man um Streichhölzer. Aber Spielschulden waren Ehrenschulden. Und die Verteidigung der Ehre gehörte ebenfalls zum Geschäft der Erdberger Spedition. Und so wie der Sikora hin und wieder einbrechen ging, um sich geistig anzuregen, trieb sich der Wessely in den Kaffeehäusern herum, um sein Handwerk an harmlosen Frankisten auszuüben. Das verschaffe ihm größere Befriedigung, als vorlaute Betrüger zur Strafe ihre Gewinne schlucken zu lassen. Der Wessely war vermutlich der begnadetste Spieler von Wien. Und vermutlich hätte er ein erfüllendes Auskommen als Granat gefunden. So nannte man damals die Künstler unter den Falschspielern. Ohne den Größenwahn der anderen Erdberger wäre er vermutlich besser dran gewesen. Denn im Herzen war er Vagabund und Jäger, der im Umgarnen und Erlegen der Beute sein seelisches Auslangen fand.

Niemand konnte einen *Freier* so bedienen wie er. Es begann mit dem richtigen Blick für sein Opfer. Man freundete sich an. Lud sein Gegenüber auf ein paar Schnäpse ein. Irgendwann schlug man vor, um den nächsten Schnaps ein kleines Spielchen zu wagen. Man ließ das Gegenüber gewinnen. Auch den zweiten und dritten Hunderter überließ man dem zunehmend angetrunkenen Frankisten. Und dann, wenn es um höhere Einsätze ging, schlug der Wessely zu. Er brauchte keinen Zund dafür. Also jemanden, der ihm von hinten über Zeichen verriet, welche Karten der Gegner in Händen hielt. Auch das Falschmischen verabscheute er. Obwohl er natürlich den Durchzug genauso beherrschte wie das Palmieren, das Glissieren, das Filetieren, das Planken, das Rollen, selbst die vierfache Volte führte er eleganter aus als jeder andere. Er spiegelte die Karten des Gegners auch nicht mit einem Zigarettenetui ab. Er danisierte oder präparierte sie nicht. Musste sie nicht zinken oder herrichten. Denn der Wessely konnte die Karten von hinten lesen.

In den Kaffeehäusern wurde beinahe nur mit One-Way-Karten gespielt. Das waren die billigsten, die man kriegen konnte. Sie wurden aus einem Rückenmusterdruck geschnitten. Daher wiesen die Reverszeichnungen, egal ob Schottenmuster oder Blitz, immer Unregelmäßigkeiten auf. Der Wessely brauchte im Durchschnitt fünf Partien, um sich die Eigenheiten der Karten zu merken. Während er sich für die Lassnig mit der Literatur abmühte, fiel ihm diese Art des Lesens leicht. Er war ein Naturtalent und da er keine Karten unter dem Tisch verschwinden ließ oder manipulierte, war es schier unmöglich, ihn des Falschspiels zu überführen. Darauf stünden im Zweifelsfall drei Jahre. Ein Kaufmannsdelikt war auch schlecht für den Stand und stellte für einen wie den Wessely eine Demütigung dar. Das Lesen sei kein Falschspiel, so der Bleiche. Eher ein Handwerk, das der Frankist nicht beherrsche.

Im Spielgebaren unterschieden sich die Herren wie Slibowitz von Eierlikör. Während der Buchhalter Praschak ein strenger Systemspieler war, hatte der Sikora ein Faible für die Kunst. Er hatte selbstredend eine eigene raffinierte Methode entwickelt. Es brauchte dazu nichts als ein Fläschchen Phosphoröl und eine dunkle Sonnenbrille. Diese wurde naturgemäß belächelt. Ein Anfänger, der sich ein *Spekuliereisen* aufsetzen müsse, um beim Bluffen nicht erwischt zu werden. Unauffällig platzierte der Zauberer während des Spiels Tropfen auf unterschiedlichen Karten. Und da das Öl zu fluoreszieren begann, konnte auch der gedächtnisschwache Sikora dank der dunklen Brille die Karten von hinten lesen. Er sei schon als Kind ein raffinierter Hundling gewesen, so der Praschak. Der Sikora habe damals gewisse Karten von seinem Stoß in die Sonne gelegt, um sie zu bleichen. Ein Ass länger als einen König oder eine Dame. Je nach Bleichungsgrad konnte er sie identifizieren. Deshalb sei er damals auch nicht Zauberer, sondern Spanner genannt worden. Er habe damit schon in Schulzeiten halb Erdberg die Hosen ausgezogen.

Sogar Harlacher ließ sich von den Herren die Fantasie anregen. Seiner Façon entsprach naturgemäß das Tier. Konkret das Pferd. Zu den Rennen in der Freudenau pilgerten die Hasardeure genauso wie in die illegalen Spielhöllen der Stadt. Man braucht nicht zu glauben, dass die Erdberger nicht auch hier eine Möglichkeit fanden, ihre Handschrift zu hinterlassen. Ausgerechnet Harlacher erstaunte die Herren mit einer brillanten Idee. Er kenne da jemanden, der jemanden kenne, der jemanden kenne, der ein sehr erfolgreiches Rennpferd in Italien besitze. Wenn man jetzt in der Freudenau jemanden kenne, der jemanden kenne, der einen Außenseiter reite, der zufälligerweise wie die italienische Granate aussehe, dann könne man sich unter Umständen vorstellen, diesen unbemerkt auszutauschen und alles Geld, was man auftreibe, auf den schlecht dotierten Lahmrappen zu setzen, der das österreichische Mittelmaß abhänge wie nichts. Es war schon immer die Stärke der Erdberger gewesen, sich nicht in Gedanken zu verlieren, sondern die Dinge in die Hand zu nehmen. Man sagte, der Gewinn sei so immens gewesen, dass gleich mehrere Buchmacher zusperren mussten.

Es waren keine leichten Zeiten, aber gewisse Dinge nahm man leicht. Während die große Politik um den Staatsvertrag pokerte, spielten die Erdberger Leben. Da tangierte es nicht, dass Stalin vom Eisernen Vorhang sprach und der

Podgorsky protestierte, diesen Ausdruck schon von Goebbels gehört zu haben. Oder dass auch die Russen jetzt die Bombe hatten. Ja selbst der Tod der Tante Elvira, die sich in die Sonne gelegt hatte wie der Sikora die Karten und dort zerschmolzen war wie die Schokolade, für die sie notgeile Russen bedient hatte, tangierte weder den Krutzler noch die Krutzlermutter, die nicht einmal zum Begräbnis erschien. Vermutlich, weil sie Angst hatte, dass ihr der Hausrusse in der Zwischenzeit das Stelzenhaus unter dem Hintern wegziehen würde. Der Krutzler war der einzige Trauergast und warf der Elvira eine ausgebleichte Pik-Dame ins Grab.

Als die Mutter vom Tod ihrer Schwester erfuhr, servierte sie dem Hausrussen eine Sachertorte mit Schlag. Der kannte *die Schokoladenhure Elvira* zwar nicht, stopfte aber die бомба gierig in sich hinein. Die alte Krutzler stellte sich dabei vor, dass er seine eigene Scheiße fraß. Was nicht nur farblich ein naheliegender Gedanke war. Das rachsüchtige Weib schmuggelte ihm tatsächlich in jede Speise, die sie ihm mit einem niederösterreichischen Lächeln servierte, etwas Artverwandtes hinein. Der neue Hausrusse fraß zwar ähnlich viel wie Igor. Nur tat er das ohne Dankbarkeit. Sie müsse Angst haben, von diesem Viech im Schlaf verschlungen zu werden. Und weil mit dem Russen weder zu reden noch zu lachen war, begann sie, ihre verhasste Schwester beinahe täglich auf dem Friedhof zu besuchen. Jetzt, da diese nicht mehr zurückredete, konnte sie ihr alles erzählen. Die Elvira entwickelte sich post mortem zu einer liebenswürdigen Frau, die ihr stets recht gab, *Fehler* aus der Vergangenheit zugunsten der Alten korrigierte und sich stundenlang Geschichten über den schönen Gottfried anhörte. Im Nachhinein ergab damit auch der spätere Tod der Krutzlermutter einen Sinn. Aber im Nachhinein ließ sich alles zu einer Geschichte fügen.

Der Krutzler hingegen kümmerte sich um den Herwig. Er nahm ihn öfter mit zur Arbeit, was die Musch gar nicht goutierte. Was solle aus dem Buben werden? Ein Zuhälter wie Vater und Mutter? Er sei nicht der Vater, das könne jeder sehen, sagte der Krutzler. Um das gehe es doch nicht. Doch, genau darum gehe es. Ein Krutzlerkind würde aussehen wie ein Krutzlerkind. Ob es ihr lieber sei, wenn er die Tage mit den Huren verbringe, sagte der Krutzler. Wer weiß, was dann aus ihm werde. Der Abend im Gelben Papagei habe ihm verdeutlicht, dass der Herwig hochgradig verwirrt sei. Eine Art Doktor Dolittle, der sich einbilde, mit Tieren sprechen zu können.

Tatsächlich hatte das der Herwig behauptet. Und der Krutzler hatte ihn angefahren, dass er erst einmal lernen solle, mit Menschen zu reden. Und deshalb nehme er den Buben jetzt unter seine Fittiche, damit er begreife, wie die Wirklichkeit funktioniere. Die Musch warf ihm vor, dass er sich wieder einmal unentbehrlich machen wolle. Aber es sei noch immer besser, als ihn dem Harlacher auszuliefern. Der sei ihr alles andere als geheuer und liege ihr noch immer in den Ohren, weil er den Herwig für die Reinkarnation seines Meisters halte. Und der Affe würde früher oder später noch ein Unglück anrichten. Jemand müsse dieses Viech beseitigen. Der Krutzler hätte es an jenem Abend abstechen sollen. Dass der Podgorsky dieses Monster habe laufen lassen, das sei ein Skandal. Diese Tierliebe sei keine Liebe, sondern Menschenhass. Nicht, dass sie selbst die Menschen besonders schätze. Aber so ein Mensch habe wenigstens die Wahl, ob er als Mensch oder Tier enden wolle. Worauf der Krutzler sagte, dass das ein völliger Humbug sei. Die freie Entscheidung existiere nur, solange es nichts zu entscheiden gebe. Er könne ihr hier und jetzt den Entscheidungsfreiraum so einschränken, dass sie ganz bestimmt keinen freien Willen mehr habe. Das solle er einmal versuchen, sagte die Musch. Sie werde ihm schon zeigen, wie weit er mit seinem Willen kommen würde.

So ging das tagein, tagaus. Die Musch und der Krutzler waren in einem Streit verfangen, aus dem sie nicht wieder rausfanden. Wie eine Sucht sei das gewesen, sagte ausgerechnet der Wessely. Mit Liebe habe das nichts zu tun gehabt.

Dazwischen verschwand die Musch regelmäßig und ging auf Entzug. Dann ließ sie den Krutzler tagelang allein mit dem Herwig zurück, der es inzwischen gewohnt war, auf dem Boden zu schlafen, wenn das Rieseninsekt im Bett lag. Ein Mann in seinem Alter schlafe nicht mehr neben seiner Mutter, sagte der Krutzler. Ob ihm vor gar nichts grause? Und der Herwig sagte, dass er sich vor seiner Mutter nur grause, wenn sie der Krutzler in den Nächten in ein Tier verwandle. Ob er glaube, er merke nicht, was er ihr antue. Richtig Angst habe er um sie. Worauf der Krutzler sagte, das seien Dinge für Erwachsene. Ein Kind habe zu schlafen, wenn es die Großen überkomme. Er sei kein Kind mehr, sagte der Herwig. Immerhin sei er sechzehn Jahre alt. Na, dann wisse er bestimmt, dass er vermutlich auf ähnliche Weise in die Welt gezeugt wurde. Worauf sich der Herwig übergab und drei Tage lang kein Wort mehr mit dem Krutzler sprach.

Die Lassnig sagte, die Beziehung von den beiden habe

etwas viel Bürgerlicheres an sich als die vom Wessely und ihr. Alles sei vorhersehbar, redundant und monoton. Da könne die Musch um sich schlagen, was sie wolle. Es ändere nichts. Ein Mondzyklus sei unvorhersehbarer als die beiden. Exakt nach drei Wochen Streiterei und Rangelei reiße die Musch ein jedes Mal aus. Sie verschwinde für drei Tage ohne Nachricht oder Grund. Der Krutzler hüte den Herwig. Mehr schlecht als recht. Er verderbe das Kind, sagte die Lassnig. Gut so, sagte der Wessely. Das sei eine notwendige Erziehungsmaßnahme in einer verdorbenen Welt.

Bevor die drei Tage um waren, riss dem Krutzler regelmäßig der Geduldsfaden. Dann ließ er den Herwig bei den Dresdnerinnen, die ebenfalls die Uhr danach stellen konnten. Die Karcynski nannte es seine *Muttertage*. Länger würde es kein Mann ohne Frau mit einem Kind aushalten. Schon gar nicht so einer wie er. Nach diesen drei Tagen zahlte er es der Musch eine Woche lang heim, indem er ins Wiener Nachtleben abtauchte und sich dort so lange amüsierte, bis es selbst der Musch zu Ohren kam. Er machte aber keinerlei Anstalten, seine Räusche im Dresden auszukurieren, sondern verschanzte sich in seiner Innenstadtwohnung, von der die Musch gar nicht wusste, wo sie sich genau befand.

Das ging stets so lange, bis sie persönlich im Casanova auftauchte und irgendeine Hure vom Krutzler pflückte, um diese in eine wochenlange Berufsunfähigkeit zu prügeln. Die Nutten der Stadt begannen, den Krutzler zu meiden wie Benzin das Feuer. Wer sich ihm näherte, musste mit dem Schlimmsten rechnen. Da waren die betrunkenen Drohungen vom Krutzler harmlos gegen das Inferno der Musch. Vor allem war sie nachtragend. Sie vergaß kein Gesicht, in das sie eingedroschen hatte. Wer also mit dem Krutzler ins Bett ging, packte am besten gleich seine Koffer. Oder lebte in der Angst vor der Musch, die einen irgendwann heimsuchen würde.

Aber dieses Mal gestaltete sich die Sache anders. Erstens war die Musch schon seit fünf Tagen verschwunden. Zweitens kümmerte sich der Krutzler noch immer um den Herwig. Dahinter steckte keineswegs ein Reifeprozess, sondern Gisela, die einen mordsdrum Aufstand machte, weil sie Petrow nicht heiraten wollte. Sie beschimpfte den Krutzler, drohte ihm mit Leben und Polizei. Am Ende flehte sie ihn an. Petrow, der sich mit den Leninbildern inzwischen ebenfalls ein Vermögen amerikanischen Ausmaßes angehäuft hatte, wollte Gisela in seiner Heimatstadt Tomsk ehelichen. Er hatte genug, wollte sich zur Ruhe setzen und eine Familie gründen. In Tomsk. Gisela, die zwei Jahre lang königlich von dem Russen gelebt hatte, traute sich nicht, Nein zu sagen, und hoffte auf den Schutz vom Krutzler, der seit Tagen im Hotel Dresden saß und versuchte, Gisela zur Vernunft zu bringen. Er wisse zwar nichts über Tomsk, aber es klinge gar nicht so übel. Hartberg oder Stockerau seien um nichts besser. Worauf Gisela hysterisch schrie, dass sie an keinen dieser schrecklichen Orte wolle. Ob er sich ungefähr ausmalen könne, was es für eine behinderte Ex-Hure bedeute, in der russischen Provinz von einem perversen Ex-Militär festgehalten zu werden. Alle Bilder, die dem Krutzler durch den Kopf rauschten, waren nicht schön. Trotzdem redete er auf sie ein. Petrow sei privat ein anderer Mann als im Beruf, wo er Härte und Entschlossenheit mimen müsse. In seiner Heimat würde er sich bestimmt von seiner weichen Seite zeigen. Und der russische Sommer solle wirklich schön sein, was man so höre. Es sei halt nur nie Sommer, fauchte Gisela. Und russisch eine schöne Sprache, knurrte der Krutzler. Warum er sie dann nie gelernt habe?

So eine wie sie finde doch nie einen Mann. Sie wolle gar keinen Mann! Sie wolle Männer. Das alles sei stets ein Geschäft gewesen. Und wenn auf den Krutzler kein Verlass sei, dann müsse sie sich einen anderen Beschützer suchen. Sie werde sich einfach weigern! Da seufzte der Krutzler und sagte, sie wisse doch genau, dass das nichts nütze. Ob sie ihn tatsächlich in die unangenehme Situation bringen wolle, dass ausgerechnet er sie für den Petrow verschleppen müsse. Weit würde sie ja ohnehin nicht kommen. Sie solle sich lieber an den Gedanken gewöhnen. Man habe sich schon an so viel gewöhnt. Da mache das auch keinen großen Unterschied mehr. Worauf sie aus dem Thron sprang und wie eine wild gewordene Echse auf dem Boden herumrobbte. Aber die Wut wollte den Körper nicht verlassen. Am liebsten hätte sie sich beide Arme ausgerissen. Stattdessen biss sie in Krutzlers Bein, was dieser gewähren ließ, weil er sah, dass es ihr Erleichterung verschaffte.

Letztendlich musste der Krutzler Giselas Hysterie nur aussitzen. Das war er ihr schuldig. Auch wenn er nicht wirklich daran glaubte, dass auf sie in Tomsk ein lebenswertes Schicksal wartete. Wenigstens würde er nie davon erfahren. Er mochte die Gisela. Und sie tat ihm auch leid. Aber sollte er dafür das Geschäft gefährden? Wer Petrow die Gisela wegnahm, der musste selbst mit einer Deportation rechnen. Dazu wäre er prinzipiell bereit, so der Krutzler später, wenn es sich um jemanden handeln würde, dessen Existenz lebenswert sei. Aber im Falle der Gisela wäre der Tod eine Befreiung gewesen. Und Petrow habe sie gerngehabt. Lieber als den Hund. Mehr konnte man als Gisela in jener Zeit nicht erreichen.

Dass die Musch seit fünf Tagen verschwunden war, begann den Krutzler hingegen zu beunruhigen. Sogar die Karcynski sah im Stundentakt aus dem Fenster. Man schickte ein paar Späherinnen los. Aber niemand hatte die Musch gesehen. Die Spur verlief sich im Ray, wo sie den schmalen Fritz mit einer abgebrochenen Flasche bedroht hatte. Die Musch sei völlig ausgerastet, weil sie offenbar drei schmale Fritze gesehen habe. Davor sei sie von den Zwillingen mit Absinth abgefüllt worden.

Hans und Hans waren Neuzugänge in der Wiener Unterwelt und wurden von der Musch protegiert. Sie setzte große Hoffnungen in die beiden. Keiner konnte sie auseinanderhalten. Selbst ihre Mutter nicht. Angeblich hatten sie schon mehrere Morde auf dem nicht vorhandenen Gewissen. Da die Polizei nicht imstande war, zu beweisen, welcher der beiden die Taten verübt hatte, musste man sie in allen Fällen gehen lassen.

Die Musch habe den Absinth in ihre Kehle geschüttet, als könne man damit einen Waldbrand löschen, sagte der schmale Fritz. Dann habe sich alles in einen grünen Schleier getaucht. Die Musch hasste Grün. Der Anblick eines Waldes brachte sie in Rage. Die Zwillinge blieben noch die Zwillinge. Zumindest hatte sie nicht bemerkt, dass sie inzwischen zu viert waren und an allen Seiten saßen. Als sie aber den schmalen Fritz gleichzeitig an unterschiedlichen Positionen an der Bar stehen sah, stürzte sie panisch zur Tür hinaus und ward seitdem nicht mehr gesehen.

Als der Krutzler das hörte, überkam ihn die Angst, die Musch könnte sich selbst im Rausch begegnet sein. Dann wäre es bestimmt zu einem Kampf gekommen, den sie in jeder Hinsicht verloren hätte.

Nach fünf Tagen rechnete der Krutzler nicht mehr damit, die Musch je wieder lebendig zu sehen. Er hatte schon ein inneres Streitgespräch begonnen, ob es vertretbar sei, den Herwig dem Harlacher zur Obhut zu geben. Aber da hatte selbst der Krutzler kein gutes Gefühl. Bei sich selbst hatte er allerdings auch kein besseres. Schließlich war der Herwig nicht sein Kind. Aus einem Hausmeisterbastard würde nie ein Krutzler werden. Nicht nur optisch. Eine Frechheit, dass sich der Feuervogel so elegant aus der Affäre ziehe. Besser hätte es sich dieser Kretin von Vater nicht richten können. Ohne Hirn auf der Baumgartner Höhe dahinvegetieren. Herrliche Zustände! Man stelle sich vor, er würde sich so etwas leisten! Was er sich von der Musch anhören müsse. Aber der Herr Hausmeister komme damit davon. Na, der werde sich wundern! Der Krutzler wetzte die Gedanken wie ein Messer, das niemanden zum Erstechen fand. Das rührte den Herwig. So viele Sorgen hatte sich noch nie jemand um ihn gemacht. Er ging auf den Krutzler zu wie auf ein scheues Tier, um ihn zu umarmen. Noch bevor dieser etwas von seiner Zuneigung spürte, öffnete sich die Tür und eine derangierte Indianerin stand im Raum.

Der Krutzler hatte nicht damit gerechnet, dass der Nazi-Huber partout jetzt in sein Leben zurückkehre. Noch dazu in Form dieser betrunkenen Indianerin. Und natürlich fragten sich viele, warum er sich nicht schon früher gerächt hatte. Schließlich hatte ihn dieses Schwein ins KZ gebracht. Der Wessely und der Sikora hatten ihn auch mehrmals in der Sache bedrängt. Aber der Krutzler wollte nichts davon wissen. Es entsprach nicht seiner Handschrift. Schließlich handelte es sich um kein Geschäft. Sondern um blanke Rache. Eine solche brauchte ein Kleid, unter dem man ihren hässlichen Körper verstecken konnte. Und einen Anlass, wo sie sich präsentieren durfte. Beides tauchte innerhalb von vierundzwanzig Stunden auf.

Als die Indianerin in der Tür stand, schwenkte sie ihren verwirrten Blick zwischen dem Rieseninsekt und dem Rotschopf hin und her. Ihr Kopfschmuck hing schief über dem Haupt. Zwei kindische Zöpfe standen lächerlich zur Seite. Ihre Kriegsschminke hatte etwas Mitleiderregendes. Ihr fransiges Lederkleid war auf der Seite zerrissen. Und das Blut auf ihren Händen signalisierte Gesprächsbedarf. Die Musch wankte an ihnen vorbei und ließ sich ins Bett fallen. Lautstark schlief sie ein. Und wachte erst neunzehn Stunden später wieder auf.

Als sie die Augen öffnete, fühlte sie sich wie jemand, der sich in eine andere Persönlichkeit hineingesoffen hatte, ohne sich an diese zu erinnern. Der Herwig vermutete einen Schlaganfall und ließ den Krutzler holen. Die Musch tat sich schwer mit dem Sprechen und die Gedanken klebten an der Gehirnrinde wie Fliegen im Honig. Allmählich fügten sich die Splitter zusammen. Sie sei aus dem Ray hinausgelaufen. Sie habe nach einer ruhigen Stelle gesucht, wo ihr keine Bilder begegnen würden. Also sei sie in den Stadtpark gelaufen. Ein Fehler. Nicht nur, dass sie die Wahrheit hinter dem goldenen Straussdenkmal erkannt habe, worüber sie unmöglich sprechen könne, auch sei sie von einem distinguierten Herren aufgelesen und heimgebracht worden. Allerdings nicht in ihr Zuhause, sondern in das seine. Dann habe sie geschlafen. Doch eines sei seltsam gewesen. Das falle ihr erst jetzt auf. Sie sei um nichts nüchterner aufgewacht. Keine Ahnung, wie lange sie geschlafen habe. Auf jeden Fall ausgiebig genug, um den Rausch abzubauen. Stattdessen habe er sich bloß verwandelt. Als hätte man die eine Substanz durch eine andere ersetzt. Der Mann, ein sanfter Herr Mitte sechzig, habe die ganze Zeit neben ihr gesessen. Zumindest hatte er das behauptet. Er habe sie nicht aus den Augen gelassen. Er sei Arzt und kenne sich mit solchen Vergiftungen aus. Sie solle ruhig die Augen wieder schließen. Sie sei jetzt in seiner Obhut. Sie müsse sich keine Sorgen mehr machen. Diese Stimme würde sie nie wieder aus ihren Ohren bekommen. Sie habe wie ein warmer Sommerregen geklungen.

Dann schlief die Musch wieder ein. Und als sie aufwachte, saß der Krutzler neben ihr. Kein Wort glaube er ihr. Herumgehurt habe sie. Doch die Musch war noch zu schwach, um ihm Konter zu geben. Außerdem wollte sie auf etwas anderes hinaus. Denn als sie wieder zu sich gekommen sei, habe sich alles verändert gehabt. Sie habe es nicht gleich bemerkt, weil sie gedacht habe, alles sei nur ein Traum. Dabei sei sie längst wach gewesen. An der gleichen Stelle habe jetzt ein Indianerhäuptling gesessen. Er habe sie mit ebenso sanften Augen angesehen wie der Doktor zuvor. Als ob er in sie hineinsehen könne. Erst als sie mehrere Minuten in sein kriegsbemaltes Gesicht gestarrt hätte, habe sie ihn erkannt. Es sei der Doktor gewesen, der ihr seinen wirklichen Namen nie genannt habe. Tangua, habe er geflüstert. Die Stimme habe jetzt nicht mehr wie ein Sommerregen geklungen. Eher wie morgendlicher Tau. Sein Name sei Tangua. Sie habe im Delirium mit Muschkowitz geantwortet. Worauf der Häuptling sanft den Kopf geschüttelt habe. Ihr Name sei Apanatschka. Nein! Nein! Doch dann sei ihr aufgefallen, dass es stimmte. Sie sei Apanatschka gewesen. Ihre Montur habe es bewiesen. Offenbar hatte er sie im Schlaf umgezogen. Sie habe jedenfalls plötzlich dieses Indianerkostüm getragen.

Vergriffen habe er sich an ihr, so der Krutzler. Ein perverses Schwein sei das gewesen! Oder versuche sie ihm eine Lüge aufzutischen? Nein. Nein. Weder das eine noch das andere. Zu keinerlei Berührung sei es gekommen. Das hätte sie nicht zugelassen. Selbst im Schlaf nicht. Eine Frau merke so etwas. Mit solchen Sätzen hatte der Krutzler noch nie etwas anfangen können. Er hatte sich auch nie gefragt, wie er als Frau gewesen wäre. Warum sie nicht aufgesprungen sei? Sie werde doch nicht drei Tage lang bei diesem Perversling verbracht haben! Und wenn, dann brauche sie ihm nicht zu erzählen, dass sie nur die Friedenspfeife geraucht hätten. Es sei ganz anders gekommen, sagte die Musch, die allmählich wieder in die Wirklichkeit zurückfand. Der Krutzler solle jetzt einfach zuhören. Es sei wichtig für ihn. Er gab sein Bestes. Auch wenn er sie am liebsten skalpiert hätte.

Auf ein Fest seien sie gegangen. Was für ein Fest? *Zuhören, Ferdinand. Bitte.* Ob sie reiten könne, habe sie der Häuptling gefragt. *Und?* Woher solle eine wie sie reiten können? Das habe aber gar nichts gemacht, weil sie mit Tangua gemeinsam auf einem Pferd gesessen habe. Obwohl er so zierlich gewesen sei, habe sie sich ganz sicher gefühlt. Das sei doch ein völliger Humbug! Wolle sie ihm erzählen, dass sie durch die Prärie geritten seien? *Zuhören, Ferdinand. Bitte.* Im Auto seien sie hingefahren. Wohin? An den Stadtrand. Dort, wo die Villen stehen. Also doch kein Tipi? Drinnen schon. Von außen habe man nicht ahnen können, was sich drinnen abspielte. Da habe es Pferde gegeben. Hatatitla. Iltschi. Swallow. Sogar einen Saloon. Eine richtige Westernstadt habe er sich reingebaut. Wer? *Gleich, Ferdinand. Gleich.* Als der Häuptling und sie vor der Villa standen, da habe sie sich noch geniert. Da sei ihr das Kostüm erstmals befremdlich erschienen. Vermutlich sei sie da nüchtern geworden. Als sie das große Tor durchschritten hätten, sei es plötzlich umgekehrt gewesen. Da sei man dann als Apanatschka weniger aufgefallen. Eine Muschkowitz wäre dort nicht toleriert worden. Sogar das Personal habe Kostüme getragen. Bloody Fox. Dick Hammerdull. Pitt Holbers. Dicker Jemmy. Langer Davoy. Hobble Frank. Tante Droll. Cornel Brinkley. Old Wabble. Santer. Schwarzer Mustang. Ellen. Intschu tschuna. Klekih-petra. Nscho-tschi. Ribanna. Sam Hawkens. Winnetou. Old Firehand. Old Surehand. Alle da. Und natürlich auch er. Um den es gehe. *Wer?* Old Shatterhand.

Dann sackte die Musch weg und der Krutzler musste eine halbe Stunde warten, bis sie wieder zu Bewusstsein kam. Sie schien jetzt klarer und entledigte sich des Indianerkostüms. Der Herwig folgte angeekelt dem Geschehen. Er hielt es schlecht aus, seine Mutter so angeschlagen zu sehen. Für ihn war sie stark. Und wenn sie schwächelte, verlor er den Glauben, dass man es mit der Welt aufnehmen könnte. Wütend legte er die Reste von Apanatschka vor die Tür, während die Musch weitererzählte. Sie habe ihn nicht gleich erkannt. *Wen?* Old Shatterhand. Jeder kenne Old Shatterhand. Selbst wenn er Kara Ben Nemsi sei.

Der Krutzler hatte Karl May nie gelesen. Aber als Kinder hatten sie alles nachgespielt. Den Schatz im Silbersee. Den Ölprinz. Unter Geiern. Das waren die einzig guten Zeiten mit dem schönen Gottfried gewesen. Auch wenn sich der Krutzler an seine Kindheit nicht erinnern konnte, wusste er, dass sein Bruder stets darauf bestanden hatte, Old Shatterhand zu sein, und den Krutzler dazu verdammte, die Rothaut zu geben. Zumindest konnte man sich darauf einigen, dass ihr mit Fäusten wedelnder Vater der Bösewicht Santer war. Das verband die beiden. Solange sie sich Federn in die Haare steckten, konnten sie sich als Blutsbrüder fühlen. Später waren sie zerstritten wie Old Wabble und Old Shatterhand. Nur war es im Gegensatz dazu nie zu einer Versöhnung gekommen. Die wahre Blutsbrüderschaft hatte er mit den Erdbergern geschlossen. Sie waren seine Familie geworden. Er dachte an die Blutverträge, die beim Praschak in der Schatulle lagen. Und an die Frau mit dem Turban, die sich bestimmt einsam fühlte. Sie sah ihn auffordernd an und flüsterte: *Komm.*

Ob er ihr noch zuhöre?, fragte die Musch. Der Krutzler nickte. Als er so erhaben vor ihr gestanden habe. Und mit seinen Geschichten angegeben habe. Als wäre die ganze Kriegszeit ein Abklatsch des Wilden Westens gewesen. Und die Juden die Indianer, die das Fort angriffen. Da habe sie ihn erkannt. Wen? *Den Nazi-Huber.*

Der Krutzler seufzte, wie jemand seufzte, der wusste, dass die Zeit gekommen war, die Pferde zu satteln. Er schickte den Herwig hinaus. Er fragte die Musch, ob sie sich sicher sei. So sicher wie nur irgendwas. Wenn sie sich nicht irre. Sie lachte, wie nur Sam Hawkens lachte. Aber der Krutzler hatte in Gedanken längst die Silberbüchse geladen. Er wusste, dass er sich dem nicht entziehen konnte. Und als ob das Schicksal seine Ausweglosigkeit unterstreichen wollte, wurde der Krutzler am Nachmittag von einem unscheinbaren Mann heimgesucht, dessen Gesicht er eigentlich kennen sollte, den er aber in seinem Leben noch nie gesehen hatte.

OLD
FIREHAND

DER KRUTZLER FOLGTE der Indianerin. Sein Mantel war zu schwer, um zu flattern. Sein Schnaufen übertünchte die Stille, aber nicht das Brechen der Knochen unter seinem Schuhwerk. Er konnte sich an keine Stelle erinnern, wo sie nicht lagen. In den Nächten schien der Mond auf sie, als wollte er sie nicht dem Vergessen preisgeben. Und untertags wies die gleißende Sonne auf die monumentale Stille hin, die selbst von seinem scheppernden Atem nicht zum Schweigen gebracht werden konnte. Bis zum Horizont waren die Böden mit Knochen übersät. Alles wurde von ihnen zugedeckt. Ineinander verschränkt lagen sie da. Kein Platz mehr, um sie zu vergraben. Zu viele waren gestorben, als dass der Planet sie noch verdauen konnte.

Der Krutzler folgte der Indianerin. Sie stakste über die Knochen, ohne zurückzusehen. Solange sie seinen Atem hörte, konnte sie sicher sein, dass er ihr nachging. An ihren Händen klebte Blut, das nicht trocknen wollte. Sie erinnerte sich nicht, woher es kam. Es war ihr niemand über den Weg gelaufen, den man hätte ermorden können. Vielleicht war es das Blut von jemandem, dem sie erst begegnen würden. Aber was ließ sich schon in Worte fassen, in einer Welt, die nur noch aus weißen Knochen bestand? Außer dass man über sie drüberstieg, blieb nichts zu tun. Letztendlich schritt man durch die Landschaft, um sich einen Platz zu suchen, wo man sich mit den anderen Vergessenen verschränken würde. Keine Geschichte ließ sich an den Knochen ablesen. Die einen waren dünner und leichter als die anderen. Aber selbst die Schädel verrieten nichts über das, was einen Menschen ausgemacht hatte.

Der Krutzler hatte unzählige Male probiert, die Knochen anzuzünden, um sich wenigstens an ihrer Wärme zu laben. Aber eher brannte ein Stein, als dass man diese Gräten zum Verschwinden brächte. Warum wurde er das Gefühl nicht los, er sei verantwortlich für all die Toten? Dann beschlich ihn kurz der Gedanke, er könnte etwas ausrichten. Als ließe sich eine Geschichte erzählen. Aber letztendlich waren die Geschichten wie der Wind, der die Knochen genauso wenig zum Flattern brachte wie seinen Mantel.

Der Krutzler folgte der Indianerin in der Hoffnung, sich mit ihr irgendwo hinzulegen, um ganz Gerippe zu werden. Er dachte sich, dass in jeder Müdigkeit der Wunsch nach Versteinerung lag. Nur das Leblose war ewig. Und die Ewigkeit so lange, dass man sich kein Leben dazu vorzustellen mochte. Als ob es nur ein kurzes Aufbäumen zwischen zwei Versteinerungen gäbe. Nur ein toter Mensch war einer, dem man nichts anhaben konnte. Selbst wenn man einen Stein mit einem Namen versähe, es änderte nichts. Der Bleiche, der Zauberer, der Kugelfang, der Simsalabim, der Schwarze Baron. Wo waren sie hin? Sie hatten sich so viel geschworen. All die Anstrengungen nichts wert, weil keiner mehr da war, um von ihnen zu erzählen. Selbst der Praschak hätte hier keine Faser Fleisch gefunden, die sich zum Essen geeignet hätte. Selbst der Musch wäre es zu karg geworden, auf diese Knochen einzudreschen.

Als der Krutzler der Indianerin folgte, hatten sie sich einen Schwur geleistet. Als ob eine gemeinsame Tat dem Unausweichlichen trotzen könnte. Als ob die Verschwörung eine eigene Schöpfung gebäre. Als ob die Liebe nur im gemeinsamen Verbrechen möglich wäre. Die Indianerin war im Gegensatz zur Musch zu einem Schwur fähig. Als könnte sich das Fleisch ohne Knochen aufrecht halten. Durch bloße Behauptung. Durch bloßen Willen. Als wäre man zu zweit fähig zu fliegen, weil nur synchron gesetzte Schläge abzuheben vermochten.

Die Musch hatte sich die Hände gewaschen und das Indianerkostüm wieder angezogen. Im Hotel Dresden hatte man das zwar mit Verwunderung zur Kenntnis genommen. Aber zu jener Zeit war es nicht ungewöhnlich, dass jemand ohne Vorankündigung wahnsinnig wurde. Und dass eine wie die Musch, die mehr Steine um sich warf als alle anderen zusammen, irgendwann müde wurde, erstaunte hier niemanden. Wenn sich jemand dem Wahnsinn hingab, dann wurde das als Erschöpfung verbucht. Als hätte sich die Vernunft schlafen gelegt.

Der Herwig hatte sich neben die Indianerin gesetzt und sich ebenfalls sein Gesicht geschminkt. Er hoffte, damit seiner Mutter nahe zu sein. Er hatte begriffen, dass es daran nichts zu begreifen gab. Er hatte sich an ihr Bett gesetzt und genauso geschwiegen, genauso gestarrt wie sie. Sie glichen zwei Steinen, die nebeneinanderlagen, ohne deshalb etwas gemein zu haben. Letztendlich blieben es zwei Steine. Ohne Identität. Ein Stein hatte nichts Inneres, in das sich einbrechen ließ. Ein Stein war bereits der Kern. Ein Kern ohne Fruchtfleisch.

Unten in der Lobby wartete ein großes Rendezvous auf den Krutzler. Da hatte jemand ein paar Steine in der Hand und behauptete, damit ein Haus zu bauen. Sein Name war genauso unwichtig wie die Nummer auf seinem Unterarm. 87.382. Ein Wunder, dass man so weit hinten in der Schlange überleben konnte.

Wir kennen uns, sagte der Mann. Man sah ihm noch an, dass sein Körper vor ein paar Jahren nur aus Knochen bestanden hatte. Seine Seele war mit dem Fleisch nicht schnell genug mitgewachsen. Der Krutzler schüttelte den Kopf. Er hatte den Mann noch nie gesehen. *Doch,* sagte dieser. *Wir kennen uns.* Er könne sich nur nicht erinnern. Kein Wunder bei der Masse an ausgehungerten Gesichtern, die am Ende alle gleich aussahen. Vermutlich sei es leichter, sechs Millionen zu töten, als einen Einzigen. Seine Augen waren matt wie Asche. Und sein Blick wie blankes Glas. Eine seltsame Wesenlosigkeit sprach aus ihm. Selbst seine Stimme war eine, die man gleich wieder vergaß. Als habe es keinen Unterschied gemacht, ob er auf einem der Knochenberge verendet oder am Leben geblieben sei, dachte der Krutzler. Das Fleisch, das nachgewachsen war, schien einem anderen zu gehören. Als wäre es implantiert. Als wäre es nur gereift, um die Knochen in die Lobby des Hotel Dresden zu tragen. Der Krutzler setzte sich neben ihn, was die Karcynski erstaunte. Der Krutzler setzte sich sonst nie neben jemanden. Selbst der Musch saß er gegenüber. Er vermied es, den Mann anzusehen. Vielleicht wollte er ihn nicht mit sich selbst konfrontieren.

Es sei für ihn ganz unvorstellbar gewesen, den Krutzler außerhalb des Lagers zu sehen, sagte der Mann. Als ob man jemandem in Wintermontur gegenübertrete, den man bisher nur in Badehose gekannt habe. Er habe jetzt beinahe das Gefühl, einem Menschen gegenüberzusitzen. Umso passender, dass der Krutzler neben ihm Platz genommen habe. Dieser blieb ungerührt und fragte, was er wolle.

Der Mann sprach tonlos in einer Linie, ohne Atem zu holen. Es sei Zeit, die Schulden zurückzuzahlen. Da sei man sich einig. Der Krutzler habe den Juden im Lager zu verdanken, dass er noch am Leben sei. Selbst als er geflohen war, habe man ihn gedeckt. Nicht aus Zuneigung. Nicht aus Gnade. Man habe von Anfang an gespürt, dass der Krutzler noch einen Auftrag zu erfüllen habe. Jetzt sei die Zeit gekommen. Er wisse selbst, dass es so sei. Er wisse auch, um wen es gehe. Er wisse alles. Es müsse nur ausgesprochen werden. Und deshalb sei er hier. Um die Dinge beim Namen zu nennen. Man habe alles vorbereitet. Er müsse nur ausführen. Sie selbst seien dazu nicht in der Lage. Man könne nicht von jedem erwarten, dass er das Schwein, das er esse, auch selbst schlachte. Es wäre jedem lieber gewesen, so einen wie den Krutzler nicht damit zu behelligen. Aber man habe es einfach nicht übers Herz gebracht. Und wenn einer so viele aus den falschen Gründen umgebracht habe, dann sei es nur gerecht, wenn er es einmal aus dem richtigen tue. Es sei in seinem eigenen Interesse. Immerhin habe ihn der Nazi-Huber zu dem gemacht, was er heute sei. Ein Gewaltverbrecher. Die Geschichte hätte auch anders ausgehen können. Der Krutzler hätte nicht zwangsweise so eine Kreatur werden müssen. Er hätte eine Wahl gehabt. Aber in Mauthausen sei ihm diese entzogen worden. Da sei der

Mörder in seine Natur übergegangen. Seine eigene Natur, falls man überhaupt von einer solchen sprechen könne, sei ausschließlich eine Opfernatur geworden. Das Lager habe sie beide zu fertigen Menschen gemacht. Zu geschlossenen Räumen. Jetzt müsse jeder für sich selbst damit fertigwerden. Aber es sei zumindest innerhalb dieser vier Wände möglich, die richtige oder die falsche Entscheidung zu treffen. Der Krutzler habe jetzt die Gelegenheit, hundert falsche mit einer richtigen aufzuwiegen. Das sei ein Angebot Gottes. So billig würde er nie wieder davonkommen. Eine für hundert. Da habe er mindestens fünfzig gut. Denn dass der Krutzler auch in Zukunft die falschen Entscheidungen bevorzugen würde, daran bestehe kein Zweifel.

Der Mann sah ihn an, wie man jemanden ansah, dem man gerade eine Nachricht von Gott überbracht hatte. Der Krutzler, von dem man nicht glauben brauchte, dass er ungläubig sei – er hatte sich die Frage nach Gott nur nie gestellt –, erwiderte den Blick so, als ob man sich vor dem großen Sheriff verstecken könnte. Woher er so genau wisse, was der da oben wolle? Wenn einer keinen Willen habe, dann Gott. Schon gar keinen freien. Er brauche ihm also nicht so zu kommen. Er mache prinzipiell keine Geschäfte mit Gott. Das sei ihm zu unseriös. Dieser habe keine Handschlagqualität. Er sei ein Doppel- und Dreifachagent. Ob er glaube, dass es nach dem Willen Gottes zugehe, wenn dieser es zulasse, dass Millionen seines eigenen Volkes ermordet werden. Einen schönen Gott habe man sich da ausgesucht. Einen solchen hätten der Krutzler und seine Leute schon längst eliminiert.

Der Mann hatte während der Krutlzer'schen Tirade erneut zu atmen aufgehört. Er ließ die Worte nicht abprallen, sondern schien sie zu schlucken, um sie bei den Knochen abzulegen. Er verstehe, wenn man so denke. Auch ihm sei es schwergefallen, dahinter die Gnade Gottes zu erkennen. Aber der Krutzler liege völlig falsch. Der Holocaust sei weder eine Bestrafung des jüdischen Volkes gewesen noch habe Gott seine Auserwählten vergessen. Im Gegenteil. Die Diaspora sei der Dünger für fruchtbares Land geworden. Ohne Hitler wäre es niemals zur Gründung des Staates Israel gekommen. *Sie müssen verstehen, Herr Krutzler, Millionen mussten sterben, damit die Überlebenden endlich heimkehren durften. Das Gelobte Land hat seinen Preis. Sonst wäre es ja nicht gelobt.*

Er wolle Gott nicht überstrapazieren, aber der Krutzler habe bereits einen Auftrag in seinem Namen erledigt. Ohne es zu ahnen. Was wiederum für die Existenz seines Willens spreche. Gegen Grünbaum habe es eine Pulsa dinura gegeben. Die Feuerpeitsche sei über ihn gekommen. Dieser Fluch der Kabbala werde selten angewandt, aber der dreckige Speckjäger habe nicht nur seine religiösen Pflichten vernachlässigt, er sei ein richtiggehender Volksverräter gewesen. Die Stimme, die der Krutzler damals gehört habe, sei die Stimme Gottes gewesen. Der Krutzler wollte auf diesen Irrsinn nicht eingehen und sagte, dass er dann ohnehin seinen Teil beigetragen habe. Und wenn sich die Dinge so einfach gestalten würden, warum wünschten die Rabbis dem Nazi-Huber keine Feuerpeitsche an den Hals? Dann würden sich die Dinge ganz von alleine regeln.

Der Mann hielt erneut den Atem an und blieb in einem knöchernen Lächeln stecken. Das sei leider unmöglich. Und warum? Weil der Nazi-Huber trotz wechselnder Konfessionen viel, aber kein Jude sei. Die Pulsa dinura sei eben nur von Jude auf Jude anwendbar. So sei das mit Zaubersprüchen. Ihnen wohne stets ein Haken inne. Man stelle sich vor, was das für eine Welt wäre, wenn jeder nur Simsalabim sage und schon geschehe alles nach seinem eigenen Willen. *Wäre er dann frei, der Wille, Herr Krutzler?*

Doch dieser hatte keinen Nerv für hypothetische Diskussionen. Er schüttelte den Kopf und sagte, wenn Gott etwas von ihm brauche, dann solle er persönlich antanzen und nicht die zweite Reihe vorschicken. Solange man ihm keine rationalen Argumente liefere, sei er der Sache mehr als abgeneigt. *Gut,* antwortete der Mann. *Bleiben wir in Ihrer Welt.* Er, der Krutzler, wisse, dass es Stalin nach dem Scheitern der Staatsvertragsverhandlungen wieder sehr ernst mit der Entnazifizierung meine. Die Zukunft dieses Landes sei sehr ungewiss. Die Trostlosigkeit, die sich jetzt breitgemacht habe, die werde Österreich die nächsten hundert Jahre nicht los. Und ob es dieses Österreich jemals geben werde, hänge auch vom Gebaren der Bevölkerung ab. So eine Gestalt wie der Krutzler brauche sich da nicht in Sicherheit wiegen. Denn nach Petrow komme einer, den es gar nicht gebe. Man habe, wie er wisse, dessen Position nicht nachbesetzt, weil der Schwarzmarkt in den Augen Stalins gar nicht mehr existiere. Aber natürlich komme jemand. Ein Unsichtbarer. Er sei Mongole und werde von den Russen *Solotoy Karp* genannt. Goldener Karpfen. Die Mongolen seien jetzt die besseren Russen. Es sei wichtig, dass in dieser Sache nichts auf Stalin hindeute. Deshalb sei er hier. *Oder glauben Sie, Herr Krutzler, dass ein Jude unter Stalin mit der Feuerpeitsche schwingen kann?* In Odessa, wo er herkomme, ergehe es den Juden ähnlich wie unter Hitler. Für Stalin seien sie wurzellose Kosmopoliten, die man vernichten müsse. Er habe aus Odessa ein Provinznest gemacht. Das passiere überall, wo man die Juden vertreibe. Weil sie eben wurzellose Kosmopoliten seien. Aber Stalin hasse die Prinzessin am Schwarzen Meer. So nenne er seine Heimatstadt, aus der dieser Tyrann eine Bettlerin gemacht habe. Und wissen Sie warum? Der Krutzler schüttelte den Kopf. *Weil er nicht schwimmen kann.*

Auf jeden Fall sei der Goldene Karpfen weder aus Odessa noch aus Russland. Die Mongolen würden jetzt delikate Aufgaben übernehmen. Auch wenn ein Mongole in Wien vermutlich alles andere als unauffällig sei. Aber einem Honorarkonsul könne man wohl schlecht zu nahe treten. Außerdem genieße er Immunität. Man habe vor, die provokante Politik der Amerikaner, die Großindustrie mit braunen Antibolschewiken zu besetzen, nicht länger hinzunehmen. So gesehen gehöre auch Krutzler zu dieser neuen Nazi-Elite. Denn einen kleinen Fisch könne man ihn wohl kaum noch nennen. Er möge sich entscheiden, ob man ihn in einem mongolischen Feuertopf nach Moskau schicken müsse oder ob ihm in der Sache nicht ein wenig Fantasie gelänge. Es wäre sehr schade um so eine Begabung. Er wolle doch nicht bei den anderen auf dem Knochenberg landen. Stalin sei ein Elefant. Er vergesse weder das eine noch das andere.

Er werde ihm jetzt eine Liste überreichen. Auf dieser befänden sich zehn Namen. Der Nazi-Huber falle unter religiöse Pflicht. Die anderen ersetzten die Leninbilder von Petrow. Man habe der Operation den Titel *Eiserner Besen* gegeben. Man sei dazu auch mit einem alten Bekannten in Kontakt. Der Podgorsky sei zwar konvertiert. Aber selbst das Christentum sei am Ende eine jüdische Religion. Wenn er verstehe, was er meine. Selbst wenn er dem falschen Messias huldige, sei er im Herzen noch immer einer der Ihrigen.

Der Krutzler sah den Mann an, wie man Hitler angesehen hätte, wenn er behauptet hätte, Stalin zu sein. Hier wurde ihm eindeutig mit zu vielen Glaubensrichtungen hantiert. Er blickte nicht ganz durch, begriff aber, dass er den freien Willen kurz mal stecken lassen musste. Sein Blick fiel auf die Liste. Die Namen wogen in braunen Kreisen so schwer, dass die Sache bestimmt nicht unbemerkt über die Bühne gehen konnte. Was der Nazi-Huber eigentlich darauf zu verlieren habe? Der sei doch im Vergleich ein kleiner Fisch. Den habe der Podgorsky hineinreklamiert, sagte der Mann. *Vermutlich wollte er Ihnen einen Gefallen tun.* Das sei ein Trojanisches Pferd, sagte der Krutzler. Ein Trojanischer Stall, antwortete der Mann, als ob er dem Gespräch mit Petrow damals durch die Wände gelauscht hätte. Er lächelte stumm und entschwand ins Knochenland.

Als sich der Krutzler wieder die Treppen hinaufschleppte, rasten seine Gedanken. Oben empfing ihn eine Indianerfurie, die brüllte, dass, wenn er sie wirklich liebe, er mit ihr gemeinsam dieses Schwein kaltmache, und zwar ohne zu zögern, und ohne seine Männerpartie, nur mit ihr, sie beide, als Paar, worauf er zu ihrem Erstaunen nur abwesend nickte, was bei ihr zu einem ungeahnten Zärtlichkeitsschub führte. Sie küsste ihn und fast hätte er den Kuss erwidert. Aber der Krutzler konnte nicht küssen. Selbst die Musch nicht. Selbst jetzt nicht. Stattdessen schliefen sie miteinander, ohne dabei auf den Herwig zu achten, der noch immer kriegsbemalt neben dem Bett saß. Als ob sie seine Hure sei! Was er eigentlich glaube? Nicht, dass sie darauf bestehe, dass er sie öffentlich küsse. Aber zumindest hier. Vor dem Herwig. Von ihr aus ohne Zeugen. Wie er ernsthaft behaupten könne, sie zu lieben! Ohne einen Kuss würde sie ihn nie heiraten. Das solle er sich gleich abschminken! Ungeküsst bleibe sie seine Gespielin. Werde aber niemals seine Geliebte! Wenn er sie küsse, dann um ihr das Maul zu stopfen, fluchte der Krutzler, während er ihr das Indianerkostüm vom Leib riss. Immerhin begehe er einen Mord mit ihr. Das würde er mit keinem anderen Weibsbild tun! Sie solle sich also nicht so deppert anstellen und ihn heiraten. Dieses ständige Hin und Her zwischen Dresden und seiner Wohnung, zwischen Ja und Nein, zwischen Hier und Weg gehe ihm nämlich gehörig auf die Nerven. Worauf sie nur fauchte, dass sie ihn bestimmt nicht heiraten werde. Einziehen könne er, aber nur damit der Herwig aufhöre, neben ihr im Bett zu schlafen. Und weil er sich einen Dachs wünsche. Worauf die Augen des rothaarigen Jünglings durch die Kriegsbemalung zu leuchten begannen. Und er wortlos das Zimmer verließ.

Als der Krutzler den Podgorsky mit der Liste des Eisernen Besens konfrontierte, machte dieser keine Anstalten, die Sache abzustreiten. Das Scheitern der Staatsvertragsverhandlungen sei eine einzige Katastrophe gewesen. Nicht nur stehe dem Land eine Teilung wie in Deutschland ins Haus. Auch die Ohnmacht der Polizei sei damit besiegelt. Man werde in den kommenden Jahren tatenlos dabei zusehen müssen, wie die Alliierten den Ton angeben. Daher halte er den Vorschlag, der selbstverständlich unter strengste Geheimhaltung falle, für politisch richtig. *Und machbar.* Wobei er den Krutzler drohend ansah. Den Rest müsse er nicht aussprechen. Den könne er sich denken. Der Krutzler seufzte. Wie sich die Dinge wohl entwickelt hätten, wenn er der Gisela nicht gut zugeredet hätte, Petrow zu heiraten? Es hätte vielleicht eine kleine Chance gegeben, dass er sie nicht verschleppt hätte, sondern um ihre wahre Liebe gebuhlt hätte wie seinerzeit der Dostal um die Partisanin im KZ.

Wenn der Krutzler die Operation Eiserner Besen nicht durchführen würde, dann müsste sich der Podgorsky jemand anderen suchen, was zu einem totalen Krieg im Milieu führen würde. Die Frage, ob sich die Wiener Polizei einen solchen leisten konnte, stellte sich nicht, weil der Podgorsky eigenmächtig handelte. Er schien sich davon auch keine Vorteile für seine Karriere zu erhoffen. Es ging ihm ausschließlich ums Politische. Und da war nicht mit ihm zu spaßen. Das wusste der Krutzler. Wenn er seinen langjährigen Verbündeten vor den Kopf stoßen würde, wäre es vorbei mit dem Wegsehen. Schließlich war es dem Podgorsky zu verdanken, dass der Krutzler bereits fünfmal wegen tödlicher Notwehr freigesprochen worden war. Natürlich hatte man ein Auge auf ihn geworfen. Aber solange er unter der Schirmherrschaft von Podgorsky stand, würde man ihm nicht zu nahe treten. Er war ein wichtiges Rad in seinem System. Der Hirtenhund seiner Herde. Auch wenn man in ihm eher den Wolf vermutete.

Sollte er die Operation Eiserner Besen durchführen, konnte er das unmöglich allein bewerkstelligen. Es war allerdings fraglich, ob der Wessely, der Sikora und der Praschak bei so etwas mitziehen würden. Das Ganze war doch eine Schuhnummer größer als die Schuhe, in denen sie zu laufen gelernt hatten. Andererseits würden sie unangefochten an der Spitze Wiens stehen. Zumindest solange es den Podgorsky gäbe. Und man könnte ungehindert expandieren. Die Erdberger Spedition hatte ihr Potenzial noch längst nicht ausgeschöpft. Die Bordellmeile vom Sikora wäre dann kein unrealistischer Drogentraum mehr. Der Wessely wäre imstande, ungehindert Stoßpartien aus dem Boden zu stampfen. Und in den Bereich Schutzgeld war man noch gar nicht vorgedrungen. Der Praschak könnte eine eigene Bank gründen. Und der Krutzler würde die Bregovic enteignen. Wenn der Podgorsky die alte Jugoslawin mit Razzias und Sperrstunden sekkieren würde, säße dort in zwei Wochen keine einzige Trinkerseele mehr. Die Musch hätte ebenfalls ausgesorgt. Sie könnte sich Hunderte Gunstgewerblerinnen herrichten. Und die Engvertrauten, der Kugelfang und das Kamel, würden ebenfalls profitieren. Dem Kugelfang würde er eine ruhigere Zuständigkeit besorgen. Die acht Kugeln in seinem Körper hatten ihre Spuren hinterlassen. Er war nicht mehr der Alte geworden. Und das Kamel, dem die Angelegenheiten zu brutal wurden und der nur noch aus Loyalität zum Krutzler dabeiblieb, könnte man ebenfalls aus der Schusslinie nehmen. Jemand müsste schließlich den Schutzgeldbereich koordinieren. Vielleicht würde er dem Schwarzen Baron endlich seine Bar schenken. Der Musch würde er ein so großes Haus bauen, dass sie ihn nie wieder nach einem Kuss zu fragen brauchte. Und dem Wessely würde eine Villa in Baden zu Gesicht stehen. Noch dazu diente man einer hehren Sache. Immerhin konnte man sich auf die Fahne heften, ein paar großkalibrige Nazis auf die Seite geräumt zu haben. Das war nach der langjährigen Klausur im Lager gut für den Stand.

Andererseits war es wohl völlig illusorisch, anzunehmen, dass die Amerikaner tatenlos zusehen würden, wenn man ihnen die halbe Elite eliminiere. Das würde einen Gesichtsverlust bedeuten, der mit Gleichem vergolten werden müsste. Es war nicht abzusehen, was passieren würde, wenn die Operation Eiserner Besen anlief. Es bestand sogar die Gefahr, dass man einen Krieg zwischen den Russen und den Amerikanern auslöste. Jetzt, da die Sowjets ebenfalls die Bombe hatten, riskierte man mit der eigenen Gier den Untergang der Menschheit. Der Krutzler spürte ein Kribbeln im Kopf. Viele würden später sagen, er habe sich einfach übernommen. Habe unter Allmachtsfantasien gelitten. Er habe zur Maschinenpistole gegriffen, weil er den Dingen nicht mehr gewachsen war. Das sei den Erdbergern mindestens drei Nummern zu groß gewesen. Wobei der Krutzler sich fragte, ob so ein Schuh überhaupt irgendjemandem passte. Dieses Aschenputtel hatte er in seinem ganzen Leben nicht getroffen. Und wer nicht hoch pokerte, gewann nicht viel. Wozu den langen Weg durch die Knochenberge auf sich nehmen, wenn man das Ziel ohnehin nie erreichte. Das Ende der Geschichte. Gab es das? Schließlich war die Erde eine Kugel und jeder Weg endete stets dort, wo man ihn begonnen hatte.

Der Krutzler hatte den Podgorsky gefragt, was er denn glaube, wie die Amerikaner reagieren würden. Der Krutzler fragte sonst nie. Aber in dieser Sache war er ratlos. Er brauchte seine Freunde. Selbst eine gemeinsame Ratlosigkeit fühlte sich besser an, als alleine keine Antworten zu finden. Jetzt habe er den Existenzialismus verstanden, sagte der Schwarze Baron, der darauf auch keine Antwort wusste. Doch eines sei gewiss, sagte dieser: Nur in einem dunklen Zimmer zu sitzen und nichts zu tun sei keinesfalls die Rezeptur für das menschliche Glück. Und um Glück gehe es gar nicht. Worum dann? Um die Geschichte. Es gehe um die Geschichte, die von einem erzählt werde. Aber die sei doch wie ein Windstoß, antwortete der Krutzler. Worauf der Schwarze Baron lächelte. Er sagte, die großen Geschichten seien wiederkehrende Winde. Davon gebe es in der Schifffahrt genauso Karten wie von den Kontinenten. Dann mixte er dem Krutzler einen Cocktail, der ihm die Ratlosigkeit verschönerte. Er nannte ihn *God of the dwarfs*. Der Krutzler fühlte sich richtiggehend frei, etwas zu entscheiden, ohne die Konsequenzen abschätzen zu können.

Der Podgorsky hatte den Krutzler nach seiner Frage lange angesehen. Nicht, weil er auf Zeit spielte, sondern weil es ihn erstaunte, dass sich der Krutzler solche Sorgen machte. So weit war es also schon mit den Zuständigkeiten geraten. Dass er sich für alles, was in Wien passierte, verantwortlich fühlte. Kompensierte er damit sein schlechtes Gewissen? Begriff er nicht, dass er nur ein kleines Rädchen war? Selbst ein Wolf riss nie mehr als ein paar Schafe. Die Herde blieb trotzdem die Herde. Er hatte den Krutzler angesehen und mit einer Gegenfrage geantwortet. Was sei die Alternative? Die Geschichte gehe auch ohne ihn weiter. Er solle sich überlegen, ob er sie von außen oder von innen miterleben wolle. Der Krutzler hatte die Liste aus seiner Tasche gezogen. Warum ausgerechnet diese Namen? Seien sie in Stein gemeißelt? Der Podgorsky hatte gelächelt. Das sei doch nichts Persönliches. Ihm sei es egal, wer da auf der

Liste stehe. Es gehe um das Gewicht. Um Politik. Es sei eine ausgewogene Liste. Und er sei nicht Gott, der die Geschichte dieser Menschen beurteilen könne. Er sei Polizist. Für ihn seien diese Leute Verbrecher, für die es keine Handhabe gebe. Nicht mehr und nicht weniger. Es sei gerecht. Und nicht rechtens. Er solle an seine eigenen Worte denken, dass er, der Krutzler, im Gegensatz zum Opak für Gerechtigkeit sorgen würde. Jetzt sei der Zeitpunkt dafür.

Bevor er den Wessely, den Sikora und den Praschak mit dem Eisernen Besen konfrontierte, musste der Krutzler allerdings noch Beziehungsarbeit leisten. Die Musch, die noch immer Apanatschka war, hatte ihm ein Kostüm aufs Bett gelegt. Das braune Rauledergewand, das Messer und die Fellmütze würden dem Krutzler ganz ausgezeichnet stehen. Old Firehand, sagte sie, sei ebenfalls ein Riese gewesen und stark wie ein Bär. Auch wenn er den Sommer seines Lebens schon hinter sich hätte. Er sehe, sie habe ihre Hausaufgaben gemacht und das bei Karl May nachgelesen. Worauf der Krutzler nur murrte, dass es in seinem Leben ganz gewiss nie Sommer gewesen sei und dass er in diesem Aufzug bestimmt keinen umbringen würde. Schon gar nicht den Nazi-Huber. Er solle sich nicht zieren, sagte die Musch. Es gebe keine Alternative. Was den Krutzler ein weiteres Murren kostete. Für einen wie ihn gebe es immer Alternativen. Er sei viel zu schwer, um ständig irgendwo hineingestoßen zu werden. Unverrückbar sei er, entgegnete die Musch. Stur und unbeweglich. Wie ein Felsen, auf den die Möwen kacken. Sie wusste selbst nicht, warum sie das gesagt hatte, aber das Bild traf den Krutzler und widerwillig zog er das Kostüm an.

Auf dem Weg zu den Karl-May-Festspielen sagte Old Firehand zu Apanatschka, dass er sich nicht wohl in seiner Haut fühle, dass ausgerechnet er Old Shatterhand töten würde. Mit dem Nazi-Huber hätte er weniger Probleme. Worauf die Musch antwortete, er solle daran denken, dass der schöne Gottfried in seiner Kindheit stets den hehren Old Shatterhand mimte, vielleicht helfe ihm das. Außerdem bleibe der Nazi-Huber der Nazi-Huber, egal, in welches Kostüm er schlüpfe. Letztendlich sei alles in dessen Leben eine Maskerade für das eigene Schweinsein gewesen. Das werde er an seiner Grimasse erkennen, wenn er diese Sau skalpiere. Da werde sich ihm die ganze Feigheit dieses Kretins offenbaren. Man denke sich nur, wie er es geschafft habe, nicht in den Krieg eingezogen zu werden. Das sage doch alles.

In Wien hatte es ein paar Dutzend Juden gegeben, die man nicht deportiert hatte. Die Privilegierten arbeiteten in Handwerksbetrieben. Und wenn die Vorwürfe oder Verdächtigungen aus dem Ausland zu laut wurden, dann zog die Gestapo diese Alibijuden aus dem Hut. Sie sollten den Beweis liefern, dass nichts stimmte von den Gerüchten einer Massenvernichtung. Oder gar von unmenschlicher Behandlung. Da die halbe westliche Welt antisemitisch war, reichte dies offenbar, um nicht so genau hinzusehen. Die Alibijuden hatten tatsächlich wenig Grund zur Beschwerde. Sie durften an besonderen Tagen sogar für ein paar Momente ihren Judenstern verdecken. Da schauten die Herren von der Gestapo für ein paar Sekunden weg und taten so, als hätten sie es nicht bemerkt. Richtig gehätschelt seien die Privilegierten worden, mokierten sich die Wiener Neider.

Je lauter die Alibijuden ihr Wohlergehen verkündeten, umso besser. Man sollte es bis nach Los Angeles hören. Auch bis nach Berlin, wo den Bonzen die Notwendigkeit dieser Privilegierten längst ein Dorn im Auge war. Die Wiener Gestapo hielt daran fest, dass man sie brauche. Besonders der Nazi-Huber, der sich besonders emsig um eine Gruppe Jugendlicher kümmerte. Er ließ ihnen Essen bringen, er versorgte sie mit Kleidung und schaute beinahe täglich vorbei, um sich nach ihrem Wohlergehen zu erkundigen. Da der Nazi-Huber ein Schwein war, steckte natürlich persönliches Interesse dahinter. Denn solange es die Alibijuden gab, musste es auch jemanden aus der Gestapo geben, der für sie zuständig war. Ein solcher war naturgemäß unabkömmlich und wurde nicht an die unsägliche Ostfront eingezogen. Von dort hörte man die grauenvollsten Dinge, die einem Herrenmenschen unwürdig waren.

Bis zum Kriegsende hatte es der Nazi-Huber geschafft, keine Hand für den Endsieg zu rühren. Stattdessen hatte er sich an den zahlreichen Kriegswitwen erfreut, die ein wenig emotionale und finanzielle Zuwendung brauchen konnten. Der Entnazifizierung war er ebenfalls entglitten, weil der Nazi-Huber offiziell niemanden auf dem Gewissen hatte. Das lief unter Mitläufertum. Was den Krutzler zur Weißglut brachte. Nichts hatte dieses Schwein mit Old Shatterhand gemein. Es war pure Anmaßung, dass er in dessen Kleider schlüpfte. Alleine dafür müsse man ihn mit dem Tod bestrafen, so die Musch.

Die Karl-May-Festspiele im Nazi-Huber-Haus fanden mindestens zweimal die Woche statt. Vom Herrn Doktor, dem Drogenhäuptling, wusste die Musch über alles Bescheid. Als der seine Apanatschka wiedersah, bat er sie euphorisch herein. Den Riesen im Rauledergewand, der Fellmütze und der seltsamen schwarzen Hornbrille nahm er in Kauf. Das Bleichgesicht werde doch nicht ihr Liebhaber sein. Rassenmischungen seien hier alles andere als gern gesehen, scherzte er und klopfte Old Firehand jovial auf die Schulter. Old Firehand musste sich zusammenreißen. Aber er war ein hehrer Krieger, der Gewalt nur anwandte, wenn es wirklich Notwehr war. Nervös hielt er nach seinem Rivalen Ausschau. Es tummelten sich zwei Dutzend verkleideter Schwachsinniger im Salon und im Garten. Keiner über eins achtzig. Die Weiber mussten alle bezahlt sein, wenn sie sich diesen Kretins hingaben. Eine Westernband spielte am Pool. Zwei Betrunkene sprangen übermütig hinein. Old Firehand hatte sie als Sam Hawkens und Winnetou identifiziert. Kaum zu glauben, dass es sich um Universitätsprofessoren handle, klopfte ihm der Doktor schon wieder auf die Schulter. Noch einmal und er landet im Pool, dachte sich der Krutzler, der sein Messer schon parat hielt. Er hätte die Brille abnehmen sollen. Schließlich lautete der Plan, die Aktion unerkannt über die Bühne zu bringen. Die Musch war als Apanatschka nicht wiederzuerkennen. Aber Old Firehand hatte sich geweigert, eine Perücke zu tragen.

Im Gegensatz zum Nazi-Huber. Der Krutzler hatte das Schwein kaum wiedererkannt. Mit seinem blonden wallenden Haar sah er arischer aus als zur Nazizeit. Old Shatterhand stand alleine bei der Bar und mixte sich einen Drink. Er wähnte sich in Sicherheit. Was konnte einem so edlen Krieger schon passieren? Ohne auf die Musch zu warten, ging der Krutzler auf ihn zu, stach ihm das Messer in den Hals und sah ihm noch kurz in die Augen, als das Röcheln begann. Ein großes Fragezeichen, sonst nichts. Ohne zurückzusehen, verließ der Krutzler den Raum. Er empfand es als Wermutstropfen, dass ihn die Sau nicht erkannt hatte.

Um den Nazi-Huber entstand hysterisches Gekreische. Keiner hatte mitbekommen, dass es ausgerechnet Old Firehand war, der Old Shatterhand zur Strecke brachte. Apanatschka lief zu dem röchelnden Nazi-Huber, der noch sterbend um Erklärung rang, und beugte sich verärgert über den siechenden Körper. Das Blut quoll aus dem Hals und nach zwei Minuten war er tot. Man müsse die Rettung rufen, timbrierte sie. Dann fiel sie in Ohnmacht. Während sich der Doktor alias Tangua um die bewusstlose Apanatschka kümmerte, konnte ein anderer Arzt im Tante-Dolly-Kostüm nur noch den Tod von Old Shatterhand konstatieren.

Was er sich einbilde? Die Nazisau ganz alleine zu töten! Sie hätten doch ausgemacht, die Tat gemeinsam zu begehen. Der Krutzler sagte, dass es wohl schlecht möglich gewesen wäre, zu zweit auf ihn einzustechen. Die Sache musste schnell gehen. Die Gelegenheit war optimal. Er habe es gleich erledigen müssen. Und es sei taktisch sehr klug von ihr gewesen, eine Ohnmacht vorzutäuschen. Das habe den Verdacht von ihm abgelenkt. Nicht einmal der Doktor habe nach ihm gefragt. Der habe sich ganz der bewusstlosen Apanatschka gewidmet. Es stehe ohnehin jemand anderer unter Verdacht, sagte die Musch. Unter den Besuchern sei auch ein Jude gewesen. Er habe sich passenderweise als Indianer verkleidet. Eine verdammte Rothaut habe Old Shatterhand auf dem Gewissen. Besonders der Tante-Dolly-Idiot habe sich dahingehend ereifert. Es seien sich schnell alle einig gewesen. Gerade, dass man ihn nicht an den Marterpfahl gebunden habe. Er sei es nicht gewesen, habe die Rothaut beteuert. Großes Indianerehrenwort! Aber man habe so lange auf den Juden gezeigt, bis er verhaftet wurde. Blöderweise habe man keine Tatwaffe gefunden.

Wer Apanatschka und ihr mysteriöser Freund waren, vermochte auch keiner zu bezeugen. Selbst der Doktor nicht. Wohin sie eigentlich seien? Der Doktor lief im ganzen Haus herum. Spurlos verschwunden. So plötzlich, wie sie aufgetaucht waren. Und als der Podgorsky hörte, dass sich im Nazi-Huber-Haus auch ein Riese mit schwarzer Hornbrille befunden hatte, schwieg er indianisch. Er habe keine Ahnung, wer das gewesen sein könnte. Den Nazi-Huber wolle die halbe Stadt tot sehen. Da kämen viele infrage.

Und natürlich hatten manche den Krutzler vor Augen. Aber als man von den lächerlichen Verkleidungen hörte, verwarf man diesen Gedanken wieder. Dafür hätte sich einer wie der Krutzler nie hergegeben. Jemanden in einem Old-Firehand-Kostüm umzubringen.

Als der Krutzler dem Wessely, dem Sikora und dem Praschak im Hinterzimmer von dem Eisernen Besen erzählte, war die Stimmung am Tiefpunkt. Nicht wegen des riskanten Unterfangens, die Nazi-Elite auszulöschen, sondern weil der Krutzler im Alleingang den Nazi-Huber weggeräumt hatte. Sie alle hätten ein Recht darauf gehabt. Jahrelang hatten sie Rache gefordert. Und dann führte es der Krutzler alleine aus. Ohne es jemandem zu sagen. Noch dazu hatte diese Sau gar nicht begriffen, wie ihm geschah. Wenn er wenigstens geahnt hätte, wer sich an ihm rächte.

Diese Genugtuung blieb ihnen jetzt auf immer und ewig verwehrt.

Der Krutzler sagte, dass es eine Sache zwischen ihm und der Musch gewesen sei. Die Vielgeliebte habe eben ihre Ansprüche gestellt. Und weil sich der Wessely am lautesten mokierte, versprach er ihm, dass er in Sachen Lassnig etwas gut bei ihm habe. Schließlich wollte er seinen Freund nicht mehr so bleich wie nach dem Aderlass sehen. Auch wenn die Hexe aus der Bauhausvilla noch immer ein rotes Tuch für ihn war. Und eine Hexe war sie. Das sollte sie noch am selben Abend beweisen.

Noch vor Sonnenuntergang fand man sich in der Casanovabar ein, um die mögliche Lösung in Sachen Eiserner Besen zu feiern. Erstaunlicherweise kam sie vom Praschak, der sonst nie mit fantasievollen Lösungen aufgefallen war. Aber die Idee schien brillant. *Brillant! Einfach. Und brillant!* So viel Euphorie war ungewöhnlich für den Krutzler.

Das machte auch die Lassnig stutzig, die keine Ahnung hatte, um was es ging. Der Wessely bezog sie damals noch nicht in geschäftliche Angelegenheiten mit ein. Aber sie hatte einen tödlichen Instinkt. Als sie betrunken war, da sagte sie einen Satz, den hätte sie vielleicht lieber nicht gesagt. Wobei sich der Krutzler sicher war, dass sie ihn genauso gemeint hatte. Es war ein Auftrag. Denn sie konnte nichts wissen. Weder vom Eisernen Besen. Noch von Praschaks brillanter Idee. Als der Wessely schon wegdämmerte. Und die Musch über ihrem Cocktail hing. Der Sikora sich in zwei traurigen Augen verloren hatte. Der Praschak und die Gusti langsam tanzten, obwohl schon längst keine Musik mehr spielte. Genau da lehnte sich die Lassnig ganz nahe an sein Ohr. Er roch ihr aufdringliches Parfum und spürte den öligen Lippenstift auf seiner Haut. Sie flüsterte es wie einen Befehl. *Manchmal wünsche ich mir, mein Alter würde an einem Herzinfarkt krepieren.* Dann entfernte sie sich von seinem Ohr und ging zum Wessely, als ob nichts geschehen wäre. Wie gesagt, sie konnte von nichts wissen. Aber wenn der Krutzler einen Auftrag bekam, dann erfüllte er ihn, selbst wenn man nicht wollte, dass er ihn erfüllte.

KARPFEN

WIE GESAGT, DIE IDEE vom Praschak war brillant. Stundenlang war man in der Fleischerei gesessen und hatte sich beraten. Aber es wollte sich kein Beschluss herausschälen. Ratlos hatte man sich im Kreis gedreht. Alle Für und Wider abgewogen. Während draußen die Gusti lauschte.

Man war sich bewusst, dass der Eiserne Besen alles ändern würde. Egal, ob man ihn ausführte oder nicht. Der Bleiche sagte, dass es nach einer Falle rieche. Die Odessa-Juden wollen sich an den ehemaligen Kapos rächen. Die Vergeltung der Amerikaner werde verheerend sein. Der Zauberer riet ebenfalls ab. Er sagte, in den Augen der Amerikaner würde man Verbündete töten und nicht irgendwelche Nazis. Es sei ein bolschewikischer Anschlag auf den Kern der westlichen Besatzungsmächte. Man brauche die Russen nicht. Der Schwarzmarkt sei durch den Marschallplan so gut wie inexistent. Wozu also weiter Bilder kaufen, die noch dazu teurer als jene von Petrow waren. Noch dazu von einem Mongolen! Der Krutzler sagte, dass es nicht darum gehe, dass man die Russen brauche. Sondern darum, dass man sonst selbst auf dieser

Liste lande. Es sei eine Frage von Leben und Tod. Oder ob hier irgendjemand glaube, er könne sich vor Stalin verstecken?

Der Wessely wandte ein, dass bis jetzt nur der Krutzler auf der Todesliste der Russen stehe. Schließlich habe man ihn damit erpresst und nicht die Gruppe. Man müsse sich schon die Frage stellen, ob man sich da mit hineinziehen lasse. Worauf der Krutzler den Bleichen ansah, wie man jemanden ansah, den man fressen wollte. Alle seien gemeint. Wenn einer gemeint sei, seien immer alle gemeint. Oder müsse er ihn an den Schwur erinnern. Der Praschak könne gerne die Verträge holen. Er habe die Schatzkiste doch gut versteckt? Worauf der Praschak nickte, die Frau im Turban keine Miene verzog und die Gusti draußen noch immer kein Wort verstand. *Schon gut, schon gut,* murmelte der bleiche Wessely. *Dann gehen wir gemeinsam unter. Soll mir auch recht sein.* Er zündete sich eine Zigarette an und wandte den Blick ab. Das tat er immer, wenn er nicht weiterwusste.

Der schlaksige Sikora verschwand in sich selbst. Und der Krutzler nickte indianisch, als wäre damit das Schicksal besiegelt. Manchmal musste man in den Tod reiten, weil es keine Alternative gab. Sei es ehrenvoller, von den Russen verschleppt zu werden, weil man zu feig sei, oder von den Amerikanern erschossen zu werden, weil man großkalibrige Nazis eliminiere? Diese Frage beantworte sich wohl von selbst.

Es folgte die Stille nach dem Beschluss. Eine solche war dem Krutzler immer unangenehm gewesen. Sie stellte für ihn das exakte Gegenteil von jener wartenden Stille dar, bevor man zur gemeinsamen Tat schritt. Die Gedanken der

Gruppe trennten sich in unterschiedliche Himmelsrichtungen. Als plötzlich der Praschak, der bis jetzt geschwiegen hatte, seinen gedrungenen Körper nach vorne beugte und die Herde wieder zusammentrieb. *Den Fisch ertränkt man mit Luft.* Es entstand eine neue Stille. Man war gerade dabei gewesen, sich mit dem eigenen Tod abzufinden, das ging in solchen Kreisen schneller als in anderen, und dann kam ein Satz, der sich als einer verkleidete, der den Kopf aus der Schlinge ziehen könnte. Nur wusste keiner, was er bedeutete.

Der Fleischer lächelte, weil er den unerwarteten Augenblick genoss. Er war nicht besonders verwöhnt, was solche Momente betraf. Also kostete er ihn aus. Er musste sich sehr sicher sein. Denn sein Schweigen dauerte ziemlich lange.

Irgendwann verlor der Krutzler die Geduld und sagte das, worauf der Praschak offenbar gewartet hatte. *Und?* Der vierschrötige Fleischer sah ihn an und sagte, dass man die ganze Zeit über falsch gedacht habe. Diese Großindustriellen seien Fische und keine Säugetiere. Insofern ersticke man sie nicht mit Wasser, sondern mit Luft. Der Krutzler seufzte genervt. Der Praschak solle mit diesem bedeutungsschwangeren Dreck aufhören und zur Sache kommen. Worauf sich der Praschak beleidigt abwandte und den beiden anderen seinen Plan erklärte.

Man könne sich doch noch an die Listen im Lager erinnern. Dass die Insassen die Todeslisten fälschen mussten. Lungenentzündung. Schlaganfall. Herzinfarkt. Arbeitsunfälle. Genauso müsse man jetzt bei diesen Nazischweinen vorgehen. Das sei nicht nur gerecht. Es sei quasi eine Fügung des Schicksals. Der Krutzler wandte ein, dass das ein hübscher Gedanke sei, der aber daran scheitere, dass niemand solche Listen führe. Was nütze eine Bilanz, wenn es dazu kein Unternehmen gebe. Er verstehe ihn nicht, sagte der Praschak. Worauf der Krutzler, dessen Intelligenz sehr leicht zu beleidigen war, fragte, ob der Praschak sich denn selbst verstehe.

Aber der kümmerte sich nicht um das Alphatierpoltern seines Gegenübers und fuhr fort. Man dürfe mit der Angelegenheit eben keine schlafenden Hunde wecken. Die Amerikaner würden doch nur hellhörig werden, wenn man hinter dem Eisernen Besen Exekutionen vermute. Also dürfe es keine geben. Die Nazischweine müssten eines natürlichen Todes sterben.

Jetzt hatte es auch der Krutzler verstanden. Er gab noch nicht zu, dass die Idee brillant war. Sondern ergänzte, dass es alleinig unter der Voraussetzung machbar sei, wenn genügend Zeit dazwischen vergehe. Eine Häufigkeit von natürlichem Sterben wie im Lager würde die Amerikaner genauso auf den Plan rufen wie eine offensichtliche Ermordung. Diese seien ja nicht völlig deppert, so der Krutzler. Vielleicht sollte man ein paar Leichen verschwinden lassen, sagte der Sikora. Ohne Leichen kein Mord! Man müsse eben einen glaubwürdigen Mischmasch finden. Wenn zu viele Leichen verschwänden, dann würde man sofort eine Verschleppung durch die Russen vermuten. Und was daran falsch wäre?, fragte der Wessely, dessen Blick wieder in die Runde zurückkehrte. Das würde den Verdacht wenigstens auf die Richtigen lenken. Solange keiner den anderen verrate, sei man damit aus dem Schneider. Es sei nämlich völlig unmöglich, zehn unterschiedliche natürliche Todesursachen zu fälschen, so der

Sikora. Schließlich seien sie keine Mediziner. Worauf die Augen des Krutzler durch die Hornbrille kurz aufleuchteten. Er sagte: *Harlacher.* Dann lehnte er sich mit verschränkten Armen zurück. Die anderen taten es ihm gleich. Man nickte sich zu. Nur der Praschak blieb nach vorne gebeugt. Ihn beschlich das Gefühl, man hätte ihm seine Idee gestohlen.

Seitdem er den Herwig als die Reinkarnation seines Meisters erkannt hatte, versuchte Harlacher mit allen Mitteln, seiner habhaft zu werden. Aber die Musch weigerte sich, den Jüngling auszuliefern. Wobei der Jüngling inzwischen ausgewachsen war. Man sagte, dass er trotzdem noch immer im Bett seiner Mutter schlief und sich auch sonst weigerte, seinem erwachsenen Körper geistig zu folgen. Er gehorchte ihr bedingungslos. Was der Musch gefiel und weshalb sie ihn noch immer ihr *Baby* nannte. Auch wenn der sommersprossige Rotschopf noch immer nichts Niedliches an sich hatte. Eher bildeten sein kindliches Gemüt und seine rebellische Physiognomie einen unüberbrückbaren Widerspruch.

    Harlacher hatte es auf unterschiedlichste Arten probiert, die Musch für sich zu gewinnen. Von Geschenken bis finanziellen Zuwendungen. Aber das Mutterherz blieb hart. Sie traute diesem ausgezehrten Sodomiten nicht über den Weg. Als er den Herwig auf der Straße abpasste, um ihn mit diversen exotischen Tieren zu bezirzen, drohte sie ihm mehr als nur Prügel an, sollte er sich jemals wieder in die Nähe ihres Sohnes wagen. Insofern stellte der Kontakt zum Harlacher auch für den Krutzler ein gewisses Risiko dar. Die Musch durfte auf gar keinen Fall davon erfahren.

Man fand den Doktor in einem verheerenden Zustand. Er lag nackt in seinem Schaukelstuhl. Honzo hatte sich an dessen Medizinschrank vergriffen und schlief ebenfalls im Eck. Hier stinke es wie in einem siamesischen Hirtenpuff, konstatierte der Wessely bleich. Und der Sikora mutmaßte, dass Harlacher vermutlich tot sei. Die Hand auf seinem Penis wurde von keinem kommentiert. Als der Doktor plötzlich aufsprang, *Asashin* brüllte und auf die vier blindlings losging, hatten sie alle Mühe, ihn so lange zu Boden zu drücken, bis er sie erkannte. Völlig aufgelöst schilderte der Nackte, dass er sich seit Wochen hier verschanze und tot stelle, falls die tertiären Mondmenschenbrigaden von Himmler erscheinen würden. Es sei nur eine Frage der Zeit. Denn natürlich besitze er den vom Himmel gefallenen Buddha, auf den sie es abgesehen hätten. Aber er würde ihn niemals aushändigen. Denn dieser mache ihn unverwundbar. Ob sie ihn sehen wollten?

Widerwillig spielten die vier das Spiel mit. Auch Honzo kam zu Bewusstsein. Allerdings identifizierte sie die Anwesenden weder als Menschen noch sich selbst als Affen. Ihre Hände wedelten ständig vor dem eigenen Gesicht, als würde sie Insekten verjagen. Stolz holte der Doktor eine handgroße Buddhafigur aus dem Safe. Diese sei aus Meteoritenstein und vermutlich noch vor der Geburt Siddharthas vom Himmel gefallen. Er präsentierte sie, als hielte er den Gral in Händen. Dafür würde Himmler töten. Selbst aus dem Jenseits würde er noch Exekutionsbefehle erteilen. Eine ganze Armee von SS-Ninjas sei auf der Suche nach ihm.

Der Wessely fragte den Krutzler flüsternd, ob man dem Wahnsinnigen wirklich trauen könne. Der würde in der Sache doch nie sein Maul halten. Wenn da wer nachfrage, vermute dieser Paranoiker gewiss Himmler dahinter und würde in der Panik alles verraten. Der Krutzler sagte, er solle ihm das überlassen. Er drehte den Kopf von Harlacher mit beiden Händen zu sich. Die Pranken vom Krutzler umfassten den kleinen Schädel des Doktors wie den eines Kindes. Er sah ihm hypnotisch in die Augen und flüsterte. *Wir brauchen Ihre Hilfe.* Harlacher nickte und erwiderte ängstlich den Blick. Der Krutzler sagte, sie könnten für ihn alle verdeckten SS-Ninjas töten. Es dürfe aber nicht wie Mord aussehen. Die Sache müsse unbemerkt von Himmler stattfinden. Wenn er verstehe, was er meine.

Der Doktor verstand, auch wenn er nicht verstand. *Mizaru! Kikazaru! Iwazaru!* Man sah ihn an, wie man jemanden ansah, der das falsche Begräbnis besuchte. *Die drei japanischen Affen! Nichts sehen. Nichts hören. Nichts sagen.* Die anderen nickten. Letztendlich war Kosmopolitik nichts anderes als die Wissenschaft von der Kongruenz der Welt.

Es war erstaunlich, zu welcher Größe sich Harlachers Fantasie aufblähte, wenn es ums Töten ging. Der Krutzler fragte sich, ob er für die Heilung ähnliche Energie freigesetzt hätte. Bereits am folgenden Tag begann man mit der Operation Eiserner Besen. Der Name gefiel auch dem Doktor, weil er ganz nach Himmler klang. Den Erdbergern sagte es wiederum zu, dass man eine Handschrift entwickelte, die als solche nicht erkennbar war. Für kurze Zeit durfte man sich wieder als Künstler fühlen. Denn die Verachtung der alten Galerie saß ihnen schon in den Knochen. Auch wenn sich das keiner anmerken ließ.

Bereits die erste Tat war als Meisterwerk zu verbuchen. Der ehemalige SS-Sturmbannführer K. W. – der Krutzler war vorsichtig und hantierte anstelle vollständiger Namen nur mit Initialen – hatte als überzeugter Antibolschewik besonders vom Wiederaufbau profitiert. Die Metallindustrie wurde wie viele andere verstaatlicht, um sie vor den gierigen Tentakeln der Russen zu bewahren. Mit öffentlichem und amerikanischem Geld wurde so die Wirtschaft reanimiert. Da brauchte es linientreue Kapitäne, welche die Riesendampfer des Wiederaufbaus steuerten. Und K. W. hatte schon unter Naziflagge große Schiffe gelenkt und sich in der Metallindustrie unentbehrlich gemacht.

Jeder sei ersetzbar, raunte der Krutzler, während er die orangefuchsigen Raukopfpilze unter die Pfifferlinge mischte. Und wenn nicht, dann sei ohnehin etwas falsch am System. Ob er das über sich selbst auch sagen würde, stichelte der Sikora, der immer wieder an den Führungsqualitäten vom Krutzler zweifelte. Für seinen Geschmack überging er viel zu oft den Wessely, der in seinen Augen wesentlich mehr Gespür zeigte. Aber selbst für den Zauberer war es unmöglich, in das Innerste des Krutzler vorzudringen. Die Sache wurde nicht ausgeschwiegen, sondern zugeschwiegen. Und auf die Zeit nach dem Staatsvertrag vertagt.

K. W. war nicht nur ein kompetenter Metallindustrieller, sondern auch ein begeisterter Pilzsammler. Er sollte sich aber als weniger kundig herausstellen, als er gerne von sich behauptete. So ein Pfifferling sah einem Raukopf zum Verwechseln ähnlich. Nur unterschieden sie sich markant in der Wirkung. Harlacher hatte den Pilz als Meuchelmörder bezeichnet. *Asashin, wie man zu einem solchen in Japan sagt. Aber ich nehme an, dass keiner der Herren schon in Asien war.* Meuchelmörder, weil sein Gift erst nach Tagen oder Wochen wirkte. Die Symptome kamen schleichend. Nach zwei Tagen begann K.W. unter unstillbarem Durst zu leiden. Er hegte schon den Verdacht, an Diabetes erkrankt zu sein. Doch der Arzt konnte nichts feststellen. Die Trockenheit verdichtete sich zu einem brennenden Schmerz im Gaumen. Es kam zu massiven Magen- und Darmstörungen, die er noch als Virus verbuchte. Verstopfung. Erbrechen. Fieberloses Frösteln. Bleibendes Kältegefühl. Kopfschmerzen. Als es nach zwei Wochen zu Krämpfen kam, die immer häufiger in Bewusstlosigkeit mündeten, hätte keiner mehr an die Pfifferlinge gedacht. K.W. starb schließlich an Nierenversagen und keiner wusste so genau, warum. Aber solange niemand erschossen wurde, fragte auch keiner nach. Weil gestorben wurde reichlich.

Nach drei Wochen wurde der Listenerste beerdigt und der Krutzler überbrachte dem Podgorsky stolz die Todesanzeige, die er in der Zeitung gefunden hatte. Dort hieß es, dass K.W. nach kurzer, schwerer Krankheit verstorben war.

Für die Nummer zwei der Liste ließ man sich ein wenig Zeit. Der Krutzler schenkte dem Herwig einen Dachs, den ihm Harlacher besorgt hatte. Er musste ihm dafür versprechen, in Sachen Herwig noch einmal auf die Musch einzuwirken. Der Doktor sprach von dem Burschen, als ob es sich um die Reinkarnation des Dalai Lama handelte. Der Krutzler fand nichts Besonderes an dem Rotschopf. Außer, dass er gut mit Tieren umgehen konnte. Innerhalb weniger Wochen hatte er den Dachs so weit, dass er ihm auf Schritt und Tritt folgte. Was man mit so einem nutzlosen Talent anstellen solle, fragte sich der Krutzler. Aber wenigstens schien die Musch zufrieden. Auch wenn sie dem Krutzler einen erneuten Kuss androhte, wenn er nicht augenblicklich zugebe, dass das Viech von Harlacher stamme.

Im Falle der Nummer zwei überließ man den Engvertrauten die Arbeit. Das lag daran, dass man weniger fantasievoll an die Sache heranging und mit einem handfesten Alibi den Verdacht von sich lenken musste. Deshalb verbrachten der Krutzler, der Wessely, der Sikora und der Praschak jenen Abend im Gelben Papagei, wo statt selbigem inzwischen ein ausgestopftes Exemplar an der Wand hing.

Der Krutzler stänkerte, dass es sich unmöglich um den echten Ahab handeln könne. Von dem Vogel sei nach dem Schuss des Affen kaum etwas übrig geblieben. Die Bregovic drohte ihm mit Lokalverbot, sollte er das noch mal behaupten. Der Ahab sehe sich selbst unähnlich, weil man ihn hätte völlig neu zusammenbauen müssen. Als ob ihn Frankenstein persönlich zusammengeflickt habe, murrte der Krutzler. Eine Mutmaßung, die keineswegs zu weit griff. Denn Harlacher hatte als Wiedergutmachung die Präparierung persönlich vorgenommen. Hunderte Tiere habe er so schon vor der Vergessenheit bewahrt. Nicht nur Tiere, auch Hitler – aber darüber dürfe er nicht sprechen. Er würde die Bregovic damit in Lebensgefahr bringen. Aber die Jugoslawin war keine, die sich von einem Mannsbild beschützen ließ. Auch einen neuen Vogel lehnte sie ab. Obwohl ihr Harlacher eine Rarität versprochen hatte. Sie verlange Vergeltung für ihren Ahab. Da könne sie der Doktor hundertmal eine Rasse nennen. Solange dieser Affe unter den Lebenden weile, gebe sie keine Ruhe. Warum ihn der Krutzler nicht einfach abgestochen habe? Darauf hatte dieser keine Antwort, außer, die Bregovic auf einen Schnaps einzuladen. Stumm stießen sie an und ließen es für diesen

Abend gut sein. Manchmal erhielt eben nur ein gemeinsamer Feind den Frieden.

Man feierte unter den Augen der Polizei bis in die Morgenstunden. Der Podgorsky hatte auf Geheiß vom Krutzler mehrere Leute abgestellt, um die vier an diesem Abend zu beschatten. Man wusste, das sicherste Alibi war die Polizei selbst. Während man sich einen lebensfrohen Abend gönnte, machten sich die Engvertrauten auf nach Linz, um den bekennenden Werwolf G. S. zu einem ganz besonderen Besäufnis zu bewegen.

Dem Kugelfang und dem Kamel konnte der Krutzler in dieser Sache vertrauen. Sie wussten Bescheid. Das Instrument, das einen der beiden zum Singen brächte, musste erst erfunden werden. Den Vertrauten vom Wessely hingegen betrachtete er mit Argusaugen. Dieser Jerabek war ihm alles andere als geheuer. Er arbeitete schon länger als Buckel vom Bleichen. Ein ehemaliger Söldner der Fremdenlegion mit einer äußerst dunklen Legende in Afrika. Nach dem ersten Treffen hatte er dem Krutzler angeboten, er könne ihm Schuhe aus Menschenhaut besorgen. Und angeblich hatte er in seinem Schwechater Reihenhaus eine Sammlung von abgeschnittenen Fingern, die er seinen Gästen ungefragt präsentierte. Er war einen Kopf größer als der Wessely. Trotzdem gehorchte er ihm bedingungslos. Der Bleiche hatte darauf bestanden, dass auch einer seiner Leute bei der Operation dabei war. Und man sagte, jener Abend habe am Ende das Kamel dazu bewogen, endgültig auszusteigen. Aber auch der Kugelfang sagte, dass er diese Nacht selbst nach einem Schlaganfall nicht vergessen würde.

Während also die vier Erdberger bei der Bregovic saßen, machten sich die Engvertrauten auf nach Linz, um den Werwolf heimzusuchen. In der Lieblingsstadt des Führers wucherte man besonders mit dem industriellen Wiederaufbau. G. S. war wohnhaft in einer arisierten Villa am Stadtrand, die er nach dem Krieg behalten durfte. Im Gegensatz zum Nazi-Huber konvertierte er allerdings nicht und machte weiterhin keinen Hehl aus seinen Überzeugungen. Für ihn war dieses elende Schauspiel nur eine kurze Phase, bis sich die Überlegenheit des Herrenmenschen durchsetzen würde. Man brauche sich nur umzusehen. Wenn diese armselige ideologische Missgeburt namens Österreich überleben wolle, dann brauche es solche wie ihn. Der Kopf möge sich abwenden, *aber eure Herzen gehören uns,* beschwor er seine Arbeiter. Der Jerabek hatte gesagt, er habe Respekt vor solchen. Da sprach ganz der Sklaventreiber aus dem ehemaligen Fremdenlegionär. Trotzdem hatte er für den Werwolf einen unvergesslichen Abend vorbereitet.

So jemand wie G. S. lebte naturgemäß allein. Es hätte genügend Frauen gegeben, die masochistisch genug veranlagt gewesen wären, es mit diesem Faschisten auszuhalten. Es verhielt sich eher umgekehrt, dass die Ansprüche des Herrenmenschen so hoch waren, dass er sich mit jedem Weibsbild nach zwei Monaten zu langweilen begann. Die Mutter seiner Kinder sei noch nicht geboren! Bevor er sein leuchtendes Sperma in die dunkle Höhle solcher Kreaturen verschleudere, schneide er sich lieber den Hodensack ab. G. S. war bekannt dafür, dass er weder trank noch Fleisch aß. Umso erstaunlicher schien vielen sein Tod. Gleichzeitig waren viele erleichtert, dass auch dieser Antimensch Lastern frönte. Man konnte eben nie in einen Kopf hineinsehen, selbst wenn man hineinsah.

Als G. S. den verbeulten Kugelfang, das buckelige Kamel und den vernarbten Jerabek vor der Tür stehen sah, da schwante ihm gleich nichts Gutes. Trotzdem blieb er vorlaut und sagte, dass man die drei wohl bei der Vergasung vergessen habe. Kurze Zeit später saß man im Salon. Der Werwolf schwadronierte, dass sie mit ihm anstellen könnten, was sie wollten, niemals würde er den Führer verraten. Der Jerabek stellte ihm eine Flasche Birnenschnaps hin und sagte: *Austrinken.* Was das solle? Er trinke nicht. Und schon gar nicht mit solchen Kretins. Schließlich sei er kein Barbar. Der Jerabek freute sich richtiggehend über den Widerstand des Herrenmenschen. Als ob es ihm ein Vergnügen bereitete, sein gesamtes Œuvre einzusetzen. Wie man jemanden folterte, ohne Spuren zu hinterlassen, hatte er in der Fremdenlegion gelernt. Man nannte es Weiße Folter. Da allerdings wenig Zeit blieb, musste er auf die Raffinesse der psychischen Klaviatur verzichten. Er nahm ein langes Fleischmesser und befestigte es mit der Spitze nach oben am Boden. Dann ließ er den Industriellen darüber hocken. Er musste mit bloßer Muskelanspannung verhindern, sich auf das Messer zu setzen. Diese Methode trieb dem Kugelfang Schweiß auf die Stirn. Was, wenn er sich in die Klinge fallen ließ. Man hatte die präzise Anweisung, keine Spuren zu hinterlassen.

Es vergingen drei Stunden. Die Beine von G. S. zitterten. Der Jerabek sagte immer wieder, dass man nicht hier sei, um ihn zu töten. Es liege ganz an ihm. Wenn er die Alkoholvergiftung einer Schnapsflasche überleben würde, dann könne er gehen. Er solle es unter einem sportiven Blickwinkel betrachten. Nach vier Stunden gab der Nazi nach. Ein Krampf brachte ihn zum Umkippen. Der Jerabek zog blitzschnell das Messer unter seinem Gesäß weg. Und da sich der Gefolterte in der Klinge wähnte, wimmerte er vor Schmerzen, als hätte man seinen Enddarm aufgeschlitzt. Es dauerte noch eine halbe Stunde, bis er den Schnaps geleert hatte. Jeder andere Abstinenzler wäre daran krepiert. Aber der sportliche Ehrgeiz des Werwolfs schien enorm.

Während der Nazi mit der Bewusstlosigkeit kämpfte, packte der Jerabek den Fisch aus. Er hatte sich passenderweise für einen Karpfen entschieden. Der Betrunkene lallte, er esse kein Fleisch. Der Jerabek nahm seinen Kopf in die Hände und flüsterte, dass er sehr wacker sei und dass es jetzt gut wäre, eine Kleinigkeit zu sich zu nehmen. *Eiweiß!* Er stopfte dem Werwolf den fetten Karpfen stückweise in den Mund. Dieser konnte sich kaum noch aufrecht halten und bekam vermutlich gar nicht mehr mit, was er da aß. Aber die Gräte, an der er erstickte, die spürte er deutlich. Der Jerabek hielt die Arme des zappelnden Werwolfs fest, damit er sie nicht entfernen konnte. Er wäre ohnehin nicht mehr fähig dazu gewesen. Das Kamel und der Kugelfang saßen angewidert davor. Obwohl sie wenig Skrupel kannten, war ihnen die Lust am Töten fremd. Für sie stellte es eine Notwendigkeit dar. Der Jerabek aber kriegte sich kaum ein vor Lachen, als der Mann vor ihm erstickte.

Sie blieben bis zum bitteren Ende. Bis die konvulsivischen Zuckungen aufhörten. Dann drapierte der Fremdenlegionär die Leiche beinahe liebevoll am Küchentisch. Das Gesicht im Fischteller. Die leere Schnapsflasche mit dessen Fingerabdrücken. Keine Spuren von Fremdeinwirkung. Weniger stolz präsentierte der Krutzler dem Podgorsky auch diese Todesanzeige. Man schrieb im Nachruf, dass G. S. plötzlich und unerwartet gestorben war.

Bei den Amerikanern hatte noch keiner Verdacht geschöpft. Was die Russen wenig goutierten. Immerhin hatten sie darauf spekuliert, dass die Operation Eiserner Besen politische Effekte erzielte. Die Amerikaner sollten wissen, dass man ihre perfide Begnadigungspolitik nicht länger akzeptierte. Und trotzdem durften die Russen damit nicht in Zusammenhang gebracht werden. In Zeiten des Kalten Krieges wäre dies ein riskantes Unterfangen gewesen. Aber das war nur einer der Gründe, warum man den Krutzler und seine Leute beauftragt hatte. Der andere war die russische Unterwelt, die auf die Wiener Märkte drängte. Wer genau dahintersteckte, ahnte zu diesem Zeitpunkt noch keiner. Nicht einmal der Podgorsky, der es später herausfinden, aber für sich behalten würde. Die Russen hofften jedenfalls, mehrere Fliegen mit einer Klappe zu erschlagen. Und da man nicht mit der Raffinesse der sonst so brachialen Krutzlertruppe gerechnet hatte, stand bald wieder Besuch ins Haus.

Dieses Mal kam der Mongole persönlich. Der neue Petrow fand den Krutzler beim Schwarzen Baron, der sich mit dessen Hilfe inzwischen den Traum einer Tikibar erfüllt hatte. So viel Rattan, Stroh und Teakholz hatte der Karpfen sein Lebtag nicht gesehen. Die polynesische Dekoration, die Fackeln, das große Fischskelett an der Wand und die hawaiianische Musik machten den fetten Mongolen mit den schmalen Augen sichtlich nervös. Auch der Krutzler hatte sich die Sache mit der Bar anders vorgestellt. Seinen Leuten zu sagen, er gehe noch in die Tikibar, kam ihm nur schwer über die Lippen. Aber letztendlich erfreute er sich am Glück des Schwarzen Barons, der richtiggehend aufblühte. Ob der Neger schwul sei?, fragte der Mongole heiser. Man konnte hinter seinen Augenlidern nur spärlich Pupillen erkennen. Seine Lippen waren dicker als die des Barons. Und seine Haut gelblich wie die eines Fisches. Kein Wunder, dass er Goldener Karpfen genannt wurde. Keine Schuppe legte er frei, ohne dass sie mit teurem Schmuck behängt war. Als der Krutzler ihn sah, musste er an den Tod des Werwolfs denken. Nur war der Hals des Mongolen so breit, dass darin niemals eine Gräte hängen geblieben wäre.

Der Schwarze Baron stellte dem Krutzler einen Mai Tai vor die Nase. Der Karpfen bekam ungefragt einen Sumatra Kula. Angewidert legte der Fette die Orange, die Ananas und die glitzernde Palme beiseite. *Sieht aus wie Katzenpisse*, konstatierte er und nahm einen Schluck. *Schmeckt auch so.* Der Krutzler blieb ruhig und fragte, was ihn herführe, wenn er für die Karibik nichts übrighabe. Da wo er herkomme, sagte der Karpfen, tränken Männer keine Fruchtsäfte. Das sei schlecht fürs Gemüt. Ob er wisse, wer er sei. Der Krutzler nickte. In Moskau sei man unzufrieden mit dem Handwerk der Wiener, fuhr der Karpfen fort. Er frage sich, ob die Herren vielleicht zu viel von den Fruchtsäften erwischt hätten. Der Krutzler sah ihn unbeeindruckt an und sagte, dass es ihre Sache sei, wie sie die Liste abarbeiteten. Worauf der Mongole meinte, dass es sich eher um einen Stubenbesen handle als um einen eisernen. Da wo er herkomme, sei das eine Frage des Stils. Dschingis Khan würde sich im Grab umdrehen, wenn ein Mongole so handle. Dort geniere man sich nicht für das Töten.

Der Krutzler begriff, dass offenbar mit falschen Karten gespielt wurde. Denn mit Dschingis Khan hatte das nichts zu tun. Man verfolgte ein Ziel. Man versuchte die Erdberger in etwas *hineinzutheatern*. Da der Krutzler denjenigen hinter dem Vorhang nicht kannte, spielte er auf Zeit. Er schlage vor, dass man erst bei der Hälfte der Liste Haltungsnoten vergebe. Bis dahin solle man ihn und seine Leute gefälligst in Ruhe arbeiten lassen. Der Karpfen lächelte, trank den Sumatra Kula in einem Zug aus, biss in die Ananas und aß sie mit der Schale auf. Dann verließ er grußlos die Bar.

Im Hinterzimmer der Fleischerei herrschte jene ratlose Stille, die dem Krutzler noch unangenehmer war als jene nach einem Beschluss. Die Stimmung war angespannt. Als hätte man das Gefühl, keinen Spielraum für einen Bluff zu haben, weil man von allen Seiten einen Zund spürte. Man hatte sie schachmatt gesetzt, weil sie ihren Gegner nicht kannten. Wer war der Geist hinter dem fetten Karpfen? Es musste andere Interessen geben, als den Amerikanern die Rute ins Fenster zu stellen. Man wollte sie im Gefängnis sehen. Es ging um die Vernichtung der Erdberger Spedition. Sogar die Gusti, die wie immer an der Tür lauschte, konnte die resignative Energie durchspüren.

Harlacher hatte für die Himmlerschergen schon eine hübsche Liste zusammengestellt. Das hätte eindrucksvolle Todesanzeigen ergeben.

P. T. – von seinem eigenen tollwütigen Hund zu Tode gebissen

W. L. – einem epileptischen Anfall zum Opfer gefallen

A. P. – innere Magenblutungen

C. K. – in der Badewanne eingeschlafen
R. L. – Herzinfarkt

Die anderen ahnten nichts davon, dass der Krutzler auf das Geheiß der Lassnig ihren Mann auf die Liste gesetzt hatte. Es sollte eine Überraschung für den Wessely sein. Und der Podgorsky hatte selbst gesagt, dass es nicht um die Namen, sondern um das politische Gewicht derselben gehe. Der Krutzler wollte diese Operation alleine durchführen. Und im besten Falle würden nur die Lassnig und er Bescheid wissen. Wie gesagt, auf den Krutzler war Verlass. Er war ein besserer Freund, als sich der Wessely denken konnte. Die Lassnig würde nie ihren Mann verlassen. Als die Hexe dem Krutzler ihren Wunsch zugeflüstert hatte, da hatte der Krutzler ihre gesamte Verzweiflung, aber auch ihren ungebrochenen Willen gespürt. Am Ende würde er noch ihr Trauzeuge sein. Auch wenn er alles an dieser Frau hasste. Ihr toupiertes Haar. Ihren fetten Lippenstift. Ihr gespachteltes Make-up. Ihre Nerzmäntel, die sie zu jeder Jahreszeit trug. Ihre überhebliche Art. Ihr vulgäres Gemüt, das sich hinter einer Bauhausfassade verschanzte. Ihre verlogene Verachtung für das Milieu. Alles an ihr wandte sich gegen ihn.

Doch ob es noch zu diesem Freundschaftsdienst kommen würde, daran zweifelte inzwischen selbst der Krutzler. Die nächsten zwei auf der Liste mussten mongolisch sterben. Erst dann könnte man wieder einen Gedanken an den Lassnig verschwenden. Und außer Seufzen war bisher im Hinterzimmer noch nicht viel zu hören gewesen.

Als sich der Podgorsky an der Gusti vorbeidrängte und das Hinterzimmer betrat, erntete er zunächst Erstaunen. Woher er wisse, wo sie sich trafen? Was sie geglaubt hätten?, sagte der Podgorsky. Dass er seine Herde unbeaufsichtigt lasse? Er setzte sich ungefragt hin und sagte, dass man in dieser Sache gemeinsam hänge, also müsse man sie auch gemeinsam lösen. Er habe schlechte Nachrichten. Er habe soeben die Information erhalten, dass die amerikanischen Alliierten die Erdberger auf dem Kieker hätten. Sie wüssten Bescheid, könnten aber nichts beweisen. Der Wessely wurde nervös und sagte, man müsse sofort alle Operationen abbrechen. Der Podgorsky verneinte. Man müsse den Verdacht aktiv entkräften. Und das sei nur machbar, indem man die Schuld den Russen zuschiebe. Wie das gehen solle, wandte der Sikora ein. Indem die Taten begangen würden, aber eben nicht von den Erdbergern.

Der Krutzler fragte sich indessen, wie die Amerikaner an die Informationen gelangt waren. Es gebe einen Maulwurf, blickte der Wessely in die Runde. Einer von deinen Leuten, deutete er auf den Krutzler. Dieser hatte eher den Fremdenlegionär im Verdacht. Der Podgorsky unterbrach die Streitigkeiten. Man solle jetzt gefälligst kühlen Kopf bewahren. Es sei viel wahrscheinlicher, dass es die Russen den Amerikanern gesteckt hätten. Er habe da eine Idee. Zugegeben, sie sei verwegen. Aber sie könne funktionieren.

An jenem Abend fuhr man in voller Montur auf. Zwei Schichten operierten parallel zueinander. Der Wessely, der Jerabek und das Kamel kümmerten sich um einen gewissen P. T., einen Lebensmittelindustriellen, der am Rande von Wien wohnhaft war. Der Krutzler, der Sikora und der Kugelfang übernahmen W. L., einen Textilfabrikanten, der schon im Krieg Uniformen produzierte. Die Taten fanden exakt zur gleichen Zeit statt und gingen schnell und lautlos vonstatten. Sogar der Jerabek hielt still und befolgte die Anweisungen vom Wessely. Der Kugelfang, der heilfroh war, mit dem Krutzler und dem Sikora unterwegs zu sein, wartete im Auto. Beide Leichen wurden von den Amerikanern unbemerkt in die Autos geschafft. Das lag daran, dass der Podgorsky den Besatzern eine falsche Fährte gelegt und ihnen die Nummer fünf und sechs der Liste genannt hatte. Bizarrerweise hatten die Amerikaner vor dem Haus von Lassnig gewartet. Dieser erfreute sich aber bester Gesundheit.

Aufgeregt riefen die Amerikaner den Podgorsky an. Sie wollten die Liste sehen. Dieser überreichte sie ihnen. Sie sei ihm von den Russen zugespielt worden. Man habe offenbar die Reihenfolge vertauscht. Er wisse aber, dass sich beide Autos mit den entführten Nazis in der Fleischerei treffen würden. Dort würde man die Gefangenen in einen Lieferwagen umladen. Man könne dann den Erdbergern seelenruhig bis in den Wienerwald folgen, um dort der Exekution beizuwohnen, um danach den Krutzler, den Sikora und den Wessely in flagranti zu verhaften.

Dass zu diesem Zeitpunkt sowohl P. T. und W. L. schon tot waren, wussten die Alliierten nicht. Nachdem beide Wagen hinter dem Hoftor der Fleischerei verschwunden waren, lud man die Leichen der beiden Nazis aus und trug sie in den Kühlraum. Die Gusti hatte keine Ahnung davon, weil ihr der Praschak sündteure Burgtheaterkarten geschenkt hatte. Während sich der Praschak mit dem Kugelfang, dem Jerabek und dem Kamel an den Leichen zu schaffen machte, stiegen der Krutzler, der Wessely und der Sikora in den Lieferwagen und führten den Konvoi der Amerikaner über die Höhenstraße bis in den tiefsten Wienerwald. Sie ließen sich Zeit, denn der Praschak hatte ihnen gesagt, dass es mindestens drei Stunden dauern würde, bis man so eine menschliche Leiche fachgerecht zerlegt habe. Keiner der anwesenden Herren sei Fleischer. So gesehen seien sie von überschaubarer Hilfe. Am Ende hatte man beide Nazis vollständig verwertet. Sogar die Knochen wurden zermahlen und den Hühnern zum Fraß vorgeworfen. Der Kugelfang war bleich davorgestanden, während der Jerabek zufrieden grinste. Handkreissägen. Rippenzieher. Entschwartungsmaschinen. Kopfbearbeitungspresse. Der Praschak hatte den Fremdenlegionär mehrmals zur Ordnung rufen müssen. Und als die Amerikaner die Geduld verloren und den Krutzler, den Wessely und den Sikora aus dem Auto zerrten, da lagen die Filets schon verkaufsfertig in der Vitrine.

Wo die zwei Nazis seien? Was man hier mache? Die drei setzten burgtheaterreife Mienen auf und spielten die Unschuldigen. In die Natur sei man gefahren. Was man heute Nacht getrieben habe? Gar nichts. Eine Landpartie unter Freunden. Ob das unter das Versammlungsverbot falle? Die Amerikaner hielten den Podgorsky und seine Leute an, die Fleischerei nach den Leichen zu durchsuchen. Doch diese konnten nichts finden. Stattdessen bot ihnen der Praschak frischen Rostbraten an. Der koste normal elf Schilling das Kilo. Aber für Freunde des Hauses verlange er nur acht. Die Polizisten schlugen eifrig zu. Auch für die anwesenden Amerikaner war Fleisch eine seltene Ware. Nur der Podgorsky nahm nichts.

Am nächsten Tag sperrte der Praschak die Fleischerei für einen Tag auf. Er habe zufälligerweise eine Fleischlieferung erhalten. Die Ware ging weg wie die warmen Semmeln. Die Nazis dürften allen geschmeckt haben. Zumindest hatte es keine Beschwerden gegeben.

Wohin der P.T. und der W.L. verschwunden waren, wurde nie geklärt. Aber der Verdacht fiel sofort auf die Russen. Verschleppt habe man sie. Der Mongole und seine Bagage hatten ordentlichen Erklärungsbedarf. Und die Luft zwischen den Amerikanern und den Russen war in diesen Tagen so dick wie das Schmalz in der Fleischerei Praschak. Man sagte, Stalin habe persönlich die Operation Eiserner Besen abgebrochen. Mit diesen Wienern seien einfach keine Geschäfte zu machen. Und vom Karpfen hörte man nur, dass er in irgendeinem sibirischen Teich seine Kreise zog. Und darauf wartete, von jemandem gefressen zu werden.

Doch für einen war die Operation Eiserner Besen noch nicht abgeschlossen. Bereits eine Woche später machte sich der Krutzler gemeinsam mit dem Kugelfang und dem Kamel auf nach Baden, um Reinhard Lassnig einen Besuch abzustatten. Den Buckeligen ließ der Krutzler im Auto warten. Dieser konnte ein wenig Schonzeit vertragen. Er wirkte angeschlagen, nach dem, was er die letzten Wochen mitansehen musste.

Lassnig war ein kleiner Mann mit freundlichen Augen und einer hohen Stirn. Er bat den Krutzler und den Kugelfang höflich herein, weil er nichts Böses vermutete. Die beiden Herren gaben sich als Kammerjäger aus. Die Ehefrau habe sie gerufen. Ob sie zu Hause sei? Der sympathische Mann verneinte und sagte, dass sie im Augenblick wenig da sei. Sie verbringe die meisten Abende in seiner Arbeitswohnung in Wien. Ob es für die Herren vorstellbar sei, die

Schuhe auszuziehen? Selbstverständlich, antwortete der Krutzler.

In Socken folgten sie dem kleinen Mann in die Küche. Es war für den Krutzler schwer vorstellbar, was so ein feiner Kerl an einer wie der Lassnig fand. Auch der Kugelfang mochte ihn. Nicht nur, weil er ihm seinen besten Cognac anbot, sondern weil er gleich erkannte, dass ihm nicht wohl zumute war. Ob er gesundheitlich zu schaffen habe? Er wirke abgekämpft. Den Kugelfang hatte schon lange keiner mehr gefragt, wie es ihm gehe. Er sagte, er laboriere an einer Kriegsverletzung. Worauf ihn der Lassnig aufforderte, sich noch einen Cognac einzuschenken. Ja, der Krieg, murmelte er. *Unsereiner hat davon profitiert. Aber glauben Sie nicht, dass mir das keine schlaflosen Nächte bereitet.* Er erzählte die Geschichte seiner Herkunft. Er komme aus ärmlichen Verhältnissen. Erdberg. Ob die Herren das kennen? Die beiden verneinten. Er habe dort als Jugendlicher mit ein paar Freunden begonnen, alte Häuser herzurichten. Zuerst als Handwerker. Irgendwann hätten sie genügend Geld zusammengetragen, um sich ein eigenes Zinshaus zu kaufen. *Eine Baracke,* lächelte Lassnig. Aber es habe ihnen gehört. Das sei die beste Zeit seines Lebens gewesen. Gemeinsam habe man das Haus über Monate auf Hochglanz gebracht. Es gebe nichts, was ihn mehr erfüllt habe, als mit seinen Freunden etwas zu erschaffen. *Nach einem Jahr haben wir es mit einem ordentlichen Profit verkauft.* Davon habe er sich seine erste ordentliche Wohnung geleistet. Gleich abbezahlt habe er sie. Und es sei für damalige Verhältnisse sogar noch ein kleines Vermögen übrig geblieben. Das habe er in der Schatulle seiner Mutter versteckt. *Sie müssen wissen, meine Mutter ist sehr früh gestorben.* Fotografin sei sie gewesen. Sie habe ein kleines Studio in Erdberg besessen. Viel sei damit nicht zu verdienen gewesen. Aber zu Festtagen und Hochzeiten hätten sich auch die armen Leute fotografieren lassen. Als Kind habe er das Studio geliebt, weil die Mutter einen ganzen Fundus an Kostümen gehabt habe. Am liebsten seien ihm die Zylinder gewesen.

Für die Schatulle, in der die Mutter zeit ihres Lebens ihre Kostbarkeiten aufgehoben hätte, habe sie mit dem Auslöser ein Selbstporträt von sich gemacht. Sie habe sich dafür einen Turban gebunden und orientalischen Schmuck angelegt. Wie für viele andere in dieser Zeit sei Ägypten ihre große Sehnsucht gewesen. Er habe das Bild immer besonders gemocht, weil sie ihn so milde ansah. Als sie tot war, habe ihm das Foto das Gefühl gegeben, sie würde ihm beim Leben zusehen. Manchmal habe er mit dem Porträt gesprochen, sagte Lassnig. Es sei das einzige Bild gewesen, das er je von ihr besessen habe. Erstaunlich. Obwohl sie Fotografin gewesen sei, habe sie sich ungern ablichten lassen. Dieses Bild sei natürlich in seinem Herzen eingebrannt. Aber nach so vielen Jahren sei das Gesicht seiner Mutter in seinem Kopf verblasst und er könne sich nur noch schemenhaft erinnern. Das sei eigentlich das Schlimmste daran. Dass er nicht mehr ganz genau sagen könne, wie seine Mutter ausgesehen habe.

Der Kugelfang schenkte sich noch einen Cognac nach. Was mit dem Bild geschehen sei? Der Lassnig schüttelte den Kopf und wischte mit der Hand die Luft weg, als wäre sie verloren gegangene Zeit. Das Leben nehme einem alles wieder weg, was es einem schenke. Das sei die einzige Lektion, die er gelernt habe. Vermutlich bedeute ihm deshalb der ganze Reichtum nichts. Der Kugelfang wiederholte seine Frage. *Einbrecher haben es gestohlen. Sie haben mir die ganze Wohnung ausgeräumt und die Schatzkiste meiner Mutter haben sie auch mitgenommen.* Das Geld sei ihm egal gewesen. Obwohl er damit alles verloren habe. Aber das Foto seiner Mutter sei unwiederbringlich gewesen. Der Kugelfang sah den Lassnig unverwandt an. *Diese Schweine,* fluchte er. Der Krutzler seufzte kurz, als habe er Magenschmerzen, verhielt sich aber still.

Danach sei es ordentlich bergab gegangen, sagte der Lassnig. Die Inflation habe den Leuten ihre letzten Ersparnisse aufgefressen. Dementsprechend sei die Auftragslage gewesen. Kurz vor dem Anschluss sei er dann obdachlos geworden. Mit seinen Freunden habe er sich ebenfalls zerstritten. Völlig allein sei er gewesen. Und so sei er den Nazis in die Hände gefallen. Diese hätten ihn wieder aufgerichtet. Nicht, dass er deren Verbrechen gutheiße. Im Gegenteil. Aber ohne deren Kameradschaft wäre er vermutlich in der Gosse gelandet. Er habe dann Karriere gemacht. Keine sehr heldenhafte, müsse man zugeben. Und heute sitze er auf einem Vermögen, das er sich unter den Nazis verdient habe. Er müsse längst nicht mehr arbeiten. *Aber wissen Sie, was mich treibt?* Der Kugelfang schüttelte den Kopf. *Ich will den Schaden wiedergutmachen. Die Lücken der Zerstörung füllen. Deshalb baue ich ausschließlich preiswerte und einfache Häuser. Damit man möglichst schnell darin wohnen kann. So!* Aber jetzt habe er genug geredet. Die Herren seien schließlich hier, um das Ungeziefer loszuwerden. Wo sie anfangen wollten? Im Schlafzimmer, murmelte der Krutzler, dem jetzt richtig übel war.

Der Kugelfang stand auf. Er nahm noch einen Schluck Cognac. Sein Gesicht hatte sich versteinert. Unter seinen

Augen hatten sich Ringe gebildet. Und die rechte Hand zitterte. *Schmerzen?*, fragte der Krutzler. Aber der Kugelfang antwortete nicht. Ob er alles bei der Hand habe? Er nickte. Als ihnen der Lassnig die Schlafzimmertür öffnete, gab ihm der Krutzler ein Zeichen und beide drückten den kleinen Mann auf das Bett. Der Krutzler hielt ihm nicht nur den Mund, sondern das ganze Gesicht zu. Er konnte den Anblick nicht ertragen. Der Lassnig verhielt sich still. Er schien sich gar nicht zu wehren. Der Kugelfang setzte ihm die Kalium-Injektion. Der Einstich war aufgrund der Nervosität alles andere als sauber. Aber schließlich war der Kugelfang auch kein Arzt. Eher sah er so aus, als könnte er selbst einen brauchen. Eine halbe Stunde später hörte das Herz von Reinhard Lassnig zu schlagen auf. Den Gefallen eines Infarktes hatte er seiner Frau nicht getan. Er starb an Herzversagen. Und laut Todesanzeige war er friedlich eingeschlafen.

Im Auto schloss der Krutzler kurz die Augen. Die Mutter vom Lassnig sah ihn an, wie man jemanden ansah, den man schon vor langer Zeit verflucht hatte und dessen Schicksal sich gerade gefügt hatte. Er hatte sie jetzt ohne Turban vor Augen. Ihr Blick war traurig, aber ohne Schuldzuweisung, was den Krutzler noch mehr quälte. Wenn da wenigstens ein Vorwurf gewesen wäre, dann hätte er ein Plädoyer für sich selbst halten können. So blieben nur Scham und Erschöpfung. Der Krutzler gähnte lange.

Das Kamel fragte, ob alles gut gelaufen sei. Aber niemand antwortete ihm. Er seufzte und fuhr los. Sein Gesicht verschanzte sich gebückt hinter dem Lenkrad. Der Krutzler saß neben dem Kugelfang, der auf die Linden der Allee starrte. Durch die Spiegelung konnte er sein Gesicht sehen.

Manchmal hatte der Krutzler das Gefühl, die Bäume würden ihm zuwinken. Das gespiegelte Gesicht des Kugelfangs blitzte dazwischen immer wieder auf. Wie in den Draculafilmen, dachte der Krutzler. Wobei, wie ein Vampir sah er nicht aus. Eher wie ein Boxer, der gerade seinen wichtigsten Kampf verloren hatte. Als er in die Augen seines Freundes blickte, bemerkte er, dass dieser gar nicht auf die vorbeiziehenden Bäume schaute. Der Kugelfang starrte sich selbst in die Augen. Als ob es dort etwas zu entdecken gäbe. In diesem Moment begriff der Krutzler. Er sagte: *Schau mich an.* Der Kugelfang drehte sich nicht um. Ihre Blicke trafen sich über die Spiegelung. Zwei Minuten lang las der Krutzler schweigend in seinen Augen. Man konnte in den Kugelfang hineinsehen wie in ein Haus mit offenen Fenstern. Jemand hatte randaliert darin. Alles war umgeworfen und aus den Regalen gerissen. Jemand hatte nicht gefunden, was er gesucht hatte. Er hatte nicht mehr aufgeräumt, weil er wusste, dass sie wiederkommen würden. Er konnte trotzdem das Haus nicht verlassen. Der Kugelfang hatte keine Kraft mehr, irgendetwas zu verbergen. Am Ende fragte der Krutzler nur: *Warum?*

Im Wienerwald blieben sie stehen. Die Bäume beugten sich im Wind. Der Kugelfang sagte, ein Unwetter ziehe auf. Der Krutzler antwortete, das Wetter brauche ihn nicht mehr zu kümmern. Er gab dem Kamel sein Messer. *Du,* befahl der Krutzler. Der Buckelige umfasste die Waffe und starrte auf die Klinge.

Warum hatte der Kugelfang die Erdberger verraten? Immerhin hatten sie sein Leben gerettet. Es war doch vorhersehbar, dass ihn die Amerikaner nicht vergessen würden.

Wenn sie jemanden tot sehen wollten, dann wollten sie das auch noch ein paar Wochen später. Man war doch vorsichtig gewesen und hatte den Kugelfang ausschließlich bei Nachtaktionen eingesetzt. Man hatte ihm einen neuen Wohnsitz besorgt. Man hatte ihn nie allein gelassen. Und trotzdem hatten die Amerikaner ihn weichgeklopft. Hatten ihm versprochen, dass er mit dem Leben davonkommen würde, wenn er ihnen Informationen zum Krutzler und zum Eisernen Besen liefere. Dieser hatte von Anfang an gespürt, dass es nicht die Russen waren. *Warum?*

Der Buckelige stand zwischen den sich biegenden Bäumen und starrte auf die Klinge. Die raschelnden Äste flüsterten auf ihn ein. Man hatte den Eindruck, er würde sich eher selbst richten als den Kugelfang. Dieser griff nach dem Messer und bot an, es selbst zu tun. Der Krutzler verneinte. Ob er ein verdammter Samurai sei? Ein solcher verrate nie seinen Orden. Da könne er den Harlacher fragen. Der Krutzler nahm das Messer an sich. Er stellte sich vor dem Kugelfang auf und verkündete sein Urteil. Es werde schlimmer sein als der Tod. Darauf könne er sich verlassen. Er sprach eine lebenslange Bußzeit aus. Keiner aus der Wiener Unterwelt, der am Leben bleiben wollte, dürfe ab jetzt mit dem Kugelfang sprechen. Er existiere nicht mehr. Die Familie verbanne ihn. Ab jetzt sei er ein Unsichtbarer. Ein Gespenst. *Du bist schon tot. Wenn du mit irgendjemandem sprichst, wird dein Körper deiner Seele folgen.* Der Krutzler war stolz auf seine Formulierung und fühlte sich ganz als Kardinal. Dann stiegen das Kamel und der Krutzler in den Wagen und ließen den Kugelfang zwischen den raschelnden Bäumen stehen. Sie waren ab jetzt die einzigen Freunde, die er noch hatte.

Als die Lassnig ihren Mann tot im Bett fand, hörte man ihren Schrei in ganz Baden. Sie hatte sich am Boden gewälzt wie ein Tier, sich selbst das Gesicht zerkratzt und den Lippenstift auf ihrem ganzen Körper verschmiert. Als die Rettung kam, dachten die Sanitäter, sie sei der Notfall. Sie gaben ihr so viel Beruhigungsmittel, dass ein Pferd kollabiert wäre. Aber die Lassnig schüttelte ihren Körper, als ließe sich damit die eigene Schuld rausbeuteln.

Sie hatte sofort Bescheid gewusst. Und schwor dem Krutzler Rache. Sie war es, die den Podgorsky verständigte und Anzeige wegen Mordes erstattete. Von ihrem geflüsterten Befehl erwähnte sie natürlich nichts. Den bestritt sie vehement. Selbst gegenüber dem Wessely, der sie mehrmals damit konfrontierte. Warum sollte der Krutzler lügen? Und wenn das ihr tiefster Wunsch gewesen sei, dann sei das doch ein Beweis ihrer Liebe. Aber die Lassnig wollte nichts davon wissen. Sie verlangte, den Krutzler dafür brennen zu sehen. Er solle für seine Mordtat büßen. Wenn der Wessely sie wirklich liebe, dann sorge er dafür. Der Wessely liebte sie tatsächlich. Und deshalb ging die Geschichte völlig anders aus.

Auf jeden Fall blieb dem Podgorsky aufgrund des Tamtams, das die Lassnig veranstaltete, nichts anderes übrig, als eine Obduktion zu beauftragen. Da der Einstich vom Kugelfang alles andere als medizinisch sauber war, stellte man eindeutige Fremdeinwirkung fest. Die Spuren von Kalium, das zum Einschläfern von Tieren verwendet wurde, deuteten ebenfalls darauf hin. Der Harlacher hatte gesagt, der Stoff sei kaum nachweisbar. Alle würden von einem Herzanfall ausgehen. Aber das Schicksal vertrug es schlecht, wenn man es herausforderte. Der Lassnig war einer zu viel.

Das konnte selbst der korrupte Wiener Polizeiapparat nicht mehr verdauen. Der Badener Bauunternehmer war noch dazu ein Freund der Wiener Stadtregierung. Man vermisste ihn schon jetzt beim Tarockieren. Dem Podgorsky waren in dieser Sache die Hände gebunden. Und man würde sich erst zufriedengeben, wenn einer dafür ins Gefängnis gehe. Sonst müsse er rigoros aufräumen. Die Erdberger hätten bis morgen Zeit, sich die Sache durch den Kopf gehen zu lassen. Und einen auszuwählen, um die Verantwortung zu übernehmen.

Die Stimmung im Hinterzimmer war alles andere als still. Es wurde so laut geflucht, dass selbst die Gusti alles mitbekam. Was sie hörte, gefiel ihr. Denn so wie es aussah, musste der Krutzler ins Gefängnis gehen. Selbst wenn es ihm gelänge, die Tat dem Kugelfang umzuhängen, warteten Minimum zehn Jahre auf ihn. Bald würde sie den Praschak aus den Fängen dieser Bande herauslösen können. Dann würde er wieder unter ihrem Kommando stehen.

Während der Praschak und der Sikora nicht mit Vorwürfen sparten, keiner habe den Krutzler danach gefragt, mit keinem habe er sich abgesprochen, er gefährde damit ihr ganzes Unternehmen, verhielt sich der Wessely auffällig still. Er glaubte dem Krutzler. In allen Belangen. Für ihn stellte der Wunsch der Lassnig keine Bösartigkeit dar, sondern den unbedingten Beweis ihrer Liebe. Sie würde sich bloß nicht trauen, ihr Milieu zu verlassen.

Der Wessely war dem Krutzler insgeheim dankbar. Und vermutlich ließ sich damit seine Entscheidung erklären. Für jemanden, der das Milieu nicht kannte, war so etwas nicht nachvollziehbar. Aber für den Wessely stand sie außer Frage. Als sich die Herren aneinander ausgeflucht hatten, nutzte er den Moment, um seinen Beschluss zu verkünden. Danach entstand eine Stille, die wesentlich schwerer wog als alle Stillen zuvor. Der Wessely sah den Krutzler an und sagte: *Ich gehe auf Kur.* So nannte man im Milieu die Haft. Der Krutzler schüttelte den Kopf. Das komme nicht infrage. Es sei seine Entscheidung gewesen und er werde dafür geradestehen. Der Wessely nahm den Stoß Karten aus seiner Tasche. Stumm mischte er. Der Krutzler sah hilflos in die Runde. Aber keiner reagierte. Währenddessen entging ihm, dass der Wessely beim Mischen elegant voltierte. Er legte die Karten vor den Krutzler hin. Alle nickten ihm zu. Er zog eine Herzdame. Wie passend, flüsterte der Riese. Dann hob der Wessely ab. Er wollte offenbar sichergehen und hielt dem Krutzler ein Pik-Ass vor das Gesicht. Dieser beschuldigte den Wessely, falsch gemischt zu haben. Der Bleiche entgegnete, dass er ganz bestimmt nicht mit dem Schicksal spiele. Das sollte er eigentlich wissen. Die Sache sei entschieden. Er werde ins Gefängnis gehen. Der Krutzler sah in die Runde. Außer dem Wessely waren alle bleich wie die Wand. Aber keiner wagte es, den Karten zu widersprechen.

Der Podgorsky war erstaunt, aber zufrieden. Der Wessely durfte sich noch von der Lassnig verabschieden. Drei Tage lang kamen sie nicht aus dem Zimmer im Hotel Dresden heraus. Die Lassnig redete ab diesem Moment kein Wort mehr mit dem Krutzler. Er sei kein Mensch mehr für sie.

Auch die Gusti ging ihm aus dem Weg. Sie hatte die Gefährlichkeit dieses Mannes begriffen. Und auch den Praschak hatte sie aufgegeben. Eine Zeit lang spielte sie noch seine Ehefrau. Aber die Aufenthalte bei ihrer Schwester in der Steiermark wurden immer länger.

Die Russen sollten dem Podgorsky das doppelte Spiel nie verzeihen. Aber im Augenblick waren den Sowjets die Hände gebunden. Sie kaprizierten sich auf kleine Demütigungen. Beispielsweise zwangen sie zu Weihnachten alle Wiener Polizisten, ihre Knüppel abzugeben. Aber das nahm der Podgorsky gelassen zur Kenntnis. Inzwischen wusste er auch, wer hinter der ganzen Sache steckte. Denn er hatte Besuch bekommen. Von einer aparten Albanerin, die sich ihm anbot. Sie hatte ihre Schuhe ausgezogen. Aber der Podgorsky ließ sich davon nicht beeindrucken. Er wies sie freundlich ab, worauf sie für lange Zeit spurlos verschwand. Er hatte dem Krutzler nie davon erzählt. Aus Angst, er würde ihn für schwul halten.

Der Kugelfang hielt die Bußzeit nicht lange durch. Da er keine andere Familie als die Wiener Unterwelt hatte, sprang er drei Monate später aus dem Fenster. Man sagte, es sei der Wessely gewesen, der den Jerabek aus dem Gefängnis beauftragt habe, ein wenig nachzuhelfen. Angeblich traute er dem Kugelfang zu, in seiner Verzweiflung doch noch zu den Amerikanern zu gehen. Wobei, das waren Gerüchte. 1952 herrschte in Wien wieder Frieden. Aber es war ein dunkler, schwerer Friede. Der Staatsvertrag schien in weiter Ferne. Und viele hatten das Gefühl, man werde ewig in dieser Schwebe leben. Da half auch kein Weltfriedenskongress. Zu diesem kam auch Sartre. Aber keiner verstand, warum dieser plötzlich Kommunist war. Schon gar nicht der Schwarze Baron.

STALIN

IN DER NACHT DES 28. FEBRUAR 1953 hatte es auch Stalin die Sprache verschlagen. Man sagte, dass es bestimmt kein Zufall war, dass ihn ausgerechnet an einem Schalttag der Schlag getroffen hatte. Alles deutete auf eine Verschwörung hin. Oder auf einen Gotteszeig. Zumindest auf einen Wink des Schicksals. Vielleicht hatte sogar der Teufel seine Finger im Spiel. Auf jeden Fall habe sich an diesem Tag der Schalter umgelegt, so der Podgorsky. Nichts würde mehr wie vorher sein.

Dabei hatte nichts darauf hingewiesen. Wie so oft hatte Stalin seine Engvertrauten Beria, Chruschtschow, Malenkow und Bulganin zu sich zitiert, um bei reichlich georgischem Wein amerikanische Cowboyfilme anzusehen. Diese Gelage verlangten dem Politbüro einiges ab. Nicht nur, dass man höllisch aufpassen musste, was man sagte. Es drohte einem auch die Todesstrafe, wenn man einschlief. Stalin, dessen alkoholbedingte Erinnerungslücken immer breiter klafften, plombierte diese mit Paranoia und Zorn. Man sagte, das große Thema des Abends sei der Ärztekomplott gewesen. Stalin vermutete eine große medizinische Verschwörung und fürchtete um sein Leben. Da die meisten Ärzte Juden waren, verdächtigte er die amerikanischen Geheimdienste. Deshalb saßen alle Kapazunder in den Folterkammern des Landes. Stalin drohte das versammelte Politbüro einen Kopf kürzer zu machen, wenn es nicht endlich brauchbare Geständnisse aus den inhaftierten Ärzten herausprügele.

Als Stalin am Tag nach dem Gelage nicht wie gewohnt mittags aufstand, traute sich niemand in sein Zimmer. Stattdessen versuchte man jeglichen Lärm zu vermeiden, da unliebsame Geräusche nicht selten mit der Todesstrafe geahndet wurden. Irgendwann überwog aber dann doch die Angst, für unterlassene Hilfeleistung hingerichtet zu werden, und ein Personenschützer wagte sich in das Zimmer des Woschd. Es bot sich ihm ein fürchterlicher Anblick. Stalin lag in kurzer Pyjamahose und Unterhemd auf dem Teppich. Er war bei Bewusstsein, konnte aber nicht sprechen. Um ihn herum hatte sich eine gelbe Lake gebildet. Der Woschd lag in seiner eigenen Pisse. Als Stalin merkte, dass der Personenschützer merkte, verfinsterte sich sein Antlitz. Er warf dem Mann wütende Blicke zu, als wollte er ihn stumm zum Tode verurteilen. Dann schlief er ein und begann lauthals zu schnarchen.

Als das Politbüro geschlossen vor dem schlafenden Stalin stand, suchten sie schnell wieder das Weite. Man hielt ihn für betrunken und die Angst, dass er sie, wenn er verkatert aufwachte, zum Tode verurteilen würde, war größer als ihre Sorge. Der Woschd reagierte bekanntlich allergisch auf den Bruch seiner Privatsphäre. Jeder von ihnen stand auf der Abschussliste. Geheimdienstchef Beria wurde sogar gezwungen, gegen sich selbst zu ermitteln. Das ganze Land habe auf seiner Liste gestanden, hatte man später gescherzt. Obwohl Stalin zu diesem Zeitpunkt längst tot war, kamen den meisten solche Witze nicht ohne Unbehagen über die Lippen. Man fürchtete, der Woschd würde selbst aus dem Jenseits noch Todesurteile verhängen.

Auf der Fahrt zurück nach Moskau beriet sich das Politbüro, welche Ärzte man konsultieren könne. Keinesfalls einen Juden. Keinesfalls einen Inhaftierten. Blieben nur Dilettanten. Für einen Kunstfehler würde man ebenfalls hingerichtet werden. Schachmatt, sagte Chruschtschow. Alle nickten und wähnten sich bereits in einem sibirischen Arbeitslager. Man sagte, Beria habe plötzlich gesagt: *Ich habe ihn für euch erledigt. Ich habe euer Leben gerettet.* Chruschtschow, Malenkow und Bulganin sollen ihn angesehen haben, wie man jemanden ansah, der gerade den Verstand verloren hatte.

Aber das war die Lösung. Ein Komplott. Denn am schwierigsten war, dass Stalin ihnen nicht befahl, was sie mit ihm anstellen sollten. Sie waren auf sich alleine gestellt. Und damit kamen sie nicht zurecht. Ein gemeinsames Komplott löste dieses Dilemma. Dadurch wären die nächsten Schritte vorgegeben und der gewohnte Machtkampf durfte beginnen. Wobei man sich Treue schwor. Schließlich war man jetzt durch eine Verschwörung miteinander verbunden.

Ob die Geschichte der Wahrheit entsprach oder nicht, so wurde sie auf jeden Fall vom Podgorsky erzählt. Und warum sollte er lügen? Schließlich war er selbst einmal Kommunist gewesen. Am Ende, so der Podgorsky, sei es egal, ob man Stalin ermordet habe oder nicht. Viel wichtiger sei, dass Beria es getan haben könnte. Schließlich habe dieser in seiner langen Karriere als Geheimdienstchef wiederholt seine Vertrautheit mit Giften bewiesen. Und den Hinweis auf Magenblutungen, der im ersten Entwurf des ärztlichen Dossiers noch enthalten gewesen sei, habe man zwar in der offiziellen Fassung getilgt, aber innerhalb des Politbüros umso forcierter propangiert.

Jemand, der es wagte, Stalin umzubringen, musste sich seiner Sache absolut sicher sein. Ein solcher stand im Bund mit dem Teufel. Oder schlimmer: handelte auf Geheiß von Stalin persönlich. Denn eines fragte man sich schon: Konnte man Stalin überhaupt töten, ohne das Einverständnis von Stalin? Die Antwort lautete: Nein. Und so ging man laut Podgorsky davon aus, dass Beria Stalin umgebracht hatte, bevor Stalin überhaupt tot war.

Währenddessen kämpften eine Handvoll zweitklassiger Ärzte um das Leben des Führers. Ihre Hände zitterten bei jedem Handgriff. Man sagte, der Zahnarzt habe die Prothese beim Versuch, sie aus dem Mund zu nehmen, auf den Boden fallen lassen. Alle standen betreten herum. Keiner wagte es, das falsche Gebiss des Woschd zu berühren. Wann Stalin genau gestorben war, konnte man ebenfalls nicht sagen. Denn keiner der Ärzte hatte es gewagt, den Puls zu fühlen.

Die Mitglieder des Politbüros hielten stets zu zweit Wache am Totenbett. So konnte man einander besser kontrollieren. Als sich die Lippen des Führers schwarz färbten und kein Atem mehr zu sehen war, tauschte man Blicke aus. War er sicher tot? Man wartete. Nach einer Weile begann der Erste rituell zu weinen. Als Stalin nicht widersprach und auch niemanden zum Tode verurteilte, setzten die anderen ein. Ob die Tränen allerdings echt gewesen seien, daran bestehe höchster Zweifel, so der Podgorsky.

Immerhin habe dieses Ungetüm über zwanzig Millionen Menschen auf dem Gewissen. Für ihn sei Stalin ein noch größerer Verbrecher als Hitler gewesen. Und wer solle das besser beurteilen können als er. Schließlich sei er Polizist.

Am fünften März hatte man Patient eins für tot erklärt. Beria wurde hinter Malenkow die unangefochtene Nummer zwei und ordnete die Entstalinisierung und die Freilassung aller Ärzte an. Auch jene, die für den Tod Stalins verantwortlich waren, wurden überraschenderweise nicht exekutiert. Ein neuer Wind wehte, was viele Sowjets beunruhigte. Es roch beängstigend nach Freiheit.

Glücklicherweise hielt der Zustand nicht lange an. Beria wurde noch im gleichen Jahr zum Tode verurteilt. Die einen sagten, weil er sich für eine Wiedervereinigung Deutschlands eingesetzt habe. Andere, weil er Stalin auf dem Gewissen hatte. Offiziell lautete das Urteil auf Spionage im Auftrag der Engländer in den 20er-Jahren. Berias Sohn behauptete, sein Vater sei aber schon ein halbes Jahr vor dem Urteil erschossen worden. Aber das seien nur Gerüchte, so der Podgorsky. Malenkow durfte am Leben bleiben, musste aber Chruschtschow weichen. Was auch den Podgorsky überraschte. Dieser lächelnde dicke Mann würde die finsteren Visagen in Moskau nicht lange überleben, soviel sei gewiss. Die meisten hätten mit der Fortführung des stalinistischen Gedankens gerechnet. Stattdessen wurde der Personenkult verboten und großräumige Reformen angekündigt. Nicht im Sinne der Freiheit. Sondern ausschließlich, um militärisch und gesellschaftlich aufzurüsten. Denn eines galt auch für Chruschtschow. Die Überlegenheit des Sowjetmenschen war unantastbar.

Der Tod Stalins ändere alles, so der Podgorsky. Man müsse jetzt schleunigst wieder mit den Staatsvertragsverhandlungen beginnen. Und tatsächlich wehte auch ein frischer Wind durch Wien. Während der russischen Wochen kam es zu großräumigen Amnestien, die militärischen Hochkommissare wurden durch zivile ersetzt, die Kontrolle an den Grenzen wurde aufgehoben, die Sowjets verzichteten auf Besatzungskosten, die Zensur wurde abgeschafft und man war plötzlich der Auffassung, dass Österreich keine Mitverantwortung am Nationalsozialismus trug, sondern Hitlers erstes Opfer war. Dieser Freispruch wurde von den hiesigen Totschweigern mit einem feierlichen Schweigen goutiert. Endlich konnte man ungestört über das Wetter, Peter-Alexander-Filme und die herrlichen Kaiserzeiten parlieren. Endlich durfte man laut sagen, was man sich für die Nachkriegszeit zurechtgelegt hatte, was aber von den übereifrigen Russen zunichtegemacht worden war. Nämlich, dass man Hitler gehorchen musste, sonst wäre man zum Tode verurteilt worden. Die Russen hatten neuerdings Verständnis dafür. Und vorlaute Einwände, dass es schon erstaunlich sei, wie es eine einzige Person geschafft habe, ein ganzes Land im Zaum zu halten, wurden mit strafenden Blicken abgetan. Man hatte das Recht, die Sache auszuschweigen. Selbst der Podgorsky hatte keine Lust mehr, darüber zu sprechen. Mit der Operation Eiserner Besen hatte er seine Schuldigkeit getan. Er war ein astreiner Antifaschist. Niemand konnte das Gegenteil behaupten. Jetzt musste es irgendwann auch gut sein.

Es ging aufwärts in Österreich, was dem Krutzler dementsprechend Sorgen bereitete. Man hatte sich zwar gut aufgestellt und rechtzeitig erkannt, dass man nicht ewig auf den Schmuggel setzen konnte. Aber jetzt musste man die Karten neu mischen und verteilen. Sonst drängten sich zu viele neue Mitspieler an den Tisch. Während sich der Krutzler um die Stoßpartien kümmerte, machte sich der Praschak bei den Sportwetten wichtig. Besonders die Kampfsportarten hatten es diesem angetan. Die Freistilkämpfe am Heumarkt halfen ihm aber auch, mit seiner aufkeimenden Einsamkeit fertigzuwerden. Der primitive Sportsgeist der jovialen Männerrunden gab ihm das Gefühl, eine Welt ohne Gusti wäre möglich. Obwohl ihm natürlich ihre Befehle fehlten. Sie gaben ihm Halt und begleiteten ihn durch einen ganzen Tag, während die Freistilringer nur für die Abende gut waren. Aber die Gusti machte keine Anstalten, zu ihm zurückzukehren. Eher versuchte sie ihm die Fleischerei abtrünnig zu machen. Nur über meine Leiche, hatte der Praschak gesagt. Alles Geld könne sie haben, aber nicht das Geschäft seines Alten.

Die Erdberger waren die unangefochtenen Herrscher ihres Metiers. Jeder, der sich an ihren Tisch gesellte, musste dafür zahlen. Aufmüpfige gab es kaum. Der Blutmarsch der letzten Jahre hatte seine Wirkung nicht verfehlt. Man hatte Wien in Stoßbezirke aufgeteilt und stampfte im Monatstakt neue Bordelle aus dem fruchtbaren Boden der trostlosen Nachkriegsjahre. Erst letzte Woche hatte der Sikora das Salambo eröffnet, das er zu Ehren des Wessely nach einem Flaubertroman benannte.

Dieser meldete sich aus dem Gefängnis regelmäßig zu Wort, weil er viel Zeit zum Denken und Lesen hatte. Der Krutzler erfuhr seine Parolen über Umwege. Die Lassnig besuchte den Wessely und diese gab ihre Befehle an den Jerabek weiter. Auch wenn die Gedanken im Gefängnis oft nichts mit der Realität draußen zu tun hatten, wagte es keiner, sich dem Fremdenlegionär alias der Lassnig alias dem Wessely in den Weg zu stellen. Der Krutzler hatte den Draht zum Bleichen verloren. Es wäre zu auffällig gewesen, ihn dauernd im Gefängnis zu besuchen. Zu hoch die Gefahr, belauscht zu werden. Zu offensichtlich die Verbindung, sagte er, wenn man ihn fragte. Wobei das vermutlich eine Ausrede war. Anfangs unterstellte man ihm noch ein schlechtes Gewissen. Aber nach ein paar Monaten warf ihm der Sikora vor, dass es dem Krutzler ausschließlich um die Alleinherrschaft gehe. Angeblich habe sich der Krutzler auch die zweite Null am Unterarm durchstreichen lassen. Und sich selbst damit zur Nummer eins gekrönt. Er solle ihm den Unterarm zeigen, so der Sikora. Das werde er nicht, so der Krutzler. Auf solche Gestapomethoden lasse er sich nicht ein. Seine Tätowierung zeige er niemandem. Nicht einmal der Musch.

Und wieder war es dem Sikora nicht gelungen, in das Innere des Krutzler vorzudringen. Wenn er glaube, dass er hier den Solisten spielen könne, würden das der Praschak und er zu verhindern wissen. Schließlich habe man sich gegenseitig allerhand geschworen. Und wenn sich der Krutzler deppert spiele, dann werde man ganz schnell die Blutverträge zücken und einen Wunsch aktivieren. Er solle bloß nicht vergessen, dass jeder von ihnen den anderen jederzeit vernichten könne. Ein Hiroshima werde ihn erwarten, sollte er sich nicht an die Regeln halten.

Worauf dem Krutzler die Frau im Turban einfiel und er sich fragte, ob seine nuklearen Bestände beim Praschak noch in den richtigen Händen waren. Er musste sich um seinen Freund kümmern, sonst stünde er am Ende alleine da. Musste die letzten Verbündeten pflegen. Den Wessely neutralisierte er, indem er ihm einen eigenen Bereich zuwies. Er solle das Ministerium für Schutzgeld und Schuldeneintreibung leiten. Das sei aus dem Gefängnis zu bewerkstelligen. Und biete eine fantasiereiche Zerstreuung neben dem Häftlingsalltag. Für den Jerabek gebe es vermutlich keine befriedigendere Tätigkeit. Nur die Lassnig gab sich damit nicht zufrieden. Sie bestand auf Einsicht in die Bilanzen. Was der Krutzler ihr widerwillig gewährte, auch wenn er ihren Einfluss auf den Praschak fürchtete. Die Lassnig wickelte jeden ein und setzte dabei das Gesicht eines Lammes auf. Das hatte sie im Großbürgertum gelernt. Und das war laut Krutzler die höchste Schule für angehende Verbrecher.

Auch auf den Sikora hatte die Lassnig einen schlechten Einfluss. Nicht, dass sie etwas dafür konnte, dass dieser immer tiefer in seine Frauengeschichten abtauchte. Man hatte dem Krutzler von würdelosen Zuständen berichtet. Man komme als Professionelle gar nicht mehr dazu, ungestört das Gunstgewerbe auszuführen. Ständig musste man Angst haben, der Sikora würde einem sexuelle Dienste abverlangen. Bis zu zehn Frauen verbrauche er am Tag. Und ab der dritten sei es mit einer ungehörigen Anstrengung verbunden, den Schlaksigen zu einem befriedigenden Ende zu führen. Bei Versagen drohte er mit Prügel. Die Huren standen kurz vor der Meuterei, wenn man nicht bald etwas unternehmen würde.

Wenn eine Hure zum Krutzler kam, um sich zu beschweren, dann musste schon ordentlich was los sein. Er galt nicht unbedingt als Beichtvater, dem man sich gerne anvertraute. Im Gegenteil. Die Beichtstunden, die er als Kardinal regelmäßig absolvierte, dienten eher Geständnissen. Einmal im Monat mussten seine Leute antanzen und ihm alle ihre Missetaten beichten. Wobei sich die Buße zumeist gewaschen hatte. Sie reichte von Geldstrafen bis zu körperlicher Erniedrigung, von materiellen bis zu persönlichen Opfern. Der Kardinal wusste bei jedem, wo es wehtat. Wichtig war dem Krutzler, dass die Beichte zu nachhaltiger Reue führte. An guten Tagen ließ er seiner Muße freien Lauf. Viele sagten, in der Bestrafung habe der Krutzler sein wahres künstlerisches Talent entfaltet.

Für eine geringfügige Befehlswidersetzung wurde man acht Stunden lang nackt an einen Straßenpfeiler gefesselt. Für kleine Unterschlagungen mussten hochdekorierte Unterweltler Ladendiebstähle unter ihrer Würde begehen. Für einen geringfügigen Zund bei der Polizei ließ er demjenigen *Naderer* auf die Hand tätowieren. Für harmlose Lügen wurde man zum Schuhputzen verdammt. In diesem Fall stellte sich die vollständige Wiener Unterwelt in einer Reihe auf und der Bußgänger musste unter lautstarker Verhöhnung die sogenannten *Böcke* der Zuhälter putzen. Besonders in Erinnerung blieb die Bestrafung der Zwillinge Hans und Hans. Da man nicht wusste, wer von den beiden für das Drogengeschäft verantwortlich war, wurden sie zeitgleich sanktioniert. Der Krutzler duldete viel, aber der Handel mit Rauschgift war seinen Leuten strengstens verboten. Um das Gift aus ihnen auszuleiten, mussten sie so lange faule Eier im Glas essen, bis einer der beiden ins Krankenhaus eingeliefert wurde.

Der Krutzler bewies eben auch Humor. Wobei die meisten eher aus Angst mitlachten. Zwei Monate später war einer der Zwillinge bei einem bewaffneten Raubüberfall ums Leben gekommen. Man erfuhr nie, welcher. Der andere Hans hatte sich daraufhin aus dem Milieu zurückgezogen und wurde nie wieder gesehen.

Den Sikora allerdings konnte der Krutzler schlecht bestrafen. Obwohl er den Huren Glauben schenkte. Warum sollten sie lügen? Sie wussten, was auf Meineid stand. Das Kaktusblasen hatte schon einige die Geschäftsfähigkeit gekostet. Es musste ordentlich etwas vorgefallen sein, bevor sich ein Zuhälter so ins eigene Fleisch schnitt. Wie gesagt, eine Hure war Teil der eigenen Persönlichkeit. Aber manchmal war eine Amputation unumgänglich. Der Sikora hingegen begann die Kakteen inflationär einzusetzen. Er bestrafte die Mädchen nicht nur für Unterschlagung oder fehlende Arbeitsmoral, sondern vor allem, wenn sie ihn zurückgewiesen hatten. Was zunehmend vorkam.

Von den malträtierten Huren erfuhr der Krutzler auch, dass es ausgerechnet die Lassnig war, die dem Sikora die Frauen zuführte. Er leide an einer Liebeskummersucht, so der Krutzler. Eher an einer Randaliersucht, so die Musch. Der Praschak konstatierte eine Fleischsucht. Der Schwarze Baron eine Melancholiesucht. Und der Podgorsky eine Zerstreuungssucht. Aber niemand kannte seine Sucht so genau wie die Lassnig. Sie hatte das Kommando in seinem Kopf übernommen. Angeblich war er in drei Dutzend Frauen gleichzeitig verliebt. Er nannte sie seinen Hofstaat und versorgte sie mit Privilegien. Die Lassnig gab die Zeremonienmeisterin, an der kein Weg vorbeiführte. Sie orchestrierte eine Zweiklassengesellschaft, die kurz vor dem Zerfall stand.

Wenn eine Hure einen wie den Krutzler um Hilfe bat, dann hatte es zwölf geschlagen. Dann musste eine solche mit dem Rücken zur Wand stehen und vermutlich um ihr Leben fürchten. Denn am ehesten wurde der Krutzler damals mit Stalin verglichen. Die wildesten Gerüchte kursierten. Da wurde von Menschenopfern gemunkelt. Aber auch von gezogenen Zähnen oder abgeschnittenen Zehen. Niemand hatte aber je einen Krutzlermann mit fehlendem Gebiss oder abgeschlachteten Kindern getroffen. Wie Stalin lebte der Krutzler von seinem schlechten Ruf und der Angst, die er verbreitete. Beliebt sei er damals nicht gewesen. Eher habe man auf eine Gelegenheit gewartet, dass ihn jemand entsorgte. Die Luft zwischen den ehemaligen Freunden war so dick wie gestocktes Blut. Man ging sich aus dem Weg und konzentrierte sich auf das Geschäftliche.

Noch verhasster war allerdings die Lassnig, deren falsche Bauhausfassade ein jeder im Milieu durchschaute. Man munkelte, dass ihr neben dem Sikora inzwischen auch der Jerabek hörig sei. Vor dem Fremdenlegionär fürchteten sich selbst die hartgesottensten Unterweltler. Man sagte, der Jerabek habe seine Seele im afrikanischen Dschungel gelassen. Und gegen einen, der schon gestorben war, habe niemand eine Chance. Die meisten Wiener Zuhälter waren zwar brutal, aber gleichzeitig lebensfroh. Niemand legte sich mit einem Untoten an. Einer wie der Jerabek sorgte nicht nur für Raumtemperaturen unter dem Nullbereich, sondern auch für ein Unbehagen, das man aus Wildwestfilmen kannte, wenn der Fremde mit dem schwarzen Hut den Salon betrat. Alles hoffte auf den Krutzler, weil man diesen wenigstens noch für einen Menschen hielt. Niemandem sonst traute man ein Duell mit diesem Zombie zu. Es schien nur eine Frage der Zeit, bis einer von den beiden gehen musste. Selbst der Podgorsky hatte sich schon über den Fremdenlegionär beschwert. Auch dessen Leute machten einen weiten Bogen um ihn.

Nur die Lassnig schien diesem Teufel Herr zu werden. Man sagte, der Jerabek pflanze ihr einen noch größeren Schauer in den Körper als der Wessely. Insofern sei nicht der Jerabek ihr hörig, sondern es verhalte sich umgekehrt. Wobei man die Fähigkeiten von einer wie der Lassnig nicht unterschätzen durfte. Nur weil sie die Ungewissheit, ob ihr der Jerabek im Bett den Hals umdrehte, um den Verstand brachte und seine Ausdauer bis zu ihrer Ohnmacht hielt, hieß das noch lange nicht, dass sie ihm keine Befehle ins Ohr flüsterte. Denn der Jerabek war viel, aber kein General. Er verstand sich als Soldat, dessen Dasein ganz auf die Erfüllung aussichtsloser Missionen ausgerichtet war. Und in der Lassnig hatte er die ideale Befehlshaberin gefunden. Auf niemanden hörte ein Mann mehr als auf eine Frau, die er verachtete. Und die Lassnig, die nach seiner sexuellen Grausamkeit gierte, verachtete er zutiefst. Seine Sucht bestand darin, dass ihr Wimmern ihm erhalten blieb. Deshalb waren ihre Befehle auch nicht hierarchischer Natur. Vielmehr flehte sie ihm ihre Wünsche ins Ohr. Für jedes unterwürfige Flüstern der Lassnig hätte der Jerabek eine Armada getötet.

Auf diese Weise hatte sich die Hexe einen guten Teil der österreichischen Unterwelt untertan gemacht. Ohne in das Milieu einzutreten. Aber sie hatte eine Mission. Dass der Wessely für den Krutzler ins Gefängnis gegangen war, das würde sie dem Krutzler nie verzeihen. Und dass er ihr den

Mord an ihrem Mann in die Schuhe schieben wollte, musste mit Gleichem vergolten werden.

Die Lassnig warte nur auf eine Möglichkeit, den Krutzler umzubringen, so die Musch. Vermutlich würde sie dem Jerabek einen ähnlichen Befehl ins Ohr flüstern wie seinerzeit dem Krutzler. Das habe er sich selbst eingebrockt. Damit müsse er alleine fertigwerden. Sie habe schon genügend Probleme, so die Musch. Was sie damit meine?, fragte der Krutzler. Und was sie sich einbilde, so von ihm zu denken? Von der Lassnig lasse er sich doch keine Befehle geben. Er habe das nur für den Bleichen getan. Dass der Wessely dieser Unperson verfallen sei, dafür könne er schließlich nichts. Er überlege vielmehr, ob er seinem Freund die Geschichte mit dem Jerabek stecken solle. Aber in so etwas mische man sich nicht ein. Da sei er ganz Gentleman. Und was sie da überhaupt von Problemen rede? Sie schaffe sich ihre Probleme ausschließlich selbst, schließlich habe er für sie alles auf die Seite geräumt. Damit sie ein schönes Leben habe. Dass sie nicht lache!, antwortete die Musch. Er, der Krutzler, sei die Ursache aller Probleme. Und nichts habe er für sie getan. Alles drehe sich um ihn selbst. Der Krutzler wähne sich in einem amerikanischen Gangsterfilm, wo die anderen nur Statisten seien, die es rechtzeitig abzuknallen gelte. Wenn jemand Probleme mache, müsse er weg! Ein Wunder, dass sie noch unter den Lebenden weile.

Ob sie jetzt völlig deppert sei?, sagte der Krutzler. Ob sie tatsächlich glaube, dass er die Wohnung hier im Prater für sich gekauft habe? Was brauche er einen Garten? Für sie und den Herwig und diesen depperten Dachs habe er das getan. Dass sie ihm ständig Selbstsucht unterstelle, stehe

ihm längst bis da oben. Er deutete an die Decke, deren
Stuck aus der Jahrhundertwende stammte. Der Krutzler
hatte ihr ein kleines Schloss hingestellt, um sie endlich aus
dem Hotel Dresden herauszuschälen. Und natürlich habe
er erwartet, dass sie ihn dafür heiraten würde. Aber nichts.
Nicht einmal ein Dankeschön! Stattdessen würde sie ihn
ständig zurückweisen. Sie solle sich lieber endlich für ihn
entscheiden, anstatt auf Zeit zu spielen. Beziehungsunfähig! Das sei sie! Halte einen Mann in ihrer Nähe nicht aus.
Eine verkappte Lesbierin! Sie nütze den Geschlechtsverkehr nur, um sich auf jemanden draufzusetzen wie ein
Vogel, der fremde Eier ausbrüte. Raffgierig! Und nie bereit,
den Preis zu bezahlen. Ein Kind müsse er ihr machen! Das
sei die einzige Möglichkeit, damit wenigstens irgendetwas
Greifbares übrig bleibe. Diese Beziehung sei ein einziges
Geisterhaus. Allerdings eines, in dem keiner wohne. Sie
solle sich sofort ausziehen, damit er ihr ein Kind machen
könne. Nur ein gemeinsames Kind werde aus der Musch
einen anständigen Menschen machen. Abgesehen davon,
dass der Herwig zunehmend verwahrlose. Es brauche ein
gemeinsames Kind, um aus ihm endlich einen Erwachsenen zu machen. In ganz Wien lache man schon über ihn.
Der Krutzler, der nicht einmal ein Kind zustande bringe.
Die Musch würde ihm auf dem Kopf herumtanzen. Ausnutzen würde sie ihn. Dass sich so ein Mannsbild so vorführen lasse, das würden sie sagen. Aber vermutlich sei ihr
das recht. Weil es ihr nur darum gehe, wer im Bett obenauf
sei. Am Ende sei sie eine Zuhälterin, die alle anderen als
ihre Huren betrachte. Aber er sei keine Hure. Sondern
ebenfalls Zuhälter. Das müsse sie irgendwann akzeptieren.
Sonst gehe er jetzt bei der Tür hinaus. Dann könne sie hier

endlich ihren Lesbenpuff eröffnen. Das wäre ihr ohnehin am liebsten.

Dann hielt er inne. Nicht weil ihm die Luft ausgegangen war, sondern weil ihm nichts mehr einfiel. Dem Krutzler standen weniger Worte zur Verfügung als Schläge. Aber die Zeiten, als er und die Musch sich wenigstens noch geprügelt hatten, waren längst vorbei. Die meiste Zeit schwieg man sich in die Erschöpfung. Vielleicht hatte die Lassnig recht behalten. Vielleicht waren sie tatsächlich bürgerlicher als alle anderen zusammen.

Die Musch warf ihm einen Blick zu, der ihm Angst machte. So hatte sie ihn noch nie angesehen. Würde sie ihn verlassen? War es das? Wenn jemand schlecht mit Ultimaten umgehen konnte, dann sie. Sie sah ihn an, wie man jemanden ansah, dessen Kind man abgetrieben hatte. Der Krutzler sah zurück, wie jemand zurücksah, der das gerade begriff. Wie ein Kartenhaus fielen seine Knochen im Inneren zusammen. Er schüttelte den Kopf, als würde sich dieser aus seinem Hals schrauben wollen. Es fehlte ihm das Wort. Dieses eine Wort. Es wollte ihm nicht einfallen. Die Musch hielt ihren Blick. Ihre Augen wurden kalt und kälter – bis sie durch ihn durchsahen, als wäre sie geistig schon ausgezogen. Und dann fiel es ihm ein. Es fiel ihm aus dem Mund. *Nein. Nein. Nein.* Es war ihm nicht eingefallen, weil er es bis zu diesem Zeitpunkt nur als Befehl verwendet hatte. Aber jetzt war es der Kern seiner Verzweiflung, dem das Fruchtfleisch fehlte. *Nein. Nein. Nein.* Es kam kein Ja aus der versteinerten Musch. Kein Nicken. Keine Erklärung. Nur dieser Blick. Sie hatte sein Kind zum Tode verurteilt. Ohne dass er es wusste. Ob sie völlig deppert sei? Habe sie Angst gehabt, dass es debil sein würde? In seiner Familie habe noch nie einer ein behindertes Kind gezeugt. Die Krutzlers seien allesamt gesunde Krutzlers gewesen. Was sie sich einbilde, ohne seine Erlaubnis sein Kind abzutreiben? Für wen sie sich halte? Für den Herrgott persönlich? Was ihr das Recht gebe, ein unschuldiges Leben auszulöschen?

Noch immer keine Antwort. Ob es ihr die Sprache verschlagen habe? Aber damit würde er sie nicht durchkommen lassen. Sie werde dieses Kind nicht totschweigen können. Was sie damit angestellt habe? Ob sie es wenigstens ordentlich beerdigt habe? Vermutlich habe sie ihm gar keinen Namen gegeben. Wie ein Stück Fleisch habe sie sein Kind entsorgt. Ob es wenigstens ein Sohn gewesen sei? Sie würden seinem Sohn einen Namen geben! Gemeinsam. Jetzt. Sie brauche nicht zu glauben, dass sie sich einfach davonschleichen könne. *Franz. Leopold. Karl. Bruno. Hans. Fritz. Norbert. Reinhard.*

Die Musch ging an ihm vorbei und verließ schweigend den Raum. Den Herwig nahm sie mit. Wochenlang überprüfte der Krutzler täglich die Schränke. Aber niemand kam die Sachen holen. Er lebte in einer zu großen Einzelzelle. Wusste nicht, wo sie abgeblieben war. Fragte auch niemanden. Vor dem Schlafengehen roch er manchmal an ihrer Unterwäsche. Dann hielt er es nicht mehr aus. Er verbrannte ihre Kleider und die ausgestopften Viecher vom Herwig, die er ihm im Monatstakt geschenkt hatte. Die Welt um ihn herum existierte nur noch schemenhaft. Nichts war greifbar. Am deutlichsten spürte er die lauernden Blicke vom Jerabek. Alles andere hatte seine Konturen verloren.

Der Krutzler funktionierte wie damals im Lager, als er abwesend die Köpfe der Nazis drapierte. Wie ein Gespenst hielt er die Erdberger Geschäfte am Laufen. Er überwachte die Stoßpartien. Er hörte sich die Sorgen der Huren an. Er schüchterte aufmüpfige Klienten ein. Aber selbst dem Kamel fiel auf, dass der Krutzler nicht bei der Sache war. Dass er sich schon heute nicht mehr an das, was gestern war, erinnerte. Als man ihn wegen einer Notwehraktion verhörte, schwieg er sich aus. Nichts wisse er. Scheißen sollen sie alle gehen.

Der Podgorsky folgte den Entwicklungen mit Sorge. Einen schwachen Krutzler konnte sich auch der erstarkende Polizeiapparat nicht leisten. Er boxte den Notwehr-Krutzler noch einmal frei, aber es hatte sich im Milieu herumgesprochen, dass er schwächelte. Da wähnte sich die zweite Reihe bereits in der ersten. Aber Mittelmaß gab es schon genug. Das Land brauchte jetzt die besten Köpfe. In allen Bereichen.

Daher verbrachte der Podgorsky seine Abende mit dem Krutzler in der Tikibar des Schwarzen Barons. Nicht, dass er besonders viel für die Südsee übriggehabt hätte. Dieses liebliche Getue war ihm zu apolitisch. Er wollte nicht in einer Welt leben, in der man lächelnd Blumen umgehängt bekam und an bunten Cocktails nippte. Auch sein Verhältnis zum Schwarzen Baron war inzwischen getrübt. Seit Monaten prahlte dieser damit, keinen Alkohol mehr anzurühren. Natürlich flankierte er es mit wohlfeilen Sätzen, die nüchtern wie abgeschmackte Binsenweisheiten klangen. Diese Nüchternheit provozierte den Podgorsky aufs Blut. Als es wie so oft um die verdammte Kommunistenbrut ging, unterbrach der Baron die Podgorsky-Tirade und setzte sein belämmertes Lächeln auf: Ein Großteil der Leute seien eben Menschen. Für was hielt sich dieser Neger? Für den Dalai Lama? Der Podgorsky zischte, dass er vermutlich auch glaube, dass die wahren Opfer nicht die Juden, sondern die Kommunisten gewesen seien. Worauf der Baron ihm einen rosafarbenen Cocktail vor das Gesicht stellte, als sei dieser die Antwort auf alle Fragen. Der Podgorsky ballte unter der Bar beide Fäuste und konzentrierte sich stattdessen auf den Krutzler, der schweigend dasaß und mit der Glitzerpalme spielte, die in einer Ananas steckte. Dem Polizisten fielen keine Worte des Trostes ein. Man könne schließlich nicht alle Frauen der Welt verhaften, scherzte er. Es entstand ein Schweigen, das weder mit dem Warten im Auto noch mit der Stille nach einem Entschluss etwas gemein hatte. Der Moment offenbarte vielmehr die stumme Kargheit, die unter allem zu liegen schien.

Für den Schwarzen Baron hingegen stellte die Stille, die nur von der plätschernden Südseemusik verhöhnt wurde, eine Möglichkeit dar, seinen nächsten Satz zu platzieren. Er putzte seine Brille, wie jemand seine Brille putzte, der es darauf anlegte, den Hass der Menschheit auf sich zu ziehen. Tja, sagte er, man solle nie der Wahrnehmung einer Frau widersprechen. Sogar die Realität richte sich danach. Dann runzelte er die Stirn und nickte selbstgefällig. Wäre in diesem Moment nicht Harlacher hereinmarschiert, der Podgorsky hätte dem Baron die Brille vom Gesicht gerissen und wäre darauf wie ein Giftzwerg herumgetrampelt. So beließ er es dabei, seine Fingernägel in das Rattan des Barhockers zu krallen und den Doktor mit leichtfüßiger Freundlichkeit zu begrüßen. Alle versuchten, den Krutzler mit guter Stimmung anzustecken. Aber dieser schien immun. Als ihm Harlacher jovial an den Mantel griff, goutierte er das nicht wie sonst mit einem warnenden Blick, sondern bohrte die Glitzerpalme noch tiefer ins Fruchtfleisch der Ananas.

Der Harlacher hatte überhaupt kein Talent für die anderen. Für ihn waren sie alle Geheimnisträger eines Wissens, das ihm vorenthalten wurde. Im Zweifelsfall vermutete er Doppelagenten, die im Auftrag Himmlers agierten. Das Schweigen in der Tikibar machte ihn nervös. Hatte man über ihn gesprochen? Kannten sie seine Pläne? Er hatte niemanden eingeweiht. Obwohl, das stimmte nicht. Vermutlich hatte man seine Briefe nach Asien und Südamerika abgefangen. Der Podgorsky steckte mit den Geheimdiensten unter einer Decke. Das war so sicher wie die Existenz des Yetis. Besser man ging gleich in die Offensive. Er würde den Krutzler für sein Vorhaben brauchen. Traurig sah er aus, der Riese. Als ob seine Gattung im Aussterben begriffen wäre. Aber in Wien hatte man ständig das Gefühl, etwas wäre im Aussterben begriffen. Davon durfte man sich nicht beeindrucken lassen. Im Gegenteil, es bestärkte seine Pläne. Harlacher sagte, er habe etwas zu berichten. Ein großes Vorhaben. Der Podgorsky müsse jetzt weghören. Aber die anderen hätten gewiss Interesse daran. Der Krutzler als Geschäftsmann. Der Schwarze Baron als Gastronom. Man müsse ihm nur absolute Verschwiegenheit versichern. Es sei eine große Sache. Und es wäre fatal, wenn die Himmlerschergen da draußen zu früh davon erführen. Gewiss würden sie alles zunichtemachen.

Er wolle, nein, er werde in Wien das weltweit erste Restaurant für gefährdete Tiere eröffnen. Exklusivste Gastronomie vom Feinsten. Die ganze Welt würde Schlange stehen, um seine Raritäten zu verzehren. Die Reichsten der Reichen würde er damit nach Wien holen. Mit allen Ehren, die ihm Himmler vorenthalten hatte, würde man ihn bald überhäufen. Aber sie dürften mit niemandem darüber sprechen. Kein Sterbenswörtchen. Auch wenn das bloße Wissen nutzlos wäre. Denn niemand außer ihm verfüge über die Kontakte, um dieses Vorhaben in die Realität umzusetzen. Denn mit der Idee alleine sei es keineswegs getan. Schließlich müsse man die vom Aussterben bedrohten Tiere auch besorgen können. Und dabei komme der Krutzler ins Spiel. Was er sage? Dagegen sei der Schmuggel der Nachkriegszeit ein Kindergarten. Er sah ihn an. Bereit, die Huldigungen entgegenzunehmen.

Aber der Krutzler hatte einen neuen Cocktail vor sich stehen und stocherte in der Ananas, als ob er erst den Weltbestand dieser Frucht aufspießen müsse, bevor er sich wieder der profanen Realität widmen könne. Dann ließ er einen Seufzer vom Stapel, so lange, so tief, dass der Podgorsky, der Baron und Harlacher befürchteten, er habe seine gesamte Lebensenergie ausgehaucht. Ohne Luft in den Lungen brummte der Krutzler: *So ein Schas.* Eine neue Stille machte sich breit. Eine, die jener vor der Entstehung der Welt glich. Der Krutzler wiederholte seine Worte. *So ein Schas.* Als hätte sich Gott doch nicht zur Schöpfung durchgerungen. Als wäre Harlacher persönlich für die Abtreibung seines Sohnes verantwortlich gewesen. Der Krutzler hatte sich mit sich selbst auf Reinhard geeinigt. Eine ganze Lebensgeschichte hatte er sich für seinen Sohn zurechtgedacht. Reinhard, der Große. Reinhard, der Starke. Reinhard, der Kluge. Reinhard, der Schöne. Reinhard Krutzler, der uneingeschränkt über Wien herrschte, der alle überlebte und die Privatarmee der Bregovic mit bloßen Händen vernichtete. Dann läutete das Telefon.

Wenn 1953 in einer Tikibar in Wien um Mitternacht das Telefon läutete, konnte das nichts Gutes heißen. Außer dem Praschak, der vermutlich bei den Freistilringern saß, dem Sikora, der sich in einer Frau verschwieg, der Musch, die ihn niemals als Erste anrufen würde, und dem Kamel, das in einer Stoßhütte den Buckel gab, saßen alle Möglichkeiten hier. Der Schwarze Baron hatte zuerst das Läuten gar nicht gehört, weil der Apparat bisher noch nie geläutet hatte. Er musste sich erst umsehen, wo er überhaupt stand. Der Podgorsky mutmaßte sofort einen polizeilichen Notfall, hoffte aber gleichzeitig, dass niemand wusste, wo er war. Harlacher verließ wortlos das Lokal und fragte sich, woher diese SS-Schweine seinen Aufenthaltsort kannten. Nur der Krutzler rechnete nicht damit, dass der Anruf ihn betreffen könnte. Stumm winkte ihn der Baron zum Apparat. Der Krutzler war keiner, der telefonierte. Er musste jemanden sehen, um zu prüfen, ob er log. Bei Telefonaten argwöhnte er stets einen Dritten, der danebenstand und das Gespräch belauschte. Menschen, die telefonierten, konnte man prinzipiell nicht trauen.

Ja?
Ich bin's.
Wer ist ich?
Deine Mutter.

Der Krutzler seufzte. Seit Wochen hatte er keinen Gedanken an sie verschwendet. Es hatte sich schon fast so angefühlt, als hätte es die Alte nie gegeben.

Wo sie sich befinde? Zu Hause. Woher sie ein Telefon habe? Von der Post. Seit wann? Jeder habe ein Telefon heutzutage. Nur nicht ihr Sohn. Er habe eines. Er benütze es nur nicht. Einer wie der Krutzler war nicht erreichbar. Daran erkannte man seinen Stand. Woher sie überhaupt wisse, wo er sei? Na, er sitze doch immer bei diesem Neger. Das habe ihr der Buckelige erzählt. Sie sprach so laut, dass es auch der Baron hörte. Ihre Stimme übertönte die plätschernde Musik.

Der Krutzler hatte das Kamel abgestellt, um der alten Krutzler einmal die Woche Lebensmittel nach Kritzendorf zu fahren. Der Hausrusse war ihr abhandengekommen. Jetzt hatte sie keine Ansprache mehr. Und offen gesagt: Zu mehr war das Kamel auch nicht mehr zu gebrauchen. Er sei dem Hausrussen am ähnlichsten, hatte der Krutzler gemeint. Da werde die Alte kaum einen Unterschied merken. Solange er dankbar fresse, was sie koche, und so tue, als ob er ihr zuhöre, sei alles in Ordnung. Was das Kamel ihr denn sonst noch erzähle? Na allerhand. Sie wisse genau Bescheid. Über was? Über den Handel aller Art. Ein gemachter Mann sei ihr Sohn. Ganz Wien habe Respekt vor ihm. Aber blicken lasse er sich nie. Was sie ihm getan habe? Das würde sie allzu gern wissen. Woher sie diese Nummer habe? Na, das Fräulein vom Amt habe sie durchgestellt. Sie habe gesagt, so viele Neger, die in Wien eine Bar betreiben, würde es mit Sicherheit nicht geben. Ob dieser Anruf einen Grund habe? Selbstverständlich. Es handle sich um einen Notfall. Er müsse sofort nach Kritzendorf kommen. Sie befinde sich in höchster Gefahr.

Der Krutzler knurrte. Jemand, der sich in höchster Gefahr befinde, würde nicht ein endloses Gespräch beginnen. Die Alte widersprach. Sie müsse es ausnutzen, wenn sie ihn einmal in der Leitung habe. Er schicke ihr ja nur noch diesen Krüppel vorbei. Das Kamel sei sein bester Mann. Dann würde es nicht gut um ihn bestellt sein. Offenbar wisse sie nichts. Woher auch? Er rufe ja nie an. Er sei prinzipiell dagegen. Gegen was? Gegen solche Gespräche. Kein Wunder, wenn er nie telefoniere. Was sie damit meine? Na, dass er es nicht könne. Was nicht könne? Das Telefonieren. Er telefoniere ja. Aber er könne es nicht. Das sei deutlich. Ein Telefonat funktioniere eben anders als ein normales Gespräch. Das müsse man lernen. Es sei eine Schande, dass so ein junger Mensch nicht imstande sei zu telefonieren. Wenn es sogar seine alte Mutter zustande bringe. Für nichts sei er gut. Nicht einmal zum Telefonieren. Er sei schon als Kind ein Nichtsnutz gewesen. Wie oft sie sich gewünscht habe, es wäre umgekehrt gewesen. Dass nicht der schöne Gottfried verglüht wäre, sondern er. Es stürben immer die Falschen. Aber wer nicht fliege, stürze auch nicht ab. Und der Krutzler sei schon immer zu behäbig für alles gewesen. Ein Hirschkäfer könne wenigstens fliegen. Es würde sie interessieren, mit was er sich seinen angeblichen Respekt verschaffe. Das müsse ein Haufen von Lemuren sein, die sich von so einem Nichtsnutz beeindrucken ließ. Was sie im letzten Leben verbrochen habe, mit ihm übrig zu bleiben? Was nütze ihr ein Kind, wenn es ohnehin nie anrufe. Sie habe sich diese Undankbarkeit nicht verdient. Schließlich habe sie diesen Brocken in die Welt gepresst. Sechs Kilo. Und eine Visage zum Fürchten. Sie hätte ihn abtreiben sollen. Da wäre ihr viel erspart geblieben. Dann legte der Krutzler auf und ging zurück an seinen Platz.

Es entstand jenes Schweigen, das nur dann entstand, wenn jemand vor aller Augen ein Telefongespräch abgebrochen hatte. Der Podgorsky sagte, dieses Verhalten würde in eine dunkle Zukunft deuten. Man solle sich einmal vorstellen, was das für den Alltag bedeute, wenn immer alle auflegten, sobald es unangenehm werde.

Dann schlug das Telefon erneut an. Der Krutzler knurrte. Der Podgorsky könne gerne statt ihm mit seiner Mutter telefonieren. Als der Schwarze Baron abheben wollte, bedeutete ihm der Krutzler, dass er sich hüten solle. Alle starrten auf das läutende Gerät. Der Schwarze Baron sagte, dass er es nicht aushalte, nicht zu wissen, wer anrufe. Na, wer es groß sein werde? Vermutlich die gleiche Person wie vorher. Das sei wahrscheinlich, aber nicht sicher! Ob er sich nicht frage, um was für einen Notfall es sich handle? Der Krutzler verneinte. Die Alte habe eben keinen zum Reden. Er würde sich morgen drum kümmern.

Der Baron sagte, dieses Läuten verunmögliche aber jede Unterhaltung. Diese Apparate seien barbarisch, sagte der Podgorsky. Sie seien wie Langstreckenraketen, ergänzte der Krutzler. Überall auf der Welt könne man damit den Leuten auflauern. Das Telefon sei vermutlich gefährlicher als die Atombombe. Er deutete auf sein leeres Glas. Der Schwarze Baron hob stattdessen ab. Er hielt den Hörer stumm an sein Ohr. *Hallo?* Er fabrizierte ein grunzendes Geräusch, das seine Anwesenheit proklamierte. Dann nickte er. Und winkte den Krutzler zum Telefon. Dieser nahm sein Messer und rammte es wütend in das Rattan der Bar. Er sah den Baron schnaufend an. Lautlos legte dieser den Hörer neben den Apparat. Dann schlich er zurück an die Theke. Alle starrten das Telefon an. Sie rechneten damit, dass die Alte gleich aus einer Rauchwolke steigen würde. Man hörte ihre Stimme, die mehrmals *Hallo* sagte. Dann folgte Stille. Keiner sprach, aus Angst, die Mutter würde mithören. Es erklang nur die gedämpfte Südseemusik. Niemand bewegte sich. Alle starrten. Und lauschten. Es war die erste Stille seit Jahren, die dem Krutzler gefiel.

Erst als die Musik aussetzte, nickte er dem Baron zu. Dieser ging zum Telefon. Langsam hob er den Hörer. Auf der anderen Seite war nichts. Er presste ihn gegen das Ohr. Nicht nichts. Da war sein eigener Atem. Und dieses leise Rauschen. Der Baron glaubte daran, dass die ausgesprochenen Worte nie aus den Leitungen verschwanden. Schließlich gab es keine Fluchtwege. Sie flirrten durch den Äther. Und wenn er sich stark genug konzentrierte, würde er sie verstehen, würde er die Gespräche der Stadt rekonstruieren können. Er ahnte solche Fähigkeiten in sich. Aber das durfte er keinem sagen. Er musste nichts beweisen. Niemandem. Der alte Neger würde es ihnen schon noch zeigen. Er sah in die Runde. Er konnte in jedem die Todesursache sehen. Bilder rasten vor seinen Augen. Dann sagte er: *Hallo?* Keine Antwort. Erst am nächsten Tag erfuhr der Krutzler, was in Kritzendorf passiert war.

DINGE, DIE ES NICHT GIBT

DER TAG HATTE SCHON unsäglich begonnen. Der Postbote hatte dem Krutzler eine Ansichtskarte in die Hand gedrückt. Das Motiv zeigte die Einöde von Tomsk in Schwarz-Weiß. Eine dampfende Lokomotive im Schneetreiben und zwei ratlos dreinblickende russische Arbeiter, die sich nicht trauten, den Fotografen um Hilfe zu bitten. Ein Elend. Er wendete die Ansichtskarte.

Lieber Ferdinand,
hier ist es nie kalt. Hier sind alle freundlich. Niemand fügt mir Gewalt zu. Es gibt immer reichlich zu essen. Ich kann tun und lassen, was ich will. Ich habe einen liebenden Ehemann, der seine ganz besonders weiche Seite zeigt. Ich habe überhaupt keine Sehnsucht nach Wien.
Liebe Grüße aus dem Paradies,
Deine glückliche Gisela

Offenbar stand sie kurz vor dem Selbstmord. Der Krutzler sah aber keine Möglichkeit, Gisela aus Tomsk zu befreien. Er wusste nicht einmal, wo es lag. Der Poststempel zeigte ein Datum vor drei Wochen. Gisela war vermutlich schon tot. Zumindest klang der Text nach akuter Not und nicht so, als hätte sie noch lange durchgehalten. Sollte er Petrow schreiben? Aber was kümmerte diesen seine Zeit in Wien? Bis der Krutzler in Tomsk ankäme, wäre bestimmt alles zu spät. Es hatte keinen Sinn, sich ein schlechtes Gewissen aufzuladen. Er seufzte und schmiss die Karte weg.

Der Krutzler hatte eine gesunde Ökonomie bezüglich seiner Schuldgefühle. Besonders wenn es ihm körperlich schlecht ging. Seine Schläfen pochten. Eigentlich trank er nur noch wegen der Kopfschmerzen am nächsten Tag. Sie gaben ihm das Gefühl, dass er nicht nur als Geist durch das Leben anderer spukte. Die Schmerzen machten ihn für sich selbst erkennbar. Mehr als jeder Spiegel. Sie verliehen ihm etwas Verwundbares. In schmerzfreien Zeiten befürchtete er, womöglich unsterblich zu sein. Da wähnte er sich auf einer ewigen Schutzgeldpatrouille. Er fragte sich schon länger, warum er in seinen Träumen meistens über die Erdoberfläche ging, als ob er allein auf der Welt wäre.

Heute Nacht hatte er allerdings von der Bregovic geträumt. Sie hatte einen seltsamen Satz gesagt. Am Ende werde man immer jene umbringen, von denen man sich das Geld geliehen habe. Sie flüsterte in sein Ohr, wie die Lassnig in sein Ohr geflüstert hatte. Dann stellte sie sich zu ihren acht Söhnen, deren Federkleider an den toten Papagei gemahnten. Alle winkten dem blutenden Krutzler stumm zu. Gleich danach war er aufgewacht.

Der Krutzler hatte nie ein schlechtes Gewissen. Aber manchmal träumte er mehr. Und wenn er sich daran erinnern konnte, war das ein klares Indiz, dass sich etwas zusammenbraute. Der Krutzler war kein großer Denker. Aber er hörte auf seine innere Stimme. Und diese meldete sich nur zu Wort, wenn sie etwas zu sagen hatte. Im Augenblick knurrte sie und gab diffuse Geräusche von sich. Vielleicht war sie beleidigt. Auch so eine innere Stimme brauchte Ansprache.

Als das Kamel mit seinem Motorrad vor dem Krutzler stehen blieb, stieg er behäbig in den Beiwagen. Er weigerte sich, die schwarze Hornbrille abzunehmen, um die Aviator Goggle aufzusetzen. Damit sah man nicht wie ein Hirschkäfer, sondern wie eine Hummel aus. Auch der Krutzler hatte seinen Stolz. Das Kamel lugte durch die Motorradbrille und nickte ihm zu. Aus seinem schwarzen Lederanzug ragte der Buckel wie eine deformierte Schwangerschaft. Reinhard. Er würde seine Großmutter nie kennenlernen. Der Krutzler hoffte, dass die Alte nicht tot war. Sonst würde sie womöglich früher auf seinen Sohn treffen als er. Ein Anflug von Neid stieg hoch. Und während der Fahrtwind dem Krutzler beinahe die Hornbrille wegtrug, dachte er sich ein Paradies aus, in dem jeder das wurde, was er in der Welt nicht geworden war. Und wenn man dort wiederum starb, wurde man im Paradies-Paradies das, was man im Paradies nicht geworden war. Und so weiter. Bis sie nach dreißig Minuten das Ufer im Strombad erreichten.

Die Tür der Alten stand offen. Das Haus war leer. Obwohl seine Mutter hier wohnte, fühlte es sich an, als wäre es verlassen. Er wollte nach ihr rufen. Aber etwas in ihm weigerte sich, das Wort Mutter auszusprechen. Also räusperte er sich so laut, dass selbst ein Rhinozeros aufgeschreckt wäre. Er ging ins Schlafzimmer. *Rosi!* Der Krutzler zuckte zusammen. Das Kamel und seine Mutter waren vertrauter als er dachte. *Rosi!* Schon als Kind hatte er sich geschreckt, wenn er ihren Vornamen hörte. Es klang, als würde aus ihrem bösartigen Schädel eine liebliche Blume sprießen. *Rosi!* Niemand meldete sich. Der Blick des Krutzler fiel auf den schönen Gottfried, der lächelte, als hätte er die Alte auf dem Gewissen. Der Krutzler nahm das Bild und drehte seine Fliegervisage gegen die Wand. *Rosi!* Das Kamel erschien im Zimmer und zuckte mit den Achseln. *Nichts!* Weit könne sie ja nicht gekommen sein, übertönte der Krutzler seine innere Stimme, die von einer abgetriebenen Leiche in der Donau fantasierte.

Sie gingen runter zum Fluss und beinahe hätten sie die Alte übersehen, obwohl sie nur zwei Meter entfernt von ihnen saß. Das Kamel und der Krutzler standen am Ufer und versuchten in der schlammbraunen Donau einen leblosen Körper auszumachen. Der unförmige Strauch, der völlig deplatziert mitten am Strand stand, war ihnen gar nicht ins Auge gefallen. Die Natur stellte ständig etwas irgendwohin, wo es nicht hinpasste. Die Natur hatte überhaupt keinen Geschmack. *Ferdinand?* Der Krutzler wähnte seine innere Stimme. Wobei diese nie per Du mit ihm war. *Ferdinand, du Nichtsnutz.* Jetzt erkannte er sie. Er sah sich um. Der Strauch begann sich zu schütteln wie ein Tier, das vom Aussterben bedroht war. Die Augen der alten Krutzler stierten hinter den Blättern hervor. In kleinen Schritten kam der Strauch näher und blieb vor den beiden stehen. *Sind sie weg?* Der Krutzler antwortete nicht. Er tat sich schon im Normalfall schwer, mit seiner Mutter zu sprechen. Aber mit einem Strauch zu parlieren war unter seinem Niveau. Das Kamel hingegen benahm sich wie ein Gärtner, der zwischen Pflanzen und Menschen keinen Unterschied machte. *Sie sind weg,* sagte der Buckelige, ohne zu wissen, wer mit *sie* gemeint war. Die Augen der Alten schwenkten nach links und nach rechts. Dann begann sie sich zögerlich von den Ästen zu befreien. Der Krutzler mied es, ihr dabei zuzusehen. Er stand wie ein atmender Fels am Strand und starrte auf die nichtssagende Donau. In letzter Zeit häuften sich Menschen in Verkleidungen. Er fragte sich, ob es irgendetwas zu bedeuten hatte.

Die alte Krutzler sagte, dass sie seit dreißig Jahren alleine wohne, also wenn man die russischen Tyrannen wegrechne, und sie gerne allein wohne, vor allem wenn man die russischen Tyrannen wegrechne. Wie komme sie also dazu, dass da plötzlich so viele Leute im Haus seien? Der Ferdinand verstand nicht und murrte, sie solle am Anfang beginnen. Bei welchem Anfang, fragte die Alte. Sie wisse ja nicht genau, wann es begonnen habe. Aufgewacht sei sie, wie man halt aufwache. Sie habe wie jeden Morgen den schönen Gottfried abgestaubt. Dann sei sie runter zum Fluss, um die Fische zu füttern. Das mache sie täglich, weil diese Viecher zutraulich seien, ohne dass man einen Bezug zu ihnen aufbauen müsse. Dort sei es dann komisch geworden. Zuerst sei da ein Rascheln gewesen. Als ob da jemand wäre, den sie ein Leben lang übersehen hätte. *Natürlich war da niemand.* Aber der Busch habe das Gefühl ausgestrahlt, das man kenne, wenn man von hinten angestiert werde. Genau so ein Blick sei aus dem Strauch herausgekommen. Als sie sich dann gewundert habe, dass die Fische nicht auf ihr Futter reagierten, sei ihr schon seltsam zumute geworden. Aber dann habe sie dieses silbrige Schimmern bemerkt. Das, was sie früher als banale Lichtreflexionen abgetan habe, das habe sie jetzt als Lebewesen erkannt. Ein großer silbriger Fisch ohne Konturen. In der Natur gebe es wirklich alles, was man sich ausmalen könne. Jahrelang habe sie ihn übersehen. Dabei sei er stets da gewesen. Ein endloser silbriger Fisch, der mit stummen Reflexionen Nachrichten verschicke.

Ein paar Tage habe sie mit niemandem darüber gesprochen. Selbst mit dem Kamel nicht, dem sie sonst alles anvertraue. Der Buckelige lächelte geschmeichelt und nickte. Nur der Bankangestellte sei stutzig geworden. Normalerweise tauche sie einmal in der Woche bei ihm auf, um ihr ganzes Geld abzuheben. Dann zähle sie genau nach, ob noch alles da sei, um es danach wieder einzuzahlen. Bis jetzt habe sie Glück gehabt. Nichts sei jemals weggekommen. Bei den Verbrechern heutzutage könne man gar nicht vorsichtig genug sein. Auf jeden Fall habe der Bankangestellte, dessen Namen ihr gerade entfallen sei, im Gegensatz zu ihrem Sohn bei ihr angerufen und sich nach ihrem Wohlergehen erkundigt. Ein ganz reizender Kerl sei das, der Herr von der Bank. Aber auch ihm habe sie nichts von dem mächtigen Fisch erzählt, der in der Donau anschwelle. Er würde sich sonst unnötig Sorgen machen. Man brauche aber keine Angst vor dem Fisch zu haben. Er sei einfach nur da. Habe nichts Böses vor. Sie lächelte ihren Sohn und den Buckeligen an.

Warum sie dann als Strauch verkleidet am Strand sitze, wenn es nichts zu befürchten gebe? Außerdem habe sie am Telefon von einem Notfall gesprochen. Die alte Krutzler deutete auf das Dach ihrer Hütte. Da seien sie gesessen und hätten gespielt. Wer? Die Hawaiianer. Den ganzen Tag. Zuerst habe sie die Halbnackten ignoriert. Das seien gar keine Neger, ob er das wisse? Blumenschmuck hätten sie getragen. Eine unerträgliche Musik hätten sie fabriziert. Und deppert gelächelt dabei, als hätten sie narrische Schwammerln gegessen. Immer die gleiche Leier. Irgendwann habe es ihr dann gereicht. Rauf aufs Dach sei sie gestiegen, um die Eindringlinge zu verscheuchen. Als sie oben angekommen sei, habe von ihnen jede Spur gefehlt. Gut, die hätten natürlich Angst bekommen. Wie es diese Hawaiianer so schnell vom Dach in den Garten geschafft hätten, sei ihr trotzdem ein Rätsel. Ganz plötzlich seien sie neben dem Nussbaum gestanden und hätten dort unverhohlen weitergespielt. Hinuntergeschimpft habe sie, dass sie sich aus ihrem Garten schleichen sollten. Und wehe, sie stählen ihr die Nüsse vom Baum. Geld habe sie auch keines. Ob er glaube, das habe diese Nichtneger beeindruckt? Gelächelt hätten sie. Einer habe ihr sogar gewinkt. Worauf sie regelrecht hinuntergestürzt sei. Was er glaube, was dann passiert sei? Der Krutzler ahnte es, zuckte aber mit den Achseln. Na, diese Halunken seien erneut vom Erdboden verschluckt gewesen. Das Kamel tat überrascht und duckte sich. Der Krutzler dachte, wenn sein Buckel in der Donau schwämme, würde die Alte vermutlich einen Haifisch vermuten. Hier am Strand habe sie die Hawaiianer dann erneut gestellt. Als sie einmal kurz weggeschaut habe, seien sie aber wieder verschwunden. Stundenlang habe sie ihnen hinterhergejagt. Dauernd seien sie woanders aufgetaucht. Richtig mit der Angst habe sie es zu tun gekriegt.

Warum sie nicht zu der Nachbarin gelaufen sei? Na, mit der werde sie was reden! Die sei ihr doch abgeneigt, weil sie sich auf ihren Mann was einbilde. Als würde sie, die Krutzler, auf so einen was geben! Seit der aus dem Krieg zurückgekehrt sei, würde er sich wie ein Pascha aufführen. Was würden diese Mannsbilder eigentlich glauben, wer den

Laden geschupft habe, während die Herren herumgeschossen hätten? Diesen Hinterwäldlern brauche man mit Nachbarschaftshilfe gar nicht zu kommen. Die würden einen Hawaiianer nicht einmal erkennen, wenn er vor ihnen stehe. Nach dem Sommer würden ja nur noch Verrückte hier wohnen. Und wenn sie noch nicht verrückt seien, dann würden sie es über den Winter werden. Aber was schimpfe sie über diese Leute, wenn sie selbst von ihrem nichtsnutzigen Sohn im Stich gelassen werde. Anstelle zu Hilfe zu eilen, habe er sie am Telefon verrecken lassen. Da sei es kein Wunder, dass die Hawaiianer einen solchen Moment ausgenutzt hätten. Und zwar auf perfideste Weise. Minutenlang habe sie ihnen gelauscht. Ob er die Kapelle in dem Negerlokal nicht gesehen habe? Sie habe die Musik durch das Telefon genau gehört. Der Krutzler begriff, schüttelte aber den Kopf. Genau die gleiche Musik. Das brauche er gar nicht abzustreiten! Wie ein abgestandener Teich habe sie geklungen. In diesem Moment habe sie begriffen, dass sie sich selbst helfen müsse. Mit Ästen habe sie sich bedeckt und die ganze Nacht am Strand gesessen. Nicht bewegt habe sie sich. Damit ihr diese Südseemusikanten nichts antun würden. Sogar die Vögel habe sie stoisch ertragen. Gerade, dass sich diese Drecksviecher nicht auf ihr eingenistet haben.

Als Harlacher in Kritzendorf erschien, um die Alte zu untersuchen, fiel dem Krutzler auf, dass er erneut ohne Affe antanzte. Er fragte, ob das Ungetüm gestorben sei. Keineswegs, so der Doktor. Aber Honzo sei in einem äußerst besorgniserregenden Zustand. Schon seit Wochen sei sie völlig apathisch. Ihre ganze Lebensfreude und Neugier seien wie ausgelöscht. Gestern habe er sie beim Malen ertappt. Drei parallele Striche habe sie gezeichnet. Richtig unheimlich sei das gewesen. Dieses Tier stehe kurz davor, die Grenze zum Menschsein zu durchbrechen. Worauf der Krutzler murrte, dass drei Striche noch lange kein Kunstwerk seien. Was Harlacher ein müdes Seufzen kostete. Offenbar wisse er nicht, was diese Striche zu bedeuten hätten. Bei einem Zoologen würden da alle Alarmglocken läuten. *Gitterstäbe*, mutmaßte die Alte, deren Herz in ihren Augen viel zu beiläufig abgehört wurde. *Sehr richtig, Gnädigste! Alles in Ordnung*, senkte der Tierarzt das Stethoskop. Ruhiger und regelmäßiger könne ein menschliches Herz nicht schlagen. Aber das sei unmöglich, protestierte sie. Bei der Aufregung müsse das Organ doch regelrecht rasen. Harlacher sah in die Ferne, wie nur jemand in die Ferne sah, in dem sich Unbehagen zusammenbraute. Das sei schon richtig. Denn am ruhigsten schlage ein Herz immer kurz vor dem Tod. Das sei medizinisch erwiesen.

Dann wandte er sich wieder dem Krutzler zu. Wo denn der Herwig abgeblieben sei? Er hoffe noch immer, diesen eines Tages unter seine Fittiche zu nehmen. Der Krutzler sagte, dass er auf den Herwig keinen Zugriff mehr habe, er solle lieber sagen, was mit seiner Mutter los sei. Müsse man sie einliefern? Oder könne er sie allein lassen? Die Alte verfolgte wütend das Geschehen. Keines von beidem würde er raten, so Harlacher. Offenbar leide sie an Halluzinationen. Das könne viel bedeuten. Für eine solche Diagnose hätte es seiner Anreise nicht bedurft, murrte der Krutzler. Ob sich diese Anfälle häufen würden? Auch das könne man nicht sagen. Worauf die Alte erneut protestierte. Das seien keine Anfälle, sondern die Wirklichkeit. Und sterben werde sie auch nicht. Woher sie das wisse?, fragte der Krutzler. Weil sie ihm diesen Gefallen erst dann tun werde, wenn ihre Grabsituation geklärt sei! Na, das sei schnell erledigt, so der Krutzler. Wie sie überhaupt darauf komme?

Die Alte verschränkte beleidigt die Arme. Es habe schließlich einen Grund, warum sie ihre Schwester nicht mehr besuche. Ob sie sich gestritten hätten? Er dachte, eine tote Elvira sei eine gute Elvira. Von wegen! Ordentlich reingelegt habe man sie. Vor Kurzem sei sie draufgekommen, dass man sie offenbar vergessen habe. Das sei bei dieser Familie nicht weiter verwunderlich. Aber stelle sie vor völlig neue Tatsachen. Der Krutzler seufzte. Was denn passiert sei? Das habe sich die Elvira schön ausgedacht! Aber damit würde sie nicht durchkommen. Und wenn sie ihren verwesten Leichnam exhumieren müsse! Was passiert sei, wiederholte er seine Frage. Na, kein Platz sei mehr für sie im Familiengrab. Verzählt habe man sich, habe die Schwester behauptet. Verzählt! Wie könne man sich da verzählen! Betrogen habe man sie. Vermutlich habe sie es deshalb so eilig mit dem Sterben gehabt. Damit sie den letzten freien Platz ergattere. Na, die werde sich wundern. Das lasse sie keinesfalls auf sich sitzen. Ihr nichtsnutziger Sohn solle in dieser Sache sofort aktiv werden. Was dieser sofort abwies. Vermutlich habe man damit gerechnet, dass sie neben ihrem Mann begraben werden wolle. Das sei ja kein abwegiger Gedanke. Na, so weit komme es noch! Dass er sie mit diesem Tyrannen allein lasse. Solle er sich doch neben seinen Vater legen. Schließlich habe er ihn auf dem Gewissen.

Es entstand eine Stille, die normalerweise ein Ende markierte. Es traute sich aber keiner zu gehen. Oder zu sprechen. Stattdessen starrten alle auf die Donau und hielten

Ausschau nach dem großen silbrigen Fisch. Der Wind wehte ihnen um die Ohren. Das ratlose Schweigen blieb davon unbeeindruckt. Ob die Herren etwas essen wollten, fragte die Alte. Sie habe ein herrliches Batteriehendl erworben. Die seien ihr lieber als die Freilandhühner. Wenn die Viecher zu viel liefen, werde das Fleisch ganz zäh. Man nickte und folgte ihr in die Hütte.

Immer wenn der Krutzler etwas mit Knochen aß, musste er an die Musch denken. Das Wildviech sollte man auch im Käfig halten. Dann wäre sie ebenfalls weniger zäh. Er lachte kurz auf, erklärte aber niemandem warum.

Ob der Doktor das ernst gemeint habe, fragte die Alte. Das mit dem Herz. Das mache ihr schon Sorgen, dass es so ruhig vor sich hin schlage. Harlacher nickte. Im ganzen Leben eines Menschen schlage das Herz nie so ruhig wie kurz vor dem Tod. Das sei erwiesen. Außer man werde erschossen, rülpste der Krutzler und nahm sich noch eine Keule. Harlacher zupfte nur die Haut vom Fleisch und ließ den Rest übrig, was der Krutzler angeekelt zur Kenntnis nahm. Ein Truthahn, scherzte der Doktor, glaube vermutlich ein Jahr lang, dass er jeden Morgen zu essen kriege. Und dann komme Erntedank. Er bedeutete einen abgeschnittenen Kopf. So sei das im Leben. Aus lauter Gewohnheit bilde man sich ein, es würde ewig so weitergehen.

Die alte Krutzler setzte ein sentimentales Gesicht auf. Ihre Haut schien noch tiefer von den Knochen zu hängen. Sie habe ein schönes Leben gehabt, sagte sie weinerlich und kredenzte Wein. Der Nationalsozialismus sei eine einzige Sportveranstaltung gewesen. Damals habe man noch eine Weltanschauung gehabt und nicht bloß Meinungen. Man habe die Welt durch gemeinsame Augen gesehen.

Nichts davon wolle sie missen. Im Flachland sei der Faschismus naturgemäß ein anderer als in den Bergen gewesen, erklärte sie dem Doktor. Hier habe er mehr der Gartengestaltung geähnelt. Nie habe es schönere Gärten gegeben als unter Hitler. Wenn die depperte Sache mit den Juden nicht gewesen wäre, dann müsste man sich diese Zeit heute nicht madig reden lassen. Ihr Gesicht nahm die Farbe von Extrawurst an, während sie erzählte. Ob die Halluzinationen Vorboten einer anderen Welt seien, stupste sie bedusselt den Doktor an. *Gnädigste,* lallte Harlacher. *Ich bin Mediziner und kein Esoteriker.* Vielleicht müsse man in solchen Dingen den Baron befragen.

Dessen Telefon in der Tikibar läutete tagelang in eine halbdunkle Stille hinein. Es machte keinen großen Unterschied, ob die Bar geschlossen hatte oder nicht. Außer dem Krutzler saß ohnehin keiner dort. Fast eine Woche lang war der Schwarze Baron nicht auffindbar. Der Podgorsky meinte, dass ihm wohl die Nüchternheit nicht bekommen sei. Vermutlich würde er eine ausgiebige Sauftour absolvieren.

Aber daran zweifelte der Krutzler. Der Baron hatte dem Alkohol abgeschworen und niemand war konsequenter als er. Wenn er sich etwas vornahm, zog er es auch durch. Der Krutzler machte sich nicht nur Sorgen, sondern merkte, dass er seinen Freund vermisste. Er war schon im Traum losgegangen, um ihn zu suchen. Da war es noch ein Dschungel. Um die Suche wach fortzusetzen. Er klopfte gegen die Tür der Bar. Kein Schwarzer Baron. Stattdessen fand er eine Reinigungskraft vor, die seine Abwesenheit dazu nutzte, um ihre Kräfte zu schonen. Als der Krutzler den Raum betrat, ließ sie vor Schreck die Schnapsflasche fallen, an der sie sich gerade vergreifen wollte. *Chef nicht da. Chef in Wald.* Wald?

Es war immer wieder erstaunlich, was Träume leisten konnten. Der Krutzler war, wie gesagt, schlafend durch einen Dschungel gewandelt. Immer tiefer war er in das dunkle Herz des Urwaldes vorgedrungen. Und je verwachsener und unübersichtlicher es wurde, desto stärker spürte er die Anwesenheit des Barons. Er ging und ging. Als er die eigene Hand kaum noch vor Augen sah, spürte er ihn so intensiv, als ob er in seinen Körper eingebrochen wäre.

Als er aufwachte, hatte er nicht das Gefühl, aufgewacht zu sein. Er wandelte durch die Straßen, wie er durch den Dschungel gewandelt war. Sein Blick glitt an den Menschen vorbei, als wären sie verhangene Pflanzen, die er zur Seite schieben musste. Er beschritt einen Weg, der nirgends hinführte. Und solange er nicht stehen blieb, brauchte er sich die wesentliche Frage nicht zu stellen. Sie mochte ihm nicht mehr einfallen. Die wesentliche Frage. Alles hatte an Kontur verloren. Sogar die Worte flimmerten an ihm vorbei, ohne sich zu einer Bedeutung zu formieren. Eine unscharfe Welt, in der alles ungreifbar und entfernt schien. Der Krutzler fühlte sich ungeboren an. Selbst sein Charakter schien den Körper verlassen zu haben. Jemand hatte ihm die Wirklichkeit entzogen. Als hätte er sich diese nur ausgedacht. Und jetzt wollte sie ihm nicht mehr einfallen.

Die Realität bestehe ausschließlich aus Dingen, die es nicht gebe, sagte der Baron, als er vor der Krutzlermutter stand, die ihn anstarrte, als würde sie in dem dunklen Gesicht den verborgenen weißen Mann erkennen. Das unterscheide den Menschen vom Tier. Während dieses in einer vorgegebenen Wirklichkeit lebe, habe sich der Mensch die seine erfunden. Wir seien ausschließlich von Dingen getrieben, die es nicht gebe. Das sei die große Leistung des Menschen, so der Baron. Geld, Gott, Sprache, Namen, Häuser, Kleidung, Eheringe – ja, sogar die eigene Lebensgeschichte. Alles Erfindungen, die uns zu Menschen werden ließen. *Ohne sie wüssten wir gar nicht, dass es uns gibt. Ohne sie gibt es uns vermutlich auch gar nicht.* Der Baron sah den Krutzler an, wie man jemanden ansah, den man sich gerade ausgedacht hatte. Und die Alte starrte auf den Schwarzen, als wäre ihr gerade Jesus Christus erschienen. In ihren Augen trug er einen langen weißen Bart und war von Lichtreflexionen umgeben. Der Fisch. Dieser Mann war der Fisch. Er war an Land gekommen. Hatte Gestalt angenommen. Wobei sich diese mit jedem Wort veränderte. Erst als er sagte, dass sie keineswegs halluziniere, sondern ihrer kargen Wirklichkeit Dinge hinzufüge, die ihr offenbar fehlen würden, stand wieder der Neger vor ihr. Was er damit meine, knurrte der Krutzler. *Das Puzzle will vollendet werden. Vermutlich stirbt sie bald,* sprach der Baron, als ob die Alte nicht da wäre. Ob er nichts mixen könne?, fragte der Krutzler. Er sei doch kein Druide! Man müsse die Dinge so akzeptieren, wie sie seien. Wo er sich überhaupt rumgetrieben habe? Der Baron schwenkte seinen Blick auf die Donau. Er habe Dinge gesehen. Welche Dinge? Die Dinge zwischen den Dingen. Der Krutzler merkte, dass er fahrig wurde. Ob er diese Droge angerührt habe, wo man die Dinge, die nicht da seien, vermeintlich sähe. Dann könne er nämlich gleich bei seiner Mutter einziehen. Die schaffe das ganz ohne Substanzen. *Weil diese Dinge existieren,* sagte der Baron. Es könne sie halt nur nicht jeder sehen. Die Alte nickte zustimmend, als wäre sie gerade bei einer Geheimsekte aufgenommen worden.

Dann stellte sich der Baron auf wie Julius Caesar und verkündete, er werde sich ab jetzt von allen Erfindungen lösen, um ganz in der Schöpfung zu leben. Er brauche kein Geld, keine Sprache, keinen Namen, kein Zuhause und keine Kleidung. Gott habe er vergessen, fauchte der Krutzler, worauf der Baron nur milde lächelte. Die Alte sah den Schwarzen an, wie man ein Missverständnis ansah. Offenbar war ihr die Sache doch zu heiß geworden und sie sagte sich von dem gerade offenbarten Messias wieder los. Ob die Herren etwas essen wollen? Sie habe heute Morgen mit bloßen Händen einen großen Fisch gefangen. Der Krutzler nickte und fragte den Baron, ob Essen auch nur eine Erfindung sei. Dessen Gesicht verfinsterte sich nachdenklich. Das könne man so oder so sehen, murmelte er und verfing sich in einem Gedankenstrang, der erst 1975 reißen sollte.

Man sagte, die Musch sei sein letzter Zeuge gewesen. Sie habe den Nackten im Winter erfroren vor der Tür gefunden. Ausgesperrt. Und da er mit niemandem mehr geredet habe, sei ihm auch keiner zu Hilfe gekommen. 1975 hieß die Musch aber nicht mehr die Musch und der Baron war längst nicht mehr der Baron. Wenn man von dem schweigenden Nackten in der Tikibar sprach, verwendete man Ausdrücke wie der narrische Neger oder der bloßfüßige Giftmischer. Aber da waren außer der Musch schon alle tot. Und bei dem Baron, der unter seiner Bar schlief, war sich keiner mehr sicher, ob er sich an den Krutzler und die anderen überhaupt noch erinnern konnte.

Als sie bei Tisch in Kritzendorf saßen, servierte ihnen die Alte leere Teller und Gläser. Sie beugte sich über die blanke

Kasserolle und zerlegte einen Fisch, den es nicht gab. Der Baron nickte wissend und der Krutzler saß ratlos vor dem Geschehen. Als die Alte den unsichtbaren Fisch auf den Tellern verteilte, forderte sie die beiden auf, mit dem Essen zu beginnen. So ein Fisch, sagte sie, sei ja nur ganz frisch zu genießen.

Der Baron begann in filigranen Schritten nach Gräten zu suchen und aß in kleinen Bissen Luft. Er gratulierte der Alten zu dem formidablen Fisch. Wie sie es geschafft habe, diesen mit bloßen Händen zu fangen? Ach, sagte die Krutzler, sie habe einfach ins Wasser gegriffen. Die Dinge seien alle da. Man müsse sie sich nur nehmen. Beide lächelten sich zu, wie nur jene lächelten, die ein geheimes Wissen miteinander teilten. Der Krutzler rührte keinen Bissen an.

In den nächsten Monaten entfernten sich alle. Die Alte zunehmend von der Realität, der Krutzler von Kritzendorf und der Baron von der Welt an sich. Er hatte Ernst gemacht. Und niemand konnte ihn vor sich selbst beschützen. Trotzdem fiel es dem Krutzler leichter, sich an den Anblick des nackten Barons, der mit niemandem mehr sprach, zu gewöhnen, als an die Halluzinationen seiner Mutter. Deshalb stellte er das Kamel endgültig nach Kritzendorf ab. Der Buckelige hatte den Auftrag, die Alte ab jetzt nicht mehr aus den Augen zu lassen. Das gestaltete sich schwieriger als angenommen. Denn die Augen der Krutzler sahen etwas anderes als die des Kamels.

Der Buckelige berichtete von einem Kaffeekränzchen mit Hitler, wo die Alte unsichtbaren Kuchen servierte. Man habe über Gartengestaltung und Sport geplauscht. Hitler habe sich in bester Laune gegeben. Habe den Wiener Kaffee über alle Maßen gelobt. Er sei halt doch etwas anderes als die deutsche Brühe. Der Herrenmensch hätte von den dreckigen Südländern wenigstens das Kochen lernen können. Im Vertrauen, er schätze die slawische Küche wesentlich mehr als die arische.

Das Kamel sagte, er habe mit dem Führer höfliche Konversation betrieben. Zumindest bis zu dem Zeitpunkt, als der unsichtbare Hitler auf seinen Buckel aufmerksam geworden sei. Ob es sich dabei um eine Kriegsverletzung handle, habe er probiert, den Makel zu überspielen. Das Kamel sei trotzdem freundlich geblieben. Schließlich sei der Führer nicht wirklich da gewesen. Er habe, mit Blick auf die Alte, gesagt, dass es sich um eine massive Schwellung aufgrund eines stecken gebliebenen Bombensplitters handle. Der Führer habe ihm daraufhin feierlich einen Orden verliehen.

Gekippt sei die Stimmung erst, als ihn die Alte auf den schönen Gottfried angesprochen habe. Den habe ihr der Führer genommen und das würde sie ihm nie verzeihen. Ob er denn wirklich nichts bemerkt habe? Der Süßstoff, habe sie bedeutungsschwanger geflüstert und ein niederösterreichisches Lächeln aufgesetzt. Eine ganz besondere Melange habe sie ihm kredenzt. Und dann sei es um den Gröfaz ganz still geworden. Die Alte habe gesagt, er habe nur einmal geschluckt, bevor er kommentarlos umgefallen sei. Das Kamel habe gefragt, ob man das Ungetüm jetzt auch noch begraben müsse. Die Alte habe den Kopf geschüttelt. Irgendein Greifvogel würde sich seines Kadavers schon annehmen. Die Alte habe richtiggehend gejauchzt vor Begeisterung.

Aber auch die tote Schwester Elvira mache Probleme,

weil sie mit diversen Russen im Garten verkehre, was dazu führe, dass die Alte die zudringlichen Soldaten schreiend durch die Siedlung jage. Das Kamel habe seit Wochen kein Auge zugedrückt. Ständig müsse er aufpassen, dass sie nicht zu den Nachbarn laufe, um Alarm zu schlagen. Der Kriegsheimkehrer habe ihr schon Prügel angedroht. Ständig dringe sie in leer stehende Häuser ein und streite mit den unsichtbaren Bewohnern. Die wenigen Herbst-Verbliebenen würden überlegen, endgültig aus dem Strombad wegzuziehen, um von der Verrückten nicht länger belästigt zu werden.

Erst letztens habe die Alte ihre geschlechtsemsige Schwester beim Herumhuren mit den Hawaiianern erwischt. Die Feuerwehr habe sie gerufen, weil diese Eingeborenen mit Fackeln hantierten. Da würden die Herren mal sehen, was für Schweinereien sie im eigenen Garten über sich ergehen lassen müsse. Die angetrunkenen Feuerwehrmänner hätten mitgespielt und sie angefeuert, als würden sich die ärgsten Dinge vor ihren Augen abspielen. Eine mordsdrum Gaudi hätten sie sich mit der Alten gemacht. Richtiggehend leid habe sie ihm getan. Bevor sie abgezogen seien, hätten sie das Kamel noch zur Seite genommen und gedroht, die Hütte abzufackeln und die beiden bei lebendigem Leibe verschmoren zu lassen, sollten sie in ähnlicher Sache noch einmal gerufen werden.

Das Kamel war ratlos und forderte vom Krutzler, zumindest einmal die Woche vorbeizuschauen. Dieser winkte ab und bot dem Kamel mehr Geld. Was dieser wiederum ablehnte und murmelte, dass er überhaupt nicht verstehe, wie man seine Mutter so behandeln könne.

Neuerdings komme auch der alte Krutzler regelmäßig

vorbei. Vor dem habe die Alte höllische Angst. Besoffen sei er! Schlagen wolle er sie! Wo der Ferdinand bleibe? Umbringen solle er den Alten, habe die Krutzlermutter gesagt. Da ihr Sohn nicht einmal als Halluzination auftauche, verstecke sie sich im Wald. Stundenlang müsse das Kamel dann nach ihr suchen. Er habe es satt. Schließlich sei sie nicht seine Mutter. Gleichzeitig würde er es nicht übers Herz bringen, die Alte im Stich zu lassen. Ohne ihn würde sie nicht eine Minute überleben. Noch nie habe ihn jemand so gebraucht. Wie ein Kind sei sie. Nur mit dem Unterschied, dass einen Kinderaugen rühren. Die Fratze der Alten erzeuge eher das Gegenteil. Es sei beinahe unmöglich, etwas Unschuldiges in sie hineinzuprojizieren. Er bemühe sich redlich. Aber wenn es nicht bald ein Ende habe, dann gehe er früher drauf als sie. Ergo: Der Krutzler müsse etwas unternehmen.

Dieser bedeutete dem nackten Baron, noch einen Drink zu bringen. Das Kamel taxierte das wackelnde Glied des Barkeepers, während er den Cocktail schüttelte. Man könne sie ja schlecht umbringen, murmelte der Krutzler. Obwohl es vermutlich besser für sie wäre. Er solle sie ans Wasser setzen. Und sie auffordern, den Donaustand zu überprüfen. Sie brauche eine Aufgabe. Das Kamel solle sich aber nicht wundern, wenn der alte Goldberg auftauche. Der würde keine Probleme machen. Der habe gar kein Interesse an dem Haus. Er werde sehen, auf diese Weise werde sich alles von selbst regeln.

Das Telefon läutete und der Schwarze Baron schreckte auf. Erstens, weil er vergessen hatte, den Apparat zu entfernen, und zweitens, weil er schlecht stumm abheben konnte. Gleichzeitig hielt er es nicht aus, nicht zu wissen, wer an-

rief. Also bedeutete er dem Krutzler mit wedelnden Händen, das Gespräch entgegenzunehmen. Dieser schüttelte den Kopf. Das sei bestimmt die Alte. Wer solle es sonst sein? Das Kamel möge rangehen. Der könne am besten mit ihr sprechen. Das Telefon läutete weiter. Noch einmal forderte der Krutzler den Buckeligen auf abzuheben. Sonst fange der Baron noch zu sprechen an, scherzte er, aber keiner lachte. Zögerlich nahm das Kamel den Hörer von der Gabel.
Ja.
Ja.
Ja.
Moment.
Dann legte er den Hörer auf die Theke und winkte den Krutzler zum Telefon.
Für dich.
Der Krutzler weigerte sich. Also stellte der Baron den Cocktail schweigend neben den Apparat. Der Krutzler presste die Lippen aufeinander und starrte auf das Getränk. Nichts hasste er mehr, als wenn ihm jemand einen Köder hinstellte. Er war schließlich kein Zirkusaffe, den man dressierte. Der Krutzler sagte, der Baron solle gefälligst seine Hand vom Penis nehmen. Das störe ihn beim Denken. Was es da zu denken gebe, fragte das Kamel.

Widerwillig stand der Krutzler auf und ging zum Apparat. Er nahm einen kräftigen Schluck von dem Getränk. Während er aufstieß, knurrte er ein grantiges *Hallo* in den Hörer. Als die Stimme am anderen Ende zu sprechen begann, versteinerte sich sein Gesicht. Als ob sein Totenkopf durch die Gesichtshaut schimmern würde. Er sagte trocken: *Ja.* Dann legte er auf und verließ das Lokal.

Er hielt seinen jungen Chauffeur an, ihn schleunigst nach Hause zu fahren. Er griff in seine Tasche. Das Messing hatte bereits Körpertemperatur angenommen. Er starrte hinaus. Die Welt wurde von ihm nur noch im Vorbeifahren wahrgenommen. Eine Existenz hinter verdunkelten Scheiben war er geworden. Den ganzen Tag wurde er von Bedrohung zu Bedrohung geführt. Friedlich waren nur noch jene Momente, wenn er teilnahmslos auf der Rückbank saß.

Als er ausstieg, sah er die Silhouette im abgedämpften Licht des Wohnzimmers. Völlig reglos stand er in der Mitte des Zimmers. Genauso hätte es der Krutzler getan, wenn er an seiner Stelle gewesen wäre. Es würde keine Überraschungen geben.

Er nickte dem Jerabek zu und setzte sich gegenüber. Er sagte, er werde ihm nichts zu trinken anbieten, damit er nicht zu lange bleibe. Aber der Jerabek hatte keinen Humor. Wobei seine outrierende Ernsthaftigkeit etwas Belustigendes hatte. Der Krutzler wusste, was jetzt kam. Insofern nutzte er den Moment für ein wenig Erheiterung.

Keiner der beiden musste dem anderen erklären, was vonstattenging. Der Jerabek hatte trotzdem das Bedürfnis, ein paar Worte zu verlieren. Er sagte, dass die Dinge so seien, wie sie seien. Dass sich nichts daran ändern ließe. Und dass er in beiden Männer sehe, die mit dem Unausweichlichen umgehen könnten. Der Krutzler sagte, er solle sich den Sermon sparen und zur Sache kommen. Vor einem, der sich von einer wie der Lassnig etwas sagen lasse, habe er keinen Respekt. Der Jerabek sagte, dass, wenn dem so wäre, der Krutzler längst unter der Erde liegen würde. Er sei aber ein Mann von Ehre. Es sei nicht sein Stil, einen General hinterrücks zu meucheln. Die Sache würde fair vonstattengehen.

Auch wenn ihm halb Wien dafür dankbar wäre, wenn er den Krutzler beseitigen würde. Sogar die Musch sei ihm weggelaufen. Allein würde er dastehen. Und einem abgetriebenen Kind nachtrauern. Aber der Krutzler sei kein Vater. Ob er wissen wolle, warum diese Hure den Reinhard weggemacht habe? Er könne es ihm sagen. Weil sie seine dreckigen Gene nicht vermehren wollte. Jahrelang habe sie verhindert, dass ihr der Krutzler sein Schwanzgift in den Bauch bugsiere. Deshalb sei sie regelmäßig verschwunden. Immer an den fruchtbaren Tagen. Das sei ihm natürlich nicht aufgefallen. Weil er ein schlechter Rechner sei. Eine regelrechte Panik habe sie davor gehabt, ein Krutzlerkind auszutragen. Ob er das nicht gewusst habe? Offenbar nicht. Die Muschkowitz habe das der Lassnig erzählt. Ganz eng seien die jetzt miteinander. Die beiden würden alles besprechen. Er, der Jerabek, sei nur stiller Zuhörer gewesen. Wie sie über den Krutzler hergezogen habe, da habe er richtig Mitleid mit dem Krutzler bekommen. Was für ein Depp, habe er sich gedacht. Dass der sich so vorführen lasse. Ganz Wien würde über ihn lachen. Aber der Krutzler verzog keine Miene und sagte, dass er endlich zur Sache kommen solle.

Der Jerabek nickte und legte zwei Revolver auf den Tisch. Sie waren beide in Cellophan gewickelt. Der Krutzler nahm dies ausdruckslos zur Kenntnis. Smith & Wesson. Kaliber 38. Schwer zu besorgen. Aber keine Überraschung. Er habe lange nach etwas gesucht, das dem Gusto des Krutzler entsprechen würde. Duellieren sei ihm zu aristokratisch erschienen. Sie seien beide Männer niedriger Herkunft. Trotzdem sei es ihm als Soldat ein Anliegen, die Sache auf Augenhöhe und ehrenhaft zu Ende zu bringen. Deshalb schlage er ein kleines Spielchen vor. Russisches Roulette.

Mit zwei Revolvern. Noch immer keine Überraschungen. Der Vorteil sei, dass keiner von beiden dafür belangt werden würde. Deshalb habe er die beiden Pistolen in Cellophan gepackt. Sie seien von Fingerabdrücken befreit. Alles würde nach Selbstmord aussehen. Dann nahm er aus seiner Jackentasche zwei Patronen. Eine stellte er vor sich, die andere vor den Krutzler. Dieser schüttelte apathisch den Kopf, packte die Munition und ließ sie in seiner Jacke verschwinden. Was, wenn er sich weigere? Der Jerabek schüttelte enttäuscht den Kopf. Er nahm seinen Revolver aus dem Cellophan, schwenkte die Trommel aus und steckte die Patrone ins Lager. Er spulte mit demonstrativ geschlossenen Augen die Walze und richtete den Lauf auf den Krutzler. Dann werde es eine einseitige Angelegenheit bleiben, sagte er und bedeutete seinem Gegenüber, die Patrone wieder aus der Tasche zu holen.

Der Krutzler seufzte, nahm die Messinghülse aus dem Sakko und steckte sie in den jungfräulichen Revolver. Dann legte er ihn vor sich auf den Tisch. Soweit er sich erinnere, richte man beim russischen Roulette die Waffe gegen seinen eigenen Kopf und nicht auf den des anderen. Sonst gehe nämlich seine Raffinesse mit dem Selbstmord nicht auf. Wer anfange? Das sei ihm egal. Wichtiger sei, wer aufhöre, murmelte der Krutzler. Der Jerabek war sichtlich beeindruckt, wie kalt es sein Gegenüber ließ. Er selbst wippte nervös mit dem linken Bein und biss sich auf die Unterlippe. Er hatte sechs Tage lang meditiert, um sich diesem Augenblick zu stellen. Aber jetzt überwog doch das Wälzen von Statistiken. Er sagte sich vor, dass die Wahrscheinlichkeit immer gleich hoch bleibe. Sie liege stets bei 1:5. Egal wie oft kein Schuss falle. Wenn länger nichts passiere, heiße das nicht, dass deshalb bald etwas passiere. Das könne man mathematisch beweisen. Aber der Jerabek wusste, dass es nicht stimmte. Jedes Mal wenn der Bolzen auf ein leeres Lager traf, geriet das Schicksal in Bedrängnis. Ewig würde es nicht standhalten können.

Sie losten und die Wahl fiel auf den Jerabek. Dieser nickte, nahm die Waffe und sah den Krutzler an, wie man jemanden ansah, wenn man dabei eine Waffe auf sich selbst richtete. Der Krutzler hätte sich gedacht, er würde schnell abdrücken. Um es rasch hinter sich zu bringen. Weil es einem Fremdenlegionär egal sein musste, welchen Befehl er ausführte. Er wirkte verbittert. Vermutlich weil sich etwas in ihm nicht damit anfreunden wollte, dass dieser Hirschkäfer sein letzter Anblick sein könnte. Er wandte den Blick nicht von ihm ab. Er fixierte ihn, als würde er das Schicksal lenken. Kurz bevor er abdrückte, sah er leer durch ihn hindurch. Als ziehe er den Vorhang zu, um in diesem Augenblick allein zu sein.

Erleichtert nahm er das Klack des Schlagbolzens zur Kenntnis. Triumphierend legte er die Waffe vor sich hin. Der Krutzler nahm seine völlig gleichgültig zur Hand, richtete sie gegen den Kopf und drückte ab. Ebenfalls ein Klack. Der Jerabek hatte nicht damit gerechnet, so schnell wieder an die Reihe zu kommen. Sein übermütiges Gesicht verwandelte sich schlagartig in ein versteinertes. Statistisch gesehen blieb die Wahrscheinlichkeit immer 1:5. Nichts änderte diesen Umstand. Nichts. Er atmete. Er atmete, als würde er damit den drohenden Schuss wegatmen. Dann drückte er ab. Klack.

Der Jerabek stieß einen erleichterten Seufzer aus. Jetzt sah es ganz übel für den Krutzler aus. Auch wenn die Wahrscheinlichkeit 1:5 blieb. Der Jerabek kniff die Augen zu, um sich auf den bevorstehenden Knall vorzubereiten. Das Gehirn vom Krutzler würde sich wie Würmer an der Wand verteilen. Er freute sich auf den Anblick seines zerschossenen Kopfes. Da half ihm auch sein süffisantes Lächeln nichts. Nerven hatte dieser Hirschkäfer. Das musste man ihm lassen.

Der Krutzler nahm die Pistole. Fixierte den Jerabek. Freute sich innerlich auf dessen Reaktion. Dieses Mal ließ er sich Zeit. Wollte die anschwellende Panik seines Gegenübers genießen. Wie er sich bemühte, die Fassung zu wahren. Den Samurai zu geben. Den abgebrühten Fremdenlegionär. Wahrscheinlich rasten gerade Bilder seiner Kindheit vor den Augen. Oder die letzte Nacht mit der Lassnig. Langsam drückte er den Abzug. Das Klack hatte etwas Verhöhnendes. Der Krutzler legte die Waffe nicht zurück an den Tisch, sondern behielt sie in der Hand, um seine Entschlossenheit für den nächsten Durchgang zu demonstrieren.

Jetzt hatte der Jerabek kein gutes Gefühl mehr. Denn es fiel ihm ein, dass die Wahrscheinlichkeit natürlich nicht immer 1:5 blieb. Die Trommel bewegte sich unerschütterlich auf die Kugel zu. Sie hatten nicht vereinbart, diese jedes Mal neu zu spulen. Die letzten beiden Runden hatten Faktisches geschaffen. Es blieben noch vier Lager von sechs. Ergo lag die Wahrscheinlichkeit bei 1:4. Nein. 1:3. Schweiß tropfte ihm über die Stirn. Im Nachhinein die Regeln zu ändern, wäre äußerst unsportlich. Und unehrenhaft. Andererseits wurde es auch für den Krutzler zunehmend enger. Die Partie hatte ein natürliches Ende. Und dieses nahte. Selbst wenn sie die Trommeln neu spulten.

Er drückte ab. Und sein Gehirn verteilte sich nicht wie kleine Würmer an der Wand, sondern eher wie ein zersprengter Semmelknödel. Der zerfetzte Kopf vom Jerabek war schräg zur Seite gekippt. Sein Oberkörper saß aufrecht da, als hätte sich die Situation oberhalb des Halses noch nicht bis zum Unterkörper durchgesprochen. Als handelte es sich um ein unbestätigtes Gerücht, dass sich die Kommandozentrale soeben absentiert hatte.

Der Krutzler legte den Revolver auf den Tisch und holte die Patrone aus seiner Tasche. Dann öffnete er die Trommel und nahm die präparierte Hülse heraus. Normalerweise verabscheute er Spieler, die mit falschen Karten hantierten. Aber in diesem Falle hatte er keine andere Möglichkeit gesehen. Er hatte die beiden Patronen in seiner Tasche ausgetauscht. Die scharfe gegen die leere. Und dieser Dilettant hatte keinen Gedanken darauf verschwendet, dass der Krutzler womöglich mit falschen Karten spielte. Er war eben doch ein Soldat. Ein braver Soldat, der den Befehl der Lassnig ausgeführt hatte.

Diese hatte nur einen Fehler gemacht. Sie hatte der Musch von ihrem Vorhaben erzählt. Und sosehr diese den Krutzler hasste und sosehr sie sein Kind nicht wollte. Tot wollte sie ihn nicht sehen. Schon gar nicht durch die Hand vom Jerabek. Das hatte die Lassnig unterschätzt.

Denn natürlich hatte sich die Musch ordentlich über den Krutzler ausgelassen. Seit Wochen habe sie nichts von ihm gehört. Was sich dieser Lackel überhaupt einbilde. Er brauche nicht zu glauben, dass sie ihn zurückhaben wolle, hatte sie der Lassnig ins Ohr gelallt. Von ihr aus könne er morgen krepieren. Je früher und grausamer, desto lieber. Und dann hatte sie der Lassnig den ganzen Sermon erzählt. Von der ungewollten Schwangerschaft. Der Abtreibung. Eine regelrechte Tirade hatte sie vom Stapel gelassen.

Die unerwartete Vertraulichkeit hatte die betrunkene Lassnig dann zu einer Gegenvertraulichkeit veranlasst. Jedem Geschenk wohnte ein Gegengeschenk inne. Zuerst hatte sie es bereut, sich zu dieser Indiskretion hinreißen zu lassen. Aber die Musch hatte sie bestärkt. Sicherte ihr jede Unterstützung zu. Absolute Verschwiegenheit. Einen Gefallen würde man ihr damit tun. Unter den Befeuerungen der Musch erzählte die Lassnig jedes Detail ihres teuflischen Planes. Sogar den Waffentypen hatte sie verraten. Smith & Wesson, Kaliber 38. So war es dem Krutzler möglich gewesen, im Vorfeld die richtige Patrone zu besorgen.

Gegen Mitternacht läutete das Telefon vom Podgorsky. Dieser war einigermaßen überrascht, als er den Krutzler am anderen Ende der Leitung wähnte. Da musste schon ordentlich etwas passiert sein, wenn dieser zum Hörer griff.

Er wisse nicht warum, aber der Jerabek habe sich in seinem Wohnzimmer erschossen. Der Podgorsky fragte, ob er betrunken sei. Der Krutzler bejahte. Beteuerte aber, mit der Sache nichts zu tun zu haben. Er sei vom nackten Baron heimgekommen und habe den zerfetzten Schädel vom Jerabek im Wohnzimmer gefunden. Da habe er gleich begriffen, dass eine Reanimation wenig helfen würde. Er könne aber gerne vorbeischauen und sich selbst davon überzeugen. Die Waffe halte der Fremdenlegionär noch in Händen. Keinen anderen Fingerabdruck würde man darauf finden. Zumindest nicht die seinen. Worauf der Podgorsky sagte, er solle ja nichts anrühren. Er komme mit seinen Leuten vorbei.

Man sagte, als die Lassnig vom Selbstmord des Jerabek erfuhr, habe sie ganz starr dagesessen. Sie habe immer nur gemurmelt: Warum? Aber nie: Warum im Wohnzimmer vom Krutzler? Das habe die Beamten stutzig gemacht. Weil tatsächlich keine anderen Fingerabdrücke als die des Fremdenlegionärs gefunden wurden, musste man trotz der vielen Fragezeichen die Ermittlungen einstellen. Der Krutzler wurde freigesprochen, obwohl es keine Notwehr war. Selbst der Podgorsky, der ihm nicht wirklich glaubte, musste den Selbstmord zur Kenntnis nehmen. Warum er sich ausgerechnet das Wohnzimmer vom Krutzler dafür ausgesucht hatte, blieb ihm ein Rätsel. Später verglich er es mit Einbrechern, sagte, dass manche Selbstmörder ganz ähnlich agierten. Statt eines Scheißhaufens würden sie ihren eigenen Körper als Markierung hinterlassen. Vermutlich sei es eine primitive Form der Rache gewesen. Andere wiederum sagten, dass der Jerabek dem Krutzler auf ungeschickte Weise einen Mord anhängen wollte. Aber daran glaubte fast niemand. Die meisten vermuteten, dass der Krutzler einfach keine Fingerabdrücke hatte.

Drei Wochen später kam die Sintflut. Die Alte hatte sie kommen sehen. Das Kamel hatte den Rat des Krutzler befolgt. Jeden Tag hatte er die Alte ans Ufer gesetzt, um den Donaustand zu prüfen. Der Fisch schwelle an, hatte sie gesagt. Das Kamel hatte es nicht ernst genommen. Denn das Ufer blieb unverändert. Der Fisch schwelle an und keiner tue etwas. Vor allem nicht das Kamel, das genervt und tatenlos danebensaß. Er ließ die Alte vor sich hin brabbeln. So lange, bis sie eines Tages wie wild zu strampeln begann. Sie röchelte nach Luft. Schrie wie am Spieß. Er solle sie aus der Donau ziehen. Sie könne sich nicht halten. Ob er sie ersaufen lassen wolle? Das Kamel versuchte sie ins Haus zu zerren. Aber jede Hilfe kam zu spät. Die alte Krutzler ertrank vor seinen Augen in einem Hochwasser, das es nicht gab.

Beim Begräbnis waren nur ihr nichtsnutziger Sohn und das Kamel. Dieser war am Boden zerstört ob seines Versagens. Je emsiger ihn der Krutzler aber von seiner Schuld freisprach, desto mehr verhärtete sich sein Verdacht, dass der Ratschlag, die Alte ans Ufer zu setzen, nicht ohne Hintergedanken vonstatten gegangen war.

Noch auf dem Weg zum Auto zog das Kamel einen Schlussstrich. Er sagte, dass er zu viel in seinem Leben gebuckelt habe. Er wolle ein gerades Leben beginnen und steige aus. Der Krutzler hatte Verständnis dafür. Auch wenn er, am Donauufer sitzend, ahnte, wie einsam er geworden war. Wie ein atmender Stein, den jemand dorthin geworfen hatte, starrte er auf das Wasser und hielt Ausschau nach dem silbrigen Fisch. Er sehnte sich nach Dingen, die es nicht gab. Er hatte die beiden Enten nicht bemerkt. Sie schmiegten sich an seinen Körper und schliefen ein. Er musste an die Zugfahrt nach Mauthausen denken. Und begriff, was nie aus ihm geworden war. Für einen kurzen Moment wähnte er sich im Paradies.

1954 kehrte der alte Goldberg nach Kritzendorf zurück. Er kam beim großen Hochwasser, das es wirklich gab, ums Leben. Ganz wie Stalin konnte er nicht schwimmen. Und ganz wie die alte Krutzler hatte er es kommen sehen. Man sagte, er habe von einem anschwellenden Fisch gesprochen. Aber niemand habe dem Juden geglaubt. Man habe angenommen, er wolle die Kritzendorfer verfluchen. Würde ihnen eine Sintflut an den Hals wünschen.

Die Gisela saß währenddessen in der Einöde von Tomsk und hoffte, dass der Krutzler sie befreien kommen würde.

FLEISCHBURGEN

WÄHREND DRAUSSEN BOOGIE-WOOGIE und Rock 'n' Roll getanzt wurde, verschanzte sich der Krutzler drin. Das Wirtschaftswunder veranstaltete einen Lärmpegel, der ihm zuwider war. Aus den Vorstadtcafés dröhnten die Jukeboxen. Auf den Straßen die Motorräder der Halbstarken. Man trug karierte Hemden und Tollen wie James Dean. Man aß Toast Hawaii. Am liebsten im Automatenlokal Quisinia. Man musste sich eine neue Sprache erfinden. Man war jetzt *makaber* und *modern*. Kein Wort der Alten, das nicht verseucht war. Man fragte sich, ob der Nationalsozialismus in einer anderen Sprache überhaupt möglich gewesen wäre. Besonders in Verruf stand die deutsche Gemütlichkeit. Deshalb flüchteten sich die Alten in die Arbeit und die Jungen in den verjazzten Schlurf, der damit prahlte, dass keinem über dreißig zu trauen sei.

Der Krutzler war Mitte dreißig und kein Tänzer. Und das halbstarke Getöse löste in ihm unbändige Notwehr-Reflexe aus. Deshalb saß er lieber in der Konditorei Kokorara als im Espresso Stambul oder im Café Glory, wo sich der Sikora angeblich rumtrieb, wenn er nicht im Gelben Papagei zugange war. Drei der acht Bregovicbrüder waren derweil im zuhälterfähigen Alter und erledigten die Drecksarbeit. Der Krutzler hatte es zur Kenntnis zu nehmen, dass diese Milchgesichter jetzt indirekt in seinen Diensten standen. Auch wenn er ihnen keinen Millimeter über den Weg traute.

Den Sikora hatte es davongetragen und der Krutzler hatte nicht vor, die Angel nach ihm auszuwerfen. Selbst die Beschwerden der Gunstgewerblerinnen nahm er nicht mehr entgegen. Der Zauberer hatte in den letzten Wochen ordentlich über die Stränge geschlagen und die Geduld aller Beteiligten überstrapaziert. Es roch nach Meuterei. Und als man den Krutzler vom Dachau-Abend erzählte, winkte er nur angewidert ab. Angeblich hatte der Sikora einer Handvoll Huren Zebragewänder verpasst, um sie als Sturmbannführer zu schikanieren. Man sagte, dass es dabei noch immer um die Librettistentochter gehe, aber davon wollte der Krutzler nichts hören. Für ihn hatte es nie stattgefunden. Und auch später wollte er nichts davon gewusst haben.

Stattdessen flüchtete er sich in seine Wohnung, die er zunehmend mit Dingen anhäufte. Da sich die Musch weigerte, ein zweites Mal bei ihm einzuziehen, bekämpfte er seine Einsamkeit mit einem Konsumrausch, der seinesgleichen suchte. Aus dem Besorger war ein Verbraucher geworden. Innerhalb weniger Monate hatte er die Großraumwohnung mit allen technischen Errungenschaften der Nachkriegszeit vollgestopft. Wie eine Verdauungsstörung komme ihm das vor, so der Podgorsky.

Der Krutzler besaß neben seinen drei Autos (Porsche, Mercedes, Imperial) mehrere Rechenmaschinen von Diehl, drei Billardtische, ein Dutzend Wegner-Stühle, vier Kühlschränke von Bosch, zwei Constructa-Deluxe-100-Waschmaschinen und eine Juno-Vollautomatik von Neckermann, fünf Super-Mielette-Staubsauger, drei Expresskocher von Braun, den Multimix KM3, sechs Bügeleisen mit Temperaturregler, fünf Modellflugzeuge von Graupner, zwei Germaniaboote, eine Paxette-Kamera, vier Philips-Tonbandgeräte 4407, acht Caprice-Clock-Radios, mehrere Kartons Osram-Taschenlampen, ein Dutzend Autoradios Mexico von Becker sowie drei Fernsehapparate von Admiral, die er nicht benutzte. Er bevorzugte es, dafür zum Wirt zu gehen, weil ihm das passive Miteinander die ansprechendste Form der Gesellschaft erschien. Für ihn war so gut wie jeder Gegenstand nutzlos, weil er auswärts aß, nie jemanden einlud und alleine wohnte.

Deshalb war das Uhrenzimmer das eigentliche Herzstück der Wohnung. Herzstück, weil die dreißig Standuhren exakt wie ein Herzschlag tickten. Sie schlugen so ruhig wie seinerzeit das Herz der Alten, die seit einem Jahr in einem Einzelgrab auf dem Friedhof lag. Knochen seien auch nichts anderes als Dinge, so der Krutzler. Worauf der Podgorsky sagte, dass die modernen Dinge die Knochen eines Skelettes seien, das sein Fleisch noch nicht gefunden habe. Der Krutzler wusste nicht, was er damit meinte, und sagte, man brauche nicht zu glauben, die Dinge hätten keine Natur. Jeder Gegenstand habe seine natureigene Farbe. Oder könne sich der Podgorsky eine nicht schwarze Schreibmaschine vorstellen? Einen nicht weißen Kühlschrank? Warum er sich kein Haustier nehme?, fragte der Podgorsky. Weil die Dinge im Gegensatz zu den Viechern ihre Versprechen hielten, antwortete der Krutzler. Außerdem könne er einen Gegenstand anschauen, ohne dass der zurückschaue oder es gar bemerke. Das beruhige ihn irgendwie.

Weil ihn alles Leblose beruhige, konterte der Podgorsky. Durch die Massenproduktion habe man jeglichen Bezug zu den Dingen verloren. Zwischen all diesen Knochenbergen drohe der Mensch selbst zum Ding zu werden. Der Fetisch mit den modernen Knochen führe in eine Geisterwelt, die den Menschen verschwinden lasse. Wo man die Dinge bald mit sich selbst verwechseln würde. Das sei die wahre Gefahr des Kapitalismus. Dass die Dinge überhandnähmen. Man werke bestimmt schon an der nächsten Massenvernichtung. Keine Barbarei sei je von den Barbaren gekommen, sondern stets seien die sogenannten Zivilisierten die größten Barbaren gewesen. Es werde zu einer Verschwörung der Dinge kommen, wenn diese erst einmal in Beziehung zueinander träten, um sich gegen den Menschen zu verbünden. Worauf der Krutzler den Podgorsky fragte, was eigentlich aus den schönen BMW-Motorrädern für die Wiener Polizei geworden sei, und die Augen des Podgorsky zu glänzen begannen und er sagte, diese würden in Kürze eintreffen und der Polizei die Würde zurückgeben, die sie seit Jahren vermissen müsse.

Der Krutzler war ein Tier, das seine Horde verloren hatte. Wenn er nicht in seiner Wohnung saß, ließ er sich von seinem Chauffeur von Stoßlokal zu Stoßlokal führen. Sein Leben fand zwischen Renz, Dogenhof, Nordbahn, Heine und Michelbeuern statt. Dazwischen Patrouillen im Stuwerviertel, im Prater und in der Breitenfurter Straße. Neuerdings auch ein paar Löschaktionen auf der Brunner Straße. Inzwischen ließ er sich die zu Besänftigenden meistens ins Auto holen. Der Krutzler begehe regelrechte Fahrerflucht, warf das Milieu ihm vor. Bald würde es auch in

Wien zu amerikanischen *Drive-by-Shootings* kommen. Der Krutzler war sich selbst für eine Notwehr zu schade geworden. Wenn der Krutzler Hand anlegte, dann, um einen Lichtschalter zu betätigen oder eine Autotür zu öffnen.

Diese Entwicklung begrüßte einer wie der Podgorsky. Er sagte, die Zeit des Notwehr-Krutzler gehöre ohnehin in vornukleare Zeiten. Dieser ganze Notwehr-Reflex sei seinem Wesen nach faschistisch. Ja, er würde sogar behaupten, dass der Faschismus der Zukunft ein Notwehr-Faschismus sein werde. Er könne schon die Stimmen hören, die riefen, was hätten wir denn tun sollen, wir hatten Angst. Die Zukunft gehöre nicht den Angstfreien, sondern den Verängstigten. Mit Angst werde sich in Zukunft alles rechtfertigen lassen. Aber auch den Podgorsky mied der Krutzler. Nicht nur wegen seiner endlosen Monologe. Sondern weil in seinem Inneren ein kalter Krieg mit der Welt herrschte, der nicht auszufechten, sondern auszusitzen war.

Mit wem würde der Krutzler seine letzten Stunden verbringen, wenn sie den roten Knopf drückten? Man musste täglich damit rechnen. Wenn im ersten Akt ein Gewehr an der Wand hing, dann wurde es im letzten abgefeuert. Das wusste nicht nur Tschechow. Das wusste auch der Krutzler.

Wo würde er Unterschlupf suchen? Bestimmt nicht beim Wessely. Der Bleiche schickte ihm zwar hin und wieder Postkarten von der Kur. Aber die Zeilen fühlten sich bleicher an als dessen Gesicht nach einem ausgiebigen Aderlass. Erst letzte Woche hatte er eine solche erhalten. *Alter Freund! Beim Zweiten Sowjetischen Schriftstellerkongress haben sie eingestanden, dass im Kommunismus kein einziges bedeutsames literarisches Werk entstanden ist. Sag das dem Podgorsky. Er soll darüber nachdenken. Wessely*

Weder hatte er es dem Podgorsky weitergeleitet noch dachte irgendjemand darüber nach. Stattdessen fragte sich der Krutzler, ob die Lassnig unbemerkt in ihrer Badener Villa gestorben war. Er hatte schon seit Monaten nichts von ihr gehört. Wie gesagt, auch der Wessely hielt sich mit Parolen zurück. Mehr als dünn gesäte Entbehrlichkeiten oben genannter Art waren aus dem Gefängnis nicht zu vernehmen. Nur der Sikora schien den Kontakt zum Bleichen zu halten. Wenn der Krutzler nicht alleine im nuklearen Sturm übrig bleiben wollte, dann sollte er sich schleunigst um den Praschak kümmern. Nicht nur aus geschäftlichen Gründen, sondern auch, weil es sich mit einem nackten Neger nur überschaubar lange schweigen ließ.

Im Milieu fragte man sich natürlich, wie und ob die Musch und der Krutzler noch miteinander verkehrten. Als ihn der Praschak direkt darauf ansprach, wand sich der Krutzler im eigenen Fleisch. Die Sache sei in der Schwebe. Was er damit meine? Ob daran irgendetwas missverständlich sei? Nein, so der Praschak. Für ein Missverständnis brauche es nur mehr Information. Der Krutzler setzte sein Winden fort. Na, küssen würde er sie noch immer nicht, murmelte er. Ob sich die Sache mit dem Kind geklärt habe, so der Praschak. Ob daran irgendetwas unklar gewesen sei? Er, der Krutzler, habe allerdings seine Konsequenzen daraus gezogen und verkehre jetzt auf andere Weise mit dem Wildviech als zuvor. Wie man sich das vorzustellen habe, bohrte sich der Praschak tiefer ins Fleisch seines Freundes. Na, bestimmt nicht so, wie er sich das jetzt ausdenke! Der Praschak dachte aber nichts. Er konnte es sich einfach nur nicht vorstellen. Der Krutzler seufzte trotzig. Er enthalte ihr eben sein Schwanzgift vor, wenn es so viel Schaden anrichte. Also verkehre er nicht mehr mit ihr? Nein, das habe er nicht gesagt. Er verschwende nur seine Nachkommen nicht mehr an ihr.

Der Praschak konnte es sich noch immer nicht vorstellen. Schwenkte aber auf die Wohnverhältnisse um. Die seien geklärt, gab sich der Krutzler erleichtert. Der Herwig könne jetzt ungestört in ihrem Bett schlafen. Der Praschak schüttelte den Kopf, wie er nur selten den Kopf schüttelte. Dass die sonst so dezidierte Muschkowitz ihren eigenen Sohn nicht von der Bettkante stieß, sei mehr als erstaunlich. Jetzt protestierte der Krutzler. Was er sich da schon wieder ausdenke? Das Wildviech schlafe doch nicht mit dem eigenen Sohn. Sie könne dem verwöhnten Fratz halt nichts ausschlagen. Und einen Vater habe der Herwig auch nie gehabt. Kein Wunder, dass ein Muttersöhnchen aus ihm geworden sei. Man müsse schon froh sein, wenn er sich später keiner Geschlechtsumwandlung unterziehe. Der Herwig habe ja ausschließlich unter Weibsbildern aufwachsen müssen.

Der Praschak widersprach. Der Krutzler sei dem Herwig doch wie ein Vater gewesen. Dieser schüttelte den Kopf, wie jemand den Kopf schüttelte, der ein Gewaltverbrechen von sich wies. Eher dessen Konkurrent. Manchmal habe er direkt Angst, dem Rotschopf den Rücken zuzukehren. Da gehe es nicht um etwas Geschlechtliches. Der Herwig halte seine Mutter nur für das exotischste Tier von allen. Daher beanspruche er sie für sich allein. Wie ein Spielzeug, das er nicht teilen möge. Die Musch und er verkehrten daher ausschließlich im Hotel Dresden miteinander. Vermutlich passe das auch besser zu ihrer Beziehung. Falls man es eine solche nennen könne.

Der Praschak war nach der Eroberung der Fleischerei durch die Gusti in das Haus seiner Großeltern gezogen. Dieses stand seit dreißig Jahren leer. Man hatte das Mobiliar völlig unberührt gelassen. Sogar die letzte Zigarette des Großvaters lag noch im Aschenbecher. Ein grässliches Ölbild des Kaisers bewachte die Stille, über der noch immer der modrige Geruch der Großmutter lag. Der Praschak sagte, es sei, als ob man seine eigene Kindheit betrete. Mit dem Unterschied, dass diese zu verwesen begonnen hatte. Um sich selbst das Gefühl zu geben, dass es sich nur um eine Übergangszeit handelte, hatte auch der Praschak nichts verändert. Sogar die Zigarette des Großvaters ließ er im Aschenbecher liegen.

Seine Tage und Nächte verbrachte er ohnehin auf dem Gelände des Eislaufvereins, wo die *Knochenmühle* begann, wieder Geld abzuwerfen. Den Ausdruck für die Freistilringkämpfe hatte allerdings nicht der Praschak geprägt, sondern ein gewisser Adolf Zelenka, der das abflauende Geschäft am Heumarkt im letzten Jahr neu angekurbelt hatte. Das Catchen sei dank des Tigers wieder modern, sagte der Praschak, der seine Sportbegeisterung auf den Krutzler zu übertragen versuchte.

Außer dem Praschak nannte den Zelenka aber keiner mehr Tiger. Hyäne, Aasgeier oder Kadaverfresser waren noch die freundlichsten Worte, die man im Umkreis der Athleten, Ringrichter und Buchmacher über ihn hörte. Man sagte, schon in seiner aktiven Zeit habe der Zelenka seine Mittelmäßigkeit durch schiefe Geschäfte wettzumachen versucht. Der Adolf sei eben ein Ehrgeizler gewesen, so der Praschak. Ein Ehrgeizler mit beschränkten Mitteln. Das seien immer die Schlimmsten. Und Unterhaltungswert habe er auch keinen gehabt. Deshalb sei er stets am frühen Abend eingesetzt worden, bevor die wahren Attraktionen kämen. Das habe sich in sein Ego eingefressen wie eine chronische Krankheit. Vielleicht erkläre das seine jetzige Unerbittlichkeit, die den Erdbergern naturgemäß entgegenkam.

Dank dem Zelenka war das Freistilringergeschäft wieder lukrativ geworden. Sein *Preis der Nationen* war ein Publikumsrenner. Und die Wettbüros liefen heiß. Wobei die Mechanik noch paradoxer als beim Stoßspiel war, wo mit steigendem Einsatz zunehmend die Bank gewann. Denn insgeheim wussten alle, dass es sich um Scheinkämpfe handelte. Aber der Zelenka packte die Leute direkt am patriotischen Herz, das über den Sport ein ungefährliches Terrain gefunden hatte.

Der unangefochtene Star des Heumarkts war Werner Schangl alias Schani alias Giftzwerg. Der Simmeringer rang jede Woche die ganze Welt nieder. Niemand repräsentierte das Aufbegehren des geschrumpften Österreichs haptischer als der eins sechzig große Schani. Der kurze, aber umso breitere Catcher zerlegte im Blutrausch Amerikaner, Russen, Engländer, Italiener, Franzosen und alles, was sonst noch auf der offenen Rechnung der Wiener stand. Nur israelische Ringer ließ man aus. So weit reichte die Empfindsamkeit des Zelenka gerade noch.

Die ansässigen Spielbüros, naturgemäß im Besitz der Erdberger Spedition, wurden vom Praschak mit gefühlvoller Hand gelenkt, sodass am Ende die Euphorie eines österreichischen Wettgewinns in gesunder Balance zu den Einnahmen stand. Da der Schani selten verlor – auch darauf basierte ein Teil des Erfolgs –, wurden alle paar Wochen absurd hohe Quoten für Ausländer ausgerufen. Der umsichtige Wettprofi hätte natürlich blindlings erkannt, dass der Schani immer nur gegen die größten Außenseiter verlor. Wie beim Kartenspiel wurde die getäuschte Seite mit Triumphen angefüttert. Psychologisch wurden seltene Niederlagen gegen Albaner oder Letten dem Schani eher verziehen als gegen Russen oder Franzosen. Man konstatierte ihm dann eine Melange aus Halbherzigkeit, schlampiger Arroganz und Erschöpfung. Eigenschaften, die dem Wiener naturgemäß nahestanden. Umso mehr erkenne man im Schani einen der Ihrigen! Und wenn der Schani immer gewänne, wäre es auch fad! Solange er nicht gegen die Falschen verliere!

Der Praschak hörte auf die Stimme des Volkes. Und lenkte das Schiff am Heumarkt von einem Erfolg zum nächsten.

Dieser Drahtseilakt wurde aber zunehmend erschwert, weil sich der Giftzwergschangl an seinen dauerhaften Erfolg zu gewöhnen begann und sein ungehaltenes Gemüt immer seltener die angesagte Niederlage hinnehmen wollte. Der Zelenka musste ihn jedes Mal in den verbalen Schwitzkasten nehmen, um ihn daran zu erinnern, worum es hier eigentlich ging. Diese Realität wurde vom allseits bejubelten Schani, der in seinem bis dahin patscherten Leben noch nie viel Zuspruch bekommen hatte, stetig in den Hintergrund gedrängt. Er lebte die Illusion, unbesiegbar zu sein, in vollen Zügen aus. Letztendlich war das auch seine Qualität. Denn der Blutrausch vom Schani, der meistens in der letzten Runde einsetzte, beförderte die Massen in jene geschäftsfördernde Ekstase, die kein Morgen kannte.

Insofern war es nur eine Frage der Zeit, bis man sich

einen neuen Schangl suchen musste, weil der alte Schangl irgendwann wie das Amen im Gebet den alles zunichtemachenden Satz sagen würde: *Ohne mich geht hier gar nix.* Spätestens dann würde aus dem verbalen Schwitzkasten des Zelenka ein körperlicher oder gar existenzieller werden.

Da es aber noch nicht so weit gekommen war, genoss der Praschak sein Leben als König der Knochenmühle. Während die Gusti in der Fleischerei vergammelte und diese als Gemüsehandel entwürdigte, versank er in den Fleischburgen des Heumarktes. Denn die weiblichen Ringerinnen, die sich ebenfalls großer Beliebtheit erfreuten, waren ganz nach seinem Geschmack. Mit denen sei nicht zu spaßen, prahlte er, als ginge es bei jedem Verkehr um Leben und Tod. Aber auch der entwöhnte Krutzler musste zugeben, dass die Welt der lebensfrohen Ringerinnen ansprechender war als die Bordelltraurigkeit vom Sikora oder die verschwiegenen Abende beim Baron. Und so sichtete man den Koloss mit der schwarzen Hornbrille immer öfter am Heumarkt, was dem Zelenka von Beginn an ein Dorn im Auge war.

Bereits nach wenigen Wochen kam es zu einem Vorfall, der den Krutzler wieder zurück an den Rattan-Tresen des nackten Barons verbannte. Vermutlich war es tatsächlich Teil seines Naturells, mit Zielsicherheit stets dort zu stehen, wo man nicht stehen sollte, um mit aller Bestimmtheit diese Position zu verteidigen. Der ganze Notwehr-Reflex des Krutzler verdankte seine Existenz diesem Umstand. Hinzu kam aber auch, dass seine mächtige Statur im Ringermilieu eine gewisse Provokation darstellte. Dass es der Schangl über mehrere Stunden nicht geschafft hatte, seine sportliche und menschliche Niederlage wegzutrinken, hatte die Situation zusätzlich verschärft. Und dass seine Gattin gegenüber den Avancen des Krutzler offenkundig aufgeschlossen war, brachte das Fass zum Überlaufen. Auf jeden Fall beendete der Krutzler an diesem Abend nicht nur die Karriere des erfolgreichsten Freistilringers Wiens, sondern brachte das erfolgreiche Schiff am Heumarkt ganz ordentlich ins Wanken.

Als der Zelenka am Nachmittag dem Schangl eröffnet hatte, dass er gegen den zypriotischen Außenseiter in Runde vier zu Boden gehen müsse, waren bei diesem die Kabel gerissen. Das ganze Büro hatte ihm der Giftzwerg zerlegt. Weil damit zu rechnen gewesen war, hatte der Zelenka präventiv alle wichtigen Akten in Sicherheit gebracht. Auch das Geld aus dem Tresor hatte man an einen sicheren Ort verlagert. Und als der Schangl fertig war und in seiner Wut noch das Telefon mit der Aufforderung, sofort diesen zypriotischen Eierschädel anzurufen, aus dem Fenster warf, halfen selbst die Interventionen vom Praschak nichts mehr. Der Schani wurde der tobenden Masse krankheitsbedingt vorenthalten. Der Ringrichter und der Zypriot mussten um ihr Leben fürchten, als die Nachricht über den Lautsprecher verkündet wurde.

Der Zelenka wäre aber nicht der Zelenka gewesen, wenn er nicht eine wundersame Lösung aus dem Hut gezaubert hätte. Statt dem spurlos verschwundenen Schani wurde nämlich seine Frau, die wahnsinnige Ronda, als Ersatzgegnerin präsentiert. Noch nie hatte es in der Knochenmühle einen Kampf zwischen Mann und Frau gegeben. Die neue Quote lautete 3:12. Zugunsten des zypriotischen Muskelpakets, versteht sich.

Der Schani und die Ronda, die im eigentlichen Leben Leopoldine hieß, waren das Traumpaar des Heumarktes, weshalb viele die Freiluftarena auch Schanigarten nannten. Sie erfreute sich ähnlicher Beliebtheit wie ihr Gatte, auch wenn sie zwei Köpfe größer war. Aber das nahm ihr keiner übel, weil auch sie die Kriegsgewinnlerinnen aus dem Heumarkt bugsierte. Es war also schwer abzuschätzen, in welche Richtung die Einsätze gehen würden. Da das Wiener Publikum aber trotz gesundem Patriotismus keiner Frau einen Sieg gegen einen Mann zutraute, lag es am Praschak, den Zyprioten davon zu überzeugen, die Schmach auf sich zu nehmen und die nächsten Jahre in seiner Heimat dafür verhöhnt zu werden. Er hatte nur ein paar Minuten Zeit, insofern sparte er sich die Psychologie und überredete den stolzen Südländer mit einem finanziellen Angebot, für das ein Österreicher seine ganze Familie verkauft hätte. Zerknirscht verließ der Zypriot das Büro, um sich auf die größte Niederlage seines Lebens vorzubereiten.

Der Zelenka hatte ein wenig Bauchweh bei dem Gedanken, wie der Schangl den Triumph seiner Frau wegstecken würde. Die Beziehung gehorchte auch außerhalb des Ringes einer klaren Hierarchie. Gerade weil er zwei Köpfe kleiner war als sie. Und um ihm begreiflich zu machen, warum seine Frau gewinnen durfte und er, der unbesiegbare Schani, nicht, dafür brauchte es ein Fingerspitzengefühl, das sowohl dem Praschak als auch dem Zelenka, aber am allermeisten dem Krutzler fehlte. Nichtsdestotrotz mussten die Kassen der Knochenmühle neu aufgefüllt werden. Deshalb ermutigte man sich gegenseitig, keinesfalls auf die Befindlichkeiten der handelnden Personen einzugehen. Trotzdem blickten alle mit gemischten Gefühlen auf die

Geselligkeiten nach dem Kampf, die traditionsgemäß in der Restauration Münzamt stattfanden.

Man brauchte allerdings gar nicht so lange zu warten, um aus den gemischten Gefühlen ein eindeutiges Unbehagen erstehen zu lassen. Denn bereits der Kampf nahm einen völlig anderen Verlauf als geplant. Es war ein Blick des Zyprioten, der den Praschak sofort alarmierte. Da seien bei dem Südländer die Testosteron-Jalousien zugegangen, so der Praschak.

Zu Beginn ließ die wahnsinnige Ronda den heißblütigen Zyprioten noch den Überlegenen spielen. Er übernahm die choreografische Führung und sie tanzte willig mit. Nach mehreren Paketgriffen, Kopfhüftschwüngen, Armzügen – selbst einem Suplex und zwei Beinschrauben hielt sie stand – intervenierte sie sich mit einem Spaltgriff, bei dem man dem Gegner zwischen die Beine griff und ruckartig hochriss, zurück ins Geschehen. Es ging nicht nur eine Welle der Begeisterung durch das Publikum, sondern auch jene Irritation über die Pupillen des Zyprioten, die den Kampf zum Kippen brachte. Dieser ließ sich alles einreden, aber dass ihn eine Frau an den Eiern packte und zu Boden riss, ging ihm entschieden zu weit.

Ab diesem Moment waren die Abmachungen hinfällig. Und aus dem Scheinkampf wurde ein Gemetzel um Leben und Tod. Von Runde zu Runde gestaltete es sich für den Ringrichter schwieriger, die beiden aus ihrer Rage zu reißen. Auch das Publikum bemerkte, dass etwas anders war als sonst. Nicht nur an den blutenden Gesichtern – beide Köpfe waren mehrmals gegen die Bretter geknallt –, sondern auch an dem tierischen Eifer, mit dem beide aufeinander losgingen, ungeachtet ihres unterschiedlichen Geschlechts. Und so spaltete sich die Menge in jene der Patrioten und jene, die auf den Zyprioten gewettet hatten. Der Krutzler ortete auch Frauenrechtlerinnen und gescholtene Männer, die das Geschehen zum Stellvertreterkampf stilisierten. Insofern sprach man später vom Kampf der Geschlechter.

Am Ende, als aus der wahnsinnigen eine jubelnde Ronda geworden war und aus dem stolzen Zyprioten ein Zwerg ohne Hut, musste man die Türen wie Ventile öffnen, damit es zu keinen Ausschreitungen kam. Einen solchen Abend hatte der Zelenka in dreißig Jahren nicht erlebt. Und dass auch noch die Richtige gewonnen hatte, versüßte ihm den Begeisterungstaumel immens. Man fiel sich um den Hals, als hielte man den Staatsvertrag schon in Händen. Nein, als ob man Kriegsgewinnler wäre. Als ob der Abend Österreich wieder zu alter Größe aufgebläht hätte. Alle waren begeistert. Alle feierten die neue Königin des Schanigartens. Keiner, weder der Praschak noch der Zelenka, noch der Krutzler noch die anderen Ringer oder Ringrichter noch irgendjemand im Publikum, hatte jetzt noch den Schani im Sinn. Man sagte, in diesem Moment habe er vermutlich begriffen, wie es sein würde, wenn man ihn wieder vergessen haben würde, wenn er zu seinem patscherten Leben zurückkehren und von der Bank aus den Triumphen seiner zehn Jahre jüngeren Frau beiwohnen müsse. Und weil dem Schangl keine Ventile zur Verfügung standen, um diese Wut zu evakuieren, tauchte er dementsprechend geladen im Münzamt auf und bestellte sich einen Schnaps nach dem anderen.

Inmitten dieser ausgelassenen Stimmung stand der Krutzler und fixierte die wahnsinnige Ronda mit Augen, die den Schangl rasend machten. Die neue Königin vom Heumarkt ließ sich nicht nur feiern, sondern von allen Anwesenden an die Gewinnermuskeln greifen. Der Einzige, der sie nur mit Blicken abtastete, war der Krutzler, der vom Praschak eindringlich davor gewarnt wurde, die Ronda auch nur anzudenken. Jede der Ringerinnen könne er haben, soweit sie sich überreden lasse, aber die Gattin vom Schangl sei tabu. So viel Geschäftssinn müsse man ihm zutrauen dürfen. Der Krutzler sagte, dass er nie mit einer über eins achtzig ins Bett gehen würde. Da könne er gleich mit einem Mannsbild schlafen. Eine Frau auf Augenhöhe sei wie Kastration. Was er sich dabei denke! Um weiter auf die Muskeln der wahnsinnigen Ronda zu starren.

Man sagte, der Krutzler habe es auch weniger auf eine Amour als auf eine Schlägerei angelegt. Nur deshalb sei er der Ringerin mit seinen Blicken zu nahe getreten. Eine Ringmeisterin mit bloßen Händen zu erlegen, fehlte in seinem Trophäenkatalog. Aber sowohl der Giftzwerg als auch die Wahnsinnige hatten die Blicke anders gedeutet. Für beide stellten sie eine Aufforderung zum zärtlichen Körperkontakt dar – und keineswegs zum groben. Wobei viele sagten, dass die wahnsinnige Ronda da keinen Unterschied machte.

Auf jeden Fall warf die Ronda dem Krutzler siegessichere Blicke zu, während der Schangl fürchtete, eine weitere Niederlage einstecken zu müssen. Da er in jedem Nicht-Ringer einen einfachen Gegner vermutete, ging er irgendwann auf die seltsame Gestalt mit der Buchhalterbrille zu und fragte, ob er ihm vielleicht seine Frau vorstellen solle, wenn er sie schon die ganze Zeit angaffe, oder ob er einfach nur kurzsichtig sei. Der Logik war der Schangl nicht besonders aufgeschlossen. Wozu auch? Sie stand ihm bei den meisten Lebenslagen genauso im Weg wie der Krutzler in diesem Moment. Dass dieser Brocken nicht nur keine Angst, sondern überhaupt keine Reaktion zeigte, deutete in Schangls Augen auf eine Art suizidaler Debilität hin, die sich allerdings nicht mit seinem aufgestauten Gefühl vertrug, dass ihm gerade alle Felle davonschwammen. Er rempelte den Krutzler an, weil eine Satzwiederholung für ihn immer Demütigung hieß.

Erstaunt ob der überraschenden Notwehrmöglichkeit senkte der Krutzler seinen Blick und sagte, der Schani solle seinen Frust woanders abladen, vielleicht finde er irgendwo den Zyprioten. Er solle nur aufpassen, dass ihm dieser nicht den Hintern versohle. Dann müsse ihn seine Frau retten und alle würden den Schangl nur noch Prinzessin nennen. Der Krutzler war mit seiner Provokation rhetorisch gesehen unzufrieden, konstatierte aber zufrieden, dass es ohnehin keiner gehört hatte. Der Schangl, der versuchte, der relativ komplizierten Argumentationskette zu folgen, erkannte das Wesen der Provokation nur am Tonfall. Bei ihm blieb vor allem die *Prinzessin* hängen, was genügte, um eine letzte Warnung auszusprechen. Wenn der Krutzler den Gedanken, mit seiner Frau zu verkehren, nicht augenblicklich aus seinem Hirn lösche, würde es genauso augenblicklich tuschen. Dann werde in seinem Schädel eine Glocke läuten, wogegen die Pummerin ein Glockerl wäre.

Der Krutzler sagte, ohne den Blick von der Gattin zu nehmen, dass er mit so einem Mannsweib bestimmt nichts anfangen würde, er sei ja nicht schwul. Der Krutzler hatte das Gefühl, die Botschaft eindeutig platzieren zu müssen, damit sie beim Schani auch ankam. Dieser verstand problemlos, dass ihn der Krutzler indirekt als Schwuchtel titulierte, mehr aber kränkte ihn, dass es dieser nicht für wert befand, seine Frau für einen Verkehr in Betracht zu ziehen. Was ihn in die genehme Situation brachte, den Ruf seiner Gattin verteidigen zu dürfen, was wiederum den Beginn einer körperlichen Gewaltanwendung legitimierte. Mit dem Gefühl hehrer Ritterlichkeit fasste der Schangl dem Provokateur zwischen die Beine, um ihn mit einem meisterlichen Spaltgriff zu überraschen.

Doch nichts auf der Welt ruhte unverrückbarer als der Schwerpunkt des Krutzler. Der besoffene Schangl hob sich beinahe einen Bruch. Noch blamabler wogen die Haltungsnoten. Der Giftzwerg sah aus wie ein Kind, das einen Stein nicht hochkriegte. Der Krutzler vertrug es ohnehin nicht lange, dass jemand an seinem Schritt herumwerkte. Er wartete nur so lange, bis genügend Anwesende bezeugen konnten, dass er in Notwehr handelte, dann flog der Schani mit strampelnden Armen über die Bar.

Die Ronda folgte verblüfft den Flügelschlägen ihres Gatten und warf dem Krutzler einen verheißungsvollen Blick zu. Sie träumte von diversen Griffen, aus denen sie sich nicht mehr lösen konnte, während der Schangl Anlauf nahm und wie ein wild gewordener Stier auf den Krutzler zulief. Dieser zog aus seinem Mantel die Smith & Wesson, die er dem Jerabek zu verdanken hatte, und schoss dem Giftzwerg zuerst ins rechte Bein. Als dieser noch immer auf ihn zulief, auch ins linke. Die Lokalbesucher verstummten, wie Lokalbesucher verstummten, wenn einer herumschoss. Die Ronda senkte enttäuscht den Blick und entzog ihm den Titel eines Ebenbürtigen. Dennoch eilte sie ihrem Gatten nicht zu Hilfe, sondern rief in die Stille, was für ein feiges Schwein der Krutzler sei. Dieser konnte sein Glück gar nicht fassen, legte die Pistole zur Seite und warf ihr einen Blick zu, der gewiss nicht zur Amour taugte. Es war nicht schwer, das Wahnsinnige in der Ronda zu aktivieren.

Bevor es aber so weit kam, dass der Krutzler innerhalb von fünf Minuten den ganzen Heumarkt auslöschte, fuhr der Praschak dazwischen. Der Schani lag in einer Blutlache und wimmerte vor sich hin. Nicht vor Schmerz, sondern weil er wusste, dass die beiden Schussverletzungen das Ende seiner Karriere bedeuteten. Der Praschak befahl, man solle die Rettung rufen. Dann zog er den Krutzler nach draußen und verdeutlichte ihm, dass er ihn nie wieder in der Nähe der Knochenmühle sehen wolle. Ja, dass er ihn vorübergehend überhaupt nie wieder sehen wolle. Dann verschwand er im Lokal und der Krutzler blieb mit einem schwerwiegenden Kischewgefühl übrig.

Als er über die Ringstraße lief, schwirrten Bilder von hagelnden Knochen in seinem Kopf. Er rannte und wich ihnen aus. Aus einer Bar waberte *The sighing sound of midnight trains in empty stations*. Entschlossen lief er seiner Einsamkeit entgegen und als er nach einer halben Stunde vor der Tikibar ankam, blieb er versteinert stehen. Beim Baron war die Hölle los. Während der Wochen seiner Abstinenz hatten jene Pseudokünstler, die in den elitären Art-Club keinen Zutritt erlangten, den nackten Baron zum ohnehin originelleren Kuriosum erklärt und ließen sich pickerte Südseecocktails mischen.

Jetzt wusste der Krutzler wirklich nicht mehr wohin.

Insofern war er heilfroh, dass er wenige Tage später vom Sikora in den Papagei zitiert wurde. Die Standpauke für den Heumarkt hatte er sich schon vom Podgorsky anhören müssen. Ob der Krutzler irgendetwas an seinen Ausführungen bezüglich Notwehrverhalten nicht verstanden habe? Er könne gern einen Zehner ausfassen und sich zum Wessely in die Zelle gesellen. Nur würde dieser dann früher rauskommen als er. Was er glaube, was es ihn und den Praschak an Aufwand gekostet habe, das halbe Lokal und die Schangls zum Stillhalten zu bewegen. Der Krutzler murrte, dass man es gern hätte drauf ankommen lassen können. Es sei ganz eindeutig Notwehr gewesen. Worauf der Podgorsky sagte, dass er sich gefälligst wieder ein Gefühl für Relationen angewöhnen solle. Wenn er wenigstens mit den Fäusten oder von ihm aus mit einem Messer gekontert hätte. Aber wer mit einer geladenen Smith & Wesson herumlaufe, der sei kein Notwehrspezialist mehr, sondern ein Amokläufer. Und da gäbe es schon einen zarten Unterschied. Dann hielt er inne und fragte den Krutzler, ob der Waffentyp irgendetwas mit dem Jerabek zu tun habe. Worauf dieser knurrend verneinte.

In der Zeitung stand, dass Werner »Schani« Schangl nach einer Schießerei im Münzamt seine Karriere beenden müsse. Es sei zu einem nächtlichen Zwischenfall mit einem unbekannten Georgier gekommen, der sich feigerweise nicht mit Fäusten, sondern einer Pistole gewehrt habe. Trotz der Schussverletzungen habe der Schani aber den Sowjet niedergerungen, der sich daraufhin ins Ausland abgesetzt habe. Der Heumarkt lasse seinen einstigen Helden selbstverständlich nicht im Stich. Adolf Zelenka, der Verantwortliche, stelle eine Sportlerpension in Aussicht, wie man sie in Wien noch nicht gesehen habe. Man wünsche dem Schani alles Gute für seinen weiteren Lebensweg. Unbestätigten Gerüchten zufolge werde er als Konsulent dem Heumarkt weiter zur Verfügung stehen. In Hommage an die Leistungen ihres Mannes werde die großartige Ronda Schangl am Samstag gegen den georgischen Meister Merab »Stalin« Zivic antreten.

Damit war die Sache erledigt.

Als der Krutzler zwei Tage später in die Pupillen vom Sikora blickte, merkte er, wie fremd und tot ein menschliches Auge sein konnte, wenn man nur lang genug hineinschaute. Das sei wie mit dem Gewissen, dachte er. Noch bevor er den Gedanken zu Ende führte, sagte der Sikora melancholisch: *Ist es nicht erstaunlich, wie schnell man wieder zum Menschen geworden ist?* Der Krutzler ersparte dem Freizeit-Sturmbannführer Ausführungen zu Stilfragen und bestellte bei der argwöhnisch lauernden Bregovic einen Schnaps. Demonstrativ legte er einen Tausender auf die Theke. Als sie den Slibowitz vor ihn hinstellte und den Geldschein nehmen wollte, hielt er ihn fest und knurrte, dass er noch nicht *Zahlen* gesagt habe.

Die Bregovic stellte ihm daraufhin die ganze Jungarmee vor. Milan, zweiundzwanzig, Goran, zwanzig, Tomasz, achtzehn, Josip, sechzehn, Luka, vierzehn, Marco, zwölf, Radan, zehn, und Nachzügler Ninko, sechs Jahre alt, der ihn besonders hinterfotzig anlächelte. Alle dazu auserkoren, um irgendwann den Krutzler zur Strecke zu bringen. Zumindest verfestigte sich der Eindruck, wenn man sie in Reih und Glied hinter der Bar stehen sah.

Der Krutzler musste an seinen Traum denken und stellte sich die Garde winkend im Federkleid des Papageis vor, der ihm verbeulte Blicke zuwarf. Wenn er die Bregovicbande entsorgt haben würde, dann, spielte der Krutzler mit dem Gedanken, würde er die Jugoslawen ebenfalls ausstopfen, um sie in sein Uhrenzimmer zu stellen. Harlacher würde dies mit größtem Vergnügen erledigen. Keine Massenproduktion. Handarbeit. Der schöne Gottfried, der noch immer gegen die dunkle Wand in Kritzendorf starrte, war ihm in den Sinn gekommen und ganz kurz auch die Frau im Turban, die unbemerkt von der Gusti im Keller der Fleischerei wachte.

Der Sikora kam gleich zur Sache. Vermutlich wollte er verhindern, auf die Dienste der Bregovicbrüder angesprochen zu werden. Er sagte, ohne den Krutzler anzusehen, dass der Wessely bald auskuriert sei. Der Krutzler bestellte noch einen Schnaps und sagte, dass der Bleiche selbst bei guter Führung frühestens in drei Jahren wieder das Licht der Welt erblicken würde. Der Sikora fand den Vergleich mit einer Geburt unpassend, schließlich sei eine Zelle keine Gebärmutter, schwieg sich aber aus, weil er auf etwas anderes hinauswollte. Stattdessen sagte er, dass der Wessely einen ganz konkreten Gedanken geboren habe, nämlich, dass es Zeit sei, das Kurhotel zu verlassen, wenn er verstehe, was er meine. Der Krutzler sah ihn an, wie er selten jemanden ansah, weil er selten vor jemandem seine schwarze Hornbrille abnahm. Der Sikora bemerkte, dass die Augen des Krutzler auch ohne Brillengläser wirkten, als seien sie von der Welt abgeschnitten. Wie der Bleiche sich das vorstelle?, fragte der Krutzler. Es gebe bereits einen Plan, entgegnete der Sikora. Der Wessely habe im Gefängnis den Graf von Monte Christo gelesen. Diesen habe er sich zum Vorbild genommen – der Krutzler verstand, ohne das Buch je gelesen zu haben. Der Podgorsky würde so einen Affront keinesfalls schlucken. Der Bleiche müsste im Untergrund leben und dort würden die Sonnenstrahlen noch seltener hinfallen als in eine Zelle, wenn er verstehe, was er meine. Er solle dem Wessely ausrichten, dass er besser die drei Jahre durchstehe, um als grader Mann aus dem Gefängnis zu gehen, bevor er den geduckten Weg einer Flucht antrete. Schließlich brauche man ihn für die Geschäfte. Es sei jetzt schon Not am Mann. Mit einem Gesuchten könne man so gut wie nichts anfangen. Ein solcher sei außerstande, die einfachsten Aufgaben zu übernehmen. Und falls der Wessely glaube, dass er dann sein Elfenbeinturmdasein weiterführen könne, habe er sich gewaltig geirrt. Da mache er nicht mit. Der Krutzler habe lang genug die Dreckarbeit erledigt.

Der Sikora erinnerte sein Gegenüber daran, warum und für wen der Wessely eigentlich ins Gefängnis gegangen war. Der Krutzler murmelte trotzig, dass er gewusst habe, dass das jetzt komme. Aber irgendwann müsse Schluss sein. Man könne ihm das nicht ewig vorwerfen. Schließlich seien sie keine Weibsbilder.

Außerdem, so der Sikora, habe das Ganze einen Grund. Und dem würde sich hoffentlich auch der Krutzler nicht entziehen. Dieser setzte die Hornbrille wieder auf, weil er an der Stimmlage des Zauberers bereits erkannte, dass ihm das aus dem Hut gezogene Kaninchen nicht gefallen würde. *Und der wäre?* Der Wessely habe der Lassnig einen Heiratsantrag gemacht und sie habe angenommen. Der Krutzler sagte, er habe gehofft, dass die Hexe tot sei. Wie er darauf komme?, fragte der Sikora. Auf jeden Fall wolle der Wessely nicht drei Jahre lang warten, um diese Ehe zu vollziehen, da er befürchte, dass die Lassnig ihm sonst abhandenkomme. Der Krutzler schüttelte den Kopf. Wenn es Liebe sei, würde sie warten. Oder wolle sie eine Kellerehe führen? Der Krutzler überlegte kurz, ob er den Jerabek ins Spiel bringen solle. Aber einerseits handelte es sich bei deren geschlechtlichen Angelegenheiten um unbestätigte Gerüchte, andererseits würde es eher die Freundschaft als die Ehe gefährden. Also schwieg er. Der Sikora sagte, dass dieses Gespräch ohnehin rein informellen Charakter habe. Die Sache sei beschlossen und brauche bestimmt nicht seinen Segen. Vielleicht würden sich die Dinge dann wieder einrenken.

Der Krutzler sah den Sikora an, wie man einen Beichtenden ansah, dem man nicht glaubte, dass er alles gebeichtet hatte. Ob der Wessely dafür einen Wunsch aus dem Hut gezogen habe? Der Krutzler musste kurz an die Blutverträge in der Schatzkiste denken. Gleichzeitig befürchtete er, der Wessely könnte auch in seine Richtung etwas aktivieren. Das sei nicht notwendig gewesen, antwortete der Sikora, der die Gedanken seines Gegenübers lesen konnte. Er brauche sich im Übrigen keine Sorgen zu machen. Keiner erwarte irgendetwas von ihm. Der Wessely wisse, dass er seinen Wunsch an den Krutzler nicht für so eine Kleinigkeit verschwenden dürfe. Ob das eine Drohung sei? Der Sikora hob das Glas und prostete ihm zu: *Auf die Freiheit!* Schweigend stießen sie an.

Am 15. Mai 1955 stand weder halb Wien am Heldenplatz noch herrschte Kaiserwetter. Der Park vor dem Belvedere, wo in Kürze Außenminister Figl auf den Balkon treten würde, um den Österreichern den Staatsvertrag zu präsentieren, fasste bei Weitem weniger Leute als jener vor der

Hofburg. Die Stimmung war aber ähnlich ausgelassen wie 1938, als Hitler Wien zur Perle erklärt hatte. Nur blickte man diesem Österreich nicht so fanatisch entgegen wie seinerzeit dem Deutschen Reich. Die Perlen hatte man zum Großteil den Alliierten zum Fraß vorgeworfen, dafür durfte Figl damit prahlen, den Russen bei den Verhandlungen unter den Tisch getrunken zu haben, und die Österreicher wiederum durften sich endlich als erstes Naziopfer titulieren. Während über dem Belvedere dunkle Gewitterwolken aufzogen, kam es nicht nur hinter den Kulissen der Zeremonie zu peinlichen Pannen, sondern auch in der Strafanstalt Stein, wo die Polizei an diesem Tag äußerst halbherzig ihren Dienst versah. Während man an den Radiogeräten versuchte, der eigenwilligen Rede von Figl über die Geschichte des österreichischen Kunsthandwerks zu folgen, die er ausschweifend darauf begründete, dass das Staatsvertragswerk von der gleichen Firma gestaltet worden sei wie jenes beim Wiener Kongress mehr als hundert Jahre zuvor, ahnte man nicht, dass der Wessely den stets um zwölf Uhr patrouillierenden Vollzugsbeamten mit einer beeindruckenden Bleiche überraschen würde. Stattdessen diskutierte man unten über den Kunsthandwerksminister Figl, der offenbar den Rausch noch immer nicht weggesteckt hatte, und schickte den Neuen auf Rundgang, womit der Wessely gerechnet hatte. Schließlich waren die Abläufe in einem Gefängnis leicht zu durchschauen. Als Molotow noch eine vierundzwanzigminütige Rede über den Kalten Krieg nachlegte, ohne Österreich oder den feierlichen Anlass groß zu erwähnen, begannen laut Protokoll um zwölf Uhr alle Glocken der Stadt zu läuten. Zu diesem Zeitpunkt schob der junge Wärter die Sichtluke zu Wesselys Zelle zur

Seite und brauchte mehrere Sekunden, um seinen Schreck zu konkretisieren. Aufgrund des dröhnenden Lärms der Glocken konnte man den darauffolgenden Außenminister der USA, John Foster Dulles, kaum verstehen, was dessen Stimmung wiederum alles andere als zuträglich war. Er hatte sich schon zuvor über das kindische Wettrennen der Alliierten-Konvois geärgert, den die Sowjets für sich entschieden hatten, um dann demonstrativ einen Stau vor dem Eingang des Belvedere zu provozieren. Die bizarren Gummimatten, die man aufgelegt hatte, weil sich kurz zuvor ein Fotograf auf dem rutschigen Boden verletzt hatte, kratzten an der letzten verbleibenden Würde.

Die Glocken läuteten. Der junge Beamte öffnete die Stahltür. Draußen jubelten die Massen, weil sie annahmen, dass soeben der Staatsvertrag unterschrieben wurde. Die nicht im Protokoll vorgesehenen Worte Figls *Österreich ist frei* fielen erst, als der Vollzugsbeamte ratlos vor dem reglosen Wessely stand. Österreich war im Übrigen noch lange nicht frei, denn der Vertrag würde erst in drei Monaten in Kraft treten. So wie der Wessely noch nicht frei war.

Im Augenblick schien er eher tot. Als der in seiner Blutlache liegende Bleiche auf die Wiederbelebungsversuche des Wärters nicht reagierte und dieser wusste, dass die anhängige Krankenanstalt nicht nur überbelegt, sondern mit aufgeschnittenen Pulsadern auch maßlos überfordert wäre, fiel ihm nichts Besseres ein, als lautstark Alarm zu schlagen, um die Anstalt aus der Staatsvertragslethargie zu reißen. Und so läuteten in der Strafanstalt Stein ebenfalls alle Glocken, nur zehn Minuten später als in Wien, wo man vor dem Belvedere bereits zum kollektiven Walzertanzen übergegangen war und Molotow gut gelaunte Küsschen in die jubelnde Menschenmenge warf.

Im Gefängnis ließ man sich trotz des Alarms die Feierlaune nicht verderben. Der junge Kollege wurde angehalten, die Rettung zu rufen und den wahrscheinlich ohnehin toten Gefangenen ins Krankenhaus Krems zu geleiten. Niemand der Beteiligten wunderte sich, wie schnell die Sanitäter da waren. Stattdessen lobte man deren Effizienz und verwies sie in die Zelle vom Wessely, wo dieser noch immer reglos lag. Es gab keinerlei Verdachtsmomente. Der Arzt agierte routiniert und befahl seinem schlaksigen Gehilfen, den kurz vor der Verblutung stehenden Patienten auf eine Bahre zu heben. Fünf Minuten später saßen der junge Gefängniswärter, Harlacher und der Sikora im Rettungswagen, der Krems nie erreichen sollte.

Im Gegensatz zum Belvedere lief bei den Erdbergern alles nach Protokoll. Der vollbärtige Doktor Harlacher und sein blonder Sanitäter Sikora hatten wie abgemacht seit zwölf Uhr in der Nähe des Gefängnisses gewartet. Der Wessely hatte gesagt, dass der junge Wärter ganz bestimmt Alarm schlagen würde, weil er als besonders hilfloses Exemplar bekannt war. Und dass der Rest vor den Radiogeräten sitzen würde, war ebenfalls zu erwarten. Der Wessely musste nur dafür sorgen, dass im Krankentrakt kein Platz für ihn war. Aufgrund einer rätselhaften Lebensmittelvergiftung kämpften dort rund drei Dutzend Gefangene mit unschönen Zuständen, die eine Dauerbetreuung verlangten. Der verantwortliche Koch brauche sich über seine finanzielle Zukunft in Freiheit keine Sorgen machen, so der Wessely, der ordentlich etwas riskiert hatte für die Ehe mit der Lassnig. Obwohl er natürlich einen Aderlass einschätzen konnte wie kein anderer, hing trotzdem alles vom Zeitpunkt des Findens ab. Man stelle sich vor, der junge Vollzugsbeamte hätte auf seine Patrouille verzichtet und wäre ebenfalls vor dem Radio geblieben. Auch die schnelle Nachversorgung war von höchster Wichtigkeit. Schließlich musste der Wessely den Raum zwischen Leben und Tod betreten und sich darauf verlassen können, dass ihn Harlacher wieder zurückholte. Er schwor den Sikora darauf ein, diesen nur in bester Tagesverfassung an die Sache heranzulassen.

Auch im Gefängnis hatte man begonnen, Walzer zu tanzen. Viele sagten, es sei auch Alkohol im Spiel gewesen. Insofern sei es kein Wunder gewesen, dass den Beteiligten ihr Zeitgefüge auseinandergefallen war. Es setzte sich allerdings schnell wieder zusammen, als die echte Rettung im Gefängnis ankam. Da brauten sich über dem Belvedere bereits dunkle Wolken zusammen, die eine Stunde zuvor über Krems gezogen waren, wo man die wirklichen Sanitäter verhöhnte, ob bei der Rettung die linke eigentlich wisse, was die rechte Hand tue. Die Kollegen seien doch längst hier gewesen, sonst wäre der Patient auch längst verblutet, was er vermutlich ohnehin sei, so bleich wie der ausgesehen habe.

Der Patient überlebte und es dauerte weitere zehn Minuten, um eindeutig zu belegen, dass man in eine Falle getappt war, was der junge Vollzugsbeamte in der Zwischenzeit wusste, weil er auf einem Kartoffelfeld nach einem Telefon Ausschau hielt. Dann setzte ein Platzregen ein und die Menge vor dem Belvedere verflüchtigte sich zügig, um den Staatsvertrag in den Lokalen der Stadt zu begießen.

Der Krutzler nahm es als schlechtes Omen, dass es im Moment, als er aus dem Dresden lief, zu schütten begann. Als ob sich alles, was sich in den letzten drei Stunden aufgestaut hatte, jetzt über ihn ergoss. Als ob da oben die Schleusen gebrochen wären. Er dachte darüber nach, ob sich das Zurückhalten seines Spermas tatsächlich auf sein Gemüt auswirkte.

Die Musch und er hatten sich am späten Vormittag getroffen. Wobei der ungewöhnlichen Tageszeit schon ein Missverständnis innewohnte. Die Musch konnte nicht ahnen, dass sich der Krutzler nur ein Alibi für die Zeit des Ausbruchs verschaffen wollte. Er befürchtete massive Sanktionen vom Podgorsky und durfte in keiner Weise mit der Sache in Zusammenhang gebracht werden. Was er der Musch natürlich verschwieg. Diese wiederum glaubte an einen leidenschaftlichen Schub des Krutzler und hoffte, dass es jetzt endlich vorbei sein würde mit diesem albernen Getue. Was er eigentlich glaube? Dass sein Schwanzgift eine Art Heiliger Gral sei? Dass sie heiß drauf wäre, seinen pickerten Saft in ihrem Inneren zu wissen? Warum sie sich dann so aufrege, sagte der Krutzler. Sie solle lieber froh sein, dass sie nicht von ihm schwanger werden könne. Als ob sie dafür ihn brauche! Verhütung sei Frauensache. Oder glaube er tatsächlich, sie würde sich auf seine Körperbeherrschung verlassen? Das Ganze ähnle inzwischen einer Sportveranstaltung. Dass er sie nicht küsse, das habe sie noch als Macke weggesteckt. Dafür hätte er auch kein Talent. Aber Sexualität sei etwas anderes als Leibesübungen. Schließlich sei sie kein Turngerät, sondern eine Frau. Ob ihm das schon einmal aufgefallen sei? Eine Frau!

Der Krutzler sah sie an, wie man eine Uhr ansah, die neu gestellt gehörte.

Warum es sie als Frau demütige, wenn sie sein Sperma nicht empfange. Die Musch wollte aus der Haut fahren. Wusste aber nicht wohin. Es gehe um viel, aber sicher nicht um sein deppertes Sperma! Um was dann? Vor allem um den Vorwurf! Vorwurf? Dass er ihr mit jedem Interruptus die Sache vorhalte. Welche Sache? Na, die Sache mit dem Kind. Das sei aber keine Sache. Sie solle das Kind gefälligst beim Namen nennen. Na, so weit komme es noch! Ob er nicht merke, was er da mache? Mit jedem nicht stattfindenden Orgasmus würde er seinen Reinhard noch einmal töten. Das sei typisch für ihn. Ob er wisse, wie ungesund das sei? Man könne Krebs davon bekommen. Und Depressionen. Abgesehen davon mache es ihn aggressiv. Er würde noch im Gefängnis landen, wenn er seine Hodensäcke nicht entleere. Einem Mann, der sich nicht erleichtere, könne man nicht trauen. Der habe sich doch nicht im Griff. Vermutlich gebe es längst eine andere Mülldeponie für sein Schwanzgift. Wie sie heiße? Sie habe keinen Namen. Warum habe sie keinen Namen? Weil es sie nicht gebe. So wie es für die Musch den Reinhard auch nicht gegeben habe. Was für ein patscherter Vergleich das jetzt sei? Dieses Kind sei rein körperlich noch gar kein Mensch gewesen. Noch nicht einmal ein Fisch. Ob er sich bei einem Karpfen auch so aufregen würde. Ob ihm nicht klar sei, dass da Millionen von kleinen Kaulquappen in seinem Hodensack herumschwirrten. Jeder Mann werde unruhig, wenn er die Tierchen nicht vom Gatter lasse. Dann sah sie ihn an, wie eine Mutter ihren Sohn ansah. *Ferdl. Das ist doch kein Verkehr, wenn der eine alles staut und der andere auf Vollgas fährt.* Keinen einzigen Orgasmus habe sie ihm je vorgespielt. Immer habe sie die Sache bis zum Ende ausgetragen. Sie solle nicht so ein Theater machen. Theater? Dort wisse man wenigstens, dass ein Akt einen Anfang und ein Ende brauche. Theater! Sie fühle sich wie in einem Theater, wo mitten in der Vorstellung der Saal geräumt werde. Aber das lasse sie sich nicht länger bieten! Auf einen einseitigen Handel habe sie keine Lust. So etwas habe sie nicht notwendig! Ob er wisse, wie viele da draußen in sie reinspritzen wollten. Dann knallte sie die Tür zu und verließ das Hotel.

Der Krutzler lief ihr nach. Die Karcynski räkelte ihren Kopf aus der Rezeption, sah aber nur noch die flatternde Tür. Die Musch stieg in ein Taxi und verschwand im Regen. Der Krutzler seufzte angestrengt. Er musste schleunigst ein neues Alibi finden. Vermutlich suchte man bereits nach dem Wessely. Er sah sich um. Zurück ins Dresden? Er wollte die Kundschaft nicht verscheuchen. Die Karcynski würde ihn mit ihrem Stock sofort wieder hinauswedeln. Die Bauchstichhütte gegenüber? Im Café Malibu feierte eine Handvoll Branntweinspezialisten den Staatsvertrag. Die Stimmung war ausgelassen. Wobei die Stimmung im Malibu immer ausgelassen war. Erstaunlich, dass er in all den Jahren kein einziges Mal drin war. Er würde sich rasch Freunde oder Feinde machen müssen. Oder zumindest jemanden finden, der sich sein Gesicht merkte. Wobei, das Gesicht vom Krutzler hatte noch nie jemand vergessen.

Als er das Lokal betrat, wurde lautstark politisiert. Den letzten Russen würde man persönlich mit einem Arschtritt aus dem Land befördern. Jetzt hätten sie es endlich eingesehen, dass die Deutschen die Deutschen seien. Lang lebe

Österreich! Der Krutzler fragte sich, ob dem Österreicher so viel Begeisterung guttat. Da es schneller ging, sich Feinde zu machen als Freunde, polterte der Krutzler den Ober an, ob es in dieser Nazibude auch etwas zum Trinken gebe. Blöderweise war der Ober nicht zum Streiten aufgelegt. Er entschuldigte sich und sagte, die nächste Runde gehe aufs Haus. Der Krutzler seufzte. Es gab Tage, da ging einem nichts leicht von der Hand. Also trat er auf eine auffällig besoffene Frau zu, der er ansatzlos ans Gesäß griff. Diese schreckte hoch. Ihr Mann schritt sofort ein und klopfte dem Krutzler jovial auf die Schulter. Er lallte: Heute würde man in Österreich alles miteinander teilen. Worauf die Gattin gleich zudringlich wurde und der Krutzler versicherte, dass es sich um ein Missverständnis handle. Im friedfertigen Malibu war es wirklich schwer, sich keine Freunde zu machen. Trotzdem zweifelte er daran, dass sich morgen noch irgendjemand an sein Gesicht erinnern können würde.

Der Krutzler beschloss, einen höheren Gang einzulegen. Idealerweise würde er einen Polizeieinsatz provozieren. Ein schriftliches Protokoll war noch immer das zuverlässigste Alibi. Er dachte an den Sikora und warf sein Glas zu Boden. Der Ober lächelte und sagte, das könne schon mal passieren. Auf dem Weg zum Klo rempelte er einen älteren Hausierer an. Dieser kippte aber um, bevor der Krutzler die Gelegenheit fand, ihn anzuschreien, was er sich einbilde. Bei seinem letzten Versuch griff er sich fassungslos an die Tasche und brüllte: *Das gibt's nicht!* Der Ober fragte gleichmütig, was denn passiert sei. Na, das Portemonnaie habe man ihm aus der Tasche gezogen. Er solle sofort die Polizei rufen. Das tue er gewiss nicht. Ob er aufseiten des Täters stehe? Der Ober lächelte. Er habe kein Telefon. Er brauche sich aber keine Sorgen zu machen, heute gehe alles aufs Haus. Dann zwinkerte er ihm zu und stellte ihm ein Bier vors Gesicht. Der Krutzler seufzte resignativ. Kurz überlegte er, sich das Glas in die Hand zu rammen. Dann würde man wenigstens die Rettung holen. Aber er konnte sich zu keiner gröberen Aktion mehr aufraffen. Er winkte den Kellner zu sich. Ob er sich wenigstens sein Gesicht merke? Dieser nickte. Er vergesse nie ein Gesicht. Außerdem wisse er ohnehin, wen er vor sich habe. Aha, sagte der Krutzler. Und wen habe er vor sich? Jemand, den er natürlich nie gesehen habe, versuchte ihm der Kellner seinen Respekt zu erweisen. Es war zum Verzweifeln.

Erschöpft ging der Krutzler nach Hause und legte sich ins tickende Zimmer. Er war nach wenigen Herzschlägen eingeschlafen. Als jemand gegen Mitternacht Sturm läutete, tickten die Uhren unbeeindruckt weiter. Nur der Krutzler fuhr hoch. Wenn die Polizei so spät antanzte, musste etwas passiert sein. In einem Schwung öffnete er die Tür. Im Halbdunkel leuchteten die roten Haare vom Herwig. Aufgebracht sagte er, dass seine Mutter vor einer Stunde verhaftet worden sei. Nach dem Streit mit dem Krutzler sei sie zum schmalen Fritz. Offenbar habe sie seine neue Kreation schlecht vertragen. Nach sechs *Hiroshimas* sei sie auf einen größeren Mann mit Brille losgegangen. Sie habe dabei geschrien: Krutzler, du Sau, ich reiß dir deine Eier ab und fresse sie! Offenbar habe seine Mutter im Rausch geglaubt – der Herwig unterbrach sich. Der Krutzler merkte, dass er an die Indianerin dachte. Auf jeden Fall habe der Mann den Fehler begangen, sich zu wehren, als sie mit einem Messer vor seinem Schritt herumfuchtelte.

Ob er tot sei?, fragte der Krutzler sofort. Der Herwig schüttelte den Kopf. Aber er befinde sich in einem Zustand, den die Polizei unmöglich ignorieren könne. Die Musch würde bestimmt ein paar Jahre sitzen. Und da es eindeutig die Schuld vom Krutzler sei, würde der Herwig jetzt bei ihm einziehen.

METAMORPHOSEN

DAS HART ERARBEITETE ALIBI vom Krutzler spielte überhaupt keine Rolle. Den Podgorsky interessierte nicht, ob dieser an der *kindischen Aktion* teilgenommen hatte oder nicht. Genauso wenig interessierte ihn, ob man die Sanitäter als Sikora und Harlacher identifizierte. Ihn interessierte ausschließlich, dass der Wessely so rasch wie möglich wieder in seine Zelle zurückkehrte. Er lasse sich von den Erdbergern doch nicht auf dem Schädel rumtanzen. Sollte der Krutzler den Wessely nicht sofort zur Vernunft bringen, sei Schluss mit lustig. Dann könne man sich schon mal auf ungemütliche Zeiten einstellen. Und wenn der Podgorsky ungemütlich sagte, dann meinte er Krieg. Der Forderung vom Krutzler, die Musch dabei aus dem Spiel zu lassen, die wegen einer harmlosen Körperverletzung eine drakonische Gefängnisstrafe ausgefasst hatte, wurde naturgemäß nicht nachgekommen. Solange der Wessely nicht in seiner Zelle sitze, so lange bleibe die Musch in der ihren. Und damit basta!

Da der Bleiche untergetaucht war – man sagte, er sei auf Hochzeitsreise –, strampelte der Krutzler im Leerlauf. Da nutzte es auch nichts, dass er stellvertretend dem Sikora die Leviten las. Er solle seinem Kompagnon ausrichten, dass er da nicht mitmache. Die egoistische Aktion würde ihnen allen den Kopf kosten. Und wie komme die Musch dazu, die Ehe vom Bleichen auszubaden? Er solle sofort dafür sorgen, dass der Wessely wieder auf Kur gehe. Wenn nicht, dann spiele es Granada. Dann müsse man sich auf einen Krieg einstellen. Und er, der Krutzler, müsse sich dann gut überlegen, auf welcher Seite er stünde.

Die Drohungen wollten nicht so richtig greifen. Der Sikora hatte sich eine Gleichgültigkeit ins Gesicht gezaubert. Er empfehle dem Krutzler, den zweiten Teil des Grafen von Monte Christo zu lesen. Dann würde er erfahren, wie die Geschichte weitergehe. Und sie spiele keineswegs in der Gefängnisbibliothek. Der Krutzler sagte, er spiele doch keine Romane nach. Im Augenblick beschlich ihn eher das Gefühl, dass er sich im letzten Drittel einer unfreiwilligen Komödie befand. Die Situation mit dem Herwig verkomplizierte die Handlung zusätzlich. Im Gegensatz zum Krutzler, dem die Jahre zumindest ein wenig Psychologie aufgezwungen hatten, kam dieser Bastard ohne aus.

Sein Verhalten war völlig unberechenbar. Er räumte ihm das Uhrenzimmer aus, weil das Ticken angeblich seinen Dachs nervös machte. Er versaute ihm den Mercedes mit einem Katzentransport. Es stank so penetrant nach Pisse, dass der Krutzler den Wagen verschrotten lassen musste. Der Herwig bestrafte die Tiere, indem er sie in die nagelneue Waschmaschine steckte, was weder die Viecher noch das Gerät überlebten. Auch für den plötzlichen Herztod des Dachses gab er dem Krutzler die Schuld, brabbelte etwas von dessen aufbrausender Energie und legte ihm als Rache das tote Tier ins Bett.

Daraufhin schaffte sich der Herwig zwei Dutzend Quallen an, um den Grund für deren Unsterblichkeit auszuforschen. Er war der fixen Meinung, dass ihr Gift ihn ebenfalls vor dem Sterben bewahren würde. Er legte sich zu ihnen ins Bassin, was ihm Brandwunden am ganzen Körper bescherte. Der Krutzler sagte mit Blick auf die wesenlosen Tiere, dass man leicht unsterblich sein könne, wenn man niemand sei. Der Herwig flüsterte Heureka und entfernte sich mit dem nagelneuen Braun 300 Deluxe alle Haare vom Körper. Als der Krutzler deshalb herumschrie wie ein wild gewordener Pavian, versuchte sich der Herwig hinter verschlossenen Türen die Identität wegzumeditieren. Als er nach vier Tagen wieder herauskam, sagte er, dass der Mensch ein Mensch sei, weil er sich aussuchen könne, welches Tier er sein wolle.

Einem wie dem Krutzler blieb gar nichts anderes übrig, als mit Schlägen zu antworten. Der Herwig verwandelte sich daraufhin in eine Gazelle, die unerwartete Haken schlug. Er verschwand spurlos. Als er merkte, dass der Krutzler nicht nach ihm suchte, tauchte er wieder auf und überraschte ihn mit einem Frühstück.

Dass er in den Kaffee Pferdeabführmittel gemischt hatte, begründete er damit, dass der Krutzler bei seiner Ernährung höchstens noch vier Monate zu leben habe und er ihm deshalb eine radikale Entschlackungskur anempfehle. Der Weg in die Hölle war bekanntlich gepflastert mit guten Absichten, wobei der Krutzler dem Herwig weder gute noch böse Absichten unterstellte. Er habe im Gegensatz zum Tier oder zu den Dingen einfach keine Natur. Daher gebe es auch keinen geeigneten Platz für ihn. Warum er so ein schwieriges Kind sei? Vor allem, wenn man bedenke, dass er gar kein Kind mehr sei.

Als der Krutzler eines Tages im Vorraum von Gänsen angefallen wurde, weil der Herwig überzeugt war, dass sie die zuverlässigeren Wachhunde seien, reichte es ihm. Er rief Harlacher zu sich und übergab den Bastard in dessen Obhut, was dieser mit Begeisterung goutierte. Der Krutzler hatte zwar kein gutes Gefühl. Die Musch würde ihn umbringen dafür. Aber vermutlich sei der Herwig nur bei jemandem gut aufgehoben, der sich ihm mit totaler Hingabe widme. Und das sei für den Krutzler in der jetzigen, nein, in gar keiner Situation möglich. Und wer weiß: Vielleicht sei der absichtslose Unglücksengel tatsächlich eine Art Reinkarnation dieses Zen-Gurus. Dann würde Harlacher seine Seele bestimmt in geordnete Bahnen lenken.

Dem Herwig bereitete die Euphorie des Doktors Unbehagen. Die Aussicht, seine Zeit mit exotischen Tieren verbringen zu können, überzeugte ihn aber schlussendlich. Er hatte ohnehin keine Wahl. Denn alleine zu leben, war für den Herwig keine Option. Und die Musch würde bestimmt noch zwei Jahre sitzen. Harlacher legte väterlich seinen Arm um den Jungen. Er werde mit Honzo bestimmt gut zurande kommen, ja, der Herwig werde die Äffin vielleicht sogar aus ihrer depressiven Lethargie reißen.

Als sie weg waren, sank der Krutzler in sein vom Dachs verdrecktes Sofa. Die Erschöpfung war größer als sein schlechtes Gewissen gegenüber der Musch. Womöglich hatte sie es darauf angelegt und war am Ende freiwillig ins Gefängnis gegangen, um sich zu erholen. Er sah den Dachs an, den er hatte ausstopfen lassen, warf ein Tuch darüber, um seinem lauernden Blick zu entgehen. Der Krutzler befand sich in einer Türenkomödie, in der alle Türen verschlossen waren. Er schlief ein, in der Hoffnung, dass ihm das Leben in der Zwischenzeit einen Schlüssel zuspielen würde.

Als er vierzehn Stunden später aufwachte, lag eine Postkarte vor der Tür.

Sehr geehrter Herr Krutzler,
Graf Hubert von Schaffhausen würde sich die Ehre geben,
ihn in seinem Haus bei Bad Gastein zu empfangen. Wenn
er diesen Sonntag Zeit und Muße fände, zum Abendessen
zu erscheinen, wäre das höchst erfreulich.
Hochachtungsvoll
G. H. v. S

Der Krutzler hatte die Handschrift sofort erkannt. Abgesehen von der vertrottelten Formulierung, was bildete sich dieser Trottel eigentlich ein? Hatte er den Verstand verloren? Oder hielt er den Krutzler für so einen Trottel, dass er tatsächlich am Sonntag ins vertrottelte Bad Gastein pilgern würde, um diesem Ausbruchstrottel seine Aufwartung zu machen? Für wie deppert hielt ihn dieser Trottel? Der Krutzler wedelte mit den Fäusten, als ob der Trottel vor ihm stünde. Was dementsprechend vertrottelt aussah.

Als der Krutzler im Zug nach Salzburg saß, war der Wessely kein Trottel mehr, sondern eine Qualle. Nicht aufgrund seiner Unsterblichkeit, denn der Krutzler wünschte ihm tausend Tode an den Hals, sondern weil er in seinen Augen ein Niemand war. Ein identitätsloser Niemand. Gut, so bleich wie eine Qualle wäre er. Und mindestens so rückgratlos. Und schleimig. Und knochenlos. Und deppert. Eine Qualle war das trotteligste Viech auf Erden. Was nützt es da, unsterblich zu sein, wenn man mit so einer Trotteligkeit gestraft ist. Eine Qualle, eine depperte Qualle, dieses Quallentrottelviech von Wessely.

Der innere Tourettemonolog vom Krutzler dauerte bis Salzburg, wo sich sein Gemüt gleich nochmals verdunkelte. Während Wien einen in den Selbstmord trieb, ging man in Salzburg freiwillig. Am Bahnhof winkte von Weitem die Lassnig, die sich mit ihrem Ufo-artigen Hut durch die Menschenmenge quälte. Unter diesem Schirm hätte eine ganze Kuhherde Platz gefunden. Bei dem Bild lachte der Krutzler kurz auf, was die Lassnig erleichtert als Fröhlichkeit verbuchte. Dieser Eindruck verflüchtigte sich aber gleich, als der Krutzler murrte, wo der Herr von Trottel sei. Er folgte der beleidigten Lassnig, die es ihm übel nahm, dass er ihr nicht einmal zur Hochzeit gratulierte. Einen Windstoß wünschte er ihr an den Hals, der sie samt dem vertrottelten Hut auf den Mond bugsierte. Vielleicht hätte er sie damals einfach vor einen Zug schmeißen sollen. Dann wäre ihm einiges erspart geblieben. Nicht zuletzt sein eigener Tod.

Der Chauffeur war ebenfalls ein Trottel. Solche blonden Teutonen mit Skilehrerblick hatte der Krutzler schon gefressen. Als er ihm die Tür öffnete, bedankte er sich grantig und sagte, er sei nicht körperbehindert. Er werde sich auch die Schuhe nicht ausziehen. Was der penetrant gepflegte Fahrer geflissentlich überging, weil er alles überging, was unangenehm war oder von ihm nicht verstanden wurde. Der Krutzler als Ganzes fiel in beide Kategorien.

Die Fahrt nach Bad Gastein über wurde geschwiegen. So wie man eben schwieg, wenn jedes Wort drohte, zu einem Weltkrieg zu führen. Der Krutzler starrte in die unerträgliche Berglandschaft. Das ganze Land Salzburg war für ihn eine einzige Strafexpedition. Hier musste man aus Stumpfsinn und Langeweile fanatisch werden. In Salzburg verlor ein jeder den Nervenkrieg gegen sich selbst. Der Wessely würde hier entweder untergehen oder zu einem endgültigen Trottel werden. Der Anblick dieser menschenfeindlichen Landschaft versöhnte ihn langsam mit dem Bleichen. Die prahlerische Naziidylle ließ den Bleichen wie einen slawischen Zwerg erscheinen, der vor den Schützen mit dem Messer herumfuchtelte. Er musste ihn zurückholen. Nicht wegen dem Podgorsky. Nicht aus Zorn. Sondern aus Freundschaft. Was war er denn anderes als ein Trottel, der vor sich selbst beschützt werden musste? Im Krutzler formierte sich eine Armee kleinwüchsiger Slawen, die trunken und dreckig gegen diese Behauptung von Schönheit skandierten. Sie konnten zwar nicht in Reih und Glied marschieren. Aber dafür sangen sie die traurigeren Lieder. Ein Mensch war nur ein Mensch, wenn er beim Anblick dieses Kitsches Verzweiflung spürte. Ein Mensch, der sich in Salzburg nicht umbrachte, war kein Mensch.

Verächtlich hielt der blonde Chauffeur dem Krutzler die Tür auf. Dessen unerwartetes Dankeschön erwischte ihn auf dem falschen Fuß. Der Fahrer sagte, die Salzburger Landschaft beruhige offenbar die Nerven und erhelle das Gemüt. Dann lächelte er, wie nur jemand lächelte, der nichts verstand. Der Krutzler sagte, dass die Schlucht von Bad Gastein vermutlich viele Selbstmörder anziehe. Man fühle sich gleich eingeklemmt. Das Ganze erinnere an eine Risswunde, die nicht verheilen wolle. Der Krutzler wandte den Blick von dem Fahrer ab. Das mondäne Haus sah ebenfalls aufgeschürft aus. Von den gelben Wänden bröckelte der Putz. Offenbar hatte länger niemand darin gewohnt. Es hatte trotzdem seine Seele behalten. Erst jetzt fiel ihm auf, dass die Lassnig die ganze Zeit eine Sonnenbrille getragen hatte. Sie merkte, dass er merkte, dass sie etwas zu verbergen hatte. Sie sagte nur lapidar: *Ein Missverständnis.* Worauf der Krutzler wissend nickte. Sein Blick begann sich auf Wunden zu legen. Er sagte, dass sie ihn anrufen solle, wenn es schlimmer werde. Sie schüttelte den Kopf und wiederholte*: Nur ein Missverständnis.*

Der Graf von Schaffhausen war von nobler Blässe und aufgrund seines Blutverlustes von ausgesuchter Erschöpfung. Mit einer knochenlosen Bewegung bedeutete er dem Krutzler, Platz zu nehmen. Der Wessely war eine Ruine. Nein, ein schlackerndes Boot, das in einem stillgelegten Hafen gestrandet war. Er ließ den Krutzler nicht näher als drei Meter an sich ran. Mit heiserer Stimme sagte der Bleiche: *Du siehst zum Schießen aus.* Dann lachte er, wie jemand lachte, der darauf achten musste, nicht auseinanderzufallen. Was der Aufzug solle? Welcher Aufzug? Na, dieser aufgezwirbelte Schnurrbart. Der lächerliche Mittelscheitel. Ob die Nase auch geklebt sei? Der Wessely winkte beiläufig ab. So sehe er halt aus, der Herr Graf. *Auch einen Eggnogg?* Der Krutzler murrte mit geschlossenen Lippen. Einen was? *Einen Eggnogg. Die Gräfin schwört darauf. Sie sagt, Eigelb und Whiskey würden mir schnell wieder Kräfte verleihen. Wir haben noch keinen standesgemäßen Arzt gefunden,* lächelte er den Krutzler spitz an. Dieser sagte, dass es um seine Kräfte offensichtlich nicht so schlecht bestellt sei, wenn man das Gesicht der Gattin betrachte. Wieder winkte der Wessely ab. *Das war ein Missverständnis.* Dann schenkte er ihm einen Eggnogg ein, den der Krutzler nicht anrührte.

Er war keineswegs nachtragend, aber den von ihr angezettelten Mordversuch hatte er nicht vergessen. Gräfin hin, Gräfin her. Er spürte allerdings keine Rachegelüste. Er spürte gar nichts außer dem vagen Gefühl, in einem spukenden Haus zu sitzen. Seine Vernunft sagte, dass er diese Frau erledigen musste. Nicht aus Wut. Sondern weil es sich sonst umgekehrt verhalten würde. Nicht, dass sich sein Überlebenstrieb sonderlich in den Vordergrund drängte. Es ging ums Geschäft. Um sonst nichts. Und schließlich war die Freundschaft mit dem Wessely Teil des Geschäfts. Wer das trennte, war nicht nur ein Trottel, sondern hatte auch keinen Geschäftssinn. In seinem Metier existierte das unpersönliche Geschäft nicht. Und genau deshalb war man schlecht beraten, die Dinge persönlich zu nehmen. Mordversuch hin oder her. Auch für die Lassnig war der Wessely nichts anderes als ein Geschäft. Er hatte sie aus ihrem verhassten Leben geholt. Aus ihrer Gefangenschaft. Und umgekehrt verhielt es sich genauso. Insofern war die Liebe stets ein Tauschgeschäft und man konnte der Lassnig nichts vorwerfen. Sie handelte nach den allgemeinen Geschäftsbedingungen. Es waren die gleichen wie die des Krutzler. Vermutlich hätten sie hervorragende Partner abgegeben.

Der Graf ahnte wohl seine Gedanken. Er sagte:
Komm.
Der Krutzler sah auf. Er bemerkte erst jetzt die beiden Gamaschen an den Handgelenken vom Bleichen. Wie gesagt, sein Blick war auf die Wunden gerichtet.
Ich zeige dir das Haus.
Er trottete dem Grafen hinterher. Der Wessely hielt sich an einem Gehstock fest. Was zu gleichen Teilen dem Umstand seiner Erschöpfung und seiner Auslegung der gräfli-

chen Rolle geschuldet war. Am Knauf die versteinerte Grimasse eines scharf gemachten Hundes. Als ob er versuchte, dem Bleichen ins Handgelenk zu beißen. Dessen schwache Finger glitten immer wieder besänftigend über das fletschende Ungetüm. Als hätte er es persönlich versteinert. Man sagte, der Wessely habe nach der Gefangenschaft wie ein Tier auf dem Boden geschlafen.

Erkennst du ihn wieder?

Der Krutzler stand vor dem abstrakten Gemälde und hing seinen Gedanken nach, die ständig vom Wessely unterbrochen wurden. Vielleicht lag es an dessen geisterhafter Existenz, dass sich der Krutzler trotz seiner Anwesenheit in Gedanken flüchtete. Als ob ihm der Bleiche durch die Finger glitt und die Aufmerksamkeit nicht an sich binden konnte. Er hatte etwas Transparentes an sich, als er mit dem Stock in der Luft wedelte und sagte: *Das ist Lenin.* Der Krutzler runzelte die Stirn. Er dachte an Petrow und fragte sich kurz, ob die Gisela noch lebte. Diese wirre Pinselei könne alles sein, murrte er. *Eben,* sagte der Graf. *Eben.* Er wiederholte: *Das ist Lenin.* Dann lachte er und schüttelte den Kopf. *Herrlich, diese neuen Zeiten.*

Der Krutzler verstand nicht, was den Wessely so amüsierte. Er nutzte den Moment, um auf einen neuen Gedankenzug aufzuspringen. Er griff nach ihnen. Doch die Gedanken wichen ihm aus. Hinter den Fenstern des Zugs saßen halb durchsichtige Gestalten. Der Herwig. Der Baron. Der Zauberer. Der Praschak. Der Bleiche. Der Graf. Die Gräfin. Die Lassnig. Die Albanerin. Die Frau im Turban. Der schöne Gottfried. Die Alte. Selbst die Musch. Der Krutzler war zum Geisterjäger geworden. Alles verlor an Kontur. Keiner war greifbar.

Das ist selten.

Der Krutzler sah gar nicht mehr auf. Was sei selten?

Das.

Der Wessely deutete mit seinem Stock auf einen alten Stuhl.

Achtzehntes Jahrhundert.

Er klopfte auf das Holz, als ob es irgendetwas beweisen würde.

Und hier. Eine Beschädigung. Wichtig!

Er strich mit seinen bleichen Fingern über eine Schramme an der Lehne. Warum das wichtig sei? Inzwischen hatten selbst die eigenen Worte jede Kontur verloren. Der Wessely lachte wieder. Es klang, als ob sich in seinem Inneren eine tiefe Höhle befinden würde, aus der diffuse Geräusche drangen. Das sei ihr wichtig, murmelte er. Wem? Der Großbürgergattin. Was? Das Seltene. Inwiefern? Ein Fetisch. *Nur die Dinge, Ferdinand, verleihen dem Menschen Charakter,* wedelte der Bleiche mit dem Stock. *Am besten beschädigt,* lachte er. Die Beschädigung mache die Dinge besonders. Einzigartig! Er kriegte sich gar nicht mehr ein vor Lachen. Und alt müssten sie sein. Die Dinge. Das mache so ein Bürgertum erst zum Großbürgertum. Er komme gar nicht mehr nach, so gierig sei die Gräfin auf das alte Zeug.

Er beugte sich nach vorne und flüsterte. *Ich habe die Künstler beschäftigt.* Hervorragende Arbeit. Keine Sau merke, dass es sich um eine Fälschung handle. Aber anders wisse er sich nicht mehr zu helfen. Um die Gräfin zu befriedigen. Auf die alte Galerie sei Verlass. Die seien jetzt alle Kunsthandwerker geworden. Dann sah er den Krutzler ernst an. *Wir sind auch beschädigt, Ferdinand. Das macht uns besonders. Aber die Versehrten sterben aus. Glaube mir.*

Der Krutzler verstand, dass es keinen Sinn machen würde, den Wessely zum Mitkommen zu überreden. Selbst, wenn sie auf sein Innerstes Zugriff hätten. Sie würden ihn nicht finden. Selbst wenn er in der Zelle säße, es wäre nicht der Wessely. Er hatte es geschafft, unbemerkt zu entkommen und als Finte seinen Körper zurückzulassen. Ein brillanter Trick, seinen Aggregatzustand zu verändern. Der verflüchtigte Wessely und der entgeisterte Krutzler. Da standen sie nun. Der eine wedelte mit seinem Stock. Der andere sah ihm ratlos dabei zu.

Als der Krutzler das Haus verließ, winkte die Gräfin vom Balkon. Sie nahm ihre Sonnenbrille kurz ab, damit er das Missgeschick sehen konnte. Es war blau und blutunterlaufen. Wollte sie ihm schon wieder einen Befehl ins Ohr flüstern? Er wandte sich ab. Der Wessely hatte kein einziges Wort über das Geschäft verloren. Stattdessen hatte er davon fantasiert, den deutschen Sprachraum zu übernehmen. Allerdings mit altem Kunsthandwerk. Der Krutzler könne sich gar nicht vorstellen, wie viel es davon gebe. Die Ewiggestrigen hier in Salzburg bunkerten die Raubkunst und wüssten nicht wohin damit. Nichts davon sei gelistet. Er könne endlose Bestände beschaffen. Er zwinkerte dem Krutzler zu, als ob er ihm aus einem fernen Land zuwinken würde. *Die alte Galerie,* flüsterte er. *Capito?* Wie er sich das alles in Zukunft vorstelle? Er habe seine Agenda dem Sikora übertragen. Er wolle ab nun ein bürgerliches Leben führen. Als ihm der teutonische Chauffeur die Tür öffnete, bemerkte der Krutzler dessen tätowierte Nummer am Unterarm. *Horst Israel Ebner.* Der Fahrer reichte ihm energisch die Hand. Selbst die Juden verschwanden hier in anderen Körpern.

Letztendlich hatte der Wessely eine neue Gefangenschaft angetreten und der Krutzler beschloss, mit der Sache umzugehen, als säße dieser noch in Stein. Wenn man so wollte, hatte sich nichts verändert. Der Sikora verwaltete den Anteil vom Bleichen und das Rotlicht, der Praschak kümmerte sich um Finanzen und Sport und der Krutzler um Sicherheit und Glücksspiel. Wären da nicht die Befindlichkeiten des Podgorsky gewesen, hätte man unbeschadet dort weitermachen können, wo man vor dem Ausbruch aufgehört hatte.

Aber der Oberhirte wollte das Ausbüxen des schwarzen Schafes Wessely partout nicht akzeptieren. Ein solcher Fauxpas gefährde die gesamte Herde. Er könne das unmöglich hinnehmen. Man verlange Konsequenzen. Jetzt, da man die Polizei endlich wieder eine Polizei nennen könne, lasse man sich von den Erdbergern nicht auf dem Schädel herumtanzen. Auch für die zweite Welt, wie sie der Podgorsky neuerdings nannte, müsse es Gesetze geben. Selbst wenn es eigene seien. Aber der Wessely habe seine persönlichen Motive vor das Allgemeinwohl gestellt. Das sei in seiner Position völlig inakzeptabel. Man habe ja die Musch als Pfand, widersprach der Krutzler, der sich nach seiner Vielgeliebten verzehrte. Ein einfacher Offizier sei etwas anderes als ein General, sagte der Podgorsky. Das habe schon Stalin gewusst. Solange der Wessely frei herumlaufe, habe die alte Ordnung ihre Gültigkeit verloren. Ab jetzt werde er nicht mehr seine schützende Hand über die Herde halten. Die Zeit der Regulation sei vorbei. Willkommen im freien Markt. Der Podgorsky stand auf. Der Krutzler wollte zahlen, aber der Podgorsky legte demonstrativ seinen Anteil auf die Theke. Dann nickte er dem Krutzler zu und verließ das Lokal.

Ab diesem Moment herrschte Funkstille zwischen der Polizei und den Erdbergern. Man schickte sich die Botschaften in Form von Taten. Wenn dem Podgorsky etwas nicht passte, veranlasste er Razzien im Rotlicht oder ließ die Glücksspielgewinne konfiszieren. Mit der Zeit entwickelte sich eine chiffrierte Sprache, an der man die Dringlichkeit eines Handlungsbedarfs ablesen konnte. Am deutlichsten kommunizierte der Podgorsky, wenn es zu einer Anhäufung von Körperverletzungen kam. Schon bei kleinsten Fouls wurden Rote Karten vergeben. Die Zellen im *Grauen Haus* waren zum Bersten gefüllt.

Die Notwehraktionen hatte der Krutzler sowieso eingestellt. Immer öfter delegierte er Sanktionen an seine Untergebenen, was zu Missmut und Verunsicherung in der zweiten Welt führte. Man sagte ihm mangelnde Führungsqualitäten nach. Die Gerüchteküche brodelte und es gab kaum noch jemanden, der mit dem Krutzler in persönlichem Kontakt stand. Viele sehnten sich nach einem Wechsel. Oder nach den alten Zeiten, wo ein Wort noch ein Wort war. Immer öfter kam es zum Bruch der Schweigepflicht. Jeder kochte zunehmend sein eigenes Süppchen. Der gängige Ehrenkodex wurde an allen Fronten außer Kraft gesetzt. Nicht wenige dienten mehreren Herren. Oder empfahlen sich selbst als solche. Die Stoßlokale konnten sich nicht mehr darauf verlassen, unter dem Schutz vom Krutzler zu stehen, da sich Polizei und Erdberg gegenseitig die Informationen vorenthielten. Die Umsätze der Zuhälter nahmen ab, obwohl das Geschäft florierte. Ein sicheres Zeichen dafür, dass in die eigenen Taschen gearbeitet wurde.

Die Bregovicbrüder widersprachen immer öfter dem Sikora, was dessen Stand aushöhlte. Noch fehlte diesen Hitzköpfen die Contenance, um die Führung zu beanspruchen. Der Milan schlug den Goran, der Goran schlug den Tomasz, der Tomasz schlug den Josip, der Josip schlug den Luka, der Luka schlug den Marco, der Marco schlug den Radan – nur der Ninko stand noch unter Welpenschutz und wurde ausschließlich von der Mutter verdroschen. Der Sikora begann zu bereuen, dass er der Maria Theresia von der Praterstraße nie ein Kind gemacht hatte. Dann hätte er zumindest einen väterlichen Führungsanspruch geltend machen können.

Die Mutter wurde ihnen allerdings auch nicht Herr. Zu viele Väter hatte dieser Krieg. Jeder hatte einen anderen Ödipus, den er nicht kannte. Eingesperrt im um sich schlagenden Jugo-Herz, das stets nach Ausbruchsmöglichkeiten suchte. Keine Kleinigkeit schien unwichtig genug, um nicht im fiebrigen Balkangetöse zu enden.

Wobei der Podgorsky den Zwischenfall im Salambo keineswegs als Kleinigkeit wertete. Man sagte, dass es an jenem Abend um die einzige Gemeinsamkeit der Brüder ging, die sie außer ihrer Mutter je hatten. Zuerst Milan, dann Goran, dann Tomasz, dann Josip und dann Luka. Nur vor Radan und Ninko hatte der Tripper haltgemacht. Was daran lag, dass sie selbst für Jugoverhältnisse noch nicht im geschlechtsreifen Alter waren. Als die Hure, die der Bregovic-Sippe das kleine Andenken vermacht hatte, ausfindig gemacht war, teilte man die Vergeltung brüderlich auf. Milan schlug ihr ins Gesicht, Goran in die Rippen, Tomasz in den Unterleib, Josip brach ihr beide Beine und Luka beförderte sie schließlich in die Bewusstlosigkeit. Da die Betriebstemperatur dementsprechend erhöht war, zerkleinerte man zum Abkühlen noch das Lokal. Bevor man auch noch Gelegenheit hatte, aufeinander loszugehen, wurden die drei Volljährigen verhaftet und fassten jeweils einen unbedingten Zweier aus. Der Podgorsky wollte dies als Schuss vor den Bug verstanden wissen.

Aber die Zeit der Bregovicbrüder würde kommen. Daran zweifelte niemand. Schon gar nicht der Krutzler, der zunehmend auf unpersönliche Gewalt setzte. Wenn sich die Situation an einem Standort problematisierte, wurde nicht lange auf Details geachtet. Dann fuhren eine Handvoll Autos vorbei und es hagelte Kugeln. Dass dabei auch Unschuldige ins *Krutzlerwetter* gerieten, wurde in Kauf genommen. Auf individuelle Wetterfühligkeit konnte keiner mehr Rücksicht nehmen.

Die zweite Welt koppelte sich zunehmend von der ersten ab. Während man bis dahin von einer Geschichte der Unterwelt sprechen konnte, war es jetzt unmöglich geworden, die Puzzleteile noch zu einem Ganzen zusammenzufügen. Die Unterwelt war zu einer Halbwelt ohne Konturen geworden. Man sagte dies. Man sagte das. Zu jedem Umstand gesellten sich die abstrusesten Informanten dazu. Wobei niemand mehr wusste, welcher Agent zu wem gehörte.

Der Wessely sei angeblich in Südamerika gestorben. Andere hatten ihn beim Skilaufen in Lech gesehen. Den Sikora habe man eingeliefert. Der habe sich in eine andere Welt gezaubert. Und die Musch habe im Gefängnis eine Insassin ermordet. Die Gerüchte wurden in die Welt gesetzt wie endlos vorrätige Blüten.

Am meisten wurde aber über den Krutzler gemunkelt. Er habe eine unheilbare Krankheit. Er sei bei einem illegalen Wettrennen gestorben. Er patrouilliere in den Nächten unerkannt durch Wien, da er an einer Lichtallergie leide. Er wohne mit dem Gerippe seiner Mutter. Der Krutzler paktiere mit dem Teufel und könne unterschiedliche Gestalten annehmen. In Wahrheit saß er meistens allein beim nackten Baron, dem die Sitte eine Unterhose verpasst hatte, was dessen Kuriosum in den Augen der Vergnügungssüchtigen verblassen ließ. Sie waren in Richtung Ade-Bar und Café Hawelka abgezogen. Man hatte genug von blumigen Cocktails und Südseemusik und tanzte lieber wieder Rock 'n' Roll.

Der Einzige, den der Krutzler noch zu Gesicht bekam, war der Praschak, weil ihm dieser regelmäßige Standpauken zu seinem finanziellen Gebaren hielt. Der Krutzler hatte noch nie einen Sinn fürs Geld gehabt. Für ihn war es Mittel zum Zweck. Und je zweckloser es wurde, desto emsiger gab er es aus.

Im Krutzler schwoll unbemerkt ein silbriger Fisch an, den es schon immer gegeben hatte, der aber jetzt genügend Platz fand, um zu seiner wahren Größe heranzuwachsen. Er ignorierte diesen Umstand. Auch seine innere Stimme war diesem Fisch gewichen und blinkte nur stumme Reflektionen über das stille Gewässer. Sein Inneres glich einem faulen Tümpel, in dem sich ein alles zerfressendes Biotop heranbildete.

Zweimal die Woche besuchte der Krutzler die Musch im Gefängnis. Jedes Mal versicherte er ihr, dass es dem Herwig gut gehe, dass sie sich keine Sorgen zu machen brauche, dass er ihm selbstverständlich wie ein zweiter Vater sei, dass er auf ihn aufpasse und ihn keinen Tag aus den Augen lasse. Dass er weder den Herwig noch Harlacher seit einem Jahr gesehen hatte, erwähnte er mit keinem Wort. Wenn etwas Katastrophales passiert wäre, hätte er es längst erfahren. Also ging er davon aus, dass die Dinge im Reinen waren.

Der Herwig war der letzte Strohhalm, an den sich die Musch klammerte. Eine wie sie war nicht fürs Gefängnis gebaut. Die Chancen auf gute Führung standen ebenfalls schlecht. Die Insassinnen hatten allesamt Angst vor ihr und weigerten sich, mit dem Wildviech eine Zelle zu teilen. Die Einzelhaft verdunkelte ihr Gemüt, weil sie in ihrem Inneren keinen Raum fand, in dem sie sich länger als ein paar Minuten aufhalten wollte. Gegen seine Prinzipien beschloss der Krutzler daher, Harlacher um medizinischen Beistand zu bitten. Er wollte das Wort Drogen nicht in den Mund nehmen. Aber die Gemütszelle, in der sich die Musch selbst gefangen hielt, war so dunkel, dass vermutlich kein legales Mittel die gewünschte Erhellung brächte. Passenderweise schlug der Doktor den Zoo als Treffpunkt vor.

Der Krutzler schlenderte von Gehege zu Gehege. Jedem Tier, das ihn ansah, warf er einen langen Blick zurück. So lange, bis es diesen senkte. Er genoss den Triumph ihrer Kapitulation. Nur der schwarze Jaguar hielt ihm stand. Er starrte zurück, als würde er sich sein Gesicht merken wollen. Als wäre er sich nicht sicher, ob es sich beim Krutzler um einen Artverwandten handelte.

Vor dem Affengehege blieb der Krutzler stehen. Er spürte noch immer den Blick des Jaguars an sich haften. *Erkennen Sie sie wieder?* Der Krutzler drehte sich um. Harlacher schielte leicht, sodass man oft nicht wusste, ob er einen an- oder an einem vorbeisah. Jetzt sah er durch ihn durch. *Da!* Im Krutzler wuchs ein Widerstand, sich erneut umzudrehen. Er vertrug es nicht, von anderen bewegt zu werden. *Hinter Ihnen.* Es klang wie eine Falle. *Das ist Honzo.* Der Krutzler versuchte zwischen den fünf Schimpansen den richtigen auszumachen. *Ganz rechts. Sie sieht traurig aus. Ich dachte schon, Sie wären böse auf mich.* Der Krutzler schaute auf die Äffin, die ihnen den Rücken zuwandte. Sie saß abseits der Gruppe. Ein anderer Schimpanse sprang zu ihr. Mit einer wütenden Bewegung vertrieb sie ihn von ihrem angestammten Platz. Er fragte Harlacher, ob es einen Grund gebe. *Na, wegen dem Herwig. Ich bin froh zu hören, dass es ihm gut geht.* Woher er das wissen solle?, fragte der Krutzler. *Da ich nichts Gegenteiliges gehört habe, gehe ich davon aus, dass er wohlauf ist.* Was er damit meine? *Gut, inzwischen ist ja auch schon Gras über die Sache gewachsen.* Über welche Sache? *Das Zerwürfnis. Hat Ihnen der Herwig nichts erzählt?* Der Krutzler sagte, er habe den Bastard seit einem Jahr nicht gesehen, habe ihn in der Obhut des Doktors vermutet. Das sei schließlich die Abmachung gewesen. Über die Pupillen des Doktors flimmerte ein kurzer Schreck. Vielleicht war es auch ein Lichtwechsel. *Oh, ich dachte, er sei bestimmt zu Ihnen gelaufen und sie hätten mir die Sache übel genommen. Man muss wirklich mehr miteinander sprechen. Ich hoffe, es ist ihm nichts zugestoßen.* Harlacher seufzte sentimental. *Alberich müsste in der Zwischenzeit doppelt so groß sein. Diese Viecher wachsen enorm schnell. Besonders in den ersten fünf Jahren. Und er war ja schon drei, als wir ihn bekommen haben.* Stopp, sagte der Krutzler. *Von Anfang an. Und langsam.* Ihm schwante ein Desaster. *Finden Sie nicht auch, dass sie depressiv wirkt? Wer? Na,*

Honzo. Der Krutzler knurrte und Harlacher riss sich zusammen. *Gut. Von Anfang an.*

Es habe ja alles verheißungsvoll begonnen. Honzo habe den Herwig gleich wiedererkannt. Und ihm natürlich dementsprechende Avancen gemacht. Einen richtigen Affentanz habe sie um den roten Lockenkopf veranstaltet. So lebensfroh habe Harlacher seine Lebensgefährtin schon lange nicht mehr gesehen. Wenn ihm das Glück der Äffin nicht so am Herzen läge, die Eifersucht hätte ihn umgebracht. Der Krutzler versuchte das aufkeimende Ekelgefühl zu ignorieren. Mit versteinertem Gesicht folgte er den Ausführungen des Doktors. Inzwischen sei er sicher, dass es sich beim Herwig um die Reinkarnation seines Meisters handle. Aber er sei zum Schluss gekommen, dass es keine Rolle spiele. Er habe nur gehofft, dass er wie abgemacht eine Nachricht bezüglich der Bundeslade für ihn bereithalte. Das habe er ihm versprochen, dass er ihn aufsuche, wenn – aber darüber dürfe er nicht sprechen. Der Krutzler blieb versteinert, was Harlacher enttäuscht zur Kenntnis nahm. Auf jeden Fall sei das Verhältnis zwischen Herwig und der Äffin schnell erkaltet. Dieser Bengel habe Honzo links liegen gelassen und sich stattdessen mehr für die Echsen interessiert. Vermutlich sei ihm die Schimpansin nicht exotisch genug gewesen. Die Depressionen von Honzo seien daraufhin schlimmer geworden. Dem Krutzler fiel der eigentliche Grund für das Treffen ein. Ob er etwas dabeihabe? Harlacher lächelte. Er übergab ihm eine Kugel Stanniol. *Es gibt dafür noch keine Verpackung. Noch nicht mal einen Namen. Kommt direkt aus einem Schweizer Labor. Angeblich geht die Sonne auf, wenn man es nimmt. Stellen Sie sich vor, was das für die Menschheit bedeuten könnte. Alle sind glücklich. Immer gut aufgelegt. Ganz ohne Psychologie.*

Im Krutzler formierten sich Bilder von lachenden Braunhemden. Von singenden KZ-Häftlingen. Von juchzenden Soldaten, die aus ihren Schützengräben liefen. Von Zuhältern, die ihre Huren umarmten. Von seiner Mutter als fröhlichem Menschen. Der silbrige Fisch erhob sich aus dem Wasser und stieß einen großen Schwall aus. *Ein Albtraum,* sagte der Krutzler. Worauf ihn der Harlacher ansah, wie man jemanden ansah, der am Glück kein Interesse zeigte.

Warum er seinem Affen nichts davon gegeben habe? Weil die Depression auch etwas ganz Erstaunliches bewirkt habe, so Harlacher. Als Honzo eines Abends auf dem Fensterbrett gesessen habe, da habe er es begriffen. Man merke den Unterschied, ob jemand springe, um nach einem Ast zu greifen oder um sich umzubringen. Der Entschluss zum Selbstmord habe sich in der Äffin manifestiert. Und da sei ihm klar geworden, dass dies etwas zutiefst Menschliches sei. Ja, dass diese Möglichkeit zur freien Entscheidung den wesentlichen Unterschied zwischen Mensch und Tier darstelle. In diesem Moment sei ihm klar geworden, dass die Äffin die Mauer ihrer eigenen Gattung durchbrochen habe. Jedes Eingreifen hätte diese Entwicklung rückgängig gemacht. Honzo habe aber glücklicherweise beschlossen, nicht zu springen. Es sei ganz ihre Entscheidung gewesen.

Das sehe er ja, murrte der Krutzler. Sonst säße das Viech nicht da, wo es hingehöre. Was jetzt mit dem Herwig sei? *Ah,* sagte der Harlacher. *Interessant, dass Sie das sagen.* So etwas Ähnliches habe der Herwig auch gemeint. Honzo sah die beiden an, wie man jemanden ansah, der jemandem ähnlich sah. Beleidigt drehte sich die Schimpansin wieder weg. Sie habe sich nicht für das Leben entschieden, sondern nur dagegen, zu sterben, sagte der Doktor. Vermutlich aus Feigheit, unterbrach ihn der Krutzler. Harlacher überging die Spitze. Vermutlich fühle sie sich einsam. Wer nicht, murrte der Krutzler. Der Tiger verstehe einen Tiger. Der Löwe einen Löwen. Nur beim Menschen würde das durch Sprache verhindert. Egal. Auf jeden Fall habe es einen Streit gegeben, weil der Herwig gemeint habe, dass ein Affe unter Affen gehöre. Dass ihn die Trennung von der eigenen Gattung depressiv werden lasse. Harlacher habe das natürlich persönlich genommen. Dieser Bengel habe ein Gedankengut, dagegen sei das von Himmler harmlos gewesen. Nur unter Menschen sei ein Mensch ein Mensch. Egal, was wir miteinander anstellen würden, es sei stets nur als eine Variante des Miteinanderspielens zu verstehen. Insofern sei der Mensch im KZ unter Menschen glücklicher als unter Affen. Auf jeden Fall habe der Herwig ihn so lange bearbeitet, bis er Honzo in den Zoo gebracht habe, wo sie jetzt als Halbmensch dahinsieche. *Schauen Sie, wie unglücklich sie ist. Was soll sie mit diesen Primitiven?* Der Krutzler drehte sich um, konnte aber keinen Unterschied zwischen einem glücklichen und einem unglücklichen Affen ausmachen.

Danach sei es mit dem Herwig unmöglich gewesen. Man habe nur noch gestritten, was beweise, dass der größte Albtraum des Menschen ein anderer Mensch sei. Die Hölle, das seien die anderen, das habe schon diese französische Bolschewikensau gewusst. Die anderen seien vor allem die anderen, sagte der Krutzler, der trotzdem mit niemandem tauschen wollte. Was denn passiert sei? Der Herwig sei in eine tiefe Krise gefallen. Habe ständig gemurmelt, dass er kein Mensch sein wolle. Er wolle leben wie ein Krokodil, das einfach auf seine Beute warte. Und damit sein Auslangen finden. Dann habe er in einer Nacht-und-Nebel-Aktion den Alberich geschnappt und sei spurlos verschwunden. Wer dieser Alberich sei? Der Zwerg in den Nibelungen. Der Krutzler runzelte die Stirn. Er musste an den Schani denken. Der Alberich sei ein Brillenkaiman. Er habe ihn nach dem Nibelungenzwerg benannt, weil diese Krokodile besonders schnell wachsen. Und der Krutzler fragte sich, warum in Wien die Dinge nie so benannt wurden, wie sie waren.

Den Herwig hatte er schnell ausfindig gemacht. Wo hätte er sonst sein sollen als in der Wohnung der Musch? Wobei, wenn seine Mutter gesehen hätte, wie er da hauste, wäre die Sorge augenblicklich in Wut umgeschlagen. Außer dem Grundriss war nichts mehr erkennbar geblieben. Statt mit den spärlichen Möbeln – die Musch verwendete nicht viel Zeit auf Einrichtung – war die Wohnung mit allerlei Pflanzen vollgepfercht. Dem Krutzler schlug eine feuchtwarme Luft entgegen. Die Fenster waren abgedunkelt und die Räume in ein fiebriges Grün getaucht. Aus den Ecken zischte es. In den Ästen flatterten zwei bunte Vögel. Den Leguan hatte der Krutzler gar nicht bemerkt. Er spürte nur Blicke von allen Seiten. Er wischte sich den Schweiß von der Stirn. Es roch nach Holzhäckseln und Kot.

Der Herwig begrüßte den Krutzler, als hätten sie sich erst gestern gesehen. Er habe Glück, dass er jetzt komme. Er habe soeben den Alberich füttern wollen. Der Herwig verschwand im Nebenzimmer, was dem Krutzler ermöglichte, den Anblick des einstigen Lockenkopfes zu verarbeiten. Er ähnelte mehr einem Reptil als einem Menschen. Nicht nur wegen des kahl rasierten Schädels. Und den entfernten Augenbrauen. Auch die Haut des Jungen hatte ihre Konsistenz verändert. Sie war ledrig und trocken. Die Sommersprossen wirkten, als wäre sein Gesicht von Käfern übersät. Der Herwig kam mit zwei zappelnden Kaninchen in den Händen zurück. Er sagte, dass er es nicht übers Herz bringe, diese zu töten. Aber es sei faszinierend, den Alberich bei der Jagd zu beobachten. Er sitze einfach nur da und warte, bis die Kaninchen seine Anwesenheit vergessen hätten. Bis sie in ihm einen Stein vermuteten. Und dann schnappe er plötzlich zu. Der Krutzler folgte dem Herwig. Eigentlich war er gekommen, um der Musch morgen mit gutem Gewissen vom Wohlbefinden ihres Sohnes zu berichten. Aber alles, was halbwegs der Wahrheit entspräche, würde die erhoffte Wirkung der Glückspillen sofort wieder neutralisieren.

Vor der Badezimmertür blieben sie stehen. In Augenhöhe befand sich ein provisorisch ausgeschnittener Schlitz, durch den der Herwig die Lage prüfte. Man müsse vorsichtig sein. Wenn sich der Alberich zu nahe an der Tür befinde, sei nicht mit ihm zu spaßen. Er liege aber gerade in der Badewanne. So gesehen sei die Luft sauber. Erst jetzt fielen dem Krutzler die faulen Zähne im Mund des Jungen auf. Offenbar hatte er das Badezimmer schon länger nicht betreten. Blitzartig öffnete der Herwig die Tür, warf die beiden Kaninchen hinein und schlug sie ebenso schnell wieder zu. Dann bedeutete er dem Krutzler, durch den Schlitz dem Geschehen zu folgen.

Der Krutzler versuchte Desinteresse vorzutäuschen. Er unterstrich seinen vermeintlichen Widerwillen mit einem Seufzen und wartete gespannt darauf, ob Alberich eines der ratlos umherlaufenden Kaninchen riss. Er stand genauso regungslos vor der Tür, wie das zwei Meter lange Krokodil in der Wanne lag. Sie waren artverwandt. Das spürte er. Beide unverrückbar. Auch Alberich befand sich in einer Türenkomödie. Allerdings hatte diese nur einen Eingang. Oder Ausgang. Je nachdem, wie man es sah.

Dreißig Minuten lang lauerte der Krutzler bewegungslos vor dem Schlitz. Die Dauer fiel ihm nicht auf, weil der Zustand ohnehin seinem Blick auf die Welt entsprach. Als wäre er durch eine Tür von dieser getrennt. Als entsprächen seine dicken Hornbrillen genau diesem Spalt. Aber es geschah nichts. Hier trennte sich die Einheit zwischen Krokodil und Krutzler. Während das Tier von einer starren Geduld beseelt war, keimte in ihm Ungeduld auf. Er räusperte sich und fragte den Herwig, ob da auch irgendwann etwas passiere. Dieser sagte, es könne Stunden, manchmal Tage dauern. Der Alberich habe es nicht eilig mit seiner Beute. Vielmehr scheine er es zu genießen, dass die Kaninchen beginnen, sich sicher zu fühlen. Oft verbringe er ganze Tage vor dem Schlitz und starre auf das angespannte Nichts. Ja, er habe eine richtiggehende Sucht danach entwickelt. Oft gönne er sich erst wieder Schlaf, wenn der Alberich zugeschnappt habe. Er sei der festen Überzeugung, dass er mit dem Krokodil in telepathischer Verbindung stehe. Und natürlich müsse er es irgendwann probieren. Was?, fragte der Krutzler. Na, auf die andere Seite der Tür zu treten. Er spüre, dass ihm der Alberich nichts antun würde. Weil er ihn als einen der Seinen akzeptiere. Wie gesagt, in dieser

Anspannung liege auch die Verbindung. Da könne man den Gedankenverkehr förmlich spüren.

Der Krutzler hatte aus mehreren Gründen kein gutes Gefühl, als er die Wohnung verließ. Aber wie sollte man jemanden vor seinem Schicksal bewahren? Das war unnatürlich und fiel auch nicht in seine Zuständigkeit. Jeder musste seine eigene Geschichte fertig erzählen.

Als der Krutzler im Besucherraum mit der Musch saß und versuchte, den lauernden Blicken der Vollzugsbeamtin zu entgehen, versicherte er ihr, dass es dem Herwig gut gehe. Er sehe ihn mehrmals wöchentlich. Er habe in der Wohnung nichts verändert. Sie wisse ja, wie sehr der Junge an seiner Mutter hänge. Naturgemäß misstraute sie dem Krutzler und fragte mehrmals nach. Trotzdem konnte sie nicht ahnen, wie unwiederbringlich ihr Sohn der Welt abhandengekommen war.

Da die Vollzugsbeamtin jedes Wort hörte, saßen beide für den Rest der Zeit schweigend da. Die Musch galt als hochgradig gefährlich. Man munkelte, sie hätte sich das halbe Personal gefügig gemacht. Aber darüber wollte der Krutzler nichts wissen. Ihm war bewusst, dass im Gefängnis eigene Gesetze herrschten. Dass es noch viel mehr einem Dschungel ähnelte als die Wohnung vom Herwig. Und auch wenn es dem Stand abträglich war, auf keine Haftlegende verweisen zu können, ahnte der Krutzler, dass er selbst eine Kur nicht überleben würde. Wenn er die Augen schloss, konnte er abgedämpfte Stimmen aus der Zukunft hören: *Er sitzt da wie ein Reptil. Schauen Sie durch den Schlitz. Bloß nicht hineingehen. Er wartet nur auf seine Beute.*

Der Krutzler stand in angespannter Verbindung zu seinem Schicksal. Und seine Gelassenheit nährte sich aus dem Gefühl, all das schon mehrere Male durchlebt zu haben. Man sagte, der Krutzler sei eine alte Seele gewesen. Auch wenn ihm fast niemand mehr eine attestierte. Er selbst empfand es als Erschöpfung. So wie er die Liebe zur Musch inzwischen als Kapitulation verbuchte. Sie saßen da, wie zwei dasaßen, für die es kein Entkommen gab. Die aneinandergekettet waren und den Ausgang der Geschichte bereits kannten.

Am Ende des Besuchs passierte trotzdem etwas Unvorhergesehenes. Etwas, das nicht im Protokoll stand. Der Krutzler schnappte die Musch und drückte ihr Gesicht an das seine. Er presste seine Lippen gegen die ihren und öffnete mit seinem Kiefer gewaltsam ihren Mund. Die Wärterin ließ den leidenschaftlichen Schub des Krutzler zu. Die Musch gab nach. Auch wenn sie vor Erstaunen erstarrte. Noch nie hatte sie der Krutzler geküsst. Und dementsprechend ungeschickt stellte er sich auch an. Äußerst unelegant schob er das Stanniol mit seiner Zunge in ihren Mund. Als sie den harten Gegenstand spürte, erwiderte sie übertrieben innig den Kuss. Die Vollzugsbeamtin wurde misstrauisch. Nicht ob der Länge. Nicht ob des unnatürlichen Verhaltens beider. Nicht ob der mechanischen Technik. Sondern weil ihr die Musch erst letzte Woche, als sie mit dieser für eine Packung Zigaretten sehr innig in der Zelle gelegen hatte, gestanden hatte, wie sehr sie darunter leide, dass sie der Krutzler nie geküsst habe. Ja, dass er eine richtiggehende Aversion dagegen habe. Und auch wenn die Musch es als Eifersucht wertete, war es doch eine reine Amtshandlung, als die Vollzugsbeamtin dazwischenging und das Schauspiel rüde beendete. Bevor die Musch das Stanniol schlucken konnte, riss sie mit beiden Händen ihren Kiefer auseinander und zog triumphierend das Kügelchen heraus. Der Krutzler erhielt darauf unbedingtes Besuchsverbot. Und die Musch musste in der sogenannten Dunkelkammer Buße tun. Die Aussicht auf vorzeitige Entlassung war ebenfalls passé.

Ein paar Wochen später stand es in der Zeitung. Am Brunnenmarkt war es zu einem Vorfall gekommen, der die Wiener in Angst und Schrecken versetzt hatte. Glücklicherweise hatte es keinen Toten gegeben, als plötzlich mitten im geschäftigen Treiben ein ausgewachsenes Krokodil aufgetaucht war. Das gefährliche Reptil, offenbar selbst verwirrt ob seiner Lage, war aus einem der benachbarten Häuser ausgebrochen. Inzwischen hatte man den jungen Mann identifiziert, der den Brillenkaiman in seiner Badewanne hielt. Der 24-jährige H. M. war selbst die letzte Beute des von den Behörden eingeschläferten Tieres geworden. Die Polizei hatte den zerfleischten Leichnam im Badezimmer gefunden. Offenbar hatte er vergessen, die Türe zu schließen. Als die Nachbarin nach ihrem exotischen Nachbarn sehen wollte, sei sie vor Schreck fast in Ohnmacht gefallen. Ohne die Tür wieder abzuschließen, lief sie davon und verbarrikadierte sich in ihrer Wohnung. Dass sie erst nach fünfzehn Minuten die Polizei alarmierte, verdeutlichte den Schock, in dem sich die arme Frau befand.

Die Nachricht ereilte den Krutzler in der Tikibar des Barons. Er verfiel daraufhin in ein Schweigen, das sich nicht mehr fragte, ob es die Musch ebenfalls schon wusste, ob es unter Umständen Selbstmord war, ob er das Schicksal in andere Bahnen hätte lenken können. Die Südseemusik narkotisierte ihn. Die Umgebung verschwamm. Als der Praschak vor seinem Gesicht auftauchte, konnte er ihn nur unscharf erkennen.

Harlacher diagnostizierte einen schockbedingten Dioptrienschub. Der Praschak sagte, dass der Krutzler vermutlich einen Nervenzusammenbruch hatte, ohne es zu merken.

DAS LIED
VOM TRAURIGEN
SONNTAG

LÀSZLÒ JÀVOR IST TOT, sagte der traurige Jànos. Er bedeutete dem Baron, ihm einen neuen Cocktail zu mixen und das Lied vom traurigen Sonntag noch einmal zu spielen. Zu einer richtiggehenden Selbstmordwelle habe dieses Lied in den 30er-Jahren geführt, sagte er. Der Krutzler verstand den ungarischen Text von Làszlò Jàvor nicht. Aber dem melancholischen Sog der Musik konnte auch er sich nicht entziehen. Es gebe zahlreiche Radiostationen, die das Lied nicht spielen würden, aus Angst, damit Selbstmordepidemien auszulösen, sagte Jànos naturgemäß traurig. Selbst der Baron war in ein noch tieferes Schweigen gesunken.

Der traurige Jànos war dem Krutzler kurz nach dem Ungarnaufstand zugelaufen. Der Flüchtlingsstrom aus dem Nachbarland hatte Österreich nicht nur ermöglicht, sich humanistisch zu rehabilitieren, er hatte auch frisches Personal für die zweite Welt angespült. Und da man den Balkanesen nicht trauen konnte, hatte sich der Krutzler eine neue Stammmannschaft von artigen Ungarn aufgebaut, die sich zwar alle für übergangene Herrenmenschen hielten, ihrer Enttäuschung aber nicht mit Wut, sondern selbstmitleidiger Traurigkeit Ausdruck verliehen. Das Lied vom traurigen Sonntag erklang überall, wo sich ein Ungar vom Leben zurückgewiesen fühlte. Eben auch in der Tikibar am Silvesterabend 1956/57, den der Krutzler allein mit dem Baron und dem traurigen Jànos verbrachte.

Wenn er auf das Jahr zurückblickte, dann schwammen an ihm die Katastrophen wie Geisterschiffe vorbei. Der Krutzler saß am Ufer und wartete, ob jemand sein Winken erwiderte. Der Bleiche, der Zauberer, der Podgorsky, die Musch. Niemand war da. Alle waren sie entschwunden wie Gestalten, die sich kurz im Zigarettenrauch formierten und wieder auflösten, wenn der Krutzler nach ihnen fasste.

Nur der Praschak war greifbar geblieben. Mit ihm war der Krutzler am Vormittag im Zoo gewesen, um die Äffin zu besuchen. Nicht, weil er sich sonderlich für deren Schicksal interessierte. Auch nicht, um sich an der Schadensfreude zu ergötzen. Sondern ausschließlich um der Bitte von Harlacher, der sich einer dubiosen Atlantis-Expedition angeschlossen hatte, nachzukommen, hin und wieder nach seinem Lebensmenschen zu schauen. So hatte er es formuliert. Weil es für Harlacher außer Frage stand, dass dieses Viech den Sprung zum Menschen vollzogen hatte.

Als der Krutzler dem Praschak davon erzählte, sagte dieser, dass es interessant sei, dass man die Menschen zu Tieren mache, um sie zu jagen, und umgekehrt die Tiere zu Menschen, um sie zu lieben. Die Natur sei ausschließlich dazu da, um Ersatzteile, nein, Ersatzhandlungen zur Verfügung zu stellen. Vermutlich sei etwas ein Mensch, wenn man es behandle wie einen Menschen.

Als Fleischer war es stimmig, sich solche Gedanken zu machen. Wobei er sich mehr Gedanken als früher zu machen schien. Was den Krutzler beunruhigte. Er dachte an das Begräbnis der Karcynski vor ein paar Wochen – sie war einem Hirnschlag zum Opfer gefallen –, als der Praschak vor ihrem offenen Grab gestanden und gesagt hatte, er könne sich gar nicht mehr erinnern, wann jemand eines natürlichen Todes gestorben sei. Das sei ähnlich wie bei den Rindern. Man müsse sich einmal vorstellen, was es für das Gemüt einer Gattung bedeute, wenn seit Tausenden von Jahren jedes Leben durch eine Schlachtung abgebrochen werde. Wenn niemand eines natürlichen Todes sterbe. Das hinterlasse Spuren. Andererseits wären die Viecher vermutlich längst ausgestorben, wenn man sie nicht äße. Dann hatte er den Krutzler ratlos angesehen, weil der Gedanke nirgendwohin führte.

Aber diesem fiel es seit seinem Sanatoriumsaufenthalt schwer, irgendetwas in Konturen zu gießen. Er fühlte sich von Schlafwandlern umgeben, die gedankenversunken nebeneinanderher wankten. Die Wochen auf dem Zauberberg, wie sie der Wessely vermutlich genannt hätte, hatten diesen Eindruck verstärkt. Außer dem Baron und dem Praschak wusste niemand davon. So ein Aufenthalt in einer Nervenheilanstalt war schlecht für den Stand. Noch schlechter als Homosexualität. Aber nicht so schlecht wie Kindermord. Und um der Wahrheit gerecht zu werden, war der traurige Jànos dem Krutzler nicht einfach zugelaufen, sondern er hatte ihn auf dem Zauberberg kennengelernt, wo sich jener von einem Selbstmordversuch erholte.

Wobei sich dem Krutzler die Frage stellte, was das heißen sollte. Denn die Erholung von einem solchen wäre eher der Tod als das Leben. Vielmehr hatte er den Eindruck, dass der Ungar im Sanatorium die Ruhe fand, über die Ausgestaltung eines weiteren Versuches nachzudenken. Nicht, dass sich der Krutzler in die Angelegenheiten anderer einmischen wollte. Nichts lag ihm ferner, als einen Reisenden aufzuhalten. Aber einer, der mit dem Leben abgeschlossen hatte, eignete sich womöglich für höhere Aufgaben in seinem Metier. Jene, die am Leben hingen, agierten oft zu vorsichtig und waren anfällig für allerlei Versuchungen. Und so fand der traurige Jànos dank dem Krutzler zurück ins Leben, wobei er vermutlich gar nicht wusste, ob er ihm dafür überhaupt dankbar sein sollte. Denn auch das Verbrecherleben machte ihn traurig.

Nach vier Wochen Nervenheilanstalt war der Krutzler einfach abgehauen. Nicht, weil die Musch keinen seiner Briefe beantwortet hatte. Nicht, weil sich keiner um die Geschäfte kümmerte. Der Wessely spukte weiterhin in Salzburg herum. Der Sikora war vermutlich selbst bald reif für den Zauberberg. Und dem Praschak traute keiner etwas zu. Der Krutzler hatte die Rekonvaleszenz einfach nicht ausgehalten. Und mehr, als ihm eine stärkere Brille zu verpassen, war keinem dieser Scharlatane eingefallen. Man musste einfach akzeptieren, dass gewisse Dinge irreparabel waren. Der Praschak sagte, dass der Krutzler in diesen Wochen einen Altersschub von mindestens zehn Jahren vollzogen habe. Und tatsächlich begann er seine schweren Knochen stärker als das Fleisch zu spüren.

Aber auch der Praschak hatte sich verändert. Er wohnte noch immer im Haus seiner Großeltern. Vielleicht hatte sich deshalb sein Gesicht in eines verwandelt, wie man sie nur vor dem Ersten Weltkrieg gekannt hatte. Der traurige Jànos sagte, der Praschak habe ein Vorkriegsgesicht. Doderer hätte es als eines, das noch nicht ganz zustande gekommen war, bezeichnet. Jeder Mensch trug seine Geschichte als Visage.

Für den Krutzler verkörperte sich eine dunkle Vorahnung im Antlitz seines Freundes. Der Praschak war das einzige Gesicht, in dem er lesen konnte. Zu viele hatte er kommen und gehen sehen. Selbst den traurigen Jànos vergaß er, bevor er ihn sich richtig einprägen konnte.

Obwohl er gerade auf dessen Stimme hätte hören sollen. Denn der Praschak verkörperte tatsächlich den Geist der Vorkriegszeit. Alles, was er in Angriff nahm, stand unter einem schlechten Stern. Man konnte ihm keinen Vorwurf machen. Er war weder unlauter noch schlampig, noch unklug noch gierig. Der Praschak machte eigentlich alles richtig. Und trotzdem wäre ohne ihn alles leichter gewesen. Man sagte, das Jahr 1957 habe den endgültigen Untergang der Erdberger eingeleitet.

Den einzigen Vorwurf, den man ihm machen konnte, war die Geschichte mit der Frau vom Schani. Der Krutzler sagte, der Praschak habe ihm damals offenbar aus purer Eifersucht die Ronda madig geredet. Bloß nichts anfangen habe er mit ihr dürfen. An seinen Geschäftssinn habe der Praschak appelliert. Im Nachhinein sei das nichts als ein schlechter Treppenwitz gewesen. Der groteske Akt einer Türenkomödie, die direkt ins Schlafzimmer des Fleischers geführt habe. Unglücklicherweise stand vor dieser Tür dann irgendwann die Rettung, um die verletzte Schanglgattin abzuholen. Man sagte, die unbesiegbare Ronda habe im gepolsterten Ring des Praschak ihren Meister gefunden. Unter dem Anblick des Kaisers boten sich die beiden ein Fleischballett, das keinem Freistilkampf in irgendetwas nachstand. Um ihm das Gefühl der Überlegenheit zu geben – sie wusste von ihrem kleinwüchsigen Gatten, wie empfindlich Männer auf dominante Frauen reagierten –, hatte sie ihm die Führung überlassen. Details wurden nie bekannt, aber man sagte, dass die Sanitäter sagten, eine solche Verknotung zweier Körper hätten sie in ihrer ganzen Laufbahn nicht gesehen.

Wobei die Muskelkrämpfe und die gerissenen Kreuzbänder gar nicht das Problem waren. Als viel heikler diagnostizierte der operierende Arzt die Weinflasche in ihrer Vulva. Die Ringerin hatte damit angegeben, mit reiner Muskelkraft so gut wie jeden Gegenstand aus ihrer Vagina katapultieren zu können. Wie eine Kanone hatte sie Feuerzeuge, Salatgurken oder Bierflaschen durch das Zimmer geschossen. Wie ein Kind hatte der Praschak applaudiert.

Die Gegenstände waren mit steigendem Hochmut größer geworden. Einer Bouteille schien ihre Vulva dann doch nicht gewachsen. Als sich ein Scheidenkrampf, der wohl der Überanstrengung geschuldet war, dazugesellte, versuchten die beiden mit allerlei körperlicher und geschlechtlicher Ertüchtigung, das Ding aus ihrer Vulva zu locken. Wie bei einer Geburt schrie der Praschak immer wieder, er könne es gleich rausflutschen sehen. Aber außer den Zuckungen der mächtigen Vaginalmuskulatur der Schangl, der er die erstaunlichsten sexuellen Eruptionen zu verdanken hatte, und der Andeutung des grünen Flaschenbodens tat sich nichts. Als er in einer komplizierten Scherenstellung hilflos auf ihren Unterbauch einschlug, zerbrach die Flasche, worauf Schmerz und Blut zu einer Panikreaktion führten, die sie die komplizierte Scherenstellung vergessen ließ, was wiederum zu mehreren Kreuzbandrissen im Kniebereich führte, ohne dabei die komplizierte Scherenstellung aufzulösen. Hoffnungslos waren sie ineinander verkeilt. Dem Praschak blieb nichts anderes übrig, als sich unter dem Gewimmer der Ringerin bis zum Telefonhörer zu strecken, um die Rettung bis ins Schlafzimmer zu lotsen.

Die Blicke der Sanitäter waren demütigender als die des Kaisers. Die Freistilringerin beschimpfte die Männer, während sie versuchten, Erste Hilfe zu leisten. Aber ihre Wut galt eher dem misslichen Umstand, ihrem eigenen Übermut, den zu erwartenden Demütigungen, den darauf folgenden Stadtgesprächen und vor allem der Gewissheit, dass ihre Karriere ein unrühmliches Ende gefunden hatte. Nur ihr Mann, der Schani, kam ihr nicht in den Sinn. Den hatte sie längst abgeschrieben.

Auch wenn die Umstände in keinem direkten Zusammenhang standen, läutete das Ende der Schangl auch das Ende vom Praschak ein. Der Krutzler sagte, dass es oft nur eine Kleinigkeit brauche, um das Große aufzuwecken. Wie gesagt, der Krutzler sah seit dem Sanatorium alles unter dem Blickwinkel eines großen Schlafes. Wobei er nicht das Gefühl habe, dass ein großes Erwachen bevorstünde. Vielmehr pendle das Leben zwischen Überanstrengung und Bewusstlosigkeit. Um ihn herum sehe er nur Menschen, die sich bis zur Erschöpfung abrackerten, um sich statt über das Wetter über ihre ständige Müdigkeit zu beschweren. Man bewege sich in eine Urlaubsgesellschaft hinein, hätte der Podgorsky gesagt, wenn er mit dem Krutzler noch gesprochen hätte.

Wenige Wochen nachdem aus der Ronda wieder Leopoldine Schangl geworden war – die Zeitungen hatten von einem Trainingsunfall berichtet –, kam es zu einer feindlichen Übernahme der Knochenmühle durch ein albanisches Kartell, da der Heumarkt aufgrund einer gröberen Unterschlagung vom Zelenka finanziell alles andere als sauber dastand. Mit dem Wegfall der Knochenmühle sei dem Praschak die gesamte Lebensgrundlage entzogen worden, so der Krutzler. Er sei wieder in der Fleischerei eingezogen. Dankbar habe ihn die Gusti aufgenommen, weil sie gewusst habe, dass er keinerlei Widerstand mehr leisten würde. Sie habe ihn dort gehabt, wo sie ihn immer hatte haben wollen. Als hätte man ihm alle Knochen gebrochen. Die Gusti hingegen habe die Heilige spielen und die Kapriolen ihres Mannes als schlechten Einfluss des Krutzler hinunterspielen dürfen. Er habe sich halt austoben müssen, habe sie ihren wissbegierigen Nachbarinnen erzählt. Dass der Praschak in diesen beiden Jahren erstmals ein Mensch gewesen sei, das sei der beleidigten Gattin nicht in den Sinn gekommen. Ab diesem Moment sei mit dem Praschak eigentlich nichts mehr anzufangen gewesen. Er habe sich zwar trotz der Aufforderungen der Gusti nicht aus dem Erdberger Geschäft zurückgezogen, stehe aber deutlich unter dem Kommando seiner Frau. Diese habe mehr Talent dafür, als er ihr zugetraut hätte, so der Krutzler.

Schließlich erkannte er in ihr das, was er in der Lassnig schon erkannt hatte. Nämlich die Vernichtung des Menschen Praschak zugunsten eines willfährigen Büttels, der dafür lebte, es der Gusti recht zu machen. Und wenn man wie der Krutzler mehr an Geister als an Menschen glaubte, dann konnte man sie in allem herumspuken sehen, was fortan geschah. Vermutlich hatte der Krutzler deshalb den eigentlichen Geist übersehen, der die Erdberger heimsuchte.

Wie gesagt, an sich war alles richtig, was der Praschak in Angriff nahm. Er übernahm das Ruder, weil er merkte, dass sich die anderen davontreiben ließen. Auf Anraten der Gusti nahm er Kontakt mit dem Podgorsky auf und versuchte, die Dinge wieder ins Reine zu bringen. Die Gusti war auf die Idee gekommen, diesen im Papagei zu treffen. Damit die alte Bregovic begriff, dass die Erdberger wieder am Steuer saßen. So würden es auch ihre drei Volljährigen erfahren, die im Gefängnis gewiss schon an der Herrschaft über Wien werkten.

Der Podgorsky hatte nichts dagegen, ein Exempel zu statuieren. Es entsprach ohnedies nicht seinem Stil, als unsichtbarer Hirt zu agieren. Er war ein Mann der Handschrift. Und als solchen hatte er auch stets den Praschak gesehen, der sich in seinen Augen noch nichts hatte zuschulden kommen lassen. Vielmehr hatte er ihn stets für den Vernünftigsten in der Riege gehalten. Allerdings auch für den Langweiligsten. Denn trotz aller Enttäuschung fehlte ihm der Krutzler. Mit diesem war es nie fad. Weder im KZ noch später unter den Alliierten. Er war ein Mann alter Schule. Kein klassischer Kopfarbeiter. Aber einer mit Fantasie. Abgesehen davon gab es einen Haufen Dinge, die er mit sonst niemandem besprechen konnte. Nicht, weil der Krutzler diese besser verstand als jeder andere. Sondern simpel aus der Tatsache heraus, dass sie sonst keiner wissen durfte.

Wenn der Podgorsky zurückdachte, was er mit dem Krutzler schon alles erlebt hatte, dann verboten es ihm zwar die Umstände, seinem natürlichen Reflex zum Monologisieren nachzugeben. Doch die Erinnerungen rührten nach einer Handvoll Schnäpsen an seiner sentimentalen Ader.

Der Podgorsky war näher am Wasser gebaut, als die meisten ahnten. Bereits die jugoslawische Musik hatte ihn aufgeweicht und in weinerliche Stimmung versetzt. Nach fünf Slibowitzen stand er kurz davor, die Bregovic zu umarmen, die noch immer argwöhnisch an den Abend dachte, als ihr Papagei ums Leben gekommen war. Dass der Podgorsky damals den Affen laufen ließ und keinerlei Konsequenzen folgten, hatte sie ihm nie verziehen. Als sie eine sechste Runde aufs Haus vor den Praschak und den Podgorsky stellte, kam ihr kurz der Gedanke, wo die Pistole damals eigentlich abgeblieben war. Er wurde aber gleich wieder von der brennenden Frage verdrängt, was die beiden so Wichtiges zu besprechen hatten.

Als sie zur Sache kamen, beugten sie sich nach vorne, sodass sie weder die Wirtin noch die beiden Albaner am Nebentisch, die von der Bregovic mit äußerstem Widerwillen bedient wurden, verstehen konnten. Das war auch nicht notwendig, weil die beiden durch ihre geheimnistuerische Körperhaltung noch deutlicher in den falschen Blumenstrauß sprachen. Falsch einerseits, weil sich die knausrige Wirtin mit Plastikpflanzen ein paar hundert Schilling im Jahr ersparte, andererseits weil unter den orangefarbenen Blüten Wanzen angebracht waren. Das ahnten weder der Praschak noch der Podgorsky. Selbst der Bregovic blieb verborgen, wie begründet ihr Misstrauen gegenüber den Albanern war. Auf jeden Fall konnte man bei der Wiener Polizei am nächsten Tag alles nachhören, was man vor Ort nicht verstanden hatte.

Nicht, dass man dort irgendetwas Neues erfuhr. Es war ein offenes Geheimnis, wie der Podgorsky seine Herde in Schach hielt. Und wenn bei der Polizei noch der alte Geist geherrscht hätte, wäre man vermutlich erleichtert ob der Friedensgespräche gewesen. Aber die Zeiten der Sozialpartnerschaft waren vorbei und die Machtkämpfe innerhalb des Polizeiapparates unterschieden sich kaum von denen in der Unterwelt. Und so kam es einem jüngeren Flügel sehr gelegen, den Podgorsky auf diese Weise entsorgen zu können.

Schon eine Woche später hatte man den altgedienten Hirten in Zwangsrente geschickt und an seinem Schreibtisch saß ein Jungspund namens Stanek, der für die alten Seilschaften nichts mehr übrighatte. Was in erster Linie daran lag, dass er neue Seilschaften spannte. Den Stanek zog es naturgemäß zu seiner Generation und er fühlte sich historischen Errungenschaften wie dem Eisernen Besen nicht mehr verpflichtet. Später munkelte man, dass der neue Podgorsky seine neuen Freundschaften nicht ganz freiwillig pflegte. Besonders der jugoslawische Flügel hätte da beim Spannen der Seilschaften ein wenig nachgeholfen und dafür gesorgt, dass der Stanek an der kurzen Leine gehalten wurde. Man sagte, dass da jemand etwas wusste, was keiner wusste, was aber niemand wissen durfte, und dass man seine Wege hatte, sich dieses Wissen zu beschaffen.

Persönlichkeiten der alten Schule wie dem Krutzler waren solche Methoden zuwider. Die Jungen hatten in seinen Augen überhaupt kein Ehrgefühl mehr. Würden den Weg des gegenseitigen Respekts und der Augenhöhe verlassen. Wo solle das hinführen, wenn man beginne, die Polizei zu erpressen. Das sei doch unter jedem Niveau, sich einem Kieberer so anzubiedern. Es sei alles andere als standesgemäß. Die Jungen seien keine Persönlichkeiten mehr. Würden auch nicht davor zurückschrecken, mit Drogen zu handeln. Da mache er nicht mit! Und der Podgorsky, der überraschend leichtfüßig ins Rentendasein fand, sagte, dass der Krutzler genauso rede wie seinerzeit die alte Galerie über die jungen Erdberger.

Dem Praschak ging es ziemlich an die Leber, dass ausgerechnet er den Podgorsky auf dem Gewissen hatte. Dieser versicherte ihm zwar, dass er ohnehin erleichtert sei, mit dem ganzen *Schmafu* nichts mehr zu tun zu haben, scherzte, dass er den Erdbergern ja bei Bedarf als Konsulent zur Verfügung stehen könne, und auf dem Gewissen habe ihn der Praschak sowieso nicht, weil er schließlich noch am Leben sei. Auch der Krutzler goutierte mehrmals die Leistungen seines Freundes, was aber alles nichts half, weil der uralte Minderwertigkeitskomplex des Praschak, von seinen Freunden nicht für voll genommen zu werden, aus seinem jahrelangen Schlaf erwacht war und sich reckte und streckte. Es war wie beim Glücksspiel. Wenn einer verlor, dann verdoppelte er den Einsatz, um sich das Verlorene wieder zurückzuholen. Der Praschak war nicht nur im Zweitberuf Buchhalter, sondern seine Seele gehorchte ebenfalls einer strengen Kostenrechnung, die am Ende alles gegeneinander aufrechnete. Er entwickelte den Ehrgeiz, auf Biegen und Brechen seinen Fehler wiedergutzumachen.

Der Praschak stand also weiter an allen Fronten und sorgte mit seiner Emsigkeit für gehörige Unruhe. Dem Sikora pfuschte er ins Geschäft, weil er versuchte, einen neuen Umgangston mit den Gunstgewerblichen zu finden. Obwohl ihm der Sikora unmissverständlich versicherte, dass die Huren nichts anderes verstünden als Körperlichkeit, dass sie funktionierten wie die Viecher, die ebenfalls nur zwischen Gewalt und Zuneigung unterschieden, dass man schließlich die Sprache eines Hundes auch nicht spreche, sondern ihn auf das abrichte, wofür man ihn brauche, dass er ihm gefälligst seinen Stall nicht narrisch machen solle, die würden am Ende noch glauben, dass sie etwas anderes als Huren seien, schlug der Praschak trotzdem seinen modernen, pazifistischen Weg ein. Da war es kein Wunder, dass wie aus Zauberhand geschlechtlich weniger verkehrt wurde. Völlig unerklärlich sei das Ausbleiben der Kundschaft, spielten die Huren die Naiven. So ein Schas, brüllte der Sikora. Wer seine Rösser kenne, der wisse, dass halb Wien die reiten wolle. Keine von denen stehe länger im Stall, als sie schlafen müsse. Die hätten sich überhaupt nicht mehr wertgeschätzt gefühlt, wenn ihnen einer mit Worten komme, beschwerte sich der Sikora beim Krutzler. Mit jedem depperten Gespräch habe der Praschak ein Stück Holz in den Ofen gelegt. Und am Ende habe das Salambo gebrannt. Nicht sprichwörtlich, sondern in echt. Weil der Trottel aus einer Puderkaserne eine Schwachmatikerhütte gemacht habe. Ob der Krutzler glaube, dass irgendeine von den Huren das goutiert habe? Er solle dafür sorgen, dass der Praschak wieder Rindfleisch filetiere, statt ihm das Geschäft zu zerlegen. Was mit ihm los sei? Dieses phlegmatische Genicke, dieses provokante Desinteresse mache ihn ganz fahrig. *Aufwachen, Krutzler!*

Aber der Krutzler schlief, ohne dass es jemand merkte. Er kaufte sich einen Mercedes 300 SL mit Flügeltüren und nahm damit bei illegalen Straßenrennen auf der Höhenstraße teil. Der Silberpfeil ließ den anderen keine Chance.

Wie eine Kugel, die aus dem Lauf gelassen wurde, beschleunigte das Geschoss und manövrierte den Krutzler in einen Rauschzustand, der die Dosis der schlafwandlerischen Narkotisierung steigerte. Jetzt flimmerte die Welt nur noch als verschwommener Streifen an ihm vorbei. Mit Vollgas und Tunnelblick fuhr er den Wagen in die Ziellosigkeit. Von Weitem betrachtet war ein Rowdy auf der Aussichtsstraße unterwegs. Aber für den Krutzler verschwand die Welt und er durchbrach eine Mauer aus Luft.

Insofern ließ er den Praschak Praschak sein. Und auch der Sikora beschleunigte im Leerlauf. Denn außer drohenden Gebärden und aufgeregten Worten passierte im Wesentlichen nichts. Der Praschak versuchte dem Missmut des Zauberers mit einem Großprojekt entgegenzukommen. Der Erotikpalast *L'Amour* solle zweihundertneunzig Zimmer umfassen. Da könne der Sikora schon mal in den Bundesländern nach Huren fischen gehen, damit er diese Titanic aller Puffs mit ausreichend Angebot fülle. Erste Qualität sei gefragt. Nach einem halben Jahr kam es aber zu einem Baustopp. Und das Laufhaus blieb für immer ein Geisterhaus.

Um die finanziellen Miseren zu kompensieren, gab der Praschak beim Stoßspiel Gas. Er forderte von den Cafés höhere Einnahmen und von den Saugerln höhere Zinsen. Man konnte den Stoßpartien viel, aber bestimmt keinen mangelnden Geschäftssinn vorwerfen. Sie hielten die perfekte Balance zwischen Verträglichkeit und Gier. Trotzdem pressierte der Praschak durch ständige Anwesenheit und deutete blindlings auf Leute, die sich auszunehmen lohnen würde. Während die Stoßkellner versuchten, die Kühe erst dann zu melken, wenn die Euter wieder prall gefüllt waren, drängte der Fleischer darauf, jedes Mal die ganze Kuh bis auf den letzten Knochen auszubeindeln.

Eine Kuh mit besonders viel Fleisch ortete der Praschak eines Abends im Café Heine, wo er sich aufgrund der Nähe zur Bregovic besonders gern aufhielt. Dem Krutzler gefiel diese Nähe nicht, aber er umrundete stattdessen mit seiner Silberrakete wie ein Satellit die Stadt. Der Praschak brauche in Anbetracht der Gusti vermutlich ein zweites Zuhause, sagte der Sikora und ahnte nicht, dass es nur ein Vorbote einer bevorstehenden Heimatlosigkeit war.

Auf jeden Fall stach dem Praschak der junge Schnösel mit Stecktuch und Zigarre gleich ins Auge. So einen Döblinger Bonvivant durfte man guten Gewissens bis zum Ende filetieren. Sowohl der Bankerer, der die Bank hielt, als auch der Schneiderer, der die Karten mischte, rieten ihm ab. Nicht, dass sie den Herrn kennen würden, aber die Sache rieche nach Desaster. Das sage ihnen der Instinkt. Aber dieser war beim Praschak von der Gier verschüttet und so bestand er darauf, dem Schnösel nach ein paar gemachten Schnitten nicht nur das vorhandene Fleisch abzutragen, sondern auch das Saugerl zu aktivieren, sodass der Herr im Stecktuch am Ende seine ganze Villa in Döbling verspielt hatte.

Wie so oft schrie der angetrunkene Verlierer *Betrug* und drohte mit der Polizei. Es brauchte drei Buckeln, die ihn heimbrachten, um ihm vor Ort auch gleich die Schlüssel abzunehmen. Das könnten sie sich abschminken! Er lasse sich doch von den Ganoven nicht über den Tisch ziehen.

Die Großbürger waren besonders schlecht im Verlieren. Da hatte jeder burgenländische Bauer mehr Ehrgefühl. Aber am Ende gaben sie immer nach. Weil sie schlussendlich doch mehr an ihrem Leben als an ihren Häusern hingen.

In diesem Fall gestaltete sich die Geschichte aber anders, denn der Herr mit dem Stecktuch stellte sich als Zeitungsherausgeber heraus. Bereits am nächsten Tag begann er eine Kampagne gegen die verlotterten Zustände in Wien. Die Polizei habe die Unterwelt nicht im Griff. Die Stoßpartien würden aus dem Ruder laufen. Man müsse sich fragen, wer in der Stadt das Sagen habe. Die fleißigen Österreicher, die den Aufbau stemmten, oder die nichtsnutzigen Ganoven, die den Anständigen das Geld aus der Tasche zögen? Wochenlang hielt der rachsüchtige Schnösel das Thema in den Medien. Man fabrizierte allerlei Legenden und machte auch vor Erfundenem nicht halt. Nicht nur, dass für den neuen Podgorsky die Luft ziemlich dünn wurde, auch der Krutzler musste seinen Namen mehrmals in der Zeitung lesen.

Als man seine Visage veröffentlichte, war Schluss. Auf diese Art von Ruhm könne er gerne verzichten, murrte er verärgert. Er lasse sich doch nicht von den Frankisten anstarren wie ein wehrloser Gegenstand. Der Krutzler ließ sich nicht nur nicht küssen, sondern noch weniger fotografieren. Man hatte wohlweislich auf den Copyrightvermerk des Knipsers verzichtet. Vermutlich aus Angst um dessen Leben.

Dem Stanek blieb gar nichts anderes übrig, als ein paar öffentlichkeitswirksame Razzien durchzuführen. Dabei hatte man auch den Sikora abgeknipst. Dieser gab sich gelassen und sagte, wenn er das gewusst hätte, wäre er vorher zum Friseur gegangen. Aber die Gelassenheit war eine gespielte. Denn die Aktion des jungen Stanek sorgte für gehörige Unruhe in der Unterwelt und machte die Erdberger auch bei den Frankisten bekannt. In der Unterwelt galt dies als sicheres Vorzeichen eines bevorstehenden Untergangs. Wenn schon berühmt, dann namensberühmt und nicht gesichtsberühmt. Eine bekannte Visage ließ auf zweitklassiges Handwerk schließen. Eine echte Berühmtheit erkannte man daran, dass die Leute wegschauten, wenn sie auftauchte. Eine, die man anstarren durfte, hatte keinen Stand.

Der junge Stanek brauchte einen wirksamen Schlag gegen Wiens Unterwelt, um deren Berühmtheit mit seiner eigenen zu übertünchen. Als geschickter Spieler auf der Medienklaviatur schlug er zwei Fliegen mit einer Klappe und machte sich gleichsam bei Politik und Bevölkerung einen Namen. Ein Jahr nach dem Ungarnaufstand war die Stimmung bezüglich der Flüchtlinge ordentlich gekippt. Aus den lautesten Befürwortern waren die lautesten Gegner geworden. Man verunglimpfte die politischen Flüchtlinge als Wirtschaftsflüchtlinge. Wohlstandsparasit, hatte jemand den traurigen Jànos genannt, worauf dieser kurz an Selbstmord dachte. Nicht wegen des Schimpfworts, sondern weil sich der heraufbeschworene Wohlstand eben nicht einstellen wollte.

Nachdem Österreich ausgiebig für seine Großzügigkeit und Menschlichkeit gelobt worden war, sagte Bundeskanzler Raab: *Wir können nicht die Wohltäter für die ganze Welt spielen.* Der Österreicher, nicht nur erstes Opfer, sondern jetzt auch Humanist, applaudierte der Einsicht und nickte beschlagen, als er in der Zeitung las, man habe in flagranti eine Gruppe von zwanzig ungarischen Einbrechern gefasst und sofort ausgewiesen. Auf dem Foto der traurige Jànos, der gar nicht verstand, was schiefgelaufen war. Und wieder war es der Unglücksengel Praschak, der eigentlich nichts falsch gemacht hatte.

Er hatte dem geschenkten Gaul sogar ins Maul geschaut, aber da schien nichts faul. Der Tipp war über den Bregovicflügel gekommen. Inzwischen ebenfalls volljährig, hatte der schüchterne Luka den Stammgast Praschak mit einem Zund versorgt. Die Beute von einem ganzen Jahr solle eine kroatische Konkurrenzspedition in einer alten Halle bei der Nordbahn gelagert haben. Mit der Operation Kuckuck, bei der die ganze ungarische Belegschaft des Krutzler in großen Lieferwägen vorfuhr, wollte man die Lieferung frei Haus abholen. Bloß aus dem Großeinkauf wurde nichts, weil die Polizei die Ungarn einkassierte, bevor sie das Konkurrenzlager evakuieren konnten. Dem Krutzler wurde damit auf einen Schlag das halbe Personal entzogen. Der Tag ging als trauriger Samstag in die Annalen ein. Allerdings fand sich keiner, der ein Lied dazu komponierte.

Während der traurige Jànos noch darüber nachdachte, wie er einer Hinrichtung in Ungarn entgehen würde und ob man gegebenenfalls bei seiner Beerdigung das Lied vom traurigen Sonntag spielen sollte, versuchte der Praschak aus dem Bregovicbastard die Wahrheit rauszuquetschen. Am Ende glaubte er dem gottverdammten Jugo, dass er nichts von der Falle geahnt habe, weil sein Selbstbewusstsein bezüglich seiner Fleischerfoltermethoden unerschütterlich war. Der Krutzler würde später sagen, die Wahrheit definiere sich dadurch, dass sie stets das Gegenteil sei von dem, was der Praschak annahm.

Gespräche, die vom Praschak handelten, wurden immer öfter von einem Seufzer begleitet. Keiner unterstellte ihm Bösartigkeit oder Dummheit. Aber jedem war klar, dass ihm etwas anhaftete. Und jeder wusste, wie man es nannte. Erst jene blasse Gestalt, die eines Tages im Wohnzimmer vom Krutzler wartete, benannte das, was längst alle dachten, sich aber keiner auszusprechen traute. Der Bleiche saß genau dort, wo einst der Jerabek mit halbem Schädel gesessen hatte. Nur mit dem Unterschied, dass sich der Krutzler in diesem Fall erschrak. Einerseits, weil er den Grafen schon länger nicht mehr gesehen hatte, und andererseits, weil er nicht damit gerechnet hatte, dass schon wieder jemand in seiner Wohnung herumgeisterte. Man konnte ihm wirklich viel vorwerfen, aber den Nimbus eines offenen Gastgebers, der sich freute, wenn jemand unangekündigt vorbeischaute, strahlte der Krutzler mit keiner Faser aus.

Der Bleiche war aber auch nicht zum Kaffeetrinken gekommen. Er sagte nur: *Kischew. Da brauchen wir uns nichts vorzumachen. Wir müssen ihn loswerden.* Nicht, dass der Krutzler in seinem Leben je auf ein Vorspiel großen Wert gelegt hätte. Aber das ging selbst ihm entschieden zu schnell.

Er murmelte, ob der Schlossgeist etwas trinken wolle, und stellte dem Grafen, der mit seinen Fingern über den Hund seines Spazierstockes glitt, eine Flasche Zirbenschnaps hin. Er schenkte ein, während ihn der Bleiche amüsiert musterte. Er habe ihn schon den ganzen Tag beobachtet. Wie er sich die Torten in der Konditorei reingestopft habe. Da passe er gut hin, in das rosarote Punschkrapferlambiente. Wie ein Rentner habe er ausgesehen. Ob er sich überhaupt noch befähigt fühle, seiner Führungsrolle gerecht zu werden. Oder ob er lieber mit seinem schönen Flitzer in der Gegend herumkurve, damit ihm keiner habhaft werde.

Der Krutzler knurrte, dass er sich den Schas bestimmt nicht anhöre. Vor allem nicht von einem, der es sich in seiner Flucht bequem gemacht habe. Es sei zwar schön, dass sich der Herr Graf in die Niederungen seines ehemaligen Milieus herablasse, aber seine guten Ratschläge solle er sich sonst wohin stecken. Und bevor er solche großen Worte wie *Kischew* in den Mund nehme, solle er lieber mal schauen, wo, wann und warum das ganze Unglück begonnen habe. Dann würde er vielleicht erkennen, dass er selbst am meisten *Kischew* anziehe. Es sei nun mal das Wesen von Freundschaft, auch in schlechten Zeiten zu jemandem zu stehen und ihn nicht gleich wie eine heiße Kartoffel fallen zu lassen. Dann schenkte er sich Schnaps nach. Ob der Herr Graf nicht mehr trinke?

Der Wessely schüttelte den Kopf. Er solle mit dem depperten Graf aufhören. Diese blutleere Bagage könne ihm gestohlen bleiben. Die hätten ja noch weniger im Schädel als der debilste Buckel von Wien. Er habe sich da längst zurückgezogen und bewohne jetzt einen Vierkanthof im nördlichen Waldviertel. Da rede ihn keiner deppert an, weil da oben überhaupt keiner gerne rede. Jeder Bauernschädel sei ihm lieber als diese blaublütigen Nebochanten, die noch immer an die Rückkehr des Kaisers glaubten. Und die Lassnig? Die könne ihm auch gestohlen bleiben. Ob es wieder ein Missverständnis gegeben habe? Der Wessely sah ihn an, wie man jemanden ansah, der gerade gestolpert war. *Ich glaube, dass es da ein Missverständnis bezüglich des Missverständnisses gibt,* sagte er, ohne das Missverständnis aufzuklären. Der Krutzler schenkte sich nach und meinte nur, dass ihn das nichts angehe. Ihm sei es völlig wuarscht, mit welcher Frau er sich sein Unglück schmiede. Ihm könnten alle Weiber gestohlen bleiben. Dann sah er auf, wie jemand aufsah, der etwas Bedeutendes zu sagen hatte. Wer die Frauen kenne, lerne die Huren zu schätzen. Grunzend trank er sein Glas in einem Zug aus.

Es entstand eine ähnliche Stille wie damals, als sie gemeinsam im Regen nach Baden gefahren waren. Kurz dachten beide an den Deutschen, der vermutlich in irgendeinem Gulag hingerichtet worden war. Und an die Albanerin, die sich bestimmt für keinen mehr die Schuhe auszog. Beide schwiegen traurig. Es war eine andere Traurigkeit als die der Ungarn. Auch eine andere als die der Jugoslawen. Oder der Deutschen. Es war eine zutiefst österreichische Traurigkeit, die ständig das Gefühl vermittelte, das Beste sei schon vorbei. Diese österreichische Traurigkeit begann schon bei der Geburt und schwoll bis zum Tod auf Körpergröße an. Der Krutzler fütterte den silbrigen Fisch in sich mit einem weiteren Glas Zirbenschnaps und seufzte zufrieden. Diese sehnsüchtige Stille, die nicht wusste, wonach sie sich eigentlich sehnte, und die sich ganz im Sehnen genügte, gefiel dem Krutzler. Ewig hätte er in diesem Zustand dasitzen können. Wie ein Fischer, der seine Angel an einem Teich auswarf, von dem er wusste, dass es nichts zu holen gab. Man musste sich diesen Fischer als einen glücklichen Fischer vorstellen.

Wie jede Stille wurde auch diese unterbrochen. Allerdings nicht vom Wessely, der diese Stille ebenfalls zu genießen schien, sondern vom Praschak und dem Sikora, die bei der Tür hereinstürzten, als hätten sie sich zu einer Verabredung verspätet. Beide ignorierten die aufgestörten Blicke und bedienten sich kommentarlos am Schnaps. Selbst die unerwartete Anwesenheit des Bleichen schien sie nicht aus ihrer aufgekratzten Trance zu reißen. Etwas wirklich Deppertes sei passiert. Der Sikora stürzte den Schnaps in einem Zug hinunter. Etwas wirklich, wirklich Deppertes.

Der Harakiri-Peter habe zugeschlagen. Nicht zugeschlagen. Zugestochen habe er. Also nicht er. Oder schon. Je nachdem, wie man es sehe. Nein. Je nachdem, wie es die Polizei sehe. Die würde es bestimmt anders sehen. Der komme so etwas mehr als gelegen. Niemand würde ihnen glauben. Obwohl er, der Sikora, selbst Zeuge gewesen sei. Jetzt habe man den Praschak an der Kandare. Wirklich, wirklich deppert. Er schenkte sich nach. Und trank das Glas wieder in einem Zug aus. Ob der Krutzler eine Waschmaschine habe? Erst jetzt fiel dem Krutzler das blutverschmierte Hemd des Fleischers auf. Nein. Verbrennen. Spuren verwischen. Wobei das eh nichts helfe. Schließlich liege der Harakiri-Peter längst in der Obduktion. Und es sei nur eine Frage der Zeit, bis die Polizei hier auftauche, um den Praschak zu verhaften. Einfach reingelaufen sei dieser Psychopath. Dabei sei es um nichts gegangen. Um gar nichts. Um rein gar nichts. Wirklich, wirklich deppert!

Der Krutzler und der Wessely versuchten schweigend die Puzzlesteine zusammenzusetzen. Der Sikora hatte das Gefühl, schon alles erzählt zu haben. Der Praschak riss sich das blutverschmierte Hemd vom Leib und murmelte, dass er so auf keinen Fall zu Hause aufkreuzen brauche. Die Gusti würde ihm die Hölle heißmachen. So etwas Deppertes sei ihm noch nie passiert. Und warum er dieses Messer in die Hand genommen habe? Fleischerkrankheit vermutlich. Wenn ein Messer wo liege, müsse er einfach hingreifen. Dabei habe er den Wahnsinnigen nur erschrecken wollen. Der sei ganz rabiat gewesen. Wegen einer depperten Hur' habe er sich aufgeführt wie ein Geisteskranker. Nein, korrigierte der Sikora, einer, der wegen so etwas freiwillig mit Anlauf ins Messer laufe, der sei geisteskrank. Ganz eindeutig. Dabei habe die Hur' nur gesagt, dass er sich gefälligst waschen solle. Was ja eigentlich eine Selbstverständlichkeit sei. Dann sei er völlig ausgerastet. Der schmale Fritz habe den Sikora gerufen, der gerade mit dem Praschak bei der Bregovic gesessen habe – die drei Volljährigen kämen demnächst übrigens frei, aber das sei jetzt egal –, auf jeden Fall habe der Wahnsinnige schon das halbe Ray zertrümmert, als man das Lokal erreicht habe.

Der Harakiri-Peter war im Milieu kein Unbekannter. Obwohl man ihm keinerlei Traurigkeit unterstellen konnte, drohte er bei jeder Kleinigkeit mit Selbstmord. Dem Vernehmen nach war es aber noch zu keinem einzigen Versuch gekommen. Vermutlich, weil Ankündigungen dieser Art von niemandem ernst genommen wurden.

Es sei auf jeden Fall sehr untypisch für den Harakiri-Peter gewesen, zu randalieren. Der müsse schon unter einer handfesten Waschphobie leiden, wenn er so ausraste. Das Kalmieren vom Praschak habe auch nichts genutzt. Im Gegenteil, sagte der Sikora. Das depperte Reden mache die Leut ganz wirr. Aber auf ihn höre ja keiner. Der Praschak habe einen Ehrgeiz entwickelt, den Harakiri-Peter mit Worten zu erlegen, was diesen in noch größere Rage gebracht habe. So lange, bis sich der Fleischer nur noch mit einem Messer zu helfen gewusst habe und der Harakiri-Peter seinem Namen gerecht geworden und mit Anlauf in die Klinge gelaufen sei. Was für eine perfide Art von Selbstmord! Keiner, der nicht dabei gewesen sei, würde ihnen jemals glauben. Blöderweise sei außer dem Sikora und dem schmalen Fritz keiner dabei gewesen. Die Huren hätten sich allesamt in die Separees verzogen. Und ihm und dem Fritz würde sowieso keiner glauben.

Der Krutzler und der Wessely sahen sich an und nickten sich zu. Schweigend hatten sie den ersten gemeinsamen Beschluss seit Jahren gefasst. *Setzen,* sagte der Krutzler. Und damit war jedem klar, dass die Zeiten des tatenlosen Zuschauens vorbei waren.

Man hatte dem Praschak noch einen denkwürdigen Abend bereitet. Es war beinahe wie früher gewesen. Nein. Es war eigentlich so gewesen, wie sie es in Erinnerung hatten, wie es aber nie gewesen war. So wie es hätte sein können. Wie es aber nie wieder sein würde. Und beim Abschied überkam sie jene Traurigkeit, die sich bereits danach sehnte, wann es je wieder so sein würde, wie es nie gewesen war. Es hatte eine unbeabsichtigte Notwehr und mordsdrum anderes Unglück gebraucht, um diesen perfekten Abend zu ermöglichen. Vielleicht überwog am Bahnsteig deshalb das Glück über die vergangene Nacht. Es ließ die Umstände wie eine rauchige Gestalt erscheinen, die dem Praschak hinterherwinkte.

Dass der Fleischer ein Mann von Ehre war, hatte er bereits am Vierertisch unter Beweis gestellt. Als der Wessely das Wort *Kischew* hauchte, setzte sich der Praschak nicht zur Wehr. Er blieb souverän und fügte sich seinem Schicksal. Der Bleiche sagte, dass es die richtige Entscheidung sei. Er sehe keinen Ausweg. Ob er die Gusti informieren wolle? Der Praschak schüttelte den Kopf und sagte, dass er ihr schreiben werde. Dann sagte der Krutzler, dass er bei jedem der drei noch einen Wunsch offen habe. Er könne diese jederzeit ziehen. Gleichzeitig versicherte er ihm, dass man ihm selbstverständlich weiter seinen Anteil schicken würde. Egal, wohin es ihn verschlage. *Panama,* sagte der Praschak, als hätte er schon länger darüber nachgedacht. Der Sikora wiederholte: *Panama.* Und sprach dem Praschak seine Bewunderung aus, dass er so gefasst bleibe. *Wie ein Samurai.* Der Fleischer genoss es sichtlich, im Mittelpunkt zu stehen, und sagte in die Runde: *Jeder muss seine Geschichte fertig erzählen.* An diesen Satz sollten die drei anderen bald wieder denken. Denn sie standen alle kurz vor ihrem letzten Kapitel. Viel näher als der Praschak, für den Panama der unerwartete Anfang seiner eigentlichen Geschichte sein würde.

Eine kleine Begebenheit dieser Nacht bewies, dass es sich tatsächlich um Kischew handelte. Und dass man nur ohne den Praschak aus dem Schlamassel rausfinden würde. Bevor man sich in die Wiener Nacht warf, um sich im neuen Tabarin das Fleisch von den Knochen zu tanzen, wünschte sich der Praschak von seinen Freunden, noch einmal den Hundertertrick zu spielen. Für einen kurzen Moment sollten die vier wieder die Erdberger Buben sein, die sich mit ihrer ganz eigenen Handschrift die ersten Sporen verdienten. Wie kurz der Moment sein würde, das merkten sie erst, als der Wessely den Wirt dazu aufforderte, ihm einen Hunderter aus der Kasse zu reichen. Der dicke Mann hinter dem Tresen sah den Bleichen belustigt an und sagte: Und dann soll ich mir wahrscheinlich die Seriennummer aufschreiben? Der Wessely entgegnete: *Das wäre hilfreich.* Der Wirt lachte schallend auf. Ob er nicht ein bisschen zu alt für diesen Trick sei? Beleidigt neigte der Bleiche seinen Kopf. Wie er darauf komme? Na, weil diesen Anfängertrick nun wirklich jeder kenne. Welche von den Leuten denn seine Kumpanen seien? Warum er frage? Weil er ihnen eine Runde aufs Haus spendiere. Er habe sich nicht gedacht, dass sich noch irgendjemand traue, mit diesem alten Hut anzutanzen. Das sei so armselig, dass er den Herren eine Runde schmeiße. So lange, bis man den Hunderter versoffen habe. Der Wirt stellte die Schnapsgläser in einer Reihe auf. Und als er erfuhr, dass er es mit den stolzen Erfindern dieses Klassikers zu tun hatte, lud er sie auch noch auf einen zweiten Hunderter ein.

Tanzen!, rief der Zauberer. Ein Befehl, der für alle galt außer den Krutzler. Dieser konnte sich eher eine Mund-zu-Mund-Beatmung vorstellen, als seine Knochen im Rhythmus einer Musik zu bewegen. Seine Ersatzhandlung war das sportive Fahren. Provokant ließ er sein Geschoss vor dem Lokal stehen. Als eine Stunde später ein Polizist einen Betrunkenen über den silbernen Mercedes stapfen sah – seelenruhig stieg er über die Motorhaube auf das Dach und vollführte dort spastische Bewegungen, die vermutlich einem Tanz ähneln sollten –, folgte er diesem in die Bar, um ihn zu verhaften.

Fünf Minuten später kam er lachend heraus. Der Praschak hatte doch noch eine Wette gewonnen. Ohne dass die Menschentraube ahnte, dass es das Auto vom Krutzler war, hatte der Fleischer gesagt, dass er für dreihundert Schilling über diesen nagelneuen Mercedes da draußen latschen würde, obwohl da vorne ein Polizist stehe. Begeistert legten die Leute das Geld auf den Tisch. Der Krutzler flüsterte ihm noch zu, dass er ihn umbringen werde, sollte er auch nur einen Kratzer verursachen. Und es war auch nicht der Praschak, sondern einer der betrunkenen Gäste, der sich von diesem geprellt fühlte und mit seinem Schlüssel eine erstaunlich lange und gerade Linie über die linke Seite des Wagens zog. Und das, obwohl er kaum noch stehen konnte. Als er den wütenden Krutzler auf sich zusteuern sah, kam es zu einer schlagartigen Ernüchterung und er nahm seine Beine in die Hand.

Der betrunkene Sikora lallte nur: *Kischew*. Und der Wessely hielt einem jungen Dichter einen besoffenen Vortrag, dass Goebbels vermutlich der wichtigste Schriftsteller des zwanzigsten Jahrhunderts gewesen sei. Niemand habe die Sprache so nachhaltig verändert wie er. Was beinahe zu einer Schlägerei führte. Bevor das Kischew alle noch ins Gefängnis bringe, solle man lieber weiterziehen, unterbrach der Krutzler den Streit. Auch wenn er nicht übel Lust gehabt hätte, jemanden für den Kratzer an seinem Auto zu bestrafen.

Es sollte an diesem Abend nicht die letzte Begegnung mit der Polizei bleiben. Als man gegen vier Uhr früh übermütig aus der Casanova Bar zur Gulaschhütte Spatz wankte, sagte der Krutzler lallend: *Ich bring euch alle heim*. Da der Silberpfeil ein Zweisitzer war, ließ man die Flügeltüren offen. Der Praschak durfte zur Feier des Tages auf dem Beifahrersitz sitzen. Die beiden anderen standen mit wedelnden Händen im Fahrtwind und sangen *Auf Cuba sind die Mädchen braun*. Auf dem Praterstern nahm der Übermut dann überhand. Nach mehreren Aufforderungen des Krutzler, die depperte Singerei endlich einzustellen, sagten die drei anderen, sie würden dem nur nachkommen, wenn er drei Runden im Rückwärtsgang im Kreis fahre. Um diese Zeit müsse man ohnehin mit keinem Gegenverkehr rechnen. Widerwillig gab der Krutzler nach. Immerhin eröffnete es ihm eine Möglichkeit, seine Rennfahrkünste unter Beweis zu stellen. Er ignorierte die Schreie seiner Kollegen. Sagte nur, jetzt sei ihnen das Singen wohl vergangen. Er solle wenigstens nach hinten schauen, brüllte der Praschak. Er brauche nur den Rückspiegel, knurrte der Krutzler. Das Silbergeschoss beschleunigte auf über hundert. Als es plötzlich krachte. Obwohl der Krutzler weit und breit niemanden gesehen hatte. Den Wessely und den Sikora schleuderte es aus dem Wagen. Aber wie der Krutzler stets sagte: *Wenn die Zeit nicht vorbei ist, dann kann es einen vom hundertsten Stock runterhauen und es passiert einem trotzdem nichts.*

Ernüchtert putzten sie sich die Kleidung ab und starrten auf den zerbeulten Antagonisten, der offenbar gerade in den Kreisverkehr einbiegen wollte. Auch der Mercedes vom Krutzler war hinten ordentlich lädiert. Endlich hatte er denjenigen gefunden, der sich bestrafen ließ. Mit den Worten: »*Was hast du Arschloch in meinem toten Winkel verloren?*«, stieg der Krutzler aus, wurde aber noch rechtzeitig vom Praschak zurückgehalten, der auf das Blaulicht der Polizei deutete. Der Sikora und der Wessely verschwanden schleunigst in den Nebengassen des Stuwerviertels. Und der Praschak und der Krutzler rauchten im Eiltempo jeder zwei Zigaretten, um die Alkoholfahne zu mindern.

Der Krutzler knurrte noch, dass wegen dem beschissenen Kischew vom Praschak sein Auto eine Havarie sei, als sich der Kopf eines Polizisten in den Wagen rekelte und sagte: *Sie können weiterfahren.* Verdutzt sah ihn der Krutzler an. *Der Typ da hinten ist so besoffen, dass er behauptet, sie wären ihm im Rückwärtsgang reingefahren. Den knöpfen wir uns jetzt vor.* Lachend fuhren die beiden davon. Im

Rückspiegel sahen sie noch die wedelnden Fäuste des anderen Fahrers. *Glück im Unglück,* murmelte der Praschak.

Gegen sieben Uhr früh standen sie alle am Bahnhof, um sich vom Praschak zu verabschieden. Dort, wo sie herkamen, hieß es, dass man sich nie wiedersah.

Der Sikora konstatierte betrunken, dass aber keiner der Züge nach Panama fahre. Der Wessely, der nach einer durchzechten Nacht wieder ein bisschen Farbe im Gesicht hatte, kam noch mit einer Bitte ums Eck. Er solle ihm möglichst bald seine Adresse zukommen lassen. Er würde ihm nämlich gerne vorgefertigte Briefe schicken, damit der Stanek regelmäßig Post von dem gesuchten Grafen erhalte. So komme er nicht auf die blöde Idee, in Österreich nach ihm zu fahnden. Der Praschak schlug ein. Es sei eine schöne Aussicht, sich dazu das eingeschlafene Gesicht des jungen Karrieristen aus der Ferne vorzustellen. Der Krutzler scherzte noch, dass er auch die Adresse brauche, damit er ihm die Rechnung für seinen Wagen schicken könne. Dann umarmten sich alle. Und der Praschak vergoss die letzte Träne seines Lebens, als er den drei betrunkenen Gestalten aus dem Wagon zuwinkte.

Sieben Wochen später ehelichte der ehemalige Fleischer eine einheimische Kaffeeplantagenprinzessin. Man sagte, die Panamaerin sei von unbeschreiblicher Schönheit gewesen und habe den Praschak, der sich jetzt Fernando nannte, so geliebt wie er war. Vermutlich, weil er jetzt endlich so geworden war, wie er immer sein wollte. Von seiner Vergangenheit ahnte sie nichts. In Panama nannte man ihn den Glücklichen. Denn kein dunkler Tag überschattete je wieder sein sonniges Gemüt. Der Gusti schrieb er nie. Sie erfuhr vom Krutzler, was passiert war. Man sagte, sie habe es steinern zur Kenntnis genommen. Widerwillig habe sie ihm die Frau im Turban übergeben.

Im Nachhinein hatte sich der Krutzler vermutlich gedacht, er hätte sie lieber dort lassen sollen. Denn sie sollte dem Sikora noch zum Verhängnis werden. Die Zeiten des Kischew waren noch lange nicht vorbei. Nur für den Praschak hatte es sein Glück bedeutet. Glück im Unglück sozusagen.

Der Tag nach dem Rausch war ein Sonntag gewesen. Es war der Tag des Herrn. Und den interpretierte ein Zuhälter wie der Krutzler anders als ein Katholik. Nämlich wörtlich. Verkatert lag er in seinem Bett. Eine der beiden anzulernenden Mädchen hatte ihn gekonnt aufgeweckt. Die andere erzählte ihm, dass die Musch wohl bald aus dem Gefängnis kommen würde. Woher sie den Schmafu habe, knurrte der Krutzler, während er sich erleichterte. Alle wissen das, sagte sie, im Glauben, damit ihre Qualifikation aufzuwerten.

Alle außer dem Krutzler. Er stieß die ehrgeizige Kollegin weg, weil jetzt seine Kopfschmerzen wieder einsetzten. Die Musch hatte ihm den Tod vom Herwig nicht verziehen. Auch wenn sie in seinen Augen quitt waren. Ein Kind gegen das andere. Aber das konnte er ihr natürlich nicht sagen. Er hatte ihr flehende Briefe geschrieben. Aber keinen einzigen hatte sie beantwortet. Ohne Begründung setzte der Krutzler die zwei Mädchen vor die Tür und ließ sich im Uhrenzimmer nieder. Mit einem Seufzer schlief er ein. Als ihn das Telefonläuten aufweckte, hatte er keine Ahnung, wie lange er geschlafen hatte. Das monotone Ticken der Uhren nahm ihm jedes Gefühl für die Zeit.

Wenn an einem Sonntag bei einem wie dem Krutzler das Telefon läutete, dann konnte das nichts Gutes heißen. Das wirklich Schlechte daran war, dass er dafür das Haus verlassen musste. Also stieg er in seine lädierte Silberrakete, denn in die beiden anderen Autos stieg er nur, wenn ihn der Chauffeur fuhr. Der hatte am Sonntag aber frei, weil der Krutzler am Tag des Herrn sonst nie das Haus verließ.

Vor dem Zoo blieb er stehen, wo ihn bereits der Direktor erwartete. Für dessen verächtlichen Blick auf das zerbeulte Hinterteil seines Wagens hätte ihm der Krutzler zwar gern eine Havarie ins Gesicht gezaubert, aber der Direktor gab ihm leider überhaupt keinen Anlass für eine Notwehr. Gut, dass er da sei. Honzo gehe es sehr schlecht. Vermutlich werde die Äffin sterben. Doktor Harlacher könne man leider nicht erreichen, weil man ja nicht wisse, wo er sei. *In Atlantis gibt es kein Telefon,* murrte der Krutzler. Und deshalb habe man ihn, das Mündel von Honzo, kontaktiert, damit ihr vor dem Tod noch eine Vertrauensperson beistehe. Der Krutzler fragte den Direktor, ob er ausschaue wie ein Affe. Nein, natürlich nicht, wie er darauf komme? Weil nur ein Affe von einem anderen Affen das Mündel sein könne. So habe er das nicht gemeint. Wirklich. Der Direktor spürte, dass der Krutzler seine Kopfschmerzen am liebsten mit einer Schlägerei übertüncht hätte, und kalmierte den wankenden Riesen bis zum Affenhaus.

Als der Krutzler den kargen Kellerraum betrat, lag die Äffin reglos auf einem Seziertisch. Der Tierarzt nickte ernst, als läge der Bundespräsident im Sterben. Der Krutzler seufzte, weil er sich fragte, warum er eigentlich seinen Hut abnahm. Es war doch nur ein deppertes Viech. Als die Äffin ihn sah, wurden ihre Augen ganz glasig. Konnte es sein, dass es sie rührte, dass ausgerechnet dieses Ungetüm gekommen war, um ihr die Hand zu halten? Zumindest forderte ihn der Tierarzt auf, selbiges zu tun. Widerwillig kam der Krutzler dem Wunsch nach. Er spürte den sanften Druck der Äffin, die ihn wie aus einer unendlichen Ferne anstarrte. Sie wurde ganz ruhig. *Vor einer halben Stunde hatte sie noch panische Angst,* sagte der Direktor. Dann schloss sie die Augen und stellte das Atmen ein.

Im Kopf vom Krutzler wurde der Schmerz von einem monotonen Ticken abgelöst. Es war doch scheißegal, worin sich Tier und Mensch unterschieden. Beim Sterben ging es allen gleich. Er nahm seinen Hut und legte ihn über das Gesicht der Äffin. Dann machte er etwas, das er noch nie gemacht hatte. Ein Kreuzzeichen. Vermutlich weil es Sonntag war.

Er fuhr seinen Wagen auf die Höhenstraße. Die Silberrakete schepperte, als hätte sie Angst. Am Kahlenberger Parkplatz blieb er stehen und schaute über den Sonnenuntergang von Wien. Er schaltete noch einmal das Autoradio ein. Und es war schwer, in diesem Moment an einen Zufall zu glauben, aber da ertönte es tatsächlich aus den kratzigen Boxen. Das Lied vom traurigen Sonntag. Der Krutzler löste die Handbremse und stieg aus. Er schob kräftig an. Dann sah er dem Wagen nach, wie er auf den Abgrund zurollte. Als er fiel, blendete das Lied vom Sonntag sanft aus. Ganz leise konnte er es noch hören, obwohl der Wagen als Totalschaden in der Tiefe lag. Er musste an den Wessely denken, als er sagte: *Wir sind doch alle beschädigt. Aber genau das macht uns besonders.*

FERNWEH

Sehr geehrter Major Stanek,
hier in Panama ist das Wetter von betrübender Wärme, die Menschen von aufreibender Freundlichkeit und la vie von berauschender Leichtigkeit. Sie brauchen sich also keine Sorgen zu machen. Ich komme nicht mehr zurück. Stattdessen gebe ich täglich das aus, was Sie im Monat verdienen.
Manchmal muss ich sogar an Sie denken, wenn ich mit acht Schönheiten im Bett liege. Dann sollten Sie am Fenster lauschen. Vielleicht können Sie mein schallendes Lachen über den Ozean hören.
Ich hoffe, Sie verwelken in Ihrem grauen Wien und ein Schlagerl befreit Sie demnächst aus Ihrer Misere.
Ihr Heinz Wessely
(vormals der Bleiche, jetzt der Braungebrannte)

Die Briefe des Bleichen an den Stanek seien sein literarisches Vermächtnis gewesen, so der Krutzler. Alle paar Monate stellte sich der Praschak auf der anderen Seite der Welt das Gesicht des frustrierten Polizisten dazu vor, wenn er einen solchen Brief ins Kuvert steckte, während der Wessely als Graf von Schaffhausen vor den Augen des Majors sein Unwesen trieb.

Da es der Bleiche naturgemäß nicht lange ohne die Lassnig ausgehalten hatte, fand er sich schnell bei den verhassten Aristokraten wieder. Besondere Vorsicht konnte man dem Bleichen nicht vorwerfen, obwohl es den Stanek naturgemäß selten ins Adeligenmilieu verschlug. Rein optisch fiel der Wessely aufgrund seiner Bleiche nicht auf. Seine deplatzierte Exzentrik sorgte für reichlich Amüsement inmitten der blaublütigen Ennui. Und nachdem ihm eine Figur namens Carlo einen falschen Adelstitel besorgt hatte, hielt der Graf auch jeder Überprüfung stand. Man sagte, dass sich damals die halbe Unterwelt für einen Baron oder Ähnliches angestellt habe. Jetzt, da die Monarchen besonders verpönt waren – man diskutierte im Parlament hitzig über das Rückkehrverbot des kaiserlichen Thronfolgers –, schien die österreichische Titelsucht auch in der Unterwelt angekommen zu sein. Der Krutzler sagte nur, dass man nicht als Kaiser geboren werde, sondern dass man sich einen Kaiser erst verdienen müsse.

Über den Verbleib vom Wessely wurde damals trotz der Panamabriefe viel gemunkelt. Die einen vermuteten ihn in Marseille, wo ein Wiener Zuhälter angeblich den Zampano spielte. Andere in Moskau, Rom oder Afrika. Je mehr man hörte, desto mehr beschlich einen das Gefühl, dass der Wessely für die Sehnsüchte der Dagebliebenen herhielt. Man wähnte den Bleichen überall, wo man selbst nie hingekommen war. Tatsächlich war die österreichische Unterwelt eine reisefaule. Es gab zwar eine Handvoll Abenteurer, die es später nach Hamburg verschlug, aber sie wurden schon nach wenigen Tagen von den einheimischen Zuhältern vertrieben. Ob man hier oder dort von woanders träumte, war letztendlich egal. Man blieb stattdessen zu Hause.

So hielt es auch der Wessely. Er machte sich keine großen Gedanken, dass ihm der Ruf des extravaganten Grafen vorauseilte und der Name Schaffhausen selbst dem Stanek schon zu Gehör gekommen war. Der Wessely sagte, dass, selbst wenn er dem Deppen gegenüberstünde, dieser trotzdem nicht kapieren würde, wen er vor sich hätte. Mit der Haltung eines Todgeweihten genoss er sein Dasein als Graf und konnte bald auf eine ähnliche Legende wie als Bleicher verweisen.

Im Wesentlichen war es schlechtes Benehmen, mit dem der Graf von sich reden machte. Der Krutzler sagte, dies sei eher auf Unzulänglichkeit als auf Absicht zurückzuführen. Woher hätte einer wie der Wessely wissen sollen, wie man sich im Aristokratenmilieu bewegte? Der Graf von Schaffhausen war bekannt dafür, unvermittelt auf den Boden zu spucken, den Damen ihre körperlichen Mankos vorzuhalten, sie aber trotzdem lautstark zum Beischlaf einzuladen, ihnen, wenn nötig, eine obszöne Summe Geld dafür anzubieten, die Herren wegen Kleinigkeiten zum Duell zu fordern, krude Theorien zum Kaisertum zu vertreten, neuerdings mit nacktem Oberkörper zu speisen oder mit offenkundig erfundenen Zitaten zu prahlen. Die Adeligen hielten sich den erratischen Grafen wie ein Haustier, um die langweiligen Diners mit ein wenig Verve zu versehen. Ihre goldbehangenen Reptilienhälse, die sich belustigt reckten, die ausgemergelten Vogelgesichter, die verächtlich krächzten, die schwarz geschminkten Schildkrötenlider, die mokiert aufeinanderschlugen, die sich Luft zuwedelnden Krallen, die Kreislaufbeschwerden vortäuschten. Sie legten ihr ganzes Vermögen gegen sein Unvermögen als Einsatz auf den Tisch. Aber außer rümpfenden Nasen und abfälligen Blicken war den Wohlgeborenen nach dem Krieg wenig geblieben. Und selbst damit stahl sich der Wessely davon, um es lachend mit der Lassnig zu teilen.

Er hätte besser bei seinen Viechern im Waldviertel bleiben sollen, so der Krutzler. Es sei nur eine Frage der Zeit, bis man über den Monarchenzoo hinaus auf ihn aufmerksam werde. Aber der Wessely war jetzt wieder ganz auf die Lassnig fixiert, die es im entrischen Norden nicht lange ausgehalten hatte. Sie hatte Angst, wenn der Wessely das Haus verließ, aber noch mehr, wenn er da war. Der Sikora sagte, dass die Lassnig nicht trotz der Missverständnisse, sondern wegen der Missverständnisse zum Wessely zurückgekehrt sei. Jedes blaue Auge sei für sie ein Liebesbeweis. Nur ein Mann, der sie schlage, sei einer, dem sie nicht gleichgültig sei. Alles andere seien nur leere Worte.

Der Sikora hatte da seine eigenen Theorien, die bestimmt mit seiner Mutter zu tun hatten. So wie andere unterschiedliche Kosenamen für unterschiedliche Frauen kannten, differenzierte er zwischen Schlägen. Eine vom Sikora-Hof wurde völlig anders verdroschen als eine, die ihm gleichgültig war. Und selbst da schaute er tunlichst darauf, dass jeder ihr eigenes Ritual zustand. Für den Sikora war das eine Frage des Respekts. Und für die Huren eine berechenbare Größe. Letztendlich war der Zuhälter Teil des Renommees. Eine Prostituierte musste sich mit ihrem Beschützer sehen lassen können. Sein Reichtum war ihr Statussymbol. Und die individuelle Prozedur eine Frage der Handschrift. Der Sikora verstand so gut wie alles als Kunst. Auch die Art und Weise, wie er sich eine Hure abrichtete.

Auf jeden Fall würde die Lassnig ohne den Bleichen gar nicht mehr wissen, wo sie hingehöre, so der Sikora, der in jeder Frau nur den Hurenanteil sah. Das war für ihn eine messbare Größe. Die Lassnig hingegen war ihm schon lange nicht mehr geheuer. Schrill und grell sei die Hexe. Und wie sie dem Wessely für jeden Fauxpas applaudiere. Als ob sie ihr eigenes Milieu damit verhöhnen wolle. Mehr, als den Wessely zu warnen, dass die Lassnig sein persönliches *Kischew* sei, könne er auch nicht tun, so der Krutzler, der seine Wachzeiten jetzt ausschließlich in Stoßpartien investierte. Wobei die Mechanik insofern paradox war, weil er gleichsam gegen sich selbst spielte. Das, was er sich selbst an Geld abgenommen hatte, strich er am Ende des Abends als Gewinn wieder ein.

Der Sikora sagte, dass er sich mit dem stumpfsinnigen Gehabe nur betäuben wolle. Die Lassnig meinte, dass er mit dem Spielen seine verlorene Kindheit zurückzuholen versuche. Kindheit, murrte der Krutzler, der sich an eine solche, wie gesagt, nicht erinnern konnte. Was ihr eigentlich widerfahren sei, dass sie jedem freiwillig das zweite Auge hinhalte? Worauf die Lassnig sagte, sie habe eine außerordentlich glückliche Kindheit gehabt. Vielleicht deshalb, sagte der Krutzler. Zu viel Glück vertrage der Mensch nicht. Beim Wessely verhalte es sich aber umgekehrt. Insofern solle sie ihr Unglücksbedürfnis woanders ausleben. Die halbe Stadt rede über die Lassnig und ihren Grafen. Es sei nur eine Frage der Zeit, bis der Stanek eins und eins zusammenzähle. Wenn, dann müsse er eins und drei zusammenzählen, fauchte die Lassnig. Der Herr Graf halte sich neben ihr nämlich noch eine Millionärin in Döbling und eine Arztgattin in Hietzing. Solange das so sei, habe sie alle Rechte. Schließlich sei sie seine Frau. Wegen ihr sei er draußen. Und wegen ihr auch ganz schnell wieder drinnen.

Für den Fall, dass man ihn vor sich selbst beschützen müsse. Schutzhaft, lächelte sie. Wie gesagt, er hätte sie damals in Salzburg vor den Zug schmeißen sollen, dachte der Krutzler. Aber jetzt war es zu spät und man musste mit ihr zurande kommen.

1959 hatten die Erdberger nicht nur mehrere Vermögen amerikanischen Ausmaßes angehäuft, sondern mindestens genauso viele wieder zum Fenster hinausgeworfen. Wer also glaubte, die Herren hätten sich längst aus dem Milieu zurückziehen können, der unterschätzte die Phantomschmerzen, die das Fehlen der lenkenden Hand des Praschak verursachte. Denn die Position des Buchhalters wurde naturgemäß nicht nachbesetzt. Man hätte auch gar nicht gewusst, wem man in dieser Sache vertrauen sollte. Stattdessen plombierte man die aufklaffenden Lücken mit einem anwachsenden Tatendrang. Wenn Geld in der Kasse fehlte, sparte man keines ein, sondern sorgte dafür, dass man eines beschaffte. Diese Emsigkeit führte aber auch zu einem gewissen Ausfallrisiko, weil man die Grenzen des Wachstums zunehmend überschritt. Um den Markt dementsprechend zu regulieren, ließ der Stanek immer öfter auch hochrangige Galeristen wegen Kleindelikten verhaften. Anders wusste er sich nicht zu helfen gegen die unzähmbare Gier der Erdberger Spedition, deren Monopolstellung ihm schon lange ein Dorn im Auge war. Und so kam es, dass der Sikora wegen einer völlig lächerlichen Angelegenheit einen Einser ausfasste.

Eine Hure, die schon lange auf einen Platz am Sikora-Hof stierte, hatte auf Anraten des Herrn Major – im Wesentlichen war es Erpressung – eine Anzeige wegen Körperverletzung erstattet. Die Dame verschwand daraufhin aus dem Milieu und der Sikora für mehrere Monate von der Bildfläche. Gleichzeitig wurden die drei Bregovicbrüder entlassen, von denen der Stanek zu Recht erwartete, die Hierarchien in Wien ein wenig aufzuweichen. Mit den Jugoslawen könne er besser reden, so der neue Podgorsky. Er legte ihnen die Selbstständigkeit nahe und versprach, dabei behilflich zu sein, indem er die Erdberger mit Razzien und Ähnlichem schikanierte. Er musste sein Instrumentarium wohldosiert anwenden, um kein Großkampfwetter heraufzubeschwören. Er forcierte einen kalten Krieg, den er dann kontrollieren konnte, für den ihm aber jetzt noch die Gegenseite fehlte. Die Bregovicbrüder hatten das Potenzial dafür.

Dem Sikora würden ein paar Monate Gefängnis keineswegs schaden, so die Lassnig, von welcher der Krutzler im gleichen Atemzug erfuhr, dass die Musch auf freien Fuß gesetzt worden war. Er solle sie schön in Ruhe lassen, sie wolle nichts mehr von ihm wissen, hatte die alte Hexe einen Zauberspruch platziert, der den Krutzler quasi zum Gegenteil zwang. Vorher musste er sich aber noch um den Sikora kümmern. Oder besser um die Plombierung einer Lücke, die eigentlich keine Lücke war. Denn in einem hatte die Lassnig recht. Die Exerzitien im Grauen Haus würden dem Sikora wirklich nicht schaden. Zumindest bestand die Hoffnung, dass ihn die Kur von einer Krankheit heile, die der Wessely als Fernweh bezeichnete. Dass genau das Gegenteil eintrat, dass im Gefängnis die Fluchtsucht des Sikora, wie es der Krutzler nannte, eine unheilbare, ja chronische wurde, hätte man aber ahnen können, selbst wenn man wie der Krutzler noch nie auf Kur gewesen war. Nicht wenige sagten, dass auch ihm ein längerer Gefängnisaufenthalt keineswegs geschadet hätte. Nicht nur, weil man seine haftfreie Legende als Manko in seiner Biografie las, sondern auch, weil vieles anders gekommen wäre. Aber mit Konjunktiven konnte einer wie der Krutzler nichts anfangen. Er hatte schon als Kind die Rückspiegel abmontiert. Selbst im Zug saß er stets in Fahrtrichtung. Andersrum wurde ihm schlecht.

Die Fluchtgefahr, wie es die Lassnig nannte, war beim Sikora schon seit frühester Kindheit gegeben. Die Ausbruchsversuche des Zauberers hatten schon damals für freundschaftliche Fahndungsaktionen gesorgt. Keiner seiner Sinne schien so ausgeprägt wie jener der Einbildung. Ob es sich um die aussichtslosen Eroberungsversuche einer feinen Goldschmiedtochter handelte oder um das unmögliche Vorhaben, mit einem Floß nach Sofia aufzubrechen, weil er im Traum von einer gleichnamigen Prinzessin gerufen wurde. All die unbelohnten Anstrengungen, die es die Erdberger gekostet hatte, den Zauberer immer wieder einzufangen und zurück in die Realität zu stellen. Man war sein Ausbüxen gewohnt. Und irgendwann wurde das Krankhafte als Charakter verbucht, weil man sich dem hoffnungslosen Unterfangen nicht mehr annehmen wollte.

Wenn einer in sich selbst gefangen war, dann war es unmöglich, einen solchen zu befreien. Das musste man zur Kenntnis nehmen.

Auch wenn sich der Krutzler später Vorwürfe machte, dass es ausgerechnet seine Frau im Turban war, die dem Sikora zum Verhängnis geworden war. Wobei er kein schlechtes Gewissen hatte. Er hatte auch nicht vermehrt zu träumen begonnen. Aber er hätte es vielleicht verhindern können, wenn ihm nicht schon alles so gleichgültig geworden wäre. Wenn er auf seine innere Stimme gehört hätte, die sich ohnehin nur noch selten zu Wort meldete. Es war die Scham des Versagens, die den Krutzler quälte. Nicht nur, dass er die Schatulle wie einen Köder stehen gelassen und sie dem Sikora obendrein auch noch geschenkt hatte, sondern dass er das Pflänzchen Fernweh so lange gegossen hatte, bis es sich zu einem Mammutbaum ausgewachsen hatte. Nicht aus Bösartigkeit. Schlimmer. Aus purer Langeweile.

Man sagte, als der Sikora im Uhrenzimmer vom Krutzler die Schatulle stehen gesehen habe, sei bei ihm der Kuckuck ausgefahren. Wer das sei? Der Krutzler, der eigentlich nur mit der Ansammlung seiner Dinge angeben wollte, ging darauf nicht ein. Wer das sei? Niemand. Im Gegensatz zu all den Uhren ein Foto auf einem völlig wertlosen Kisterl. Wer das sei? Das wisse er nicht. Sei doch völlig egal. Ob er mit seinem neuen Porsche fahren wolle? Wer das sei? Ob sie jetzt endlich über das Geschäft sprechen könnten? Wer das sei? So gehe es auf keinen Fall weiter. Man müsse dem Sikora jemanden zur Seite stellen. Wer das sei? Er solle nicht ablenken. Die Huren stünden kurz vor einer Meuterei und bald würden die Bregovicbrüder rauskommen und dann – Wer das sei? Der Krutzler seufzte. Es entstand eine Stille, die zu absolut nichts führte und die man möglichst schnell wieder abbrechen musste. Daher sagte der Krutzler etwas, das er später bereute, weil es der Startschuss für alles Verhängnisvolle war: *Dora.*

Dora, wer?
Na, Dora halt.
Niemand ist nur Dora halt. Wer ist sie?
Das weiß ich nicht.

Du lügst.

Warum sollte ich? Ist ja nur ein Foto.

Wenn's nur ein Foto wäre, dann wüsstest du nicht, wie sie heißt.

Ich weiß es halt. Zufällig.

Nein, das hat eine Geschichte, das spür ich.

Na und?

Erzähl sie.

Nein.

Warum nicht?

Weil es dich nichts angeht.

Seit wann geht mich irgendwas nichts an?

Seit jetzt.

Das ging noch ein paarmal hin und her. Aber schließlich gab der Krutzler nach, weil sich das Ablegen des Schiffes nicht mehr verhindern ließ. Es begann ein Monolog, der acht Monate lang dauern sollte, und der Wessely sagte später, dass es sich wiederum um das literarische Vermächtnis des Krutzler gehandelt habe.

Woher kommt sie? Er solle ihn nicht unterbrechen. Er müsse sich konzentrieren. *Gut,* sagte der Sikora. *Erzähl!*

Dora war ein widersprüchliches Puzzle, weil sie der Krutzler im Gehen erfand. Aber wenn man die Teile zusammenfügte, ergab sich ungefähr folgendes Bild: Dora sei eine Akrobatin gewesen, die der Krutzler in Jugendtagen kennengelernt habe.

Warum hast du nie davon erzählt?

Ruhe jetzt, ich verliere sonst den Faden. Also: Dora war eine Akrobatin und arbeitete beim Zirkus.

Wie hieß der Zirkus?

Der Krutzler überlegte. Orlando. *Orlando? Seltsamer*

Name. Dora Alfredo habe sie geheißen. *Bestimmt ein Künstlername. Wie hieß sie wirklich?* Für den Krutzler habe sie Dora Alfredo geheißen, schließlich habe er sie ja nur Dora genannt und nicht Dora Alfredo, insofern sei es ihm egal gewesen, wie ihr echter Name lautete. Er sei als Zehnjähriger im Zirkus ... Er überlegte. Der Krutzler war es gewohnt, eher etwas nicht zu erzählen als umgekehrt ... *Orlando,* half ihm der Sikora auf die Sprünge. Ja, im Zirkus Orlando sei er gewesen. Dort habe er sie zum ersten Mal gesehen. Das Mädchen sei von unendlicher Grazie gewesen. *Dann war sie älter als du?* Der Krutzler seufzte. Im Rechnen war er, wie gesagt, auch schlecht. *Vermutlich,* knurrte er. *Aber nicht viel. Höchstens vierzehn.* Sie habe früh begonnen. Kein Wunder, schließlich entstamme sie einer Akrobatendynastie. Ihr Urgroßvater, ihr Großvater, ihr Vater ... *Schon gut,* unterbrach ihn der Sikora beim Versuch, Zeit zu schinden. Auf jeden Fall sei der Zirkus Orlando jedes Jahr nach Wien gekommen. Der Sikora murmelte, dass er sich an gar keinen Zirkus dieses Namens erinnern könne. Vermutlich habe ihn seine Hurenmutter auch nie in den Zirkus mitgenommen, sagte der Krutzler. Er sei mit der Tante Elvira gegangen. Sie habe sich in den Direktor verliebt und einen Vorwand gebraucht. Langsam kam der Krutzler in Fahrt.

Immer tiefer fabulierte er sich in die Welt des Zirkus hinein. Dora hatte die unmöglichsten Kunststücke vollbracht. Sie flog durch die Lüfte, als gäbe es keine Schwerkraft. Natürlich war der Krutzler eifersüchtig auf Diego, den muskulösen Athleten, der sie herumwirbelte und wieder auffing. Sie bildeten vermutlich nicht nur auf dem Trapez eine untrennbare Einheit. Dora gab sich ihm ganz hin. Selbst als er sie mit nur einer Hand auffing, schien sie nicht an ihm zu zweifeln. Der Krutzler stellte sich die beiden im Bett vor. Auch dort führte sie Diego in ungeahnte Höhen. Dora vollbrachte dabei die unmöglichsten Verrenkungen. Sie schien überhaupt keine Knochen zu haben. Der Sikora fixierte das Foto der Frau im Turban. *War es eine orientalische Show?* Der Krutzler verstand nicht. *Wegen dem Kostüm.* Er knurrte. *Nein. Zuhören.*

Den Höhepunkt der Show bildete die menschliche Kanone. Dora wurde dreißig Meter in die Luft geschossen. Der Sikora sah ihn ungläubig an. Oder zwanzig. Keine Ahnung, wie hoch so ein Zirkuszelt war. Und Diego fing sie in einem Schwung auf. Als die beiden unter tobendem Applaus triumphierend ineinander verkeilt auf dem Trapez schwangen, hatte der Krutzler längst den Rest seines Lebens mit Dora verplant. Er schlich sich hinter die Kulissen. Dort, wo die Zirkuswägen standen. Er hatte sich gleich zu Hause gefühlt. Einen Zehnjährigen mit der Statur eines Achtzehnjährigen könnte man bestimmt brauchen. Er wollte nichts wie weg. Und Dora sollte der Komet sein, der ihn nach Orlando führen würde.

Nach ein paar Minuten hatte er den Wagen der beiden Trapezkünstler gefunden. Wie befürchtet waren sie auch im echten Leben ein Paar. Als er durch das Fenster lugte, landete ein Schuh in seinem Gesicht. Im Inneren des Wagens flogen die Fetzen. Hinter den Kulissen hatte dieser Diego gar nichts Heroisches an sich. Da war er schwach und weich. Einer, der buckelte. Vielleicht sogar schwul.

Der Sikora seufzte erleichtert auf. Dann flimmerte ein Anzeichen von Misstrauen über sein Gesicht. *Hast du vorher nicht gesagt, sie war vierzehn?* Der Krutzler zuckte die Achseln. Ja, warum? Das alles klinge eher nach einer Zwanzigjährigen. *Oder war dieser Diego so etwas wie ein Kinderschänder?* Vielleicht war sie auch sechzehn, korrigierte sich der Krutzler. Allerhöchstens siebzehn. Um eine lange Geschichte kurz zu machen, die beiden hatten sich verliebt und der Krutzler wartete jedes Jahr sehnsüchtig, dass der Zirkus Orlando wieder in die Stadt kam. Der Sikora sah ihn zornig an. Niemand habe vom Krutzler verlangt, die Geschichte abzukürzen. Er wolle jedes Detail wissen.

Und so entstand über die Monate ein sehr genaues, aber ebenso widersprüchliches Bild der Dora Alfredo. Im Sikora wuchs sie zu einem Wesen heran, das alle menschlichen Eigenschaften und Sehnsüchte vereinte. In der Manege war sie eine große Frau. Im Bett sehr klein und handlich. Gegenüber Fremden eine Furie. Unter vier Augen zärtlich und liebevoll. Sie beherrschte zehn unterschiedliche Sprachen. Trotzdem behandelte sie den Sikora auf Augenhöhe. Sie schlug diverse Männer nieder. Nur der Sikora vermochte sie zu beschützen. Dora hatte gelocktes, glattes Haar, sie war progressiv konservativ, orientalisch nordisch, hatte einen zierlichen großen Busen, war geduldig fahrig, herrisch devot, familiär einzelkämpferisch und geheimnisvoll offen. Lustvoll fabulierte der Krutzler über Monate Sikoras Traumfrau herbei. Der Wessely nannte ihn den Karl May von Wien.

Was die Abenteuer betraf, stand Dora Alfredo Kara Ben Nemsi um nichts nach. In jeder Stadt, wo der Zirkus hielt, erlebte sie die ungewöhnlichsten Abenteuer. In Paris überführte sie den Gewichtheber Sarrassini der Polygamie. Angeblich war er mit fünf Frauen gleichzeitig verheiratet. In Madrid besiegte sie einen wild gewordenen Stier durch Akrobatik, die jeder Gravitation trotzte. In Stockholm wurde sie von einem liebestollen Reeder entführt. In Neapel wollte sie ein Mafioso kaufen. Und in Istanbul entsagten gleich sieben Männer dem Islam, weil sie sich unsterblich in sie verliebt hatten. Mit der Mutter vom Lassnig hatten die Geschichten nichts mehr gemein. Selbst für den Erzähler wurde die Frau auf dem Foto ganz zu Dora Alfredo. Dora, die jedes Jahr nach Wien kam, Dora, die dem Krutzler von überall schrieb, Dora, die ihm versprochen hatte, irgendwann zu bleiben, um ihn zu heiraten. *Und was ist dann passiert?* Eines Tages sei der Zirkus ohne sie gekommen. Seither habe er nichts mehr von ihr gehört.

Und die Schatulle?

Der Krutzler sah ihn an. Ob er sich tatsächlich nicht erinnern könne? Der Sikora schüttelte den Kopf. Der Einbruch bei dem jungen, reichen Mann. Damals. Die fette Beute. Der Krutzler vermied es, den Namen Lassnig auszusprechen. Der Sikora stieß ein lautes Ja aus. Wegen dem Krutzler sei man fast im Gefängnis gelandet. Weil er so gierig gewesen sei. Der Krutzler verneinte. Verwirrt treffe es schon eher. Dort habe er die Schatulle gefunden. Aber der Sikora sei wohl zu sehr mit der eigenen Gier befasst gewesen, als dass er auf Dora geachtet hätte. Der Sikora wurde wütend. Eine wie Dora hätte er nie vergessen. Er habe sie ihm vorenthalten! Worauf wiederum der Krutzler wütend wurde. Wie der Sikora wohl reagiert hätte, wenn er plötzlich eine Schatulle mit einem Foto der Librettistentochter entdeckt hätte? Dora sei seine große Liebe gewesen. Jahrelang sei er wegen ihr in den Zirkus gepilgert. Aber von Dora keine Spur. Und dann das!

Auf dem Foto ist sie Ende zwanzig.

Und?

Aber das kann sich doch zeitlich nicht ausgehen.
Warum nicht?
Weil es nicht geht.
Keine Ahnung. Ist lange her. Es besteht kein Zweifel.
Und warum trägt sie orientalische Kleidung?
Woher soll ich das wissen?
Eine Show?
Vielleicht.
Sie hat einen Scheich geheiratet.
Vielleicht.
Eine neue Identität.
Vielleicht.
Warum ist sie nicht zurückgekommen?
Ich weiß es nicht.
Wie kam diese Schatulle in die Wohnung des Mannes?
Keine Ahnung.
Ich muss ihn ausfindig machen.
Habe ich schon probiert. Er ist längst gestorben.
Was wohl aus ihr geworden ist?

Der Krutzler sagte, dass er sich das seit damals frage und dass er sehr erleichtert sei, sich das jetzt nicht mehr alleine fragen zu müssen.

Ab diesem Moment stand die Freundschaft zwischen dem Krutzler und dem Sikora ganz im Zeichen von Dora Alfredo. Während sie früher gemeinsam geschwiegen hatten, rätselten sie jetzt über den Verbleib der Frau. Als besonderen Freundschaftsbeweis hatte der Ferdinand dem Zauberer die Schatulle überlassen. Dieser hatte in seiner Souterrainwohnung einen richtigen Schrein gebaut. Stundenlang starrte er das Foto der Frau im Turban an und versuchte herauszulesen, wie wohl ihre Stimme geklungen, wie sich eine Berührung angefühlt, wie sie sich bewegt haben könnte. Die Schatulle stand dort wie ein kleiner Sarg, wie eine geschrumpfte Bundeslade, nur befanden sich keine Reliquien darin, weil der Krutzler seine Schätze wohlweislich vorher entfernt hatte. Der Sikora sagte, dass man seine Asche später einmal in dieser Schatulle beisetzen solle. Der Krutzler, der automatisch annahm, dass er alle überleben würde, nickte und legte den Gedanken neben den Pik-König vom Wessely, den er noch immer bei sich trug.

Irgendwann genügten dem Sikora die Geschichten nicht mehr. Er erhöhte die Dosis, bevor er zu deutlich gespürt hätte, dass Dora reine Erfindung war. Er hauchte seiner Projektion Leben ein, indem er seinen weiblichen Hofstaat zwang, sich im Hinterzimmer vom Salambo in orientalischer Kleidung ablichten zu lassen. Er versuchte dabei, das Bild auf der Schatulle nachzustellen. Was zu erstaunlich deckungsgleichen, aber auch völlig abwegigen Ergebnissen führte. Wochenlang mussten sich die Hofdamen in *Tausendundeiner-Nacht*-Manier dem Sikora hingeben. Zumindest gestaltete sich das schwülstige Schauspiel weniger strapaziös als die KZ-Insassen-Orgien zuvor.

Im Tiefparterre vom Sikora erweiterte sich der Schrein um drei Dutzend Fotografien von Dora-Priesterinnen. Und es wären noch drei weitere hinzugekommen, hätte der Stanek den Sikora nicht zu einer Schaffenspause genötigt. Kurz vor der Verhaftung hatte der Zauberer dem Krutzler noch seine Galerie präsentiert. Dieser hatte die Blüten seiner eigenen Bepflanzung teilnahmslos zur Kenntnis genommen. Was mit ihm los sei? Diese Gleichgültigkeit mache ihn ganz krank, sagte der Sikora. Wozu man überhaupt lebe, wenn einem alles egal sei. Ob es ihm lieber wäre, wenn er die gleichen Gefühle für Dora hege, entgegnete der Krutzler. Er betrachte die Bilder wie ein Stillleben. Und ein gemalter Apfel habe noch nie Hunger in ihm ausgelöst. Außerdem könne er in jeder Nachahmerin nur die Hure sehen. Das Ganze sei lächerlich. Und degeneriert. Die ganze Erdberger Spedition löse sich in Dekadenz auf. Wie seinerzeit das Römische Reich.

Der Sikora setzte einen Blick wie Caligula auf und fauchte, dass der Krutzler dann im besten Falle Nero wäre. Er würde am Ende Rom anzünden, das stehe für ihn außer Frage, da könne man den Praschak hundertmal nach Panama schicken und die Musch sei seine Kleopatra, worauf der Krutzler sagte, der Sikora solle noch einmal Geschichtsunterricht nehmen. Außerdem sei die Muschkowitz genauso Vergangenheit für ihn wie Dora Alfredo. Und im Gegensatz zum Sikora würde er keine Tempel für diese Weibsbilder bauen, sondern diese wie jeder vernünftige Mensch vergessen. Ein Mann, der nicht vergessen könne, sei in seinen Augen kein Mann, sondern ein Kind, das seiner eigenen Kindheit nachhänge.

Mit Logik hatte es der Krutzler genauso wenig wie mit der Wahrheit. Denn die Musch war mindestens so gegenwärtig wie unerreichbar. Wie zwei Wolken, die aufeinander zusteuerten und sich auf kein Wetter einigen konnten, blitzten die beiden Widersprüche in seinem Schädel.

Einige Wochen nach der Verhaftung vom Sikora folgte dann der Donner. Da tauchte der betrunkene Krutzler vor dem Haus der Vielgeliebten auf. Es hatte nicht viel gebraucht, um ihre neue Adresse herauszufinden. Dass sich ausgerechnet das Wildviech in eine Kleingartensiedlung verpflanzt hatte, war mehr als verwunderlich. Wobei sie sich eher verschanzte. Als sie die *Muschkowitz*-Rufe aus der Dunkelheit hörte, musste sie wohl an eine Heimsuchung des Teufels geglaubt haben. Wobei ihr vermutlich hundert Dämonen lieber gewesen wären als der leibhaftige Krutzler. *Muschkowitz! Muschkowitz! Zeig dich!* Selbst an der Pforte zum Paradies hätte man einen wie ihn nicht lange ignoriert. Er hämmerte gegen die Tür, im Glauben, dass sich diese nicht wehren könne. Als wäre ein Ding nicht zur Notwehr befähigt. *Muschkowitz, du blöde Sau!* Aber die Tür schlug zurück, wie die Musch nie zurückgeschlagen hätte. Mit einem einzigen Haken wurde der Krutzler außer Gefecht gesetzt. Als er wieder zu sich kam, fand er die Tür geschlossen vor. Erneut hämmerte er dagegen. Erneut kassierte er einen Schlag, der ihn erneut vor einer geschlossenen Tür zu sich kommen ließ. Man musste sich Sisyphos als ratlosen Menschen vorstellen.

Das Prozedere wiederholte sich so lange, bis der Krutzler zwischen den beiden Bewusstseinszuständen nicht mehr unterscheiden konnte. Er war in dieser Zwischenwelt gefangen wie ein Schlafwandler. Und er fragte sich, ob man eine Auflösung für ihn parat hielte, wenn er vor der geschlossenen Tür sterben würde. Er kannte alle Schläge der Musch. Wusste, wie sich ihre Faust anfühlte. Es musste die Hand Gottes sein, die ihm den Eintritt ins Paradies verwehrte. Dementsprechend überrascht war er, als er im Taumel das Gesicht der Vollzugsbeamtin erkannte, die ihn offenbar für tot hielt. Als er vollends zu sich kam, war die Tür erneut geschlossen. *Muschkowitz! Muschkowitz!* Ob sie jetzt eine Zuhälterin brauche? Ob sie unter die Huren gegangen sei? Ob sie mit dieser Wärterin geschlechtlich verkehre? Ob es sich um eine Bewährungsauflage handle? Ob sie jetzt völlig deppert sei? All diese Fragen blieben unbeantwortet. Die Tür strafte ihn mit Schweigen. Bis der Krutzler kapitulierte und aus der Kleingartensiedlung torkelte.

Man sagte, dass die Musch der Vollzugsbeamtin hörig gewesen sei. Dass sie das Zellenspiel zu Hause fortsetzten. Dass das Wildviech endlich ihre Meisterin gefunden habe.

Die Bregovicbrüder übernahmen nach ihrer Entlassung große Teile des Rotlichts. Da half es auch nichts, dass der Krutzler seine Unverrückbarkeit zur Schau stellte. Es fehlte ihm an Personal. Und das Imperium war zu groß und vielfältig geworden, als dass es von einem Kaiser noch zusammengehalten werden konnte. Soweit es ging, arrangierte er sich mit den Jugoslawen. Aber es war ihm bewusst, dass sie am Ende alles wollten.

Selbst an der Tikibar hing ein *Geschlossen*-Schild. Naturgemäß hatte der Baron keine Nachricht hinterlassen. Der Krutzler blieb stattdessen daheim. Der Graf wurde bei einem geschlechtlichen Intermezzo mit einer Opernsängerin gestellt. Man sagte, die Polizei habe einen Tipp von einer unbekannten weiblichen Person erhalten. Es sei ihm eine spektakuläre Flucht über den Balkon gelungen. Vom zweiten Stock sei er gesprungen und völlig unversehrt weggelaufen. Bei der Polizei nannte man ihn seither die Katze. Welchen Namen der Wessely wirklich annahm, das wussten weder der Krutzler noch die Lassnig. Er war untergetaucht. Vermutlich, um seine Wunden zu lecken.

Es war aber bestimmt nicht die Sorge, die die Lassnig

dazu veranlasste, den Wessely zu suchen. Weder im Waldviertel noch in Salzburg hatte irgendjemanden den Grafen gesehen. Angeblich hatte sie Panikzustände, der Bleiche käme sie heimsuchen. In den Nächten wachte sie am Fenster. Untertags wagte sie sich nicht auf die Straße. Ihren Wohnort hielt sie geheim. Sogar den Krutzler bat sie um Schutz. Doch dieser lehnte ab. Er sagte, er wolle mit der Hexe nichts mehr zu tun haben. Von ihm aus könne sie sofort verrecken.

Zwei Jahre später sollte sie das Schicksal ereilen. Ob sie vor den Zug sprang oder ob sie gesprungen wurde, wusste man nicht so genau. Manche sprachen von einer verdeckten Nachricht, weil sie ausgerechnet durch die Badener Bahn zu Tode kam.

Der Krutzler hatte alle seine Uhren zum Stehen gebracht. Man sagte, die Ziffernblätter hätten seine spätere Todeszeit angezeigt. Wobei das die meisten für Legende hielten. Das Ticken ging ungeachtet in seinem Kopf weiter. Wie versteinert saß er im stillen Zimmer, als es plötzlich läutete. Die Uhren starrten ihn an, wie man jemanden anstarrte, von dem man hinterrücks erstochen wurde. Als wollten sie gegen den Stillstand protestieren. Vor der Tür stand ein stirnrunzelnder Stanek, der ohne Aufforderung eintrat und sich auf den Platz vom Jerabek setzte. Der Krutzler, der diesen aus Aberglaube mied, bot ihm nichts zu trinken an und fragte nur lapidar, ob er einen Hausdurchsuchungsbefehl habe. Der Stanek entgegnete ebenso lapidar, er solle nicht so deppert sein. Dann überreichte er ihm einen Brief.

Sehr geehrter Major!
Bin gut in Panama angekommen. Nur falls Sie sich Sorgen gemacht haben. Ich bleibe jetzt hier. Ein Mann in meinem Alter will seine Schäferstündchen ungestört verbringen. In diesem Sinne wird mein nächstes Schreiben eine Kondolenz zu Ihrem Ableben sein.
Grüße
Die Katze

Der Krutzler seufzte und der Stanek tat es ihm gleich. Beiden war die Erschöpfung bezüglich des Bleichen anzusehen. *Also,* sagte der Major. *So wie es aussieht, hat man Sie allein gelassen. Das ist ganz schön anstrengend. So viel Arbeit. Und gefährlich ist es auch. Wenn Sie auslassen, dann fällt alles in die Hand von den Tschuschen. Da kann man nur hoffen, dass Sie fit sind.* Er lächelte den Krutzler an. Was er damit sagen wolle? *Dass Sie ein wenig Urlaub vertragen könnten. Wenn Sie verstehen, was ich meine.* Der Krutzler wusste nicht, was daran unmissverständlich sein sollte. Man wollte ihn auf Elba verbannen, um in Ruhe die Herrschaft zu übernehmen. Er sah den Stanek an, wie man jemanden ansah, der sich in der Tür geirrt hatte. *Ich lieg so ungern am Strand.* Der Stanek nickte seufzend. *Die Berge sind auch schön.* Die Versteinerung des Krutzler wanderte von den Zehenspitzen bis in den Kopf. In ihm wollte sich überhaupt kein Gedanke lösen. Als ob jemand Asphalt in seinen Schädel gegossen hätte. Die Bregovicbrüder seien bereit, ihm ein großzügiges Angebot zu stellen. Eine Art Altersvorsorge. Der Krutzler erwiderte, dass er mit knapp vierzig noch zu jung für die Pension sei. *In Ihrem Metier übertrifft das jede Lebenserwartung,* sagte der Stanek. *Sie müssen das nicht gleich entscheiden. Fahren Sie ein paar Wochen weg und lassen Sie es setzen. Sie hätten ausgesorgt und müssten sich nicht mehr mit diesen Trotteln herumschlagen. Ich sehe doch, dass Sie müde sind. Wir sind alle müde. Und das Angebot ist fair. Sie partizipieren an allen Geschäften, ohne einen Finger zu rühren. Dafür übernehmen die Jugos die Drecksarbeit.* Auf die Frage, warum es die Bregovicbrüder nicht auf die gängige Tour lösen, sagte der Stanek das, was er schon einmal gesagt hatte. *Ich kann mit denen besser reden.*

Der Krutzler fuhr tatsächlich in Urlaub. Er stieg in seinen Porsche und blieb erst in Rimini stehen. Am Strand kreischten die Möwen. Der Wind moirierte alle Konturen. Diaphan schimmerten am Ende des Horizontstriches vereinzelte Schiffe. Ein pausbäckiges Kind lief gegen die Wellen an. Es war keine Saison. Außer für solche wie ihn. Der Krutzler ließ sich seufzend in einem vergessenen Liegestuhl nieder. In seinem Kamelhaarmantel und seinen blank gewichsten Lackschuhen sah er wie jemand aus, der zu spät zur Party erschienen war. Und alles, was er vorfand, waren abgenagte Knochen und leere Flaschen, die von der Gischt hin und her gespült wurden.

Er versuchte sich auf die Tatenlosigkeit einzulassen. Er wollte es nicht aussitzen. Schon gar nichts verbrämen. Sondern hier im verkaterten Rimini am Strand sitzen und einen Gedanken fischen, der ihm sagte, wie es weitergehe. Er schloss die Augen und versuchte aus dem Meeresrauschen etwas herauszuhören. Doch die Wellen kamen ihm vor wie die Bregovicbrüder, die stetig das Land aushöhlten, die mit jedem Schlag näher kamen, um Zentimeter für

Zentimeter das Ufer einzunehmen. Als wären sie ein anschwellender Fisch, der durch bloßes Wachstum mehr Lebensraum beanspruchte. Die Erdberger versuchten trotz der Flut ihre Gesichter über Wasser zu halten. Als ob man jemanden da oben mit seinem Antlitz beeindrucken könnte. Sie rangen nicht nur um Luft, sondern um einen Blick, der ihre Anwesenheit registrierte.

Der Krutzler dachte an Mauthausen. An die Gaskammern. An die Verzweifelten, die übereinander bis an die Decke stiegen und jene unter sich zu Tode traten. Um ein paar Sekunden länger zu leben. Um doch noch jemanden zu finden, dem sie zumindest ihr sterbendes Gesicht entgegenhalten durften. Aber da war niemand. Es gab kein Buch, wo all die Anstrengungen und Legenden notiert wurden. Der Krutzler hätte genauso gut für den Rest seines Lebens an diesem Strand sitzen bleiben können. Jede Tat war nichts als ein Strampeln gegen die eigene Bedeutungslosigkeit. Freiheit hieß nichts anderes als Gleichgültigkeit. Um sich damit aus allen Verstrickungen zu lösen. Begab man sich nicht immer wieder freiwillig in Gefangenschaft, um sich selbst Sinn vorzugaukeln? Als ob man irgendetwas müsste. Weil man sonst hoffnungslos verloren wäre.

Der Krutzler verlor sich in den Schlaf. Wenn einen nicht das Bewusstsein an der Hand führte, durften sich die Gedanken frei bewegen. Er ging durch den Wald. Die Bäume hatten ihre Blicke abgewendet. Sie hatten mehr Anstand als die Dinge, die einen anzustarren pflegten. Da war eine Kapelle. Nein. Eine Kathedrale in Miniaturform. Der Krutzler lugte hinein. Hunderte alte Zwergjungfern, die einen monumentalen Altar anbeteten. Es war Hitler, der ihnen ein Kind mit verrunzeltem Gesicht darreichte. Das sei die

Unsterblichkeit, flüsterte eine, bevor sie den Riesenschädel des Krutzler durch das Kirchenfenster erblickte. Sie bekreuzigte sich und sagte: *Steigt auf den Hirschkäfer.* Sie liefen ihm hinterher. Eine Armee von Zwergjungfern. Als wären seine Arme Macheten, räumte der Krutzler das dichte Geäst des Waldes zur Seite, bis er vor dem Stacheldrahtzaun zu stehen kam. Sie hatten ihn ausgesperrt. Sie würden ihm nie wieder Einlass gewähren. In der Ferne sah er eine Frau. War es die Partisanin? Als sie Kontur annahm, erkannte er die Albanerin. Sie hielt den Skalp ihrer lodernden Haare in der Hand. Ihre Schuhe hatte sie ausgezogen. Schwebend ging sie auf das große Tor zu. In gusseisernen Lettern stand dort: *Liebe macht frei.* Hinter dem Krutzler stand Dostal, der flüsterte: *Nur Tiere kann man abrichten. Menschen nicht. Ich kenne keinen einzigen Menschen. Zu so etwas wäre kein Tier fähig gewesen.* Dann verschwand er im Wald. Auch ihn ließen sie nicht mehr hinein. Die Albanerin ließ sich davon nicht beeindrucken. Sie ging direkt auf den SS-Schergen zu und sagte: *Ich kann nicht mehr. Ich bin seit Jahren auf der Flucht. Bitte lassen Sie mich zu den anderen.* Der Nazi fluchte. Sie solle sich gefälligst ihres Lebens erfreuen. Sie senkte ihren Blick. Er seufzte und gab sich gnädig. *Umbringen werden wir dich.* Sie nickte. Und sagte: *Danke.*

Der Krutzler wachte müder auf, als er eingeschlafen war. Die Meeresgischt umspielte seine Knöchel. Aber er blieb unverrückbar. Nur ein Stein sei frei, dachte er. Hätte ein geworfener Stein ein Bewusstsein, er würde glauben, es wäre sein eigener Wille, der ihn bewegte. Er sah sich um. Es war seine innere Stimme, deren Klang er schon lange nicht mehr vernommen hatte. *Bist du die Hand oder der Stein,*

Krutzler? Er war müde und weigerte sich, noch einem Gedanken Asyl zu gewähren. Stattdessen blieb sein Blick an einer Gestalt haften, die durch die flirrende Luft kaum zu erkennen war. Er schärfte seinen Blick. Der Hirschkäfer im Kamelmantel und den blank gewichsten Schuhen und der dicke Italiener im schwarzen Anzug, den glatt gespachtelten Haaren und der Sonnenbrille sahen sich an. Beide saßen in Liegestühlen. Beide waren zu spät zu einer Party gekommen, zu der sie nicht eingeladen waren. Der Italiener nickte dem Krutzler stumm zu. Dann starrte er wieder aufs Meer und hoffte, dass er den Gedanken, für den er gekommen war, schneller fischte als sein Pendant.

Mehrere Tage lang kam der Krutzler in der Früh wieder und setzte sich in den Stuhl. Manchmal war das pausbäckige Kind da. Manchmal gingen Paare spazieren. Manchmal spülte es tote Tiere an Land. Manchmal sah er Fischerboote ausfahren. Aber täglich saß der Italiener dort in seinem Anzug und starrte wie er auf das Meer. Immer nickten sie sich einmal zu, um dann getrennt voneinander die Angel auszuwerfen. Keiner ging, bevor der andere ging. Kein einziges Wort hatten sie miteinander gewechselt. Es war ein Schweigen, wie man es nur unter jenen kannte, die über ihre Angelegenheiten nicht sprechen durften.

Aber es ging nicht um den einen großen Fisch, den es zu fangen galt. Vielmehr schwoll in beiden die Erkenntnis ihres gesamten Zustandes an. Als ob es die Anwesenheit des jeweils anderen brauchte, um sich dessen gewahr zu werden. Als würde man stumm in sein eigenes Spiegelbild starren. Als würde man sich selbst aus der Ferne betrachten und seine Stellung in der Welt begreifen.

Nach ungefähr einer Woche stand der Italiener auf und ging auf den Krutzler zu. Dieser stellte fest, dass er unbewaffnet war. Der Schritt des Italieners hingegen war der eines Bewaffneten. Der Mann im Anzug blieb vor ihm stehen. Er sah aufs Meer, wie jemand aufs Meer sah, der sich vergewisserte, ob für den anderen noch genügend Fische übrig geblieben waren. Dann reichte er dem Krutzler die Hand und sagte: *Grazie.* Der Krutzler nickte stumm, weil er kein Italienisch sprach.

Als er eine Woche später Rimini verließ, erkannte er das Gesicht des Mannes auf dem Titelblatt einer Gazette wieder. Offenbar war er bei einer Schießerei in Neapel ums Leben gekommen.

GEHEIMAGENTEN

ALS DER SIKORA IM MÄRZ 1960 aus dem Gefängnis entlassen wurde, stand dort nur ein älterer Mann, um ihn abzuholen. Es handelte sich nicht um den Krutzler, der aufgrund der Bregovicbrüder öffentliche Plätze mied. Die Jugoslawen suchten seit Wochen nach einer Gelegenheit, um den unbeugsamen Riesen zu exekutieren.

Nach der Rückkehr aus Italien hatte der Krutzler für ein ordentliches Rambazamba gesorgt und damit verdeutlicht, dass er für ein Altersvorsorgemodell nicht zu haben war. Die Fronten hatten sich verschärft. Vom Epizentrum des Gelben Papagei ausgehend hatte der Bregovic-Clan sein Einflussgebiet auf den gesamten Prater ausgebaut. Als er dann auch noch den Rest von Wien für sich beanspruchte, war es zu einer gröberen Aktion gekommen, bei der die zwei ältesten Brüder schwer verletzt worden waren. Der Stanek zwang die Herren an den Verhandlungstisch, wo man sich auf eine strikte Zweiteilung der Stadt einigte. Man beschloss den ewigen Frieden. Woran aber selbst der Major nicht glaubte.

Stattdessen begann ein Wettrüsten, das ihm schon jetzt Kopfschmerzen bereitete. Man munkelte, dass beide Seiten innerhalb von kürzester Zeit über ein Waffenarsenal verfügten, das die Exekutive wie ein Kaffeekränzchen aussehen ließ. Gleichzeitig begann man den Krieg mit anderen Mitteln zu führen. Im Rotlicht versuchte man, sich gegenseitig die Königshuren abzuwerben, um sie wie Trägerraketen in den Bordellen der Stadt zu platzieren. Im Glücksspiel begann ein Rangeln um die Kundschaft, was die Margen verkleinerte. Das Schutzgeld wurde nicht nur erhöht, sondern auf Wirtshäuser ausgeweitet.

Und weil der Krutzler im Gegensatz zu den Jugoslawen allein regierte, installierte er ein Agentensystem, das darauf abzielte, mit möglichst vielen Maulwürfen die Einheit der fünf Bregovicbrüder auszuhöhlen. Die Spione versorgten den Krutzler mit den Informationen, die er auf der Straße nicht mehr erhielt, weil er die Straße mied wie ein Vampir das Licht. Der Krutzler war nicht mehr Teil des Milieus, sondern ein Satellit. Selbst bei der Polizei nannte man ihn inzwischen Stalin. Einerseits wegen seiner unangebrachten Härte, andererseits wegen seiner anschwellenden Paranoia.

Der Krutzler traute niemandem mehr über den Weg. Auf jeden seiner Agenten setzte er einen weiteren Agenten an, um jenen zu kontrollieren. Der Ehrenkodex war einem gegenseitigen Misstrauen gewichen, wo keiner mehr vom anderen sicher sagen konnte, auf welcher Seite er stand. Der Krutzler ging davon aus, dass die Gegenseite genauso agierte. Wie ein chronisch untreuer Ehemann, der seine Eifersucht mit der Annahme fütterte, dass die ganze Welt so wie er selbst funktioniere, stellte er seinen Leuten nach. Obwohl sie als Wiener talentiert im Denunzieren und Aushorchen waren, übten die meisten ihr neues Geheimagentendasein nur widerwillig aus. Es lag weniger an moralischen Bedenken als an handwerklichen Unzulänglichkeiten. Der Wiener Unterweltler war für solche Raffinessen nicht geschaffen. Sein ungeduldiges Temperament und die oft alkoholbedingte Ungehaltenheit standen ihm genauso im Weg wie sein substanzielles Desinteresse, Dinge geheim zu halten.

Auch die Bregovicbrüder schienen völlig ungeeignet für die Kopfarbeit. Ihr Temperament brachte den Topf viel zu schnell zum Überlaufen. Womit die meisten Unterweltler aber wesentlich besser umgehen konnten. Das sogenannte Ausfratscheln, wie man eine Nebenform des offensiven Aushorchens nannte, war dem Unterweltler zuwider. Man ließ lieber Taten sprechen. Wenn es reichte, reichte es. Dann wurde geschossen und danach herrschte wieder Frieden. So lange, bis es wieder reichte. Schließlich hatte es einen Grund, warum man Stoß und nicht Schach spielte. Insofern war es kein Wunder, dass immer mehr Krutzlerleute zu den Balkanesen überliefen.

Als sie sich im neonbeleuchteten Espresso Rondo in der neuen Opernpassage trafen, weil der Krutzler nur noch öffentliche Plätze aufsuchte, wo es keine dunklen Winkel gab und selbst die Jugoslawen keinen Anschlag wagten, sagte der Sikora, dass vor dem Gefängnis ein Mann gewartet habe. Ein Jammer, dass dessen Gesicht zum Vergessen sei, weil es sich schließlich um das Gesicht seines unbekannten Vaters gehandelt habe und er sich wie jeder Sohn gewünscht hätte, dass es ein unvergessliches gewesen wäre. Leider müsse er zur Kenntnis nehmen, dass er einem völlig zu vergessenden Gesicht entstamme. Ob er verstehe, was er meine?

Der Krutzler nickte abwesend und sagte, dass man solche Gesichter dieser Tage gut brauchen könne. Gesichter, die man sich nicht merke. Womit er auch gleich zur Sache komme. Er habe nämlich einen raffinierten Plan ausgearbeitet, wie man die Bregovicbande zu Fall bringen könne. Und in diesem spiele der Sikora eine zentrale Rolle. Da sei es nur von Vorteil, dass er von so einem Gesicht abstamme. Vielleicht liege dort der Ursprung seines Talents, sich überall hineinzaubern zu können. Auf jeden Fall müsse er in das Innerste dieser Balkanesen vordringen. Was er damit meine?, fragte der Sikora, in dem eine Beleidigung anschwoll, weil sich der Krutzler so gar nicht für seinen Vater interessierte. Er habe die letzten Monate damit zugebracht, das System der Bregovicbrüder zu infiltrieren, so der Krutzler. Er habe zahlreiche Maulwürfe in deren Umfeld installiert und sei über jeden Schritt dieser Bagage informiert. Selbst wenn einer von diesen Balkanesen scheißen gehe, wisse er, der Krutzler, darüber Bescheid.

Er hielt kurz inne, um sich die verdiente Anerkennung dafür abzuholen. Schließlich hatte er in Abwesenheit der Herren den Laden alleine geschupft. Aber der Sikora ersparte sich das Lob, weil ihm einerseits das wirre Auftreten vom Krutzler, der sich ständig nach Verfolgern umdrehte, irritierte, andererseits, weil es seinen eigenen Plänen in die Quere kam. Er sah sein Gegenüber an, wie man jemanden ansah, der nicht begreifen wollte, dass das Spiel zu Ende war. Der Krutzler ignorierte diesen Blick und fuhr fort. Trotz aller Bemühungen sei es ihm aber nicht gelungen, einen der Bregovicbrüder als Maulwurf zu gewinnen. Beinahe habe er den Mittleren so weit gehabt. Die Mittleren seien immer die Anfälligsten, so der Krutzler. Weil die Mittleren naturgemäß zwischen den Stühlen säßen. So ein

Mittlerer gehöre weder zu den Älteren noch zu den Jüngeren. Von beiden werde so ein Mittlerer nicht angenommen. Was einer wie der Sikora vermutlich nicht verstehen könne, weil er ein Einzelkind sei. Und die Bagage noch dazu allesamt von unterschiedlichen Vätern abstamme. Worauf der Sikora sagte, dass er sich das sehr wohl vorstellen könne, schließlich seien die Brüder allesamt in einer ähnlichen Situation wie er, was zu einem misstrauischen Blick des Krutzler führte, der fragte, auf welcher Seite er eigentlich stehe. Außerdem, so der Sikora, sei der Krutzler auch kein Mittlerer, weil er schließlich nur den schönen Gottfried zum Bruder habe und es bei zweien schwerlich einen Mittleren gebe, genauso wenig wie es bei acht Brüdern einen Mittleren gebe. Er solle sich also weder als Psychologe noch als Mathematiker aufspielen.

Der Krutzler lächelte, wie jemand lächelte, der gerade seinen Durchblick beweisen konnte. Genau das sei der Punkt, der ihm dann auch klar geworden sei. Dass es bei acht Brüdern natürlich nicht einen, sondern zwei Mittlere gebe. Und diese zwei Mittleren, die zwischen den drei Ältesten und den drei Jüngsten eingeklemmt seien, würden wiederum eine eigene Gruppe bilden. Bei einer geraden Zahl würde man nie auf einen Mittleren kommen. Wobei sich bei den Bregovicbrüdern kein Riss, durch den man eindringen könne, habe auftun können, weil die Alte ein strenges Regiment führe. Blut sei eben dicker als Wasser. Und das sei letztlich auch die Schwäche der Erdberger. Obwohl es auch bei ihnen keinen Mittleren gebe.

Der Sikora hakte ein, um ihn an die Blutverträge zu erinnern, die für ihn noch immer dicker seien als jedes Balkanesenblut. Was er hoffentlich auch so sehe! Der Krutzler nickte eifrig. Selbstverständlich. Er würde niemals die Erdberger Blutsbrüderschaft in Zweifel ziehen. Umso wichtiger sei es, dass man sich jetzt aufeinander verlassen könne. Was sich aber schwierig gestalte, wenn die Hälfte des Stammes nicht greifbar sei.

Ob er jetzt unter die Zahlenmystiker gegangen sei?, fragte der Sikora, der noch immer nicht durchblickte. *Karl*, lehnte sich der Krutzler vertraulich nach vorne. Er konnte sich nicht erinnern, wann er den Sikora zuletzt beim Vornamen genannt hatte. *Die Zeiten ändern sich. Man kann diesen Krieg nicht mit der Waffe führen. Sonst sind am Ende alle tot.* Der Sikora verstand noch immer nicht. In seinem Weltbild blieb stets einer stehen, wenn zwei schossen. Woher die plötzliche Angst komme, fragte er. Er habe doch ohnehin nichts zu verlieren. Außer dem Geschäft. Um das gehe es überhaupt nicht, knurrte der Krutzler. Der Einzige, vor dem er Angst habe, sei der, den er täglich im Spiegel sehe. Aber ein guter General schicke seine Soldaten schließlich auch nicht in den sicheren Tod. Auf jeden Fall sei Fakt, dass die Erdberger Truppen aufgelöst seien. Das verändere die Umstände. Und für neue Umstände brauche es neue Strategien. Man müsse den Kampf von innen heraus führen. In einem kalten Krieg müsse man den Gegner wie einen Virus infizieren. Eine Armada von Geheimagenten brauche man, um diese Jugoslawen gegeneinander auszuspielen. Information sei die Währung der Zeit.

Der Sikora unterbrach ihn. *Und ich soll die Jugoslawen ausfratscheln?* Der Krutzler legte ihm seinen Arm um die Schulter. *Karl. Du kannst dir nicht vorstellen, was für Trottel da am Werk sind. Mit ein bissl Intelligenz können wir diese Bagage besiegen.* Ob er jetzt auf primitive Weise an seinen Gemeinschaftssinn appelliere? Er sei doch kein deppertes Waschweib, das versuche, aus der Nachbarin Neuigkeiten herauszukitzeln. *Karl,* sah ihn der Krutzler ernst an. Er hatte den Namen so oft genannt, dass er ihm ganz fremd vorkam. *Ich glaube, du verstehst mich nicht. Ein Geheimagent ist kein Waschweib.* Was ein Geheimagent sonst sei?, fragte der Sikora. Die ganze Stadt sei voll mit Trotteln, die sich Spione schimpften. Jeder zweite Hausmeister bessere sein Gehalt damit auf, den Russen aus der Kronen Zeitung vorzulesen. *Gschamster Diener, heut hab ich ganz ein besonderes Bonmontscherl für die Herren.* Wenn diese Kriegsgewinnler deppert genug seien, für so etwas zu zahlen, könne man ihnen auch nicht helfen.

Information sei in seinen Augen nichts anderes als moderner Sondermüll. Was sich der Krutzler davon erwarte? Außerdem sei das illegal. Wie er wisse, sei Spionage nur erlaubt, wenn sie sich nicht gegen Österreich richte. In Wahrheit halte man damit die ehemaligen Alliierten am Schmäh. Und dieser sei von jeher als Humor missverstanden worden. Eine Form des Fremdenverkehrs sei das. Sonst nichts. Aber die eigenen Leute behellige man nicht mit so einem Schas. Das sei unpatriotisch.

Jetzt platzte dem Krutzler der Kragen. Was er da für einen Humbug rede? Ob sie ihn im Gefängnis einer Gehirnwäsche unterzogen hätten? Erstens sei alles, was sie tun, illegal. Und zweitens seien diese Tschuschen ganz bestimmt nicht die eigenen Leute. Aha, sagte der Sikora. In seinen Augen würden die Jugoslawen und die Tschechen und die Ungarn und alle anderen Tschuschen sehr wohl zu Österreich gehören. Wien sei von jeher eine Tschuschenstadt gewesen. *Monarchistenschwein,* murmelte der Krutzler. *Nazisau,* der Sikora. Worauf sie sich beide einen Slibowitz bestellten und in einem Zug austranken.

Ich ziehe einen Wunsch, sagte der Krutzler. *Du läufst zu den Balkanesen über oder wir sind geschiedene Leute.*

Das trifft sich gut, antwortete der Sikora. *Ich ziehe zwei Wünsche. Einen von dir und einen vom Bleichen.*

Und um was geht's, wenn ich fragen darf?

Das sag ich euch, wenn der Mittlere auch da ist.

Aber der Herr Graf lebt in der Versenkung.

Dann find ihn.

Ist das ein Wunsch?

Nein, das ist die Bedingung, dass ich dir das Waschweib spiele.

Außer dem Milan, 27, dem Goran, 25, dem Tomasz, 23, dem Josip, 21, dem Luka, 19, dem Marco, 17, und dem Radan, 15, saßen im Gelben Papagei nur noch verwitterte Huren, die auf einen Kredit der alten Bregovic hofften. Während Ninko, 11, tagsüber schon aushelfen durfte, nutzten die anderen Brüder das Lokal ihrer Mutter als Büro. Die verfemten Huren umkreisten die Alte, die sich lautstark darüber mokierte, dass ihr die Burschen das ganze Geschäft ruinierten. Sie ließ ihren Grant an den alten Vögeln aus, um die schon lange keiner mehr balzte, indem sie ihnen jeden Kredit verwehrte. Dass neuerdings der Sikora wieder an seinem Stammplatz saß, erfreute sie gleichermaßen, wie es ihre Söhne irritierte. Betrunken raunzte sie, dass es ihr im Herzen wehtue, aus dem gebärfähigen Alter draußen zu sein, was den Zauberer beruhigte. Andererseits stellte ihre weinerliche Beredsamkeit einen guten Nährboden für seine Spionagetätigkeit dar.

Die Bregovicbrüder glaubten dem Sikora nicht, dass er sich vom Krutzler trennen wollte. Sie versorgten ihn daher mit diversen Falschinformationen, die vom Zauberer allesamt als solche erkannt und ausselektiert wurden. Mit der Zeit wurden sie zutraulicher, vor allem, weil sie seine Monologe über die Frau im Turban nicht mehr ertrugen. Aufgrund der orientalischen Legenden rund um Dora nannten sie ihn Kara Ben Nemsi, was übersetzt Karl aus Österreich hieß. Man versorgte den Sikora mit Gegenlegenden, die vom Stamm der Bregovic handelten.

Man sagte, dass im Papagei über Wochen Informationen ausgetauscht wurden, an denen kein einziges Wort wahr gewesen sei. Und trotzdem wurde es von keinem als verschwendete Zeit verbucht. Der Sikora genoss das Publikum, das seine Dora lebendig erscheinen ließ, und die Brüder rätselten, ob sie mit dem Zauberer irgendetwas anzufangen wüssten. Nur die verwitterten Huren fühlten sich links liegen gelassen. Denn für sie interessierte sich selbst die Alte nicht mehr, weil sie eifersüchtig an den Lippen vom Sikora hing.

Der Krutzler hatte sich indessen auf die Suche nach dem Wessely begeben. Es war, als ob man einen Geist jagen würde. Niemand hatte ihn gesehen. Selbst die Lassnig vermutete ihn in Panama. Bevor sich aber einer wie der Bleiche dem tropischen Klima aussetze, müsse der Rest der Welt atomar verseucht sein, so der Krutzler. Der Wessely weile mitten unter ihnen. Da sei er gewiss. Und weil der Krutzler sich neuerdings als Kopfarbeiter verstand, wurde ein raffinierter Plan ausgeheckt, wie man dem Geist habhaft werden könnte. Ende März gab er in allen Zeitungen eine ganzseitige Todesanzeige auf. *In Trauer geben wir bekannt, dass der von uns geschätzte Graf Hubert von Schaffhausen leider von uns gegangen ist. Die Bestattung findet am 1. April an jenem Ort statt, wo einst die große Reise begonnen hat.* Statt eines Kreuzes war ein großer Pik-König abgebildet. Gezeichnet war die Anzeige von der *Gesellschaft für letzte Wünsche*. Wenn der Wessely irgendwo in Österreich hockte, dann würde er daran nicht vorbeikommen. Selbst dem ignorantesten Hausmeister war die vermeintliche Todesmeldung untergekommen. Sie wurde hundertfach als heiße Ware an diverse Geheimdienste verkauft.

Man mutmaßte eine chiffrierte Nachricht der Russen, vermutlich ein bevorstehender Agentenaustausch oder ein Exekutionsbefehl für einen Schläfer. Während es die halbe Polizei für einen Aprilscherz hielt, war dem Stanek sofort klar, wer wirklich dahintersteckte. Er hatte sowieso nie daran geglaubt, dass sich der Wessely in Panama aufhielte. Aufgrund seiner Jugend und seiner einwandfrei funktionierenden Verdrängung konnte der Stanek die Nachricht aber nicht entschlüsseln. Da fehlte einer wie der Podgorsky, der sofort kapiert hätte, was sich hinter dem Datum *1. April* und dem Terminus *Große Reise* verbarg. Der Stanek hingegen tappte im Dunkeln und konnte daher gar keine Reue über den Rausschmiss seines Vorgängers generieren. Und dass der Podgorsky jetzt als Konsulent für den Krutzler tätig war und dass diese Anzeige zum Großteil auf seinem Mist gewachsen war, weil es dem Krutzler völlig an literarischem Talent fehlte, hätte er auch nur geahnt, wenn er seine Pappenheimer gekannt hätte.

Der Stanek sei eben kein Hirt, so der Podgorsky. Sondern ein intriganter Technokrat, der jedem geworfenen Stock hinterherlaufe. Er könne dem Krutzler schon jetzt sagen, was sich dieser Trottel zusammenreimen werde. Erstens würde er eine umgehende Beschattung vom Krutzler und vom Sikora anordnen, zweitens glaube er bestimmt, dass mit dem *Beginn der großen Reise* der Geburtsort vom Wessely gemeint sei. Ergo brauche man ein Trojanisches Pferd, ergo müsse man einen Agenten im Auto vom Krutzler zum Herz-Jesu-Spital chauffieren lassen, um die Polizei abzulenken, um den Krutzler dann im Kofferraum zum eigentlichen Treffpunkt zu führen. Und wer sei der schweigsamste Agent, den er kenne? Genau. Der Baron.

An der Tikibar hing noch immer das *Geschlossen*-Schild, mit dem Unterschied, dass der Baron jetzt wieder anwesend war. Er trug eine blumengemusterte Unterhose und stand für alle sichtbar am Tresen. Wie eine Statue. Der Krutzler hämmerte an die Tür, die der Baron nur widerwillig öffnete. Was das werden solle? In einem geschlossenen Lokal in der Auslage stehen? Ob er so eine Art Menschenzoo eröffnen wolle? Der Baron verschloss hinter dem Krutzler die Tür. Wortlos hielt er ihm einen Bescheid entgegen, der besagte, dass die Tikibar bis auf Weiteres aufgrund von Erregung öffentlichen Ärgernisses geschlossen bleibe. Es handelte sich also um eine Protestaktion. Zumindest wurde das vom Krutzler so interpretiert, als er sagte: *So ein Schas.*

Wobei man weniger von Rebellion als von Ratlosigkeit ausgehen musste, weil der Baron stumm nickend in den Plan vom Krutzler einwilligte. Er schien beinahe dankbar zu sein, dass er für kurze Zeit aus seinem Siechtum befreit wurde. Ein wenig länger dauerte es, ihn davon zu überzeugen, dass die Aktion nur angezogen über die Bühne gehen dürfe. Der Krutzler argumentierte dies nicht mit Würde oder Glaubwürdigkeit, sondern ausschließlich mit dem Satz: *Nicht jetzt deppert sein.*

Und so wurde am 1. April vor den Augen der Polizei im Mercedes vom Krutzler ein gepflegter Schwarzer in dunklem Maßanzug aus der Garage chauffiert. Man fragte sich, wer diese eindrucksvolle Erscheinung war. Niemand hatte den nackten Baron parat. Mit Ferngläsern wurde nach Indizien gesucht. Und als man die Pik-König-Spielkarte ausmachte, die deutlich sichtbar in seinem Hutband steckte, wussten die Polizisten sofort, dass sie auf der richtigen Fährte waren.

Die drei VW Käfer folgten dem Mercedes. Dem Chauffeur fiel es schwer, sich nichts anmerken zu lassen. Zu offensichtlich tuckerte der Konvoi hinter ihm her. Er mied den Blick durch den Rückspiegel und fuhr im Schneckentempo, um bloß keinen abzuhängen. So lautete die Order. Vor dem Herz-Jesu-Krankenhaus, wo der Wessely vor vierzig Jahren aus dem Unterleib seiner Mutter geprügelt worden war, ließ er den Schwarzen Baron aussteigen.

Dieser hatte sich eine Sonnenbrille aufgesetzt, um nach möglichst geheimer Mission auszusehen. Er sah sich geschäftig um, während die Zivilen in den drei Käfern gegenüber einparkten, um ihn unverhohlen anzustarren. Sie beachteten den wegfahrenden Mercedes nicht weiter und hörten auch nicht das Hämmern vom Krutzler, der im Kofferraum gegen eine Panikattacke ankämpfte, weil er es schlecht vertrug, sich aus dieser Bedrängnis nicht selbst befreien zu können. Stattdessen taxierten sie diesen Neger, dessen Erscheinung unzweifelhaft suspekt war, und warteten darauf, dass ihnen der Wessely ins Messer lief.

Fast eine Stunde lang beobachteten sie das Geschehen, um schließlich festzustellen, dass es sich um kein Geschehen handelte. Um die Ermittlungen abzuschließen, verhafteten sie den Baron und bugsierten ihn unsanft in einen der Käfer. Den Rest des Tages verwendeten sie, um aus dem schweigenden Mann ein Wort rauszupressen. Was ihnen ebenfalls nicht gelang. Am Abend konstatierte der Stanek, dass es sich um einen völlig sinnlosen Tag gehandelt habe. Man brachte den Verhafteten zurück in die Tikibar, wo sich dieser wieder bis auf die Unterhose auszog, um sich schweigend an den Tresen zu stellen. Der Baron war zwar verrückt, aber ein gesetzestreuer Mann. Die Polizisten verzichteten auf eine Beschattung, weil ihnen das zu eintönig erschien, und machten gegen zwanzig Uhr Feierabend. Bis dahin war alles schon gelaufen.

Der Krutzler war gegen zehn Uhr morgens beim Westbahnhof ausgestiegen. Jemand, der aus dem Kofferraum kletterte, hatte zwar für ein paar konsternierte Blicke von Passanten gesorgt. Da man aber die Kunst des Wegsehens in Wien immer dann beherrschte, wenn das Hinsehen nach Umständen roch, wurde die kurze Irritation gleich wieder vergessen. Man ließ sich nicht gerne aus dem Rhythmus bringen und hatte sich nach dem Staatsvertrag in eine innere Neutralität begeben, die dem Ehrenkodex der Unterwelt *Ich sehe nichts, ich höre nichts, ich sage nichts* zum Verwechseln ähnlich war.

Der Krutzler stellte sich an das gleiche Gleis, wo man am 1. April 1938 gemeinsam die große Reise angetreten hatte.

Die Leute rempelten, winkten, gingen und lachten, als ob nie Krieg gewesen wäre. Vor seinem geistigen Auge erschien die Musch, die ihm die Unterhose in die Hand drückte. Er seufzte die kurze Wehmut weg und hielt Ausschau nach einem Obdachlosen, einem bärtigen Bauern, einem Priester mit Schnauzer, einer blassen Frauengestalt oder einem Geheimagenten mit Sonnenbrillen, weil er den Bleichen in einer Verkleidung wähnte.

Zwei geschlagene Stunden hatte er sich die Füße in den Bauch gestanden, bevor er in die Stehbierhalle ging, um sich zu stärken. Er fragte sich, ob er den ganzen Tag warten solle. Vermutlich hatte der Wessely schlicht keine Zeitung gelesen. Am Ende würden nicht nur die Polizisten verschwendete Zeit verbuchen, sondern auch der Krutzler, dem Effizienz nicht sonderlich am Herzen lag. Jemand tippte ihm auf die Schulter. Sofort schlug der Notwehr-Reflex an. Der Wessely hätte ihn nie so berührt.

Vor ihm stand ein Sandler, der sich fünf Schilling für ein Bier schnorren wollte. Der Krutzler knurrte. Er habe ja keinen Geldscheißer daheim. Um ihm schließlich zehn Schilling in die Hand zu drücken, weil ihn die innere Stimme als kleinkarierten Geizhals verspottet hatte. Vom Wessely fehlte weiter jede Spur. Stattdessen hatte das erste Bier den immerwährenden Durst geweckt, der ihn dazu überredete, ins Café Westend gegenüber vom Bahnhof zu wechseln, wo man nicht von irgendwelchen Gestalten belästigt wurde.

Dort ging es nicht weniger geschäftig zu. Wenn man jemanden suchte, der etwas zu verbergen hatte oder in geheimer Mission unterwegs war, dann war man im Westend genau richtig. Besonders die Münztelefone erfreuten sich besonderer Beliebtheit, weil man von außerhalb angerufen werden konnte. Der Krutzler bestellte sich ein Bier und bekam zwei. Sein fragender Blick wurde vom Kellner mit einem stummen Nicken beantwortet. Drei Minuten später trat der Wessely auf. Er setzte sich grußlos neben ihn und sagte, dass aus dem Krutzler niemals ein Geheimagent werden würde. Er kenne keinen, der sich so auffällig verhalte wie er. Dann lächelte er ihn unverhohlen an. Er hatte sich erst gar nicht die Mühe gemacht, sich zu verkleiden.

Als sich der Krutzler nach möglichen Beschattern umdrehte, sagte der Wessely süffisant, dass er sich das sparen könne. Erstens habe der Krutzler überhaupt kein Talent dafür. Er habe ja nicht einmal bemerkt, dass er schon seit Stunden um ihn herumschwänzle. Und zweitens müsse sich der Wessely längst nicht mehr verstecken. Wie das?, fragte der Krutzler. Worauf ihm der Bleiche einen tschechoslowakischen Diplomatenpass vors Gesicht hielt, den der Krutzler stirnrunzelnd aufschlug. *Hermann Kafka? Was soll der Schas?* So habe der Vater geheißen. *Das ist mir so wurscht. Was wird das, wenn's fertig ist?* Der Wessely nahm sich eine Zigarette aus einem Etui und lächelte siegesgewiss. Herr Kafka genieße als ČSSR-Diplomat absolute Immunität. Die Polizei könne da gar nichts ausrichten. Die würden ihn gegebenenfalls zum Flughafen eskortieren, falls er das Land verlassen müsse. Wie es zu dieser erstaunlichen Karriere gekommen sei? Und warum er sich nicht gemeldet habe? Schließlich sei er, der Krutzler, mit allem allein übrig geblieben. Er dürfe nicht darüber sprechen, so der Bleiche. Aber selbstverständlich wimmle es in der Botschaft nur so von Agenten. Für so ein kleines Land sei diese massiv überbesetzt. Der Pressesprecher der tschechoslowakischen Botschaft sei ein Marionettenspieler, von dem man einiges lernen könne. Ein ganzes Orchester von Spionen dirigiere dieser im Namen eines Kommunismus mit menschlichem Antlitz. Ob sie ihn umgedreht hätten?, fragte der Krutzler. Er schätze, dass sich täglich mindestens zehntausend Agenten in Wien befänden, ließ sich der Wessely nicht unterbrechen. Und er meine damit nicht die Wiener, die allzeit für kleine Gefälligkeiten zur Verfügung stünden. Er meine die echten Spione. Im Transitbereich des Flughafens gehe es zu wie auf einem Basar. Diplomaten dürften dort ohne Flugticket hinein. Und würden dank der Gesetzeslage eine Carte blanche genießen. Er kenne kein anderes Land, wo Spionage legalisiert sei. Man hofiere das internationale Geheimdienstmilieu regelrecht. Um ein unbemerktes Ein- und Ausreisen zu gewährleisten, würden die Österreicher nichts direkt in die Pässe stempeln, sondern auf Zettel, die man später wieder rauslösen könne.

Er, Hermann Kafka, gehe im Transitbereich ebenfalls ein und aus, um für seine neuen Landsleute diverse Geheimdienstarbeiten zu verrichten. Das sei sozusagen die Gegenleistung für das Asyl, das ihm von der ČSSR gewährt werde. Was für Dienste das seien?, fragte der Krutzler, der schon ein größeres Geschäftsfeld witterte. Tote Briefkästen zum Beispiel, sagte der Bleiche. Wo seien die? Auf den Toiletten. Und die fallen niemandem auf? Der Wessely lachte, wie jemand lachte, der sich über einen Hinterwäldler lustig machte. Das sei nur ein Ausdruck für Orte, wo man beispielsweise winzige Metallkassetten mit Nachrichten versenke. Diese seien so klein, dass man sie nicht runterspülen könne. Und nur auf dem Klo würde man den Argusaugen der internationalen Agentenschaft entkommen, die zuhauf im Flughafen lauere. Aber dem Stanek sei doch egal, ob der Wessely für die Tschechen spioniere, so der Krutzler. *Tschechoslowaken*, korrigierte der Bleiche, was der Krutzler seufzend zur Kenntnis nahm. Und was mit der Gefängnisstrafe sei, die er noch abzusitzen habe? Der Wessely schüttelte den Kopf und sagte, dass er wirklich in einer beneidenswert naiven Vorstellung lebe. Vor seinen Augen werde Weltpolitik gemacht und er mache sich Sorgen um diesen zweitrangigen Polizisten.

Der Wessely redete mit dem Krutzler wie mit einem drittrangigen Zuhälter. Das passte diesem gar nicht. Nur weil Spionage legal sei, gelte das noch lange nicht für Gefängnisausbrüche. Hermann Kafka sei noch nie im Zuchthaus gewesen, so der Wessely. Abgesehen davon stehe der Stanek selbst auf der Gehaltsliste der Tschechoslowaken. Ob sich so etwas auszahle?, fragte der Krutzler. Ob man davon leben könne? Der Wessely nickte. Aber wie gesagt, er, der Krutzler, eigne sich zum Geheimagenten wie ein Igel zum Luftballonverkäufer. Dieser knurrte. Die Frage, die er sich stelle, sei eher umgekehrt, nämlich ob er, der Wessely, sich noch für die Erdberger Spedition eigne. Was er damit meine? Na, ob er sich überhaupt noch dazugehörig fühle? Ob das ein Scherz sein solle? Keineswegs, sagte der Krutzler. Diese Frage stelle sich für ihn nicht, so der Wessely. Für ihn schon. Schließlich funktioniere es nur, wenn jemand seinen Teil dazu beitrage. Er sei doch kein beschissener Buchhalter, fauchte der Bleiche. Stimmt. Eher ein beschissener Botenkurier. Der Krutzler beugte sich nach vorn. Er verstehe im Übrigen mehr von Geheimdienstarbeit, als der Herr Graf glaube. Er sei da selbst tätig. Allerdings nicht für die Tschechen. Sondern in eigener Sache. Die im Übrigen auch seine Sache wäre. Wenn er noch Teil davon wäre. Was er aber nicht sei. Weil er nichts dazu beitrage. *Stopp,* sagte der Wessely. Man habe sich schließlich etwas geschworen! Wenn er an ihm zweifle, ziehe er jetzt sofort einen Wunsch. Er solle diesen stecken lassen, sagte der Krutzler. Der Sikora ziehe nämlich zwei.

Das geheime Treffen der Agenten Sikora, Krutzler und Wessely fand in der Konditorei Aida in der Neubaugasse statt. Die Kellnerinnen tänzelten in rosa Kostümen an den drei grimmigen Herren vorbei. Außen das rosa Emblem, innen rosa Wände, rosa Punschkrapfen, rosa Speisekarte und rosa Gesichter. Eine Konditoreikette wäre ein brillanter Schritt in die Legalität gewesen, so der Krutzler. Zu spät, murmelte der Wessely süffisant. Ob er ein Leben in dieser rosa Hölle bevorzugen würde?, fragte der Sikora. Ihm sei das Rotlicht beim Arsch lieber.

Die drei Herren saßen zwischen den Pensionisten, die sich ihren Kaffee in bekömmlichen Dosen verabreichten. Das Treffen war nicht geheim, weil sie hier keinem auffielen, sondern weil hier keiner mit ihnen rechnete. *Also,* sagte der Krutzler. Wie es aussehe an der Bregovicfront? Ob der Sikora schon Erfolge zu verzeichnen habe? Dieser verschluckte sich beinahe an seiner Cremeschnitte. *Sicher.* Er wisse jetzt über jede Bregovic-Hure Bescheid, über jeden Stuhlgang der Alten, und er kenne jede Befindlichkeit zwischen den Brüdern. Diese seien wie ein Laufhaus und änderten sich mit jedem Schnaps. Jeder streite mit jedem, um sich inbrünstig wieder zu versöhnen. Und das Geschäft? Irgendwelche geheimen Pläne? Der Krutzler stopfte sich schon die dritte Malakofftorte hinein. *Niente,* sagte der Zauberer. Die seien ja nicht völlig deppert.

Der Krutzler nickte, wie jemand nickte, der Entschlossenheit vermittelte, ohne dass es etwas zu entscheiden gab. Sein Blick schwenkte auf den Bleichen. Dann sei es Zeit, dass ein Profi ans Werk gehe. Der Wessely schüttelte den Kopf. Warum man sich mit den Jugos nicht einfach arrangiere? Wenn die Stadt groß genug für Agenten aus aller Welt sei, dann sei sie es auch für die Erdberger und die Bregovicbande.

Der Sikora wurde ungeduldig. Er begann mit dem linken Bein zu wippen, was den Krutzler zur Bestellung einer weiteren Malakofftorte veranlasste. Der Sikora wippte trotzdem weiter. *Aufhören,* knurrte der Krutzler. Was mit ihm los sei? Der Sikora hielt inne. Um ehrlich zu sein, sei ihm das alles herzlich egal. Schließlich habe er dieses Treffen einberufen, um seine Wünsche zu verkünden. *Bitte,* sagte der Krutzler. Der Sikora seufzte, er habe sich das anders vorgestellt. Ob er eine Blaskapelle bestellen solle?, fragte der Krutzler, während er mit der Malakofftorte einen aussichtslosen Kampf führte. Der Sikora seufzte erneut. Bevor er zur Verlautbarung schreite, wolle er festhalten, dass der Krutzler seinen Wunsch ihm gegenüber bereits gezogen habe. Dieser unterbrach sofort, dass der Wunsch aber nicht wunschgemäß ausgeführt wurde. *Inwiefern?* Er liefere ausschließlich Informationen, mit denen nichts anzufangen sei. Der Sikora widersprach. Der Krutzler habe wortwörtlich von ihm verlangt, als Maulwurf zu den Bregovicbrüdern überzulaufen. Dem sei er nachgekommen. Von der Qualität der Informationen sei nie die Rede gewesen. Das sei aber logisch, so der Krutzler. Die Logik vom Krutzler sei aber nicht seine Logik, so der Sikora. Bei Wünschen dieser Art müsse man schon genau sein. Er habe sich nichts zuschulden kommen lassen und gehe daher auf diese Diskussion gar nicht ein. Wie ein Haftlmacher müsse man aufpassen bei solchen Pappenheimern, schimpfte er. Daher bestehe er darauf, dass auch der Wessely einen Wunsch ziehe, bevor er die seinen verkünde.

Der Angesprochene setzte sein Geheimagentengesicht auf und sagte, er habe keinen Wunsch, den ihm der Sikora erfüllen könne. *Also Blaskapelle,* murrte der Krutzler und beide sahen ihn an, wie man jemanden ansah, der schon jetzt wie eine Zeitverschwendung aussah. Der Sikora wand sich. Sah aber schließlich ein, dass er nicht zu seinem gewünschten Verhandlungsergebnis kommen werde. Er wartete, bis die Pensionisten wieder laut genug redeten, damit ihn keiner hörte. Sein Blick wurde ernst. Er nahm einen Zettel aus der Tasche und las vor.

Freunde. Ich habe alles gesehen. Schon lange habe ich das Gefühl, das gleiche Buch immer wieder neu zu lesen. Es ist Zeit, ein anderes aus dem Regal zu nehmen. Und ich will, dass ihr die Hände seid, die meine letzte Seite umblättern.

Der Krutzler seufzte, was sich wie ein Grunzen anhörte. Der Wessely erbleichte, weil er nicht rot werden konnte. Peinlich berührt sahen sie sich um. Keiner der Pensionisten schien ihnen Aufmerksamkeit zu schenken.

Wie ihr wisst, habe ich eine Gefährtin, die in anderen Sphären reist. Ich weiß aber, dass Dora dort auf mich wartet. Ich habe mit ihr gesprochen. Ich fühle ihre Nähe. Auch wenn ihr sie für ein Hirngespinst haltet. Aber so viel Liebe kann auf keinem Zufall gründen. Es ist Zeit für mich, mit ihr zusammenzutreffen. Und ich wünsche mir, dass ihr beide mir diese Türe öffnet. Dass ihr das Boot auf die andere Seite des Ufers stoßt. Ich erwarte nicht, dass ihr mich versteht, son-

dern baue auf eure Freundschaft. Bitte legt mir keinen Gegenwunsch in den Weg.

Euer Karl

Sein Blick blieb gesenkt, weil er sich denken konnte, wie die beiden dreinschauten. Eine Pensionistin rief: *Zahlen!* Ein anderer sagte, dass die Melange anders schmecke als sonst. Worauf ihm die rosa Kellnerin versicherte, dass in allen Aida-Filialen immer alle die gleiche Melange bekämen. Das sei quasi Gesetz. Worauf der Pensionist reklamierte, dass er so ein Kommunistenpack schon gefressen habe. Alle die gleiche Melange! Frechheit! Er wolle sofort ihren Chef sprechen. Oder ob dieser in Moskau sitze?

Der Sikora hob den Blick. Und der Krutzler und der Wessely standen wortlos auf, drängten sich an der um Erklärung ringenden Kellnerin vorbei und verschwanden in der Herrentoilette. Der Sikora starrte in die rosa Leere, was der Pensionist missverstand. Was es da zum Deppertschauen gebe? Ob er sich angesprochen fühle? Der Sikora schwenkte den Blick auf die rosa verpackten Brüste der Kellnerin, die das ebenfalls nicht goutierte. Der Pensionist, der schon im tausendjährigen Reich ein Pensionist gewesen war, brüllte, dass er nicht in Stalingrad gekämpft habe, damit dann slawische Geheimagenten den heimischen Servierkörpern die Titten wegstierten. Er solle sich dorthin schleichen, wo das gang und gäbe sei. Vermutlich in ein rumänisches Hirtendorf, so wie er aussehe. Dann stand der Alte auf und drohte dem Sikora Prügel an. Dieser sah sich hilflos um. Er hatte keine Lust, schon wieder im Gefängnis zu landen. Schließlich war er auf Bewährung. Die Kellnerin drohte damit, die Polizei zu rufen, wogegen der Sikora mit stummen Blicken protestierte. Als plötzlich die mächtige Pranke vom Krutzler auf der Schulter des Pensionisten landete und *Setzen* sagte. Der Riese drückte den Körper des Alten auf seinen Stuhl, wo er schweigend verharrte. Jetzt war es totenstill in der Konditorei. Alle Blicke waren auf den Krutzler und den Wessely gerichtet. Die Pensionisten. Die rosa Kellnerinnen. Der Sikora. Alle warteten. *Wir haben geredet,* verkündete der Krutzler. *Wir bringen dich um.*

Es entstand eine Stille, wie sie nur in einem zurückgelassenen Puppenhaus herrschte.

In der Aida hatte man noch länger gerätselt, ob man hätte tätig werden müssen. Die Pensionisten hatten große Unterhaltung in ihrem monotonen Alltag gewittert und die Servierkörper dazu aufgefordert, sofort die Polizei zu rufen. Man dürfe diese Ganoven keinesfalls entkommen lassen. Aber die Kellnerinnen weigerten sich, weil sie in nichts verwickelt werden wollten. Sie beruhigten die aufgebrachten Alten und spielten die Sache herunter. Es habe sich bestimmt um einen Scherz gehandelt. Sonst hätten es diese Herren nicht durch das ganze Lokal posaunt. Aber die Pensionisten blieben hartnäckig. Bis es einer Serviererin reichte. Sie fuhr den Kommunistenjäger an, dass sie einen Dreck tun werde. Er müsse ja nicht mehr um sein Leben bangen, weil es so gut wie vorbei sei. Sie habe allerdings noch einiges vor. Dann zog sie entnervt ihr rosa Kostüm aus und verließ mit hochrotem Schädel das Lokal.

Der Sikora saß auf der Rückbank des Mercedes. Der Krutzler und der Wessely starrten schweigend auf die Straße. Kein Wort hatten sie seit der Konditorei verloren. Nicht einen Blick hatten sie untereinander gewechselt. Ihre Entschlossenheit saß tief. Und der Sikora spürte, dass es kein Zurück mehr gab. Dass sein Wunsch unumkehrbar war. Dass dieses Vabanquespiel einen sicheren Ausgang hatte. Nämlich seinen Tod.

Nicht, dass er an seinem Entschluss zweifelte. Er hatte aber doch erwartet, dass die Freunde wenigstens versuchen würden, ihn umzustimmen. Stattdessen folgten sie seinem Begehr, als ob sie darauf gewartet hätten. Als ob sie mit keinem Faden an seinem Leben hingen. Was, wenn dort nicht Dora wartete? Daran durfte er jetzt nicht denken. Selbst wenn es nichts gab, war dieses Leben keine Alternative. Er beugte sich nach vorne. Ob sie ihm noch etwas sagen wollten? Ob es noch irgendwelche offenen Rechnungen gebe? Keiner der beiden drehte sich um. Nein, antwortete der Bleiche. Der Krutzler schüttelte nur stumm den Kopf. Der Sikora ließ sich in die Rückbank fallen. Sein Blick schweifte über die vorbeiflirrenden Bäume. Wo sie ihn bestatten würden? Keine Ahnung, sagte der Wessely. Er seufzte. Keiner fragte danach, ob er dahingehend einen Wunsch hätte. Er hatte ja auch keinen mehr frei. Wunschlos wie ein Sandler. Wenigstens würde er mit einem leeren Portemonnaie sterben.

Sie fuhren und fuhren. Und je länger die Fahrt dauerte, desto müder wurde der Sikora. Konnte man fürs Sterben zu erschöpft sein? Wäre das ein Grund, das Ganze zu vertagen? Er wagte keine Fragen mehr zu stellen. Als der Wagen in einen Waldweg einbog, hielt der Sikora den Atem an. Sie würden es tatsächlich durchziehen. Kein Zweifel. Jetzt bloß nicht die Nerven verlieren. Er schloss die Augen und wähnte sich in einem orientalischen Zimmer, wo die Frau im Turban auf ihn wartete. Doch sie war nicht allein. Da lag ein anderer Mann. Nein. Es war eine Frau. Er kannte sie. Diese Stimme. Sie umgarnte ihn mit ihren französischen Worten. Alle würden sie warten. Dort. In der Ferne. Sie bemerkten ihn nicht. Dora. Milady. Niemand reagierte. Als wäre er ein Geist. Als spuke er durch das Diesseits und das Jenseits zugleich. War das möglich? War es das, was ihn erwartete? Schickten sie ihm eine Nachricht?

Aussteigen. Der Krutzler hielt ihm die Tür auf. Der Blick vom Wessely war auf den Boden gesenkt. Sie bildeten ein Spalier. Er sollte vorausgehen. Sich die Stelle, wo es vonstattengehen sollte, selbst aussuchen. Er ging los. Und die beiden folgten ihm. Wie lange? Wie lange könnte er gehen? Wie lange würden sie ihn davonkommen lassen? *Hier,* sagte der Krutzler. *Hier?* Der Wessely nickte. *Hinknien.* Der Sikora folgte den Anweisungen. *Umdrehen.* Er spürte die beiden hinter seinem Rücken. Der Wind. Die Vögel. Der Wald. Der Geruch der Pflanzen. Pilze. Moos. Feuchtes Laub. Das Knistern der Nadeln unter seinen Knien. Das Entsichern der Pistolen. Das kalte Metall auf seinen Schläfen. Die Träne, die ihm über die Wange lief. Sein Atem. Sein Herzschlag. Der Schweiß auf seinen Händen. Das Pochen der Halsschlagader. Das Rauschen der Bäume. Ein metallener Stoß von links. Einer von rechts. Ein Klick. Ein Klack. Ein Fuß, der von hinten in seinen Rücken stieß. Sein Gesicht, das auf den Boden prallte. Sein Schrei. Die Stille. Das Rauschen der Bäume. Die Vögel. Eine Ameise, die über seine Nase spazierte. *Wenn du uns noch einmal um so etwas bittest, reden wir kein Wort mehr mit dir.* Dann gingen der Krutzler und der Wessely wortlos davon. Sie stiegen ins Auto und ließen den Sikora zurück.

Der Krutzler und der Wessely waren direkt zum schmalen Fritz gefahren, um die Rettung des Sikora ausgiebig zu feiern. Mit vierstündiger Verspätung tauchte dieser ebenfalls dort auf. Man fiel sich in die Arme und betrank sich, wie man sich seit dem Abschied vom Praschak nicht mehr betrunken hatte. Endlich konnte der Sikora leben, als ob er schon gestorben wäre. Ein Scherz, der kein Scherz war, warnte der Krutzler. Eine Lektion, so der Wessely. Ein Schock, der dem Sikora die bösen Geister austreiben sollte. Man war kurz davor, einen neuen Therapiezweig zu gründen. Der schmale Fritz sagte, an diesem Abend habe man den Eindruck gewonnen, der Sikora habe tatsächlich ein neues Buch zur Hand genommen. Er habe vor Lebensfreude gesprüht. Niemand ahnte, wie dünn dieses Buch sein würde.

Zwei Wochen später fand man den Sikora tot in seiner Wohnung. Der Krutzler sagte, dass man ihn gar nicht begraben brauche. Dieses Souterrainloch unterscheide sich durch nichts von einer Gruft. Die Pensionisten in der Aida triumphierten. Als sie die Zeitungsmeldung sahen, hielten sie diese den rosa Servierkörpern vor die Nase. Unterweltgröße mysteriös verstorben! Daneben das Foto vom Sikora. Genau, was sie gesagt hätten! Nein, was sie gesagt hätten, widersprachen die Kellnerinnen. Man stelle sich vor, man hätte sich gegen die Mafia gestellt. *Geh Mafia,* sagte der Stalingradkämpfer. *Die einzige Mafia, die es bei uns gibt, sind die Kommunisten.*

Der Wessely wollte sich trotz seiner Immunität nicht zeigen. Aber der Krutzler war erschienen. Er musste sich ducken, um die Gruft zu betreten. Der Stanek hatte ihn gerufen. Er solle sich das ansehen. Mehr hatte er nicht gesagt.

Seitdem er wusste, dass der Major auf der Gehaltsliste der Tschechen stand, sah er ihn mit anderen Augen. Obwohl in Wien fast jeder vom Informationsgeschäft profitierte. Man munkelte, die halbe Politik bestehe aus Doppel- und Dreifachagenten. Aber der geheimste Agent von allen lag reglos in diesem Bett. Aus ihm war nichts mehr rauszuquetschen.

Der Krutzler sah das wächserne Gesicht vom toten Sikora an, wie man ein Gesicht ansah, aus dem man nicht schlau wurde. Nichts war ablesbar. Kein Schmerz. Kein Glück. Keine Angst. Kein Schreck. Ein Gesicht zum Vergessen. Der Sikora wirkte als Leiche noch schlaksiger als zu Lebzeiten. Der Stanek stellte sich neben ihn. *Vermutlich ist er eines natürlichen Todes gestorben.* Der Krutzler schüttelte den Kopf. Aber auch daraus war nichts ablesbar. Herzstillstand. Niemand starb an Herzstillstand. Oder jeder. Je nachdem. *Es ist keine Fremdeinwirkung erkennbar. Na ja. Nicht ganz. Er dürfte zumindest nicht unglücklich gestorben sein. Offenbar hatte er Geschlechtsverkehr. Wir vermuten, dass er sich überanstrengt hat.* Der Stanek deutete neben das Bett, wo ein Paar orientalische Damenschuhe standen. Der Krutzler versteinerte. Von der Frau fehle jede Spur, hörte er den Major sagen. Aber zumindest habe sie die Schuhe für den Akt ausgezogen, witzelte einer der Spurensucher. *Erkennen Sie die wieder?* Der Krutzler schüttelte den Kopf.

ASPHALT

MAN SAGTE, WENN EINER Geister jage, dann ende er immer in einer leeren Wohnung. So gesehen war es kein Wunder, dass der Krutzler allein in seinem evakuierten Uhrenzimmer saß und ausschließlich dem eigenen Atem lauschte. Schon vor Monaten hatte er alle Dinge entfernen lassen. Er war davon überzeugt gewesen, dass sie ihn ansahen, wenn er ihnen den Rücken zukehrte. Er konnte es nicht beweisen. Er hatte mit der Zeit aufgehört, Blicke von hinten zu spüren. So wie sich alle seine Instinkte zur Ruhe gesetzt hatten. Vermutlich hatte er deshalb das Gefühl, ausschließlich von Geistern umgeben zu sein. Wobei die meisten sagten, es sei umgekehrt gewesen. Dass nämlich der Krutzler zum Geist geworden sei.

Er saß im leeren Uhrenzimmer und fühlte sich wie ein Ding, das nie von jemandem besessen worden war. Obwohl die ganze Wohnung ausgeräumt war, bezeichnete er den weißen Raum noch immer als deren Herzstück.

Schlüsselfertig hatte er sie evakuiert. Bis auf einen Sessel und eine Matratze wies nichts auf einen Bewohner hin. Tagsüber saß er. Nachtsüber lag er. Er ging so gut wie nie nach draußen. Die Stadt war ihm zur Natur geworden. Sie war unüberschaubar, rätselhaft und unregierbar. Obwohl man inzwischen alles asphaltiert hatte, empfand er Wien als einen Dschungel, in dem er aus dem Dickicht beobachtet wurde. Er hatte keine Angst. Er wartete. Bis jemand seine Geschichte fertig erzählte.

Dass dieser Jemand ausgerechnet der Wessely sein würde, konnte er zu diesem Zeitpunkt noch nicht ahnen. Seine innere Stimme hatte längst die Flucht ergriffen. Seine Gedanken waren frei, weil sie keinem Ziel mehr folgten. Manchmal fing er einen auf, ließ ihn aber gleich wieder los. Er hatte keine finanziellen Sorgen. Er betrieb kein Geschäft. Er war zu nichts verpflichtet. Er war in nichts verstrickt. Niemand konnte ihn zu irgendeiner Tätigkeit zwingen. Seine Gleichgültigkeit hatte kein neues Talent entwickelt. Der Krutzler war frei, aber nicht glücklich. Denn während es für Freiheit Abwesenheiten brauchte, benötigte man für das Glück ausreichend Anwesenheiten. Da könnten die Inder hundertmal predigen, dass Glück die Abwesenheit von Unglück sei. Der Krutzler widerlegte diese Weisheit. Wenn alles abwesend war, dann war es auch das Glück.

Nach dem Tod vom Sikora hatte er sich aus dem Milieu zurückgezogen. Einer wie er wusste, dass der Abgang wichtiger als der Auftritt war. Auch hier bewies er Handschrift. Weder hatte er sich den Bregovicbrüdern angebiedert noch hatte er sich mit irgendjemandem arrangiert. Er hatte keine Nachricht hinterlassen. Hatte für keine Schlagzeilen gesorgt. Er war einfach verschwunden.

Als er das Paar Schuhe neben dem Bett des Sikora gesehen hatte, hatte es keiner inneren Stimme mehr bedurft, um das vage Gefühl, das ihn schon länger beschlichen hatte, zu manifestieren. Die Überführung vom Podgorsky:

Albaner. Das Kartell, das den Heumarkt übernahm: Albaner. Und jetzt der Sikora. Die Albanerin geisterte durch sein Leben und rächte sich. Davon war er jetzt überzeugt. Nicht, dass er Angst vor ihr hatte. Einer ganzen Armada hätte er sich gestellt, wenn sie sich zeigte. Das Problem war nur, dass sie sich nicht zeigte. Und solange der Krutzler für alle sichtbar blieb, konnte sie im Verborgenen agieren. Wenn er in einem leeren Zimmer wartete, lag es an ihr, in Erscheinung zu treten.

Der Krutzler war auch ohne innere Stimme davon überzeugt, dass die Albanerin das eigentliche *Kischew* war. Und natürlich fragte er sich, wie sie es geschafft hatte, den Sikora zu töten, ohne dass die Obduktion einen Mord offenlegte. Man hatte ihm einmal gesagt, dass man einen Menschen mit nur einem Schlag auf das Herz töten könne. Das schien ihm stimmig. Denn das Herz vom Sikora war leicht aus der Balance zu bringen. Andererseits hätte es jeden Pathologen auf den Plan gerufen. Vielleicht hatte sie ihn tatsächlich auf die andere Seite des Ufers geliebt. Einer wie der Albanerin war es zuzutrauen, einen Mann über seine Verhältnisse zu strapazieren. Doch am ehesten glaubte der Krutzler an einen Fluch. So wie in Wien jeder den Schmäh beherrschte, hantierte in Albanien jeder mit schwarzer Magie. Aber der Krutzler würde sich von ihr nicht die Schuhe ausziehen lassen. Er wartete, bis sie auftauchte, um den letzten Kampf auszutragen. Dann wäre seine Geschichte fertig erzählt.

Der Krutzler blieb unverrückbar in seinem Zimmer sitzen, während alle anderen aus seinem Leben verschwunden waren. Den Sikora hatten sie eingeäschert und in der Schatulle begraben. Wenn man ihm schon seine Wünsche verwehrt hatte, so hatte man ihm wenigstens ermöglicht, am Ende mit Dora vereint zu sein.

Der Wessely hatte sich ebenfalls absentiert. Der Krutzler mutmaßte, dass er in der Agentenwelt nicht nur sein Auskommen, sondern auch seine Erfüllung fand. Der Bleiche hatte sich nie zum General geeignet. Seine Spielernatur würde im Spionagewesen gewiss ihre Blüten treiben. Naturgemäß hatte er nichts von ihm gehört. Wenn es nach dem Krutzler ginge, bräuchten sich ihre Wege auch nicht mehr zu kreuzen. Aber sein Wille übte auf niemanden mehr Schwerkraft aus.

Auch die Musch war aus seiner Stratosphäre entschwunden. Man sagte, die Musch, die er kannte, gebe es nicht mehr. Angeblich hatte auch sie das Milieu gewechselt. Nach erfolgreich absolvierter Bewährung hatte sie sich der Vollzugsbeamtin entledigt, um eine bürgerliche Intelligenzbestie zu heiraten. Was eine wie das Wildviech mit einem Advokaten anzufangen wusste und umgekehrt, blieb ihm zwar unbegreiflich. Andererseits: Wer war 1961 noch derselbe, der er nach dem Krieg gewesen war? Die 40er- und 50er-Jahre erschienen ihm wie ein Kokon, aus dem die erstaunlichsten Schmetterlinge schlüpften. In den 60ern gab es nur noch die Ergebnisse dieser Metamorphosen. Oder sie schwiegen wie der Baron. Oder wurden vergessen, wie die überlebenden Zebras, die keiner mehr in irgendwelchen Listen registrierte.

Oder sie verschwanden in sich selbst wie der Podgorsky, bei dem sie vor ein paar Monaten Alzheimer diagnostiziert hatten. Schnell hatte er wegzudämmern begonnen. Was seinen Monologen keinen Einhalt gebot. Nur machten sie keinen Sinn mehr und verloren sich in kruden Verschwörungstheorien. Wobei der Krutzler den Geisterwelten vom Podgorsky genauso lauschte wie der Stille seiner Wohnung. Vermutlich weil auch sie jeder Schwerkraft entbehrten.

Der Podgorsky fantasierte den verschollenen Harlacher in eine Schweizer Privatklinik, wo er Sterbehilfe praktiziere, weil er die Unheilbaren hasse. Ein regelrechtes KZ würde er betreiben. Aus den Leichen würde man unter dem Deckmantel der Wissenschaft Tierfutter erzeugen. Steinreich sei er mit dieser Schweinerei geworden. Halb Europa würde dank dem Herrn Doktor dem Kannibalismus anheimfallen. So etwas müsse man aufdecken. Aber von der heutigen Polizei sei nichts zu erwarten. Am schlimmsten sei der Stanek, der laut Podgorsky ebenfalls ein Kind der Bregovic sei. Das habe sie besonders geschickt angestellt, ihre Blutsverwandten als Agenten einzuschleusen. Dagegen seien die Spielchen vom Bleichen ein Kindergarten. Wobei der Podgorsky auch hier über einschlägige Informationen verfüge. Die Lassnig sei nämlich ebenfalls spurlos verschwunden. Er wisse, dass die beiden als hochrangiges Doppelagentenpaar im Auftrag des Außenministers Kreisky das bevorstehende Gipfeltreffen von Chruschtschow und Kennedy eingefädelt hätten. Außerdem hätten sie sich einer Gesichtsoperation unterziehen müssen, weil sie inzwischen von allen Geheimdiensten der Welt gesucht würden. Auch in der Schweinebuchtoperation hätten sie eine unsägliche Rolle gespielt. Die beiden würden die Welt noch an den Rand eines Atomkriegs führen. Der Krutzler solle an seine Worte denken. Denn eines sei gewiss. Dass er, der Podgorsky, ausgerechnet jetzt an Alzheimer erkranke, sei alles andere als Zufall. Man wolle ihn zum Schweigen bringen. Und habe ihm die Krankheit injiziert. Heutzutage würden die Geheimdienste niemanden mehr auf offener Straße erschießen. Die Methoden seien perfider geworden. In Zeiten der Wasserstoffbombe exekutiere man die Geheimnisträger, ohne dass sie es merkten. Aber er habe alles aufgeschrieben. Abgesehen davon würde er eine Technik beherrschen, die es ihm trotz Krankheit ermögliche, in einem organischen Hinterzimmer alle Informationen zu lagern. Das sei seine Lebensversicherung. Selbst unter schwerster Folter würde er nichts preisgeben. Ob er sich das alles gemerkt habe? Falls ihm etwas zustoße, müsse er, der Krutzler, damit in die amerikanische Botschaft gehen und nach einem Mann namens Bernie Rumsfeld fragen. Er solle sich keinesfalls abwimmeln lassen. Es handle sich nämlich um den hiesigen Vertreter eines Geheimdienstes, der keinen Namen trage. Weil ein Geheimdienst, den jeder kenne, sei kein Geheimdienst. Aber davon verstehe der Krutzler nichts. Ergo solle er einfach seine Anweisungen befolgen.

Als es eines Abends an der Tür klopfte, schreckte der Krutzler zwar nicht hoch, weil ihn so gut wie nichts erschrecken konnte, aber er öffnete mit einer gewissen Anspannung, weil selbst er in Anbetracht eines möglichen Endes eine Wehmut verspürte. Statt der Albanerin fand er aber nur schwarze Luft vor. Selbst ein akribischer Blick über den Hof führte zu keinerlei Erkenntnissen. Beinahe hätte er sie übersehen, die winzige Metallkassette, die vor ihm auf dem Boden lag. Er klemmte sie zwischen seine mächtigen Finger und sah sie an, wie man eine verfehlte Kugel ansah. Vorsichtig öffnete er sie und las die zusammengefaltete Nachricht.

Ich ziehe meinen Wunsch. Ich vermache dir mein ganzes Vermögen. W.

Der Krutzler seufzte. Er wollte sich nicht damit auseinandersetzen, ob es sich womöglich um eine Falle handelte. Noch weniger suchte er den Kontakt zum Bleichen. Beides schien unvermeidlich. Ohne groß darüber nachzudenken, schrieb er auf einen Zettel:

Ich vermache dir auch mein Vermögen. Bari. K.

Und legte die Metallkassette wieder vor die Tür. Damit war die Welt der Wünsche für immer gelöscht. Vielleicht war es das, was der Bleiche wollte. Jede Verbindung kappen. Nichts sollte man sich schuldig bleiben. Obwohl das Überbleibsel ihrer beiden Wünsche eher an Attrappen gemahnte. So gesehen hätte man sich solche Spielchen sparen können. Bestimmt handelte es sich um einen fiesen Trick. Den Bleichen brauchte er jetzt wie eine Hämorrhoide beim Reiten. Trotzdem rasten die Gedanken durch seinen Kopf wie stubenreine Hunde, die den Weg nach draußen nicht fanden. Irgendwann war er dann während des Denkens eingeschlafen und erst am nächsten Morgen aufgewacht. In gleicher Montur ging er zur Tür und fand die Metallkassette an gleicher Stelle vor.

Natürlich hatte er gehofft, dass sie der Wessely nicht abgeholt hatte. Aber auf solche Täuschungsmanöver mit sich selbst ließ er sich schon lang nicht mehr ein. Er hob sie auf, wie man eine Flaschenpost aufhob, die man eigentlich zurück ins Wasser werfen wollte. Er entfaltete die Nachricht. *Morgen Abend. Acht Uhr. Unter der Aspern-*

brücke. Der Krutzler seufzte und setzte sich auf den Stuhl. Er sackte zusammen, als könnte er damit seine Erschöpfung aus dem Körper leiten. Dagegen half kein Schlaf der Welt.

Also zog er sich an. Denn irgendetwas sagte ihm, dass er sich zurück in die Tätigkeit manövrieren musste. Also schritt er ziellos über den Asphalt. Sie kehrten aus allen Richtungen zurück. Die innere Stimme. Der Antrieb. Die Entschlossenheit. Vor der Tikibar blieb er stehen. Man sah ihm an, dass er die Tür aufreißen würde. Also eilte der Baron herbei, um diese schleunigst zu öffnen. *Mix mir was,* knurrte der Krutzler. Lächelnd nickte der Schwarze und schüttelte eine grellgrüne Mischung. Trotz seines giftigen Aussehens schmeckte der Cocktail akzeptabel. *Musik,* forderte der Gast. *Heute wird gefeiert. Und frag mich bloß nicht, was.*

Aus den Boxen dröhnte *The Lion sleeps tonight.* Es war Sommer 1961. Yuri Gagarin hatte im Weltall keinen Gott gesehen und niemand trauerte. Die Amerikaner hatten sich in der Schweinebucht blamiert und Fidel Castro tanzte mit Che Guevara genauso ausgelassen wie der Baron mit dem Krutzler. Kennedy und Chruschtschow hatten dem jeweils anderen den totalen Krieg angedroht, sollte er sich deppert spielen. In Berlin hatte man die Mauer hochgezogen. Aber all das kümmerte die beiden in der Tikibar einen Dreck.

Wimoweh-Ah-Wimoweh-Ah-Wimoweh-Ah-Wimoweh. Noch nie hatte einer den Krutzler tanzen gesehen. Der Hodensack vom Baron schwenkte im Rhythmus, während der Sitzriese seine Pranken zum Himmel streckte und seine schweren Knochen die Schwerkraft verspotteten. Der Krutzler feierte, als ob es seine letzte Nacht auf Erden wäre.

Aber er hatte unrecht. Es war seine vorletzte. Alles, was danach kam, verbuchte er schon als tot.

Der Wessely sah wie ein Gerippe aus. Sein Schatten schien lebendiger als er selbst. Er stand unter der Brücke, während der Krutzler auf das trübe Wasser des Donaukanals starrte, wo seit Jahrzehnten kein Fisch mehr angeschwollen war. Stattdessen schwamm in seinem Schädel ein Aal, der sich durch die dumpfen Hirnwindungen schlängelte und jeden Gedanken glitschig abgleiten ließ. Der Baron und er hatten die letzte Nacht durchgetanzt. Die ausgestoßenen Endorphine hatten zu einem unerwarteten Überschuss Lebensfreude geführt, der tagsüber wieder mühsam abgebaut werden musste.

Der Bleiche verschwand blutleer in der Wand. Seine Stimme vibrierte, als ob ihn der Kehlkopf zum Stottern zwingen wollte. Die Sterne leuchteten wie winzige Mottenlöcher in einem schwarzen Vorhang, hinter dem eine große Feier stattfand.

Servus Ferdinand.

Der Krutzler hatte schon lange nicht mehr seinen Vornamen gehört. Jetzt klang er, als hätte der Türsteher vor, ihn an der Himmelspforte abzulehnen. Ihm fiel ein, dass er das Kamel nie nach der Lösung des Rätsels gefragt hatte. Irgendetwas in ihm bereute das. Dieses Etwas stand aber wie der Wessely im Halbdunkeln und er konnte es nicht erkennen. Was wohl aus dem Buckeligen geworden war?

Hast auch schon mal besser ausgesehen.

Der Krutzler hatte schon seit Monaten in keinen Spiegel mehr geschaut. Hatte er Angst, sich nicht wiederzuerkennen? Eher umgekehrt. Er befürchtete, dass ihn noch immer der gleiche Hirschkäfer anstierte, der ihm schon als Kind fremd geblieben war.

Was schaust so deppert? Hast noch nie eine lebendige Leich' gesehen?

Tatsächlich war der Wessely ein Haus, dem die ausziehende Seele nur noch aus der Ferne winkte. Die Fenster gewährten einen schalen Einblick in einen vom Mondlicht ausgeleuchteten Raum, der unter Körpertemperatur gefallen war. Es sterben immer die Falschen, hatte seine Mutter gesagt. Es sterben immer die anderen, hatte der Krutzler geantwortet.

Krebs. Blutkrebs passenderweise.

Der Krutzler versuchte, die Krankheit durch die Haut zu erkennen. Am Unterarm glänzte eine frische Narbe. Er hatte versucht, sie aus dem Körper zu leiten. Es hatte nicht funktioniert. Es war erstaunlich, dass ausgerechnet er eines natürlichen Todes sterben sollte.

Der Verbrecher, Ferdinand, ist der Krebs der Gesellschaft. Solche wie wir zerfressen den Volkskörper. Wir zersetzen ihn mit unserer Gier. Wir sind die bösen Zellen. Man muss uns entfernen. Wir müssen uns selbst entfernen.

Der Krutzler seufzte. Wenn er etwas schlecht vertrug, dann, wenn er als Metapher für unheilbare Krankheiten herhalten musste. Der Verbrecher war kein Krebs. Und auch kein Geschwür. Er unterschied sich durch nichts von einem Frankisten. Er folgte nur anderen Gesetzen.

Man wird es mir danken.

Der Krutzler fragte sich seit 1945, wer mit *man* eigentlich gemeint war. Man war nicht Gott. Man war nicht ich. Man waren nicht einmal die anderen. Man war vielmehr ein Geist ohne Gestalt. Ein Untoter, an den man nicht zu glauben brauchte. Der aber stets zur Verfügung stand. Ein unsichtbares Haus, in dem alle wohnten, das aber trotzdem unbeseelt blieb. *Man* war der leblose Gott der Unbetamten. Für einen selbst galt stets die Unschuldsvermutung. Man gab einem recht. Man war der geschmierte Richter. Die erfundene Natur. Man hatte sich noch nie bei jemandem bedankt.

Es ist nichts Persönliches, Ferdinand.

Es gab nichts Persönlicheres als Mord. Insofern musste es sich um etwas anderes handeln.

Es ist ein operativer Eingriff. Jeder Tumor hat eine Entsprechung. Sie hat gesagt, wenn ich diese Entsprechung finde und zerstöre, dann wird auch der Krebs in mir heilen.

Wie konnte man auf derart lächerliche Weise am Leben hängen? Er brauchte nicht zu fragen, wer *sie* war. Sie hatte immer nur Stellvertreterkriege geführt. Eine Wanderseele. Ein Vampir. Eine Verbraucherin. Das hatte er an der Musch geliebt. Sie hatte ihm zwar Dinge heimgezahlt. Aber sie hatte sich nie gerächt. Die Musch war anders als die anderen. Er würde die Albanerin nie zu fassen kriegen. Er würde die Musch nie zurückgewinnen können. Aber er würde die Schuhe anbehalten. Selbst im Grab. Wo die Musch dann endlich um ihn weinen würde. Diese blöde Sau.

Ich habe gewusst, dass du mit dem gleichen Gegenwunsch antwortest. Das spricht für dich. Falls es ihn gibt, könnte es deine Bilanz aufbessern.

Selbst jetzt sprach er nicht von Gott. Eher vom Führer. Von dem man ebenfalls hoffte, dass es ihn nie gegeben hatte. Man war der Führer. Nein. Man war der Mensch, der man nie sein wollte. Der Teil, den man zurück ins Wasser warf, weil er ungenießbar war. Man war der anschwellende

Fisch. Der Krutzler hatte keine Bilanz. Er wusste nicht einmal, mit wie vielen Frauen er geschlafen oder wie viele Menschen er getötet hatte. Man war der ungedeckte Scheck. Der Nutzen ohne Kosten. Die gefälschte Bilanz. Man war der, der die letzte Runde zahlte. Der Krutzler blickte gleichgültig auf die Klinge des Messers, das der Bleiche jetzt auf ihn richtete.

Es tut mir leid, dass ich dich ohne Narkose operieren muss.

Der Krutzler hatte nie Angst vor dem Sterben gehabt. Schon gar nicht vor dem Tod. Auch wenn ihn ein ganz leises Gefühl beschlich, dass es ihm heute nicht recht war. Er dachte an Reinhard. Er wäre jetzt acht Jahre alt. Ein prachtvoller Kerl, der ihn rächen würde, weil er ihn liebte. Ihm fiel auf, dass auch der alte Lassnig Reinhard geheißen hatte. Und dass er ihn von Anfang an gemocht hatte. Schon bevor sie sich kannten, als sie seine Wohnung evakuiert hatten. Der alte Lassnig war so, wie er selbst unter gar keinen Umständen geworden wäre. Nichts in ihm war wie dieser Engel. Vielleicht hatte die Albanerin recht. Vielleicht musste man ihn aus dem Fleisch dieser Gesellschaft schneiden, in der Hoffnung, dass er keine Metastasen schlug.

Der Wessely ging auf ihn los, wie er selbst seinerzeit auf das Pferd losgegangen war. Genauso perplex wie das Tier blieb er stehen und ließ den ersten Stich geschehen. Er sah den Wessely an, wie man jemanden ansah, der in ein ausgeborgtes Buch hineinschrieb. Die Klinge hatte schnell Körpertemperatur angenommen. Die warmen Eingeweide hatten das Metall eingeladen, einer von ihnen zu werden. Aber es lehnte die Einladung ab.

Der Krutzler merkte, dass er unbewaffnet war. Als sich das Messer in seinen Oberschenkel rammte, durchzog ihn ein Schmerz, der sich bis in den Hals festbiss. Selbst wenn er sich mit dem Prozedere einverstanden erklärt hätte, es wäre ihm gar nichts anderes übrig geblieben, als den Wessely zu würgen. Es war Notwehr. Er konnte nicht anders. Aber er würde sein infiziertes Blut in seinem Körper lassen. Keinen Tropfen würde er verschütten. Man konnte dem Krutzler nichts vorwerfen. Aber *man* war kein zuverlässiger Zeuge. Auch wenn der Krutzler aus allen Seiten blutete. Der Wessely stach auf ihn ein, während sein Gesicht blau anlief. Die Pranke vom Krutzler verlor trotz der zahlreichen Stiche nicht an Kraft. Er stach und stach und stach. Wie ein Fisch glitt die Seele vom Bleichen aus dem Körper.

Es fiel ihm schwer, den leblosen Wessely loszulassen. Er umklammerte den Hals wie eine Kiefersperre. Er presste mit seinen Händen alles aus ihm raus, damit der Wessely restlos in den Himmel auffahren konnte. Der Krutzler würgte. Während der Wessely stach und stach und stach. So lange, bis kein Quäntchen Luft mehr in seinem blutleeren Körper war. Erst dann ließ er den Bleichen los. Dessen Schädel krachte leblos auf den Asphalt. Er verspürte überhaupt keine Wut.

Aus dem Krutzler-Körper quoll das warme Blut. Erst jetzt spürte er eine schleichende Müdigkeit. Trotzdem griff er in seine Tasche, um den Pik-König auf den Leichnam seines Freundes zu legen. Er konnte ihn nicht finden. Der Baron hatte ihn nie zurückgegeben. Fluchend wankte er davon. Dieser beschissene Neger! Er hatte es versprochen! Sein verschwommener Blick erahnte in den flirrenden Lichtern den Kai. Die Autos zischten an ihm vorbei wie wild gewordene Insekten. Ein gelbes Taxizeichen flog auf ihn zu wie eine Hornisse, die sich sein Gesicht gemerkt hatte. Er hörte die Stimmen von Passanten. Sie beschrieben sein Aussehen schrecklicher als jedes Spiegelbild. Er ließ es einfach laufen. Bemühte sich nicht, das Blut im Körper zu halten.

Die Hornisse blieb zahm stehen. Er riss die Tür auf. Der Fahrer hatte den Blick vom schönen Gottfried. Er fluchte. Er solle bloß nicht einsteigen. Die Blutflecken würde er sein Lebtag nicht aus dem Bezug kriegen. Schaue er vielleicht aus wie die Rettung? Dann fuhr er davon. Noch bevor ihm der Krutzler die Tür vors Gesicht schlagen konnte. Wankend schaute er der schlackernden Tür hinterher. Wie ein Vogel mit einem angeschossenen Flügel. Der Gelbe Papagei. Er brauchte nur über die Brücke zu gehen. Los. Er senkte den Blick, weil ihm schwindlig wurde. Das Blut tropfte auf den Asphalt. Er folgte der Textur dieser Versteinerung. Endlose Gebirgsketten zogen an ihm vorbei. Sie schienen unbewohnt. Der Riese schritt mit seinen Meilenstiefeln über den endlosen, kargen Planeten. Er blickte zurück. Von der Indianerin fehlte jede Spur. Er hatte sie abgehängt. Sie würden ihn anhand der Blutspur verfolgen. Er musste die Geschichte fertig erzählen. Er beschleunigte seinen Gang. Man wich ihm aus. Er konnte sie hören, er konnte sie sehen, er konnte sie sprechen hören. Frankisten. Sie spukten als Geister durch seine Welt.

Vor dem Papagei hielt er inne. Er hatte mehr Luft in der Lunge als Blut in den Venen. Er konzentrierte sich auf den Atem. Dann riss er die Tür auf, ohne einen der Blicke aufzufangen. Er ging schnurstracks aufs Klo. Er versperrte hinter sich die Tür. Er schlug den Deckel auf die Muschel. Er stieg mit seinem ganzen Gewicht darauf. Er spürte, dass er leichter geworden war. Der Boden verschwand unter seinen Füßen. Ein endloser Abgrund. Mit einem Ruck entfernte er das Gitter der Lüftung. Die Pistole hatte nur wenig Staub gefangen. Er nahm die Walther PP, die er damals versteckt hatte. Niemand hatte danach gefragt, nachdem der Herwig den Affen entwaffnet hatte. Alle waren sie mit sich selbst beschäftigt gewesen. Seelenruhig war der Krutzler aufs Klo verschwunden und hatte damit den Köder für sein Schicksal gelegt. Er entsicherte die Waffe. Sieben Patronen. Und acht Bregovicbrüder. Einen würde er laufen lassen müssen. Er ging zurück ins Lokal. Alle waren sie da. Bis auf den Kleinsten. So viel Anstand hätte er schon gehabt. Aus dem kleinen Ninko könnte noch etwas werden. Er würde jetzt seine Geschwüre entfernen. Dankbar würde er ihm sein. Nicht man. Ninko. Persönlich.

Die Alte wedelte mit den Armen. Er hatte nicht üble Lust, alle sieben Patronen an ihr zu verschwenden. Aber sie war aus dem gebärfähigen Alter heraus. Sie konnte nichts mehr anstellen. Konzentration! Jeder Schuss musste tödlich sein. Sie waren alle da. Ein Meisterwerk mit Handschrift. Milan, Kopfschuss. Goran, Herzschuss. Tomasz, Schulterschuss. Die Kugel durchdrang aber seinen Körper und zerschoss die Lunge von Josip. Tomasz, Kopfschuss. Josip, Genickschuss. Luka, Bauchschuss. Er wimmerte noch eine Zeit lang durch das stille Lokal. Marco, Halsschuss. Radan. *Komm her. Mach den Mund auf.* Schuss.

Der Krutzler seufzte.

Stille.

Besser hätte er sie nicht drapieren können. Eine Symphonie. Ein Epos. Eine Ballade. Das große Ende einer Geschichte. Eine Stille, wie man sie nur von Gemälden kannte. Das Blut tropfte aus ihren Körpern. Die Überraschung war jedem anders ins Gesicht geschrieben. Jeder letzte Blick erzählte etwas Eigenes über den Täter. Ein Gesamtkunstwerk. Wenn da bloß nicht dieses grunzende Röcheln der Jugoslawin im Hintergrund gewesen wäre. Er drehte sich um. Sah ihr direkt in die Augen. Auch wenn er sie nicht mehr fokussieren konnte. Und ihn die Kräfte verließen. War es Angst? Aufregung? Wut? Sie hob ihre Arme. Kapitulation. Die Alte glaubte, sie sei die Nächste. Aber das Magazin war leer. In allen Belangen. Die verwitterten Huren waren so still wie der Papagei an der Wand. Die Bregovic stellte ihm einen Schnaps hin. *Geht aufs Haus.* Der Krutzler nahm die Einladung nicht an. Er setzte sich in die Mitte des Raumes. Ins Zentrum des Gemäldes. Von draußen ertönten die Sirenen. Er hörte das tropfende Blut lauter als ihre Kommandos. Er wartete, bis sie alle ausgeschrien hatten. Bis jeder dieser uniformierten Trottel seine Aufregung losgeworden war. Zwanzig Waffen waren auf ihn gerichtet. Stille. Eine Stille wie keine zuvor. Seelenruhig legte er die Pistole auf den Tisch und sagte: *Es war Notwehr.*

Er fragte sich, wozu sie ihn am Leben gelassen hatten. Vermutlich hatten sie ihm den glorreichen Abgang nicht gegönnt. Seit dem Podgorsky hatte man bei der Polizei überhaupt keinen Sinn mehr für Stil. Man sagte, sie hätten sich geweigert, die Rettung zu rufen. Ein solcher gehöre verhaftet. Recht so. Er hatte den Gefangenentransport überlebt. Diese Flucht war ihm nicht gelungen. Pech. Der Stanek hatte angeordnet, den Krutzler mit allen Mitteln am Leben zu halten. Und wenn er gehirntot sei. Das Schwein werde seine Strafe absitzen.

Als der Krutzler nach mehreren Tagen zu sich kam, hatte er seine innere Herde schnell wieder zusammengetrieben. Alle da. Niemand fehlte. Glücklicherweise konnte er sich an jedes Detail erinnern. Wenn er die Augen schloss, labte er sich daran. Trotzdem fühlte er sich um sein Ende betrogen. Alles, was jetzt kam, konnte mit dem Stillleben im Papagei nicht mithalten. Er hätte sich gewünscht, dass dieses makellose Bild im letzten Raum der großen Galerie hinge. Stattdessen wollte man ihm den Triumph abspenstig machen. Man musste kämpfen bis zum Schluss. Selbst um das eigene Vermächtnis.

Man sagte, dass man den Krutzler tagelang verhört habe, ohne dass er eine Antwort gegeben habe. Als ob er sich weigerte, ins Leben zurückzukehren. Stattdessen war er mit geschlossenen Augen dagesessen. In der Mitte des Bildes. Im Zentrum des Lokals. Unverrückbar. Wie ein Stein. Wie ein Felsen. Niemand hätte einen solchen Brocken werfen können.

Als die Verhörspezialisten resignierten, trat er aus dem Gemälde und öffnete die Augen. Er wolle etwas sagen. Hektisch deutete man dem Protokollant, sich zu konzentrieren. *Also.* Der Krutzler seufzte. Nichts würde den bereits vollzogenen Abgang ersetzen. Er sah die Beamten an wie ein Schauspieler, der einen leeren Theatersaal betrat. Er wolle Zeugnis ablegen. Dies würden seine letzten Worte sein.

Erstens: Er lasse die Welt so zurück, wie er sie vorgefunden habe. Er habe nichts Wesentliches an ihr verändert. Solche wie ihn habe es vor ihm und würde es nach ihm geben.

Zweitens: Er bereue nichts. Er hoffe nur, dass er nach dem Tod zu träumen aufhöre.

Drittens: Er habe sich alle Fragen gestellt. Aber letztlich sei der Tod immer die Antwort auf alles gewesen. Das habe er nicht beabsichtigt. Aber so sei es gekommen. Am Ende bleibe ein Haufen Knochen. Und der unterscheide sich ausschließlich durch das Gewicht.

Viertens: Alles, was er tat und was er tun werde, sei aus Notwehr geschehen.

Fünftens: Niemand dürfe seine Kleidung berühren. Er verfüge, in genau diesem Anzug beerdigt zu werden.

Sechstens: Man solle beim Begräbnis Asphalt über seinen Sarg gießen. Dann sei die Welt endgültig sicher vor ihm.

Siebtens: Er dulde keine Trauergäste. Schon gar keinen Priester. Auch keine Musik. Nichts.

Dann seufzte er, wie jemand seufzte, der keinen Grund mehr zum Einatmen hatte. Das Magazin war leer. In der gleichen Nacht erhängte sich der Krutzler.

Weil damit zu rechnen gewesen war, hatte der Stanek regelmäßige Patrouillen angeordnet. Dieser Kretin werde bestimmt die Flucht aus sich selbst versuchen, so der Major. Es hatte eine Türenkomödie begonnen, bei der keiner gewagt hatte, den Raum zu betreten. Durch den Schlitz der Zelle starrten sie auf den Unverrückbaren, der in der Mitte des Raumes saß. Wie auf ein Krokodil, das bewegungslos in seinem Gehege saß. Der Krutzler musste an den Alberich gedacht haben. Mit dem Unterschied, dass sie ihm kein Kaninchen hineinwarfen. Irgendjemand musste ihm aber den Strick gegeben haben. Wer dieser Jemand war, wurde nie herausgefunden. Einige sagten, dass es kein Selbstmord gewesen sei. Dass man ihn bei der Polizei lieber tot als lebendig gesehen hätte. Manche verdächtigten die Bregovic. Einer glaubte, dass der Stanek der Sohn der Jugoslawin war. Aber niemand ging von einem Fluch der Albanerin aus.

Man sagte, dass man sie habe sehen können, als man den baumelnden Leichnam vom Krutzler fand. Die durchgestrichene Null neben der durchgestrichenen Null auf seinem Unterarm. Der Stanek verkündete: *Patient eins ist tot.* Und weil man auch vor einem toten Krutzler noch Angst hatte, erfüllte man alle seine Wünsche.

Niemand wurde zum Begräbnis gelassen. Schon gar kein Priester. Selbst die Bestatter durften erst erscheinen, um den Beton in das spärliche Grab zu gießen. Nur die Sache mit der Kleidung gestaltete sich schwierig. Aber auch hier fand man eine Lösung. Schließlich wollte niemand vom Krutzler in seinen Träumen heimgesucht werden. Man stellte den Sarg aufrecht hin, schnitt den Strick durch und ließ den Leichnam direkt hineingleiten. Dann verschwand der Krutzler. Ohne eine Nachricht zu hinterlassen.

Die Musch erfuhr von seinem Tod aus der Zeitung. Keine Namen. Aber Foto. *Unterweltgröße flüchtet in den Freitod!* Die Frankisten versuchten ihm post mortem noch Feigheit anzuhängen. Zu Lebzeiten hätten sie sich das nie getraut. Das Foto ärgerte sie am meisten. Das war nicht ihr Ferdinand. Da hatte sich einer besonders bemüht, ihn zu desavouieren. Vermutlich einer, der beim Stoß verloren hatte.

Eine Woche nach dem Begräbnis suchte sie auf dem Zentralfriedhof das Grab. Es dauerte lang, bis sie den lieblosen Granitstein ausmachte. *Ferdinand Krutzler. 1919 bis 1961.*

Mehr blieb nicht übrig. In ein paar Jahren würde keiner mehr wissen, wer dieser Krutzler eigentlich war. Selbst sie konnte es nicht mit Sicherheit sagen. Sie stand vor dem Grab. Keine Pflanzen. Der Asphalt war schon getrocknet. Die Sonne brannte herunter. Sie fragte sich, ob er sie hören konnte.

Servas Ferdl. Na. Da haben sie dich aber ganz schön zugedeckt. Hast es schön warm im Winter. Wahrscheinlich finden sie dich in zweitausend Jahren als Fossil. Du hast ja gar keinen Platz neben dir lassen. Passt eh. Jetzt haben wir uns ganz schön verrennt. Wir zwei. Aber ich wollt dir sagen, dass ich mir die schönen Sachen merke. Ist leichter. Vor allem, weil es weniger waren. Aber vom Guten gibt's ja immer weniger als vom Schlechten. Das ist überall so. Auch bei den anderen. Also mach dir nichts draus. Vielleicht treffen wir uns ja im nächsten Leben wieder. Wenn wir zwei anders sind.

Wenn du den Herwig siehst, dann sag ihm einen Gruß von mir. Sag ihm, dass er an sich ein Guter war. Für seine Eltern kann er ja nix. Und vergiss nicht, ihm ein Viech mitzubringen. Der ist sicher ganz allein da oben. Von mir aus auch eine Spinne. Ich kann's eh nicht verhindern. Weißt du, ich hab dir schon vor langer Zeit verziehen. So wie ich dir immer alles verziehen hab. Eigentlich hab ich darauf gewartet, dass du mich holst. Dass du dich von der Türsteherin abschrecken lasst, hätt' ich mir nicht gedacht. Hast mich richtig vergammeln lassen, Ferdl. Aber macht nix. Ich hab einen Versorger gefunden. Hättest dir nicht gedacht. Dass ich auch eine Frau bin, oder? Du warst eh nie der Typ dafür.

Und jetzt mach ich halt das Beste draus. Da ist mehr Gutes als Schlechtes. Ich weiß gar nicht, ob das zu mir passt.

Na gut, Ferdl. Lass ma's gut sein. Blumen gibt's eh keine zum Gießen. Nicht einmal jetzt brauchst jemanden, der sich um dich kümmert. Eh gescheit. Warst kein Guter. Trotzdem hab ich dich geliebt. Irgendwie. Sag's halt keinem weiter.

Dann legte sie eine Unterhose auf den getrockneten Stein. Nur die Grillen applaudierten.

Glossar

Große Galerie   Ausdruck für hochrangige Verbrecher, vermutlich benannt nach dem Fotoalbum der Polizei, das man ebenfalls Galerie nannte

Sprungkarte   wurde von der SS ausgestellt und berechtigte nichtjüdische Häftlinge zu einem Besuch in den Sonderbauten (= Lagerbordell)

Aus dem Stand nehmen   SS-Jargon für jemanden exekutieren, als Stand ist der statistische Häftlingsbestand im Lager gemeint

Provereno   Russisch für überprüft. Wurde in kyrillischen Buchstaben auf Häuser geschrieben, die man bezüglich gesuchter Nazis überprüft hatte.

Pudern   Wienerisch für »ficken«

Nazihadern   Nazischläger

Major   Die Hierarchie der Wiener Polizei ist nach militärischen Rängen gereiht.

Gschrappen   Wiener Ausdruck für »Kinder«

Aufnordung	Gemeint ist zum Beispiel die Eindeutschung eines slawischen Namens. Alles, was die deutsche Kultur dem »Nordischen und Arischen« näherbrachte, wurde als Aufnordung bezeichnet. Und als Aufwertung empfunden. Das Gegenteil war die Absüdung.
Frankisten	Wiener Unterweltwort für jemanden, der nicht kriminell ist
Spekuliereisen	Wiener Ausdruck für »Brille«
Бомба	Russisch für »Bombe«
Kapazunder	Kapazität, besonders befähigter Mensch
Hineintheatern	jemandem etwas Falsches einreden
Woschd	Russisch für »Führer«
Naderer	Verräter
Böcke	Wiener Unterweltausdruck für »Schuhe«
Pummerin	Name der Glocke des Stephansdoms
Einen Zehner ausfassen	Unterweltausdruck für »zehn Jahre Gefängnis«
Ein unbedingter Zweier	Zwei Jahre unbedingter Haftstrafe
Kieberer	Wiener Ausdruck für »Polizist«
Nebochant	unfähiger, kleinkarierter Mensch
Kalmieren	beruhigen
Entrisch	unheimlich
Auslassen	Wiener Synonym für »scheitern, straucheln, versagen«
Schlagerl	Wienerisch für einen leichten Schlaganfall

Tschuschen	Fremde aller Art, besonders aus dem Balkanraum
Ausfratscheln	Wiener Wort für »Aushorchen«
Am Schmäh halten	jemandem eine Lügengeschichte erzählen, die er auch kurzfristig glaubt
Changieren	unmittelbarer Wechsel in etwas
Sandler	Wiener Slangwort für »Streuner«
Haftlmacher	Wiener Redewendung für ein Handwerk, bei dem man sehr akribisch vorgehen muss
Unbetamt	ungeschickt, unbeholfen, geistlos

DER AUTOR DANKT:

Richard Benda, Andreas Baumgartner, Rainer Frimmel, Clemens Marschall, Oliver Kartak, Gerhard Stächelin, Arik Brauer, Ruth Brauer-Kvam, Kyrre Kvam, Michael Gaissmaier, Anna Jung, Xaver Bayer, Lisa Purtscher, John Lüftner, Peter Dubsky, Eran Shmueli, Manuel Riener, Kathrin Faßhauer, Johannes Glanzer, Robert Kaldy-Karo, Karin Graf und Evi Romen.